HEYNE BÜCHER

SCIENCE FICTION

Ein vollständiges Verzeichnis aller
im HEYNE VERLAG erschienenen STAR TREK-Romane
finden Sie am Schluß des Bandes.

PETER DAVID

STAR TREK
THE NEXT GENERATION

IMZADI II

Roman

Star Trek®
The Next Generation™
Band 67

Deutsche Erstausgabe

WILHELM HEYNE VERLAG
MÜNCHEN

HEYNE SCIENCE FICTION & FANTASY
Band 06/5767

Titel der amerikanischen Originalausgabe
TRIANGLE: IMZADI II
Deutsche Übersetzung von Bernhard Kempen

Umwelthinweis:
Dieses Buch wurde auf chlor- und säurefreiem Papier gedruckt.

Redaktion: Rainer-Michael Rahn

Erstausgabe by Pocket Books/Simon & Schuster Inc., New York

http://www.heyne.de
Printed in Germany 2000
Umschlagbild: Pocket Books/Simon & Schuster, New York
Umschlaggestaltung: Nele Schütz Design, München
Technische Betreuung: M. Spinola
Satz: Schaber Satz- und Datentechnik, Wels
Druck und Bindung: Ebner Ulm

ISBN 3-453-17105-5

Meinen Lieblingsmädchen
Shana, Gwen und Ariel

Meiner Lieblingsschwester
Beth

Und meiner Lieblings-Imzadi
Kathleen

JETZT

Nach dem Schrei war er eine Weile wie betäubt gewesen.

Er hatte die Leiche seiner geliebten Jadzia Dax, seiner Frau, in den Armen gehalten und den klingonischen Totenschrei ausgestoßen. Auch wenn sie keine echte Klingonin gewesen war, hatte sie die Lehren und Normen seines Volkes mit größerem Eifer als er selbst beherzigt.

Und jetzt war alles vorbei.

Jadzia war tot. Ihr Tod war so sinnlos und vor allem so plötzlich gekommen. Zuvor am selben Tag hatten sie noch darüber gesprochen, ein Kind zu bekommen, und dann war sie mit einem Mal nicht mehr da gewesen.

Vor langer Zeit hatten die Klingonen Götter gehabt. Doch dann hatten sie ihre Götter getötet, weil sie ihnen zu viel Ärger bereitet hatten. Infolgedessen wussten Klingonen, dass sie ganz allein auf sich selbst gestellt waren, nachdem sie in dieses Universum geworfen wurden. Sie konnten sich mit ihren Fragen an keinen Gott und keine Götter wenden, denn aus dieser Richtung würden sie niemals eine Antwort erhalten. Es gab kein höheres Berufungsgericht, das für die Ungerechtigkeiten des Lebens zuständig war, es gab keine Gebete, mit denen man um persönliche Vorteile, Unterstützung oder Verständnis bitten konnte. In diesem besonderen Augenblick wünschte sich Worf mit ganzem Herzen, dass es wieder Götter gäbe…

Er stand in seinem…

…ihrem…

…seinem… Quartier… und bereitete sich auf die Bestattung vor. Und er wünschte sich verzweifelt die Götter zurück… damit er sich an einen klingonischen Gott wenden konnte, um ihm die Finger um die Kehle zu legen und eine Erklärung aus ihm herauszuquetschen, bevor er der Gottheit die Luftzufuhr abschneiden und diesmal persönlich blutige Rache an allen Verantwortlichen nehmen würde.

Er stand in ihrem gemeinsam Quartier und knurrte grollend die Worte:

»Ich habe alles richtig gemacht.«

Für jeden, der Worfs Gedanken nicht kannte, musste dieser Satz unverständlich bleiben. Der kräftige Klingone, der auf der Station *Deep Space Nine* diente, sprach damit keine bestimmte Person an. Die Worte richteten sich an das Universum im Allgemeinen.

»Ich habe alles richtig gemacht«, wiederholte er, während er einfach nicht begreifen konnte, warum sich die Dinge auf diese Weise entwickelt hatten. Es war weder richtig noch gerecht.

»Ich habe versucht, mich zu ändern… zu lernen… zu wachsen… all das zu tun, was man mir beigebracht hat… und es machte keinen Unterschied. ES MACHTE ÜBERHAUPT KEINEN UNTERSCHIED!« Worf verlor endgültig die Beherrschung und fegte mit den Händen über die karge Einrichtung ihres Quartiers.

Alle Sachen von Jadzia waren hier. Düfte und Schminke, Souvenirs, unersetzlicher Krimskrams, der ein Leben repräsentierte, das viele Jahrzehnte umfasst hatte. Denn Jadzia Dax war ein besonderes Wesen, die Verbindung aus einem humanoiden Wirt und einem wurmartigen Symbionten, der als Trill bezeichnet wurde. Wenn ein Trill eine neue Lebensphase begann, war ihm jeder Kontakt mit seinem alten Leben strengstens verboten. Worf war plötzlich – einfach so – zum einem Teil von Jadzia Dax' Vergangenheit geworden. Er hatte keine Ahnung, was nun geschehen würde. Ob der Trill in einen neuen Körper wechselte, ob die neue Inkarnation von Dax ihn immer noch lieben würde, ob er sie noch lieben würde…

…sie?

…oder ihn? Das hätte ihm gerade noch gefehlt!

Der Schmerz, die Wut, der Zorn, die er empfand, waren für ihn beispiellos.

Nur mit Mühe konnte er sich beherrschen, denn es trieb ihn dazu, seinem Zorn Luft zu machen, sich auszutoben, auf jeden und alles einzuschlagen, um seinen aufgestauten Gefühlen Ausdruck zu verleihen.

Er hatte noch nie zuvor solche Gefühle empfunden. Aber es war keineswegs das erste Mal, dass er unter einem großen Verlust litt.

Zuallererst seine Eltern, die ihm während seiner Kindheit beim Überfall auf den klingonischen Außenposten Khitomer entrissen worden waren. Sie waren im Feuer eines romulanischen Angriffs gestorben, während Worf unter Tonnen von Trümmern verschüttet wurde. In zahllosen Nächten hatte er wach gelegen und im Haus seiner Adoptiveltern zur Decke hinaufgestarrt und die Abfolge seiner Gedanken war immer dieselbe gewesen: Zuerst warf er seinen Eltern vor, ihn allein gelassen zu haben, dann warf er sich selbst vor, sie überlebt zu haben. Mit zunehmendem Alter hatte er diese Angewohnheit abgelegt – mehr oder weniger. Doch sogar noch als Erwachsener erlebte er gelegentliche schlaflose Nächte und das Aufflackern von Vorwürfen in die eine oder andere Richtung.

Aber Jadzia zu verlieren, war etwas ganz anderes.

Dann war da K'Ehleyr gewesen. Die klingonische Botschafterin, mit der Worf eine unstete Liebesbeziehung verbunden hatte, die recht unerwartet die Empfängnis eines Sohnes, Alexander, zur Folge gehabt hatte. Doch dann war K'Ehleyr von Duras getötet worden. Worf hatte die Sterbende in den Armen gehalten und ihren Tod beklagt. Dann hatte er – was sich recht problematisch gestaltete – sich um seinen Sohn gekümmert, der noch heute dem Klingonischen Imperium nach besten Kräften diente. K'Ehleyr, die in jeder Hinsicht die angemessene Partnerin für ihn gewesen war, wie es schien. Der er sogar einen Antrag gemacht hatte, auch wenn er letztlich von ihr abgelehnt worden war.

Aber auch das war etwas ganz anderes gewesen, als Jadzia zu verlieren.

Und dann war da Deanna gewesen...

»Deanna«, knurrte er. Allein die Erinnerung an ihren Namen genügte, um eine lodernde Wut in ihm zu entfachen. Er dachte an das letzte Mal zurück, als er Deanna Troi begegnet war, der Counselor des Raumschiffs *Enterprise*, und William Riker, dem Ersten Offizier. Das war während des Borg-Angriffs auf die Erde gewesen. Die *Defiant* war schwer beschädigt worden und Worf war unter den evakuierten Besatzungsmitgliedern gewesen. Als er an Bord der *Enterprise* gebracht wurde, hatte er anfangs gar nicht die Krankenstation verlassen wollen, doch sein Stolz und sein Pflichtbewusstsein erlaubten es ihm nicht. Also hatte er darauf bestanden, die Brücke aufzusuchen, obwohl er bereits die Vorstellung, Riker und Troi wiederzusehen, sie zusammen zu sehen, kaum ertragen konnte.

Natürlich hatte er sich nichts anmerken lassen. Das wäre unprofessionell, kindisch und schwach gewesen. Und Riker hatte es ihm keineswegs leichter gemacht. Obwohl er wusste, dass es böses Blut zwischen ihnen gab, hatte Riker einige unbedachte Äußerungen von sich gegeben, die offenbar humorvoll gemeint waren. Als er erfahren hatte, dass die *Defiant* beschädigt, aber nicht verloren war, hatte er bemerkt: »Tapferes kleines

Schiff.« Worf hatte ihm sofort einen wutfunkelnden Blick zugeworfen und geknurrt: »Klein?«

Als hätte das noch nicht genügt, war Riker ein weiteres Mal zu ihm gekommen, nachdem Picard ihn an die taktische Station beordert hatte, und sich unschuldig erkundigt: »Sie wissen doch noch, wie man Phaser abfeuert?« Wenn sie nicht mitten in einer Notsituation gewesen wären, hätte Worf wahrscheinlich einen Tobsuchtsanfall bekommen. Als Riker erkannte, dass sein Versuch, die Situation aufzulockern, nach hinten losgegangen war, hatte er gegrinst, den Kopf geschüttelt und die Hände gehoben, als wollte er sagen: »War nicht böse gemeint.« Glücklicherweise – was Worf betraf – führten die folgenden Ereignisse dazu, dass er während der Auseinandersetzung mit den Borg nur sehr wenig mit Riker und Troi zu tun hatte. Und nachdem der Notfall überstanden war, konnte Worf gar nicht schnell genug nach *Deep Space Nine* zurückkehren. Trotz der Zeit, die Worf bei den Geistlichen im Kloster auf Boreth verbracht hatte, schien es, dass der Zorn immer noch wesentlich heißer in ihm brannte, als er vermutet hatte.

Es hätte alles anders kommen können…

Dieser Gedanke schoss ihm ungerufen durch den Kopf, aber nachdem er da war, konnte er ihn nicht mehr loswerden. Wenn die Beziehung zu Deanna nicht gescheitert wäre, wenn er sie nicht verloren hätte, wenn sie geheiratet hätten… wenn Riker nicht gewesen wäre, und die Entführung und Deannas verfluchte Mutter und der brutale Plan, der die Auslöschung von Millionen unschuldiger Lebewesen vorsah…

Es war, als hätten sich sämtliche Schicksalsmächte der Galaxis verschworen, um gemeinsam die Verwirklichung einer Beziehung zwischen Worf und Deanna Troi zu vereiteln.

Es war Trois Schuld…

Lwaxanas Schuld…

Rikers Schuld…

…die Schuld der Romulaner… des Universums… der verdammten Götter, die doch angeblich ihre Finger aus allem heraushielten…

Es war…

Er starrte in einen Spiegel, als könnte er direkt in seine Seele blicken.

»Spielt es eine Rolle?« fragte er sich schließlich selbst. »Ich bin jedenfalls immer noch allein…«

Es spielte sehr wohl eine Rolle. Zumindest für ihn und seine Entschlossenheit, Sinn in all diese Sinnlosigkeiten zu bringen.

Dann fühlte sich Worf plötzlich all seiner Kraft beraubt und ließ sich in einen Stuhl fallen. Es war einer von Jadzias Lieblingsplätzen gewesen und er wurde immer noch von ihrem Duft umweht. Er atmete ihre Essenz tief ein…

…und dachte an vergangene Zeiten…

DAMALS

1

Für Riker gab es keine Vorwarnung, als ihn der Schockstab in den Rücken traf. Sofort war er gelähmt, vorübergehend, von der Hüfte abwärts. Er hasste es, wenn es geschah, dieses Gefühl der völligen Hilflosigkeit. Viel zermürbender und schmerzhafter als der nun folgende Sturz war das Wissen, dass der Sturz unausweichlich war.

Es gab einen schweren Aufprall, wie jedesmal bei solchen Gelegenheiten. Er ließ seinen Erzzertrümmerer fallen, weil er hoffte, den Sturz zum Teil mit den Händen abfangen zu können, was ihm sogar in einem gewissen Ausmaß gelang – aber nicht völlig, denn nun schlugen seine Handflächen gegen den harten Boden. Er spürte die Erschütterung bis in die Ellbogen und stieß ein tiefes Keuchen aus. Dann machte er sich auf den unausweichlichen Tritt gefasst. Er kam genauso, wie er erwartet hatte, ein schmerzhafter Schlag in den Bauch. In den ersten Tagen seiner Gefangenschaft war diese Sache das Schlimmste gewesen, die Tritte in den Bauch. Doch mit der Zeit hatte er gelernt, sie vorherzusehen, und nun konnte er sich darauf einstellen. Kurz vor dem Schlag spannte er die Bauchmuskeln an, damit sie einen Teil der Wucht abfingen. In seiner Phantasie wurden seine Eingeweide so unverwundbar, dass sein Peiniger sich schließlich den Fußknöchel brach.

Es war eine nette Phantasie.

»Stehen Sie auf, Riker«, sagte sein Aufpasser und

versetzte ihm einen weiteren Tritt. Diesmal stieß er nur noch ein Grunzen aus und dieser Mangel an Reaktion schien seinen Peiniger nur um so mehr anzustacheln. »Wird's bald?«

Riker brachte mühsam heraus: »Bitte, Sir... ich möchte... mehr...«

Der Wachmann starrte in totaler Verblüffung auf ihn herab. »Also gut... wenn Sie es wirklich wünschen...« Er wollte Riker gerade einen dritten Fußtritt verpassen, als ihn eine schneidende Stimme innehalten ließ.

»Das genügt«, sagte die Stimme.

Der cardassianische Wächter ließ den Fuß sinken und drehte sich zu der Person um, die ihn angesprochen hatte. Der Wächter, dessen Name Mudak lautete, war ein fülliger Mann, doch jeder, der ihn für verfettet gehalten hätte, wäre auf grausame Weise eines Besseren belehrt worden. Jedes Gramm auf seinen Knochen bestand aus reinen Muskeln und wenn er sich bewegte, geschah es mit überraschender Geschwindigkeit. Es kam vor, dass Mudak einen Meter entfernt mit hängenden Armen dastand, und plötzlich fand man sich am Boden wieder, ohne auch nur andeutungsweise geahnt zu haben, dass ein Schlag kommen würde.

Außerdem war er groß, aber sein bemerkenswertestes Kennzeichen waren seine Augen. Sie waren dunkel und erbarmungslos – ein Schwarzes Loch verströmte mehr Sympathie als diese Augen. Wenn Riker in diese Augen blickte, erinnerten sie ihn an die eines Hais. Sie betrachteten ihn und die anderen Gefangenen mit einem Ausdruck, der keinen Zweifel daran ließ, dass es ihm völlig gleichgültig war, ob sie lebten oder starben.

Jetzt betrachtete Mudak die Person, die ihm den Spaß verdorben hatte. Es war ein Romulaner, einen Kopf größer als Mudak, mit ergrautem Haar und einem düsteren, herrischen Blick. In Wirklichkeit hatte der Romulaner an diesem Ort der Folter keinen anderen Status als Riker. Doch seine Art und sein Verhalten drückten aus, dass er gar nicht daran interessiert war, seine untergeordnete Stellung im großen Plan zur Kenntnis zu nehmen. Ein unbeteiligter Beobachter hätte wahrscheinlich niemals erkannt, dass Mudak der Gefängniswärter und der Romulaner der Gefangene war.

Trotz der vorgeblichen Autorität des Cardassianers über den Romulaner schien Mudak nicht geneigt zu sein, diesen Punkt in seinem Sinne zu klären. Stattdessen sagte er mit einer Ruhe, die an Boshaftigkeit grenzte: »Diese Angelegenheit geht Sie überhaupt nichts an, Saket.«

Saket blickte von Riker, der immer noch am Boden lag, zu Mudak. »Sie geht mich sehr wohl etwas an, Mudak. Und Sie werden jetzt diesen Menschen in Ruhe lassen.«

»Er hat zu langsam gearbeitet«, gab Mudak zurück. »Er hat mit offenen Augen geträumt.«

Saket kam einen Schritt näher, bis sein Gesicht beinahe das von Mudak berührte. »Lassen Sie ihn träumen, Mudak. Schließlich sind Träume das Einzige, was uns an diesem Ort noch geblieben ist.«

Mudak dachte einen Moment über diese Worte nach, dann stieß er ein kehliges Lachen aus. Es war ein unheimlicher Laut, als hätte er einen Muskel benutzt, der durch langen Nichtgebrauch bereits stark geschrumpft war. Mit leiser Stimme erwiderte er knurrend: »Eines Tages werden Sie für meine Vorgesetzten jeden Nutzen verlieren, Saket. Und wenn dieser letzte Tag für Sie gekommen ist, werden Sie Ihre Arroganz teuer bezahlen müssen.«

»Wir alle werden an unserem letzten Tag bezahlen, Mudak«, sagte Saket, ohne die Ruhe zu verlieren. »Gefängniswärter und Gefangene, alle werden bezahlen.«

Mudaks Hände spielten lässig mit dem Schaft des Schockstabes, als würde er darüber nachdenken, ob er ihn Saket in die Kehle oder eine noch unangenehmere Körperöffnung rammen sollte. Doch anscheinend konnte er sich nicht zu einer solchen Tat aufraffen. Stattdessen tippte er sich mit dem inzwischen deaktivierten Ende des Stabes gegen die Stirn und nach diesem süffisanten Gruß ging er fort. Dann hockte sich Saket neben den gestürzten Riker. »Sie müssten allmählich wieder etwas in Ihren Beinen spüren können. Der Stab war auf eine relativ schwache Stufe eingestellt.«

»Das Gefühl hatte ich auch«, ächzte Riker. »Diesmal war es einfach nur qualvoll statt unerträglich qualvoll.«

»Na bitte! Sie haben bereits Ihren Humor wiedergefunden.«

Saket stand auf, packte Riker unter den Armen und wuchtete ihn hoch. Im ersten Moment spürte Riker praktisch nichts unter sich und Saket musste ihn eine Zeitlang wie eine Marionette bewegen, um ihn wieder in die Gänge zu bringen. »Ein Bein nach dem anderen«, riet Saket. »Mehr ist gar nicht nötig, mein Junge.«

Auf Sakets Drängen zwang sich Riker dazu, aus eigenem Antrieb die Beine zu bewegen, bis er mit jedem Schritt spürte, wie seine Kräfte zurückkehrten. »Gehen Sie weiter«, empfahl Saket und half Riker dabei, im Kreis zu laufen. Nach einigen Minuten entsprach Rikers Gang wieder einigermaßen seiner normalen Kondition. »Kommen Sie, Riker... wir machen einen Spaziergang, Sie und ich.« Damit marschierten die beiden langsam durch das Gefangenenlager. »Haben Sie vorhin den Verstand verloren? Als Sie sagten, Sie wollten mehr?«

»Es war... es war ein Zitat... aus einem Buch... über Waisenkinder, *Oliver Twist*, geschrieben von Dickens... Ich hielt es für passend... da ich in gewisser Weise auch keine Eltern mehr habe... Ich bin einfach nur... da...«

»Sie faseln, Riker.«

»Nein. Mir geht es gut... wirklich. Dickens... ein großartiger Autor... Sie sollten etwas von ihm lesen... *Bleak House*... die Darstellung meines Lebens... *Eine Geschichte aus zwei Städten*... über zwei Männer, die sich ähnlich sehen, von denen sich einer für den anderen opfert... als ich Dickens damals als kleiner Junge las... habe ich gar nicht gemerkt... wie viel Bedeutung er einmal für mich gewinnen würde...«

»Ganz wie Sie meinen, Riker«, entgegnete Saket kopfschüttelnd.

»Saket«, sagte Riker, »wir kennen uns noch nicht sehr lange. Aber wir sind Freunde... Sie dürfen mich Thomas nennen. Oder Tom, wenn es Ihnen lieber ist.«

»Um ehrlich zu sein, Riker ist mir lieber«, erwiderte Saket. »Hat mir schon immer gut gefallen. Klingt stark, der Name. Hat eine angemessene und angenehme Härte.«

»Wahrscheinlich haben Sie Recht«, räumte Riker ein. »Solange Sie mich weiterhin als Freund bezeichnen.«

Sie trotteten an einem der Deutronium-Verarbeitungszentren vorbei und Tom Riker war – nicht zum ersten Mal – von der geschickt fabrizierten Sinnlosigkeit beeindruckt, die die alltägliche Existenz im cardassianischen Arbeitslager auf Lazon II erfüllte.

Tom Riker, der absonderliche und perfekte Doppelgänger von William Riker, der durch einen ungewöhnlichen Transporterunfall während einer Rettungsaktion auf Nervala IV geschaffen worden war. Die Tatsache, dass es einen zweiten Riker gab, war schon für das Originalexemplar beunruhigend genug. Doch nach einer gescheiterten Starfleet-Karriere war Tom Riker – der diesen Vornamen seinem (beziehungsweise ihrem) gemeinsamen Mittelnamen entlehnt hatte – schließlich in der Widerstandsgruppe namens Maquis gelandet und hatte dort den Plan verfolgt, das Raumschiff *Defiant* zu stehlen. Die gegenwärtige Konsequenz dieses Vorhabens war seine Gefangenschaft auf Lazon II.

Lazon II war eine recht trostlose Welt, die zum überwiegenden Teil unbewohnbar war. Ein Stück der Oberfläche war durch Terraforming in einen Ort verwandelt worden, an dem Humanoide überleben konnten, und dort verbüßten Tom Riker, Saket und etwa fünfzig oder sechzig weitere Feinde des cardassianischen Staates ihre lebenslangen Freiheitsstrafen. Allerdings war niemals offiziell von einer lebenslangen Strafe die Rede gewesen. Normalerweise gab es eine Höchstgrenze, die bei zwanzig oder dreißig Jahren lag. Doch bedauerlicherweise war die Sterblichkeitsrate auf Lazon II recht hoch. Eine Verbannung nach Lazon II kam infolgedessen faktisch einem Todesurteil gleich.

Lazon II war ursprünglich gar nicht als Arbeitslager geplant gewesen. Ursprünglich hatte der Planet das spezielle Interesse der Cardassianer geweckt, weil er reich an Deutroniumerz war. Veredeltes Deutronium war ein begehrter Treibstoff für verschiedene cardassianische Waffensysteme und einige frühere Modelle ihrer Kriegsschiffe gewesen. Da die Cardassianer die Deutronium-Vorräte auf Welten wie Preplanus längst ausgebeutet hatten, war die Entdeckung einer beträchtlichen Deutronium-Lagerstätte auf Lazon II stürmisch begrüßt worden. Das Terraforming-Projekt war sehr bald in Angriff genommen worden…

…um dann im Sande zu verlaufen. In der Zwischenzeit hatte es Fortschritte in der cardassianischen Technologie gegeben und Deutronium wurde nur noch in peripheren Bereichen als Energiequelle eingesetzt. Der größte Teil der Waffen und anderer Dinge, die man mit Deutronium betrieben hatte, waren obsolet geworden.

An diesem Punkt war die Entscheidung gefallen, Lazon II in eine Strafkolonie und ein Arbeitslager zu verwandeln. Und dieses Vorhaben wurde auf meisterhafte Weise in die Tat umgesetzt, denn schwere Arbeit war schon schlimm genug, aber schwere Arbeit ohne wahren Sinn war noch viel schlimmer. Die Insassen des Gefängnisses auf Lazon II verbrachten einen endlosen Tag nach dem anderen damit, in einem Klima zu arbeiten, das übergangslos zwischen glühender Hitze und Eiseskälte wechselte. Die Klimakontrolle lag in den Händen der Wärter, und dank der Terraforming-Ausrüstung, die ihren kleinen Sektor der Galaxis beherrschte, konnten sie sich nach Belieben diesem angenehmen Zeitvertreib hingeben. Die Arbeit bestand darin, sich gewaltige Brocken aus Deutroniumerz vorzunehmen und sie mit Hilfe manuell eingesetzter Erzzertrümmerer in kleine, handlichere Stücke zu zerlegen. Diese Stücke wurden dann mit der Hand in glühend heiße Raffinerien befördert, die unglaublich veraltet waren. Es war so, als würde man mittels eines Impulsantriebes eine interstellare Reise unternehmen, während man sehr wohl wusste, dass es für jeden außer einem selbst die Möglichkeit gab, sich mit Überlichtgeschwindigkeit fortzubewegen. Große Mengen an Deutronium, die mit modernen Maschinen innerhalb weniger Minuten verarbeitet werden konnten, beanspruchten hier Tage oder gar Wochen. Obendrein war die Verarbeitung gefährlich, da die uralten Maschinen dazu neigten, auf spektakuläre Weise zu versagen. Dabei wurden gewöhnlich ein oder zwei Arbeiter getötet, bevor man die neueste Fehlfunktion in den Griff bekommen konnte. Und nachdem das Deutronium für den technischen Einsatz bereit war, lag es haufenweise in cardassianischen Lagerhäusern herum, denn das Angebot an Deutronium überstieg bei weitem die Nachfrage. Um es kurz zu machen: All die Anstrengungen, die die Gefangenen von Lazon II auf sich nehmen mussten, waren letztlich nur eine gigantische Zeitverschwendung. Und das wussten die Gefangenen nur zu gut. Dieser Umstand sollte zur Untergrabung ihrer Moral beitragen – und dieser Aspekt des Lagers funktionierte mit bemerkenswerter Effizienz.

Sie kamen an den furchterregenden Zwillingstürmen vorbei, die zum Verteidigungssystem von Lazon II gehörten. Das Lager war zusätzlich durch ein Kraftfeld gesichert, das jedoch nur ein passives Schutzsystem darstellte. Riker blickte auf, als Licht von den Mündungen der riesigen Pulsstrahler reflektiert wurde, die in der Lage waren, jedem angreifenden Schiff katastrophalen Schaden zuzufügen. Außerdem gab es einen Sensorenscrambler, eine recht heimtückische Vorrichtung, die es unmöglich machte, irgendeine Person auf der Planetenoberfläche mit dem Transporter zu erfassen, sei es über Kommunikator oder direkte Sensorpeilung. Zum Beispiel gab es einen Andorianer auf Lazon II. Unter normalen Umständen konnte ein andorianisches Rettungsschiff das Kraftfeld mit einem gezielten Angriff ausschalten, um dann die Zielperson ins Schiff zu beamen, während es sich außerhalb der Reichweite der Pulsstrahler aufhielt. Ein solcher Plan wurde durch den Scrambler vereitelt, denn die Retter müssten sich schon persönlich auf den Planeten begeben, um den zu Rettenden abzuholen, doch bis es dazu kam, hätten die Strahler das angreifende Schiff längst in eine Trümmerwolke verwandelt.

Da Transporter somit auf Lazon II nicht zuverlässig arbeiteten, erfolgte der Zugang zum Lager ausschließlich über Shuttles und verschiedene andere Fahrzeuge, die auf einem nicht weit entfernten Landeplatz stationiert waren. Aber dieser Landeplatz wurde natürlich streng bewacht...

...obwohl Riker aufgefallen war, dass sich dort in

letzter Zeit weniger Wachen als gewöhnlich aufhielten. Er hatte den Eindruck, dass Personal von Lazon II abgezogen wurde, als hätten die cardassianischen Streitkräfte einen dringenderen Bedarf an anderer Stelle. Vielleicht bildete er es sich nur ein, aber das glaubte er nicht. In Anbetracht der zahlreichen Sicherungssysteme des Lagers fielen ein paar Männer weniger ohnehin kaum ins Gewicht.

Die kleine schäbige Hütte, die sich Riker und Saket mit fünf weiteren Insassen teilten – die zur Zeit alle im Arbeitseinsatz waren –, bot ihnen kaum irgendeine Art von Schutz. Es gab zahllose Ritzen, durch die der kalte Wind pfeifen konnte, wenn die Wärter es sich in den Kopf setzten, sie mit unangenehmem Wetter zu quälen. Wenn es dagegen heiß war, gelang es der Hütte auf rätselhafte Weise, alle Hitze zu speichern, wodurch sie zu einem Backofen wurde. Alle Hütten besaßen diese Eigenschaften.

Heute war zufällig ein kalter Tag, obwohl sich Riker nicht sicher war, in welchem Umfang die Kälte auf das Wetter oder nur seine vorübergehend geschwächte Widerstandsfähigkeit gegen harte Witterungsverhältnisse zurückzuführen war.

»Was glauben Sie, wie lange man uns hier drinnen in Ruhe lässt?« fragte Riker verbissen.

»Lang genug, um nach Luft zu schnappen und wieder zu Kräften zu kommen«, antwortete Saket. Dann betrachtete er Tom Riker nachdenklich. »Sagen Sie mir, Riker… als Sie hier eintrafen, schienen Sie mit Ihrer Situation sehr zufrieden zu sein. Sie haben ein Föderationsraumschiff gestohlen, wenn ich mich nicht irre.«

»Die *Defiant*«, sagte er und nickte. »Ich hatte vor, es gegen die Cardassianer einzusetzen.«

»Weil Sie sich dem Maquis angeschlossen hatten. Richtig?«

Wieder nickte Riker.

»Und als Ihr Plan nicht aufging, beschlossen die Cardassianer, Sie zu exekutieren, doch dann erwischten Sie eine Glückssträhne und« – er deutete mit einer Geste auf ihre Umgebung – »landeten schließlich an diesem netten Plätzchen.«

»Damals erschien es mir als glückliche Fügung des Schicksals«, sagte Riker wehmütig. Er rieb sich die Schenkel, um dafür zu sorgen, dass sich die Blutzirkulation wieder normalisierte.

Saket lachte leise – das hieß, er gab ein Geräusch von sich, das unter Romulanern als leises Lachen galt. Schließlich waren die Romulaner nicht gerade für ihre ausgeprägte Heiterkeit bekannt. »Es wäre besser für Sie gewesen, wenn Sie zu jenem Zeitpunkt das Leben verloren hätten. Erheblich besser.«

»Ich werde in absehbarer Zeit von hier verschwinden.« Riker nickte entschieden, doch es war schwierig zu erkennen, ob er wirklich daran glaubte oder nur sich selbst davon zu überzeugen versuchte. »Glauben Sie mir, Saket, ich werde mein Leben nicht auf diesem öden Felsbrocken beschließen. Das weiß ich genau. Mein Schicksal hat etwas Besseres für mich vorgesehen.«

»Und das wäre…?«

»Etwas Besseres.« Dann beobachtete er Saket eine Zeitlang mit unverhohlener Neugier. Er fand es höchst merkwürdig, dass sich eine so starke Verbundenheit zwischen ihm und dem Romulaner entwickelt hatte. Riker war bislang immer der Ansicht gewesen, dass Romulaner generell hintertrieben, feige und konfrontationsscheu waren, es sei denn, die Chancen standen für sie so günstig, dass ein Fehlschlag im Grunde gar nicht möglich war.

Saket dagegen schien aus völlig anderem Holz geschnitzt zu sein. Er hatte etwas Würdevolles an sich, eine große Selbstbeherrschung und sogar etwas

Nobles. Der für Riker möglicherweise erfrischendste Aspekt war Sakets Aufrichtigkeit. Saket schien nur wenig bis gar nichts für die Romulaner des modernen Imperiums übrig zu haben. Er hatte Riker irgendwann erklärt, dass das Romulanische Reich seiner Ansicht nach im Laufe seiner Entwicklung einen völlig falschen Weg eingeschlagen hatte. Insbesondere schien er die Klingonen für die gegenwärtige Situation verantwortlich zu machen.

»Unsere Allianz hatte Auswirkungen auf beide Völker«, hatte Riker einmal von Saket gehört. »Wir haben voneinander gelernt, doch bedauerlicherweise hat unsere Seite dabei nicht profitiert. Wir waren ein besseres, stärkeres und anständigeres Volk, bevor wir uns mit den Klingonen verbündeten. Eine ganze Generation unserer Führungsschicht wuchs während der Zeit der Allianz auf und lernte von den Klingonen, sich mit Diebstahl, Feigheit und Mangel an Vertrauenswürdigkeit durchs Leben zu schlagen. Den Klingonen dagegen wurde bewusst, wie wir von anderen Völkern gesehen wurden. Sie erkannten, dass unsere Ehre, unsere Strategie und unsere Erziehung uns in den Augen anderer zu etwas Besonderem machten. Also äfften sie diese Eigenschaften nach, um ihr Ansehen bei anderen Völkern zu steigern, um uns schließlich fallen zu lassen, nachdem sie uns unserer Waffen und unseres ureigenen Charakters beraubt hatten. Sie sind Parasiten, Riker, nichts als Parasiten. Merken Sie sich meine Worte: Die Klingonen werden Ihre Föderation auf genau die gleiche Weise zerstören, wie sie uns zerstört haben. Wenn Sie ihnen vertrauen, sind Sie Narren. Ich muss es wissen, denn wir haben ihnen vertraut und uns damit als Narren erwiesen.«

Riker war sich nicht völlig sicher, in welchem Umfang er Sakets Argumente akzeptieren konnte, aber auf jeden Fall waren seine Worte faszinierend genug, um ihm weiter zuzuhören. Saket wiederum schien dankbar, dass er ein Publikum gefunden hatte.

Die Taubheit schien sich größtenteils aus Rikers Beinen zurückgezogen zu haben. Als er aufstand, warf er Saket einen neugierigen Blick zu und erkundigte sich nicht zum ersten Mal: »Wie machen Sie das?«

»Wie mache ich was?« fragte Saket zurück, während er eine Augenbraue hob.

»Wie machen Sie sich zum Unberührbaren? Ich habe es gesehen; wir alle haben es gesehen. Die Wachen legen niemals Hand an Sie, geschweige denn einen Schockstab. Sie sagen den Cardassianern offen Ihre Meinung, ohne sich um Ihre persönliche Sicherheit zu bekümmern. Die Wachen funkeln Sie wütend an, sie grollen… aber sie unternehmen nichts gegen Sie. Wie machen Sie das? Was ist Ihr Geheimnis?«

»Ich bin beliebt«, erklärte Saket.

»Niemand kann so beliebt sein – und schon gar nicht bei Cardassianern.«

Saket schien Riker eine Weile nachdenklich zu mustern. Dann blickte er nach links und rechts, als wollte er sicherstellen, dass niemand in der Nähe war und ihr Gespräch belauschte. Dann beugte er sich vor und sagte sehr leise: »Ich weiß Dinge.«

»Sie wissen Dinge?« Das entsprach nicht unbedingt der klaren Antwort, die Riker erhofft hatte. »Was für Dinge?«

»Dinge, die auch die Cardassianer gerne wüssten. Dinge über die Herrscher des Romulanischen Reichs. Und auch Dinge über wichtige Persönlichkeiten im Cardassianischen Reich.« Er lächelte dünn. »Ich bin ein Spion, Riker. Ich war es die meiste Zeit meines Lebens. Ich weiß sehr viele wichtige Dinge. Damit besitze ich für sie einen gewissen Nutzwert.«

»Tatsächlich? Nun, ich weiß nicht, ob ich sehr viele wichtige Dinge weiß… aber etwas, von dem ich mit Sicherheit weiß, ist das außergewöhnliche Geschick der Cardassianer, Informationen in ihren Besitz zu bringen. In dieser Hinsicht haben sie es sehr weit gebracht; manche behaupten sogar, es sei ihre größte Leidenschaft.«

»Das ist nur zu wahr. Ihr Ruf ist keineswegs übertrieben, sondern wohlbegründet.«

»Und wenn dem so ist«, sagte Riker mit Nachdruck, »warum haben die Cardassianer ihr Geschick dann noch nicht bei Ihnen eingesetzt?«

»Wir haben eine... Vereinbarung, die Cardassianer und ich. Von Zeit zu Zeit antworte ich ihnen auf bestimmte Fragen, gebe ihnen winzige, aber entscheidende Informationen... die in erster Linie ihr eigenes Volk betreffen. Wissen Sie, die Cardassianer sind untereinander sehr misstrauisch. Das wird irgendwann zu ihrem Niedergang führen, wie ich denke. Als Gegenleistung für diese Informationen erhalte ich zwar nicht die Freiheit... aber meine Gefangenschaft ist nach cardassianischen Maßstäben keine besonders schwere Bestrafung. Wie Sie vielleicht bemerkt haben, werden mir auf Lazon II keine wirklich schwierigen oder unangenehmen Arbeiten zugeteilt. Dazu sind, wie ich fürchte, die nicht so begabten Individuen wie Sie da.«

Riker schüttelte den Kopf. »Ich verstehe es trotzdem nicht. Warum versuchen die Cardassianer nicht, Ihnen gewaltsam jedes Stückchen Information zu entreißen, das in Ihrem Kopf steckt?«

»Weil ich weit gereist bin und einige sehr interessante Dinge gelernt habe, Riker. Und dazu gehört die Fähigkeit...« Er lächelte, was bei Romulanern immer etwas seltsam wirkte, weil ihr Aussehen so sehr dem von Vulkaniern glich. »...die Fähigkeit zu sterben.«

»Sie meinen, ehrenvoll?« Riker hatte es offensichtlich nicht verstanden.

»Ich meine…« Saket beugte sich vor, während er die Finger beider Hände verschränkte. »…dass ich meinem Leben jederzeit ein Ende setzen kann… mit einem Gedanken.«

Riker wusste nicht, was er davon halten sollte. »Nun, dazu dürfte jeder von uns in der Lage sein, Saket.«

»Nein, Sie haben es nicht verstanden. Sogar in Ihrem Volk sind Techniken bekannt, meditative Fähigkeiten, durch die man sich in einen so tiefen Zustand der Meditation versetzen kann, dass kaum noch ein Herzschlag zu registrieren ist.«

»Ja, ich weiß.«

»Was mich betrifft«, fuhr Saket fort, »so kann ich mein Herz anhalten… meine Körperfunktionen einstellen… und sterben, wenn ich es möchte. Die Cardassianer sind sich dessen bewusst, vor allem, nachdem ich es ihnen demonstriert habe.«

»Sie sind… gestorben…?«

»Fast. Ich ließ es zu, wiederbelebt zu werden. Es war ein interessanter Anschauungsunterricht für sie. Wissen Sie, Riker, die Cardassianer können manchmal sehr vernünftig sein. Tot würde ich ihnen überhaupt nichts nützen. Wenn sie mich foltern wollten, würde ich meinem Leben einfach durch reine Willenskraft ein Ende setzen. Also helfe ich ihnen bei kleinen Dingen, die dem Romulanischen Reich nicht zum Nachteil gereichen, während ich geduldig auf den Tag meiner Befreiung warte.«

»Aber wieso sind Sie dann immer noch hier? Sie könnten doch einfach damit drohen, Selbstmord zu begehen, wenn man Sie nicht freilässt.«

Saket bedachte ihn mit einem leicht mitleidigen Blick, als wäre er überrascht, dass Riker eine so dumme Frage stellte. »Wenn ich frei bin, hätte ich für sie keinen Nutzen mehr. Ich könnte ihnen vielleicht sogar schaden. Lebendig bin ich ihnen nützlicher als tot, aber sie würden mich lieber töten als mich freizulassen. Meine Begabung macht mich zum Gefangenen.«

»Ich verstehe. Also haben Sie eine Art Waffenstillstand vereinbart.«

»In gewisser Weise. Wie lange dieser Zustand andauern wird, ist schwer zu sagen. Es ist möglich, dass die Cardassianer eines Tages die Geduld verlieren oder dass ein Wechsel in den Machtverhältnissen...«

Plötzlich flog die Tür der Hütte auf. Mudak stand im Eingang und hatte die Unterlippe zu einem ungeduldigen Knurren verzogen. »Ihre Beine müssten sich inzwischen erholt haben«, sagte er barsch. »Warum sind Sie immer noch hier?«

»Kein Grund zur Besorgnis«, entgegnete Saket. »Wir sind in wenigen Augenblicken bei Ihnen, Mudak.«

»In wenigen Augenblicken. Wirklich entzückend!« Mudaks Gesicht spannte sich für einen Moment an, dann drehte er sich um und machte die Tür von draußen zu.

»Sie reizen ihn, Saket«, sagte Riker besorgt. »Früher oder später...«

»Früher oder später wird er zerbrechen«, sagte Saket, dem die Ironie keineswegs entgangen war. »Das, Riker, ist meine sehnsüchtigste Hoffnung.«

»Warum, Saket?«

»Warum es meine sehnsüchtigste Hoffnung ist?« Doch dann merkte er Rikers Tonfall an, dass er die Frage ganz anders gemeint hatte.

»Nein«, sagte Riker. »Warum ich? Manchmal habe ich das Gefühl, als hätten Sie mich zu Ihrem privaten Forschungsprojekt erwählt. Sie haben meine Nähe gesucht... sich mit mir angefreundet, sofern der Begriff ›Freundschaft‹ hier angemessen ist...«

»Und Sie möchten gerne wissen, warum.« Saket zuckte die Schultern. »Auch ich habe mir diese Frage gestellt, Riker. Aber ich habe keine klare Antwort gefunden. Manchmal spüre ich etwas in anderen Personen. Eine Ahnung, dass sie irgendwie eine wichtige Rolle im großen Plan spielen werden. Vielleicht liegt es daran, dass Sie hier als einziger Mensch die Föderation vertreten. Allein das macht Sie zu etwas Besonderem. Und wenn Sie für Starfleet eine solche *Persona non grata* geworden sind, dass man Sie einfach Ihrem Schicksal überlässt, hier im Herz der Finsternis… dann sind diese Umstände für mich eine gewichtige Empfehlung, Sie als möglichen Verbündeten in Betracht zu ziehen.«

»Starfleet hat mich nicht im Stich gelassen«, erwiderte Riker schroff. »Ich habe Starfleet verlassen. Ich…«

»Warum? Sie haben niemals über die wahren Gründe gesprochen und ich hatte niemals den Wunsch, Sie dazu zu drängen. Aber warum…?«

Riker starrte ins Nichts und erschauderte, als sich die kalte Luft energischer als zuvor durch die Ritzen in der Hütte drängte. »Ich bin der nicht eingeschlagene Weg.«

»Wie bitte?« Saket hob verständnislos eine Augenbraue.

»Auf Kanubus Drei gibt es eine Religion«, sagte Riker nach einer Weile, »die den totalen Hedonismus predigt.«

»Das klingt in meinen Ohren gar nicht so furchtbar«, sagte Saket lächelnd, jedoch ohne vorzugeben, er hätte verstanden, worauf Riker hinauswollte.

»Sie tun einfach, was ihnen in den Sinn kommt«, erklärte Riker, »ganz gleich, was es ist. Für sie ist nichts von Bedeutung, weil Sie an die Idee des Multiversums glauben. Sie sind überzeugt, dass nichts eine Rolle spielt, denn jedesmal, wenn man eine bestimmte Entscheidung trifft, entscheidet man sich in einem anderen Universum, einen ganz anderen Weg zu gehen. Nun… ich bin eine Art in sich geschlossenes alternatives Universum. In einer Variante der Wirklichkeit ging ich in eine bestimmte Richtung. Ich wurde der ideale Starfleet-Offizier, pflichtbewusst und zuverlässig. Und da ich diesen Weg bereits beschritten hatte… war mir, als müsste ich etwas ganz anderes tun, um meinen eigenen Lebensweg zu verfolgen. Ich fühlte mich nicht in der Lage, einen Aufguss zu machen, mein Leben einfach nur zu wiederholen.« Er blickte in Sakets Gesicht und musste unwillkürlich grinsen. »Sie haben nicht die geringste Ahnung, wovon ich rede, nicht wahr?«

»Nein – was Sie betrifft. Nicht den blassesten Schimmer«, gab Saket zu. »Aber ich bin mit der Idee alternativer Universen vertraut. Nur zu gut. Ich kenne sogar eine Frau, die ihre Existenz einem alternativen Universum verdankt. Sie hat mir sehr viel bedeutet… das heißt, sie tut es immer noch.«

»Jetzt habe ich nicht den blassesten Schimmer, wovon Sie reden«, sagte Riker. »Wie kann jemand seine Existenz einem alternativen Universum verdanken?«

»Die Sache ist… recht kompliziert. Diese Geschichte heben wir uns für ein andermal auf. Kommen Sie. Nicht einmal ich möchte Mudaks Geduld zum gegenwärtigen Zeitpunkt zu sehr strapazieren.« Riker nickte und folgte Saket nach draußen.

Und nur wenig später war die Hölle los. Saket starb und Tom Riker starrte in die Mündung eines Phasers, während nur ein zittriger Finger am Auslöser zwischen ihm und dem sofortigen Tod stand…

2

»Nette Landung.« – Die ersten paar Millionen Male oder so – und das war nur eine leichte Übertreibung, was sie betraf –, als Deanna Troi diese Bemerkung gehört hatte, war sie mehr als nur ein wenig verärgert gewesen. Sie hatte niemals behauptet, eine Befähigung zur Pilotin zu besitzen, nicht einmal unter den günstigsten Voraussetzungen, und dass sie ihre erste derartige Erfahrung mit einer angeschlagenen *Enterprise* machte, die sich bereits auf schlingerndem Kollisionskurs mit der Oberfläche von Veridian III befand, war nicht gerade ein fairer Test für die Befähigung eines Neulings auf diesem Gebiet. Counselor Troi war überzeugt, dass sie es unter überschaubaren Bedingungen mit genügend Zeit und Gelegenheit zum Trainieren ohne große Probleme zu einem überzeugenden Navigationsoffizier gebracht hätte. Stattdessen war sie nun mit einer Situation konfrontiert, in der selbst die erfahrenste Hand am Ruder nichts hätte unternehmen können, um die *Enterprise* 1701-D vor dem Sturz ins Verderben zu bewahren.

Während die mitgenommene und abgekämpfte Besatzung ein provisorisches Lager auf Veridian III aufschlug, um auf ihre Rettung zu warten, war Deanna zwischen den Leuten herumgegangen und hatte versucht, ihre Sorgen zu beschwichtigen, sie davon zu überzeugen, dass Hilfe unterwegs war, und vielen der Zivilisten geholfen – insbesondere den jüngeren Kindern –, die schwer mit der Tatsache zu kämpfen hatten, dass ihr Heim, das einzige Heim, das viele von ihnen jemals gehabt hatten, vom Himmel gestürzt war wie ein verwundeter Spatz nach der Attacke eines klingonischen Kampfschiffs. Der Rumpf des Schiffes war aufgrund eines Warpkern-Kollapses explodiert, während das Diskussegment in die Atmosphäre von Veridian III gestürzt war, mit Troi an der Navigation, um über die Planetenoberfläche zu schlittern, wie ein gigantischer Diskus, der von einem noch gigantischeren griechischen Olympioniken geworfen wurde. Die scheinbar endlose Bruchlandung hatte irgendwann doch geendet und nun empfand es Troi als ihre Aufgabe, sich nach besten Kräften um die geistige Gesundheit der Besatzungsmitglieder zu kümmern.

Sie machten einen bemerkenswert stabilen Eindruck… insbesondere jene, die immer wieder dasselbe zu ihr sagten:

»Nette Landung.«

Diesmal war es Lieutenant Sheligo. Der Mann war groß und hager und hatte beim Absturz einige Brandflecken im Gesicht davongetragen, die noch nicht verarztet worden waren. Sheligo musste seinen schlaksigen Körper praktisch in der Mitte knicken, um mit seiner Frau und seinem Kind am Boden zu hocken. In diesem Augenblick streichelte er versonnen das Haar seiner immer noch zitternden dreijährigen Tochter, während er mit einem matten Lächeln zu Troi aufblickte und diese Worte sprach.

Troi hatte es längst aufgegeben, die Bemerkung persönlich zu nehmen oder als irgendeine Art von Kritik an ihrer ›Unzulänglichkeit‹ aufzufassen. Mit der Zeit war ihr bewusst geworden, dass es sich weniger um eine Kritik als eine Methode handelte, ihr ohne große Ehrerbietung zu gratulieren. Die erschütterte Besatzung konnte immer noch nicht richtig fassen, dass sie den spektakulären Untergang ihres großen Raumschiffs überlebt hatte. Eine halb ironische Bemerkung zu ihren Fähigkeiten als Pilotin half ihnen, darüber hinwegzukommen, wie nahe sie alle dem Tod gewesen waren. Niemand wollte sie disqualifizieren. Die Leute wollten ihr danken.

Zumindest hatte Troi entschieden, es so zu interpretieren.

Und sie sagte zu Sheligo, was sie zu allen sagte, die den Drang verspürten, einen Kommentar zu ihrer Situation abzugeben: »Wir sind noch einmal davongekommen.«

»So ist es«, stimmte Sheligo zu und zeigte ihr den hochgereckten Daumen. Das war eine durchaus sinnvolle Philosophie, auf die wahrscheinlich schon die Gebrüder Wright nach ihrer ersten Bruchlandung zurückgegriffen hatten. Jede Landung, nach der man aus eigener Kraft weitergehen konnte, war eine gute Landung.

Sie bemerkte, dass Geordi LaForge sich näherte, und begrüßte ihn mit einem Lächeln.

»Haben Sie auch schon ein Souvenir?« fragte LaForge unbeschwert.

Deanna blieb stehen. »Wie bitte?«

»Ein Souvenir.« Dann brachte er ein kleines Stück Metall zum Vorschein. Es war geschwärzt und abgewetzt; sie hatte den Eindruck, es könnte von der Außenhülle stammen, war sich aber nicht sicher. »Jeder besorgt sich eins. Es ist auf jeden Fall genug für alle da. Wir haben bei der Rutschpartie ein großes Stück von der Unterseite verloren. Die Trümmer sind über den ganzen Graben verstreut, den wir hinterlassen haben.«

»Haben Sie vielleicht noch eins übrig, Commander?« erkundigte sich Sheligo.

»Klar«, erwiderte Geordi. Er griff in die Tasche, die er geschultert hatte, und nahm ein rundliches Stück heraus. Dann warf er es Sheligo zu, der es mühelos auffing.

»Es erscheint mir ein wenig... morbide«, räumte Troi ein. »Meinen Sie nicht auch?«

Sheligo betrachtete das Metallstück in seinen Händen von allen Seiten. Seine kleine Tochter stellte vorübergehend das Zittern ein, als ihre Aufmerksamkeit von den Lichtreflexen auf dem Trümmerstück in Anspruch genommen wurde. Er schien Deannas Frage nicht gehört zu haben.

»Morbide?« wiederholte Geordi. »Wieso?«

»Nun... was hier geschehen ist, war... höchst bedauerlich«, wählte sie ihre Worte so behutsam wie möglich. »Es war für alle Beteiligten recht traumatisch. Machen Sie sich überhaupt keine Sorgen, Lieutenant«, wandte sie sich an Sheligo, »dass Ihre Tochter durch das Souvenir an das unangenehme Ereignis erinnert werden könnte? Und Sie, Geordi... Sie waren der Chefingenieur. Finden Sie es nicht beunruhigend, ein Stück des Raumschiffes zu besitzen, das nicht mehr existiert?«

»Counselor«, erwiderte Geordi gelassen, »wollen Sie mich auf den Arm nehmen? Das hier« – damit hielt er das Metallstück hoch – »ist ein Glücksbringer. Es erinnert mich an ein Schiff, das den Absturz überstanden und uns alle gerettet hat. Ein Schiff, an das ich nur die besten Erinnerungen habe, ganz gleich, wie sein letztliches Schicksal aussah. Und vielleicht erinnert es mich auch daran, dass es letztlich nur ein Raumschiff war. Ein Gebilde aus Metall und anderen Materialien. Und wir haben alle überlebt, was eine großartige Sache ist.«

»Zweifellos um Längen besser als die Alternative«, warf Sheligo ein.

An diesem Punkt musste Deanna lächeln. »Wissen Sie was, Geordi?« sagte sie mit abgeklärtem Humor. »Manchmal glaube ich, dass Sie den falschen Beruf gewählt haben. Ist Ihnen schon einmal in den Sinn gekommen, das Leben als Schiffscounselor zu genießen?«

»Ich werde gelegentlich darüber nachdenken. Wenn Sie mich jetzt entschuldigen würden…«, sagte er und setzte seinen Weg fort. Dann drehte er sich noch einmal zu ihr um. »Ach, Counselor!«

»Ja, Geordi?«

Er grinste und reckte den Daumen hoch. »Nette Landung.«

Sie erwiderte das zwiespältige Kompliment mit der Andeutung einer Verbeugung.

Während sie weiterging, spürte sie zunehmend die Wärme der Sonne. Hätten sie nicht gerade einen unkontrollierten Absturz überlebt, wäre der Planet ein sehr angenehmer Ort für einen Erholungsurlaub gewesen. Hier war es auf jeden Fall angenehm, wohltemperiert und nett. Schade, dass sie nicht unter anderen Bedingungen hier waren.

Im Augenblick schien niemand akute Schwierigkeiten zu haben, die eine Traumatherapie durch die Counselor erforderlich machten. Das hätte Deanna eigentlich nicht überraschen dürfen. Die Besatzungsmitglieder der *Enterprise* waren ein zähes, durchsetzungsfähiges Völkchen und gegenwärtig waren sie völlig mit der Tatsache zufrieden, dass sie alle noch atmeten (oder was immer ihre bevorzugte Methode des atmosphärischen Stoffwechsels sein mochte). Später würden die verzögerten Auswirkungen des Überlebensschocks einsetzen. Es konnte zu Zitteranfällen oder unvermittelten Schreien in der Nacht kommen. Viele von ihnen, insbesondere die Jüngeren, würden nie wieder ein Raumschiff mit einem Gefühl der Sicherheit betrachten können. Sie würden sich stets daran erinnern, dass die schützende Hülle zwischen ihnen und dem erbarmungslosen Vakuum des Weltraums viel zerbrechlicher war, als sie bis zu diesem Zeitpunkt angenommen hatten. Natürlich war es ihnen bereits vorher intellektuell bewusst gewesen. Aber diese Art von Wissen war etwas ganz anderes als das Erlebnis, mit ängstlich pochendem Herzen in einem Winkel der fragwürdigen Sicherheit des Diskussegments zu kauern, während das Schiff dem Verderben entgegenraste...

Doch das würde nicht mehr Deannas Problem sein.

Das war eine schlimme Erkenntnis für sie. Niemand wusste, was als Nächstes geschehen würde. Zweifellos würde man sie neuen Aufgaben zuteilen. Die Frage war nur, wo sie ihre neuen Aufgaben erfüllen würden. Es war sehr unwahrscheinlich, dass die komplette mehr als tausendköpfige Besatzung eines Schiffs zusammenbleiben durfte, um sich gegenseitig Trost zu spenden, bis Starfleet ein neues Raumschiff gefunden hatte, das die Crew geschlossen bemannen konnte. Es war viel wahrscheinlicher, dass sie aufgeteilt wurden, dass sie auf die verschiedensten Schiffe abkommandiert wurden, auf denen ihre Dienste benötigt wurden. Sie hatte nur sehr kurz mit Captain Jean-Luc Picard gesprochen und er schien zuversichtlich, dass eine neue *Enterprise* in Dienst gestellt würde. Aber er hatte natürlich keine Ahnung, wann oder wo das geschehen würde.

Die Offiziere könnten... *möglicherweise*... als Gruppe zusammengehalten werden. Dafür gab es keine Garantie, aber ein Captain wie Picard mit seiner Autorität und langen ruhmreichen Vergangenheit wäre vermutlich in der Position, seine Wünsche durchzusetzen. Wenn er seine Offiziersbesatzung komplett behalten wollte, würde es ihm vielleicht sogar gelingen. Aber auch er konnte nicht einfach eintausend Personen einsperren und untätig herumsitzen lassen, während er auf ein neues Kommando wartete.

Deanna Troi kannte diese Leute genau. Im Verlauf von sieben Jahren hatte sie jedes einzelne Besatzungsmitglied der *Enterprise* kennen gelernt. Sie kannte sie alle mit einer Vertrautheit und emotionalen Intimität, die sie niemals für möglich gehalten hätte. Die Besatzungsmitglieder hatten bei den Begegnungen mit ihr auf die unterschiedlichste Art und Weise reagiert. Manche waren ihr offen und bereitwillig entgegengekommen, andere hatten sich in der Nähe einer Empathin, die ihre tiefsten Empfindungen spüren und analysieren konnte, unwohl gefühlt. Doch irgendwann hatten sich alle beruhigt. Nun erschien es ihr einfach ungerecht, dass sie nach dieser langen Zeit ihre große Familie verlieren sollte.

Sie spürte, wie sich ihre Kehle zusammenschnürte, und erkannte, wie sehr all diese Dinge auch an ihr nagten. Ihr Körper reagierte bereits auf ihre unbewussten Bedürfnisse, auf die überwältigenden Emotionen, die sie in immer stärkeren Strömen durchflossen. Sie ging mit schnellen, sicheren Schritten weiter, bis sie bald die größte Menschenkonzentration des provisorischen Lagers hinter sich gelassen hatte. Sie entfernte sich von den anderen, damit sie nicht miterlebten, wie bestürzt und verzweifelt sie selbst war.

Schließlich sollte sie eine Kraftquelle und ein emotionales Bollwerk für die Besatzungsmitglieder sein. Es waren einige darunter, in deren Gegenwart sie sich entspannen und ihre Rolle als Counselor abstreifen konnte. Aber Dr. Beverly Crusher wurde zur Zeit von zu vielen Patienten in Anspruch genommen, Commander Will Riker war damit beschäftigt, die Trümmer der *Enterprise* nach allem Brauchbaren zu durchsuchen, und Worf…

Worf war…

…nun… er war… er war so… *Worf.* Sie ließ sich gegen einen Baumstamm sinken und ihre Brust erzitterte leicht, als sie sich zu beruhigen versuchte. Das, womit sie in diesem Augenblick kämpfte, war eine Schwäche. So würde Worf es bezeichnen. Wer konnte es ihm verdenken? In gewisser Weise sah sie selbst es genauso. Und wenn es eine Sache gab, mit der Worf im Besonderen und Klingonen im Allgemeinen ein Problem hatten, dann war es Schwäche.

Deanna hatte sich eingeredet, dass ihre Beziehung zu Worf genau deswegen ein Segen für sie war. Wenn sie mit ihm zusammen war, vermittelte es ihr ein Gefühl der inneren Stärke und Entschlossenheit. Das war ein äußerst positiver Charakterzug, den sie auch für sich anstrebte. Es war nicht etwa so, dass sie sich als schwache Frau sah. Aber sie hatte sich niemals Sorgen machen müssen, in melancholische oder depressive Stimmungen oder in Selbstzweifel zu verfallen, weil es eine Sache gab, die Worf am meisten schätzte, und das war Stärke. Sie wollte Worf gegenüber keine Schwäche zeigen und genau damit machte sie sich stärker.

Andererseits…

Du verleugnest dich selbst.

Dieser nagende Zweifel setzte ihr schon seit einiger Zeit zu, was sie nicht gerade begeisterte. Sie hätte ihn am liebsten in Bausch und Bogen verworfen. Meistens war es so, dass Paare – und sie und Worf waren zweifellos ein Paar – stets voneinander lernten. Sie lernten und wuchsen, während sie die besseren Seiten des anderen (und gelegentlich auch die schlechteren) übernahmen. Worfs klingonischer Stoizismus, seine Unerschütterlichkeit und seine pure, mächtige Persönlichkeit waren Dinge, von denen Deanna Troi sehr profitierte, und sie wollte keinen Moment ihrer gemeinsam verbrachten Zeit missen.

Warum also empfand sie plötzlich diesen leisen Ansatz eines… Zweifels?

Nein. Sie schüttelte diesen Gedanken ab. Nein, da war kein Zweifel. Die Beziehung zwischen ihr und Worf war schon viel zu weit fortgeschritten, sie hatten viel zu hart an sich gearbeitet, um plötzlich Bedenken haben zu können. Sie beide… passten einfach gut zusammen. Ja, das war es. Es fühlte sich gut an. Und wenn es etwas gab, mit dem sich Deanna Troi auskannte, dann waren es Gefühle.

Mit Ausnahme deiner eigenen?

Sie hatte keine Ahnung, woher diese ärgerliche kleine Stimme kam, die immer wieder abfällige Kommentare von sich gab und ihr Selbstvertrauen untergrub, aber sie konnte nicht darauf warten, dass sich diese äußerst ärgerliche Person entfernte, um sie mit ihrem unbestreitbaren Glück alleinzulassen, ihrem Glück mit…

»Worf?«

Diese letzte ausgesprochene Frage war keine Folge ihres Nachsinnens über den Namen ihres Partners, sondern eher eine Reaktion auf einen Laut, der ihr äußerst vertraut vorkam. Es war ein tiefes, leicht animalisches Knurren. Und in diesem tierischen Knurren waren ein oder zwei Worte versteckt gewesen, die eindeutig klingonisch geklungen hatten. Um genau zu sein, handelte es sich um klingonische Kraftausdrücke, die Deanna nur zu gut identifizieren konnte.

Und gleichzeitig spürte sie etwas. Ihre empathischen Fähigkeiten waren alles andere als beständig; es gab einige Spezies, die ihr so fremd waren, dass sie überhaupt nichts von ihren Vertretern empfing. Doch die Klingonen gehörten eindeutig nicht zu dieser Gruppe. Ihre Emotionen lagen so dicht unter der Oberfläche, dass sie selbst nach einer Lobotomie noch in der Lage gewesen wäre, einen durchschnittlichen Klingonen aus einem Kilometer Entfernung wahrzunehmen.

In diesem Fall war es Schmerz, was sie spürte. Nackter, qualvoller, die Eingeweide zerreißender Schmerz. Aber nicht nur das, denn sie spürte gleichzeitig eine hartnäckige Entschlossenheit, diesen Schmerz zu ignorieren, ihn so weit wie möglich wegzudrängen.

»Worf?« rief sie erneut. Die Stimme war aus einem nahen Teil des Waldes gekommen, wo das Gebüsch besonders dicht wuchs. Sie konnte praktisch nichts erkennen. »Worf?« rief sie ein drittes Mal.

Sie hörte einen weiteren klingonischen Fluch und diesmal erkannte sie, aus wessen Kehle er kam, auch wenn ihr die buchstäbliche Bedeutung entging. Es handelte sich eindeutig nicht um den klingonischen Sicherheitsoffizier, der sich irgendwo in der schützenden Tiefe des Waldes verbarg, sondern vielmehr um seinen jungen Sohn.

»Alexander!« rief sie.

»Geh weg«, kam es als gepresstes Knurren zurück.

»Alex...!«

»Ich sagte: Geh weg!« war seine qualvolle und gleichzeitig ungeduldige Stimme wieder zu hören. »Welchen Teil von ›Geh weg‹ hast du nicht verstanden?«

Nur einen kurzen Moment zog sie in Erwägung, der Aufforderung des Jungen Folge zu leisten, doch dann verwarf sie diese Idee. Offensichtlich steckte Alexander in Schwierigkeiten und sie würde ihm keinen Gefallen erweisen, wenn sie das Problem ignorierte, unter dem er zu leiden hatte. Sie machte sich auf den Weg und schob sich durch das Gebüsch.

»Verdammt noch mal, Deanna!« protestierte Alexander, doch dann verstummte er, als hätte er eingesehen, dass er damit nichts bei ihr bewirkte und es vermutlich weniger entwürdigend für ihn wäre, wenn er nicht ständig eine Forderung wiederholte, die ohnehin nicht befolgt wurde.

Im Wald war es verhältnismäßig düster, so dass Deannas Augen eine Weile brauchten, um sich an die Lichtverhältnisse zu gewöhnen. Die Bäume verströmten einen strengen Duft, den sie als äußerst belebend empfand. Doch im nächsten Moment verflüchtigten sich alle Gedanken an mögliche angenehme Aspekte der Umgebung, als sie erkannte, in welchen Schwierigkeiten Alexander steckte.

An der Art, wie sein Bein verdreht war, sah sie sofort, dass es gebrochen war. Seine Hose war am Oberschenkel mit einem breiten Streifen Blut getränkt. Er hatte sich den rechten Ärmel seines Hemdes abgerissen, versuchte damit, den Bruch zu fixieren, und mit Hilfe eines Astes, den er in der Nähe gefunden hatte, eine provisorische Schiene anzulegen.

Alexander war in den vergangenen Monaten sichtlich gewachsen. Seine Entwicklung war erstaunlich. Worf hatte voller Zuversicht behauptet, dass dergleichen für junge männliche Klingonen durchaus normal war. Wenn ihr Reifeprozess ein bestimmtes Stadium erreicht hatte, setzte ein Wachstumsschub ein, mit dem sie innerhalb eines Jahres das vollbrachten, wozu ein Mensch gewöhnlich zwei bis drei Jahre benötigte. Es war, als würde der Körper eines jungen Klingonen, nachdem er die üblichen Plagen der Kindheit überstanden hatte – und sich damit als überlebenswürdig erwiesen hatte –, seine weitere Entwicklung beschleunigen, damit er schnellstmöglich den Zustand der Schwäche und Verletzbarkeit überwand.

In diesem Augenblick jedoch wirkte Alexander – der nach irdischen Maßstäben beinahe erwachsen war – nur zu verletzbar. Allerdings widerstrebte es ihm, es zu zeigen.

»Was ist geschehen?« keuchte Deanna.

»Ich wurde niedergetrampelt«, knurrte Alexander.

»*Niedergetrampelt?*«

»Wenn Leute um ihr Leben laufen«, stellte Alexander fest, »neigen sie dazu, alles zu überrennen, was ihnen im Weg steht… vor allem andere Leute, die kleiner als sie sind. Aber mach dir keine Sorgen, ich komme schon klar.«

»Du *kommst klar?* Alexander, du brauchst ärztliche Hilfe! Und dein Vater...«

»Mein Vater«, brummte Alexander, »war beschäftigt. Warte einen Moment.«

»Was hast du vor?«

Alexander legte die Hände fest um seinen Oberschenkel, dann biss er die Zähne zusammen und drehte das Bein mit einem plötzlichen Ruck herum. Er wollte den Schmerzensschrei zurückhalten, was ihm jedoch nur für einen kurzen Zeitraum gelang. Dann brach ein lautes Geheul aus seiner Kehle hervor. Deanna, die ganz im Bann der Empathie stand, keuchte in schmerzvollem Mitgefühl auf. Als er die abrupte Bewegung vollführte, konnte sie deutlich das Knacken hören, mit dem der Knochen in seine frühere Position zurückbefördert wurde.

Alexander verdrehte die Augen, bis nur noch das Weiße zu sehen war, und Deanna glaubte bereits, dass er in Ohnmacht fallen würde. Doch dann verwandelten sich seine Augen in zwei Kugeln aus glänzendem Stahl, während er sich dazu zwang, bei Bewusstsein zu bleiben. »Frag mich jetzt bitte nicht«, stieß er zwischen zusammengebissenen Zähnen hervor, »ob alles in Ordnung ist.«

»Ist alles...« Die Frage kam ihr so selbstverständlich in den Sinn, dass sie eine bewusste Anstrengung unternehmen musste, um sie abzubrechen. Sie bemühte sich, ihre auflodernden Gefühle zu ignorieren, während sie alle Autorität sammelte, die ihr noch zur Verfügung stand, und sagte: »Wir müssen dich zu deinem Vater bringen.«

»Ich sagte doch, dass er beschäftigt ist. Viel zu beschäftigt, um sich Gedanken über mich machen zu können.«

»Alexander, das ist ungerecht.«

»Ja, ich weiß.«

»Er war auf der Brücke! Er konnte seinen Posten nicht verlassen…«

»Seinen Posten!« Alexander gab sich keine Mühe, seine Verachtung zu verbergen. »Das Schiff hatte einen Warpkern-Kollaps. Überall rannten die Leute herum. Er hat keinen Gedanken daran verschwendet, nach mir zu suchen, um sich zu vergewissern, dass ich in Sicherheit bin. Aber ich weiß, warum. Der Grund ist völlig offensichtlich.«

»Aha?«

»Es war ihm gleichgültig, wie es mir erging.«

»Alexander«, erwiderte sie, »das ist Unsinn. Du bist deinem Vater keineswegs gleichgültig. Bist du deshalb mit deinem verletzten Bein hierher gekrochen? Um ihn irgendwie zu bestrafen? Oder irgendetwas zu beweisen?«

»So ist es Sitte bei den Klingonen«, teilte er ihr mit. »Wenn ein Krieger verletzt ist… muss er sich selbst versorgen. Wenn er aufstehen und weiterkämpfen kann, hat er es verdient weiterzuleben. Wenn er sich nicht selbst versorgen kann, wird er zu einer Last für die anderen und schwächt ihre Kräfte.«

»Das hat dein Vater dir beigebracht?«

»Natürlich.«

»Gut. Dann werde ich dir auch etwas beibringen. Es ist ein uraltes Sprichwort, aber es stammt nicht von den Betazoiden. Es ist ein Sprichwort von der Erde. Du erinnerst dich noch an die Erde, auf der deine Großeltern leben?«

»Natürlich erinnere ich mich«, sagte Alexander mit sichtlicher Ungeduld. »Ich habe schließlich auch dort gelebt, ein Jahr lang. Es waren… gute und anständige Menschen… wenn man berücksichtigt, dass sie Menschen sind«, räumte er hastig ein.

»Ja… also, auf der Erde sagt man, dass niemand eine Insel ist. Verstehst du, was das bedeutet?«

Alexander war damit beschäftigt, die provisorische Schiene an seinem Bein zu befestigen, und schien kaum zuzuhören. »Abgesehen vom Offensichtlichen, dass eine Person genauso wenig eine Insel ist wie ein Fels oder ein Baum oder ein Kontinent... nein, eigentlich nicht.«

»Es bedeutet«, sagte sie geduldig, »dass wir uns alle gegenseitig brauchen. Dass niemand von uns völlig autark ist.«

Er blickte zu ihr auf. »Und es war ein Mensch von der Erde, der das gesagt hat.«

»Ja. Das vollständige Zitat lautet...«, sagte sie und legte eine kurze Pause ein, während sie ihr Gedächtnis bemühte. »›Niemand ist eine Insel und völlig unabhängig; jeder ist Teil eines Kontinents, Teil des Ganzen; wenn ein Brocken vom Meer fortspült würde, wäre Europa weniger, um ein Kap oder um das Haus deiner Freunde oder dein eigenes; jedes Menschen Tod nimmt mir etwas fort, weil ich mit der Menschheit verbunden bin; und darum strebe niemals danach zu wissen, wem die Stunde schlägt; denn sie schlägt dir.‹«

»Und dann?« fragte Alexander.

»Ja!« rief Troi überrascht. »John Donne!«

»Wer ist John?« Alexander war sichtlich verwirrt.

»John?«

»Vergiss es. Ist mir egal, ob dieser John dann kommt. Ich habe nur gefragt, ob das alles war.«

»Ach so.« Sie wusste nicht, ob sie nun lachen oder sich schämen sollte. »Ja...«

»Gut.« Er streckte sich aus und legte den Kopf auf den Boden. »Dann wäre ich dir sehr verbunden, wenn du jetzt gehen und mich mit meinem schmerzenden Bein in Frieden lassen könntest.«

»Nein. Ich werde Hilfe rufen.«

»Deanna!«

»Was erwartest du von mir, Alexander? Dass ich

dich hier einfach so liegen lasse? Wenn ich gehe, um Hilfe zu holen, könntest du weiterkriechen und dir ein besseres Versteck suchen. Dieses Risiko möchte ich nicht eingehen.«

»Nun, ich werde jedenfalls nicht wie ein Invalide hier herumliegen.« Mit einem ungeduldigen Zischen griff Alexander nach einem Baum und zog sich langsam daran hoch. »Also gut, du hast gewonnen. Gehen wir.«

»Du kannst doch nicht...«

»Erwarte nicht von mir«, sagte Alexander barsch, »dass ich dich um Hilfe bitte!«

Sie zögerte, dann seufzte sie. Sie half ihm beim Aufstehen und legte seinen Arm über ihre Schulter. Obwohl er gewachsen war, überraschte es sie, wie leicht er war.

Er stützte sich hauptsächlich auf sein unversehrtes Bein und belastete das verletzte kaum, doch schließlich bewegte er sich mit Trois Unterstützung recht geschickt vorwärts. »Weißt du was, Deanna«, sagte er, als sie langsam zum Zentrum der zeitweiligen Besatzungsunterkünfte zurückkehrten. »Es ist völlig klar, dass diese Sätze von einem Erdenmenschen und nicht von einem Klingonen stammen. Ein Klingone würde niemals sagen, er sei keine Insel oder der Tod eines anderen würde ihm etwas fortnehmen.«

»Nein?«

»Nein. Denn wir glauben daran, dass, abgesehen vom Kampf an der Seite eines Gefährten, jeder auf sich allein gestellt ist, von der Geburt bis zum Tod, und was immer wir für uns erreichen, geschieht allein durch unsere eigene Leistung und die Kraft unseres eigenen Verstandes. Was den Tod betrifft... Klingonen töten nur zur Selbstverteidigung, im Krieg oder zur Erlangung von Ruhm. Jemanden zu töten, geschieht entweder, um die Ehre eines anderen zu gewährleisten oder um das eigene Überleben zu sichern. Eines Mannes Tod nimmt uns nichts fort, sondern er stärkt uns.«

»Danke, dass du mich an dieser Weisheit teilhaben ließest, Alexander«, sagte Deanna mit sorgsam versteckter Ironie. »Nachdem ich das gehört habe, geht es mir schon viel besser.«

»Ach, noch etwas, Deanna...«

»Ja?«

»Nette Landung.«

Worf kniff leicht die Augen zusammen, als er auf den Horizont blickte, dann richtete er seinen Tricorder auf die Stelle, die er angestarrt hatte. Nach einer Weile nickte er zufrieden über das Resultat seiner Suche. Einen Moment lang hatte er geglaubt, er hätte irgendeine Bewegung bemerkt, doch der Tricorder offenbarte ihm nun, dass es sich in Wirklichkeit nur um Schatten handelte, die vor der untergehenden Sonne Veridians länger wurden. Er tippte auf seinen Kommunikator. »Worf an Captain.«

»Picard hier. Bericht, Mr. Worf«, war die knappe Erwiderung des ehemaligen Kommandanten der *Enterprise*.

»Eine gründliche Untersuchung der Umgebung hat keine Anzeichen auf feindseliges Leben ergeben. Ich glaube nicht, dass irgendeinem Mitglied der Besatzung die Gefahr eines Angriffs durch einheimische Lebensformen droht.«

»Es freut mich, das zu hören, Mr. Worf. Jetzt wollen wir nur hoffen, dass es den Duras-Schwestern nicht gelungen ist, eine Nachricht an irgendwelche Verbündeten abzusetzen, die möglicherweise Rache für ihr recht gewaltsames Dahinscheiden nehmen könnten.«

»Das wäre... nicht sehr wünschenswert«, brummte Worf nach kurzer Überlegung.

»So ist es. Wir wollen also wachsam bleiben.«

»Jederzeit.«

»Picard Ende.«

Doch im selben Augenblick, als die Verbindung unterbrochen wurde, meldete Worfs Kommunikator einen weiteren Anruf. Er tippte wieder darauf und sagte: »Hier Worf.«

»Worf… hier ist Deanna. Ich bin bei Alexander… er wurde verletzt.«

»Verletzt?« Worfs beständige Stirnfalten wurden noch tiefer. »Wo ist er? Wo bist du?«

»Auf dem Rückweg ins Lager. Wir kommen über die Hügel im Norden.«

»Ich werde euch entgegengehen.« Worf hatte sich bereits in Bewegung gesetzt, doch seine gleichmäßige Stimme gab keinen Hinweis darauf, mit welcher Geschwindigkeit das geschah. Sein Tonfall war genauso, als würde er reglos und völlig entspannt auf der Stelle stehen. »Welcher Art ist seine Verletzung?«

»Er hat sich das Bein gebrochen, glaube ich. Ich habe bereits Beverly alarmiert, die ebenfalls auf dem Weg zu uns ist.«

»Warum habt ihr nicht einfach auf Hilfe gewartet?« fragte er.

»Klingonischer Stolz und Dickköpfigkeit«, erwiderte sie mit leichtem Sarkasmus. »Ich schätze, diese Dinge dürften dir vage vertraut sein.«

Doch Worf schien die Ironie in ihrer Antwort nicht zu bemerken. »Ja. Natürlich. Ich werde so schnell wie möglich bei euch sein. Sorge dafür, dass der Junge sich keine weiteren Verletzungen zufügt.«

Darauf folgte eine kurze Pause, als müsste sie erst überlegen, was sie darauf erwidern sollte. »Ich werde sehen, was sich machen lässt«, sagte sie schließlich.

Worf rannte quer durch das Lager. Mehrere Besatzungsmitglieder nickten ihm zu oder grüßten ihn im

Vorbeigehen, aber er achtete nicht weiter auf sie. Seine Gedanken und Sorgen galten allein Alexander.

In was war der Junge hineingeraten? Warum hatte er seinen Vater nicht informiert? Auf Worfs Gesicht stand in großen Buchstaben die Besorgnis geschrieben...

...und dann wurde er langsamer, als er zu verstehen begann.

Natürlich, klingonischer Stolz, genau wie Deanna gesagt hatte.

Sein Herz schwoll mit genau dem gleichen Stolz an, als ihm mit einem Mal in vollem Umfang die Gründe für Alexanders Verhalten klar wurden. Er verstand restlos, was sich der Junge vorgenommen hatte, und Worf war nicht im Geringsten daran interessiert, irgendetwas zu sagen oder zu tun, das seinen Sohn von seinem offensichtlichen Bedürfnis ablenken könnte, seinen Mut zu beweisen. Als er schließlich in Sichtweite von Alexander und Deanna kam, war jede Spur von Besorgnis aus seiner Miene und seiner Haltung verschwunden. Stattdessen ging er mit langen Schritten, die ihn schnell vorwärts brachten, aber gleichzeitig keinen Eindruck der Hast vermittelten.

Beverly Crusher war bereits eingetroffen und untersuchte sein Bein mit einem Scanner. »Ein sauberer Bruch«, hörte Worf sie sagen. »In dieser Hinsicht haben Sie Glück gehabt. Was haben Sie sich dabei gedacht, einfach so wegzulaufen?«

»Klingonen laufen nicht weg«, erwiderte Alexander steif.

»Sie humpeln in Würde«, stellte Deanna verschmitzt richtig. Diese Entgegnung zauberte tatsächlich ein flüchtiges Lächeln auf Alexanders Gesicht, das er jedoch schnell wieder verschwinden ließ.

Crusher blickte zu Worf auf, der inzwischen zu ihnen gestoßen war, aber noch kein Wort gesagt hatte. »Wenn ich die Krankenstation zur Verfügung hätte«, sagte sie, »könnte ich das Problem mühelos bereinigen. Der Zellregenerator würde den Knochen in kürzester Zeit wieder zusammenwachsen lassen. Doch unter diesen Umständen müssen wir warten, bis wir uns wieder an Bord eines Schiffs mit kompletter medizinischer Ausrüstung befinden. Ich werde alles vorbereiten, damit er sofort in eine Krankenstation gebeamt werden kann, sobald uns eine zur Verfügung steht.«

»Wie schätzen Sie seine provisorischen Notfallmaßnahmen ein?« wollte Worf wissen, der eher wie ein militärischer Ausbilder als ein besorgter Vater klang.

»Ich habe sie mir gerade angesehen. Es scheint, dass er recht gute Arbeit geleistet hat.«

Worf brummte.

»War das ein anerkennendes Brummen, Vater?« fragte Alexander. »Oder ist eine ›recht gute Arbeit‹ nicht gut genug?«

Beverly blickte vom einen zum anderen und gelangte zu der plötzlichen Erkenntnis, dass sie den beiden vermutlich am besten diente, wenn sie sich möglichst weit entfernte. Also machte sie sich rar, so schnell sie konnte.

»Du klingst verärgert«, stellte Worf sachlich fest. »Ärgerst du dich über mich?«

Alexanders Kiefer zuckten, aber er entgegnete nichts. Nach einigem Zögern sagte Deanna: »Alexander hat das Gefühl.. ob es nun berechtigt ist oder nicht... dass dir sein Wohlergehen während der Havarie des Schiffs gleichgültig war.«

»Gleichgültig?« Er riss die Augen auf. »Worauf gründet sich diese Vermutung?«

»Auf der Tatsache, dass du dich nicht nach mir erkundigt hast«, sagte Alexander. »Dass du nicht daran gedacht hast, dich zu überzeugen, ob ich es vor der Trennung geschafft habe, ins Diskussegment zu gelangen. Dass du seit dem Absturz nicht nach mir gesucht hast.«

»Woher willst du wissen, dass ich nichts dergleichen getan habe?« fragte Worf. »Erwartest du von mir, dass ich jeden, der mir über den Weg läuft, frage, ob er oder sie dich gesehen hat? Ich habe sehr wohl versucht, dich ausfindig zu machen. Wo warst du?«

»Er war im Wald und hat sein gebrochenes Bein versorgt«, teilte Deanna ihm mit.

»Wo man ihn nicht ohne weiteres finden kann«, stellte Worf fest. »Das ist Unsinn, Alexander.«

Alexander hielt inne, als müsste er zunächst nach den richtigen Worten suchen. »Als... alle herumrannten... und ins Diskussegment zu gelangen versuchten... sah ich Eltern. Viele... Offiziere wie Zivilisten... die sich gegenseitig suchten und sicherstellten, dass es ihren Kindern und Partnern gut ging. Hast du nach mir gesucht, Vater? Gib mir eine ehrliche Antwort. Wenn du mich im Chaos einfach nicht lokalisieren konntest, dann... ist das nicht das Schlimmste. Aber hast du die Brücke verlassen, um persönlich nach mir zu suchen?«

»Nein«, sagte Worf ohne Zögern. »Ich konnte meinen Posten nicht verlassen. Und ich konnte dich nicht beleidigen, indem ich hinter dir herlaufe.«

»Mich beleidigen?« Alexander konnte es nicht fassen. »Mir zu zeigen, dass dir etwas an mir liegt... wäre eine Beleidigung gewesen...?«

»Alexander«, sagte Worf sichtlich verärgert darüber, dass etwas so Selbstverständliches eine Erklärung verlangte. »Du hast an den Notfallübungen in der *Enterprise* teilgenommen. Du bist mit den Maßnahmen vertraut, die während einer Evakuierungssituation ergriffen werden müssen. So ist es doch, oder?«

»Ja.«

»Du bist kein Kind mehr. Kein Neugeborenes, das ständig versorgt werden muss. Du bist jetzt ein Klingone, für den schon bald der Tag kommt, an dem er zum Krieger wird. Wenn ich meinen Posten verlassen hätte und herumgerannt wäre, um dich zu suchen und aufzupassen, dass du dich an die Evakuierungsmaßnahmen hältst, in denen du gründlich unterwiesen wurdest, dann hätte ich damit impliziert, dass ich kein Vertrauen in dich habe. Dass ich nicht glaube, du wärst in der Lage, dich wie ein verantwortungsbewusster Erwachsener zu benehmen, wie es nicht nur meinem Sohn, sondern einem Klingonen angemessen ist. Ich habe dir vertraut, dass du aus eigener Kraft alles Notwendige unternimmst und deinen Platz findest. Ich würde nicht im Traum daran denken, dich zu beleidigen, indem ich durch mein Verhalten andeute, du könntest nicht in der Lage sein, dich um dich selbst zu kümmern. Oder wäre es dir so lieber? Soll ich dich auf diese Weise entehren?«

Alexander senkte den Blick. »Nein, Vater.«

»Gut. Dann will ich jetzt nichts mehr von diesem Unsinn hören.«

Darauf entgegnete Deanna ernst und entschieden: »Es ist kein Unsinn, Worf.«

Er warf ihr einen verwirrten Blick zu. »Wie bitte?«

Sie öffnete den Mund, um weiterzusprechen, schloss ihn jedoch wieder. Stattdessen näherte sie sich Worf und ging mit ihm ein paar Schritte fort, damit Alexander ihr Gespräch nicht mithören konnte. Leise sagte sie: »Ob du es nun genauso siehst oder nicht… und ganz unabhängig davon, ob du nur aus ehrenvollen Motiven gehandelt hast… Alexander fühlte sich trotzdem vernachlässigt. Er hatte den Eindruck, es sei dir gleichgültig, ob er die Katastrophe überlebt hat. Das ist eine sehr mächtige Emotion, Worf, und wenn du sie kategorisch als ›Unsinn‹ abtust, verletzt du damit Alexanders Selbstwertgefühl.«

»Soll ich mich entschuldigen, weil ich ihn nicht verhätschelt habe?« wollte Worf wissen. »Er hat sich allein in den Wald zurückgezogen, um seine Verletzungen zu versorgen, oder etwa nicht?«

»Ja.«

»So ist es Sitte bei den Klingonen«, sagte er zu ihr. »Er hat seine Lektionen gut gelernt. An Bord eines Raumschiffs, in dem es genau zwei Klingonen gibt und wo er von lauter Menschen umgeben ist, betrachte ich es beinahe als Wunder, dass er sich in einer schwierigen Situation angemessen verhalten hat. Willst du mich dazu bringen, seine Ausbildung zu vernachlässigen, indem ich ihn verhätschele wie ein…«

»Ich habe nicht vor, dich zu irgendetwas zu ›bringen‹«, erwiderte Deanna ruhig. »Aber es besteht kein Zweifel, dass du sehr stolz auf deinen Sohn bist. Ich will dir nur klarmachen, dass es Möglichkeiten gibt, deinem Sohn genau dies zu zeigen… Möglichkeiten, die Besorgnis deines Sohnes ernst zu nehmen und zu beruhigen, ohne ihm das Gefühl zu vermitteln, er sei ein Dummkopf, weil er so empfindet.«

»Ich habe nicht…«

Er war nicht in der Lage, den Satz zu Ende zu sprechen, weil sie ihn einfach nur ansah, gleichzeitig geduldig und ernst. Nachdem er ihre Worte geistig verarbeitet hatte, seufzte er. »Oh… na gut«, brummte er.

»Du schaffst es«, sagte sie voller Zuversicht. »Ich weiß, dass du es schaffen wirst.«

Dann ging er zu Alexander zurück und baute sich mit verschränkten Armen vor ihm auf. »Du sollst wissen«, sagte er langsam, »dass ich sehr stolz darauf bin, wie du dich heute verhalten hast. Damit hast du deine Ehre bewiesen… und mir Ehre gemacht. Ich bedaure, dass der Preis für diese Leistung in deinem Glauben bestand, dass dein Überleben für mich von zweitrangiger Bedeutung sein könnte. Du bist und wirst immer das sein, was für mich die größte Bedeutung besitzt, Alexander. Ich möchte, dass du das niemals vergisst und dir stets bewusst bist, dass ich sehr stolz auf dich und deine Leistungen bin.« Er verstummte und ließ sich noch einmal durch den Kopf gehen, was er gesagt hatte, bis er zufrieden nickte. Dann wandte er sich wieder Troi zu. »Wie war das?«

Sie stand mit verschränkten Armen und amüsiert funkelnden Augen da. Allem Anschein nach wartete sie darauf, dass er noch etwas hinzufügte, und er wusste sehr genau, was das war. Doch dieses Wissen behagte ihm nicht sonderlich.

»Du schaffst es«, spornte sie ihn an.

Er knurrte, räusperte sich und fügte – unter moderatem mentalen Protest, wie es schien – hinzu: »Und… ich liebe dich.« Es klang eher gemurmelt als artikuliert, etwa wie: »Und… ich lüdü.« Es war nicht gerade überwältigend, doch für Alexander war es völlig ausreichend und er erkannte diese Erklärung eifrig nickend an.

»Ich liebe dich auch, Vater«, erwiderte er.

»Natürlich«, sagte Worf steif. »Das weiß ich doch.«

Dann ertönte zur Überraschung der zwei Klingonen ein melodisches Lachen in ihrer Nähe. Sie schienen völlig vergessen zu haben, dass Deanna ebenfalls anwesend war. »Was ist so komisch?« wollte Worf wissen.

»Ihr beide«, sagte sie. »Eure Körpersprache ist so steif, so förmlich.« Sie schob das Kinn vor, um es anschaulich zu demonstrieren. »Worf, Alexander… ihr müsst eure Liebe zueinander bewahren. Eure Vertrautheit. Den Spaß, den ihr miteinander habt!«

»Wir sind auf einer fremden Welt abgestürzt und mein Sohn hat sich das Bein gebrochen«, erwiderte Worf. »Das ist nicht gerade eine angemessene Situation, um sich mit ›Spaß‹ zu beschäftigen.«

»Ich wollte damit nur sagen…« Sie seufzte. »Es scheint mir schon eine Ewigkeit her, seit Ihr beide euch das letzte Mal als Cowboys verkleidet habt. Alexander, du bist so viel größer geworden, und Worf, du bist so viel ernster geworden…«

»Ich denke nicht, dass ich dieser Einschätzung zustimmen würde…«

Lächelnd und liebevoll berührte sie sein Gesicht. »Worf… erinnerst du dich an die Feier zum Anlass deiner Beförderung? Ich musste dich praktisch zum Holodeck schleifen, während du geschrien und um dich geschlagen hast.«

»Ich habe nicht geschrien oder um mich geschlagen«, stellte Worf pikiert richtig. »Sonst hätten mich keine hundert Betazoiden dorthin bringen können.«

»Das war die Zeremonie, zu der du mich nicht dabeihaben wolltest?« fragte Alexander seinen Vater spitz. »Von der du gesagt hast, dort würden sich viele Erwachsene wie Dummköpfe verhalten – und dass du mir dieses Erlebnis ersparen wolltest?«

Worf blickte von Alexander zu Troi, die wissend schmunzelte, dann wieder zu Alexander. »Ich kann mich nicht erinnern, es auf diese Weise formuliert zu haben.«

»Es war jedenfalls nicht sehr schmeichelhaft, ganz gleich, wie du es formuliert hast«, sagte Alexander.

»Worf, wir können das später besprechen…«

»Nein«, widersprach Worf, der sich plötzlich herausgefordert fühlte, vor allem durch Alexanders Blicke. Er drehte sich zu Deanna um und sagte: »Was willst du mir damit sagen?«

»Worf, wirklich, es…«

»Sprich – es – aus!« In seiner Stimme war auf einmal eine Schärfe, die vorher nicht darin gelegen hatte.

»Nun, es…« Sie suchte nach den angemessenen Worten, doch dann zuckte sie die Schultern und beschloss, einfach zu sagen, was ihr in den Sinn kam. »Du neigst dazu… dich in Schutzschilde zu hüllen. Du kommst nur selten aus deiner Deckung hervor.

Und deshalb tendieren die Leute dazu – in diesem Fall Alexander –, alles, was du sagst und tust, auf die Goldwaage zu legen. Sie bekommen nur wenig bis gar kein Feedback von dir, was du wirklich empfindest oder was du denkst. Infolgedessen müssen sie die Leerstellen selbst ausfüllen. Und das kann zu Fehlinterpretationen führen, zu verletzten Gefühlen… und Ähnlichem.«

»Natürlich achte ich auf meine Deckung. Ich bin Klingone. Wenn wir nicht wachsam bleiben, sind wir schutzlos jedem Angriff ausgeliefert.«

»Nur im Krieg.«

»Das Leben«, tönte Worf, als wäre es ihm irgendwann eingepaukt worden, »ist Krieg.«

»Nein«, gab Deanna mit verblüffender Heftigkeit zurück. »Das Leben ist Leben. Krieg ist der Verlust von Leben. Und ich glaube, dass du den Unterschied genau kennst, Worf… besser als jeder andere Klingone.« Als wäre sie plötzlich selbst von der Schroffheit ihrer Reaktion überrascht, dämpfte sie ihre Stimme, während sie fortfuhr: »Und ich kann mir keinen Klingonen vorstellen, der besser geeignet wäre, Alexander diese Dinge beizubringen, als sein Vater… natürlich nur unter der Voraussetzung, dass du selbst daran glaubst.«

»Ich weiß, dass du daran glaubst.« Er hielt einen Moment inne und sagte dann: »Dürfte ich für einen Moment Ihre Dienste in Anspruch nehmen, Counselor?«

Deanna warf Alexander einen kurzen Blick zu, der nur die Schultern zuckte. »Macht euch meinetwegen keine Sorgen. Ich werde nicht davonlaufen«, sagte er mit mattem Humor. »Nicht dass ich es könnte, wenn ich es wirklich wollte…«

»Gut«, sagte sie und entfernte sich mit Worf. Alexander blickte ihnen nach und grübelte nach, was sein Vater auf dem Herzen haben könnte.

Deanna ging es genauso. Worfs Gedanken schienen in Aufruhr, was ziemlich ungewöhnlich war. Meistens waren seine Gefühle so direkt wie ein geworfener Speer. Und wenn Worf ging, waren seine Schritte normalerweise so lang, dass Deanna rennen musste, um nicht den Anschluss zu verlieren. Diesmal jedoch lief er von sich aus langsam genug, dass sie mühelos mithalten konnte. Schon das war ein überraschender Umstand.

Als sie sich weit genug von Alexander entfernt hatten, obwohl er immer noch in Sichtweite war, wandte sich Worf ihr zu und sagte: »Findest du wirklich, dass ich… distanziert war? Zu reserviert?«

»Ich hätte es nicht gesagt, wenn ich nicht dieser Meinung wäre«, antwortete sie. »Aber ich habe es wirklich nicht als Kritik gemeint, Worf. Eher als Feststellung, mit der du umgehen kannst, wie du willst.«

»Wie dem auch sei, ich finde es jedenfalls beunruhigend, dass du es so empfindest. Ich habe mich bemüht…« Er zögerte, als wollte er gegen seinen Willen ein Schimpfwort aussprechen, bis es ihm schließlich gelang, es über die Lippen zu bringen. »…verletzlicher zu werden.«

»Das ist mir nicht entgangen. Dein Herz ist richtig weich und zart geworden.«

»Ich meine es ernst, Deanna.«

»Tut mir leid«, sagte sie und wischte sich buchstäblich das Lächeln aus dem Gesicht. »Ich sollte keine Scherze machen.«

»Ich habe es für Alexander getan… und für dich… aber es war nicht einfach. Manchmal…« Er kehrte ihr den Rücken zu, damit sie nicht die nackte Frustration in seinem Gesicht sah. »…beneide ich Data. Um seine Persönlichkeit zu entwickeln, muss er sich nur einen neuen Chip in den Kopf einsetzen und im nächsten Augenblick verfügt er über die gesamte Spannbreite menschlicher Emotionen.«

»Eine Situation, die für ihn sehr schwierig war«, gab Troi sofort zu bedenken. »Alles hat seinen Preis, Worf.«

»Die Vorstellung, sich selbst verletzbar zu machen, sei es physisch oder emotional... selbst der Humor... solche Dinge sind nur sehr schwer zu verstehen. Zumindest für mich. Ich bin seit so vielen Jahren durch zwei Welten gewandert, dass man meinen müsste, es wäre längst ein Teil meines Wesens geworden. Aber das ist es nicht. Ich bin nicht einmal ganz sicher, was eigentlich mein ursprüngliches Wesen ist.«

»Zwei Wesen wohnen, ach, in deiner Brust«, stellte Deanna fest. »Ich beneide dich keineswegs, Worf.«

»Nein. Aber du hilfst mir. Dafür... danke ich dir«, sagte er. Jetzt war er es, der ihr Gesicht berührte, und sie war von der Zärtlichkeit überrascht, mit der er es tat. Es stand in schroffem Kontrast zu seinen derben Händen.

»Du hast sehr viel Fingerspitzengefühl«, sagte sie zu ihm.

»Natürlich. Das haben die meisten Klingonen. Es ermöglicht uns, Druckpunkte zu ertasten, um den Blutkreislauf zu unterbinden und jemanden zu betäuben oder ihn zu töten, indem...« Er verstummte, als er ihren Gesichtsausdruck bemerkte, das leichte Erblassen ihrer Haut, die Dunkelheit in ihren Augen, die plötzlich viel größer geworden waren. »Das war offenbar... keine angemessene Bemerkung.«

»Schon gut.« Sie klopfte ihm auf die Schulter. »Zum Glück entwickelt man zwangläufig einen besonderen Sinn für Humor, wenn man mit einem Klingonen liiert ist.«

»Auch ich habe Sinn für Humor«, sagte Worf zu ihr. »Auch wenn er etwas... anders als deiner geartet ist.«

»Tatsächlich? Inwiefern anders?«

»Nun...« Er musste zunächst darüber nachdenken. »Ich habe einmal an einer Geschicklichkeitsdemonstration mit dem *Bat'leth* teilgenommen. Sie wurde von K'Plok veranstaltet, einem der besten *Bat'leth*-Kämpfer des Klingonischen Imperiums. Bedauerlicherweise war K'Plok an jenem Tag erkältet, aber kein Klingone mit Selbstachtung würde eine Verpflichtung nur wegen einer geringfügigen Erkrankung absagen. Als er den berühmten rückwärts über den Kopf geführten Hieb vorführen wollte, musste er niesen und hat sich dabei versehentlich selbst enthauptet.«

»O mein Gott!« sagte Deanna keuchend. »Was hast du getan?«

»Wir haben gelacht. Es war das längste ununterbrochene Gelächter in der Geschichte des Imperiums. K'Plok gewann unsterblichen Ruhm als größter klingonischer Komödiant aller Zeiten. Sein Name wurde in unseren offiziellen Annalen sogar zu K'Plop geändert, um an das Geräusch zu erinnern, als sein Kopf…«

Sie hob eine Hand. »Ich… habe verstanden, was du andeuten willst, Worf. Und du bist wirklich der Ansicht, dass dieses Ereignis… komisch war?«

»Wenn nicht, hätte ich wohl kaum seinen Kopf behalten, nachdem er mir in den Schoß geflogen war.«

Nun erbleichte Deanna sichtlich. »Du… du hast doch nicht wirklich…?«

»Nein«, sagte er nach einer kurzen Pause. »Das war ein Scherz, Deanna.«

Sie stieß einen Seufzer der Erleichterung aus und musste sogar leise kichern, als ihr bewusst wurde, wie er sie genarrt hatte.

»Siehst du!« sagte er triumphierend. »Ich besitze durchaus Humor. Ich habe dich zum Lachen gebracht.«

»Ja, das hast du.« Sie nahm ihn liebevoll in die Arme. »Geh jetzt zu deinem Sohn. Ich glaube, deine Gesellschaft wird ihm gut tun.«

»Damit hast du höchstwahrscheinlich Recht… wie so häufig.«

Während Worf zu Alexander zurückkehrte, machte er sich eine mentale Notiz, dass er baldmöglichst eine Nachricht an die klingonische Heimatwelt abschicken musste, wo der wichtigste Teil seiner persönlichen Besitztümer eingelagert war, damit unverzüglich der Kopf von K'Plop fortgeschafft wurde, bevor Deanna die Wahrheit erfuhr. Das Klingonische Komik-Museum hatte ihn ohnehin seit Jahren bedrängt, das Stück zu stiften, da das Haus verständlicherweise unter einem gewissen Mangel an Ausstellungsstücken litt.

Er kam an Beverly Crusher vorbei, die sich mit Data unterhielt. Data schien sich bei Crusher zu erkundigen, ob sie im Durcheinander zufällig irgendwo seine Katze gesehen hatte. Worf kam es recht seltsam vor, dass Data nach allem, was geschehen war, auch nur einen Gedanken an irgendein Tier verschwenden konnte. Er rief: »Data…«

»Ja?« Data wandte seine Aufmerksamkeit Worf zu, während Beverly sich über die Schulter umblickte.

»Wissen Sie noch? Neulich? Als Sie Doktor Crusher ins Wasser gestoßen haben?«

»Ja.«

Er wies mit dem Zeigefinger in Datas Richtung. »Das war komisch. Unglaublich witzig. Und glauben Sie niemandem, der Ihnen etwas anderes erzählen will.« Damit marschierte er weiter und ließ einen leicht verwirrten Data und eine ziemlich pikierte Beverly Crusher zurück.

Der See wirkte ausgesprochen einladend.

Die Luft war übermäßig warm und Deanna fühlte sich recht schmutzig, als wäre ihre allgemeine Erschöpfung nach der Bruchlandung noch nicht genug. Aber zumindest waren sie gelandet, verdammt! Sie hatte sich seitdem ununterbrochen den Bedürfnissen der Besatzung gewidmet. Wie es hieß, waren Rettungsschiffe unterwegs, aber trotzdem – ja, es war pure Eitelkeit, auch wenn sie es nur widerstrebend zugab – erreichte sie allmählich den Punkt, an dem es ihr unangenehm wurde, wenn die Leute sie nur anschauten. Sie fühlte sich so angewidert, so…

»Bah!« Sie betrachtete ihr Spiegelbild im Wasser und schüttelte entmutigt den Kopf. Sie schöpfte mit der Hand etwas Wasser und spritzte es sich ins Gesicht, aber damit erreichte sie nur, dass die Schmutzflecken auf ihrer Haut zu größeren Schmutzflecken verliefen. Nebenbei wurde ihr bewusst, dass es in der Umgebung völlig ruhig war. Alles war still und in Ordnung. Zur Zeit wurde sie nicht dringend gebraucht und sie war sich ziemlich sicher, dass dieser Winkel recht abgeschieden war. Andererseits war Deanna Troi keineswegs das schamhafteste Individuum der Galaxis. Selbst wenn man sie beim Herumplantschen beobachtete, nun… sie hatte schon an etlichen betazoidischen Hochzeiten teilgenommen, zu denen die Braut und der Bräutigam sowie die Gäste traditionell nackt erschienen. Sie war sogar William T. Riker, dem Ersten Offizier der *Enterprise,* bei einer solchen Veranstaltung erstmals begegnet.

Und das Wasser war zu ihrer Überraschung angenehm warm. Vermutlich gab es irgendwo eine unterirdische Quelle, die zur Erwärmung beitrug.

»Ach, warum eigentlich nicht?« sagte sie zu niemand Bestimmtem. Nach wenigen Augenblicken lag ihre Uniform in achtloser Unordnung am Ufer, während Deanna mit raschen, sicheren Schwimmzügen durchs Wasser glitt. Unmittelbar nach dem Eintauchen fühlte sie sich neu belebt. Sie erhob sich aus dem Wasser, warf den Kopf zurück, Tropfen sprühten durch die Luft und sie lachte vergnügt, einfach nur glücklich, am Leben zu sein.

Sie spürte, dass sie nicht mehr allein war, bevor sie

ihn sah. Doch im selben Moment spürte sie auch, wer es war.

»Counselor«, hörte sie die amüsierte Stimme von William Riker, »Sie sind ja gar nicht in Uniform!«

Sie tauchte wieder unter, machte im Wasser kehrt und schwamm zurück in die Richtung, aus der auch seine Stimme gekommen war. Dann rieb sie sich das Wasser aus den Augen und sah Riker auf einem Felsen sitzen, der ein Stück in den See hineinragte. Er grinste breit, während ihre ordentlich zusammengelegte Uniform in seinem Schoß lag.

»Du solltest es auch tun, Will«, schlug sie mit belustigt funkelnden Augen vor. »Das Wasser ist wirklich wunderbar.«

»Oh… ich möchte lieber nicht. Trotzdem vielen Dank.«

Am anderen Ende des Sees gab es einen recht eindrucksvollen Wasserfall. Als Troi entspannt ein paar Schwimmzüge in Rückenlage machte, rief sie ihm zu: »Erinnert dich das hier an irgendetwas?«

Er blickte sich um und schien zu überlegen, worauf sie anspielte, bis er lachen musste, als ihm die Erkenntnis kam. »Die Janaran-Fälle im Jalara-Dschungel auf Betazed. Wie konnte ich es nur vergessen! Es war, nachdem ich dich aus den Händen der Sindareen-Piraten befreit hatte und wir auf dem Rückweg zum Treffpunkt der Suchteams waren. Eigentlich hätten wir den Weg in drei Tagen schaffen müssen, obwohl wir zu Fuß waren. Aber wir haben fünf gebraucht.«

»Nun, wir waren… anderweitig beschäftigt«, sagte Troi neckisch. »Und wir haben fast den ganzen letzten Tag am Wasserfall verbracht.«

»Ich weiß nicht, wie du es gesehen hast, aber ich war nicht gerade wild darauf, diesen Ort zu verlassen.«

»Mir ging es genauso. Bei den Göttern, waren wir jung, Will! Wir wussten noch gar nichts.« Sie verharrte langsam paddelnd auf der Stelle. »Es schien, als hätten wir alle Zeit der Welt. Wer konnte ahnen, dass wir uns für so viele Jahre zum letzten Mal sehen würden?«

»Nun… das stimmt nicht ganz«, gab Riker zu bedenken. »Bedauerlicherweise war alles, was danach geschah… nun ja…«

Sie zuckte zusammen, als sie sich erinnerte. Nachdem sie aus dem Dschungel abgeholt worden waren, hatte die junge Deanna – unter dem Druck ihrer Mutter – ihre Beziehung zu Riker beendet. Dieser plötzliche Stimmungsumschwung hatte Riker schwer zu schaffen gemacht, worauf er zum Leidwesen aller Beteiligten eine typisch männliche Dummheit begangen hatte: Er hatte sich ein paar Gläser hinter die Binde gekippt und war mit einer recht attraktiven und willigen jungen Frau ins Bett gegangen. Und Troi, die sich erst wenige Stunden zuvor trotzig gegen die erstickenden Forderungen ihrer Mutter zur Wehr gesetzt hatte, war dummerweise dazugestoßen und hatte die beiden miteinander erwischt, worauf sie verletzt und wütend davongestürmt war. Wäre Riker auf Betazed geblieben, hätten sie vielleicht die Gelegenheit gehabt, alles in Ruhe zu klären. Aber dazu kam es nicht, weil Riker wieder an Bord eines Raumschiffs berufen worden war. Es hatte eine kurze Versöhnung in einem betazoidischen Kunstmuseum gegeben, aber sie war nur flüchtig und unbefriedigend gewesen. An Bord seines neuen Schiffs hatte Riker ihr eine Nachricht geschickt und sie gebeten, sich einige Wochen später auf Risa mit ihm zu treffen, damit sie einen letzten Versuch unternehmen konnten, ihre Beziehung zu retten. Doch dann war es nie zu diesem Rendezvous gekommen… und sie hatten den Kontakt verloren, bis sie sich viele Jahre später unverhofft an Bord der *Enterprise* wiederbegegnet waren.

»Komisch, dass du dich so deutlich daran erinnerst«, sagte sie. »Im Gegensatz zu Tom.«

»Tom? Oh!« Auf seinem Gesicht erschien das Stirnrunzeln, das immer dort erschien, wenn der Name Tom Riker fiel. Auch wenn es sich um eine andere Person handelte… waren sie dennoch dieselbe Person. Es war eine Sache, über die Riker nicht gerne nachgrübelte. »Musstest du diesen Namen erwähnen?« fragte Riker. »Ich meine, bis eben war doch alles so…« Er hielt inne und zwang sich zu einem Lächeln. »…so kristallklar wie dieses Wasser.«

»Tut mir leid, Will«, sagte Deanna bedauernd. »Ich wollte dich nicht…«

»Schon gut«, sagte er mit einer wegwerfenden Geste. »Tom konnte sich also nicht daran erinnern, was an den Janaran-Wasserfällen geschehen war?«

»Oh, ich vermute, dass er sich sehr gut erinnerte. Doch als er es mit keinem Wort erwähnte, entschied ich, diesen Punkt auf sich beruhen zu lassen. Er wäre mir irgendwie… unangemessen vorgekommen. Es war, als hätte er bewusst entschieden, nicht weiter darauf einzugehen. Er hat sehr lange allein auf Nervala Vier gelebt und angeblich viel Zeit damit verbracht, über mich nachzudenken.«

»Das bezweifle ich nicht«, sagte Riker und hob eine Augenbraue.

»Also hat er unsere Beziehung vermutlich idealisiert, wollte sich nur auf die positiven und angenehmen Erinnerungen konzentrieren, statt auf…«

»Das tragische Ende?«

Er sagte es nicht ohne Humor, aber da war noch wesentlich mehr in seinem Tonfall, wie Deanna genau spüren konnte. Und wenn es irgendein Individuum gab, dessen Gedanken sie fast ohne Verzögerung und intuitiv erahnen konnte, dann war es…

»…Worf?«

Sie blinzelte und musste sich geistig zusammenreißen, als ihr klar wurde, dass sie im warmen Wasser mit ihren Gedanken abgedriftet war. Riker hatte etwas gesagt und das letzte Wort seines Satzes war der Name des Klingonen gewesen. »Was hast du gesagt…?« fragte sie und gab damit stillschweigend ihre vorübergehende geistige Abwesenheit zu.

»Ich hatte versucht«, sagte er seufzend, »auf recht ungeschickte Weise das Thema zu wechseln. Also hatte ich gefragt, wie es zwischen dir und Worf steht.«

»Oh. Gut. Alles bestens.«

»Ich habe gehört«, sagte er und grinste plötzlich auf nahezu teuflische Weise, »dass Klingonen Gedichte lesen und schreiben, während sie…«

»Will!« Ihr Gesicht errötete leicht, obwohl sie gleichzeitig ein wenig amüsiert war. »Ich wüsste nicht, was dich das anginge! Es sei denn«, fügte sie nach kurzem Zögern hinzu, »dass du deine eigenen Fähigkeiten als Dichter herausgefordert siehst. Wir haben doch gerade vom Wasserfall gesprochen. Dort hast du das Gedicht geschrieben, weißt du noch? *Das* Gedicht.«

Er schlug die Hände vors Gesicht. »Großer Gott, das wird mich bis an mein Lebensende verfolgen! Es war so schrecklich…«

»Das sagst du jedesmal. Aber es war nicht schrecklich. Es war wunderschön.« Ihr Blick wurde sanfter, als sie sich daran erinnerte. »›Ich halte dich eng umschlungen…‹«

»Du erinnerst dich noch an den Anfang?«

»Den Anfang?« Und ohne Zögern zitierte sie:

»Ich halte dich eng umschlungen,
Spüre deinen Atem, deine wundervolle
  Anwesenheit.
Ich erinnere mich an eine Zeit
Ohne dich,
Erinnere mich so daran wie
An einen unangenehmen freudlosen Traum.

Neben mir schauderst du im Schlaf –
Teilst du meine Erinnerungen an
Eine graue Vergangenheit?
Und du lächelst –
Hoffst du mit mir auf eine glückliche Zukunft?
Sie ist voller Verheißungen.
Ich kann mir nicht vorstellen,
Wie ich die Vergangenheit ohne dich
   überlebt habe.
Und ich kann mir keine Zukunft vorstellen
Ohne dich.«

Riker starrte sie voller Erstaunen an, während er langsam den Kopf schüttelte. »Ich glaube es einfach nicht. Du erinnerst dich an jede einzelne Zeile. Mir kommt es vor, als hätte ich es vor einer halben Ewigkeit geschrieben.«

»In gewisser Hinsicht... ist es so... Ich, äh... denke, dass ich jetzt herauskommen sollte.«

»Soll ich mich umdrehen?«

»Das wäre eine sehr rücksichtsvolle Verhaltensweise.«

»Gut.« Riker stand auf und drehte sich einmal im Kreis herum, so dass er sich ihr wieder zuwandte, als sie soeben aus dem Wasser steigen wollte. Dabei grinste er schief.

»Sie sind ein Rüpel, Commander Riker!« sagte Deanna mit leichtem Tadel in der Stimme. Doch dann verließ sie trotzdem das Wasser.

Riker wandte sofort den Blick ab und legte ihre Uniform hinter sich auf den Boden. »Ich bitte Sie, Commander... Sie werden doch nicht etwa auf Ihre alten Tage schüchtern!« drang Deannas Stimme lieblich an seine Ohren. »Es ist ja nicht so, dass ich etwas an mir hätte, das Sie noch nie zuvor gesehen haben.«

»Richtig. Aber es ist einfach eine Frage des... Anstands«, sagte er, nachdem er eine Weile nach dem richtigen Wort gesucht hatte. »Schließlich lebst du inzwischen mit Worf zusammen, und ich… nun… es wäre einfach nicht angemessen, dich anzustarren.«

»Anstarren? Willst du damit andeuten, der Anblick meines nackten Körpers könnte in dir gewisse lüsterne Interessen wecken, in irgendeiner Weise stimulierend wirken?«

»Nein, das will ich keineswegs andeuten«, log er energisch, aber nicht sehr glaubhaft. Außerdem hatte er das unangenehme Gefühl, dass sie die Lüge mühelos durchschaute, da jeder Versuch, einem Empathen etwas vormachen zu wollen, im Allgemeinen ein recht sinnloses Unterfangen war. »Ich kann…« Er räusperte sich, was nicht so einfach war, da seine Kehle derzeit wie zugeschnürt schien. »Ich kann deine… Figur bewundern… genauso wie ich jedes natürliche Kunstwerk bewundern würde.«

»Commander, Sie versuchen mir zu schmeicheln!«

»Das kommt vor. Aber…« Er hörte das Rascheln ihrer Kleidung, während sie sich anzog, und bemühte sich, den Gedanken daran auszublenden. Als er endlich den Faden wiedergefunden hatte, sagte er: »Ich möchte nur nicht den Eindruck der Aufdringlichkeit erwecken, das ist alles.«

»Ich hatte nicht den Eindruck, dass Sie jede Aufdringlichkeit zu vermeiden versuchten, als Sie mir beim Baden zugeschaut haben.«

»Das war um der alten Zeiten willen«, sagte er hastig. »Ich gebe zu, dass mich dieses Plätzchen ein wenig an den Jalara-Dschungel erinnert hat. Ich gab mich der Nostalgie hin, was kaum eine Todsünde darstellen dürfte. Außerdem wollte ich sagen… Was würde Worf davon halten, wenn ich mich angesichts deines Körpers in Schwärmereien ergehen würde?«

»Ein berechtigter Einwand«, gab sie zu. »Sie können

sich jetzt umdrehen, Commander. Diesmal dürften einhundertachtzig Grad völlig genügen.«

Er setzte ihren Vorschlag in die Tat um. Sie schüttelte sich das Haar aus, das in der warmen Luft und im Sonnenschein bereits zu trocknen begann. Ihre Uniform wirkte noch etwas unordentlich, aber zumindest sah sie erfrischt aus. »Deine Rücksichtnahme auf Worfs Gefühle ist sehr löblich, Will. Aber wie steht es mit deinen eigenen Gefühlen?«

»Meinen? Deanna, das haben wir doch schon tausendmal...«

»Ich weiß, Will. Wir haben oft darüber gesprochen. Und ich...« Sie zögerte und blickte zu Boden. Dann sagte sie sehr leise: »Manchmal glaube ich, dass wir schon so viel Zeit damit verbracht haben, uns zu sagen, dass unsere Beziehung vorbei ist... dass wir sie nicht wieder aufleben lassen sollten... dass...«

»Was?« hakte er nach einer Weile behutsam nach. Er trat zu ihr und nahm ihre Hände in seine. »Was willst du mir sagen?«

Als sie zu ihm aufschaute, waren ihre Augen tiefe Seen, in denen er auf ewig hätte umherschwimmen können. »Sagen wir es immer wieder... weil wir wirklich daran glauben... oder weil wir es glauben wollen? Denn wenn wir es uns anders überlegen sollten, stünden wir vor der Tatsache, dass wir viele Jahre vergeudet haben, die wir gemeinsam hätten verbringen können.«

Es war eine einfache, fast beiläufige und ruhige Feststellung, aber sie drang tief in Rikers Herz. Plötzlich fühlten sich seine Lippen sehr trocken an.

»Autsch«, sagte Deanna und Riker erkannte, dass er, ohne es zu wollen, ihre Hände viel zu fest drückte.

Sofort ließ er sie los und wandte sich von ihr ab. Er strich seine Uniformjacke glatt, in unbewusster Nachahmung einer Geste, die er immer wieder bei Picard beobachtet hatte. »Deanna… an diesem Punkt können wir über nichts anderes als einfache Freundschaft reden, weil es andere Dinge zu berücksichtigen gibt. Insbesondere Worf, der einer der anständigsten und ehrenhaftesten Männer ist, die ich je kennen gelernt habe… der dich immer lieben und auf dich achtgeben wird… alles, was ich sagen könnte, das uns auf einen anderen Weg führen würde, hätte Auswirkungen auf ihn – und auf Alexander, der dich vergöttert, wie ich weiß. Ich kann nicht ohne Rücksicht auf andere handeln.«

»›Niemand ist eine Insel‹«, zitierte Deanna wehmütig.

»Donne.«

»Dann vielleicht…«, sagte sie.

Er runzelte die Stirn, weil er nicht verstand, was sie damit andeuten wollte. »Ich meinte John Donne. Er hat dieses Gedicht geschrieben.«

»So ist es«, sagte Deanna lachend. »Tut mir leid. Ich… schon gut.« Dann wurde sie wieder ernst. »Will… ich fühle mich im Augenblick… etwas verwirrt. Im Widerstreit. Du sagst etwas, dann sagst du etwas anderes, und ich spüre, dass da noch mehr ist, dass…«

»Deanna… in gewisser Weise… werde ich dich immer lieben. Nur dass ich…«

Sein Kommunikator meldete sich. Noch nie zuvor hatte er sich bei diesem Geräusch so erleichtert gefühlt. Er aktivierte das kleine Gerät und sagte: »Riker hier.«

»Die Rettungsschiffe nähern sich, Nummer Eins«, war die beherrschte Stimme des Captains der *Enterprise* zu hören… beziehungsweise dessen, was noch von der *Enterprise* übrig war. »Wenn Sie sich noch ein letztes Mal umschauen wollen, wäre jetzt der günstigste Zeitpunkt.«

»Ich bin Ihnen sehr für diesen Hinweis verbunden,

Captain... mehr als Sie ahnen. Riker Ende.« Er wandte sich Deanna zu und sagte: »Wir sollten jetzt wirklich gehen.«

»Will...«

»Deanna...« Alles drängte ihn dazu, die Hände nach ihren Schultern auszustrecken und ihr tief in die Augen zu schauen, aber er wusste, dass er es nicht tun durfte. Also sagte er nur: »Es gibt nichts, das wir uns jetzt sagen könnten, was wir uns nicht schon oft gesagt haben. Es zählt nur, dass du jetzt mit Worf glücklich bist. Du liebst ihn doch, nicht wahr?«

»Ich... ja. Ja, ich...«

»Damit ist alles gesagt.« Mit diesen Worten wandte er sich von ihr ab und machte sich auf den Rückweg zum Wrack der *Enterprise*.

Damit ist nicht alles gesagt! wollte Deanna ihm nachrufen. Ganz gleich, welche Gefühle sie für Worf hegte oder was sie und Riker angeblich füreinander empfanden, so wusste sie doch, dass es noch sehr viel gab, das unausgesprochen geblieben war. Diese Situation war für sie äußerst frustrierend. Schließlich war sie die Schiffscounselor und es war ihre Aufgabe, anderen zu helfen, mit ihren Gefühlen zurechtzukommen. Doch was ihre eigenen Gefühle betraf, steckte sie in tiefster Verwirrung und Verzweiflung. Wie war es möglich, dass sie genau erkennen sollte und konnte, was in anderen vor sich ging, aber nicht wusste, wie es um sie selbst stand? Schließlich suchte sie Zuflucht bei jenem Wort, das seit uralten Zeiten die Verwirrung der Frauen zusammenfasste: »Männer!« seufzte sie und fügte sicherheitshalber hinzu: »Sie sind doch alle gleich!«

3

Worf half mit, für eine geordnete Abwicklung zu sorgen, als die Besatzungsmitglieder der *Enterprise* in die Rettungsschiffe gebeamt wurden. Alles verlief reibungslos, genauso wie er es erwartet hatte. Manche eilten noch einmal zum Diskussegment zurück, um ein letztes Mal zu versuchen, persönlichen Besitz zu bergen, oder einfach nur etwas zu suchen, das sie als Souvenir mitnehmen konnten.

Außerdem befriedigte es ihn sehr – obwohl er es natürlich niemals zugegeben hätte –, dass Alexander sich geweigert hatte, vor ihm den Planeten zu verlassen. Der junge Klingone verharrte entschlossen an der Seite seines Vaters, während sich die Besatzung an den zum Beamen bestimmten Plätzen einfand.

»Warum bleiben die Leute in Gruppen zusammen, Vater?« fragte Alexander, der die versammelten Menschen beobachtete. »Die Rettungsschiffe könnten sie doch einfach von dort hochbeamen, wo sie sich gerade aufhalten.«

»Richtig. Aber auf diese Weise können enge Freunde und Familien zusammenbleiben, statt auf verschiedene Schiffe verteilt zu werden und sich anschließend suchen zu müssen«, erklärte Worf.

»Oh.«

Es klang sehr gedankenverloren, als Alexander das sagte. Es war erstaunlich, wie viel Bedeutung ein einziges einsilbiges Wort – ein ›Oh‹ – enthalten konnte.

»Hast du etwas auf dem Herzen, Alexander?«

»Nein«, erwiderte Alexander schnell.

Worf gab den ungeduldigen Brummlaut von sich, den Alexander nur zu gut kannte. »Alexander... du weißt, dass ich sehr ungeduldig werde, wenn ich dir Informationen in mühsamer Kleinarbeit aus der Nase ziehen muss. Mit einer grellen Lampe und Folterwerkzeugen könnte ich dir unter Schmerzensschreien in kürzester Zeit entreißen, was dich besorgt. Doch so etwas sollte ein guter Vater niemals tun... habe ich gehört.« Wie immer sprach er mit so ernster Miene, dass Alexander nicht sagen konnte, wie ernst er es wirklich meinte. Zumindest *klangen* seine Worte ernst. »Auf jeden Fall«, fuhr Worf fort, »ziemt es sich nicht für einen Klingonen, sich unklar auszudrücken.«

»Tun wir immer nur Dinge, weil sie der klingonischen Tradition entsprechen?«

»Wie meinst du das?«

Alexander blickte in Richtung des abgestürzten Diskussegments. Worf hatte vor einigen Minuten gesehen, dass Deanna dorthin unterwegs war. Ihr Haar hatte einen feuchten Eindruck gemacht, was er als ungewöhnlich registriert hatte, doch darüber hinaus schien sie durchaus mit der Welt zufrieden zu sein, vielleicht sogar glücklich. Andererseits wirkte sie eigentlich immer so. Allein das machte sie zum genauen Gegenteil seiner Persönlichkeit.

»Deanna ist nicht sehr... klingonisch«, sagte Alexander. Offenbar hatte auch er sie gesehen.

»Das ist richtig. Sie ist so ›unklingonisch‹ wie kaum jemand und trotzdem ein intelligentes Lebewesen.«

»Warum liebst du sie, Vater?«

Worf sträubte sich. »Es ist... unangemessen, diese Angelegenheit mit dir zu diskutieren.«

»Unangemessen? Vater... wir haben nahezu jeden Aspekt des Krieges diskutiert. Wir haben über Ehre, Tradition und Kampftaktiken gesprochen. Ich weiß, wie ich einen Gegner auf fünfzehn unterschiedliche Arten mit bloßen Händen töten kann… zumindest theoretisch. Aber wie man jemanden lieben kann… vor allem eine so andersartige Person…« Er machte eine hilflose Geste.

Worf erkannte die Intensität in den Augen seines Sohnes. »Das sind… Themen, über die zu diskutieren mir nicht sehr leicht fällt, Alexander.«

»Das weiß ich. Glaub mir, das weiß ich.«

Alexander wandte sich von seinem Vater ab und beobachtete wieder die Familien, die sich zum Hochbeamen versammelten. Worf beobachtete sie ebenfalls, und plötzlich stellte er fest, dass er sie studierte, als wäre er ein Anthropologe, der das Verhalten einer fremden Spezies untersuchte. In gewisser Weise entsprach das auch den Tatsachen. Schließlich entstammte er einer andersartigen Spezies und die Menschen waren ein Volk, das er immer noch nicht gänzlich verstanden hatte.

Er sah den Familien zu. Er beobachtete, wie die Eltern den Kindern halfen, wie die Mütter gemeinsam mit ihren Söhnen Lieder sangen, wie die Väter ihre kleinen Töchter auf den Schultern herumtrugen. Er sah ein Paar, das einen lachenden Dreijährigen an den Armen wie ein Pendel schwingen ließ, bis das Kind vor Vergnügen quiekte.

Er wusste, dass er und Alexander eine Familie waren, mit der gleichen Berechtigung wie jede andere Familie an Bord der *Enterprise.* Es gab alle möglichen Arten von Familien neben der einfachen Vater-Mutter-Kind-Konstellation…

Und doch…

Und doch… lag in dieser Einfachheit eine gewisse Eleganz. Worf und Alexander als Familie zu sehen, war in keiner Hinsicht falsch… und doch erschienen eine Mutter, ein Vater und ein Kind irgendwie… *richtiger*.

»Ich beneide sie«, sagte Alexander.

Es war, als hätte er Worfs Gedanken gelesen, als wüsste er ganz genau, in welchen Bahnen sich die Überlegungen seines Vaters bewegten. Dennoch lag es in Worfs Wesen, Vorsicht walten zu lassen und nicht seine Deckung aufzugeben. Also wahrte er die Distanz und fragte: »Du beneidest sie? Worum?«

»Schau sie dir doch an! Sieh nur, wie glücklich sie sind.«

»Bist du unglücklich, Alexander?«

Ein Dutzend Emotionen schienen gleichzeitig über Alexanders Gesicht zu spielen. Es war, als hätte er keine klare Vorstellung, wie er auf diese Frage antworten sollte. Schließlich nickte er nur und sagte: »Ja, Vater. Ich bin glücklich.«

»Aber du könntest glücklicher sein.«

»Wer von uns könnte das nicht?« lautete Alexanders sehr einsichtige Erwiderung. Er zögerte, bis er genügend Mut gesammelt hatte, um zu seiner früheren Frage zurückzukehren. »Es ist nur so... früher hast du mir oft von meiner Mutter erzählt. K'Ehleyr war eine Kriegerin.«

»Eine großartige Kriegerin.« Er spürte, wie seine Brust in unerklärlichem Stolz anschwoll, wenn er nur an sie dachte. Dann hielt er inne und blickte Alexander verwirrt an. »Du sprichst, als würdest du sie nicht kennen.« Als sein Sohn nicht sofort antwortete, setzte Worf hinzu: »Alexander?«

»Ich...« Worf hatte den Eindruck, dass Alexander mit sich kämpfte, dass er sich zu seinen nächsten Worten zwingen musste. »Ich... vergesse manches. Ich kann mich nicht mehr so deutlich wie früher an ihre Stimme erinnern. Sie hatte einen ganz bestimmten Blick, mit dem sie mich ansah, wenn sie sehr wütend war, und einen anderen, wenn sie voller Liebe war... Doch nun kann ich ihr Gesicht nicht mehr sehen. Als wäre es verschwommen.«

»Du siehst sie durch den Nebel der Zeit«, sagte Worf traurig. »Die Zeit lässt alle Erinnerungen verblassen. Vor allem, wenn man bedenkt, wie jung du damals warst.«

»Was ist, wenn ich sie völlig vergesse?«

»Das wird nicht geschehen. Davon bin ich überzeugt.«

»Ich bin froh, dass du davon überzeugt bist, Vater. Ich nämlich nicht. Also – warum Deanna?«

Der plötzliche Themenwechsel beziehungsweise die Rückkehr zu dem früheren Thema traf Worf völlig unvorbereitet. »Was?«

»Deanna. Selbst die Erinnerungen an meine Mutter, die mir noch geblieben sind… unterscheiden sich so sehr von Deanna Troi. Warum fühlst du dich von jemandem angezogen, der so anders als K'Ehleyr ist? Ist es Absicht?«

»Absicht?« Worfs Miene verfinsterte sich. »Willst du damit andeuten, ich hätte keine wahren Gefühle für deine Mutter? Oder dass ich versuche, sie zu vergessen, indem ich mich auf jemanden einlasse, der das genaue Gegenteil von ihr ist?«

»Ich will damit sagen…« Alexander wirkte immer verzweifelter. »Ich weiß nicht, was ich eigentlich sagen will! In meinem Kopf herrscht ein einziges Durcheinander und ich weiß nicht, was ich zuerst sagen soll! Ich kann… mich nicht entscheiden… Ich kann nicht…«

Der Junge zitterte geradezu in seiner Erschütterung, während er versuchte, all den Gefühlen, die in ihm tobten, Ausdruck zu verleihen. Worf konnte ihn sehr gut verstehen. »Alexander… du hast sehr viel durchmachen müssen. Ich verstehe dich. Ob du es glaubst oder nicht… ich verstehe dich.« Worf war es gewohnt zu stehen, häufig in recht steifer Haltung, doch nun setzte er sich neben seinen Sohn und gab sich alle Mühe, einen entspannten Eindruck zu machen. »Sie unterscheiden sich sehr, deine Mutter und Deanna. Sie sind sehr unterschiedlich. Aber ein Unterschied bedeutet nicht automatisch, daß etwas schlechter oder minderwertiger ist.«

»Aber du hast mir sehr oft etwas ganz anderes erzählt.«

»Wie meinst du das?«

»Nun... wenn du von klingonischen Traditionen sprichst... tust du es mit großem Stolz und starkem Nachdruck. Für dich scheint es völlig selbstverständlich zu sein, dass die klingonische Art einfach die beste Art ist.«

»Es ist die beste Art...«

»Siehst du?«

»...für Klingonen.«

»Aber du bist unter Menschen aufgewachsen, Vater. Und auch ich habe eine Zeitlang unter Menschen gelebt. Willst du mir sagen, dass alles, was sie dich und mich gelehrt haben... minderwertig ist? Falsch?«

Worf öffnete den Mund, sagte jedoch nichts und schloss ihn wieder. Er verengte die Augen zu schmalen Schlitzen und für einen kurzen Moment dachte Alexander, dass er in einer Welt voller Probleme lebte. Doch dann senkte Worf zu seiner Überraschung den Blick und schüttelte den Kopf. Als er ihn wieder hob, war die Andeutung eines belustigten Funkelns in seinen Augen.

»Alexander«, sagte er zu ihm, »mach dir keine Sorgen, dass du jemals deine Mutter vergessen könntest. In vielerlei Hinsicht *bist* du deine Mutter. Wenn wir im physischen Kampf gegeneinander antreten würden, wäre ich unweigerlich der Sieger. Aber Kahless steh mir bei, sollten wir jemals einen geistigen Wettkampf oder ein Streitgespräch austragen, denn darin war deine Mutter gnadenlos und mir *niemals* unterlegen.«

»Mutter erzählte mir, dass sie dich einige Male im bewaffneten Kampf geschlagen hat.«

»Nun«, schniefte Worf stolz, »ich möchte das Andenken deiner Mutter nicht beschmutzen, indem ich andeute, sie könnte unehrlich gewesen sein. Einigen wir uns darauf, dass sich sich an bestimmte Dinge anders erinnert hat, als ich das tue.«

»Okay, Vater. Ich verstehe... warum es für dich schwierig ist, über diese Dinge zu reden.«

»Wirklich?«

»Liebe ist... nun, es ist keine Sache, zu der wir Klingonen eine natürliche Affinität besitzen.«

»Findest du?«

»Nun... ja. Ich meine... sie gehört zu den zärtlichsten Empfindungen und man kann vieles von uns behaupten, Vater, aber dass wir zärtlich sind, gehört bestimmt nicht dazu.«

»Alexander«, sagte Worf und beugte sich vor, als er plötzlich erkannte, wie er es erklären konnte. »Ich habe dich gelehrt, dass du im Kampf unterschiedlichen Gegnern auf unterschiedliche Art begegnen musst. Ein Romulaner kämpft anders als ein Klingone, ein Klingone anders als ein Tellarit und so weiter. Ist es nicht so?«

»Ja, Vater, das hast du mich gelehrt.«

»Es gibt unterschiedliche Arten des Kampfes, aber es bleibt trotzdem ein Kampf. Nur dass man unterschiedliche Taktiken anwendet. Richtig?«

»Ja, Vater«, bestätigte Alexander.

»Nun... was meine Gefühle für K'Ehleyr und Deanna betrifft, ist es in etwa genauso. In beiden Fällen ist es Liebe. Nur dass ich auf unterschiedliche Art liebe.«

»Also ist die Liebe«, fasste Alexander seine allmähliche Erkenntnis zusammen, »im Prinzip genauso wie der Krieg... nur dass man nicht versucht, sich gegenseitig zu töten.«

»Es gibt viele Fälle«, musste Worf einräumen, »in

denen Liebe zum Krieg führen kann… in Dreiecksbeziehungen, die tödlich enden… und selbst im Tod, wenn zornige Partner oder eifersüchtige Verehrer ihren Gefühlen mit fatalen Konsequenzen freien Lauf lassen.«

»Wenn das so ist… dann… müssten wir Klingonen doch die großartigsten Liebhaber der Galaxis sein!«

Worf klopfte ihm auf die Schulter. »Endlich hast du es verstanden.«

»Aber, Vater… du hast mir so viele Bücher über die Lebensweise der Klingonen zu lesen gegeben… doch ich habe nirgendwo etwas über die Liebe und ihre Beziehung zu Krieg und Tod gefunden.«

Nachdem er einen Moment lang darüber nachgedacht hatte, sagte Worf: »Ich schlage vor, dass du die Werke von Shakespeare liest… am besten im klingonischen Original. Insbesondere aus *Romeo und Julia* wirst du sehr viel lernen können. Verfeindete Familien, Mord, Selbstmord… ich sage dir, Alexander… anschließend wirst du stolz sein, dass du ein Klingone bist.«

Die Suche war schließlich von Erfolg gekrönt.

Deanna war zu Data gestoßen, als dieser einen allerletzten Versuch unternommen hatte, sein vermisstes Haustier zu lokalisieren. Obwohl sie das Gefühl hatte, dass nur noch wenig Hoffnung bestand, hatte sie sich einverstanden erklärt, dem Androiden zu helfen. Zu ihrer Überraschung war es ihnen tatsächlich gelungen, die Katze zu finden, der Data aus unerfindlichen Gründen den Namen ›Spot‹ gegeben hatte. Als er das Tier aufhob, sagte Deanna amüsiert: »Und noch eine Familie glücklich wiedervereint!«

Dann empfing sie zu ihrer maßlosen Verblüffung eine empathische Botschaft von Data.

Es überraschte sie so sehr, weil der emotionslose

Androide bislang für sie ein unbeschriebenes Blatt gewesen war. Für einen Empathen war er ungefähr so mitteilsam wie ein Schwarzes Loch. Doch nachdem er nun über einen Chip verfügte, der ihn mit menschlichen Gefühlen ausstattete, spürte sie, wie er die gesamte Bandbreite der Emotionen verströmte. Es war, als hätte er für sie eben erst zu existieren begonnen. »Data? Ist alles… in Ordnung mit Ihnen?«

Data schluchzte hemmungslos, während er die Katze in den Armen hielt. »Ich bin mir nicht sicher, Counselor. Ich freue mich, Spot wiederzusehen… und trotzdem weine ich. Vielleicht hat der Chip eine Fehlfunktion.«

Sie lächelte. »Ich glaube, er arbeitet tadellos.«

»Hallo, Spot«, sagte Data fröhlich, als sie das Schiffswrack verließen und zum Treffpunkt zurückkehrten. Da seine beiden Hände von der Katze beansprucht wurden, musste er sich umständlich die Tränen mit den Ellbogen abwischen. »Ich verstehe es nicht, Counselor. Warum muss ich weinen… wenn ich doch glücklich bin?«

»Tränen sind eine natürliche Reaktion auf jede starke Emotion, Data, nicht nur auf Kummer. Sie werden durch Extreme ausgelöst. Glück, Liebe, Wut… all das kann Tränen zur Folge haben.«

»Also ist es in gewisser Weise eine Allzweck-Reaktion.«

»Das ist richtig.«

»Und woran erkennt man, welche Emotion für die Tränen verantwortlich ist? Und wie erkennen es andere?«

»Glauben Sie mir: Daran wird es weder für Sie noch für andere einen Zweifel geben.«

Riker sah Deanna und Data, als sie das Wrack der *Enterprise* verließen. Er bemerkte, dass Data seine Katze in den Armen hielt, und machte sich eine mentale Notiz, dass nun auch das letzte noch vermisste Besatzungsmitglied – Spot – aufgefunden worden war. Ein weiteres mögliches Trauma war abgewendet.

Riker befand sich in diesem Augenblick in den Überresten der Brücke, die er gemeinsam mit Captain Jean-Luc Picard inspizierte. Ihm schoss der morbide Gedanke durch den Kopf, er könnte Picard vorschlagen, seine geliebten Fische – die den Absturz nicht überlebt hatten – an Spot zu verfüttern, damit sie einer sinnvollen Verwendung zugeführt wurden. Doch dann entschied er, dass es vermutlich besser wäre, diesen Vorschlag nicht zu äußern.

Picard, der soeben sein Fotoalbum wiederentdeckt hatte, philosophierte nun über das Thema Sterblichkeit und Erbe. »Was wir hinterlassen, ist nicht so bedeutend wie das Leben, das wir geführt haben. Schließlich sind wir alle sterblich, Nummer Eins.«

»Wenn Sie meinen«, erwiderte Riker. »Ich zumindest beabsichtige, ewig zu leben.«

Dann spazierte Riker zum Kommandosessel hinüber, der nicht mehr zu gebrauchen war. »Ich hatte immer gedacht, ich könnte diesen Stuhl eines Tages übernehmen«, sagte er seufzend.

Er wartete, dass Picard erwiderte: *Sie wollen ihn haben? Er gehört Ihnen! Nehmen Sie ihn als Souvenir mit. Er wird eine Zierde für Ihr neues Quartier sein.* Aber der gute Captain hatte einen etwas zu ernsten Charakter, um eine Sache so leichthin abzutun, die für Riker eine so große Bedeutung besaß. Stattdessen sagte er: »Vielleicht wird das noch geschehen. Irgendwie glaube ich nicht daran, dass dies das letzte Schiff war, das den Namen *Enterprise* trägt.« Er tippte auf seinen Kommunikator. »Picard an *Farragut*. Zwei zum Hochbeamen.«

Sie entmaterialisierten und fanden sich im nächsten Augenblick an Bord der *Farragut* wieder. Nun folgte die übliche Serie aus Einsatzbesprechungen, Konferenzen und vorläufigen Untersuchungen, die das Standard-Procedere nach der Zerstörung eines Raumschiffs waren. Riker war voller Zuversicht, dass es für Picard keinerlei Schwierigkeiten geben würde und dass er die Ermittlungen mit weißer Weste überstand. Was ihn selbst betraf, war er nicht ganz so optimistisch; schließlich hatte er während der Bruchlandung das Kommando über das Schiff gehabt.

In dieser Angelegenheit traf sich Riker in seinem vorläufigen Quartier, das ihm auf der *Farragut* zugewiesen worden war, mit Geordi LaForge. Sie gingen die letzten Stunden der *Enterprise* noch einmal Minute für Minute durch und suchten nach Möglichkeiten, wie sich die Zerstörung des großen Schiffs auf irgendeine Weise hätte verhindern lassen. Schließlich kamen sie zum Ergebnis, dass in der Tat keine solche Möglichkeit bestanden hatte.

Riker war nicht unbedingt glücklich mit diesem Ergebnis. Er schüttelte frustriert den Kopf und sagte: »Ich habe immer noch das Gefühl, dass es da irgendetwas… *irgendetwas* gab, das ich hätte tun können…«

»Tun Sie sich das nicht an, Commander, wenn ich Ihnen einen Rat geben darf«, sagte Geordi. »Es ist völlig sinnlos. Nachdem es zum Warpkern-Kollaps gekommen war, konnte ich das Ende nicht mehr aufhalten. Und ich war die ganze Zeit im Maschinenraum. Was hätten Sie oben auf der Brücke noch tun können?«

»Ich weiß es nicht, Geordi. Vielleicht hätte ich die Ereignisse, die dazu führten, abwenden können…«

»Commander… Sie machen sich nur selbst verrückt, wenn Sie weiter darüber nachdenken. Hören Sie auf, einen Schuldigen zu suchen.« Mit einem schiefen Grinsen fügte er hinzu: »Das ist die Aufgabe von Starfleet.«

»Danke, Geordi. Jetzt geht es mir schon *viel* besser!«

»Ich hätte da eine Idee, wie es Ihnen bestimmt erheblich besser geht. Ein Abstecher in die Bar. Hier ist es natürlich nicht ganz so nett wie auf der *Enterprise*… aber fürs Erste dürfte es genügen.«

»Wenn Sie Recht haben, haben Sie Recht, Mr. LaForge.« Er schlug sich auf die Knie und stand auf.

»Commander… entschuldigen Sie meine Frage… aber ist alles in Ordnung? Ich meine, abgesehen von den offensichtlichen Problemen.«

»Ja. Warum fragen Sie?«

»Nun, Sie… wirken etwas geistesabwesend, das ist alles.«

»So?« Er zuckte mit den Schultern. »Deanna alles bestens. Kommen Sie, trinken wir etwas.«

»Wie bitte? Was haben Sie gerade gesagt?« Geordi blickte ihn mit geneigtem Kopf und verdutztem Stirnrunzeln an.

»Ich sagte, ›Kommen Sie, trinken wir etwas‹.«

»Nein, davor.«

»Ich…« Riker sah ihn verwirrt an. »Geordi, wollen Sie plötzlich ein Quiz mit mir veranstalten?«

»Sie sagten, ›Deanna alles bestens‹.«

»Wie bitte? Was soll das denn bedeuten?«

»Ich weiß es nicht, Commander. *Sie* haben es gesagt.«

»Nein, auf gar keinen Fall.« Er runzelte die Stirn, dann hellte sich seine Miene auf. »Ach ja, ich sagte, ›Danke, alles bestens‹.«

Aber Geordi schüttelte energisch den Kopf. »Nein, Sie sagten, ›Deanna alles bestens‹.«

»Geordi, reden Sie keinen Unsinn! Das ergibt doch überhaupt keinen Sinn! Das ist nicht einmal ein richtiger Satz! Subjekt, Prädikat, Objekt. Eine ganz einfache Methode, um einen Satz zu bilden. ›Deanna alles bestens‹ hat doch gar keine Bedeutung!«

»Für Sie vielleicht doch«, gab Geordi zu bedenken.

Riker stieß einen langen, verzweifelten Seufzer aus.

»Geordi... lassen Sie uns gehen. Ich glaube, Sie haben einen Drink viel nötiger als ich.«

Deanna saß im Aufenthaltsraum der *Farragut* und blickte auf die vorbeitreibenden Sterne und zum ersten Mal seit langer Zeit fühlte sie sich verloren. Nun stand sie vor dem Unausweichlichen: Die Zeit mit ihrer großen Familie ging zu Ende. Es beunruhigte sie, dass es sie beunruhigte. Schließlich war sie Starfleet-Offizier. Sie ging, wohin man sie schickte, und erfüllte ihre Aufgaben nach besten Fähigkeiten. Und als Starfleet-Counselor war sie verpflichtet, stets eine professionelle Distanz zu wahren. Sie hätte nicht zulassen dürfen, so enge Bindungen zur Besatzung der *Enterprise* herzustellen, dass es sie schmerzte, wenn sie sie aufgeben musste. Doch genau das war geschehen. Sie hatte sie zu nahe an sich herangelassen, bis die Beziehungen unter die Haut gegangen waren. Einem guten Empathen war es natürlich fast unmöglich, diese Art von Nähe zu vermeiden. Und jetzt zahlte sie den Preis für ihr ausgeprägtes Mitgefühl und ihre Empathie.

Außerdem hatte das Ganze einen ironischen Aspekt, denn ihr wurde klar, dass die anderen sich vermutlich nicht so viele Gedanken über sie machen würden wie umgekehrt. Für all die anderen war sie einfach nur ein Individuum. Aber sie hatte die anderen immer mehr als große Gesamtheit wahrgenommen. Ihre Besatzung. Ihre Leute. Es war der Gipfel der Egozentrik, dachte sie, ein so besitzergreifendes Wesen auszubilden. Es war unangemessen und widersprach den Interessen der Besatzung – und vor allem Deannas eigenen Interessen.

Sie musste sich von ihnen lösen. Sich trennen, wieder ganz allein sein...

»Darf ich mich zu dir setzen?«

Sie drehte sich mit ihrem Sitz herum und blickte zu

Worf auf, der hinter ihr stand. »Du solltest nicht auf diese Weise dasitzen«, sagte er.

»Was für eine Weise?«

»Mit dem Rücken zur Tür. Es ist klug, stets ein freies Blickfeld zur Tür zu haben, falls es zu einer unerwarteten Bedrohung kommt.«

»Du wirst mich beschützen, Worf«, sagte sie mit übertriebenem Pathos, als wäre sie die Heldin eines romantischen Melodrams.

Worf zeigte nicht einmal den Ansatz eines Lächelns. »Natürlich werde ich das tun«, sagte er in völlig selbstverständlichem Tonfall. Er ging um den Tisch herum und nahm ihr gegenüber Platz.

»Wie geht es Alexander?«

»Er hat es bequem und ruht sich aus. Ich danke dir für die Hilfe, die du ihm geleistet hast. Ich werde es dir nicht vergessen.«

»Es war doch nichts Besonderes.«

»Nein… es war durchaus etwas Besonderes.« Er beugte sich vor, während sich seine Stirn in noch tiefere Falten legte. »Es gibt da eine Angelegenheit, die ich mit dir besprechen muss.«

Sie erkannte schnell, dass es sich um eine sehr schwerwiegende Angelegenheit handeln musste. Um das festzustellen, musste man gar kein Empath sein; seine gesamte Körperhaltung gab deutliche Hinweise darauf, dass er über ein sehr ernstes Thema reden wollte. Ging es Alexander schlechter, als Worf zuzugeben bereit war? Oder bahnte sich im Klingonischen Imperium eine politische Krise an, die seine Aufmerksamkeit erforderte? »Worum geht es, Worf?« fragte sie besorgt.

»Es hat mit einem… Arrangement zu tun.«

»Einem Arrangement?« Sie hatte keine Ahnung, worauf er hinauswollte. »Du meinst, wie ein… Blumenarrangement?«

»Nein. Ein Arrangement, das uns betrifft.«

»Oh.« Sie hatte noch nicht wesentlich mehr verstanden als zu Beginn ihres Gesprächs. »Was hast du auf dem Herzen?«

»Es hat mit Leben und Krieg zu tun.«

»Tatsächlich?« Sie war so verblüfft, dass sich ihre Augenbrauen beinahe mit dem Haaransatz trafen. »Hat es etwas mit einem Letzten Willen zu tun?«

»Nein... überhaupt nicht. Deanna...« Er verschränkte die Finger und die Tiefe seines Stirnrunzelns war für Deanna ein klares Zeichen, dass er sehr angestrengt nachdachte. »...das Leben ist in sehr vielen Dingen genauso wie der Krieg. Beides muss mit guter Planung und Strategie angegangen werden. Man muss vorhersehen, mit welchen Situationen man konfrontiert werden könnte, man muss seine Fähigkeiten optimal einsetzen und vor allem... muss man sich den Rücken durch zuverlässige Verbündete und eine schlagkräftige Armee freihalten.«

»Gut«, sagte sie schleppend. »So weit kann ich dir folgen. Ich kann zwar nicht behaupten, ich wüsste, worauf du hinauswillst, aber ich kann dir folgen.«

»Ich betrachte dich als höchst wertvolle Verbündete. Du... du kannst meine Sorgen voraussehen. Du verstehst meine Strategien. Du unterstützt mich... selbst wenn du der Ansicht bist, dass meine Pläne falsch oder starrsinnig sind. Aber du hast keine Angst, deine Ansichten zu offenbaren, wenn du das Gefühl hast, ich würde mich auf kontraproduktive Weise verhalten. Du hast keine Angst vor mir.«

»Dazu benötige ich meine ganze Selbstbeherrschung«, sagte Deanna. »Normalerweise bewirkt ein missbilligender Blick von dir, dass meine Knie weich werden und ich nur noch unter einen Stuhl kriechen und sterben möchte.«

Im ersten Moment wirkte er recht zufrieden mit ihrer

Antwort, doch dann sagte er nach gründlicher Überlegung: »Das hast du ironisch gemeint.«

»Es war eher sarkastisch, um genau zu sein, aber ironisch kommt der Sache nahe genug.«

Sie lachte leise und er bemerkte, dass sich dabei ihre Schultern auf eine bestimmte Weise bewegten. Ihm wurde bewusst, dass ihm selbst die winzigste Bewegung ihres Körpers wie Poesie vorkam.

»Worf«, sagte sie und legte ihre schlanke Hand auf seine, »worum geht es?«

»Alexander mag dich.«

»Ich mag ihn auch«, sagte sie. »Er hat es nicht leicht. Er muss zwischen zwei Kulturen leben und ich weiß aus persönlicher Erfahrung, wie schwierig das sein kann. Du solltest stolz auf ihn sein.«

»Das bin ich auch. Und ich glaube, dass du einen sehr positiven Einfluss auf ihn hast. Du hörst ihm zu.«

»Genauso wie du.«

Worf schüttelte den Kopf. »Nicht immer. Zumindest nicht zu Anfang. Ich habe es von dir gelernt. Du hast mich gelehrt zu erkennen, wann er nicht das sagte, was er wirklich auf dem Herzen hatte. Du hast mich gelehrt, nachzufragen und nicht locker zu lassen. Selbst jetzt noch… kostet es mich gewaltige Anstrengungen, dem Jungen geduldig zuzuhören. Häufig frustriert es mich. Aber für dich ist es so mühelos. Und das weiß er. Ich glaube, das ist einer der Gründe, warum er so viel für dich empfindet.«

»Genauso wie ich für ihn. Und für seinen Vater«, fügte sie hinzu.

»Richtig. Und wie sein Vater… ich meine, wie ich für dich empfinde.« Er knurrte verärgert. »Ich bin darin nicht sehr gut.«

»Worin? Wir führen ein nettes Gespräch über Gefühle. Ich weiß, dass es nicht unbedingt dein Lieblingsthema ist, aber ich bin stolz auf dich, weil du dir solche Mühe gibst. Es kommt von Herzen.«

»Es geht nicht nur um die Diskussion von Gefühlen. Es geht um…«

»Krieg?« riet sie.

»Ja. Richtig. Und ich möchte gerne…« Er suchte nach den passenden Worten. »Ich möchte unser Bündnis offiziell besiegeln.«

Sie starrte ihn eine Weile sprachlos an, während sie offenbar keine Ahnung hatte, was er damit meinte. Doch dann ging ihr plötzlich eine Supernova auf. Sie riss die Augen weit auf, ihr Unterkiefer erschlaffte. »Worf, willst du… heißt das, du fragst mich, ob…?«

»Wenn du lachst…«, drohte Worf ihr.

»Nein! Nein, ich… würde nicht im Traum daran denken zu lachen! Ich… es ist nur so… dass ich nicht weiß, was ich dazu sagen soll…«

»Die beliebteste Antwort auf einen Heiratsantrag lautet ›Ja‹.«

Sie ließ sich gegen die Lehne zurückfallen. »Ein Heiratsantrag… Worf, ich… ich würde dich niemals anlügen. Ich könnte dich niemals anlügen. Ich liebe dich, das weißt du, und ich glaube, dass du mich auch liebst…«

»Ja.« Er klang nicht besonders zärtlich, als er das sagte. Es war eher die Feststellung einer Tatsache. Aber er hatte gesagt, was gesagt werden musste.

»Trotzdem… Worf… darf ich dich fragen, was dich dazu veranlasst hat?«

»Noch tiefere Selbstanalysen?«

»Wenn du hoffst, eines Tages mit mir verheiratet zu sein, solltest du dich daran gewöhnen.«

»Völlig richtig.« Immer noch war seine Hand fest von ihrer umschlungen, während er mit der anderen nachdenklich auf der Tischplatte trommelte. »Ich habe andere Familien beobachtet… und gesehen, was sie sich gegenseitig geben. Mutter, Vater, Kind... das erscheint mir als eine sehr sinnvolle und vernünftige Konstellation. Keineswegs die einzige, aber es könnte durchaus die ideale Konstellation sein. Wir ergänzen uns gegenseitig sehr gut, Deanna. Wir arbeiten gut als Team zusammen. Und Alexander verdient...« Er holte tief Luft. »...er verdient etwas Besseres, als mich zur einzigen Bezugsperson zu haben.«

»Ach, Worf... stell dein Licht nicht unter den Scheffel...«

»Das tue ich nicht. Ganz im Gegenteil, um genau zu sein. Ich habe eine recht hohe Meinung von meinen Fähigkeiten als Offizier und als Individuum. Ich habe auch Fehler, Deanna, aber falsche Bescheidenheit gehört gewiss nicht dazu.«

»Ja, das ist mir nicht entgangen.«

»Dieser Sarkasmus steht dir nicht gut zu Gesicht.«

»Entschuldigung.« Sie schürzte die Lippen und zwang sich zu einem ernsten Gesichtsausdruck.

»Meiner Meinung nach sind meine Qualitäten darauf zurückzuführen, dass ich unterschiedlichsten Situationen ausgesetzt war. Die Galaxis ist zu klein, als dass man sich darin völlig isolieren könnte. Je mehr Alexander weiß, desto besser wird er anderen und sich selbst helfen können. Und ich...«

»Ja? Was ist mit dir? Bisher hast du fast ausschließlich über Alexander gesprochen. Was ist mit dir, Worf?«

»Ich... möchte nicht ohne dich leben, Deanna«, sagte er und blickte ihr direkt in die Augen. »Ich weiß, dass ich für durchschnittliche betazoidische Verhältnisse nicht unbedingt der Traummann bin. Eher Albtraum als Traumpartner... Aber ich fühle mich mit dir stärker als ohne dich und ich wage zu glauben, dass du genauso für mich empfindest.«

»Ich empfinde genauso, Worf. Aber es wäre eine sehr

große Verpflichtung… und im Augenblick ist alles so sehr im Fluss…«

»Genau darauf will ich hinaus. Wenn alles im Fluss ist, ist das der beste Moment, um Sicherheiten zu schaffen. Eine Sicherheit, die wir uns gegenseitig bieten können… und die wir gemeinsam Alexander bieten können.«

»Ich…«

»Ich brauche nicht sofort eine Antwort von dir«, erwiderte Worf, »aber ich hätte auch nichts dagegen. Denn ich weiß, dass eine Antwort, die du mir jetzt gibst, von Herzen kommt… und sie wäre für mich viel leichter zu akzeptieren, ganz gleich, wie die Antwort lautet, als würde sie durch langwieriges Nachdenken zustande kommen.«

Seine Worte schlugen in ihr eine Saite an. Sie erinnerte sich an ihre erste Begegnung mit Will Riker, vor vielen Jahren, und wie er ihr damals vorgeworfen hatte, sie würde alles zu Tode analysieren. Dass sie nicht in der Lage sei, spontan oder nach Gefühl zu handeln, was ein ungewöhnlicher Vorwurf war, wenn man bedachte, dass sie eigentlich ein tiefgreifendes Verständnis für Gefühle haben sollte…

Riker.

Mein Gott, dachte sie. *Ich befinde mich mitten in einem Heiratsantrag… und ich denke immer noch an Will!*

Es war Wahnsinn. All die Zeit, die sie gemeinsam auf der *Enterprise* verbracht hatten, all das Hin und Her, all die Bemühungen, ein Schritt vor und zwei Schritte zurück… all das lief letztlich nur auf angenehme Erinnerungen an eine Beziehung hinaus, die schon seit langem abgekühlt war. Aber sie erkannte mit verblüffender Klarheit, dass sie trotzdem daran festhielt, aus einem tief verborgenen, doch sehr einfachen und offensichtlichen Grund:

Imzadi.

Sie waren Imzadi.

Sie waren Imzadi und füreinander bestimmt.

Aber das Leben – wie ein Musiker von der Erde vor einigen Jahrhunderten gesagt hatte – war das, was einem widerfuhr, während man ganz andere Pläne verfolgte. Das Leben hatte Riker und Troi in verschiedene Richtungen geführt, und obwohl es gelegentliche Tändeleien und Wiederbelebungsversuche gegeben hatte, war das Feuer nie wieder zur früheren Intensität entfacht worden.

Mit Worf hingegen brannte ihre Liebe sehr heiß. Worf gab sich nicht mit halben Sachen zufrieden, und obwohl es ihm offensichtlich schwer fiel, über Gefühle zu reden, liebte er sie nichtsdestotrotz mit der alles verzehrenden Leidenschaft, von der sie einst geglaubt hatte, dass Riker und sie sie füreinander empfanden. Allein der Gedanke daran ließ ihr Herz rasen, ließ sie erkennen, wie viel sie vermisste.

Und er hatte Recht. Demnächst würden sich mit hoher Wahrscheinlichkeit ihre Wege trennen. Wer wusste, wohin Starfleet sie beordern würde? Wer wusste, ob sie sich jemals wiedersahen? Man konnte Anträge stellen und Fäden ziehen, aber letztlich gab es keine Gewissheit. Deanna hatte das Gefühl, als würde alles, was sie hatte, wie Sand durch ihre Finger rieseln, und hier machte ihr jemand ein Angebot, das Halt und Dauerhaftigkeit versprach.

Es ist verrückt, warnte sie eine innere Stimme. *Heirate aus den richtigen Gründen, nicht weil du Angst vor dem Alleinsein hast!*

Aber sie war sich ziemlich sicher, dass sie keine Angst vor der Einsamkeit hatte. Allein zu sein, mit ihren Gedanken allein zu sein... solche Aussichten konnten Deanna Troi nicht schrecken. Sie war eine unabhängige Frau, die auf eigenen Beinen stand. Sie musste sich oder anderen nichts beweisen.

Warum sollte sie Worf heiraten?

Sie liebte ihn und er liebte sie. Und sie liebte auch Alexander – zumindest war sie sich dessen einigermaßen sicher. Die Chemie zwischen Worf und ihr stimmte, er war zuverlässig und tapfer und würde bereitwillig sein Leben für sie geben, obwohl sie innig hoffte, dass sie niemals in eine solche Situation kamen. Es war einfach nur ein Beweis, wie tief seine Gefühle für sie waren. In rein gesellschaftlicher Hinsicht war er ein aufstrebender Starfleet-Offizier. Es müsste ihnen gelingen, demselben Schiff zugewiesen zu werden.

Warum sollte sie Worf nicht heiraten?

Es könnte noch zu früh sein. Ihre Beziehung könnte noch zu frisch sein.

Aber sie kannte ihn nun schon seit so langer Zeit. Er war ihr kein Fremder mehr. Er war kein…

Imzadi…

Wieder kam ihr das Wort ungebeten in den Sinn und es kostete sie beinahe körperliche Anstrengung, es zurückzudrängen.

»Ja.« Dieses Wort platzte geradezu aus ihr heraus, während ein überraschter Ausdruck auf ihrem Gesicht erschien.

»Hast du… hast du ja gesagt?« fragte Worf. Er beugte sich vor und neigte leicht den Kopf, als müsste er auf diese Weise sein Hörvermögen verbessern.

»Ich… ja, das habe ich gesagt.« Nachdem sie jetzt geantwortet hatte, fühlte es sich an, als wäre sie plötzlich von einer gewaltigen Last befreit worden. »Ja. Ja, Worf… ich will dich heiraten…«

Worf sprang auf und schlug voller Begeisterung auf den Tisch, während er rief: »Ja! Sie hat ja gesagt! Wir sind verlobt!«

Und in diesem Augenblick bemerkte Worf Commander Riker.

Riker saß ein kleines Stück entfernt an einem Tisch, zusammen mit Geordi LaForge. Er hatte sich halb von seinem Stuhl erhoben und war in dieser Haltung erstarrt. Seinem Gesicht war nicht die geringste Regung zu entnehmen.

Und in diesem Augenblick wurde Worf auf einer sehr elementaren Bewusstseinsebene plötzlich klar, dass seine Verlobung möglicherweise nur von äußerst kurzer Dauer war.

Als LaForge und Riker sich der Bar näherten, gab es für Geordi keinen Zweifel, dass der Erste Offizier etwas ganz Bestimmtes auf dem Herzen hatte. Geordi war sich nicht sicher, ob es angemessen wäre, ihn darauf anzusprechen. Er hatte jeden nötigen Respekt vor William Riker als Offizier und als Mensch und es bereitete ihm großes Vergnügen, sich mit ihm und den anderen Zockern zu einer gelegentlichen Pokerrunde zu treffen. Aber er war niemals so etwas wie ein… ›Kumpel‹ von Riker gewesen. Schiffskameraden, Kollegen, ja. Aber darüber hinaus hatte sich nie eine engere Freundschaft entwickelt.

Meistens stellte Riker eine seltsame Mischung aus Kühnheit und Zurückhaltung dar. Er verlor niemals die Verantwortung aus den Augen, die mit seiner Stellung verbunden war, aber dennoch hatte er etwas Verwegenes an sich, das stets knapp unter der Oberfläche zu lauern schien. Doch im Augenblick konnte Geordi keine Spur davon entdecken. Stattdessen schien er eine beinahe melancholische Stimmung zu verbreiten. Als sie den Korridor der *Farragut* entlanggingen, kamen sie immer wieder an vereinzelten Mitgliedern der *Enterprise*-Besatzung vorbei, sogar an bestimmten Personen, die in der Vergangenheit mit Riker zusammengearbeitet hatten. Riker vergaß nie, auf sie zu reagieren, sie mit einem Nicken zu grüßen oder ein paar nette Worte zu äußern. Aber sein Herz und seine Gedanken schienen nicht wirklich bei der Sache zu sein, selbst wenn er sich hier und dort in ein oberflächliches Gespräch verwickeln ließ.

Schließlich sagte Geordi: »Es war wirklich nicht Ihre Schuld, Commander.«

»Hm?« Riker befand sich anscheinend in einer ganz anderen Welt. Es kostete ihn einige Mühe, sich auf Geordi zu konzentrieren. »Was? Ach so, die *Enterprise*, ja, nun... vermutlich haben Sie Recht. Ich werde wohl noch jahrelang immer wieder alle Ereignisse durchspielen, aber ich hoffe, dass auch ich früher oder später zu dieser Einsicht gelange.«

»Lieber früher als später.« Geordi zögerte. »Aber das ist es gar nicht, stimmt's?«

»Was wollen Sie damit andeuten, Geordi?«

»Hören Sie, ich hoffe, ich sage jetzt nichts Falsches... aber Sie machen den Eindruck, als würden Sie eine tonnenschwere Last auf den Schultern herumschleppen.«

»Ich bin nur damit beschäftigt, Pläne für die nächste Zukunft zu schmieden, Geordi, das ist alles. Es wird sehr viele Fragen zum abgestürzten Raumschiff geben... dann die Neuverteilung der Besatzung... es wird mir schwer fallen, wenn ich nicht mehr jeden Tag Ihr Gesicht im Maschinenraum sehe. Und ich werde die Pokerrunden vermissen, in denen ich innerhalb weniger Stunden ein Wochengehalt verdienen konnte. Mit diesem Verlust werde ich schwer zu kämpfen haben.«

Als er sprach, war wieder etwas vom alten augenzwinkernden Elan in seiner Stimme gewesen, aber es machte den Eindruck, als müsste er sich mehr als sonst dazu zwingen. Geordi wusste überhaupt nicht mehr, was er von ihm halten sollte.

Als sie den Eingang zu den Gesellschaftsräumen erreichten, bedeutete Riker Geordi mit einer Geste, als Erster einzutreten. Geordi nahm mit einem dankbaren

Nicken an und ging Riker voraus. Auf einer Seite stand ein Tisch, von dem gerade mehrere Leute aufstanden, so dass Geordi ihn sofort in Beschlag nahm, während Riker sich ihm gegenüber rittlings auf einen Stuhl setzte, wie es seine Gewohnheit war. Er zeigte dem Barkeeper zwei erhobene Finger und kurz darauf standen zwei Gläser mit Synthehol auf ihrem Tisch.

»Oh«, sagte Geordi und deutete in einen anderen Winkel des Raumes. »Da sind Worf und Counselor Troi. Ein Bild der innigen Vertrautheit.«

Riker drehte sich auf seinem Stuhl herum und blickte in ihre Richtung. Worf sprach gerade und Deanna hatte sich vorgebeugt, um sich ganz auf das zu konzentrieren, was Worf ihr erzählte.

Geordi hingegen konzentrierte seine Aufmerksamkeit weniger auf Troi und Worf als auf Riker. Er neigte den Kopf ein wenig zur Seite, wie ein neugieriger Hund, bis er schließlich ein langgezogenes ›Aaahhh, jetzt habe ich verstanden‹ äußerte.

»Sie haben verstanden?«

»Ja, Sir, das habe ich.«

»Gut für Sie, Mr. LaForge«, sagte Riker verwirrt, aber freundlich. »Könnten Sie mich vielleicht an Ihrer Erleuchtung teilhaben lassen?«

»Das dürfte eigentlich überflüssig sein. Schließlich waren Sie es, der sie mir verschafft hat.«

»Was habe ich Ihnen verschafft?« Riker schüttelte verständnislos den Kopf. »Geordi, ich habe nicht den leisesten Schimmer, wovon Sie reden.«

»Tatsächlich? Das ist seltsam. Dabei war es Ihre Atem- und Herzschlagfrequenz, die in dem Augenblick nach oben schoss, als Sie Worf und Counselor Troi sahen.« Er tippte sich mit wissender Miene an das VISOR. »Sie können mich nicht zum Narren halten, Commander – vielleicht sich selbst, aber nicht meine Wahrnehmung.«

Riker verschränkte die Finger beider Hände und beugte sich vor. Er schien das Paradebeispiel entspannter Selbstbeherrschung zu sein, zumindest für jeden, der kein VISOR besaß, mit dem er ihn praktisch auf der molekularen Ebene analysieren konnte. »Wenn mein Herz klopft, während ich Deanna und Worf erblicke, *Mister* LaForge, dann nur, weil es mich freut, dass Deanna endlich ihr wohlverdientes Glück gefunden hat.«

Geordi wusste sofort, dass Riker das Blaue vom Himmel herunterlog. Sein VISOR war nicht immer hundertprozentig zuverlässig, was seine Eignung als Lügendetektor betraf, und wenn Geordi zum ersten Mal einer Person begegnete, die möglicherweise etwas zu verbergen versuchte, war seine Befähigung zur Wahrheitsfindung äußerst eingeschränkt. Aber wenn es um Personen ging, die er ausgesprochen gut kannte, konnte Geordi ihre Aufrichtigkeit mit nahezu übernatürlicher Sicherheit einschätzen. In Rikers Fall war der plötzliche Anstieg seiner Biowerte ein genauso deutliches Anzeichen, als wären für einen normalsichtigen Menschen unvermittelt die Worte ›Ich lüge‹ in Leuchtbuchstaben auf Rikers Stirn erschienen.

Aber für Geordi war es keineswegs angenehm, Riker mit dem Wissen über seinen Täuschungsversuch zu konfrontieren, also setzte er sein gefährlichstes Pokergesicht auf und sagte: »Alles klar, Commander. Es freut mich, das zu hören.«

Riker starrte ihn eine ganze Weile reglos an, bis er leise seufzte. »Ist es so offensichtlich?« fragte er schließlich.

Geordi verspürte Erleichterung, als er Rikers Erwiderung hörte. Er hatte den Commander keineswegs kränken wollen… oder ihm gar Probleme bereiten wollen, indem er den Finger in alte Wunden legte. »Für die meisten Leute nicht«, entgegnete Geordi. »Aber ich bin nicht die meisten Leute.«

»Nein, Mr. LaForge, darin würde ich Ihnen jederzeit zustimmen.« Riker blickte sich erneut über die Schulter zu Troi und Worf um, dann gab er sich Mühe, nicht mehr in diese Richtung zu schauen.

Geordi beugte sich vor und senkte die Stimme, als wollte er vermeiden, dass irgendwer sie belauschte. Natürlich wurden sie von niemandem belauscht, aber irgendwie schien diesem Gespräch eine möglichst leise Stimmlage angemessen zu sein. »Aber ich verstehe es nicht, Sir. Ich dachte, Sie hätten dieser Beziehung Ihren Segen gegeben.«

»Richtig.«

»Und ich dachte, Sie und die Counselor wären nicht mehr…« Er wackelte mit zwei Fingern und legte sie dann aneinander.

»Wir sind nicht mehr zusammen.«

»Was ist also das Problem?«

»Ich weiß nicht, was das Problem ist.«

Geordi gab seinem Bedürfnis nach, zuerst einen tiefen Schluck Synthehol zu sich zu nehmen. Die ›berauschende‹ Wirkung dieses Getränks war größtenteils willkürlich. Genau das war das Angenehme daran. Es versetzte den Trinkenden in die Lage, sich genügend zu entspannen, um sich der Wirkung des synthetischen Alkohols hingeben zu können, doch falls ein Notfall eintrat, konnte der Betreffende problemlos das Gefühl der Trunkenheit verdrängen und war wieder uneingeschränkt einsatzbereit. In der gegenwärtigen Situation ließ sich Geordi von der entspannenden Wirkung des Synthehols einlullen, bis er den nötigen Mut fand, sich weiter mit Riker auseinanderzusetzen. »Vielleicht wissen Sie es ganz genau«, sagte er herausfordernd, »und wollen es nur nicht zugeben.«

»Und wie sieht das Problem Ihrer Meinung nach aus?« Riker wirkte kein wenig betrunken. Offensichtlich war es ihm so lieber.

»Dass Sie möglicherweise immer noch sehr viel für sie empfinden. Sie sehen, wie die beiden zusammensitzen, und plötzlich sagen Sie sich: ›Moment mal… ich habe auf sie verzichtet. Bin ich völlig verrückt gewesen?‹«

Riker nickte sehr langsam. »An dieser Theorie könnte durchaus etwas dran sein«, räumte er ein.

Geordi war selbst von seiner Beobachtungsgabe überrascht. »Wirklich?«

»Es ist nur so…« Riker trommelte nachdenklich mit den Fingerknöcheln auf der Tischplatte. »Ich musste mich schon mit einer ganzen Reihe von Schwierigkeiten auseinandersetzen, darunter ein paar schlimme Sachen. Aber es ist mir noch nie passiert, dass mir ein Schiff unter dem Hintern explodiert ist, wie es mir mit der *Enterprise* gelungen ist. Ich habe noch nie zuvor eine derartige Landung hingelegt. Ich habe darauf gewartet, dass Captain Picard zu mir sagt: ›Sehen Sie, was geschieht, wenn ich Ihnen nur fünf Minuten lang das Kommando über mein Schiff gebe?!‹ Glücklicherweise hat er es nicht gesagt.«

»Vielleicht war er nur höflich genug, um es nicht zu sagen«, gab Geordi zu bedenken.

»Das wäre kein Problem. Dann hätte ich die Schuld auf Deanna geschoben, weil sie am Ruder saß.« Die beiläufige, ironische Erwiderung sorgte für leises Gelächter, das die Spannung abbaute, doch die Wirkung hielt nicht lange an. Riker jedenfalls wirkte anschließend nicht weniger besorgt als zuvor. »Die *Enterprise* war mehr als mein Zuhause, Geordi, und mit Sicherheit mehr als mein alltäglicher Arbeitsplatz. Sie war nicht nur ein Symbol der vergangenen Abenteuer, die wir gemeinsam überstanden haben, sondern auch ein Symbol künftiger Zeiten. Ein Symbol der Sicherheit. Vor wenigen Stunden habe ich zu Captain Picard gesagt, ich hätte immer darauf gehofft, eines Tages den Kommandosessel übernehmen zu können. Dieses Schiff war die lebende Verkörperung meiner Hoffnungen auf die Zukunft. Natürlich lebte es nicht wirklich, aber ich hatte das Schiff mit all meinen Wünschen und Träumen erfüllt – was mir erst richtig bewusst wurde, als es nicht mehr existierte. Und jetzt« – er schnippte so kraftvoll mit den Fingern, dass es fast wie eine Ohrfeige klang – »keine Hoffnung mehr. Keine Zukunft. Kein Schiff. Der Verlust der *Enterprise* hat mir bewusst gemacht, wie vergänglich alles ist.« Er ließ die Flüssigkeit in seinem Glas kreisen und starrte betrübt hinein. »Und dann habe ich die ganze Zeit so getan, als müsste ich nur ein Wort sagen, wenn mir danach ist, und es gäbe wieder eine Zukunft für Deanna und mich. Ich dachte, die *Enterprise* wäre für die Ewigkeit gebaut, aber offensichtlich habe ich mich getäuscht. Auf Betazed dachte ich, meine Beziehung zu Deanna wäre für die Ewigkeit bestimmt, aber aus verschiedenen Gründen klappte es nicht so, wie ich es mir erhofft hatte. Ich muss plötzlich völlig neue Prioritäten für mein Leben setzen, das ist alles.«

»Und werden Sie irgendetwas in dieser Sache unternehmen?«

Riker blickte sich wieder zu Deanna und Worf um. »Ich glaube nicht, dass ich das Recht dazu hätte«, sagte er leise.

»Wenn nicht Sie, wer dann?«

»Vielleicht hat niemand dieses Recht, Geordi«, sagte er ruhig. »Ich hatte meine Chance. Mehr Chancen, als irgendein höheres Wesen einem normalsterblichen Menschen einräumen würde. Andere Leute haben sich kennen gelernt, geheiratet und Kinder bekommen, während ich die ganze Zeit Hamlet gespielt habe, was meine Gefühle für Deanna betrifft.«

»Sein oder Nichtsein.«

»Das ist hier die Frage.« Er lachte leise. »Komisch.

Während meiner ganzen Ausbildung bei Starfleet ging es darum, Entscheidungen zu treffen. Normalerweise kann ich in Sekundenbruchteilen eine Entscheidung treffen. Als der Captain von den Borg entführt und zu Locutus transformiert wurde und die Sicherheit der *Enterprise* bedrohte, habe ich keinen Moment gezögert, das Feuer auf ihn zu eröffnen. Schnelle Entscheidungen, wie es mir in jahrelangem Training beigebracht wurde. Kein Zögern, keine Zweifel. Aber wenn es um mein Privatleben geht – und insbesondere um eine spezielle Frau…« Er zuckte hilflos die Schultern.

»Glauben Sie mir, Commander, ich weiß genau, wie es Ihnen geht. Über meine Erfahrungen mit dem anderen Geschlecht könnte ich nicht gerade einen umfangreichen Roman schreiben. Also bin ich nicht unbedingt der geeignetste Kandidat, wenn jemand Rat in diesen Angelegenheiten sucht. Aber es gibt da etwas, das mir auffällt, wenn ich Ihre unterschiedlichen Fähigkeiten zur Entscheidungsfindung vergleiche.«

»Und das wäre…?«

»Nun…« Geordi rückte sich auf dem Stuhl zurecht. »Wir hatten vorhin über die Maßnahmen gesprochen, die wir ergriffen haben, um die *Enterprise* vor dem Absturz zu bewahren. Ich für meinen Teil bin zufrieden, dass ich alles getan habe, was ich tun konnte. Ich werde voller Zuversicht vor jeden Starfleet-Untersuchungsausschuss treten, weil ich aufrichtig daran glaube. Was Sie betrifft, so habe ich den Eindruck, dass sie nicht daran glauben, alles getan zu haben, was in Ihrer Macht stand, und wie ich Sie kenne, werden Sie bei der Befragung vermutlich bereitwillig für alles die Verantwortung übernehmen. Andererseits bezweifle ich nicht, dass man Sie schließlich von allen Vorwürfen freisprechen wird, trotz Ihrer heftigen Proteste. Stimmen Sie mir zu, dass das eine zutreffende Einschätzung der Situation darstellt?«

»Etwas zynisch, aber zutreffend«, gab Riker zu.

»Gut. Nehmen wir jetzt einmal an, es gäbe eine andere Art von Untersuchungsausschuss. Ein Ausschuss, der für ›Herzensaffären‹ zuständig ist. Wenn man Sie dort vorladen und fragen würde: ›Riker, haben Sie hinsichtlich Ihrer Beziehung zu Deanna Troi alles unternommen, was in Ihrer Macht stand; haben Sie jede Möglichkeit gewissenhaft überprüft und sich selbst das vollständige Ausmaß Ihrer Gefühle eingestanden?‹ – was würden Sie dann erwidern? Hätten Sie ein reines Gewissen? Und falls nicht, glauben Sie, dass auch dieser Ausschuss Sie von allem freisprechen würde? Oder wäre die Sache wesentlich komplizierter?«

Riker klopfte mit einem Finger auf den Tisch. Zunächst tat er es sehr schnell, dann wurde er langsamer, als seine Gedanken allmählich klarer wurden.

»Ich verstehe, was Sie mir sagen wollen«, erwiderte er nach einer scheinbaren Ewigkeit.

»Gut.«

»Aber die Frage ist, ob ich mehr tun werde, als es nur einzusehen. Ob ich in dieser Angelegenheit tatsächlich etwas unternehmen werde.«

»Auf diese Frage kann ich Ihnen nicht einmal eine vage Antwort geben«, sagte LaForge. »Mit meinem VISOR kann ich sehr viele Dinge sehen, aber ich kann damit weder Ihre Gedanken lesen noch in die Zukunft schauen.«

Riker nahm sein Glas mit Synthehol und kippte die Hälfte des Inhalts in sich hinein, als müsste er sich Mut antrinken. »Mit hoher Wahrscheinlichkeit«, sagte er langsam, »stehe ich kurz davor, die allergrößte Dummheit meiner gesamten bisherigen Karriere zu begehen.«

»Sie wollen mit ihr reden.«

»Ja, ich will mit ihr reden. Und wenn es schief geht oder ich mich zum kompletten Idioten mache, weiß ich zumindest, wem ich die Schuld an allem geben kann.«

»Mir?«

»Exakt.« Aber Riker grinste, als er es sagte. Und LaForge hatte den Eindruck, als wäre Riker plötzlich von einer schweren Last befreit. Nach ewigen Zeiten der Unentschlossenheit wollte er nun zur Tat schreiten. Er würde die Rolle des Hamlet aufgeben, die er so lange in privaten Dingen gespielt hatte. Stattdessen wollte er wieder ein Mann der Tat sein, der eine Gelegenheit ergriff, wenn sie sich ihm bot. »Und wissen Sie auch den Grund dafür, Geordi? Auch wenn die *Enterprise* schließlich in Flammen aufgegangen ist, so hat sie sich trotzdem wacker geschlagen und wir alle können stolz auf sie sein. Wenn ich schon niemals das Kommando über die *Enterprise* übernehmen werde, kann ich zumindest ihrem großartigen Beispiel folgen.«

»Das ist die richtige Haltung, Sir«, sagte Geordi aufmunternd.

»Ich werde jetzt hinübergehen... und Mr. Worf bitten, uns zu entschuldigen... und dann werden Deanna und ich ein kleines Gespräch führen. Oder eher ein großes Gespräch.«

»Seien Sie nett zu Worf, Commander. Er ist an dieser Situation völlig unschuldig.«

»Ja, das ist er«, sagte Riker wehmütig. »Er hatte den Mut, sein Herz sprechen zu lassen und seine Chance zu ergreifen, während ich untätig daneben stand und es geschehen ließ. Trotzdem... wird er mich verstehen. Zumindest hoffe ich es. Wünschen Sie mir viel Glück, Geordi.«

»Viel Glück, Commander.«

Riker erhob sich soeben vom Stuhl, als er aus der Richtung, in der Deanna und Worf saßen, einen lauten Schlag auf den Tisch hörte.

»Ja!« rief Worf. »Sie hat ja gesagt! Wir sind verlobt!«

Riker erstarrte mitten in der Bewegung. Es war, als wäre sein ganzes Universum plötzlich auf diese paar

Sekunden zusammengeschrumpft. Er hielt immer noch sein Glas in der Hand. Er spürte, dass Geordi ihn ansah, nahm ihn aus dem Augenwinkel wahr und erkannte den schockierten Ausdruck auf Geordis Gesicht.

Aber seine eigentliche Aufmerksamkeit galt Worf und Troi, bis sich seine und Worfs Blicke trafen. Der überraschte Ausdruck auf dem Gesicht des Klingonen bewies: Worf hatte überhaupt nicht bemerkt, dass Riker sich die ganze Zeit in der Nähe aufgehalten hatte.

Worf erweckte stets den Eindruck großen Selbstbewusstseins, aber in diesem Augenblick schien seine Sicherheit plötzlich ins Wanken zu geraten. Hatte er in Rikers Haltung etwas erkannt, das ihm verriet, welche Gefühle ihn beherrschten? Wusste er, aus welchem Grund sich Riker von seinem Platz erhoben hatte?

Deanna spürte Worfs Unbehagen und drehte sich herum, weil sie wissen wollte, was plötzlich seine Aufmerksamkeit in Anspruch genommen hatte. Als sich ihr Blick mit dem Rikers traf, war es, als würden sie sich über einen gewaltigen Abgrund der Zeit hinweg anschauen. Alles, was zwischen ihnen gewesen war – alle möglichen Gefühle und Konfrontationen –, hing ein oder zwei Sekunden lang über diesem Abgrund. Und dann, als hätte Riker es von Anfang an so geplant, stand er vollständig von seinem Sitz auf und hob das Glas. Sein Gesicht wurde von einem breiten Grinsen zerrissen, während es ihm gleichzeitig sein Herz zerriss. »Ich will der Erste sein«, rief er mit felsenfester Stimme, »der einen Toast auf das glückliche Paar ausbringt. Herzlichen Glückwunsch!«

»Herzlichen Glückwunsch!« ging es wie ein Echo durch die Bar der *Farragut*. Die Besatzungsmitglieder jubelten und riefen: »Auf das glückliche Paar!«

Geordi fand Rikers mentale Disziplin bewundernswert. In diesem Moment hätte in seinem Kopf das totale Chaos herrschen müssen, und wenn es so gewesen wäre, hätte Deanna Troi es sofort gewusst. Und das bedeutete, dass Riker seine Gedanken und Gefühle unter strengster Kontrolle hatte, um nur angenehme Regungen wie ein Sahnehäubchen an die Oberfläche steigen zu lassen. Er lächelte wieder, hob noch einmal sein Glas und ließ sich dann langsam auf den Sitz zurücksinken, während Worf und Troi die Gratulationen all jener entgegennahmen, die in ihrer Nähe saßen.

Riker bemerkte Geordis schockierte Miene und quittierte sie mit einem gleichgültigen Schulterzucken, als wäre alles letztlich völlig bedeutungslos. »Mein Fehler«, sagte er leichthin. »Ich hätte Sie nicht auffordern sollen, mir Glück zu wünschen. Das geht meistens schief.«

»Commander...« Geordi wusste nicht, was er sagen sollte. Er war bestürzt, fühlte sich sogar schuldig, weil er mitgeholfen hatte, Riker in diese schreckliche Lage zu bringen.

Riker schien zu wissen, was Geordi bewegte, denn er tat es mit einer lässigen Handbewegung ab. »Machen Sie sich deswegen keine Sorgen, Geordi. Wenn man lange genug den Hamlet gespielt hat, wird früher oder später jemand kommen, der entscheidungsfreudiger ist und einem das Mädchen vor der Nase wegschnappt.«

»Ist das Mädchen in *Hamlet* nicht am Ende gestorben?«

»Es ist eine Shakespeare-Tragödie. Das heißt, dass am Ende alle sterben. Nur in Komödien überleben die Protagonisten. Shakespeare hielt nichts von Tragikomödien, von halben Sachen. Ich glaube, ich kann ihn sehr gut verstehen. Man muss bereit sein, alles zu geben... sonst wird man am Ende nichts bekommen.«

Plötzlich schienen ihm die lauten Gratulationen im Hintergrund zu viel zu werden. Wieder stand er von seinem Platz auf, wobei er darauf achtete, Worf und

Troi den Rücken zuzukehren. »Wenn Sie mich jetzt entschuldigen würden, Geordi...«

Geordi, der immer noch unter Schuldgefühlen litt, fragte: »Brauchen Sie Gesellschaft, Commander?«

»Nein, vielen Dank, Geordi. Ich glaube, ich werde mich zur Nachtruhe zurückziehen.«

»Zur Nachruhe? Commander, es ist noch nicht einmal zwanzig Uhr! Warten Sie... vielleicht können wir noch einen kurzen Abstecher zum Holodeck machen...«

»Geordi«, sagte er mit traurigem Lächeln und schüttelte den Kopf. »Ich komme schon irgendwie zurecht. Machen Sie sich keine Sorgen. Gut, ich habe an nur einem Tag ein Schiff und eine Frau verloren, aber wenn wir es philosophisch betrachten wollen, dann waren sie und ich nur... zwei Schiffe, die in der Nacht aneinander vorbeiführen. Ich möchte mich einfach nur noch hinhauen, mehr nicht. Um zu schlafen...« Er blickte sich ein letztes Mal über die Schulter um und sah, wie Deanna lachend die Hände der Besatzungsmitglieder schüttelte. »...und vielleicht zu träumen.«

4

Tom Riker träumte von der Freiheit, als das Chaos begann.

Es war ein sehr angenehmer Traum gewesen. Von einer Frau mit dunklen Augen und schwarzem Haar, das ihr bis auf die Schultern fiel. Von einer Frau, die ihn gelehrt hatte, was wahre Gefühle sind, bis sie ihm entglitten war, als das Schicksal sie in unterschiedliche Richtungen fortgewirbelt hatte. Und für einen Moment, einen winzig kurzen Moment, hatte er sie wieder gehabt… um sie erneut zu verlieren… doch nun war sie in einen Winkel seines träumenden Geistes zurückgekehrt… wo er sie nie wieder verlieren würde… er hielt sie fest, bestürmte ihren Mund mit Küssen… und sie waren frei, ein gemeinsames Leben zu verwirklichen… frei, all das zu…

Die Detonation riss ihn aus dem Schlaf, genauso wie alle anderen Gefangenen. Die anderen blickten sich noch benommen um, doch Riker war bereits hellwach. Er war aufgesprungen und hockte nun geduckt auf dem Boden, sah sich um, blinzelte und versuchte sich an das Licht beziehungsweise den Mangel desselben zu gewöhnen.

Es gab eine weitere Explosion, ganz in der Nähe, und die Oberfläche von Lazon II erzitterte. Es waren offenbar schwere Waffen, die von oben auf den Boden abgefeuert wurden. Riker erkannte den Typ nicht sofort, aber für Saket – der nicht weit entfernt auf dem Boden kauerte – bestand nicht der geringste Zweifel. »Romulanische Waffen.«

»Sind Sie sicher?« fragte Tom Riker.

»Absolut. Dieses Explosionsecho würde ich jederzeit im Schlaf wiedererkennen.«

Riker unterließ es, ihn darauf hinzuweisen, dass er praktisch genau das getan hatte. Wieder bebte der Boden. »Freunde von Ihnen?« fragte Riker.

»Würde ich meinen, ja. Und ich kann auch nicht behaupten, dass sie unerwartet kommen.«

Der Lärm ging weiter, als der unsichtbare, aber nicht unbekannte Angreifer durch weitere Salven von oben das Kraftfeld bearbeitete. Doch dann erkannte Riker, dass die Erschütterungen des Bodens nicht mit dem Angriffslärm synchron waren. Es war nahezu unmöglich, im Krawall der Gefangenen und dem Getöse der Waffen irgendetwas anderes zu hören. Riker brachte sein Gesicht in die Nähe von Sakets Ohr und schrie ihn an, doch zum Glück funktionierte das Gehör des Romulaners selbst unter den widrigsten Umständen ausgezeichnet.

»Etwas stimmt nicht!« schrie Riker im Lärm. »Der Angriff von oben... passt nicht zum Zittern des Bodens!«

»Was?!« Saket horchte einen Moment auf das Kampfgetöse und konzentrierte sich gleichzeitig auf den Boden. Dann weiteten sich seine Augen, als er erkannte, dass Riker Recht hatte.

Die Tür zur Hütte flog auf und Mudak wurde sichtbar. In einer Hand hielt er einen Strahler und mit der anderen stützte er sich am Türrahmen ab, während er brüllte: »Alle drinbleiben! Niemand rührt sich von der Stelle! Vergessen Sie sofort jeden Gedanken an Flucht! Jeder, der einen derartigen Versuch unternimmt, muss mit einer schweren Strafe rechnen, das kann ich Ihnen versprechen!« Falls Mudak Panik empfand, ließ er sich nichts davon anmerken. Er wirkte völlig zuversichtlich, dass er und seine Kameraden die Krise meistern würden. Er schien sich kaum mehr Sorgen als während einer Routineübung zu machen.

Aus irgendeinem Grund blickte Mudak genau auf Riker und Saket. Möglicherweise machte er sich wegen dieser beiden Gefangenen noch die größten Sorgen. Vielleicht wollte er sie mit einem drohenden Blick einschüchtern, damit sie keinen Fluchtversuch unternahmen. Dann drehte er sich um und rannte davon.

Alle Gefangenen hockten auf dem Boden und blickten besorgt nach oben, zur Quelle des Angriffs. Schließlich knurrte einer von ihnen, ein Tellarit namens Redonyem, mit rauher Stimme: »Ich sage, wir sollten draußen unser Glück versuchen! Diese Hütte ist kein Schutzbunker! Wenn sie durchbrechen und die Hütte einstürzt, werden wir alle sterben!«

»Glauben Sie wirklich, dass wir draußen besser dran wären?« gab Z'yk, ein Orioner, zurück.

»Ja!« Der Tellarit hatte sich erhoben und stapfte nun durch das Innere der Hütte, während er mehr und mehr einem wilden Tier ähnelte, die Haare zerzaust und heftig mit den Armen gestikulierend. »Das könnte unsere Chance sein, von diesem Felsbrocken wegzukommen! Ich will zurück zu meinen fünf Frauen und neunzehn Kindern und mein Geschäft als Waffenhändler wiederaufnehmen! Und wenn Sie glauben, ich würde meine letzte Stunde angstschlotternd hier drinnen verbringen und auf den Tod warten, während es nicht weit von hier einen Landeplatz mit der Aussicht auf Freiheit gibt, dann haben Sie sich schwer getäuscht!«

»Er hat Recht«, sagte Saket unvermittelt. »Redonyem hat Recht. Ich schlage vor, dass wir uns sofort auf den Weg machen!«

Sakets Zuversicht und Entschlossenheit steckten das halbe Dutzend Gefangene an, das ängstlich am Boden kauerte. Alle holten noch einmal tief Luft, dann stürmten sie zur Tür, angeführt von Redonyem.

Redonyem war kaum durch die Tür, als ein cardassianischer Strahler summte und den Tellariten traf. Es geschah mit solcher Heftigkeit, dass er buchstäblich einen Purzelbaum schlug und gegen Saket zurückgeworfen wurde, der genau hinter ihm stand.

Nicht weit vor der Hütte stand ein Cardassianer. Offensichtlich war er zu einem anderen Ziel unterwegs gewesen – seiner Kampfstation vermutlich –, als er bemerkte, dass die Gefangenen einen Ausbruchsversuch unternahmen. Er schwenkte drohend seine Handwaffe und rief: »Zurück! Gehen Sie wieder hinein!« Durch die Tür konnten sie erkennen, wie die Salven der romulanischen Angreifer – deren Anzahl unbekannt war – blitzend in den Schild schlugen. Noch schien er zu halten und die Pulskanonen standen bereit, die Verteidigung zu übernehmen, wenn der unwahrscheinliche Fall eintrat, dass der Schild versagen sollte.

Redonyem sackte in Sakets Armen zusammen, während tief aus seiner Kehle ein bestialisches Knurren drang. Der Energiestrahl hatte einen großen geschwärzten Fleck an seinem Brustkorb hinterlassen, aber Redonyem schien fest entschlossen, ihn einfach zu ignorieren. Stattdessen riss er sich noch einmal zusammen und startete einen erneuten Vorstoß. Der Wachmann hob wieder die Waffe, doch im selben Augenblick hatte Saket sich ein kleines Trümmerstück geschnappt, das sich vom Dach der Hütte gelöst hatte. Riker sah, wie Saket es dem Wachmann mit bemerkenswerter Zielgenauigkeit mitten ins Gesicht schleuderte. Der Cardassianer taumelte, sein Schuss ging ins Leere und dann stürzte sich Redonyem auf ihn und entwaffnete ihn, indem er ihm einfach den Arm abriss. Der Cardassianer ging zu Boden und schrie – eher wegen des Schocks als der Schmerzen, die erst in einigen Minuten einsetzen würden. Redonyem heulte triumphierend auf, reckte den Arm hoch und schüttelte ihn trotzig wie eine blutige Trophäe. Ein anderer cardassianischer Wachmann kam rasch um die Ecke und erstarrte, als er der grausigen Szene ansichtig wurde. Sein Zögern währte nur sehr kurz, aber diese Zeit genügte Redonyem, um vorzutreten und dem überraschten Cardassianer mit dem abgerissenen Arm den Schädel einzuschlagen. Dann schnappte er sich die Waffen der zwei ausgeschalteten Gegner. Der verstümmelte Wachmann schrie so laut, dass er Redonyem auf die Nerven ging, bis er ihn mit einem kräftigen Fußtritt gegen den Kopf zum Schweigen brachte.

Der Orioner Z'yk näherte sich dem Schauplatz und blickte mit einem brutalen Grinsen zu Redonyem auf. »Besorgen Sie mir ein Messer«, sagte er. »Ich habe eine Idee.«

Das Lager nahm eine Fläche von mehr als zwanzig Quadratkilometern ein, was der Grund dafür war, dass die Gruppe der Flüchtenden nie in die Nähe des romulanischen Angriffsschiffs kam, das einen Vorstoß ins Lager unternahm. Das war ein glücklicher Umstand, denn in diesem Fall wären sie aufgrund der unorthodoxen Taktik dieses Schiffes mit hoher Wahrscheinlichkeit sofort getötet worden.

Für Mudak waren die Umstände nicht so glücklich, weil er sich in der Nähe des Schiffes befand und infolgedessen beinahe das Leben verlor. Als er durch das Lager zum Verteidigungsgeschütz rannte, wurde ihm mit einem Mal bewusst, dass der Boden nicht nur wegen der Salven von oben bebte. Es schien ihm vielmehr, als würde er infolge einer unterirdischen Einwirkung vibrieren. Es war die gleiche Erkenntnis, die wenige Minuten zuvor auch Riker und Saket gekommen war, und Mudak hätte die Zusammenhänge vielleicht schon viel früher durchschaut, wenn er nicht durch den Angriff abgelenkt gewesen wäre. Andererseits war genau dies der eigentliche Zweck des Luftangriffs: nämlich die Aufmerksamkeit vom direkten Vorstoß ins Lager abzulenken, der aus einer ganz anderen Richtung kam.

Nur wenige Meter vor ihm wölbte sich plötzlich der Boden auf. Die Erschütterungen rissen Mudak von den Beinen, so dass er schmerzhaft mit dem Rücken aufprallte. Er hielt seine Waffe fest umklammert, doch gleichzeitig wich er kriechend zurück, während er fassungslos auf die Auswirkungen eines Angriffsplans starrte, der in seiner Einfachheit atemberaubend war.

Trümmer und Erde wurden nach oben geschleudert, wie bei einem Geysir, als hätte jemand eine tiefe Quelle angezapft. Mudak erkannte, dass er sich nicht mehr rechtzeitig in Sicherheit bringen konnte, rollte sich zu einer schützenden Kugel zusammen und zog den Kopf ein. Schutt regnete auf ihn herab und begrub ihn unter sich. Er war jedoch in der Lage, sein Gesicht freizuhalten, so dass er recht deutlich die weiteren Ereignisse verfolgen konnte.

Aus dem Erdloch kam ein Fahrzeug hervor, wie Mudak es noch nie zuvor gesehen hatte, aber ihm wurde unverzüglich klar, zu welchem Zweck es gebaut worden war. Es war ein Erdbohrer, der normalerweise zum Terraforming – worin unter diesen Umständen eine gewisse Ironie lag – benutzt wurde. Auf besonders lebensfeindlichen Welten ermöglichte das Gerät den Kolonisten, im Nu unterirdische Lagerräume und sogar Unterkünfte anzulegen. Es war mit mehreren rotierenden Molekulartransformatoren ausgestattet, die sich auf einem großen Rad an der Vorderseite des Fahrzeugs befanden. Wenn sich das Rad drehte, wurde der Boden in einem immer größeren Umkreis buchstäblich aufgelöst, während der resultierende Tunnel gleichzeitig stabilisiert wurde, indem die Molekularstruktur annähernd zur Härte von Diamant transformiert wurde. Gänge und sogar Höhlen ließen sich innerhalb weniger Minuten anlegen.

Aber dies war kein gewöhnlicher Erdbohrer. Irgendwer hatte das gesamte Ding mit geradezu teuflischer Erfindungsgabe auf einen Impulsschlitten montiert. Damit war das Fahrzeug raumflugtauglich, aber zu klein, um von Frühwarnsystemen entdeckt werden zu können. Also hatte es sich aus eigener Kraft dem Planeten genähert und war einfach an irgendeinem Punkt außerhalb des Kraftfeldes in die Planetenkruste eingedrungen, um sich unter dem Schild hindurchzugraben. Das war möglich, weil der Schutzschild des Lagers nicht bis unter die Oberfläche von Lazon II reichte. Und genau diese Sicherheitslücke hatten die Romulaner (sofern Saket Recht behalten sollte) zu ihrem Vorteil ausgenutzt.

Zu diesem Zeitpunkt glich Lazon II einem Irrenhaus. Inzwischen hatten alle anderen Gefangenen angesichts der Explosionen die Nerven verloren und liefen Amok. Die Wachen wussten nicht, worauf sie sich zuerst konzentrieren sollten: auf die Angreifer oder die flüchtenden Gefangenen.

»Bildet eine Reihe!« schrie der Kommandant der Wachmannschaft. Die Wachen, die in Hörweite waren, reihten sich auf und bildeten einen recht improvisiert wirkenden Verteidigungstrupp. Es blieb nur die Frage, worauf sie zielen sollten. Doch der kommandierende Wachmann klärte das Problem, indem er rief: »Trupp Eins schlägt den Aufstand der Gefangenen nieder. Trupp Zwei nimmt die Angreifer unter Feuer!«

Trupp Eins war erheblich erfolgreicher, als die Männer das Feuer auf die Flüchtenden eröffnete. Zwei wurden sofort getötet und weitere zogen sich schreckliche Verletzungen zu.

Der Erdbohrer erzitterte unter den Salven der Verteidiger. Es war kein Kampffahrzeug, dessen Außenhülle gegen eine derartige Behandlung gewappnet wäre, auch wenn das Feuer nur von Handwaffen stammte. Das Fahrzeug schlingerte, als der Antriebsschlitten ins Stottern geriet. Es hatte sich für wenige Augenblicke in die Luft erhoben, aber die nächste Angriffswelle warf es vollständig aus der Bahn. Unter dem dürftigen Schutz des Trümmerhügels beobachtete Mudak, wie es in seine Richtung geschleudert wurde. Ihm stockte der Atem, als es über den Boden rollte, und er machte sich darauf gefasst, von dem Ding überrollt und zerquetscht zu werden.

Doch in letzter Sekunde prallte der angeschlagene Erdbohrer noch einmal vom Boden ab und segelte über ihn hinweg. Nur wenige Meter hinter ihm stürzte es wieder ab, rollte ein Stück weiter und zog eine dichte Rauchwolke hinter sich her.

Die Wachen stießen ein triumphierendes Geheul aus. Zu diesem Zeitpunkt war es Mudak gelungen, sich wieder auszugraben. Sein plötzliches Auftauchen überraschte etliche seiner Kollegen, als er den restlichen Schutt abschüttelte und auf den Erdbohrer zutaumelte. Im Verlauf der Rutschpartie war das Cockpit aufgerissen worden und Mudak, der wundersamerweise immer noch seine Waffe in den Händen hielt, baute sich davor auf und zielte direkt auf den Pilotensitz.

Doch er war leer.

Mudak wischte sich den Schmutz vom Gesicht, als könnte er damit seine Sicht verbessern und endlich ein Ziel vor die Mündung seiner Waffe bekommen. Andere Wachen versammelten sich um ihn und starrten genauso verständnislos in die Pilotenkanzel. »Nun… äh… wo ist…?« sagte einer von ihnen.

Dann fiel Mudaks Blick auf eine blinkende Anzeige der Kontrollkonsole des Fahrzeugs und er erkannte, dass es sich um einen Selbststeuerungsmechanismus handelte, wodurch sich der Erdbohrer per Autopilot steuern oder über Fernbedienung dirigieren ließ…

Plötzlich verstand Mudak. »Das Loch!« schrie er und rannte zurück. »Feuert darauf! Schließt es! Schnell…!«

Aber es war schon zu spät.

Ein romulanischer Kampfjäger schoss aus dem Loch, das der Erdbohrer geschaffen hatte. Genauso wie andere romulanische Fahrzeuge war er von vogelartiger Form, obwohl dieser hier einen schlankeren und bösartigeren Eindruck machte als die größeren Warbirds. Der Starfleet-Geheimdienst hatte diesen Typ als ›Wanderfalken‹ klassifiziert. Und im Gegensatz zum Erdbohrer, der sich wie ein Maulwurf vorwärtsbewegt hatte, da der Impulsschlitten auf engerem Raum nutzlos war, war der romulanische Jäger für schnelle und wendige Manöver ausgelegt. Diese Eigenschaften wurden im nächsten Augenblick offensichtlich, als der Wanderfalke herumwirbelte und furchtlos in Richtung der Verteidigungsanlagen beschleunigte.

Die Pulsstrahler traten sofort in Aktion, als ihre Sensorensysteme den Wanderfalken erkannten. Die Kanonen eröffneten das Feuer und von Rechts wegen hätte der romulanische Jäger nicht mehr die geringste Chance haben dürfen.

Doch das schien den Piloten des Wanderfalken überhaupt nicht zu interessieren. Das Schiff flog gewagte Ausweichmanöver, während ringsum die Luft brannte. Ein- oder zweimal hätten die Kanonen ihm beinahe den Garaus gemacht, aber nur beinahe. Nun erwachten die Waffen des Wanderfalken zum Leben und erwiderten das Feuer, jagten vernichtende Energien in die Verteidigungsanlagen. Der schwere Turm erzitterte und Risse bildeten sich im Fundament. Die Anlage war nicht ausreichend gegen einen direkten Angriff geschützt, da normalerweise das Kraftfeld die erste Staffel des Verteidigungsschirms bildete, und dass ein

Schiff nahe genug herankam, um direkte Treffer anzubringen, war unter normalen Umständen unmöglich.

Doch der Pilot des Wanderfalken schien niemals von diesen Tatsachen in Kenntnis gesetzt worden zu sein. Das Schiff raste auf unberechenbarem Schlingerkurs dahin, während es sich ein Feuerduell mit den Türmen lieferte.

Dann erzielten die Cardassianer einen Glückstreffer. Einem Bodentrupp unter der Führung von Mudak gelang es, einen der Heckstabilisatoren des Wanderfalken abzuschießen. Der Jäger drehte sich um die eigene Achse und Mudak rechnete damit, dass er jeden Augenblick abstürzte. Doch seine Hoffnung wurde enttäuscht. Der Pilot des Wanderfalken beherrschte das unglaubliche Kunststück, den Kurs zu halten, während die Maschine weiter auf eine Weise rotierte, die unter normalen Umständen ihr sofortiges Ende bedeutet hätte. Für einen kurzen Moment näherte sie sich dem Boden, doch dann gewann sie wieder an Höhe, während sie weiter auf ihr Ziel zuraste – die Verteidigungstürme von Lazon II.

»Er ist auf Kollisionskurs!« schrie Mudak und seine Worte sowie sein Tonfall machten jede detailliertere Erklärung überflüssig. Die Pulskanonen trafen den dahinrasenden Wanderfalken, worauf sich das Heck des Jägers in einen schnell größer werdenden Feuerball verwandelte. Aber diese Wendung erfolgte zu spät und war zu geringfügig, denn den Pulsstrahlern blieb keine Zeit mehr, ihr Vernichtungswerk zu vollenden. Der Wanderfalke hatte sie im Visier.

Einen Sekundenbruchteil bevor das kleine Schiff mit den Verteidigungstürmen kollidierte, hätte ein Beobachter mit außergewöhnlich scharfen Augen bemerkt, dass eine winzige Gestalt aus dem Cockpit geschleudert wurde. Das Dach wurde abgesprengt und der Pilot – offenbar war der Jäger mit nur einer Person bemannt – wurde in die Luft katapultiert, nur dass er dem Zusammenstoß gerade noch entkam. Die Explosion war ohrenbetäubend, als die untere Hälfte des Turms von einem grellen Feuerball eingehüllt wurde. Es folgte eine Serie kleinerer Explosionen, die an Heftigkeit zunahmen und die Planetenoberfläche in Erdbebenstärke erzittern ließen. Nach wenigen Sekunden war die gesamte Verteidigungsanlage zerstört; eine schwarze Rauchwolke breitete sich himmelwärts aus.

Zu diesem Zeitpunkt herrschte im Lager das totale Chaos. Die Insassen rannten kopflos herum. Mudak wusste anschließend nicht mehr, wie und wann es ihn zu Boden geworfen hatte. Er wusste nur, dass eine gewaltige Druck- und Hitzewelle ihn von den Beinen gerissen hatte, um ihn viele Meter weit durch die Luft zu schleudern. Um ihn herum schien die Welt nur noch aus rennenden Füßen zu bestehen. Er hatte keine Ahnung, wohin er zuerst schauen sollte.

Zu seiner Verblüffung hielt er immer noch die Waffe in der Hand. Es war, als hätten seine Finger aus eigener Motivation gehandelt, als wären sie von der Entschlossenheit getrieben, Rache für die Ungeheuerlichkeit zu üben, die Lazon II widerfahren war. Er spuckte einen großen Brocken Erde aus – offenbar war er beim Aufprall mit dem Gesicht voran auf dem Boden gelandet. Er spürte ein Pochen im Kopf und berührte sein Gesicht, das sich auf einer großen Fläche an Schläfe und Wange feucht anfühlte. Mit beinahe amüsiertem Ausdruck betrachtete er die Verfärbung seiner Finger, sah das Blut und fragte sich, wessen Blut es sein mochte, bis ihm bewusst wurde, dass es sein eigenes war. Doch er ließ sich durch diesen Umstand nicht aus der Ruhe bringen, denn er hatte im Augenblick weitaus größere Sorgen.

Dann bemerkte er aus dem Augenwinkel eine Bewegung. Sie fiel ihm auf, weil sie sich deutlich vom ziellosen Herumgerenne abhob. Diese Person bewegte sich mit äußerster Vorsicht. Sie kam hinter den Trümmern hervor und ging leicht gebückt, was sie zu einem schwierigen Ziel machte, ohne dass es ihr Vorankommen behinderte. Die Gestalt hatte kurzes blondes Haar sowie Ohren und Augenbrauen, die sich auf elegante Weise verjüngten. Sie war hauptsächlich in Schwarz gekleidet, bis auf den silbrigen Umhang, der die flackernden Flammen des brennenden Turms reflektierte. Dadurch wirkte sie fast wie ein Wesen aus purem Feuer. Im Gesicht hatte sie schwarze Flecken und im ersten Moment glaubte Mudak, es wäre Tarnfarbe, bis er erkannte, dass es sich vielmehr um Ruß vom Feuer und möglicherweise vom Absturz handelte.

Es dauerte eine Weile, bis ihm gänzlich bewusst geworden war, wen er sah. Es war die Pilotin des romulanischen Wanderfalken, der die Verteidigungsanlagen von Lazon II vernichtet hatte. Plötzlich gab es für Mudak keinen anderen Gedanken mehr, als diese Pilotin zu jagen und zu töten. Sie hatte ihn noch nicht bemerkt, was ihn um so mehr anspornte, sie zu verfolgen.

Ihr Verhalten erweckte den Eindruck, als würde sie nach jemandem suchen, dachte Mudak. Daher gewann es für ihn höchste Priorität, dafür zu sorgen, dass sie diesen Jemand nicht fand. Die Luft war voller Rauch und sie verschwand in einer dicken Schwade. Mudak rappelte sich mühsam auf und wartete darauf, dass die Welt sich nicht mehr um ihn drehte. Dann nahm er die Verfolgung auf.

In einiger Entfernung bremste Saket seinen Lauf ein wenig ab, als er den erstaunlichen Präzisionsflug des Wanderfalken bemerkte. Sofort war ihm klar, wer an den Kontrollen dieses Schiffes saß, dann lächelte er und schüttelte bewundernd den Kopf. Offensichtlich hatte ihr Geschick für halsbrecherische Manöver in keiner Weise nachgelassen.

»Ich wusste, dass du kommen würdest«, sagte er und wandte sich dann Riker zu, um zu wiederholen: »Ich wusste, dass sie kommen würde.«

Aber Riker war nirgendwo zu sehen und Saket erkannte, dass sie im Getümmel voneinander getrennt worden waren.

Plötzlich ertönte eine gewaltige Explosion. Sakets Kopf fuhr herum, so dass er gerade noch sah, wie der Wanderfalke in einen gewaltigen Feuerball gehüllt wurde. Seine eben erst erwachte Begeisterung erstarb wieder, als ihm bewusst wurde, dass er soeben vermutlich den Tod eines seiner besten und liebsten Schüler miterlebt hatte. Er schüttelte trotzig den Kopf. »Nein«, sagte er mit Nachdruck. »Nein, sie kann nicht tot sein! Ich glaube es einfach nicht!«

Er ging sogar einen Schritt auf den Explosionsherd zu. Rauch wehte in seine Richtung, dann tauchte unvermittelt Redonyem aus dem Nichts auf und packte Saket am Oberarm. »Falsche Richtung, alter Mann«, sagte der Tellarit. Er machte einen sehr mitgenommenen Eindruck; seine Haut war unzweifelhaft rosa, und das war kein gutes Zeichen für einen Tellariten. Trotzdem sagte er grimmig: »Hier geht es lang.«

»Aber...«, begann Saket.

»Hören Sie«, knurrte Redonyem streng. Er hielt eine blutbesudelte Hand fest auf die große Brandwunde in seiner Brust gepresst. »Wir haben jetzt keine Zeit für Spiele. Sie haben mir einmal geholfen, als ich Probleme mit einem Wachmann hatte, und ich zahle stets meine Schulden zurück. Kommen Sie jetzt oder bleiben Sie zurück, ganz wie Sie meinen. Es ist Ihre Entscheidung, aber entscheiden Sie sich.«

Saket zögerte nur einen Moment, dann folgte er dem

Tellariten in die mögliche Freiheit, ohne zu wissen, was aus Riker oder der kühnen Pilotin geworden war.

Mudak rannte, so schnell er konnte, stieg über Trümmer hinweg und sprang über Risse, die sich unter ihm im Boden auftaten. Er war überzeugt, die Romulanerin ahnte nicht, dass sie von ihm verfolgt wurde, und er wollte keinen voreiligen Schuss abgeben und die Gefahr eines Fehltreffers eingehen, weil sie dann gewarnt wäre und er den Vorteil der Überraschung verlor. Angesichts des Tumults, der überall herrschte, war das möglicherweise die einzige Trumpfkarte, die er besaß.

Ihm war nur zu deutlich die erschreckende Verwundbarkeit von Lazon II vor Augen geführt worden. Das Kraftfeld war zerstört. Jetzt konnte jedes Schiff, das in feindseliger Absicht gekommen war, dieser hilflosen Welt schwerste Schäden zufügen. Vermutlich stürzten sie sich in diesem Augenblick wie hungrige Raubvögel auf den ungeschützten Gefängnisplaneten.

»Dabei dachte ich, sie wären unsere Verbündeten!« knurrte er. Schließlich war doch genau das der Grund gewesen, warum das Truppenkontingent auf Lazon II verhältnismäßig klein gehalten wurde. Weil viele cardassianische Truppen und Schiffe für die gemeinsame cardassianisch-romulanische Aktion gegen die Gründer abgezogen worden waren. Was hatten die Romulaner also plötzlich hier zu suchen, warum griffen sie Lazon II an? War das alles nur eine gigantische Irreführung von Seiten der Romulaner? Zum gegenwärtigen Zeitpunkt gab es praktisch nichts, was Mudak ihnen nicht zutrauen würde.

Die Romulanerin war stehen geblieben. Es schien, als müsste sie sich erst einmal orientieren. Dies war die perfekte Gelegenheit, also hob Mudak die Waffe und nahm sie ins Visier. Für einen kurzen Moment bewunderte er sie unwillkürlich. Sie hatte etwas Besonderes an sich, etwas beinahe Animalisches, wie ein geschmeidiges Raubtier auf Beutezug. Es war natürlich nur ein Klischee, aber er empfand Bedauern, dass er ihr nicht unter angenehmeren Umständen begegnet war, denn er war überzeugt, dass sie zu wilder Leidenschaft imstande war.

Doch all das konnte ihn nicht von seinem Vorhaben abbringen, ihr das Hirn aus dem Schädel zu pusten.

Sie war ein hervorragendes Ziel, so dass ein Fehlschuss unmöglich war. Sie ahnte nicht, dass eine Waffe auf sie gerichtet war, und wäre im nächsten Moment tot, bevor sie noch etwas davon bemerken konnte.

Er drückte den Auslöser seines Strahlers und tödliche Energie verließ den Lauf der Waffe.

Doch sie ließ nur Luftmoleküle verglühen.

Denn im selben Augenblick, als er gefeuert hatte, war die Romulanerin plötzlich weggebeamt worden. Es war reiner Zufall, denn sie konnte nichts von der drohenden Gefahr geahnt haben. Sie hatte einfach nur eins der unsichtbaren romulanischen Schiffe in der Nähe gerufen und sich in Sicherheit bringen lassen, nachdem die Transporter nun wieder ungestört funktionierten. Im allerletzten Moment musste sie die Gefahr erkannt haben, in der sie schwebte, als der Energiestrahl durch sie hindurchgegangen war. Doch da hatte der Transporterstrahl sie bereits erfasst und ihre materielle Existenzform aufgelöst.

Mudak fluchte.

Man musste keineswegs ein Genie sein, um den Grund für diese Invasion zu erkennen. Die Romulaner hatten eine große Befreiungsaktion inszeniert, die höchstwahrscheinlich wegen Saket unternommen wurde. Wenn das der Fall war und es ihnen noch nicht gelungen war, ihn zu lokalisieren, dann wurde die Zeit für Mudak allmählich knapp. Selbst wenn Lazon II in Flammen stand, wollte er auf keinen Fall zulassen, dass sie das eigentliche Ziel ihrer Mission erreichten.

Mudak kannte jeden Quadratzentimeter des Lagers und selbst unter diesen alles andere als idealen Bedingungen fand er mühelos den Weg zum Landeplatz. Er rannte los, so schnell er konnte, und machte einen großen Bogen um jedes Kampfgeschehen, damit er sich auf das größere Problem konzentrieren konnte. Als er sich dem kleinen Raumhafen näherte, suchte er im Wachbunker nach Lebenszeichen. Als er keine fand, gelangte er zur Schlussfolgerung, dass eine von zwei Möglichkeiten eingetreten war: Entweder hatten die Wachen ihren Posten verlassen (was nicht unmöglich, aber unwahrscheinlich war), oder sie waren durch eine Gruppe von Gefangenen überwältigt worden, zu denen Saket gehörte (auch nicht unmöglich und bei weitem wahrscheinlicher).

Mudak wurde ein wenig langsamer, um sich etwas mehr Spielraum für spontane Reaktionen zu schaffen. Selbst bei reduzierter Geschwindigkeit war er immer noch ziemlich schnell. Sein Haar hing ihm zerzaust ins Gesicht und dicke Schweißperlen sammelten sich an den Knochenwülsten seines Kopfes. Sein Atem rasselte, was an der Hitze infolge der Explosionen lag. Aber nichts von alledem konnte ihn aufhalten… er hatte all das sogar völlig vergessen, als er im Dunst drei Gestalten erkannte, die zu einem der Schiffe auf dem Landeplatz unterwegs waren.

Weder zögerte er, noch war er bereit, ihnen auch nur die winzigste Chance zur Kapitulation zu geben. Sofort eröffnete er das Feuer. Er hatte die Waffe auf volle Energie justiert, weil er einfach nicht in der Stimmung war, irgendwelche Rücksichten nehmen zu wollen.

Der erste Schuss traf den Tellariten namens Redonyem mitten in den Rücken. Es war ein tödlicher Treffer, auch wenn Redonyem nicht sofort starb. Es war bereits der zweite schwere Treffer, den er im Verlauf des Tages erhalten hatte, und er weigerte sich beharrlich zu sterben. Mudak jedoch hatte Redonyem bereits von der Liste seiner Ziele gestrichen und sich Saket als nächstes Opfer ausgesucht. Saket hatte sich halb herumgedreht, weil er sehen wollte, welche neue Gefahr ihnen drohte, und wenn Mudaks zweiter Schuss ihn erwischt hätte, wäre er tot gewesen, bevor er zu Boden hätte stürzen können.

Es war Redonyem, der ihm unbeabsichtigt das Leben rettete. Redonyem taumelte herum, hielt sich die Brust, ertastete mit den Fingern schreckliche Dinge, über die er nicht genauer nachdenken wollte, und versuchte sie in das Loch in seinem Körper zurückzuschieben. Als Mudak auf Saket feuerte, befand sich Redonyem zufällig genau in der Schusslinie. Der Energiestrahl riss ein weiteres klaffendes Loch in Redonyems Körper, setzte Blut und Innereien frei, bis er auf der anderen Seite austrat und schließlich Saket in die Seite traf. Der Tellarit jedoch hatte den größten Teil der Energieladung absorbiert. Und nun brach er über Saket zusammen und riss ihn mit seinem Körpergewicht zu Boden.

Z'yk, der Orioner, drehte sich um und sah, wie sich Mudak näherte. Für einen Moment überlegte er, ob er einen Schuss aus der Waffe abgeben sollte, die er in der Hand hielt, doch Mudak hatte bereits auf ihn angelegt, während er direkt auf ihn zulief, die Waffe zielsicher auf ihn gerichtet. Z'yk wusste, dass er längst tot wäre, bevor er die Gelegenheit erhielt, einen Schuss auf Mudak abzugeben. Also griff Z'yk auf den einzigen noch verbleibenden Ausweg zurück: Er ließ die Waffe fallen, hob die Hände und rief: »Ich ergebe mich!« Laut genug, um sich zwischen den Angstschreien verständlich zu machen, die aus nicht allzu großer Entfernung heranwehten.

Mudak nahm das Angebot mit einem Nicken zur

Kenntnis und schoss Z'yk den Kopf weg. Z'yks restlicher Körper stand noch einen Moment lang mit erhobenen Armen da, dann brach er zusammen.

Er musterte den Schauplatz des Gemetzels und nickte zufrieden. Dann sah er, wie sich Saket unter der Leiche von Redonyem rührte. Erst in diesem Moment wurde Mudak bewusst, dass Saket noch lebte. Er hielt die Waffe auf den Romulaner gerichtet, während er rief: »Aufstehen!«

»K-kann nicht«, sagte Saket. Seine Stimme war kaum zu hören.

Mudak reckte den Hals, bis er zufrieden grinste. »Ich habe Sie also doch getötet. Es wird nur noch etwas dauern, bis es soweit ist. Andererseits... könnte ich es auch sofort zu Ende bringen. Oder sollte ich Sie noch ein wenig leiden lassen? Was wäre wohl angemessener? Was würden Sie vorziehen, Saket? Wollen Sie langsam oder schnell sterben?«

Obwohl Saket furchtbare Schmerzen hatte, wollte er Mudak nicht die Genugtuung verschaffen, sein qualvoll verzerrtes Gesicht zu sehen. Stattdessen bemühte er sich um eine möglichst neutrale Miene, während er sagte: »Wie nett von Ihnen, dass Sie endlich, wenn auch recht verspätet, die Freundlichkeit besitzen, die Gefangenen zu fragen, welche Art von Behandlung ihnen angenehm wäre.« Es kostete ihn große Anstrengung, seine Stimme frei von Anzeichen der Qual zu halten.

»Wenn ich an all die vielen Gelegenheiten zurückdenke«, erwiderte Mudak knurrend, »bei denen ich meine Zunge im Zaum gehalten habe, wegen Ihrer ›Beziehungen‹, wegen der Sonderbehandlung, die Ihnen zuteil wurde...« Er lächelte dünn. »Dann ist es vielleicht angemessen, wenn Sie schlussendlich nur irgendein Gefangener sind, der auf der Flucht erschossen wurde.« Er hob die Waffe und richtete sie genau auf Sakets Gesicht. »Auf Wiedersehen, Saket.«

Im letzten Moment bemerkte er rechts von sich eine Bewegung. Sofort wirbelte er mit der Waffe herum, während er den Auslöser gedrückt hielt. Der Energiestrahl schnitt wie ein Säbel durch die Luft.

Tom Riker, der mit einer derartigen Reaktion gerechnet hatte, befand sich längst außerhalb des Schussfeldes. Er rollte sich mit den Schultern auf dem Boden ab, und als er wieder hochkam, trat er Mudak mit den Stiefeln in den Unterleib. Mudak wurde zurückgeworfen, schaffte es aber, auf den Beinen zu bleiben. Riker, der keinen Augenblick innegehalten hatte, als würde er von der reinen Energie des Zorns angetrieben, rappelte sich auf und rammte Mudak wie ein Shuttle auf Kollisionskurs. Der Stoß erfolgte mit solcher Heftigkeit, dass er Mudak von den Beinen riss und beide in einem Gewirr aus Armen und Beinen zu Boden gingen. Riker konnte sich daraus befreien und holte mit der Faust aus, die im nächsten Moment an Mudaks Kinn landete. Es war nicht unbedingt die beste Methode, sich mit einem Cardassianer zu prügeln, denn Riker spürte, wie er sich einen Finger am harten Kieferknochen brach.

Trotzdem war Mudak für einen Augenblick benommen, was Riker die Gelegenheit verschaffte, ihn zu entwaffnen. Er zielte mit dem Strahler genau in das Gesicht des cardassianischen Gefängniswärters, und als Mudaks Augen wieder klar wurden, blickte er auf die Waffe und dann auf Riker – ein Blick, der mühelos seinen Kopf zu durchbohren schien.

»Sie sollten mich sofort töten«, sagte Mudak warnend. »Denn wenn Sie es nicht tun, schwöre ich, dass ich Sie irgendwann wiederfinden werde.«

Riker blinzelte, als würde er darüber nachdenken, ob er diesen Rat befolgen sollte. Doch dann drehte er die Waffe um und schlug Mudak mit dem Griff bewusstlos. Der Kopf des Cardassianers flog zur Seite, als er in Ohnmacht fiel.

Riker würdigte ihn nicht einmal eines zweiten Blickes, sondern eilte sofort zu Saket, um ihm auf die Beine zu helfen. Es war offensichtlich, dass er für die anderen nichts mehr tun konnte, und als er sich Sakets Wunde genauer ansah, drängte sich ihm die Vermutung auf, dass auch Saket es nicht mehr lange machen würde.

Saket selbst machte sich ebenfalls keine Illusionen, was die ihm noch verbleibende Lebensspanne betraf. »Ein gutes... Timing, Riker...«, sagte er mit krächzender Stimme.

»Ich wurde von herabstürzenden Trümmern verschüttet«, erwiderte Riker. »Tut mir leid, dass ich nicht früher hier sein konnte...«

»Früh genug... um mir zu helfen... so zu sterben... wie ich sterben wollte... in Freiheit.«

»Sie werden nicht sterben«, widersprach Riker kategorisch und begann, ihn zum nächsten Shuttle zu schleppen.

»In Freiheit... sterben«, sagte Saket, als hätte er Riker nicht verstanden. »Das ist das... Wichtigste... ich wollte niemals hier sterben... das ist kein Ort zum Sterben...«

Riker wollte ihn erneut darauf hinweisen, dass er noch nicht sterben würde, aber er wusste, dass Saket viel zu intelligent war, um ihm eine solche Lüge abzukaufen. Außerdem benötigte Riker all seine Kraft, um sich und seinen Gefährten zum Shuttle zu schleppen. Wieder erzitterte der Boden und Riker sah aus dem Augenwinkel, dass von oben Phaserstrahlen ins Lager schlugen. Etwas Großes stand im Orbit genau über ihnen. Riker deutete mit einer knappen Kopfbewegung zum Himmel und fragte: »Freunde von Ihnen?«

Aber Saket hörte ihm gar nicht mehr zu. Es war, als würde er immer tiefer in seine eigene Welt abtauchen. Er sagte nur immer wieder: »Frei... frei...« Riker sah, wie sich der Blutfleck auf Sakets Brust immer schneller vergrößerte. Er überlegte, ob er anhalten und irgendeine Art von Erster Hilfe anwenden sollte, aber dann erkannte er, dass dies etwa genauso erfolgversprechend wäre, wie einem sinkenden Ozeandampfer mit einem Strohhalm zu Hilfe zu eilen. Ganz gleich, was er versuchte, es wäre von vornherein hoffnungslos.

Endlich erreichten sie das Shuttle und Riker ließ sich mit Saket im Arm praktisch hineinfallen. Es war kein besonders großes Gefährt, aber viel mehr brauchten sie gar nicht, um von diesem ungemütlichen Felsbrocken namens Lazon II wegzukommen. Riker begutachtete die Kontrollen; es waren cardassianische Systeme, aber er würde damit zurechtkommen. Er berührte eine Reihe von Schaltflächen, worauf das Shuttle rumpelnd zum Leben erwachte. Im Idealfall sollten die Startvorbereitungen für ein Shuttle von zwei Personen durchgeführt werden, aber im Augenblick sah es nicht danach aus, als könnte Saket ihm in irgendeiner Weise behilflich sein. Er murmelte immer noch irgendetwas vor sich hin, von dem Riker kein Wort verstand. Tom ließ sich neben Saket in den Pilotensitz fallen, um alle restlichen Systeme zu aktivieren und zu überprüfen.

»Ich kannte… ihre Mutter«, murmelte Saket, als würde er im Schlaf sprechen. »Sie war bemerkenswert. Unvergleichlich. Niemand konnte ihren Stolz brechen… ganz gleich, was man auch versuchte. Wir haben uns angefreundet… ich hätte niemals gedacht… auf ihrem Totenbett… versprach, auf ihre Tochter Acht zu geben.«

Das Shuttle erzitterte, als Riker die Triebwerke hochfuhr. Er hatte schon wesentlich behutsamere Starts vollbracht, aber, wie gesagt, derzeit herrschten keineswegs ideale Bedingungen. Das Shuttle scherte nach rechts aus, doch Riker konnte es rechtzeitig abfangen. Die ruckenden Bewegungen schienen Sakets Aufmerksamkeit zu wecken. Nun sprach er Riker direkt an, aber genauso geistesabwesend wie zuvor. »Wissen Sie, was sie zu mir gesagt hat, Riker?«

»Was?« Riker hörte ihm nur mit halbem Ohr zu, weil er sich auf die Wachen konzentrieren musste, die in diesem Moment auf den Landeplatz stürmten. Sie zeigten in seine Richtung und er wusste, dass für sie die Zeit knapp wurde. Er fuhr die Triebwerke auf volle Leistung hoch – früher, als eigentlich angeraten war, womit er das Risiko einging, dass die Maschinen plötzlich den Geist aufgaben. Allerdings fand er, dass ihm kaum eine andere Wahl blieb. Das Shuttle stieg empor, während es von Energiestrahlen umzuckt wurde, die von unten abgefeuert wurden.

»Sie sagte... sie würde nichts bereuen. Dass sie vor langer Zeit... gestorben war... und nun eine zweite Chance erhalten hatte. Dass sie für alles dankbar war. Dass ihr Tod... diesmal einen Sinn hatte... im Gegensatz zum ersten Mal. Ich habe nie richtig verstanden, wie sie das gemeint hat.«

Riker wusste nicht, was Saket ihm sagen wollte, und es war ihm auch ziemlich gleichgültig. Das Shuttle beschleunigte mit einem Ruck und stieg immer höher. Und während die Entfernung zur Planetenoberfläche wuchs, ließ das Feuer der Handwaffen allmählich nach.

»Obwohl sie sagte... dass sie die *Enterprise* vermisste...«

Diese Worte weckten sofort Rikers Aufmerksamkeit. Er drehte sich zu Saket um und fragte: »Die *Enterprise*? Das Föderationsraumschiff *Enterprise*?«

Aber Saket antwortete ihm nicht mehr. Das einzige Zeichen, dass er noch am Leben war, war das schwache Glitzern seiner Augen. Er schien sich zu amüsieren, als wäre ihm in seinen voraussichtlich letzten Augenblicken etwas unglaublich Komisches in den Sinn gekommen.

Mit einem letzten Ruck der Triebwerke befreite sich

das Shuttle aus dem Schwerkraftfeld des Planeten. So unwillkommen und grausam das kalte Vakuum des Weltraums sein konnte, in diesem Moment hatte Riker einfach das Gefühl, nach Hause zurückgekehrt zu sein.

Die Hecksensoren übermittelten ihm ein Bild der Welt, auf der er seine Gefangenschaft verbracht hatte. Aus dem Weltraum sah sie so unscheinbar aus, ließ sich kaum von unzähligen ähnlichen Welten unterscheiden. Von hier aus deutete nichts mehr darauf hin, was Riker dort durchgemacht hatte. Jetzt hatte er nur noch die Erinnerungen daran und die feste Entschlossenheit, alles zu tun, um nie wieder auf einen derartigen Höllenplaneten zu geraten.

»Riker...«, sagte Saket leise, als würde er aus sehr weiter Ferne zu ihm sprechen. »...Sie waren mir... ein guter Freund. Ich habe... Ihre Gesellschaft sehr genossen...«

»Hören Sie auf, in der Vergangenheitsform zu reden!« entgegnete Riker schroff. »Hören Sie auf, so zu tun, als gäbe es für Sie keine Zukunft mehr. Solange ich noch einen Finger rühren kann, werde ich...«

Plötzlich ging ein Ruck durch das Schiff. »Wurden wir... getroffen?« fragte Saket. Obwohl er diese Frage stellte, schien er nicht sehr an der Antwort interessiert zu sein.

»Dann wäre der Ruck deutlicher aus einer Richtung gekommen. Ich glaube eher, dass wir soeben von einem Traktorstrahl erfasst wurden.«

Seine Möglichkeiten, sich einen Überblick über ihre Umgebung zu verschaffen, wurden durch das ungewohnte Design der cardassianischen Technik erschwert. Er hatte mühelos Systeme wie den Antrieb und die Navigationsdüsen identifizieren können, doch über alles weitere konnte er nur Spekulationen anstellen. Er wollte gerade durch Versuch und Irrtum herausbekommen, wie er einen vollständigen Sensorensuchlauf startete, als sich diese Fragen unvermittelt klärten, indem der Weltraum direkt vor ihnen zu flimmern begann. Es handelte sich um ein Phänomen, mit dem er nur allzu gut vertraut war.

»Ein romulanischer Warbird enttarnt sich direkt vor uns«, teilte Riker ihm mit.

»O nein... die Romulaner...!« erwiderte Saket mit leichtem Sarkasmus. »Was machen wir nur...?«

»Sie haben gut scherzen. Schließlich stecken Sie nicht in der Haut des einzigen Menschen, der sich an Bord dieses Shuttles aufhält, Saket...«

Saket gab keinen Kommentar dazu ab.

»Saket«, wiederholte er und drehte sich mit seinem Sitz herum. Im ersten Moment war er überzeugt, dass Saket gestorben war, doch dann sah er, wie sich der Brustkorb des Romulaners ganz leicht hob und senkte. Als der Atem ohne ein Todesröcheln aussetzte, sagte Riker eindringlich: »Halt durch... halt durch.«

»Frei...«, hauchte Saket.

Dann entmaterialisierten sie.

Als der romulanische Transporterraum rings um Riker Gestalt annahm, blickte er sich mit einer Art distanzierter Neugier um. Die Beleuchtung war wesentlich greller als im Transporterraum eines Schiffs der Föderation. Die Wände waren aus grauem Metall und der Boden war mit unnachgiebigen Gittern belegt, die laut schepperten, als mehrere Romulaner in den Raum stürmten. Es war etwa ein halbes Dutzend, alle mit gezogenen Waffen, als würden sie damit rechnen, dass Riker irgendeine Art von Gegenwehr versuchen könnte.

Aber Riker war viel zu sehr mit anderen Dingen beschäftigt, um an ein derartiges Vorhaben zu denken, weil in diesem Augenblick Saket – der so geschwächt war, dass er nicht mehr auf den eigenen Beinen stehen konnte – gegen ihn kippte. Instinktiv fing Riker ihn auf und konnte ihn festhalten. Saket blickte zu ihm auf und es schien, als stünde in seinen Augen die Bitte um Vergebung.

Dann trat jemand in sein Sichtfeld, eine blonde Romulanerin mit durchdringendem Blick. Sie trug eine Pilotenuniform, die eigentlich darauf hindeutete, dass sie einen niedrigeren Rang innehatte, eben nur den eines Piloten. Aber die anderen Romulaner traten respektvoll zur Seite, um ihr den Weg freizumachen.

Als sie einen Blick auf Riker geworfen hatte, gab sie sich keine Mühe, ihre maßlose Überraschung zu verbergen. »Riker?« sagte sie.

Er nickte nicht und gab auch keine sonstige Antwort, sondern starrte sie einfach nur an. Er hatte nicht die geringste Ahnung, wer sie sein mochte, aber offensichtlich wusste sie sehr genau, wen sie vor sich hatte.

Sie blickte von Riker zu Saket und wieder zu Riker. »Helfen Sie Saket. Bringen Sie ihn in die Krankenstation«, befahl sie. Sofort traten mehrere Romulaner vor und übernahmen den verletzten Saket. Einer von ihnen, der offensichtlich einen höheren Rang bekleidete, wandte sich der Frau zu und fragte, während er auf Riker zeigte: »Und was ist mit dem hier?«

Sie grinste auf eine Weise, die sich nur als wölfisch beschreiben ließ.

»Töten Sie ihn«, sagte sie.

5

Worf war recht erstaunt, wie viel Muskelkraft seine Mutter aufbrachte.

Als Helena Rozhenko die Tür ihres bescheidenen Bauernhauses in Minsk öffnete und ihr Blick auf Worf fiel, stieß sie ein mädchenhaftes Kreischen des Entzückens aus, das nicht im entferntesten zu ihrem Erscheinungsbild passte. Sie warf die Arme um ihn, bevor er auch nur ein Wort sagen konnte, und der mutige Klingone musste zugeben, dass er sich in den Armen der älteren Frau *geborgen* fühlte. »Sergey!« rief sie ihren Ehemann herbei. »Worf, warum hast du uns nicht gesagt, dass du kommst…?«

»Ich zog es vor, das Element der Überraschung zu wahren.«

Sie lachte. »Mein Gott, Worf, du machst selbst einen einfachen Besuch zu einer militärischen Aktion. Sergey! Wo steckt der Mann nur? Ach, und du hast jemanden mitgebracht!« Sie wandte sich Deanna zu und reichte ihr die Hand. »Hallo. Ich bin Helena Rozhenko, Worfs Mutter… Adoptivmutter«, fügte sie lachend hinzu. »Falls Sie sich nicht mehr daran erinnern, dass wir uns schon einmal begegnet sind, wenn auch nur flüchtig…«

»Selbst wenn wir uns nie begegnet wären, wären Sie mir nicht unbekannt. Er hat so viel von Ihnen erzählt.« Deanna schüttelte Helenas feste Hand. »Und falls *Sie* sich nicht erinnern… Deanna Troi. Ich bin Schiffscounselor… das heißt, nur wenn ich ein Schiff habe.«

»Eine Betazoidin, richtig? Ich habe es sofort gesehen. Jeder Betazoide, dem ich bisher begegnet bin, hatte die gleiche Aura der Abgeklärtheit wie Sie. Und wer ist das?« Nun wandte sich Helena dem dritten Besucher zu, einem jungen Klingonen, der hinter Deanna und Worf stand. »Ist das ein Freund von Alex…?« Vor Erstaunen gelang es ihr fast nicht, den Rest des Namens auszusprechen. »Alexander?« wiederholte sie dann flüsternd.

»Hallo Großmutter.«

»Mein Gott!« keuchte sie. »Lass dich anschauen!« Im Gegensatz zur stürmischen Umarmung, mit der sie Worf begrüßt hatte, legte sie Alexander zögernd die Hände auf die Schultern und starrte ihn an, ohne ihre Überraschung zu verbergen. »Du bist mindestens einen Kopf größer geworden. Ich habe nicht mehr daran gedacht. Großer Gott, ich habe völlig verdrängt, wie es bei jungen Klingonen ist. Bei deinem Vater war es genauso. Er hat uns beinahe in den Bankrott getrieben, weil wir ihm ständig neue Kleidung und Schuhe kaufen mussten.«

»So schlimm war es nicht«, brummte Worf humorlos.

»Worf!« dröhnte es von innen, worauf ein Bär von einem Mann in Sicht kam, ein Mann mit dichtem grauen Bart und grobschlächtigem Auftreten. Sergey Rozhenko gesellte sich zu ihnen und es wiederholte sich beinahe das Begrüßungsritual. Helena war inzwischen in die Küche geeilt, hatte Teewasser aufgesetzt und Sandwiches für ihre Gäste vorbereitet. Es geschah so schnell, dass Worf überzeugt war, sie hatte jederzeit alle Zutaten zur Hand, um auf den unwahrscheinlichen Fall eines unverhofften Besuchs vorbereitet zu sein.

Sie gingen ins gemütliche Wohnzimmer, das mit braunen Teppichen und soliden altertümlichen Möbeln eingerichtet war. Sergey führte Worf und Deanna herein, indem er beiden einen kräftigen Arm um die Schulter legte.

»Wie lange gedenkt ihr bei uns zu bleiben? Ihr bleibt doch! Sagt uns, dass ihr länger bleibt!« Er hob die Stimme, als hätte Worf ihm widersprochen, statt ihm einfach nur schweigend zu folgen. »Es ist doch so: Ganz gleich, was du sonst noch erledigen musst – was gibt es Wichtigeres, als deine Eltern wiederzusehen?« deklamierte Sergey mit gespielter Entrüstung, obwohl er sich mit einem Augenzwinkern zu Deanna umblickte, um ihr anzudeuten, dass seine Bemerkung nicht so ernst gemeint war, wie sie klang.

Sie nahmen auf dem Sofa und den Sesseln Platz und kurz darauf kam Helena mit Speis und Trank herein. Auf dem Tablett stand eine dunkle Flasche und sie sagte stolz: »Cognac, zur Feier des Tages.« Sie warf einen Seitenblick auf Alexander und fragte Worf: »Ist er schon alt genug, was meinst du…?«

»Er hat die Biologie eines Klingonen«, erwiderte Worf. »Er würde vermutlich jeden erwachsenen Menschen unter den Tisch trinken. Aber trotzdem wollte ich fragen… ob du vielleicht Pflaumensaft im Haus hast?«

Sergey und Helena blickten sich lächelnd an. »Natürlich, Pflaumensaft«, sagte Sergey. »Ich erinnere mich.«

»Pflaumensaft ist das Getränk für einen wahren Krieger. Das Beste, was er vor einem Kampf trinken kann.«

»Nein, wir haben keinen im Haus, Worf. Wenn du uns vor deinem nächsten Besuch Bescheid sagst, werden wir rechtzeitig welchen besorgen«, entschuldigte sich Helena. »Also, was führt dich auf die Erde? Wir haben uns Sorgen gemacht, dein Vater und ich.«

»Wir hörten, dass es irgendwelche Schwierigkeiten mit der *Enterprise* gab.«

»Das ist eine leichte Untertreibung. Um genau zu

sein, wurde der sekundäre Rumpf durch einen Warpkern-Kollaps zerstört; und mit dem Diskussegment machten wir eine Bruchlandung auf der Oberfläche eines Planeten.«

»Deanna saß an den Pilotenkontrollen«, warf Alexander ein.

Sergey warf Deanna einen anerkennenden Blick zu. »Nette Landung«, sagte er.

Deanna schlug die Hände vors Gesicht.

Dann berichtete Worf seinen Eltern in groben Umrissen, was geschehen war. Da Sergey früher selbst für Starfleet gearbeitet hatte, als Spezialist für Warpfelder – und Helena zwangsläufig sehr viel über diese Angelegenheiten gelernt hatte –, konnten sie alles verstehen und nachempfinden, was die Besatzung der *Enterprise* durchgemacht hatte. »Am Ende dieser Woche wird in San Francisco ein Untersuchungsausschuss in der Starfleet-Zentrale tagen, um sich ein Urteil über das Verhalten von Captain Picard sowie Commander Riker zu bilden.«

»Ich finde es äußerst ungerecht«, warf Deanna ein. »Der Captain war überhaupt nicht dabei und es gab nichts, was Will Riker hätte tun können, um…«

Sergey schüttelte den Kopf und vollführte eine wegwerfende Geste. »Zerbrechen Sie sich darüber nicht den Kopf, junge Dame«, riet er ihr. »Solche Untersuchungen müssen von Starfleet durchgeführt werden, wenn ein Schiff zerstört wurde.«

»Ich weiß.«

»An Ihrer Stelle würde ich mir deswegen keine Sorgen machen.«

»Ja, der Captain hat sinngemäß das Gleiche zu mir gesagt. Deanna und ich wurden bereits von Starfleet vernommen, also ist unsere Anwesenheit nicht mehr erforderlich.«

»Wir haben angeboten, zur moralischen Unterstützung in der Nähe zu bleiben, aber sowohl der Commander als auch der Captain haben darauf bestanden, dass es nicht nötig sei«, sagte Deanna. Helena war sich nicht ganz sicher, aber es schien ihr, als wäre Deanna mit dieser Entscheidung nicht unbedingt zufrieden. Worf dagegen nickte nur und schien nicht weiter beunruhigt zu sein.

»Also werdet ihr eine Zeitlang bei uns bleiben?« fragte Helena. Sie hatte allen Gästen ein Glas Cognac eingeschenkt – auch ein halbes Glas für Alexander.

»Nur bis morgen«, antwortete Deanna. »Dann geht unser Flug nach Betazed, wo wir meine Mutter besuchen wollen.«

»Das ist nett«, sagte Sergey. »Sich die Zeit für Besuche bei der Familie zu nehmen. Heutzutage sind die Menschen in alle Winde zerstreut, so dass man sich sehr leicht aus den Augen verliert...«

Helena jedoch blickte die zwei abschätzend mit misstrauisch zusammengekniffenen Augen an. »Worf, Deanna... das klingt in meinen Ohren beinahe so, als wolltet ihr euch gegenseitig euren Eltern vorstellen. Als wärt ihr ein Paar.«

»Was?« Sergey sah zuerst seine Frau, dann Deanna und Worf an, bis er lachte. »Helena, wie kommst du nur auf diesen Unsinn! Sie sind Freunde, Schiffskameraden. Worf hätte es uns doch längst gesagt, wenn er...«

Doch als er sich wieder seinem Adoptivsohn zuwandte, bemerkte er dessen steinerne Miene und den amüsierten Gesichtsausdruck von Deanna. Als wollte sie klare Verhältnisse schaffen, griff Deanna nach Worfs Hand und verschränkte ihre Finger mit den seinen.

»Ich bin... ein Volltrottel!« sagte Sergey.

»Nein, Vater, du hast Recht... ich hätte es dir viel früher sagen müssen...«

»Du hättest es nicht tun müssen. Ich hätte es von selbst merken müssen, wenn ich wenigstens das Gehirn einer Schildkröte gehabt hätte. Oder das deiner Mutter.«

»Ich werde das einfach als Kompliment auffassen«, sagte Helena spitz. Sie sprach mit ironischem Tonfall, aber gleichzeitig blickte sie Deanna von oben bis unten an, als wollte sie sich ein gründliches Urteil über diese Frau bilden.

Deanna war sich dieser prüfenden Blicke natürlich bewusst, aber sie sagte sich, dass es ein völlig normales Verhalten für Helena war. Schließlich wurden Worfs Eltern ohne Vorbereitung mit der neuen Beziehung ihres Sohnes konfrontiert; zwangsläufig reagierten sie mit einer gewissen Besorgnis.

»Wie ist es dazu gekommen, Worf?« fragte Sergey.

»Nun«, sagte Worf und atmete tief durch. »Ich befand mich auf dem Rückweg von einem *Bat'leth*-Wettkampf auf Forcas Drei, mit dem Shuttle *Curie*. Während des Rückfluges passierte ich einen Quantenriss im Raum und es kam zum Zusammenbruch der Barriere zwischen den verschiedenen Quantenrealitäten. Dadurch geriet ich in einen instabilen Zustand und wechselte von einer Realität in die nächste. In einer dieser Wirklichkeiten war ich mit Deanna verheiratet. Mein Quantenflux-Zustand resultierte schließlich in der Verschmelzung von mindestens zweihundertfünfundachtzigtausend alternativen Realitäten. Zum Glück war ich in der Lage, mit der *Curie* ein Breitbandspektrum-Warpfeld zu erzeugen, mit dem ich den Quantenriss versiegeln konnte, worauf mir die Rückkehr in meine ursprüngliche Realität möglich war. Diese Ereignisse hatten schließlich zur Folge, dass ich über die nicht unangenehme Vorstellung einer Beziehung zu Deanna nachzudenken begann.«

Längere Zeit herrschte Stille, als Sergey und Helena

mit der Verarbeitung dieser Informationen beschäftigt waren.

»Erstaunlich«, sagte Sergey langsam. »Denn genau das Gleiche ist mir passiert, bevor ich begann, mich mit deiner Mutter zu treffen.«

»Sergey…«

»Wie hoch stehen die Wahrscheinlichkeiten, frage ich dich?«

»*Sergey!*«

»Was erwartest du von mir? Was soll ich sonst dazu sagen?« erwiderte Sergey. »Warum bekomme ich von ihm niemals eine normale, vernünftige Antwort? Andere Männer werden auf die Augen einer Frau aufmerksam oder sie geben eine Kontaktanzeige auf oder begegnen sich unter ungewöhnlichen Umständen. Aber nicht unser Sohn! Er muss sich dazu im Quantenflux-Zustand befinden! Deanna« – er wandte sich mit flehendem Gesichtsausdruck an sie – »sagen Sie mir… wie es dazu gekommen ist.«

»Ich glaube, der Katalysator war höchstwahrscheinlich Alexander«, sagte Deanna liebevoll und strich dem Jungen über das glatte Haar. »Ich habe ihm geholfen, seine Schwierigkeiten zu überwinden, sich an das Bordleben zu gewöhnen. Dadurch baute sich eine Beziehung zwischen Worf und mir auf, die uns immer näher zusammenführte.«

»Das nenne ich eine vernünftige Antwort!« rief Sergey erleichtert. »Ohne Quantenflux, ohne zweihunderttausend Realitäten…«

»Es waren zweihundertfünfundachtzigtausend«, stellte Worf richtig.

»Danke für den Hinweis.«

»Deanna hat es sehr taktvoll formuliert, um genau zu sein«, räumte Worf ein. »Ich war eigentlich kein besonders guter Vater. Ich kam niemals gut mit…« Er erstickte fast an diesem Wort und spuckte es aus wie einen Hähnchenknochen, der ihm im Hals stecken geblieben war. »…Gefühlen zurecht. Es wurde bald offensichtlich, dass man ein Verständnis für Gefühle benötigt, um ein guter Vater sein zu können.«

»Meinem Vater wurde diese Erkenntnis niemals zuteil«, murmelte Sergey.

Seine Frau warf ihm einen äußerst tadelnden Blick zu. »Sergey! Was fällt dir ein! Schlecht von den Toten zu reden…«

»Tot ist tot. Was kann schon passieren? Könnte ich seine Gefühle verletzen?«

»Jedenfalls stellte ich fest, während Deanna sich bemühte, Alexander und mich als Vater und Sohn näher zusammenzubringen, dass mir ihre ständige Anwesenheit nicht unangenehm war.«

»Ich kann mir kaum ein höheres Lob vorstellen«, entgegnete Helena mit ungerührter Miene.

»Eins führte zum anderen und jetzt…« Wieder zögerte er.

Diesmal war es Alexander, der den Faden aufnahm. »Sie haben sich verlobt«, sagte er.

Im ersten Moment herrschte benommenes Schweigen. Dann entstand ein Lächeln auf Helenas Gesicht. »Das ist ja *wunderbar*!« rief sie. Rasch erhob sie sich vom Sofa, nahm Deannas Gesicht in ihre Hände und küsste sie auf beide Wangen. »Ich freue mich so sehr für euch! Sergey, du freust dich doch auch für sie!«

Sergey war noch dabei, die neue Information zu verarbeiten. »Verlobt? Um zu heiraten?«

»Das ist im Allgemeinen das Ziel einer Verlobung«, sagte Worf.

»Das ist… wunderbar…«, sagte er langsam. Doch er stand nicht auf, sondern rückte nur ein Stück auf dem Sofa vor, um Worf die Hand zu schütteln. »Du könntest deiner Mutter und mir keine größere Freude machen.«

»Habt ihr schon einen Termin festgesetzt?« fragte Helena.

»Noch nicht. Wir wollen abwarten, mit welchen Aufgaben Starfleet uns betreuen wird.«

»Ach, zum Teufel mit Starfleet!« sagte Helena verächtlich. »Ihr macht einfach eure eigenen Pläne, so dass sie gar nicht anders können, als Rücksicht auf euch zu nehmen. Ihr müsst Prioritäten setzen. Es ist so reizend von euch, dass ihr es uns persönlich sagen wolltet.«

»Ja, sehr reizend«, bekräftigte Sergey.

»Und deshalb wollt ihr gleich anschließend nach Betazed weiterfliegen… um es Deannas Mutter mitzuteilen. Ich bin sicher, sie ist genauso begeistert wie ich.«

»Ich freue mich schon darauf, sie kennen zu lernen«, sagte Sergey.

»Nein, ganz bestimmt nicht«, erwiderte Worf düster.

»Worf!« Deanna starrte ihn überrascht an. Sie stemmte die Hände in die Hüften und bedachte ihn mit einem leicht verärgerten Blick. »Wie kommst du darauf, so etwas zu sagen?«

»Ich will damit nur sagen, dass deine Mutter recht… energisch sein kann.«

»Mach dir deswegen keine Sorgen, Worf«, beruhigte Helena ihn. »Ich weiß, dass wir prima miteinander auskommen werden. Ach, noch etwas, Worf…« Sie seufzte. »Ich hätte es natürlich niemals angesprochen und niemals versucht, dich unter Druck zu setzen, aber… ich glaube, dass es das Beste für dich ist.«

»Meinst du?«

»Natürlich. Es wäre das Beste für Alexander, wenn er… nun, mein Schatz« – damit wandte sie sich an Alexander –, »ich will keineswegs andeuten, dass Deanna, so wunderbar sie auch sein mag, wovon ich überzeugt bin, jemals ein vollwertiger Ersatz für deine Mutter sein kann. Aber ein junger Mann braucht einen positiven weiblichen Einfluss. Ich glaube, dass es im Grunde nicht anders geht. Und wenn deine arme Mutter, Gott sei ihrer Seele gnädig, nicht bei dir sein kann, solltest du zumindest ein gutes, zuverlässiges weibliches Rollenvorbild haben. So wie ich es für dich zu sein versucht habe und wie Deanna es zweifellos für dich sein möchte und sein wird. Eine Familie. Eine richtige Familie.« Sie fuhr Deanna liebevoll durchs Haar. »Ich wollte immer eine Tochter haben. Worf weiß, dass ich ihn liebe, aber er weiß auch, dass ich immer ein Mädchen wollte.«

»Deshalb hat er sich das Haar so lang wie das eines Mädchens wachsen lassen«, bemerkte Sergey.

Helenas entrüstetes ›Sergey!‹ überlagerte sich mit Worfs ernstem ›Vater!‹.

»Sieh doch, wie lang es ist!«

»Sergey, du hast versprochen...«

»Ja, ich habe es versprochen! Als ob es ihm wehtäte, sich einen ordentlichen Haarschnitt verpassen zu lassen.«

Worf wandte sich an Deanna und knurrte: »Ich ziehe meinen Einwand zurück. Ich glaube, mein Vater und deine Mutter werden bestens miteinander zurechtkommen.«

Will Riker gab sich keinerlei Mühe, das Lachen zu unterdrücken, das er in sich emporsteigen fühlte, als Deanna ihm die Einzelheiten ihres Besuchs bei den Rozhenkos berichtete. Das Apartment, in dem er wohnte, war ihm für die Dauer seines Aufenthalts in San Francisco von Starfleet zur Verfügung gestellt worden. Es war nicht besonders üppig ausgestattet, aber da Riker keinen großen Wert auf Dinge legte, die über das rein Funktionale hinausgingen, war er damit zufrieden. Durch das Fenster konnte man die Lichter der abendlichen Golden Gate Bridge sehen, die für Riker jedoch nur ein armseliger Ersatz für den Anblick der Sterne war. »Einen Haarschnitt, hm.«

»Es war recht amüsant.«

»Und morgen fliegt ihr nach Betazed ab?«

»Richtig.« Sie nickte. »Seine Mutter schien wild entschlossen, mir jedes einzelne von Worfs Lieblingsgerichten beizubringen, die sie ihm in seiner Jugend gekocht hat. Später sagte mir Worf, ich sollte mir deswegen keine Sorgen machen, weil er eigentlich nichts von dem mochte, was seine Mutter für ihn gekocht hat. Aber es war nicht ihre Schuld; niemand konnte erwarten, dass sie einen Sinn für klingonische Gaumenfreuden entwickelt.«

»Und er hat ihr niemals etwas davon gesagt?«

»Bis heute nicht. Worf kann sehr stoisch sein.«

»Ja, das ist mir nicht entgangen.«

»Und wie war die Untersuchung?« fragte Deanna. Riker kannte sie gut genug, um zu wissen, dass sie wegen dieses Punktes beunruhigt war, obwohl sie den Eindruck zu erwecken versuchte, sie sei es nicht. »Ich weiß, du hast gesagt, es bestünde kein Anlass zur Besorgnis, Will, aber wir können jederzeit kommen und…«

Er zuckte die Schultern. »Nun, Admiral Jellico leitet den Ausschuss…«

»Jellico.« Sie konnte ihren Widerwillen nicht verbergen. »Ein Unglück kommt selten allein. So sagt man doch auf der Erde…«

»Um ehrlich zu sein, der Captain und ich haben bereits damit gerechnet. Wenn sich irgendwer vom Geruch des Blutes im Wasser angelockt fühlt, dann ist es Jellico. Doch auch wenn er der Vorsitzende der Kommission ist, so gibt es schließlich noch zwei weitere hochrangige Offiziere, die an der Untersuchung beteiligt sind. Ich glaube wirklich nicht, dass es zu irgendwelchen Problemen kommen wird, und selbst wenn es welche gäbe, ließen sie sich auch nicht durch deine und Worfs Anwesenheit aus der Welt schaffen. Wir haben das Schiffslogbuch, das wir aus dem Wrack bergen konnten, wir haben Geordi, was die technischen Einzelheiten des Warpkern-Kollapses betrifft… Es wird schon schief gehen, Deanna.«

Der Türmelder von Rikers Apartment summte. »Einen Moment«, sagte er zu Deannas Bild auf dem Monitor und drehte sich um. »Herein!« rief er.

Die Tür öffnete sich zischend und Picards Gestalt wurde sichtbar. Es entsprach den strikten Vorstellungen des Captains von tadellosen Umgangsformen, dass er vor der Schwelle stehen blieb und nicht von sich aus eintrat. »Will, hätten Sie einen Augenblick Zeit?«

»Natürlich, Captain.« Riker erhob sich ein Stück von seinem Sitz und nahm wieder Platz, als Picard nickte und eintrat. Sowohl Riker als auch Picard trugen Zivilkleidung. Riker kam es beinahe vor, als wären sie beide im Schlafanzug. »Ich habe gerade mit Deanna gesprochen.«

»Counselor«, sagte Picard und neigte grüßend den Kopf.

»Ach, Captain… es gibt da etwas, das Worf und ich Sie fragen wollten. Ich schätze, dieser Augenblick ist genauso günstig wie jeder andere.«

Picard nickte wieder, lächelte und wartete ab.

»Wir haben uns gefragt – das heißt, Worf und ich haben uns gefragt –, ob Sie, wenn wir heiraten, die Trauung durchführen könnten, idealerweise an Bord des neuen Schiffes, dem man uns zuweisen wird.«

Picard warf unwillkürlich einen Blick in Rikers Richtung, aber dieser zeigte nur ein strahlendes Lächeln, wie ein stolzer Vater, und schien nicht die geringsten Probleme mit dieser Vorstellung zu haben. Picard war sich nicht völlig sicher, warum er in diesem speziellen Moment Riker einen Blick zugeworfen hatte. Es war eher eine instinktive Reaktion gewesen. Sofort konzentrierte er sich wieder auf den Bildschirm und hoffte, dass sein Seitenblick zu kurz gewesen war, um bemerkt zu werden. »Natürlich, Counselor«, sagte er. »Es wäre mir eine Ehre.«

»Vielen Dank, Captain. Ich werde es Worf sagen. Er wird begeistert sein.«

»Worf und begeistert... Nun, das ist etwas, das ich mir nur schwer bildlich vorstellen kann.«

Sie plauderten noch eine Weile. Deanna wiederholte einiges von dem, was sie bereits Riker erzählt hatte, und Picard reagierte genauso amüsiert auf die Anekdote, wie Worf wegen seiner langen Haare von seinem Vater getadelt wurde. Schließlich trennten sie die Verbindung, so dass Riker sich nun ganz Picard widmen konnte. »Was kann ich für Sie tun, Captain?« fragte er.

»Nun... ich bin gekommen, um mit Ihnen zu besprechen, welche Art von Fragen wir von den Admiralen erwarten können, die den Untersuchungsausschuss bilden. Ich weiß, dass Sie und Jellico nicht gerade eine freundschaftliche Beziehung unterhalten, aber eigentlich wollte ich mich mit Ihnen etwas eingehender über die Admirale Gray und Trebor unterhalten. Andererseits könnte es natürlich etwas ganz anderes geben, das Sie zuerst mit mir besprechen möchten.«

»Besprechen, Sir?« fragte Riker und neigte mit dem Ausdruck höflicher Verständnislosigkeit den Kopf.

»Will...« Picard räusperte sich und lächelte dann auf joviale Art. »Will... man kann mir einiges vorwerfen, aber ich bin auf keinen Fall ein Dummkopf. Die Verlobung von Worf und Deanna... ihre Bitte, dass ich für sie die Trauungszeremonie durchführe... das muss doch eine gewisse Auswirkung auf Sie haben.«

»Es schmeichelt mir, dass sich jeder Sorgen um mein Wohlbefinden macht…«, sagte Riker.

»Jeder?«

»Nun… Geordi und ich hatten bereits eine längere Diskussion«, gestand Riker. »Aber ich werde Ihnen das Gleiche sagen, was ich auch schon Geordi gesagt habe: Deanna und ich, wir hatten unsere Chance. Dann haben wir entschieden, einfach nur gute Freunde zu bleiben. Und wenn sie mit Worf glücklich wird, dann kann ich mich für sie freuen. Das ist alles. Mehr gibt es dazu nicht zu sagen.«

»Das kann kaum alles sein.« Picard zögerte kurz, dann sagte er lächelnd: »Habe ich Ihnen jemals von Maggie erzählt?«

»Maggie?«

»Wir waren gemeinsam an der Akademie. Ich dachte, es könnte nie etwas geben, das mich von meinen Zielen und meiner Karriere abbringt, doch als Maggie und ich uns das erste Mal begegneten… war es wie ein Blitz, der uns miteinander verschweißte. Meine Gefühle für sie ließen alle meine vorherigen Beziehungen verblassen. Es war, als wären alle vorherigen Erfahrungen nur Geplänkel gewesen. Das Universum der Möglichkeiten, das meine Zukunft repräsentierte, schien plötzlich expandiert zu sein und schloss nun etwas ein, das vorher nie vorhanden war. Und ich weiß, dass sie für mich genau das Gleiche empfand. Für uns beide war es das erste Mal, das ein anderer unsere Seele berührte.«

»Imzadi«, sagte Riker leise.

»Wie bitte?«

»Nichts. Ich wollte Sie nicht unterbrechen. Sie sagten gerade…«

»Gut… Maggie und ich schmiedeten Pläne. Wir wollten gemeinsam unseren Dienst verrichten, wir wollten stets zusammenbleiben. Wir waren bereit, unser Ego zurückzustellen. Wenn einer von uns zuerst Captain wurde, hätte der andere bereitwillig als Erster Offizier gedient. Es schien, als könnte uns nichts auseinander bringen, so sehr fühlten wir uns zueinander hingezogen.« Er hielt inne und seufzte. »Aber dann ist etwas geschehen.«

»Und was war das, Captain?«

»Das Leben, Will.« Er lächelte. »Das Leben. Man schmiedet Pläne, man versucht, sein Schicksal in den Griff zu bekommen und es seinen Wünschen anzupassen, doch man bekommt es niemals richtig zu fassen. Es gleitet einem immer wieder zwischen den Fingern hindurch.«

»Ich möchte nicht respektlos erscheinen, Captain…«

»Will, wir befinden uns nicht im Bereitschaftsraum oder auf der Brücke eines Schiffs. Hier sind nur Sie und ich, in einem Apartment auf der Erde. Sagen Sie, was Sie sagen wollen.«

»Gut… Was wollen Sie mir damit verdeutlichen?«

»Ich möchte Ihnen verdeutlichen, dass man niemals aufhört, es zu versuchen. Finden Sie sich mit der Tatsache ab, dass Sie niemals das Schicksal beherrschen können, aber finden Sie sich niemals mit dem Schicksal selbst ab. Geben Sie den Kampf niemals auf.«

»Und Sie glauben, genau das hätte ich bei Deanna getan?«

»Ja, das glaube ich. Denn ich habe das auch bei Maggie getan. Und ich bereue es bis zum heutigen Tag. Es ist furchtbar, wenn man irgendetwas bereuen muss. Es gibt kaum etwas Furchtbareres.«

Riker wusste nur zu gut, wovon er sprach, denn er hatte der Reue bereits direkt ins Gesicht geblickt. Es hatte damit begonnen, dass eine Inkarnation Rikers aus der Zukunft den Wächter der Ewigkeit benutzt hatte, um in der Zeit zurückzureisen. In der Realität dieses

Riker war Deanna Troi seit vierzig Jahren tot, was er niemals verwunden hatte. Irgendwann war er zur Erkenntnis gelangt, dass Deanna ermordet wurde, und mit Hilfe des Wächters hatte er versuchen wollen, diesen Unglücksfall abzuwenden. Riker hatte seinem zukünftigen Ich von Angesicht zu Angesicht gegenübergestanden und niemals den qualvollen Blick seiner Augen vergessen. »Ich bin deine Zukunft ohne sie, mein Junge«, hatte der andere Riker gegrollt und in diesem Moment hatte er einen wirklich furchtbaren Anblick geboten. Es waren gar nicht das graue Haar und der graue Bart oder die Falten, die Riker an seiner zukünftigen Inkarnation so sehr erschreckt hatten. Es war vielmehr die nackte, brennende Verzweiflung in den Augen eines Mannes gewesen, in denen ein Hass glühte, der möglicherweise dem gesamten Universum galt, weil es ihn einer Zukunft beraubt hatte, die er seiner Überzeugung nach verdient hatte.

Das unmittelbare Ziel war damals erreicht worden. Deanna konnte das Leben gerettet werden und Admiral Riker war in eine Zukunft zurückgekehrt, die eher seinen Vorstellungen entsprach. Doch die Frage, ob Riker und Deanna schließlich ein Paar werden sollten, war ungeklärt geblieben. Wenn es etwas Schlimmeres gab, als nichts über die eigene Zukunft zu wissen, dann war es das Wissen über Möglichkeiten, ohne Gewißheit zu haben, wie sie erreicht werden konnten.

»Es gibt kaum etwas Furchtbareres«, wiederholte Riker die letzten Worte Picards. Doch dann wandte er dem Captain wieder seine ganze Aufmerksamkeit zu und sagte entschlossen: »Captain, es ist nicht das Gleiche. Ich weiß einfach, dass ich nicht in der Lage bin, Deanna das zu geben, was sie will oder braucht.«

»Tatsächlich.« Picard schüttelte den Kopf. »Will, wissen Sie, was Ihr Problem ist?«

»Nein, Sir. Aber ich vermute, dass Sie es mir jetzt sagen werden.«

»Ihr Problem besteht darin, dass Sie immer einen Weg finden, wenn Sie überzeugt sind, dass es einen Weg gibt. In diesem Punkt sind Sie unglaublich hartnäckig. Aber wenn Sie dagegen zur Überzeugung gelangen, dass etwas unmöglich ist, dann kann nichts und niemand Sie dazu bringen, es trotzdem zu versuchen. Sie lassen sich ausschließlich von sich selbst erfüllenden Prophezeiungen beherrschen.«

»Captain… in dieser Sache geht es nicht nur um mich. Deanna empfindet genauso wie ich. Sie möchte, dass wir einfach nur gute Freunde bleiben. Wie soll ich in ihr Gefühle erwecken, die sie gar nicht hat? Durch reine Willenskraft?«

»Ihr Name ist Verpflichtung. Wenn Will etwas *will*…«

Darüber musste Riker lachen. »Jetzt haben Sie mich erwischt, Captain. Aber was soll ich Ihrer Ansicht nach tun? Erwarten Sie, dass ich nach der Untersuchung mit der erstbesten Transportmöglichkeit nach Betazed fliege? Soll ich in Lwaxana Trois Haus stürmen und Deanna beknien, dass wir ein Paar werden…?«

»Drängt es Sie, das zu tun?«

»Nein!«

»Dann ist dieses ganze Gespräch vermutlich sinnlos«, stellte Picard fest.

»Völlig richtig, Sir.«

»Wie Sie meinen. Bitte entschuldigen Sie, dass ich das Thema angesprochen habe.«

»Machen Sie sich deswegen keine Sorgen.« Mit langsamen Schritten ging Riker zum Fenster und lehnte sich dagegen, um erneut nach draußen auf die Brücke zu schauen. »Was… ist übrigens aus Maggie geworden? Haben Sie sie jemals wiedergesehen?«

»Von Zeit zu Zeit. Ich werde sie morgen wieder treffen, um genau zu sein.«

Riker drehte sich um und blickte ihn verwundert an. »Sie haben ein Rendezvous?«

»In gewisser Weise. Sie ist einer der drei Admirale, die den Untersuchungsausschuss bilden.«

Riker rieb sich mit Daumen und Zeigefinger den Nasenrücken, als hätte er plötzlich heftige Kopfschmerzen bekommen. »Ich frage nur aus reiner Neugier und möchte keineswegs in Sie dringen: Wer von Ihnen beiden hat die Beziehung abgebrochen?«

»Ich behaupte, ich hätte es getan; sie behauptet, sie hätte es getan.«

»Dann hätte ich eine Bitte: Könnten wir uns für die Dauer der Untersuchung auf Maggies Interpretation einigen?«

»Sie haben meine Gedanken gelesen, Nummer Eins. Sie haben meine Gedanken gelesen.«

Auf der Rückseite des Bauernhauses der Rozhenkos befand sich eine kleine Veranda. Es war eine kühle Nacht, und als Worf mit nacktem Oberkörper auf der Veranda stand und zum Vollmond aufsah, blähten sich seine Nasenflügel. Er lehnte sich gegen das Geländer, hielt es fest mit den Händen gepackt und schien überhaupt nicht zu spüren, wie kühl die Luft war.

»Nette Nacht, nicht wahr?«

Worf hatte seine Annäherung wahrgenommen, aber da sie nahezu lautlos war, hatte Worf nicht reagiert, falls sein Vater unbemerkt bleiben wollte. »Eine reizende Nacht, Vater«, erwiderte Worf.

»Kannst du auch nicht schlafen?«

»Ich fand diese Nacht irgendwie … verlockend«, sagte Worf. Er holte tief Luft und seine Muskeln spannten sich straff über seinen Brustkorb. »Mir war vorher nicht bewusst, wie sehr ich diese Nächte vermisst habe.«

Sergey kam zu seinem Sohn geschlendert. Er trug einen Morgenmantel über dem Schlafanzug. »Erinnerst du dich noch an die Nacht, in der du auf die Jagd gingst?« fragte er.

Worf drehte sich mit verdutzter Miene zu ihm um. »Auf die Jagd…?«

»Es ist schon lange her… damals, als wir noch die Farm auf Gault hatten, als du noch nicht lange bei uns warst… da bist du in einer Nacht, die ganz ähnlich wie diese war, nach draußen gegangen, hast deine Kleidung abgelegt und bist in die Dunkelheit hinausgerannt. Als wir dich schließlich am nächsten Tag fanden, hast du zusammengekauert im Wald gehockt. Du hast leicht gezittert, du hattest ein zufriedenes Lächeln auf dem Gesicht… und deine Mundwinkel waren blutverschmiert.«

Worf schüttelte den Kopf. »Daran scheine ich… bestenfalls vage Erinnerungen zu haben.«

»Die Sache hat sich sehr schnell herumgesprochen. Es ist recht schwierig, so etwas geheim zu halten. Die Nachbarn haben sich beschwert, weil sie Angst vor dir hatten. Es war eine sehr schwierige Zeit für uns. Sehr schwierig.«

»Ich glaube, mir war nicht bewusst, welche Schwierigkeiten ihr mit mir hattet. Vielleicht ist es mir bis zum heutigen Tag nicht gänzlich bewusst.« Er zögerte einen Moment und fragte dann: »Hast du es jemals… bereut?«

Worf war leicht besorgt, als Sergey nicht sofort antwortete. Als er es tat, geschah es auf sehr indirekte Weise.

»Dazu musst du den Unterschied zwischen deiner Mutter und mir verstehen«, begann Sergey. »Als ich dich auf Khitomer fand, ein geschundenes Häufchen Elend unter einem riesigen Trümmerberg… da war es eine impulsive Entscheidung, dich nach Gault zu bringen und dich zu adoptieren. So ist es meine Art. Ich denke über solche Dinge nicht so intensiv nach, wie ich es vielleicht tun sollte. Ich vertraue auf meine Impulse... was für einen Warpfeldspezialisten angemessen ist, nicht wahr?« Er lachte über seinen eigenen Witz, doch als er sah, dass Worf kein Anzeichen von Humor zeigte, verstummte er und räusperte sich. »Was nun deine Mutter betrifft... nun, sie war immer die Vernünftigere von uns beiden. Als ich ihr von dir erzählte, sagte sie: ›Sergey, hast du auch nur die leiseste Ahnung, in welche Situation du uns damit bringst? Hast du auch nur einen Augenblick daran gedacht?‹«

»Willst du damit sagen... dass sie mich nicht wollte?« fragte Worf unsicher.

»Natürlich wollte sie dich. Darum geht es gar nicht. Sie wollte dich... aber sie war sich der Konsequenzen unserer Entscheidungen bewusst. Sie ist sehr methodisch, sehr rational. Sie denkt genau über alles nach und trifft ihre Entscheidung auf der Basis dessen, was ihr die vernünftigste Handlungsweise zu sein scheint.«

»Vater... ich will keineswegs den Eindruck der Unverschämtheit erwecken... aber warum erzählst du mir das alles?«

»Weil du in vielerlei Hinsicht ihr sehr ähnlich bist. Du verfügst aufgrund deines klingonischen Erbes bereits über ein ausreichendes Maß an Impulsivität. Aber von deiner Mutter hast du gelernt, eine Situation zu beurteilen und eine vernünftige Wahl zu treffen. Sie hat dich gelehrt, deinem Hirn statt deinem Herzen zu folgen. Verstehst du, worauf ich hinauswill?«

Worf nickte, dann hielt er inne. »Nein«, gestand er.

Sergey hatte in die Nacht hinausgeblickt, doch nun wandte er sich seinem Sohn zu. »Dieses Mädchen ist einfach reizend. Intelligent, sympathisch, besonnen. Deine Mutter bewundert sie, daran besteht kein Zweifel.«

»Und du tust es nicht?«

»Ich finde sie großartig! Es ist nur so...« Er vollführte eine vage Geste. »Wenn ich mir vorzustellen versuche, mit welcher Art von Frau du glücklich werden könntest, dann habe ich niemals an eine Frau wie sie gedacht. Womit ich keineswegs deine Gefühle verletzen will.«

»Keine Sorge. Du bist nicht der Erste, der diese Feststellung trifft, Vater. Wir sind... Gegensätze... in vielerlei Hinsicht. Andererseits geht uns dadurch niemals der Gesprächsstoff aus.«

Sergey brummte unverbindlich. »Worf... warum willst du dieses Mädchen heiraten?«

»Sie hat einen Namen, Vater. Ich wäre dir sehr verbunden, wenn du ihn benutzen würdest.«

Ohne sich durch den leisen Tadel seines Sohnes irritieren zu lassen, sagte Sergey: »Warum willst du Deanna heiraten?«

»Weil sie... mich vervollständigt, Vater. Sie ist ein wertvoller Gewinn für meine Persönlichkeit. Sie fügt sich perfekt in das Gesamtbild unserer Einheit.«

»Mein Sohn, das klingt so, als würdest du eine Warpspule beschreiben. Oder ein Waffensystem. Liebst du dieses Mäd... Deanna?«

»Würde ich sie heiraten wollen, wenn es nicht so wäre?«

»Worf...« Er zögerte, während er nach den richtigen Worten suchte. »Worf... in alten Zeiten, in sehr alten Zeiten... wurden Ehen nicht aus Liebe geschlossen. Sie wurden von einem Ehestifter arrangiert, aus den verschiedensten Gründen. Und diese Gründe lagen hier« – er tippte sich an den Kopf – »und nicht hier« – er legte eine Hand auf sein Herz.

»Vater, wir reden über eine Entscheidung, die die Gesamtheit des Lebens betrifft. Sollte sie nicht in Übereinstimmung mit beidem getroffen werden?«

»Ich wollte nur...«

»Vater«, unterbrach er ihn und verschränkte die Arme auf eine Art, die sich am besten als Abwehrhaltung beschreiben ließ. »Ich liebe Deanna. Wenn ich es nicht täte, würde ich sie nicht heiraten, auch wenn zahllose andere ›logische‹ Gründe dafür sprächen. Ich bin nicht gekommen, um deinen Segen zu erbitten. Andererseits wäre es mir natürlich angenehm, deinen Segen zu erhalten.«

Sergey blickte seinem Adoptivsohn in die Augen. Häufig genug hatte er nicht lesen können, was in diesen Augen geschrieben stand. Für Worf war das Leben unter Menschen niemals leicht gewesen und er war immer wieder verletzt worden… zuerst durch die natürliche Grausamkeit von Kindern, dann durch die weitaus heimtückischere Grausamkeit von Erwachsenen, die den stämmigen Klingonen fürchteten, als wäre er eine wandelnde Ladung Sprengstoff in ihrer Mitte. Doch Worf hätte es als den Gipfel der Selbsterniedrigung betrachtet, sich etwas von diesem Schmerz anmerken zu lassen, so dass er ein großes Geschick entwickelt hatte, ihn zu verstecken.

Diesmal jedoch hatte Worf seinen Schutzpanzer ein klein wenig geöffnet. Es stand deutlich in seinen Augen geschrieben, wie viel ihm an der Anerkennung durch seinen Vater lag. Als Worf die enorme Herausforderung angenommen hatte, als erster Klingone Starfleet beizutreten, hatte er es zum Teil auch deshalb getan, weil er Sergey nacheifern wollte. Sergey erkannte, dass Worf wieder einmal seinem Beispiel folgte, indem er sich eine Frau nahm und sich bemühte, seinem Kind eine Familie zu geben – auch wenn es möglicherweise unbewusst geschah.

Sergey hatte Vorbehalte, ernsthafte Vorbehalte. Doch es war Worfs Leben und Worf fragte ihn nicht, was er über Deanna dachte – ein reizendes Mädchen – oder wie es sich auf Alexander auswirken könnte – er kam offensichtlich bestens mit ihr zurecht – oder...

Je mehr Sergey darüber nachdachte, desto vernünftiger erschien es ihm. Sein Instinkt, auf den er sich so viele Jahre lang verlassen hatte, sagte ihm jedoch, dass es ein Fehler war. Dass sie einfach *zu* unterschiedlich waren. Aber Sergey war kaum ein Experte in Angelegenheiten des Herzens. Schließlich hatte er hinsichtlich einer Lebenspartnerin seit fast einem halben Jahrhundert keine Entscheidungen mehr treffen müssen, also war er darin nicht besonders geübt.

Sein Sohn brauchte ihn. Darum ging es im Grunde. Sein Sohn brauchte die Anerkennung durch seinen Vater und für ihn gab es keinen einsichtigen Grund, sie ihm vorzuenthalten.

»Natürlich hast du meinen Segen, Worf«, sagte er. »Das weißt du. Meinen und den deiner Mutter. Ich wollte dir gegenüber nicht den Eindruck erwecken...«

»Schon gut, Vater.« Dann sah Sergey zu seiner Überraschung, dass Worfs Mundwinkel zuckten. Langsam zogen sich seine Lippen auseinander und dann zeigte Worf einen äußerst seltenen Ausdruck: Er lächelte. Es war nicht die ungebändigte Mischung aus Grinsen und Zähnefletschen, die gelegentlich sein Gesicht zierte, wenn ein Kampf anstand. Es war ein aufrichtiges, beinahe menschliches Lächeln. »Ich weiß, dass wir ein ungewöhnliches Paar sind, und ich weiß, dass dir nur mein Wohlergehen am Herzen liegt.«

»Ich bin erleichtert, dass du es verstehst, Worf.« Sein Körper erzitterte leicht in der kühlen Luft. »Gut, mein Sohn. Hier draußen wird es etwas kalt für meine alten Knochen. Wie wäre es, wenn wir hineingehen und ich dir eine heiße Milch mache, so wie ich es früher immer getan habe.«

»Vater... du hast mir niemals heiße Milch gemacht.«

»Niemals?«

Worf rief sich die Vergangenheit ins Gedächtnis. »Andererseits hast du mir von Zeit zu Zeit einen Wodka eingeschenkt.«

»Wenn das so ist...« Er klopfte seinem Sohn auf die Schulter. »Dann wollen wir mal schauen, ob ich dich angemessen bewirten kann. Du genehmigst dir einen Wodka und ich mir eine heiße Milch. Irgendwie finde ich, dass es so herum richtig ist.«

6

»Töten Sie ihn.« – Die Romulanerin hatte kaum das erste Wort ausgesprochen, als Tom Riker sich bereits in Bewegung setzte.

Trotz seiner Müdigkeit und Erschöpfung bewegte er sich nicht langsamer als sonst, als er sprang, bevor irgendeiner der romulanischen Wachmänner einen Schuss auf ihn abgeben konnte. Sein einziger Trumpf bestand darin, dass sie in der verhältnismäßig engen Umgebung nicht wild drauflosschießen konnten, da sie sich sonst gegenseitig getroffen hätten. Es war der einzige Vorteil, den er zu seinen Gunsten ausnutzen konnte, und im Grunde war das herzlich wenig, aber er war fest entschlossen, sich dadurch nicht beirren zu lassen.

Es war ein kühner Versuch. Sein erster Angriff ließ ihn mit dem nächststehenden Romulaner zusammenstoßen, dem keuchend die Luft aus den Lungen getrieben wurde, als er vom Schwung und der verzweifelten Energie Rikers zurückgeworfen wurde. Die Frau blinzelte überrascht, als wäre sie gleichzeitig über Rikers Mut und die Sinnlosigkeit seines Tuns erstaunt. Riker stieß den romulanischen Wachmann zur Seite und zielte mit dem Fuß auf den Unterleib eines weiteren in der Nähe befindlichen Romulaners. Der Mann klappte zusammen und für einen kurzen Moment sah es so aus, als hätte Riker tatsächlich eine Chance. Doch er hatte keine Ahnung, wohin er fliehen sollte, wen er in seiner Notlage als Verbündeten gewinnen könnte. Aber an einer Tatsache gab es nichts zu rütteln: Wenn er nicht schnellstens lebend hier herauskam, hatte er nicht die geringste Chance.

Die plötzliche Bewegung eines Wachmanns erregte seine Aufmerksamkeit. Er wandte sich der unmittelbaren Gefahr zu, was zur Folge hatte, dass er nichts vom Kolben des romulanischen Disruptors sah, der mit romulanischer Heftigkeit auf seinen Hinterkopf niederfuhr. Sterne explodierten vor seinen Augen, als er in die Knie ging. Er streckte die Arme aus, als wollte er nach einem nicht vorhandenen Halt suchen. Doch ein zweiter Schlag auf den Schädel machte seine diesbezüglichen Hoffnungen zunichte. Riker stürzte zu Boden und spürte, wie er von einer Welle der Übelkeit überwältigt wurde. Jetzt fasste er einen neuen Plan: Er wollte lange genug leben, um sich auf die Stiefel irgendeines Romulaners erbrechen zu können. Das schien alles, wozu er derzeit in der Lage war, doch es hatte immerhin den Vorzug, dass damit eine klare politische Aussage verbunden wäre.

Im selben Augenblick sagte eine laute, ernste Stimme: »Lassen Sie ihn in Ruhe!«

Riker konnte zuerst gar nicht glauben, dass er diese Stimme wirklich gehört hatte. Während er sich durch den Nebel kämpfte, der sich um seinen Kopf bildete, konnte er undeutlich erkennen, dass die Romulanerin genauso überrascht war. Sie starrte auf Saket, der gerade zur Krankenstation gebracht werden sollte, als das Handgemenge im Transporterraum begonnen hatte.

»Lassen Sie ihn in Ruhe!« wiederholte Saket, für den jedes Wort offensichtlich eine große Anstrengung war. »Er… hat mir das Leben gerettet, Sela. Ich stehe in seiner Schuld. Genauso wie du. Ohne ihn wäre deine Rettungsaktion sinnlos gewesen.«

»Aber…«

»Verschone mich mit deinem ›Aber‹, Sela. Ich kenne dich schon viel zu lange. Ich kannte deine Mutter, die…«

Dann knickten Sakets Knie endgültig ein. Die Romulaner, die ihn stützten, standen reglos da und schienen nicht zu wissen, was sie mit ihm anstellen sollten. »Bringt ihn raus hier, sofort!« befahl die Frau, die er Sela genannt hatte. Saket wurde unverzüglich nach draußen befördert, während er weiterhin schwache Proteste von sich gab.

Riker sah nichts von alledem, weil er auf Händen und Knien kauerte und die ganze Welt sich um ihn drehte. Zwei Stiefel traten langsam in sein beengtes Gesichtsfeld und er fragte sich, ob dies die Stiefel waren, auf die er sich erbrechen würde.

»Was machen Sie hier, Riker?«

Die zornige und verächtliche Stimme drang scharf wie ein Messer in ihn ein.

Sie kennt mich? dachte Riker verwundert, doch bereits im nächsten Augenblick wurde ihm alles klar. Sie kannte Will Riker, sein Pendant, seinen Zwillingsbruder. Ihrem Tonfall zufolge hatte sie keine angenehmen Erinnerungen an ihn. Also wäre es die logische Vorgehensweise, ihr zu sagen, dass er gar nicht Will Riker war, sondern vielmehr Tom Riker. Tom Riker…

…Will Rikers genetisch identischer Doppelgänger, der durch einen Transporterunfall geschaffen worden war, der höchstens einmal unter einer Million Fällen auftrat.

Ja, klar, damit würde er mächtig Eindruck schinden!

Genau das sollte man tun, wenn man von mordgierigen Feinden umzingelt war – ihnen eine groteske Geschichte auftischen, der sie höchstwahrscheinlich mit tiefster Verachtung begegnen würden. Er konnte ihre Erwiderungen bereits hören: *Sie erwarten doch nicht, dass wir Ihnen das glauben! Sind Sie völlig verrückt gewor-*

den? Halten Sie uns für Idioten? Und darauf würden unverzüglich weitere Fußtritte und Schläge folgen, man würde ihm den Schädel zermatschen, bis Riker auf einen Zustand reduziert war, den er entweder nicht überlebte oder in dem er sich sehnsüchtig den Tod wünschte, den sie ihm aus purer Gemeinheit nicht gewähren würden.

Aber er wusste nicht, was er stattdessen sagen sollte.

Also sagte er gar nichts. Er kauerte nur auf dem Boden und versuchte, gegen seine Übelkeit anzukämpfen, die ihn jeden Augenblick zu überwältigen drohte.

»Der starke, schweigsame Held, wie er im Bilderbuch steht«, sagte Sela. Sie hielt eine Weile inne, während sie über sein Schicksal entschied, dann sagte sie brüsk: »Sperren Sie ihn ein. Wir kümmern uns später um ihn.«

Nun, das klang zweifellos ein ganzes Stück besser als ›Töten Sie ihn‹. Er hatte sich nicht erbrochen und er war zum Gefangenen der Romulaner geworden, die für ihre grausame Behandlung von Gefangenen berüchtigt waren.

Es schien so, als wäre der heutige Tag doch ein Glückstag für ihn.

Sela stand an Sakets Seite und hielt seine Hand, während der ältere Romulaner auf dem Behandlungstisch in der Krankenstation lag. Die medizinischen Einrichtungen der Romulaner waren grundsätzlich nicht die besten, da die romulanische Philosophie auf den Grundsatz des Überlebens des Stärksten hinauslief und man jene, die zu sehr verletzt waren, im Allgemeinen völlig selbstverständlich sterben ließ. Aber in Sakets Fall sah die Sache ganz anders aus, zumindest was Sela betraf. Sie blickte zum medizinischen Offizier auf, der nur den Kopf schüttelte. Es gab nichts mehr, was er noch tun konnte. Die Verletzungen waren zu umfangreich. Eigentlich hätte Saket gar nicht mehr am Leben sein dürfen.

»Ich habe dich gesehen, wie du den Kampfjäger geflogen hast«, flüsterte Saket. Trotz ihres feinen Gehörs musste Sela sich vorbeugen, wenn sie jedes seiner Worte verstehen wollte. »Du warst es, nicht wahr?«

»Ich wollte niemand anderem diese Mission überlassen«, sagte Sela. »Alle meine Leute sagten, ich sei völlig verrückt.«

»Das bist du auch. Daran habe ich nie gezweifelt. Manchmal glaube ich, es wäre das Einzige, was ich zu deiner Ausbildung beitragen konnte.« Er hustete erneut und jedesmal heftiger, doch dann schien er sich noch einmal durch reine Willenskraft zusammenreißen zu können.

»Bleib ruhig liegen, Saket…«

»Um dann… ruhig zu sterben…? Nein…« Er schüttelte den Kopf.

»Saket… wo hast du es versteckt?« fragte sie. »Sag mir, wo es ist. Hast du es bei dir? Ist es noch auf Lazon Zwei?«

Saket schien sie gar nicht gehört zu haben. Seine Gedanken waren ganz woanders. »Riker… ist ein guter Mann… es ist gut, ihn an der Seite zu haben… Ich habe ihn kultiviert, für dich… weil ich wusste, dass du mich holen würdest… er ist mein letztes Vermächtnis… für dich…«

»Wozu soll ich ihn benutzen?« wollte Sela wissen. »Für den Plan? Wir brauchten… wir brauchen… *dich*. Mit ihm können wir nichts anfangen…«

»Nein… das nicht… aber überlege nur, wie effektiv…«

Allmählich dämmerte ihr, was er sagen wollte, dass er Recht hatte. »Ja… ja, das wäre denkbar… eine gute Idee…«

»Du verstehst… du hattest schon immer… eine

schnelle Auffassungsgabe ... schon als Schülerin ... du und Riker ... gut ... ein gutes Team ... ein gutes Paar ...«

Trotz der Ernsthaftigkeit der Situation musste Sela den Drang zu lachen unterdrücken. »Ein gutes *Paar?* Ist es nicht etwas spät für dich, eine neue Karriere als Ehestifter zu beginnen, Saket?«

Saket sagte nichts.

Sie rief seinen Namen und schüttelte ihn behutsam. Doch während sie es tat, wusste sie bereits, was los war. Es gab keinen Zweifel mehr, dass er tot war.

Gefühle stiegen in ihr auf, wie eine mit Schadstoffen verseuchte Flutwelle. Sie drängte die Emotionen zurück. Dafür hatte sie jetzt keine Zeit.

»Er hat nicht verraten, wo es ist«, sagte der medizinische Offizier, ein stämmiger Romulaner namens Tok. »Seine Schmerzen waren zu stark ... er konnte sich nicht mehr auf die wichtigen Dinge konzentrieren.«

»Entweder das«, sagte Sela nachdenklich, »oder er war überzeugt, dass wir es auch ohne seine Hilfe finden würden, so dass er seine noch verbleibende Kraft für andere Dinge nutzen wollte ...«

»Zum Beispiel für Riker?«

»Ja, zum Beispiel.« Sie wandte sich um und machte sich auf den Weg nach draußen.

»Was soll mit Saket geschehen?« fragte Tok.

»Untersuchen Sie ihn mit allen Sensoren. Nehmen Sie ihn Organ für Organ auseinander, wenn es sein muss. Wenn er die Probe bei sich hat ... will ich sie haben.«

Damit verließ Sela die Krankenstation und ließ Tok mit seiner Arbeit allein.

Sie ging in starrer Haltung durch den Korridor, blickte weder nach rechts noch links, als wäre ihr alles gleichgültig geworden, was sich in der übrigen Welt abspielte. Äußerlich erweckte sie den Anschein völliger Ruhe und Selbstbeherrschung. Doch innerlich war sie ein reißender Strom. Saket war tot. Die Probe war immer noch nicht gefunden. Und sie hatte Will Riker.

Was sollte sie mit ihm machen?

Das war die Frage, in der sie zu einer Entscheidung gelangen musste, und das kleine Gespräch, das sie nun mit ihm führen würde, sollte ihr dabei helfen, sich für eine der Möglichkeiten zu entscheiden.

Dreimal hatte Tom Riker versucht, sich aufzusetzen, und jedesmal war ihm dabei übel geworden. Doch beim vierten Mal war es ihm tatsächlich gelungen, sich so lange zusammenzureißen, bis er eine einigermaßen aufrechte Haltung eingenommen hatte. »Und jetzt kommt das nächste Kunststück…«, hatte er gemurmelt, bevor er sich auf den Akt des Aufstehens vorbereitete. Und auch darin war er schließlich erfolgreich. Er lehnte sich gegen die nackte Metallwand, holte ein paarmal tief Luft und ging dann an den Wänden der romulanischen Zelle entlang. Er brauchte nicht allzu lange, um ein Gefühl für seine Umgebung zu bekommen: Spätestens nach sechs Schritten in jede beliebige Richtung war Schluss. Es gab ein hartes, horizontales Brett, das einzige Möbelstück in der Zelle, das gleichzeitig als Schlaf- und Sitzgelegenheit diente. Wenn er sich erleichtern oder das ungenießbare Essen erbrechen musste, das man ihm vorsetzte, wurde er von einer bewaffneten Eskorte an einen Ort am Ende des Korridors geführt und unverzüglich wieder zurückgebracht. Damit waren sämtliche Aspekte seiner derzeitigen Existenz beschrieben.

Natürlich gab es ein Kraftfeld, das den Ausgang versperrte, und einen Wächter, der sich nicht von der Stelle rührte. Er ließ sich nicht einmal dazu herab, in Rikers Richtung zu blicken, womit Riker ganz gut leben konnte. Zur Zeit war er ohnehin nicht unbedingt in Gesprächslaune.

Er hörte schnelle Schritte, die sich näherten, und fragte sich, ob es ein romulanisches Exekutionskommando war – oder wer auch immer geschickt wurde, um ihn zu erledigen. Oder wollte man ihn zuerst foltern, um an Informationen zu gelangen? Nun, diese Vorstellung war doch einfach himmlisch!

Tom Riker überlegte, dass er die optimale Gelegenheit, den Romulanern seine wahre Identität zu offenbaren, ungenutzt hatte verstreichen lassen. Andererseits hegte er nach wie vor ernsthafte Bedenken, ob ein solcher Versuch auch nur die geringsten Aussichten auf Erfolg hätte. Die Romulaner waren ein starrsinniges Volk und sie würden höchstwahrscheinlich davon ausgehen, dass er sie zum Narren halten wollte, bevor sie auch nur einen Gedanken an andere Möglichkeiten verschwendeten. Außerdem mochte seine einzige Überlebenschance darin bestehen, dass sie glaubten, er wüsste mehr, als er in Wirklichkeit wusste, oder er wäre von größerem Wert, als dies tatsächlich der Fall war.

Und es bestand die Möglichkeit einer Lösegeldforderung. Es war durchaus denkbar, dass sie versuchten, etwas im Tausch gegen seine Freilassung einzuhandeln, wenn sie davon ausgingen, dass sich der legendäre Commander William Riker in ihrer Gewalt befand. Will Riker mochte in der Tat eine wertvolle Geisel sein; Tom Riker dagegen war für sie völlig wertlos.

Diese Tatsache war für Tom nur schwer zu akzeptieren, aber es blieb eine Tatsache. Wenn Tom Riker in Gefangenschaft geriet und möglicherweise das Leben verlor, hatte das für kaum jemanden eine besondere Bedeutung. Er war bereits als Verräter in Ungnade gefallen. Wen gab es bei Starfleet, der sich für ihn einsetzen würde? Er war eine Monstrosität, eine Transporterfehlfunktion, die eine Seele besaß... die Seele eines anderen. Er selbst hatte nichts. Keine Freiheit, keine Ehre, nicht einmal die fundamentale Eigenschaft, die jedes Lebewesen, ob intelligent oder nicht, in der bekannten Galaxis besaß: Einzigartigkeit. Irgendwo dort draußen streifte jemand durch die Galaxis, der in fast jeder Hinsicht identisch mit ihm war. Nur hinsichtlich dessen erfolgreicher Karriere und der Achtung, die dieser bei seinen Kameraden genoss, fiel er weit hinter diesen anderen zurück.

Und Tom Riker hatte einen hohen Preis dafür bezahlt, dass er versucht hatte, sich eine eigene Nische in der Galaxis zu schaffen. Er hatte sich eine lebenslange Haftstrafe in einem cardassianischen Arbeitslager verdient, die nun in einen anderen Urteilsspruch umgewandelt worden war.

Es wäre besser gewesen, wenn sie mich gleich getötet hätten, dachte er frustriert.

Als er diesen Tiefpunkt seiner düsteren Stimmung erreicht hatte, kam Sela zu ihm.

Sie stand auf der anderen Seite des Kraftfelds und betrachtete ihn eine Zeitlang, wie er auf seiner unbequemen Pritsche hockte. Dann nickte sie dem Wächter zu, der darauf das Kraftfeld deaktivierte. Sie trat ein und stand mit verschränkten Armen abwartend da.

Tom sagte nichts.

Genauso wie Sela.

Beide verharrten zehn Minuten lang in diesem Zustand. Dann machte Sela kehrt und verließ die Zelle, ohne dass auch nur ein einziges Wort gesprochen worden war.

Das Gleiche geschah am folgenden Tag, exakt derselbe Ablauf, nur dass es diesmal zwanzig Minuten dauerte.

Und am nächsten Tag dreißig.

Immer noch war kein einziges Wort zwischen den beiden gefallen. Es hatte sich zu einem beinahe perversen Willensduell entwickelt. Sie stand da und er saß auf dem Bett, mehr Interaktion fand zwischen ihnen nicht statt. Wären sie Telepathen gewesen, wäre ihr Verhalten vielleicht verständlich gewesen. Selbst der Wächter begann sich darüber zu wundern. Jedesmal wenn Sela die Zelle verließ, blickte er sie fragend an, aber sie nahm nicht einmal seinen Blick zur Kenntnis.

Während des dritten Besuchs, als Sela im Begriff zu gehen stand, erlaubte sich Tom Riker eine kleine Abwechslung. In dem Moment, als sie die Kehrtwendung einleitete, zwinkerte Riker ihr zu. Sie blickte sich noch einmal zu ihm um, doch nun war sein Gesicht wieder so ausdruckslos wie zuvor. Nicht die winzigste Unregelmäßigkeit in der steinernen Fassade, die er sich mühsam aufgebaut hatte. Sie zögerte nur einen kurzen Augenblick, dann setzte sie ihren Weg nach draußen fort.

Als sie zum vierten Mal kam, hatte sie einen Vorschlag.

»Wir haben es gefunden.«

Tok hatte es zwölf Stunden nach Beginn der Autopsie gefunden und er trat sich mental in den Hintern, weil es so lange gedauert hatte.

Saket war in Einzelteilen über den Autopsieraum verstreut, aber Sela interessierte sich nur für das Auge, das sie unentwegt anzustarren schien. »Sein linkes Auge, um genau zu sein«, sagte Tok stolz. »Es ist eine phänomenale Konstruktion, die aus lebendem Gewebe hergestellt wurde. So dass es selbst durch modernste Techniken nicht entdeckt werden kann. Voll funktionsfähig und nicht von seinem lebenden Auge zu unterscheiden. Niemand wäre darauf gekommen, dass es eine Nachbildung ist.«

»In seinem Auge«, wiederholte Sela staunend.

Tok nickte eifrig, dann benutzte er seine medizinischen Instrumente, um das Auge behutsam umzudrehen. Mit einem Skalpell versetzte er es in Vibration, auf einer bestimmten Frequenz, die offenbar in den Mikroschaltkreisen des Auges kodiert war. Kurz darauf gab es ein sehr leises, kaum hörbares Klicken und dann öffnete sich die Rückseite des Auges. Mit größter Vorsicht entfernte Tok einen Chip, dessen Oberfläche silbern glänzte – mit Ausnahme eines kleinen dunkelblauen Bereichs.

»Ist es das?« fragte Sela. Sie bemühte sich, in ruhigem und neutralem Tonfall zu sprechen, aber ihrer Stimme war die Aufregung deutlich anzumerken.

»Ich denke schon. Ja… eindeutig. Die Schaltkreise des Chips halten die chemische Probe in einer Art Stasis. Sie ist inaktiv und harmlos.«

»Er hat es geschafft.« In ihrer Stimme lagen Neid und Ehrfurcht. Sie blickte auf das Herz, das in einer silbernen Schale lag. »Saket, du alter Mistkerl, du hast es wirklich geschafft. Du hast es gefunden. Ich hätte es nicht für möglich gehalten… aber wenn jemand dazu in der Lage war, dann nur du.« Sie überlegte, ob sie Saket eine letzte Ehre erweisen sollte, indem sie sein Herz verspeiste, doch dann sah sie ein, dass jetzt vermutlich nicht der angemessene Zeitpunkt für derartige Rituale war.

Sie blickte sich über die Schulter um, als könnte sie auf diese Weise von der Krankenstation des Warbirds aus die Cardassianer sehen, ihren Heimatplaneten oder das Gefangenenlager. »Wie lange werden Sie brauchen, um es zu synthetisieren?« fragte sie Tok, ohne ihn anzusehen. »Zu synthetisieren… und zu testen?«

»Ich kann es nicht sagen, Sela«, antwortete Tok bedauernd. »Es gibt einfach zu viele unbekannte Faktoren. Da ich nicht weiß, woraus die Verbindung besteht, lässt sich nicht mit Sicherheit vorhersagen, was nötig ist, um sie synthetisch herzustellen… und ob sie tatsächlich funktioniert, kann nur durch eine Computersimulation bestimmt werden. Es sei denn«, fügte er hinzu, »Sie wären bereit, es persönlich zu testen.«

»Wollen Sie sich unbeliebt machen, Tok, indem Sie vorschlagen, dass ich mich freiwillig zur Verfügung stelle, um die Wirkung… auszuprobieren?«

Sie verstummte, während sie auf einmal nachdenklich ins Leere starrte.

Selas Gedanken waren für Tok meistens ein Geheimnis, aber diesmal glaubte er zu ahnen, was ihr durch den Kopf ging. »Riker?« riet er. »Sie überlegen, ob wir es an Riker testen sollten?«

Sie warf ihm einen Blick zu, der andeutete, dass er mit seinen Vermutungen wieder einmal völlig danebenlag. »Sie denken in viel zu kleinem Maßstab, Tok. Nein, wir werden es nicht an Riker testen. Das wäre eine unglaubliche Ressourcenverschwendung. Nehmen Sie sich so viel Zeit, wie Sie brauchen, Tok. Wir haben es nicht eilig. Damit würden wir nichts erreichen. Und was Riker betrifft… so habe ich ganz andere Pläne mit ihm.«

Sie hatte ihn als sehr interessanten Fall eingestuft. Als sie ihn zum ersten Mal in seiner Zelle besucht hatte, war ihr nicht einmal ansatzweise bewusst gewesen, dass es sich bereits als äußerst schwierig erweisen würde, über den anfänglichen Kontakt hinauszukommen. Irgendwie hatte sie erwartet, dass Riker den Tanz eröffnen würde. Dass er ihr drohen oder auf sie einreden würde, dass er flehte oder toben würde… irgendetwas, das man vom arroganten Ersten Offizier der *Enterprise* erwarten würde.

Stattdessen zeigte er keine Reaktion. Vielleicht wollte er ihr demonstrieren, wie sehr er sie verachtete, dass er nicht einmal das Bedürfnis hatte, mit ihr zu reden… oder es war eine anschauliche Vorführung seiner Unerschütterlichkeit… oder es war ihm völlig gleichgültig. Jede diese Optionen zog weitere Möglichkeiten nach sich.

Sie erkannte, dass sie keine Fortschritte machte, solange keine Bewegung in die Dinge kam. Also musste sie etwas unternehmen, um die Angelegenheit in ein neues Stadium treten zu lassen. Denn es sah ganz danach aus, dass Riker diesen Schritt nicht tun würde.

»Saket ist tot… falls Sie sich gefragt haben, was aus ihm geworden ist.«

Er schrak beinahe zusammen, als sie sprach, weil es das erste Mal war, dass sie es tat. Aber schon im nächsten Moment hatte er seine äußerliche Gelassenheit wiederhergestellt.

»Ja, diese Frage habe ich mir gestellt. Danke für die Mitteilung.« Er hielt inne und fügte dann in sachlichem Tonfall hinzu: »Ich habe ihn als Freund betrachtet. Ihnen möchte ich mein Beileid aussprechen, auch wenn mir nicht ganz klar ist, in welcher Beziehung Sie zu ihm standen.«

»Was hat Sie dorthin verschlagen?«

»Wohin?«

»In ein cardassianisches Arbeitslager, Sie Narr«, sagte Sela unwirsch. Sie lehnte sich scheinbar völlig entspannt gegen eine Wand der Zelle, aber Riker hatte den Eindruck, dass sie in Wirklichkeit jederzeit kampfbereit war. Wenn er auch nur die winzigste falsche Bewegung machte, würde sie ihn sofort in seine Schranken verweisen. Zumindest ging sie zweifellos davon aus, dass sie dazu in der Lage war. Ob es ihr wirklich gelang, war eine andere Frage, obwohl Riker in Anbetracht seiner angeschlagenen Kondition nicht unbedingt dagegen wetten wollte.

Außerdem fiel ihm ein weiterer Romulaner auf, der im Korridor stand und dessen Haltung anzudeuten schien, dass er aus keinem bestimmten Grund hier war. Er war größer als der durchschnittliche Romulaner, hatte eine hohe Stirn und ungewöhnlich dunkle Augen, die in schroffem Kontrast zu seinem recht blassen Gesicht standen. Als der Romulaner zu bemerken schien, dass er Rikers Aufmerksamkeit erregt hatte, trat er ein kleines Stück zurück, um sich aus seinem Sichtfeld zu entfernen, aber Riker war überzeugt, dass er immer noch da war. Wer immer dieser Romulaner sein mochte, Riker glaubte nicht einen Augenblick daran, dass er sich rein zufällig hier aufhielt. Dazu waren die Romulaner ein viel zu zielstrebiges Volk. Jedes Wort, das ihren Mund verließ, war sorgfältig bedacht und jede Handlung wurde nur nach gründlicher Planung ausgeführt. Der blassgesichtige Romulaner war zuvor nicht da gewesen und nun war er da. Also gab es dafür fraglos einen Grund.

Riker stellte zu seiner eigenen Überraschung fest, dass ihm dieser Grund ziemlich gleichgültig war. Auf Sela musste er viel mehr Acht geben. Zu diesem Zweck konzentrierte er seine Gedanken ausschließlich auf das Gespräch und ließ sich nicht mehr auf mentale Abwege führen. Das war für ihn nicht besonders schwierig. Vor vielen Jahren hatte Deanna Stunden damit zugebracht, ihn in der mentalen Disziplin der Betazoiden zu unterrichten, die sie zu höchster Vollkommenheit entwickelt hatten. Riker war zwar kein Telepath, aber er war in der Lage, geistig mit Troi zu kommunizieren, wenn die Umstände günstig waren… und selbst dann blieb es ein sehr willkürliches Unterfangen. Doch Rikers Konzentrationsfähigkeit ließ kaum zu wünschen übrig; wenn er seine Gedanken auf eine Sache richtete, konnte ihn nichts mehr davon ablenken. Er würde nicht darauf hereinfallen, wenn Sela versuchte, ihm eine Information zu entlocken, die er nicht offenbaren wollte. Der Trick bestand darin, auf der Hut zu sein, damit er nichts Falsches sagte, aber gleichzeitig einen entspannten Eindruck zu erwecken, damit Sela keine Zweifel an seiner Ehrlichkeit kamen.

»Ich befand mich auf einer Mission«, sagte Riker. »Einer Mission, mit der die Cardassianer empfindlich getroffen werden sollten.«

»Im Auftrag von Starfleet und der Föderation?« fragte sie.

Er bemühte sich, grimmigen Humor vorzuspiegeln. »Sagen wir lieber, ohne ausdrückliche Mißbilligung.« Das entsprach sogar der Wahrheit. Als Tom Riker seinerzeit die Seiten gewechselt und sich dem Maquis angeschlossen hatte – der terroristischen Untergrundgruppe, die trotz des Abkommens mit der Föderation einen privaten Feldzug gegen die Cardassianer begonnen hatte –, war Starfleet nicht bekannt gewesen, dass er seinen neuen Posten auf dem Raumschiff *Gandhi* nicht angetreten hatte. Und deshalb hatte es keine mißbilligende Reaktion gegeben.

Sela nickte nachdenklich. »Aha. Lassen Sie mich raten: Viel Glück, Riker, aber wenn es zu Schwierigkeiten kommt, erwarten Sie hoffentlich nicht, dass wir Ihnen helfen.«

Er sagte nichts. Er dachte, dass er nur davon profitieren konnte, wenn er den Mund hielt und Sela von selbst ihre Schlussfolgerungen zog. Außerdem war dies leichter, als zu versuchen, seine Worte mit Bedacht zu wählen.

»Und dabei wurden Sie von den Cardassianern geschnappt.«

»So sieht es aus.«

»Und die Föderation hat nichts zu Ihrer Rettung unternommen?«

»Sie hat keinen Finger gerührt.«

»Aber es steht außer Frage«, sagte Sela und trat mit einem merkwürdig stolzierenden Schritt vor, »dass Sie das Gleiche jederzeit wieder tun würden, wenn man Sie dazu auffordern würde. Weil Ihre Loyalität zu Starfleet über jeden Zweifel erhaben ist, nicht wahr, Riker?«

»Ist das nicht der Zeitpunkt, wo Sie mich mit grellem Licht anstrahlen sollten, um meine Loyalität zu brechen?«

Sie musterte seinen gelassenen Blick, während ihre Mundwinkel tatsächlich von der Andeutung eines Lächelns umspielt wurden. »Möchten Sie, dass ich derartige Hilfsmittel einsetze?«

Wieder sagte er nichts.

»Wären derartige Dinge nötig«, fuhr sie fort, »um Ihre Treue zu Starfleet zu brechen?«

Er hatte gewusst, dass er mit einer solchen oder ähnlichen Frage rechnen musste. Und er zögerte nicht mit einer Erwiderung, auch wenn sie ruhig und mit bewusster Aufrichtigkeit kam. »Die Wahrheit ist«, sagte er langsam, »dass ich niemals die Zeit fand, mir tiefere Gedanken über mein Leben zu machen. Und wenn ich es noch einmal tun müsste... würde ich Vieles anders machen.«

»Tatsächlich. Hat irgendetwas davon vielleicht mit einer gewissen... Deanna zu tun?«

Diese scheinbar harmlose und beiläufige Bemerkung traf Riker völlig unvorbereitet. Er blickte überrascht zu ihr auf und gab sich keine Mühe, seine Verblüffung vor ihr zu verbergen. »Woher wissen Sie...?«

»Sie sprechen im Schlaf. Hat Ihnen das noch niemand gesagt? In der zweiten Nacht Ihres Aufenthalts bei uns haben Sie den Namen ›Deanna‹ gemurmelt. Allerdings recht undeutlich, so dass wir zunächst einige Schwierigkeiten hatten, Sie zu verstehen. Handelt es sich dabei zufällig um Deanna Troi?«

Diesmal fragte er nicht, woher Sela von ihr wusste. Außerdem blieb sie ihm die Antwort nicht schuldig. »Man sollte stets ein gutes Grundwissen über seine Feinde besitzen. Sie hat unserem Geheimdienst, dem Tal Shiar, einige Schwierigkeiten bereitet. Uns fiel vor nicht allzu langer Zeit ein Dissident in die Hände, der uns verschiedene Geschichten erzählte, weil er hoffte, dadurch sein Leben retten zu können. In einer davon ging es um eine gewisse Deanna Troi vom Raumschiff *Enterprise* – Ihrem Raumschiff, wenn ich mich recht entsinne. Diese Dame gab sich als Mitglied des Tal Shiar aus und half M'ret und einigen Adjutanten, ihrer angeblichen Verfolgung durch unsere Regierung zu entkommen. O ja, Deanna Troi hinterließ bei uns einen tiefen Eindruck, das können Sie mir glauben.« Dann verschränkte sie die Arme und betrachtete ihn mit amüsiertem, beinahe süffisantem Ausdruck. »Was verbindet Sie mit dieser Frau? Sind Sie in sie verliebt? Ihre Besorgnis um sie…«

»Ist einzig und allein meine Sache«, entgegnete Riker schroff… viel zu schroff, denn der Wächter vor der Zelle nahm automatisch Kampfhaltung an, als rechnete er mit Problemen. Riker riss sich zusammen, dann sagte er mit beeindruckender Gelassenheit: »Was ich vorhin gesagt habe, bezog sich nicht auf sie.«

»Worauf dann?«

Jetzt kam es. Er atmete tief durch und sagte: »Ich bin Starfleet nichts mehr schuldig. Ich musste zusehen, wie andere, die keineswegs fähiger als ich waren, den Ruhm ernteten, während ich wie jemand ohne jede Bedeutung behandelt wurde. Ich erhielt immer wieder die schlechtesten Karten, und wenn ich nie wieder irgendetwas mit Starfleet zu tun habe, könnte ich darüber nicht eine einzige Träne vergießen.«

Er hatte alles in einem Atemzug ausgestoßen, als könnte er es gar nicht abwarten, diese Dinge loszuwerden. Als er zu Ende gesprochen hatte, konnte er sie nur eine Zeitlang schweigend anstarren. »Ist es das, was Sie hören wollten?« fragte er sie schließlich.

»Ich wollte die Wahrheit hören.«

»Das haben Sie.«

Sie kam mit dem stolzen Gang auf ihn zu, den sie so

gut beherrschte. Bei jedem Schritt zögerte sie für einen winzigen Moment, bevor sie den Fuß auf den Boden setzte, als würde sie abwarten, ob sie die Anwesenheit einer Mine oder einer anderen im Boden versteckten Überraschung spürte. »Wollen Sie damit sagen… dass Sie nichts dagegen hätten, es der Föderation auf irgendeine Weise heimzuzahlen? Dass Sie das Gefühl haben, ihr nichts schuldig zu sein?«

»Nein, ich *weiß*, dass ich ihr nichts schuldig bin. Wenn es eins gibt, das ich in meinem Leben gelernt habe, dann ist es die Erkenntnis, dass ich ganz allein meinen Weg durch diese Galaxis finden muss. Ich bin selbst für mein Leben verantwortlich, ich muss tun, was ich für richtig halte, und das kann ich nicht, wenn ich mich an Starfleet klammere.«

Sie nickte und wirkte dabei recht unverbindlich. Er fragte sich, was ihr durch den Kopf gehen mochte, aber ihrer Miene war kein Hinweis zu entnehmen.

»Und wenn Sie Vergeltung an Starfleet und der Föderation üben könnten«, sagte sie abrupt, »indem Sie etwas tun, das ihre Interessen verletzt… würden Sie es tun?«

»Es käme darauf an«, sagte er.

»Hmm.« Wieder nickte sie, doch diesmal mit anerkennender Miene. »Eine gute Antwort. Hätten Sie einfach nur ›Ja‹ gesagt, hätte ich gewusst, dass Sie lügen oder in Ihrer Verzweiflung alles sagen würden, um sich bei mir beliebt zu machen, unabhängig vom Wahrheitsgehalt. Sie sind ein Mann mit ärgerlich tief verwurzelten moralischen Grundsätzen, Riker, dessen bin ich mir sicher. Das sind die meisten Ihrer Leute, sogar jene, die sich wie Sie entfremdet haben. Können Sie mir verraten, auf welche Kriterien es ihnen ankäme?«

»Nicht aus dem hohlen Bauch, nur im konkreten Fall.«

»Würden Sie es grundsätzlich ablehnen, jemanden zu töten?«

Er zögerte nicht mit einer Antwort. »Ich habe bereits getötet, wenn es sein musste, und ich würde wieder töten. Wenn es nach mir gegangen wäre, hätte die Mission, in deren Verlauf ich in Gefangenschaft geriet, sehr viele tote Cardassianer zur Folge gehabt, wenn ich die Gelegenheit gehabt hätte, dieses Ziel zu erreichen.«

»Könnten Sie Picard töten?«

Aus irgendeinem Grund erhob sich Riker von seiner Pritsche, als würde die bloße Erwähnung Picards erfordern, dass er so etwas wie eine respektvolle Haltung einnahm. »Wenn ich es tun müsste«, sagte er er nach einer Weile, »würde ich es sehr ungern tun… denn er sch… denn er ist ein anständiger Mann.« Er verpasste sich einen mentalen Tritt in den Hintern, da er beinahe versehentlich gesagt hätte: »Er scheint ein anständiger Mann zu sein.« Eine derartige Wortwahl hätte Sela möglicherweise einen Hinweis oder zumindest einen Anlass zum Misstrauen gegeben. Doch Riker hatte sich schnell wieder gefasst und fügte hinzu: »Meine Loyalität zu ihm ist nicht sehr ausgeprägt. Manchmal kommt es mir vor, als würde ich diesen Mann kaum kennen.«

Sie schien seine Worte sachlich zu registrieren. Dann drehte sie sich um, ohne noch etwas zu sagen, und verließ die Zelle. Als sie am Wächter vorbeikam, nickte sie ihm zu, worauf er das Kraftfeld wieder einschaltete.

Riker lehnte sich auf seinem unbequemen Lager zurück. Dieses Gespräch war nicht schlechter verlaufen, als es unter den Umständen zu erwarten gewesen war.

Sela führte etwas im Schilde, dessen war er sich sicher. Saket hatte des öfteren von seiner Lieblingsschülerin gesprochen, seinem hervorragendsten Zögling, aber er hatte niemals ihren Namen erwähnt. Diesen Sachverhalt schrieb Riker seiner Diskretion zu, die ihm praktisch in Fleisch und Blut übergegangen war. Aber er hatte die geheimnisvolle Schülerin so detailliert beschrieben, dass Riker beinahe das Gefühl hatte, sie bereits persönlich zu kennen. Inzwischen hatte sich für Riker bestätigt, dass Sela diese Schülerin war und dass sie außerdem in irgendeiner Beziehung zu Picard, Will Riker und der *Enterprise* stand.

Darüber hinaus war er überzeugt, dass sie die Befreiungsaktion niemals inszeniert hätte, wenn sie damit keinen bestimmten Plan verfolgen würde. Und wenn das der Fall war, dann war es unbedingt erforderlich, dass Tom Riker in diesen Plan involviert wurde. Wenn es sich um einen Angriff oder eine Aktion gegen die Cardassianer handelte, würde er sich bereitwillig und mit reinem Gewissen daran beteiligen. Wenn es dagegen um eine Mission ging, die sich gegen die Föderation richtete, würde er alles unternehmen, was in seiner Macht stand, um sie zu verhindern.

Nicht wahr?

Dieser düstere Gedanke ging ihm nur für einen kurzen Moment durch den Kopf, bis Tom Riker ihn mit Entschiedenheit beiseite wischte. Natürlich würde er verhindern, dass Starfleet oder der Föderation in irgendeiner Form Schaden zugefügt wurde. Das stand völlig außer Frage.

Dann verbrachte er den Rest des Tages und einen großen Teil der Nacht damit, sich selbst davon zu überzeugen.

Sela saß in ihrem Quartier und trommelte ungeduldig mit den Fingern auf ihrem Schreibtisch. Dann meldete der Türsummer einen Besucher. »Herein«, sagte sie.

Die Tür öffnete sich zischend und der große, blasse Romulaner, der sich im Korridor vor der Arrestzelle aufgehalten hatte, trat ein. Er neigte leicht den Kopf zum Gruß. Sela hingegen schien nicht allzu viel am Austausch von Höflichkeiten gelegen zu sein. »Nun?« fragte sie.

Der Romulaner hieß Kressn und war ein Empath.

Es war ein recht ungewöhnlicher Umstand, dass die Romulaner, die in direkter Linie von den Vulkaniern abstammten, keine der beeindruckenden geistigen Fähigkeiten besaßen, die ihr Ursprungsvolk so mühelos beherrschte. Niemand wusste genau, warum dem so war. Manche wollten es allein auf die Genetik zurückführen, was jedoch keine befriedigende Antwort zu sein schien. Für andere war es lediglich eine Frage des sozialen Umfeldes.

In ihrer Frühzeit waren die Vulkanier ein blutrünstiges, wildes und kriegerisches Volk gewesen. Um zu verhindern, dass sich das ganze Volk durch ständiges Blutvergießen gegenseitig ausrottete, hatten sich die Vulkanier in vorbildliche Logiker verwandelt, während die Romulaner eine entgegengesetzte Richtung eingeschlagen hatten. Sie hatten sich den größten Teil der Aggressivität und des Eroberungsdranges bewahrt, der ihre Vorfahren beinahe in den Ruin getrieben hätte. Da sie niemals auch nur annähernd die Züge eines kontemplativen Volkes entwickelt hatten, hatten sie auch nie zu der Geistesstärke gefunden, über die die Vulkanier verfügten, und nie das telepathische Potenzial angezapft, das den Vulkaniern die Fähigkeit zur Mentalverschmelzung gab.

Dennoch ließ sich nicht wegdiskutieren, dass es eine genetische Anlage für derartige Geisteskräfte geben musste. Schließlich konnten diese nicht aus dem Nirgendwo kommen. Unter dieser Voraussetzung musste das Potenzial für telepathische Fähigkeiten genauso in den Romulanern wie in den Vulkaniern vorhanden sein. Während die Vulkanier dieses Potenzial genutzt hatten, hatten die Romulaner zugelassen, dass es in ihnen verdorrte und abstarb… möglicherweise weil ihr Kontakt zu den Vulkaniern vor mehr als tausend Jahren unterbrochen worden war, in der Epoche Suraks. Da sie die Große Entdeckungsreise der Vulkanier nicht miterlebt hatten, hatten die Romulaner niemals erkannt, wozu sie geistig imstande waren. Doch als sie schließlich davon erfahren hatten, während ihres Feldzuges gegen die Föderation vor über einem Jahrhundert, gab es eine neue Bewegung, das Bedürfnis, den Vorsprung ihrer Vettern durch eine Art mentale ›Aufholjagd‹ schrumpfen zu lassen.

Bislang war diese Jagd nicht besonders erfolgreich verlaufen. Es hatte lediglich hier und dort ein paar kleinere Triumphe gegeben. Und einer dieser Triumphe war Kressn. Nachdem er in jungen Jahren getestet worden war und man feststellte, dass er offensichtlich über Psi-Potenzial verfügte, war Kressn seinen Eltern weggenommen und der Obhut des Tal Shiar anvertraut worden. Während seines jahrelangen Trainings hatte er drei wesentliche Stärken entwickelt: Erstens war er ein begabter Empath, der verschiedenste Emotionen von anderen Personen empfangen und darüber hinaus entscheiden konnte, ob die Aussagen einer bestimmten Person der Wahrheit entsprachen oder nicht. Als Zweites besaß er ein besonderes Talent zur Infiltration. Dazu war eine erhebliche Konzentration von seiner Seite nötig, aber unter geeigneten Bedingungen war er in der Lage, sich vor anderen Personen ›unsichtbar‹ zu machen, ähnlich wie die alten Ninjas von der Erde oder das sagenhafte Phantomvolk von Qu'uan. Er bewerkstelligte dieses Kunststück, indem er einen Anwesenden einfach dazu ›bewegte‹, in eine andere Richtung zu schauen als die, in der sich Kressn befand. Doch er konnte diese Fähigkeit nur sehr begrenzt einsetzen. So war er nicht in der Lage, gleichzeitig als Empath zu arbeiten, weil die Aufrechterhaltung des ›Deckmantels‹, wie er dieses Phänomen beschrieb, seine ganze Konzentration erforderte. Und wenn er sich in einem überfüllten Raum aufhielt, würde früher oder später irgendwer mit ihm zusammenstoßen und zwangsläufig seine Anwesenheit bemerken. Und falls es eine Überwachungskamera gab, war sein Talent völlig wertlos.

Seine dritte Fähigkeit war eine äußerst seltene: Er war außerdem ein empathischer Sender, der bestimmten Personen grundsätzliche Emotionen übermitteln konnte, um sie in eine gewünschte Richtung zu drängen.

Dadurch ließ sich Kressn in verschiedensten Bereichen nutzbringend einsetzen, wie Sela inzwischen mehrfach aus erster Hand erlebt hatte.

»Nun?« wiederholte sie. Manchmal schien Kressn so sehr in seine eigene Welt versunken, dass er erst antwortete, wenn man ihn mehrmals dazu aufforderte.

»Er hält etwas zurück… so viel steht für mich fest. Sind Sie sicher, dass er wirklich der ist, für den Sie ihn halten?«

»Natürlich!« Sie stand auf und kam hinter ihrem Schreibtisch hervor. »Abgesehen von der Tatsache, dass ich ihn persönlich kenne, hat auch Saket ihn mit Riker angesprochen. Und als ich zum ersten Mal mit der *Enterprise* zu tun bekam, habe ich mir ausführliche Berichte des Geheimdienstes über alle führenden Offiziere besorgt. Riker war ein Einzelkind. Und ich habe seine in den Transporterdaten gespeicherte Molekularstruktur analysieren lassen. Er ist vollkommen menschlich, was bedeutet, dass er kein Gestaltwandler ist. Sofern er nicht in den letzten Jahren aus dem Nichts einen Zwillingsbruder herbeigezaubert hat, handelt es sich zweifelsfrei um William Riker.«

»Nun gut. Aber er hält trotzdem etwas zurück.«

»Tun wir das nicht alle?« erwiderte Sela trocken.

»Vielleicht.« Kressn senkte den Tonfall, bis er beinahe verschwörerisch klang. »Vielleicht war seine Anwesenheit auf Lazon Zwei eine Art Falle. Ein Versuch, unsere Mission zu infiltrieren.«

Ihrer Haltung war deutlich zu entnehmen, dass sie nicht allzu viel von dieser Idee hielt. »Sie erwarten von mir, dass ich glaube, Starfleet hätte einen ihrer besten Offiziere in ein cardassianisches Arbeitslager geschickt, in der Hoffnung, dass er sich möglicherweise mit einem Romulaner anfreundet – einem Mann, den ich während meines ganzen Lebens gekannt habe und der ein geradezu unheimliches Talent im Durchschauen von Intrigen besaß –, damit im unwahrscheinlichen Fall der Rettung dieses Romulaners, sofern Riker den Angriff überlebt und es ihm gelingt, dem Romulaner das Leben zu retten, er von uns gefangengenommen und vielleicht – wirklich nur vielleicht – nicht getötet wird? Wollen Sie mir vielleicht erzählen, die Wissenschaftler der Föderation hätten eine neue, bahnbrechende Unwahrscheinlichkeitstheorie entwickelt, Kressn?«

»Ich bitte Sie nur darum, sich bewusst zu machen, dass bei diesem Gefangenen nicht notwendigerweise alles so ist, wie es scheint.«

»Na gut«, sagte Sela ungeduldig. »Lassen wir diesen Punkt vorerst auf sich beruhen. Und abgesehen davon… wie steht es um das, was er gesagt hat? Hat er die Wahrheit gesagt?«

»Er selbst hat zweifellos geglaubt, was er gesagt hat. In seinen Augen war es die Wahrheit. Allerdings sind seine Gedanken sehr diszipliniert.«

»Wie meinen Sie das? Dass er ein Telepath ist?«

»Nein. Er besitzt keine ungewöhnlichen Fähigkeiten. Aber er ist in mentalen Disziplinen trainiert worden, in einem Maß, das alles übersteigt, was Starfleet derzeit zu bieten hat. Es könnte allerdings bedeuten, dass er imstande ist, etwas zu verbergen, auf eine Weise, dass es bestenfalls von einer Tiefensonde ans Tageslicht befördert werden könnte.«

»Könnten Sie an so etwas herankommen?«

Er schüttelte den Kopf. »Das liegt außerhalb meiner Fähigkeiten, fürchte ich. Wir besitzen technische Möglichkeiten, um an die Informationen zu gelangen, aber wenn er sich dagegen wehrt, wäre anschließend kaum noch etwas von ihm übrig, das für uns von Nutzen wäre.«

»Wir bewegen uns im Kreis, Kressn«, warf Sela ein. »Geben Sie mir eine abschließende Einschätzung. Geben Sie mir etwas, womit ich arbeiten kann.«

»Also gut. Er ist ohne Frage ein zorniger und desillusionierter Mann. Er besitzt keine besondere Loyalität gegenüber Starfleet. Wenn ihm irgend jemand etwas bedeutet, dann höchstens diese Deanna. Als Sie ihren Namen erwähnten, lösten Sie bei ihm eine starke mentale Aktivität aus. Seine Gefühle für diese Frau sind sehr heftig.«

»Saket sagte immer zu mir, dass heftige Gefühle äußerst nützlich sein können, weil sie sich am leichtesten in die gewünschte Richtung manipulieren lassen«, sagte Sela. Sie lehnte sich mit dem Rücken gegen ihren Schreibtisch und rieb sich nachdenklich das Kinn. »Sonst noch etwas?«

»Ja.« Kressn räusperte sich und sagte in einem Tonfall, der nach leichter Verärgerung klang: »Er findet Sie recht attraktiv.«

»Tut er das?« Sie musste schmunzeln. »Nun, falls es irgendeinen Zweifel gab, ob es sich wirklich um William Riker handelte, ist er nun ausgeräumt. Dieser Punkt wurde in den psychologischen Profilen, die ich seinerzeit studierte, besonders hervorgehoben: Er hält sich für einen großartigen Verführer. Und es scheint eine gewisse Anzahl von Frauen zu geben, die dieser Einschätzung beipflichten.«

»Zu denen jetzt auch Sie gehören?«

Sie blickte ihn mit harten Augen an. »Sie überschreiten Ihre Kompetenzen, Kressn.«

Er verbeugte sich leicht.

»Wir leben in schwierigen Zeiten, Kressn«, sagte sie und trat wieder hinter ihren Schreibtisch. »Und schwierige Zeiten erfordern besondere Maßnahmen. Sagen Sie mir, Kressn… wenn wir William Riker in unseren Plan integrieren und wenn er es wäre, der für den Tod eines gesamten Volkes verantwortlich würde… welches Licht würde das Ihrer Ansicht nach auf Starfleet und die Föderation werfen?«

»Diese Frage müssen Sie mir nicht stellen«, erwiderte er sanft, »da Sie die Antwort längst kennen.«

»Ja!« sagte sie und lächelte. »Und ich halte es für eine Option, die wir auf keinen Fall aus den Augen verlieren dürfen. Ich glaube, dass William Riker und ich uns gegenseitig von allergrößtem Nutzen sein könnten.«

»Das bezweifle ich nicht, Sela«, sagte Kressn. »Das bezweifle ich nicht einen Augenblick.«

7

Deanna hatte ihre Mutter überraschen wollen, doch das hatte sich als recht schwierig erwiesen. Im selben Augenblick, als sie auf Betazed eintraf, wurde sie von Silvan, einem langjährigen Freund der Familie, entdeckt, der die Information telepathisch an einen anderen Freund weitergab und so weiter. Bei den meisten Betazoiden funktionierte die Telepathie nur über kurze Distanzen, doch wenn es um ein so wichtiges Ereignis wie Deanna Trois Rückkehr nach Betazed ging, verbreitete sich die Neuigkeit über eine Kette telepathischer Relais, so dass sie, schätzungsweise fünfundvierzig Sekunden nachdem Deanna ihren Fuß auf die Heimatwelt gesetzt hatte, bei Lwaxana Troi eingetroffen war. Infolgedessen blieb Lwaxana jede Menge Zeit, um sich auf die Ankunft ihrer Tochter vorzubereiten.

Unverzüglich nahm sie Kontakt mit 135 Gästen auf, die sie zum festlichen Bankett anläßlich des Besuchs ihrer Tochter einlud. Außerdem ließ sie mehrere begehrte Junggesellen wissen, dass ihre ungeratene Tochter zurückgekehrt war und, nun ja, nicht unbedingt jünger wurde. Natürlich hatte das gute Aussehen ihrer Tochter keineswegs unter der Zeit gelitten, ihre reizende Figur und weitere Vorzüge machten sie zu einer hervorragenden Partie; und die Tatsache, dass sie so lange Zeit ungebunden gelebt hatte, war nur von Vorteil für die Herren, denn inzwischen musste Deanna allmählich erkannt haben, dass sich eine Ehe nicht von selbst schloss, nicht einmal für eine Tochter des Fünften Hauses. Die Wahrscheinlichkeit war also recht hoch, dass sie gegenwärtig nicht mehr so wählerisch war, was für jeden Beteiligten nur von Vorteil war.

Und natürlich erwarb sich jener, der Deanna heiratete, die unschätzbare Ehre, die berühmte Lwaxana Troi zur Schwiegermutter zu gewinnen.

Während sie diese Nachrichten abschickte, hatte Lwaxana ein seltsames Gefühl. In ihrem Kopf vernahm sie das Geräusch telepathisch zugeschlagener Türen. Sie war sich nicht sicher, was der Grund für dieses Phänomen sein mochte, aber sie war fest entschlossen, es als bedeutungslos abzutun.

Nicht unerwähnt bleiben sollte, dass Silvan ursprünglich bemerkt hatte, dass Deanna in ein lebhaftes und offenbar angenehmes Gespräch vertieft war, mit einem klingonischen Vater und seinem Sohn, wie es den Anschein hatte. Da dieses Detail für sich genommen keine besondere Relevanz zu besitzen schien, verzichtete Silvan darauf, es in seiner Nachricht zu erwähnen. Das war bedauernswert, denn dadurch wäre Lwaxana zumindest eine gewisse Vorwarnung zuteil geworden. Infolgedessen war sie völlig unvorbereitet. Und als sie schließlich ihre vagabundierende Tochter im großen Foyer des Anwesens der Troi begrüßte, war sie von den folgenden Ereignissen maßlos überrascht.

Mr. Homn, Lwaxanas hochgewachsener Diener, trat einen Schritt zur Seite, als Lwaxana ihn beinahe überrannt hätte, um zu ihrer Tochter zu gelangen. »Mein Kleines!« rief sie, da sie wusste, dass Deanna aus irgendeinem unbegreiflichen Grund äußerst verärgert reagieren konnte, wenn man sie ausschließlich auf geistigem Wege ansprach. »Hast du mir gesagt, dass du kommen würdest? Habe ich es vergessen?« Sie schlang einen Arm um Deannas Schulter und zerrte sie ins Wohnzimmer, als hätte sie Angst, Deanna könnte jeden

Moment davonspringen. »Ich weiß, ich weiß, ich werde von Jahr zu Jahr älter. Es könnte immerhin sein, dass ich es schlichtweg vergessen habe, dass du mir deinen Besuch angekündigt hast.«

»Mutter, erzähl keinen Unsinn«, tadelte Deanna sie behutsam. »Du vergisst nichts. Dein Geist ist so hellwach wie eh und je.«

Lwaxana lachte und klang überraschend mädchenhaft, wenn man bedachte, dass ihre Mädchenjahre schon weit hinter ihr lagen. »Es gibt Leute«, sagte sie, als würde sie ihr ein unanständiges Geheimnis anvertrauen, »die der Ansicht wären, dass eine solche Bemerkung unmöglich als Kompliment gemeint sein kann.«

»Wir blicken voller Mitleid auf solche Leute herab«, gab Deanna mit todernster Miene zurück.

»Mr. Homn, den Tee bitte… Earl Grey, kochend heiß. Jean-Luc ist schuld, dass ich nach diesem Zeug süchtig geworden bin«, sagte sie mit leicht verlegener Miene zu Deanna, »und jetzt stecke ich in ernsthaften Schwierigkeiten. Es ist nicht einfach, diese Droge auf Betazed zu beschaffen, obwohl ich meine Methoden und guten Beziehungen habe. Komm, setz dich auf…«

Unvermittelt stellte Lwaxana ihr fröhliches Geschwätz ein und starrte Deanna an, als wäre ihrer Tochter plötzlich mitten auf der Stirn eine Nase gewachsen. Sie verschränkte die Arme, setzte einen leicht besorgten Gesichtsausdruck auf und sagte: »Also gut, Kleines. Was ist es, das du mir sagen willst und weswegen du so nervös bist?«

»Mutter!« Deanna machte keinen Hehl aus ihrer Verärgerung – nicht dass es irgendeinen Unterschied gemacht hätte, wenn sie es versucht hätte. »Du weißt genau, wie ich das hasse! Ich hasse es, wenn du mir die Gedanken von der Seele abschöpfst! Ja, ich will dir etwas sagen, ich will dich überraschen, aber du erlaubst mir einfach nicht, es zum angemessenen Zeitpunkt und auf meine Weise anzusprechen.«

»Also gut.« Lwaxana machte den Eindruck, als koste es sie eine körperliche Anstrengung, etwas Unsichtbares in den Hinterkopf zurückzudrängen. »Einverstanden. Mach es, wie du es für richtig hältst. Sag es mir.«

»Es... müsste dich eigentlich sehr glücklich machen«, sagte Deanna. »Etwas... nun, etwas hat sich ergeben und ich weiß, dass es sich um etwas handelt, das dir schon seit langer Zeit am Herzen liegt...«

Lwaxana klatschte in die Hände und riss begeistert die Augen weit auf. »Du wirst heiraten!«

»Mutter! Zum letzten Mal...!«

»Ich habe nicht spioniert!« Lwaxana richtete sich auf, als stünde ihre Ehre in Frage; sie reckte trotzig die Schultern und sah ihre Tochter an, als wollte sie ihr raten, sie nicht der Unehrenhaftigkeit zu bezichtigen. »Deanna, ich bin kein Trottel. Ich habe es einzig und allein aus deinen Worten geschlussfolgert! Zumindest glaube ich das. So ist es doch, oder? Dass ich es geschlussfolgert habe, meine ich.«

Jetzt konnte sich Deanna nicht mehr zurückhalten. Sie musste lachen. Lwaxana Troi gehörte nicht gerade zu den besonnensten Persönlichkeiten, denen man unter normalen Gegebenheiten zu begegnen hoffen durfte. Und die derzeitigen Gegebenheiten waren alles andere als normal. Da Deanna ihre Mutter nicht länger auf die Folter spannen wollte, sagte sie: »Ja, Mutter, du hast richtig geschlussfolgert. Ich habe mich verlobt und will heiraten.«

Lwaxanas Reaktion bestand darin, ihr eine leichte Ohrfeige zu verpassen.

Deanna war völlig perplex, während sie spürte, wie es in ihrer Wange zu brennen begann. Doch im nächsten Augenblick beugte sich Lwaxana vor und küsste sie auf die andere Wange. Dann erinnerte sich Deanna.

»Die Ohrfeige soll dich an die Schmerzen des Ehelebens gemahnen«, sagte Lwaxana, »und der Kuss daran, dass sich alle Probleme durch Liebe lösen lassen. Herzlichen Glückwunsch, Kleines.«

»Glücklicherweise habe ich mich sofort nach dem Schlag an diese Tradition erinnert«, sagte Deanna, während sie sich die schmerzende Wange rieb. »Beim nächsten Mal solltest du mich jedoch vorwarnen, abgemacht?«

»Beklage dich nicht. Du bist jetzt eine verlobte Frau, also solltest du nicht wegen dieses geringfügigen Schmerzes herumjammern.« Dann nahm sie Deannas Hände in ihre und zog sie zum bequemen Sofa, wo sie sich setzten. Es hatte einen orangefarbenen Bezug mit diagonalen grünen Streifen. Deanna hatte dieses Sofa seit ihrer Kindheit gehasst. Irgendwann hatte sie ihrer Mutter angeboten, es ihr abzukaufen, damit sie das Ding anschließend mit Hilfe eines Transporters Molekül für Molekül auseinandernehmen konnte. Doch ihre Mutter hatte sich nicht auf das Geschäft eingelassen und wollte sich um keinen Preis davon trennen. »Und? Haben Riker und du schon einen Termin festgesetzt?«

»Wie bitte?« fragte Deanna verwirrt.

»Riker. Du und Will Riker. Dein Verlobter. Ich weiß, dass es Riker ist, weil du an ihn gedacht hast, als du mir sagtest, du hättest dich verlobt. Oh, das tut mir leid, ich weiß, dass ich nicht spionieren sollte. Es ist eine sehr schlechte Angewohnheit, aber ich gebe mir große Mühe, mich zu bessern…«

»Mutter, ich habe nicht an Will gedacht.«

»Doch, das hast du. Er schwamm in deiner obersten Gedankenschicht…«

»Weil ich noch andere Gedanken habe, die die tieferen Schichten beherrschen.«

Nun schien Lwaxana zutiefst verwirrt. »Willst du damit sagen… dass du gar nicht Riker heiraten willst?«

»Du klingst enttäuscht. Ich wusste gar nicht, dass du so sehr von der Vorstellung, er könnte mein Ehemann werden, angetan bist...«

»Nun, ihr seid immerhin Imzadi und schon seit sehr langer Zeit zusammen. Außerdem hättest du mir bestimmt geschrieben und es mir erzählt, wenn du mit jemand anderem eine Beziehung begonnen hättest...«

»Mutter, ich bin nicht verpflichtet, dich jedesmal zu informieren, wenn ich eine neue Beziehung eingehe!«

»Natürlich nicht.« Lwaxana musterte sie mit unverhohlener Neugierde. »Da wir schon beim Thema sind – mit wie vielen Männern bist du im Verlauf der letzten Jahre Beziehungen eingegangen?«

»Mit keinem«, erwiderte Deanna kühl. »Ich war in all diesen Jahren mit keinem Mann zusammen. Um ehrlich zu sein, hatte ich nicht einmal mit Will richtigen Sex, nicht ein einziges Mal. Um ganz genau zu sein: Ich bin immer noch Jungfrau.«

»Du weißt genau, was eine Mutter hören möchte«, sagte Lwaxana zu ihr, während sie lächelte und ihre Augen amüsiert funkelten. »Aber im Ernst, Deanna... wenn es nicht Riker ist, wer dann? Doch nicht etwa Jean-Luc?« Plötzlich wirkte sie erschrocken und sprachlos.

»Nein, Mutter.«

»Vielleicht dieser nette Ingenieur, der mit der großen Haarspange im Gesicht?«

»Sein Name ist Geordi und er trägt ein VISOR. Aber er ist es nicht.«

»Nun, ich bezweifle, dass es sich um den Androiden handelt...« Sie hielt für einen Moment inne und warf Deanna einen Blick zu, um eine Bestätigung für diese Überlegung zu erhalten. Deanna schüttelte stumm den Kopf. »Aber wer dann?« Plötzlich riss sie entsetzt die Augen auf. »Deanna, soll das etwa heißen... dass es gar kein Offizier ist?«

»Keine Angst, Mutter. Du musst nicht befürchten, aus der gehobenen Gesellschaft ausgestoßen zu werden. Er ist ein hochrangiger Offizier.« Sie holte tief Luft und sagte dann: »Um genau zu sein, es ist… nun… es ist Worf.«

Totenstille. Lwaxana starrte sie einfach nur an.

»Worf Rozhenko… der Sicherheitsoffizier«, half Deanna ihr auf die Sprünge. »Wir haben gemeinsam ein Schlammbad genommen, weißt du noch?«

Immer noch keine Antwort.

»Er hat einen Sohn namens Alexander. Ein wirklich netter…«

Dann lachte Lwaxana laut auf. Deanna hatte nicht den Eindruck, dass es ein gutes Zeichen war.

Das Gelächter wurde immer lauter und heftiger, bis Lwaxanas Brust von solch spasmodischen Zuckungen geschüttelt wurde, dass Deanna sich vorübergehend Sorgen machte, ob ihre Mutter sich buchstäblich totlachen würde. Nur durch ihr ausgezeichnetes mentales Training gelang es Lwaxana, sich wieder zusammenzureißen… doch bedauerlicherweise nur so lange, bis es erneut aus ihr herausplatzte und ein weiterer Lachanfall durch das Haus schallte. Wieder dauerte es einige Zeit, bis sie zu ihrem inneren Gleichgewicht zurückgefunden hatte.

»Ach, Deanna«, sagte sie endlich, »du weißt nur zu gut, wie du deine alte Mutter erheitern kannst. Du und Mr. Wuff… du meine Güte, Kind, einen Augenblick lang habe ich dir tatsächlich geglaubt. Huuuh!« Sie ließ sich gegen die Sofalehne fallen und rieb sich über die Rippen, als machte sie sich Sorgen, eine davon könnte während ihres Lachanfalls Schaden genommen haben.

»Mutter, ich habe keinen Scherz gemacht…«

»Nein, *natürlich* hast du das nicht.« Sie tätschelte liebevoll Deannas Arm.

»Mutter, sprich nicht in diesem Ton zu mir! Du beleidigst mich damit. Wenn du mir partout nicht glauben willst«, und plötzlich lockerte sie ihre mentale Zurückhaltung, »dann überspringen wir einfach die Proteste und die Überzeugungsversuche und kommen direkt zur Sache. Hier. Schau in meinen Geist. Such dir heraus, was du wissen willst, dann reden wir weiter.«

Lwaxana musste kein zweites Mal aufgefordert werden. Ihr Körper sackte leicht in sich zusammen, als sie ihre ausgeprägte Fähigkeit des Gedankenlesens einsetzte. Es dauerte nicht lange, bis sie in Deannas Kopf die Informationen gefunden hatte, an denen sie interessiert war.

Und im selben Augenblick klappte ihr der Unterkiefer herunter. Deanna konnte sich nicht erinnern, ihre Mutter schon einmal so verblüfft erlebt zu haben.

»Das ist nicht dein Ernst«, sagte sie, aber es war nur eine Redensart, die ihrer Überraschung Ausdruck verleihen sollte. Für sie konnte es nun keinen Zweifel mehr geben, dass Deanna ihr die reine Wahrheit gesagt hatte. »Deanna, was... was hast du dir nur dabei gedacht? Er passt doch überhaupt nicht zu dir! Das muss dir doch bewusst sein!«

»Darf ich dich daran erinnern, dass du ganz ähnlich auf Will Riker reagiert hast, als ich ihn dir zum ersten Mal vorstellte?«

»Unsinn. Ich habe ihn bewundert.«

Deanna blickte ihre Mutter fassungslos an. »*Du* bist es, die Unsinn redet, Mutter! Du hast damit gedroht, ihn vor einem Starfleet-Gericht anzuklagen, wenn er mir weiterhin nachstellt. Entspricht das deiner Vorstellung von glühender Bewunderung?«

»Du warst jung und hast dich viel zu leicht beeinflussen lassen«, tat Lwaxana diesen Einwand ab. »Ich habe nur in deinem Interesse gehandelt. Als Person jedoch fand ich ihn völlig akzeptabel. Er ist sogar charmant – trotz seiner ungehobelten und taktlosen Art. Ich wollte nur vermeiden, dass du einen Fehler begehst…«

»Und wie lautet jetzt deine Entschuldigung, Mutter? Ich bin inzwischen einige Jahre älter als damals. Behauptest du immer noch, ich sei nicht reif genug, um selbst zu wissen, was ich tue?«

»Ich will doch nur…« Sie bemühte sich, das aufgeregte und verzweifelte Zittern ihrer Hände durch heftige Gesten zu überspielen. »Ich will doch nur sagen, dass ich Mr. Wuff in Aktion gesehen habe…«

»Worf! Sein Name ist Worf!«

»Deanna Worf.« Lwaxana erschauderte, als sie probeweise diesen Namen aussprach.

»Ich würde nicht Deanna Worf heißen. Wenn ich mich entscheide, die irdischen Sitten zu übernehmen, würde mein Name Deanna Rozhenko lauten.«

»Oh, das klingt natürlich schon viel besser! Willst du wirklich den Namen Troi für ein ›Rozhenko‹ aufgeben? Hast du schon an deine Kinder gedacht? Wie würden sie aussehen? Halb betazoidisch und halb klingonisch? Halb telepathisch, halb kriegerisch? Sie würden ständig Ärger machen, weil ihnen die Gedanken anderer Leute nicht passen! Sie hätten nirgendwo in dieser Galaxis ein Zuhause.«

»Herzlichen Glückwunsch, Mutter«, erwiderte Deanna trocken. »Wir haben noch keinerlei Eheschwur geleistet und du hast unsere Kinder bereits zu Parias gemacht.«

Lwaxana vollführte eine herablassende Geste, wie eine herrische Königin. »Du hast Recht. Es lohnt sich nicht, darüber nachzudenken, weil ich niemals meine Erlaubnis erteilen würde.«

»Erlaubnis?« Deanna war fassungslos über die Dreistigkeit ihrer Mutter. »Mutter… ich bin zu dir gekommen, um dir eine freudige Nachricht zu überbringen. Ich bin nicht gekommen, dich um Erlaubnis zu bitten.

Selbst wenn du es mir verbietest, würde ich trotzdem tun, was mein Herz mir sagt.«

»Dann sollte dein Herz dafür sorgen, dass du schnellstens Kurs auf Will Riker setzt.«

Deanna schlug die Hände vors Gesicht und stöhnte leise. »Dass ich mir so etwas von der Frau anhören muss, die eine Ehe für mich arrangiert hat, als ich noch ein Kind war.«

»Deanna.« Lwaxana nahm eine Hand ihrer Tochter. »Ich will nicht behaupten, dass ich im Verlauf meines Lebens keine Fehler gemacht hätte. Es waren sogar mehrere, um der Wahrheit Genüge zu tun. Und ich habe... ich habe auch dich nicht immer richtig behandelt. Ich weiß es, ich gestehe es ein...«

»Mutter, geh nicht so streng mit dir ins Gericht...«

»Aber aus der Distanz vieler Jahre bin ich nun in der Lage, nicht nur meine Fehler, sondern auch deine zu erkennen.«

»Wie tröstlich es sein muss, als allwissendes Wesen durchs Leben zu gehen.«

Lwaxana ging mit keiner Silbe auf den Sarkasmus in Deannas Worten ein – sofern sie ihn überhaupt registriert hatte. »Riker war dein Imzadi und du warst seiner. Ich gebe zu, dass ich damals sehr wütend auf diese Tatsache war, aber wenn ich darauf zurückblicke, scheint es, dass ihr beide füreinander bestimmt wart. Ihr habt euch gegenseitig so gut ergänzt. Als das Schicksal euch an Bord der *Enterprise* wieder zusammenführte, war es keineswegs ein Zufall. Es kann einfach kein Zufall gewesen sein. Es war euch bestimmt, wieder zusammenzukommen.«

»Wir sind einfach... nur Freunde«, sagte Deanna geduldig.

»Weiß Riker von dieser... dieser Verlobung?«

»Ja. Und er war der Erste, der sein Glas erhoben hat, um einen Toast auf uns auszubringen.«

Lwaxana schüttelte entmutigt den Kopf. »Dann ist er genauso dumm wie du. Ich hätte wirklich mehr von euch beiden erwartet.«

»Mutter, warum wehrst du dich so sehr dagegen...?«

»Weil...« Sie seufzte. »Deanna... du redest mit einer Frau, die ihr ganzes Leben damit verbracht hat, ihr Gespür für Gefühle und Empfindungen zu schärfen. Für mich stellen sie eine Art natürliche Ressource dar. Das solltest du verstehen. Du bist nur eine Empathin. Für mich... fühlt es sich einfach falsch an. Es ist so gründlich falsch, dass ich nicht einmal weiß, wie ich es beschreiben soll.«

»Für dich fühlt es sich falsch an und für mich völlig richtig. Verstehst du nicht, Mutter? Wer kann entscheiden, wer von uns beiden Recht hat?«

»Ich kann es.«

Deanna hätte fast gelacht, bis sie an Lwaxanas Gesicht erkannte, dass sie es todernst meinte. Plötzlich schien in ihrem Hinterkopf eine Alarmsirene aufzuheulen. »Mutter... was willst du damit andeuten?«

»Wenn du nicht auf mich hörst«, sagte Lwaxana kategorisch, »wird es dir nicht gestattet sein, anläßlich deiner Hochzeit aus dem Heiligen Kelch von Rixx zu trinken.«

Deanna hatte es die Sprache verschlagen. Es war, als hätte ihre Mutter ihr mit einem glühenden Schürhaken einen Schlag auf den Kopf versetzt. »Mutter!« rief sie schockiert. »Die Frauen des Fünften Hauses haben seit über sechshundert Jahren zu ihrer Hochzeit aus dem Heiligen Kelch getrunken! Diese Tradition besteht seit sechs Jahrhunderten! Das ist der Augenblick, in dem der Kelch an die nachfolgende Hüterin weitergegeben wird!«

»Das ist eine recht dramatische Reaktion«, entgegnete Lwaxana spitz, »von einer Person, die den Heiligen Kelch einst als alte Lehmurne verunglimpft hat.«

»Als modrigen alten Topf«, stellte Deanna mit einiger Verärgerung richtig. »Es geht um das, was der Kelch symbolisiert, ganz gleich, wie er wirklich aussehen mag. Selbst deine Mutter hat den Heiligen Kelch auf altehrwürdige Weise an dich weitergegeben, obwohl sie nicht damit einverstanden war, dass du meinen Vater heiratest. Willst du noch strenger als sie sein?«

»Ich würde nur das tun, was ich tun müsste«, entgegnete Lwaxana, »damit du erkennst, welche Dummheit du begehst. Kleines, er ist einfach der falsche Mann…«

»Du hast gesagt, dass Will Riker und ich uns gut ergänzt hätten. Hast du auch nur einen Moment darüber nachgedacht, ob Worf und ich uns vielleicht genauso gut oder sogar besser ergänzen?«

»Die Extreme sind einfach zu groß. Es gibt überhaupt keine Gemeinsamkeiten, keine…«

»Woher willst du das wissen? Du kennst ihn doch gar nicht, jedenfalls nicht richtig. Obwohl ich den Eindruck hatte, dass du dich ausgezeichnet mit seinem Sohn verstehst. Ich erinnere mich sogar, dass du Alexander vergöttert hast.«

»Das ist wahr«, sagte Lwaxana langsam und widerstrebend, wie es schien. »Er hat mich sehr beeindruckt. Er schien eine Welt voller Schmerzen mit unglaublichem Stoizismus zu ertragen. Ich glaube, mein Einfluss hat ihn ein großes Stück weitergebracht.«

»Wenn das so ist, dann stell dir nur vor, wie viel ich bei ihm erreichen könnte, wenn ich wie eine Mutter für ihn wäre. Oder wenn ich als Frau zumindest einen beständigen positiven Einfluss auf ihn ausüben könnte.«

»Sich zeitweise um das Kind zu kümmern, ist eine Sache, Deanna. Rund um die Uhr seine Mutter zu sein, ist etwas ganz anderes. Ich will nur…«

Es schien, dass Lwaxana vorübergehend die Argumente ausgegangen waren, so dass Deanna die Gelegenheit für sich nutzte. »Mutter, gib ihm und uns wenigstens eine Chance. Sprich mit Worf. Lerne ihn und Alexander richtig kennen. Zeig ein klein wenig Vertrauen in mein Urteilsvermögen, bis du erkannt hast, dass wir wirklich gut zueinander passen, Worf und ich.«

Lwaxana seufzte schwer, als laste das Gewicht der ganzen Welt auf ihren Schultern. »Also gut«, sagte sie schließlich. »Bring die beiden heute zum Abendessen mit. Dann können wir im kleinen, intimen Kreis nett über alles weitere reden.«

»Danke, Mutter.« Sie küsste Lwaxana auf die Wange. »Du wirst es nicht bereuen.«

»Das tue ich schon jetzt«, erwiderte Lwaxana.

»Im kleinen, intimen Kreis?«

»Das waren ihre Worte«, sagte Deanna zu Worf. Sie hatten sich in einer nahe gelegenen Pension ein Zimmer genommen. Alexander hatte sich nicht mit der unerträglich weichen Matratze auf seinem Bett anfreunden können und sich nach der ermüdenden Reise einfach eine Decke genommen und sich auf dem Boden schlafen gelegt.

Worf blickte durch ein Fenster auf die Stadt. Am Himmel standen wattige, rosafarbene Wölkchen. Die Stadt war ein Musterbeispiel für eine harmonisch aufeinander abgestimmte Architektur und die Gebäude stellten geradezu Denkmäler der Symmetrie dar. Der bloße Anblick verursachte Worf Juckreiz.

»Es ist wunderschön, nicht wahr?« sagte Deanna, die bemerkt hatte, dass er gebannt darauf starrte.

»Ja«, antwortete Worf und bemühte sich, schnellstmöglich das Thema zu wechseln. »Und wie genau hat deine Mutter reagiert? War das alles, worüber ihr geredet habt? Du hast ihr von unserer Verlobung erzählt und sie hat uns zum Essen eingeladen?«

»Zwischendurch haben wir über dieses und jenes geplaudert, aber so ist es im Großen und Ganzen abgelaufen.«

Worf brummte. Er schien nicht einmal ansatzweise überzeugt zu sein, was durchaus verständlich war, da Deanna eine der schlechtesten Lügnerinnen war, mit denen er jemals zu tun gehabt hatte. Andererseits war gerade das eine ihrer reizendsten Eigenschaften. »Wenn ich deine Mutter wäre… wäre ich von dieser Verbindung überhaupt nicht angetan.«

»Worf! Wie kannst du so etwas sagen?«

»Sieh mich an, Deanna! Versetz dich in ihre Lage und sieh mich an, nicht als Frau, die mich liebt, sondern als Frau, deren Tochter mich heiraten will. Ich nehme es nicht persönlich, aber wenn wir realistisch sind, ist ein Klingone für eine Betazoidin alles andere als ein perfekter Schwiegersohn. Und nicht nur für eine Betazoidin.«

Sie berührte sanft sein Gesicht. Nicht zum ersten Mal war sie überrascht, wie rauh es sich anfühlte. »Du bist meine erste Wahl. Das ist alles, was für mich zählt.«

Wieder brummte er und sagte dann lakonisch: »Wir werden sehen.«

Als sie an jenem Abend im Hause Troi eintrafen, erwartete sie eine Massenszene.

Es waren keineswegs laute oder pöbelnde Massen. Es war sogar erstaunlich still, denn im Haus drängten sich weit über hundert Betazoiden. Deanna starrte fassungslos auf die Scharen, die bereits durch die Tür sichtbar waren, die Mr. Homn für sie geöffnet hatte. Bekannte, die sie seit Jahren nicht gesehen hatte, wichtige betazoidische Persönlichkeiten, alles war versammelt. Mr. Homn würdigte Worf kaum eines Blickes, als er dem Klingonen mit einem Wink bedeutete, er möge Deanna ins Haus folgen. Alexander, der sich dicht an der Seite seines Vaters hielt, beeilte sich, durch die Tür zu treten, als befürchtete er, sie könnte ihm vor der Nase zugeschlagen werden.

»Mutter!« rief Deanna. Im Vergleich zur Stille im Hauptfoyer und allen von dort aus sichtbaren Räumen klang ihre Stimme wie lauter Donner.

Lwaxana drängte sich durch das Foyer, wobei ihr aufgeblähtes langes blaues Kleid über den Boden schleifte. Um den Hals trug sie einen mit glitzernden und funkelnden Juwelen besetzten Reif. »Kleines… Worf… Alexander… wie ich mich freue, euch zu sehen!« Sie berührte den Halsreif. »Er ist neu. Seid ehrlich… glaubt ihr, dass ich es übertrieben habe? Steht er mir?«

»Absolut«, sagte Worf gelassen. »Als ich Sie inmitten dieser Menge entdeckte, wurde meine Aufmerksamkeit sofort von diesem Halsreif gefesselt.«

Lwaxana nickte eifrig und dankbar, doch dann kamen ihr einen Sekundenbruchteil Zweifel, weil ihr bewusst wurde, dass sie gar nicht sicher war, wie er es gemeint hatte. Aber sie hatte sich sofort wieder in der Gewalt und sagte: »Verzeiht mir bitte, Kinder, dass überraschend noch einige Besucher gekommen sind…«

»Du hast von einem kleinen, intimen Kreis gesprochen, Mutter!«

»Ich weiß, mein Kleines, aber ich hatte ganz vergessen, dass ich zu Ehren deines Besuchs ein Bankett arrangiert hatte. Die Einladungen waren draußen und das Essen schon zubereitet.« Mit einem ausladenden Schulterzucken schien sie das Universum anzuflehen, ihre Probleme zu lösen. »Was hätte ich sonst tun sollen?«

»Die Leute sind sehr still«, bemerkte Alexander.

»Sie kommunizieren größtenteils telepathisch. Stört es dich?«

»Wir sind anpassungsfähig«, sagte Worf. »Stimmt's, Alexander?«

»Ja, Vater.«

»O nein, ihr solltet auf keinen Fall…«

»Völlig richtig, Mutter«, sagte Deanna in eisigem Tonfall. »Das sollten sie nicht tun.«

Deanna!

Ein lauter Freudenschrei ertönte in ihrem Kopf, und als Deanna sich umdrehte, sah sie eine schlanke blonde Frau, die mit ausgebreiteten Armen auf sie zulief.

»Chandra!« rief Deanna.

Deanna! antwortete Chandra ihr auf direktem geistigen Wege. Sie umarmte sie begeistert und wandte sich dann Worf zu. *Und das ist dein Verlobter?* fragte sie.

Richtig, sagte Deanna, während sie Worf akustisch mitteilte: »Worf, das ist Chandra, die beste Freundin meiner Jugendzeit. Ich war auf ihrer Hochzeit die Brautjungfer.«

Worf neigte zur Bestätigung leicht den Kopf. »Hallo.«

»Woher weißt du, dass Worf mein Verlobter ist?« fragte Deanna.

»Machst du Witze? Die ganze Stadt weiß längst, dass du mit einem…« Sie hielt inne, drehte sich um und lächelte Worf gewinnend an. »…mit einem… Verlobten gekommen bist.«

Worf wurde sich schmerzlich bewusst, dass er zunehmend ins Zentrum der allgemeinen Aufmerksamkeit rückte. In der unnatürlich stillen Menge schienen immer mehr Gesichter in seine Richtung zu schauen. Er konnte zwar keins der Gespräche verstehen, da sie ausschließlich telepathisch geführt wurden, aber Worf besaß ein beeindruckendes peripheres Sehvermögen, so dass ihm nicht entging, wie ihm immer wieder kurze, beinahe verstohlene Blicke zugeworfen wurden.

Es juckte ihn, dazu eine Bemerkung zu machen.

»Deanna… vielleicht wären Alexander und ich am

besten beraten, wenn wir zur Pension zurückkehren…«

Als sein Sohn diese Worte hörte, verdüsterte sich sofort seine Miene. »Habe ich etwas falsch gemacht, Vater?« fragte Alexander beunruhigt.

»Nein. Mit dir hat es nichts zu tun.«

»Womit dann?«

»Ja, Mr. Wu… Worf, wo liegt das Problem?« fragte Lwaxana, während sie Alexander über das Haar strich. »Sie wissen genau, wie ich es genieße, mich in Ihrer Gesellschaft und vor allem der Ihres Sohnes aufzuhalten. Schauen Sie nur, alles ist vorbereitet!« Und so war es in der Tat. Man hatte lange Tische aufgebaut, die mit einer Auswahl betazoidischer Spezialitäten beladen waren. Man hätte meinen können, dass eine Armee von Bediensteten erforderlich gewesen war, um die Arbeit des Kochens, Zubereitens und Servierens zu bewältigen. Doch da war nur Mr. Homn, der nun letzte Hand ans Buffet legte und nicht im Geringsten von der enormen Aufgabe überfordert schien, die er offenbar im Alleingang erledigt hatte. Das Ambiente war opulent und der Kronleuchter an der Decke harmonierte – bestimmt nicht zufällig – ausgezeichnet mit Lwaxanas Halsreif. Porträts von früheren Oberhäuptern des Fünften Hauses schmückten die Wände. Es war kein Problem, sie in die richtige zeitliche Abfolge zu bringen, denn jedes Bild war etwas größer als das vorherige – aber nicht sehr viel größer, höchstens um etwa zehn Prozent. Trotzdem war es nicht zu übersehen, wenn man alle gleichzeitig betrachtete. Das Porträt von Lwaxana beanspruchte bereits eine halbe Wand. Worf überlegte, dass ihnen wohl keine andere Wahl mehr blieb, als die komplette Decke mit Deannas Konterfei bemalen zu lassen.

»Hier handelt es sich eindeutig um eine Wiedersehensfeier für Deanna und ihre Freunde und Bekannten«, stellte Worf fest. »Wir wären hier etwas... deplatziert.«

Für einen kurzen Moment herrschte Schweigen, bis Lwaxana sehr leise bemerkte: »Wenn *Sie* es sagen, Mr. Worf.«

»Vater...« Alexander zögerte, da es ihm offensichtlich unangenehm war, das auszusprechen, was er auf dem Herzen hatte.

Worf blickte auf ihn herab. »Was gibt es?« fragte er mit unverhohlener Ungeduld.

»Es wäre... als würden wir davonlaufen.«

Die Worte hatten exakt die zu erwartende Wirkung auf Worf. Er richtete sich auf, reckte die breiten Schultern und machte ein finsteres Gesicht. »Hier geht es nicht um Feigheit«, brummte er. »Ich bemühe mich lediglich, Deannas Interessen zu berücksichtigen...«

»Wenn dir an meinen Interessen gelegen ist«, sagte Deanna, »dann handelt ihr völlig in meinem Sinne, wenn ihr bleibt. Entweder das oder...« Damit warf sie ihrer Mutter einen trotzigen Blick zu. »...oder wir gehen gemeinsam.«

»Aber das wäre ganz furchtbar!« sagte Lwaxana.

»Komm, Worf... wir gehen.« Die Entscheidung war gefallen, zumindest was Deanna betraf. Da es immer noch recht still im Raum war – eine unheimliche Atmosphäre, wie zu einer Beerdigung, dachte Worf –, war ihre Stimme bis in den letzten Winkel des großen Speisesaals zu hören.

»Worf, bitte, bleibt doch... alle.« In Lwaxanas Tonfall lag der Hauch eines Flehens. Worf war sich nicht sicher, wie sie sich den Verlauf dieses Abends vorgestellt hatte, aber er war überzeugt, dass sie nicht die Möglichkeit in Erwägung gezogen hatte, Deanna könnte die Feier einfach verlassen.

»Ja, natürlich bleiben wir«, sagte Worf rasch.

Deanna wandte sich ihm zu. »Worf, wir müssen nicht meinetwegen bleiben...«

»Wir bleiben«, sagte er, »weil es so richtig ist.«

»Vielen Dank, Mr. Worf«, sagte Lwaxana und vollführte sogar eine leichte Verbeugung, in der anscheinend keine Spur von Sarkasmus lag. Dann drehte sie sich zu den übrigen Gästen um und sagte laut: »Meine Freunde... aus Respekt vor unseren heutigen Gästen... möchte ich Sie darum bitten, an diesem Abend akustisch zu kommunizieren. Ich möchte, dass Sie sich hier wie zu Hause fühlen, im Sinne der betazoidischen Tradition, jeden willkommen zu heißen, der zu uns kommt.«

Zuerst herrschte betretenes Schweigen, als würde sich niemand trauen, zuerst den Mund aufzumachen. Doch dann setzte ein Gespräch nach dem anderen ein, bis der Raum vom Klangteppich höflicher Konversation erfüllt war. Natürlich war es alles andere als Lärm – dazu waren die Betazoiden viel zu rücksichtsvoll.

»Jetzt hört es sich eher nach einer zwanglosen Zusammenkunft an, wie Sie sie gewohnt sind, nicht wahr, Mr. Worf?« fragte Lwaxana.

»Wenn sich Klingonen versammeln, klingt es wie das Aneinanderschlagen harter Knochen«, erwiderte Worf. »Aber ich halte es nicht für erforderlich, hier eine solche Geräuschkulisse zu replizieren.«

Das Bankett war als Stehparty angelegt und das Essen ließ sich bequem mit den Fingern greifen, so dass sich die Betazoiden ungehindert durch den Raum bewegen konnten. Nachdem sich Deanna überzeugt hatte, dass Worf sich in dieser Umgebung wohl fühlte, zögerte sie nicht, sich intensiv ihren alten Freunden zu widmen. Lwaxana hatte sich Alexander gegriffen und stellte nun jedem den jungen Mann vor. Worf war deswegen zunächst etwas misstrauisch, doch schon bald beschloss er, sich nicht weiter darum zu besorgen. Es bestand kein Zweifel, dass Lwaxana aus unerfindlichen Gründen von seinem Sohn angetan war. So war es schon gewesen, als sie ihn vor einigen Jahren auf der *Enterprise* kennen gelernt hatte, und die Sympathie hielt bis heute an.

Worf war jedoch überzeugt, dass sie keineswegs von der Vorstellung begeistert war, der Vater des Jungen könnte durch eine Heirat in den Kreis ihrer Familie aufgenommen werden.

Worf war kein Dummkopf. Auch wenn Deanna das Gegenteil behauptete, wusste er genau, wie er und Lwaxana zueinander standen. Er sagte sich, dass es nicht sein, sondern vielmehr ihr Problem war, aber er wurde den Eindruck nicht los, dass das eine viel zu einfache Erklärung war.

Er versuchte sich abseits der Menge zu halten, um möglichst wenig Aufsehen zu erregen, aber als Deanna ihn am Rand des Geschehens bemerkte und meinte, ihm einen Gefallen tun zu müssen, nahm sie ihn und zerrte ihn mit sich, während sie von einer Gruppe zur nächsten zog. Jedesmal hatte Worf den Eindruck, dass die Leute sich äußerst unbeholfen artikulierten, dass sie sich um Höflichkeit bemühten, es aber nicht gewohnt waren, ihre Gedanken zu verbalisieren. Und erst recht war ihnen der Umgang mit Klingonen ungewohnt.

Ein älterer Mann namens Gart Xerx, der sich als Chandras Vater vorgestellt hatte, stand mit einem Glas in der Hand da und fragte: »Und worüber unterhalten Sie beide sich miteinander?«

»Unterhalten…?« Worf war sichtlich über diese Frage verblüfft. »Wir unterhalten uns über… alle möglichen Themen.«

»Worf ist sehr belesen«, sagte Deanna.

»Tatsächlich? Über welche Themen lesen Sie am liebsten, Worf?«

»Strategie, Kampftaktik, Geschichte…«

»Ah, Geschichte. Was speziell?«

»In erster Linie Kriegsgeschichte.«

Gart runzelte verwirrt die Stirn, ohne seine Höflichkeit zu verlieren. »Und dieses Thema finden Sie… entspannend?«

»Der Zweck des Lesens besteht nicht darin, sich zu entspannen«, erwiderte Worf. »Er besteht im Lernen. Um in künftigen Situationen richtig reagieren zu können.«

»Aber wie sieht es zum Beispiel mit klingonischer Philosophie aus? Gibt es so etwas überhaupt?«

Obwohl sich Worf zusammenriss, wich Gart unwillkürlich einen Schritt zurück. Offensichtlich hatte er nicht damit gerechnet, mit seiner Frage so heftige Emotionen auszulösen. »Ich wollte Sie keineswegs beleidigen«, fügte er schnell hinzu.

»Worf…«, sagte Deanna und legte ihm eine Hand auf den Arm. Durch ihre empathischen Fähigkeiten hatte sie seine Stimmung bereits wahrgenommen, doch nun spürte sie zusätzlich, wie sich seine Muskeln anspannten.

»Unsere Philosophie«, sagte Worf, »ist genauso bedeutend und wesentlich für unsere Lebensweise wie die Ihre bei Ihnen. Wir sind uns in vielerlei Hinsicht sehr ähnlich.«

»Aber… Ihre Lebensweise ist der Krieg. Unsere ist der Frieden. Ich kann mir kaum einen größeren Unterschied vorstellen. Oder halten Sie den Frieden für eine erstrebenswerte Lebensweise?«

»Wenn Worf nicht an den Frieden glauben würde«, sagte Deanna zu Gart, »dann hätte er sich wohl kaum verpflichtet, sein Leben in den Dienst von Starfleet zu stellen.«

»Ist das der Grund, warum Sie sich für Starfleet entschieden haben, Worf?« fragte Gart.

Für einen kurzen Moment flackerten in Worfs Kopf die Erinnerungen an Khitomer auf. Unter Trümmern begraben, schluchzend und wütend über seine Angst, die ein Zeichen von Schwäche war. Dann sah er, wie die Trümmer beiseite geräumt wurden, dann den Mann, den er Vater nennen sollte, die Uniform, die er trug, und das runde, metallische Symbol auf seiner Uniformjacke… ein Symbol, das für ihn gleichbedeutend mit dem Leben, der Hoffnung und einer neuen Chance geworden war, Dinge, nach denen er nun ebenfalls strebte…

Aber Frieden?

Sein Wunsch, Starfleet zu dienen, war durch den Krieg gezeugt worden. Der Frieden hatte darin nie eine Rolle gespielt.

All das ging ihm innerhalb von Sekundenbruchteilen durch den Kopf und im gleichen Augenblick wusste auch Gart Xerx davon. »Wie ich es mir gedacht hatte«, sagte er höflich und warf Deanna einen Seitenblick zu – jedoch ohne jede Überheblichkeit oder Besserwisserei, sondern eher mit einem distanzierten Bedauern, als wollte er sagen: *Wie wenig du doch von der Wahrheit weißt!*

Worfs Zorn wurde entfacht. »Ein Leben voller Frieden ist ein nettes Märchen für kleine Kinder. Erwachsene sollten es besser wissen.«

Garts Tonfall klang weder herausfordernd noch arrogant. Es machte eher den Eindruck, dass er das Gespräch als äußerst stimulierend empfand. »Wollen Sie damit andeuten, die Betazoiden wären Kinder? Wir haben bisher nur in Frieden gelebt.«

»Dann sind Sie reif für die Eroberung.«

Es wurde wieder still im Raum. Worf erkannte, dass Gart während des akustischen Gesprächs mit Worf gleichzeitig eine Art ›Multitasking‹ betrieb und weiterhin mit anderen in geistiger Verbindung stand. Vielleicht hatte er mit diesen anderen über völlig belanglose Themen geplaudert, aber Worfs Bemerkung hatte sofort die Aufmerksamkeit aller Anwesenden erregt.

»Soll das eine Drohung sein, Worf?« fragte Gart.

»Gart! Wie kannst du nur…«, setzte Deanna zum Protest an.

Doch Worf schnitt ihr mit einer Handbewegung das Wort ab. »Nein. Nur eine Feststellung. Der Frieden…« Er zögerte und suchte nach einer Möglichkeit, es nicht allzu martialisch auszudrücken. »…der Frieden kann… trügerisch sein.«

Wie herbeigezaubert erschien plötzlich Mr. Homn und reichte Worf einen Drink. Worf nahm ihn an und trank automatisch einen Schluck… worauf er zu seiner Überraschung feststellte, dass es sich um Pflaumensaft handelte.

»In welcher Beziehung trügerisch?« fragte Gart.

»In der Zeit des Krieges kennt man seinen Feind und kann seine Stärke prüfen. Im Frieden betrügt man sich selbst, wenn man glaubt, dass es gar keinen Feind gibt. Aber es gibt immer einen Feind. Und der Feind bereitet sich auf den Kampf vor, während man selbst sich der Illusion hingibt, dass der Frieden ewig währt. Aber der Frieden ist niemals ewig. Der Frieden ist nicht mehr als eine kurze Zeit des Luxus, die durch die Mühen des Krieges erkauft wurde. Mitgefühl ist zwar ein lobenswerter Zug, war aber schon für den Niedergang vieler Völker verantwortlich, die glaubten, sie hätten keine Feinde.«

»Und wer soll unser Feind sein?« fragte Gart amüsiert, als wäre die bloße Vorstellung mehr als lächerlich.

»Ich weiß es nicht. Aber es gibt einen Feind. Es gibt immer einen Feind. So ist die Realität.«

»Aber es ist nicht unsere Realität«, erwiderte Gart Xerx ruhig.

»Dann bemitleide ich Sie. Weil Sie unvorbereitet sein

werden, wenn Ihr Feind kommt… und sie um so mehr unter ihm zu leiden haben.«

Es folgte eine weitere Phase des Schweigens. Dann schwenkte Gart den Inhalt seines Glases und starrte hinein, als hoffte er, darin die Geheimnisse des Universums zu entdecken. »Ich glaube, Worf, ich kann für uns alle sprechen, wenn ich sage, dass wir Betazoiden nicht glauben, dass wir Mitgefühl nötig haben.«

»Meine Bemerkung war nicht beleidigend gemeint«, sagte Worf.

»Nein, natürlich nicht. Vielleicht amüsant, aber nicht beleidigend.«

Das Glas, das Worf hielt, zersplitterte, als er impulsiv die Hand zur Faust ballte. Als er sprach, versprühte er geradezu Wellen kaum unterdrückten Zorns. Seine Emotionen waren so überwältigend und erstickend, dass mehrere Betazoiden in der Nähe sichtlich zusammenzuckten.

»*AMÜSANT?*« brüllte er förmlich.

»Worf, beruhige dich!« sagte Deanna nachdrücklich.

»Ich bin nicht zu Ihrer Belustigung hier! Sie wollten etwas über die klingonische Philosophie erfahren und ich habe es Ihnen gesagt. Wir glauben an die Wachsamkeit… an die Bereitschaft zum Kampf. Wir besitzen eine Philosophie der Stärke, die es unserem Volk ermöglicht hat, jahrhundertelang zu überleben, während andere Völker unter den Stiefelabsätzen von Eroberern ausgelöscht wurden.«

»Und ich hatte gedacht«, gab Gart zurück und zeigte zum ersten Mal eine Spur von Gereiztheit, »dass ihr Volk nur aufgrund der Duldung durch die Föderation und die Khitomer-Konferenz vor einem Jahrhundert überlebt hat. Wenn die Mitglieder der Föderation zu jener Zeit, als Ihr Volk schwach und hilflos war, von derselben barbarischen Gesinnung wie die Klingonen gewesen wären, hätten sie Ihr Volk aussterben lassen, um in Zukunft mit einer Bedrohung weniger leben zu können. Zu Ihrer Information: Betazed saß zu jener Zeit im Rat der Föderation. Wie gut für die Klingonen, dass wir an jenes lobenswerte Mitgefühl glaubten, das nach Ihren Worten unseren Niedergang bedeuten könnte.«

Worf kochte vor Zorn fast über und es schien, als wollten seine Augen aus dem Schädel springen. »Bar...barisch...?« wiederholte er in gefährlichem Tonfall.

Gart zeigte sofort Zerknirschung. »Das war vielleicht das falsche Wort... und es ist schließlich schon sehr lange her...«

»Barbarisch!«

Deanna legte ihm eine Hand auf den Arm und sagte eindringlich: »Worf, es wäre vielleicht besser, wenn wir gehen. Wir haben eine lange Reise hinter uns und sollten uns etwas ausruhen...«

»Ich halte es für das Beste«, sagte er mit kalter Beherrschung, »wenn ich mich verabschiede. Ich glaube nicht, dass ich hier willkommen bin.«

»Das ist nicht wahr...«

Er wandte sich ihr zu und für einen Moment – nur für einen Moment – flackerte in seinen Augen Traurigkeit auf. »Vertrau mir.« Er zögerte, dann fügte er hinzu: »Bring Alexander in die Pension, wenn die Party vorbei ist. Anschließend werden wir reden.« Dann ging er mit schnellen Schritten davon, während er starr geradeaus blickte und sich nicht mehr zu Alexander umschaute – und insbesondere nicht zu Lwaxana Troi.

Als Deanna und Alexander nicht allzu lange nach Worfs überstürztem Aufbruch in der Pension eintrafen, zog sich Alexander bald in sein eigenes Schlafzimmer zurück, da er die Szene, die zweifellos folgen würde, auf keinen Fall miterleben wollte.

Deanna hatte halb damit gerechnet, dass Worf bereits seine Sachen packte. Und Worf hatte halb damit gerechnet, dass Deanna Alexander abliefern und dann in das Haus ihrer Mutter zurückkehren würde. Beide stellten jedoch zu ihrer Zufriedenheit fest, dass sich ihre schlimmsten Erwartungen nicht bewahrheiten sollten. Trotzdem waren sie noch weit von einer harmonischen Koexistenz entfernt.

»Könntest du mir bitte erklären, worum es eigentlich ging?« fragte Deanna ihn, während sie die Hände in die Hüften gestemmt hatte.

»Um eine philosophische Meinungsverschiedenheit«, brummte er.

»Erzähl mir keinen Unsinn!« sagte Deanna mit solcher Vehemenz, dass Worf sichtlich verblüfft reagierte. »Du hast absichtlich Streit gesucht!«

»Ich hatte nur die Absicht, an einer kleinen Feier teilzunehmen. Mit einem Hinterhalt hatte ich nicht gerechnet.«

»Es war kein Hinterhalt, Worf!« stöhnte sie und fuhr sich verzweifelt mit den Händen durchs Haar. »Mutter hat erklärt, dass…«

»Bist du jetzt auf ihre Seite gewechselt?«

»Ich bin nicht auf irgendjemandes Seite gewechselt!«

»Ich hatte gehofft, du würdest auf meiner Seite stehen. Das ist der Zweck einer Ehe, oder sehe ich das falsch?«

»Worf, wenn du glaubst, der Zweck einer Ehe bestünde darin, dass die Frau ihre Meinungen an der Türschwelle abgibt und ihrem Mann blind folgt, ganz gleich, welchen Weg er einzuschlagen beliebt…«

»Er hat mein Volk als barbarisch bezeichnet!« Wieder kochte seine Wut hoch.

Deanna jedoch schien sich dadurch nicht im Geringsten einschüchtern zu lassen. »Und wie bezeichnen die Klingonen andere Völker? Die schwächer als sie oder reif für die Eroberung sind? Terraner, Betazoiden, Vulkanier... willst du behaupten, dass im Klingonischen Imperium keine verächtlichen Spottnamen für sie kursieren? Wie sauber sind die Hände der Klingonen, Worf? Wie sauber sind deine?«

Die ungewöhnlich harten Worte aus dem Mund der normalerweise beherrschten Counselor brachten Worf zur Besinnung. Deanna dagegen bereute es im nächsten Moment... und dann musste sie zu ihrer beider Überraschung leise lachen. »Was ist plötzlich so komisch?« fragte Worf gereizt.

»Es scheint völlig außer Zweifel zu stehen, dass ich dich liebe. Wenn es nicht so wäre, hättest du es niemals geschafft, mich so wütend zu machen. Ich bin von Beruf Counselor. Ich verdiene meinen Lebensunterhalt damit, die Ruhe zu bewahren. Nur jemand, den ich wirklich liebe, kann mich so sehr zur Weißglut reizen.«

Worf schüttelte den Kopf. Deanna hatte den Eindruck, dass er sehr weit weg war, dass er nur mit sich und den Dämonen, die ihm zusetzten, beschäftigt war.

»Worf...« Sie setzte sich neben ihn, während er starr ins Leere blickte. »Worf... du wirkst so zerrissen. Vielleicht sogar verzweifelt. Kannst du mir nicht sagen, was du denkst?«

»Es ist nicht... leicht...«

»Der Worf, den ich kenne, ist noch nie einer Herausforderung aus dem Weg gegangen.«

»Ich verhalte mich... anders, wenn ich mit dir zusammen bin. Vielleicht ist der Worf, den du kennst, nur eine Illusion.«

»Ach, Worf, ich kannte dich bereits sechs Jahre, bevor wir ein Paar wurden. Ich denke, ich kann deine Persönlichkeit recht gut einschätzen. Bitte... sag mir, was dir auf dem Herzen liegt.«

»Er ist sich wie ein Ausstellungsstück vorgekommen.«

Beide wandten gleichzeitig den Kopf und sahen Lwaxana in der Tür stehen. Für Worf war es einfach unfassbar, dass es ihr gelungen war, sich völlig unbemerkt zu nähern. Dieser Umstand war für ihn sogar äußerst beunruhigend. Deanna war einfach nur verärgert. »Mutter…«

Es hatte zahllose Gelegenheiten gegeben, zu denen sich Lwaxana recht schusselig angestellt hatte. Bei anderen Gelegenheiten war sie lediglich ärgerlich, amüsant oder unmöglich gewesen. Aber das war nicht die Lwaxana Troi, die sie jetzt erlebten. Jetzt war sie eine Frau, die es gewohnt war, dass man sich um sie kümmerte, ihr zuhörte und ihr gehorchte. Deanna gelang es nicht, auch nur ein weiteres Wort herauszubringen, und Worf konnte nicht einmal zum Sprechen ansetzen.

»Mr. Worf hat sich während eines großen Teils seiner Kindheit ständig als Außenseiter gefühlt«, sagte Lwaxana. Ihre dunklen Augen schienen seinen Schädel wie ein Phaserstrahl zu durchdringen. »Er lebte in einer Welt, die sich rühmte, jeglichen Rassismus überwunden zu haben. Trotzdem wurde er aufgrund seiner Herkunft geächtet, ohne dass die Welt ihre Scheinheiligkeit erkannte. Dem entzog er sich, indem er zu Starfleet ging, aber die Verletzungen seiner Kindheit schmerzen immer noch. Auf der Feier des heutigen Abends trat er nicht im Gewand des Lieutenant Commanders Worf auf, sondern in der schwachen Rüstung des jungen Worf Rozhenko, der auf jede spöttische, beleidigende oder herausfordernde Bemerkung genauso reagierte wie in seiner Jugendzeit. Du hattest Recht, Kleines. Er hat Streit gesucht, aber nur weil er ein Muster zu wiederholen versuchte, das ihm seit frühesten Kindertagen nur zu vertraut ist.«

»Gehen Sie aus meinem Kopf!« sagte Worf wütend.

»Es ist ein ziemlich großer Kopf, in dem Platz für viele ist.«

»Mutter!«

»Ach, beruhige dich, Kleines. Es war nur ein Scherz.« Sie schaute Worf an und ihr Gesichtsausdruck wurde ein klein wenig sanfter. »Worf... ich möchte Sie für das kleine Fiasko um Verzeihung bitten. Ich hatte wirklich die Absicht, einen Abend im engsten Kreis zu verbringen. Doch als meine Gedankenlosigkeit und das Schicksal sich verbündeten, um daraus eine große Feier zu machen, dachte ich, dass es auf diese Weise vielleicht sogar einfacher wäre. Dass Sie sich weniger unter Druck gesetzt fühlen würden, weil Sie nur ein Gesicht in der Mengen wären. Ich dachte, die große Party könnte sich für alle Betroffenen als Segen erweisen.«

»Ich fühle mich in der Tat betroffen«, bemerkte Worf.

»Also... ich sage euch jetzt, was wir tun werden. Mr. Worf... sind Sie immer noch gewillt, meine Tochter zu heiraten?«

Selbst Worf war leicht überrascht, als er ohne Zögern antwortete: »Ja.« Auch Deanna schien sich über die Schnelligkeit und Vehemenz seiner Antwort zu wundern.

»Gut. Wenn das so ist, dann werden Sie eine gründliche Unterweisung in der betazoidischen Philosophie und Harmonie erhalten, damit Sie uns besser verstehen, Worf. Sie werden die Tiefen unserer Vorstellungen von Liebe und Opferbereitschaft ausloten. Sie müssen nicht notwendigerweise zum Anhänger dieser Philosophie werden, aber zumindest werden Sie ein gewisses Verständnis dafür entwickeln und vielleicht – eines fernen Tages – die Weisheit einiger dieser Ideen einsehen. Ich werde mich persönlich um Ihre Unterweisung in unserer Philosophie kümmern.«

»Du? Mutter, erstens bin ich viel besser qualifiziert, um...«

»Du bist viel zu tief darin verwickelt, Kleines, und außerdem bin ich eine Tochter des Fünften Hauses...

die Hüterin des Heiligen Kelchs von Rixx sowie die Erbin der...«

»Heiligen Ringe von Betazed«, ergänzten Worf und Deanna im Chor.

Lwaxana verzog keine Miene. »Es geht darum, dass ich am besten geeignet sein dürfte, um Worf zu vermitteln, was er wissen muss, und zwar auf möglichst leidenschaftslose Weise. Es sei denn, versteht sich, Worf erachtet ein solches Unternehmen als etwas zu schwierig...«

»Es ist überflüssig, mich zum Widerspruch reizen zu wollen«, teilte Worf ihr mit. Er wandte sich Deanna zu und fragte sie: »Falls ich bereit bin, ihrer Bitte zu entsprechen...«

»Ich habe es nicht als Bitte formuliert«, sagte Lwaxana.

Er warf ihr einen kurzen Seitenblick zu und sagte: »Doch, das haben Sie.«

Lwaxana öffnete den Mund und schloss ihn wieder. »Dann wird es wohl so gewesen sein«, sagte sie tonlos.

»Bist du damit einverstanden, wenn ich es tue?« vervollständigte er seine Frage.

»Nur wenn du damit einverstanden bist«, erwiderte Deanna.

»Ich wäre damit einverstanden – aber nur wenn...«

Plötzlich flog die Tür zu Alexanders Schlafzimmer auf. Der Junge beugte sich heraus und brüllte geradezu: *»Tu es einfach, Vater! Dann könnt ihr endlich heiraten und ich kann endlich einschlafen!«* Damit schlug er die Tür geräuschvoll wieder zu.

Die Erwachsenen blickten sich verdutzt an.

»Wann fangen wir an?« fragte Worf.

8

Die Langeweile raubte Tom Riker allmählich den Verstand.

Er hatte jedes Zeitgefühl verloren und konnte nicht mehr sagen, wie lange er sich schon in der Arrestzelle des romulanischen Warbirds aufhielt. Die Tage und Nächte gingen ohne deutliche Abgrenzung ineinander über, was durchaus absichtlich arrangiert sein mochte. Es war, als wollte man seinen inneren Tagesrhythmus zerstören, um ihn aus der Bahn zu werfen und zum leichten Opfer zu machen…

Aber zum Opfer wofür?

Was hatten sie mit ihm vor? Was zum Teufel führten sie im Schilde? Hatten sie irgendwie seine Farce durchschaut? War es purer romulanischer Sadismus, ihn in den Wahnsinn treiben zu wollen? War das ihr Plan? *Sie müssen einen Plan haben*, sagte er sich immer wieder, *es muss einen Plan geben*. Ohne guten Grund hätten sie niemals eine Rettungsaktion für Saket gestartet. Es musste einen bestimmten Grund geben; sie hatten damit etwas erreichen wollen.

Doch nachdem Saket tot war, bestand die Möglichkeit, dass nun alles hinfällig geworden war. Er war vielleicht der Schlüssel für ihre Pläne gewesen, so dass sich die Tür nun nicht mehr öffnen ließ, nachdem der Schlüssel nicht mehr existierte. In diesem Fall wäre es denkbar, dass sie einfach nur angestrengt überlegten, wie sie Riker auf die schmerzhafteste Weise wieder loswerden konnten.

Eines Tages (oder eines Nachts?) hörte Riker das Geräusch marschierender Füße. Da es das erste Mal war, dass er ein derartig ausgeprägtes Stampfen wahrnahm, musste er vermuten, dass es irgendetwas mit ihm zu tun hatte. Sie wollten ihn wissen lassen, dass sie kamen, wahrscheinlich, um ihm eine Heidenangst einzujagen. Aber Tom Riker war zu diesem Zeitpunkt bereits viel zu müde, entnervt und gelangweilt, um etwas anderes als Ungeduld empfinden zu können. Er dachte nur: *Bringen wir die Sache endlich hinter uns*.

Der Wachmann an seiner Tür trat zur Seite, als zwei weitere Wachen in Sicht kamen. Einer der beiden schaltete das Feld aus, das den Eingang versperrte. Wortlos forderte er Riker mit einer Geste auf herauszukommen. Einen Moment lang überlegte Tom, ob er einfach die Arme verschränken und sich nicht von der Stelle rühren sollte. Um sie zu irgendeiner Reaktion zu provozieren. Der Gedanke verschaffte ihm eine gewisse Befriedigung, doch andererseits bestand die Möglichkeit, dass er sie lediglich dazu veranlasste, ein Loch von der Größe eines Sonnenflecks in seinen Körper zu schießen. Daher ging er lieber auf Nummer Sicher und stand auf, um gehorsam nach draußen zu treten.

Sie hatten sich nicht einmal die Mühe gemacht, die Waffen zu ziehen. Diesen Umstand empfand Riker als deutlich übertriebene Selbstsicherheit und Arroganz, was in ihm das unwiderstehliche Bedürfnis weckte, sie auf die Probe zu stellen. Ein Wachmann befand sich vor ihm, der andere hinter ihm. Eine Weile stand er einfach nur da und wirkte äußerlich völlig entspannt.

Dann trat er in Aktion und schoss auf den vorderen Wachmann zu.

Es gelang ihm tatsächlich, sich ganze zehn Zentimeter von der Stelle zu bewegen, bevor der Wachmann den Disruptor in der Hand hielt.

Riker hatte noch nie jemanden erlebt, der so schnell

ziehen konnte. Und er hatte den leisen Verdacht, dass der Wachmann hinter ihm ebenfalls seine Waffe auf ihn gerichtet hatte. Er riskierte einen kurzen Blick über die Schulter und stellte fest, dass in der Tat ein zweiter Disruptor auf seinen Rücken zielte. Behutsam bemühte er sich, die Bewegung seiner Hand möglichst unverdächtig und anmutig fortzusetzen, bis er sich beiläufig im Nacken kratzte. »Ihr seid aber ziemlich schreckhaft«, stellte er fest, als hätte er niemals die Absicht verfolgt, sie anzugreifen.

Sie glaubten nicht an sein Ablenkungsmanöver. Er wusste genau, dass sie ihn durchschaut hatten. Aber es schien ihnen ziemlich gleichgültig zu sein. Dann setzten sie sich in Bewegung und marschierten ohne weitere Zwischenfälle durch die Korridore des Schiffs. Bereits nach kurzer Zeit wusste Riker nicht mehr, von wo sie in welchen Gang abgebogen waren. Er hatte das Gefühl, dass auch hinter diesem Vorgehen eine Absicht steckte. Natürlich lag es nicht in ihrem Interesse, dass er eine klare Vorstellung vom Grundriss des Schiffs gewann. Andererseits wollten sie ihm auch keine Augenbinde verpassen, da es dann zu offensichtlich geworden wäre, dass sie befürchteten, er könnte ihnen Schaden zufügen.

Nachdem sie, wie es schien, hundertmal abgebogen waren, blieben sie plötzlich vor einer Tür stehen. Sie glitt auf und Riker trat ein, nachdem sie ihn dazu aufgefordert hatten. Dann blickte er sich verwirrt um. Es schien sich um ein kombiniertes Bade- und Ankleidezimmer zu handeln. In einem Winkel befand sich eine Ultraschalldusche und auf einem Stuhl lag saubere, frisch gebügelte Kleidung in romulanischem Stil. Nicht besonders phantasievoll, aber zweifellos durchaus zweckmäßig.

»Was soll das?« fragte er.

»Für Sie. Duschen und die Sachen anziehen.«

»Warum?«

»Weil Sie stinken«, sagte der kleinere der zwei Wachmänner ungerührt. »Menschen sondern einen Geruch ab, der für Romulaner ziemlich unangenehm ist. Sie stinken wie die Pest.«

»Tut mir leid. In Anbetracht meiner Gefangenschaft und sonstigen widrigen Umstände habe ich möglicherweise etwas mehr transpiriert als sonst.«

Es war zugegebenermaßen nur der müde Versuch eines Scherzes, aber Riker dachte, dass der Wachmann wenigstens mit der Andeutung eines Lächelns hätte reagieren können. Doch er betrachtete Riker weiterhin mit steinerner Miene. Er ließ ihn geduldig aussprechen und fügte dann hinzu: »Nachdem Sie sich gesäubert haben, legen Sie diese Kleidung an und folgen uns.«

»Wohin?«

Er hätte wissen müssen, dass er keine Antwort erwarten konnte, sondern bestenfalls einen verächtlichen Blick. Da es offenbar keinen Sinn hatte, sich über diese Angelegenheit zu streiten oder Einwände anzumelden, fügte er sich und duschte, so schnell er konnte... obwohl es ihm gefallen hätte, die Dusche ausgiebiger zu genießen, da es das Angenehmste war, was er seit Wochen erlebt hatte. Er zog sich genauso schnell an und trat wieder auf den Korridor. Soweit er feststellen konnte, hatten sich die Wachen keinen Zentimeter von der Stelle gerührt, seit er sie verlassen hatte.

Den Rest des Weges legten sie schweigend zurück, bis die Wachen vor einer größeren Tür stehen blieben. Offensichtlich war dies der Ort, an den sie Tom bringen sollten. Riker war sich nicht sicher, was er erwarten durfte, als er eintrat, obwohl er sich mental auf alles Mögliche gefasst machte, selbst auf eine plötzliche Phasersalve. Eine solche Überraschung mochte durchaus im Einklang mit dem berüchtigten romulanischen Sinn für Humor stehen.

Doch mit dem, was ihn erwartete, hatte er seltsamerweise überhaupt nicht gerechnet.

Er sah einen kleinen, elegant gedeckten Tisch, auf dem eine hohe, schmale Kerze flackernd brannte. Es war die einzige Lichtquelle in diesem Raum. Speisen waren auf dem Tisch arrangiert, nicht in verschwenderischer Fülle, aber in ausreichender Menge und durchaus genießbar, wie es den Eindruck machte. Hinter dem Tisch hatte Sela Platz genommen. Sie war immer noch in Uniform, aber sie hatte einen Teil der rüstungsartigen Stücke abgenommen, so dass sie nun etwas sanfter wirkte – wenn auch nicht gerade weich und kuschelig. Aber sie lächelte. Sie lächelte tatsächlich! Für einen kurzen Moment glaubte Riker, dass es gar nicht Sela war, so freundlich wirkte ihr Gesicht. Dann erinnerte er sich daran, dass sie angeblich ein Mischling war, das Kind einer Frau von der Erde namens Tasha Yar und eines romulanischen Würdenträgers. Riker wünschte sich, er hätte Tasha gekannt… dann musste er sich ins Gedächtnis rufen, dass William Riker sie wirklich gekannt hatte und dass er gut beraten wäre, es nicht zu vergessen.

»Setzen Sie sich«, sagte sie und zeigte auf den Stuhl vor dem Tisch. Tom entsprach ihrer Aufforderung, ohne sie aus den Augen zu lassen. Sie lachte; und es war ein überraschend melodischer Laut. Er hatte das Gefühl, dass sie es nur selten tat. »Sie lassen mich nicht einen Moment aus den Augen. Entweder sind Sie unsterblich in mich verliebt, oder Sie machen sich Sorgen, dass ich ihnen ein Messer in die Brust stoßen könnte.«

»Sagen wir, es spielt von beidem etwas hinein.«

»Ich verstehe. Essen Sie!« Als sie bemerkte, wie er zögerte, langte sie über den Tisch und spießte mit einem Esswerkzeug ein Stück Fleisch von seinem Teller auf, um es zu verspeisen. »Sehen Sie? Kein Gift.«

Er zeigte auf einen anderen Bereich seines Tellers und sagte: »Das da.«

Sela seufzte. »Sie glauben, ich würde nur von den sicheren Regionen essen und Ihnen den Rest überlassen, wie? Ich weiß, dass ich zum Teil menschlich bin, aber allmählich frage ich mich, ob Sie vielleicht zum Teil Romulaner sind.« Dann aß sie genauso bereitwillig ein Stück von der Stelle, die er ihr angezeigt hatte. »Zufrieden?«

»Es könnte sich natürlich um ein Gift handeln, das nur bei Menschen und nicht bei Romulanern wirkt.«

»Das wäre möglich. Aber wie ich soeben erwähnte, bin ich zum Teil menschlich, also wäre es ziemlich riskant für mich.« Sie beugte sich vor, verschränkte die Finger beider Hände und stützte ihr Kinn darauf. Jetzt wirkte sie fast ein wenig neckisch. »Riker, machen Sie sich nicht lächerlich. Wir müssen über eine Angelegenheit reden, bei der es um gegenseitiges Vertrauen geht. Wenn es bereits am Essen scheitert, hat es überhaupt keinen Sinn. Jetzt fangen Sie endlich an, sonst lasse ich Sie aus einer Luftschleuse werfen, verstanden?«

Riker aß. Und das Essen war gar nicht mal so schlecht. Für seinen Geschmack etwas fade, aber zweifellos genießbar.

»Erzählen Sie mir von meiner Mutter.«

Die Frage kam für ihn völlig unerwartet. »Sie meinen Tasha?«

Sela nickte. »Ich habe sie viele Jahre lang gehasst, weil sie meinen Vater verraten und mich im Stich gelassen hat. Aber...«

Vielleicht bildete er es sich nur ein, aber sie schien tatsächlich ein wenig ihre Defensive zu vernachlässigen.

»Ich habe... nur wenige Erinnerungen an sie. Sie starb, als ich noch sehr jung war. Sie... hat mir immer

Geschichten erzählt. Phantastische Geschichten. Sie hat mir von Riesen und Zauberern erzählt... und von Geistern. Geistern in einer Flasche, die man öffnen konnte, worauf sich einem alle Wünsche erfüllten.« Sie hielt einen Moment inne. »Ich weiß, das ist alles sehr verwirrend... nach Ihren Aufzeichnungen starb Tasha Yar auf irgendeinem ungastlichen Planeten. Dennoch tauchte sie als Starfleet-Lieutenant auf der Brücke der *Enterprise*-C auf, obwohl sie in Wirklichkeit erst wenige Jahre zuvor auf die Welt gekommen war... Ich weiß das alles und ich verstehe es. Das heißt... ich glaube es zu verstehen. Dass die Tasha, die Sie kannten, nicht unbedingt dieselbe Frau war. Aber trotzdem müssen sie sich sehr ähnlich gewesen sein... Also erzählen Sie mir, was Sie von ihr wissen.«

Das Problem war, dass Riker nicht sehr viel über sie wusste – Tom Riker, im Gegensatz zu Will Riker. Aber das durfte eigentlich keine Rolle spielen, wenn er möglichst unverbindlich blieb.

»Sie war... ein großartiger Offizier. Tapfer. Pflichtbewusst. Sie war sehr schön... und voller Humor...«

»Humor?« fragte Sela stirnrunzelnd. »Ich kann mich nicht erinnern, dass sie jemals besonders... humorvoll war.«

»Nun... in Anbetracht dessen, was sie durchgemacht hat... war sie in der Zeit, als Sie auf die Welt kamen, vielleicht nicht mehr so humorvoll.«

»Ja. Ja, das kann sein.« Sela war sehr nachdenklich geworden. »Erzählen Sie mir... was sie getan hat. Etwas, woran Sie sich erinnern.«

»Sie hat mir mehr als nur einmal das Leben gerettet. Vor allem erinnere ich mich daran, als wir...«

Und damit spann er für sie eine Geschichte aus, die er frei nach einer wahren Begebenheit aus der Anfangszeit seiner Karriere gestaltete. Die Änderungen und Ergänzungen waren hauptsächlich deshalb nötig, weil es Tom selbst gewesen war, der seinem vorgesetzten Offizier das Leben gerettet hatte. Stattdessen besetzte er die Rolle der Retterin mit Tasha und die des Offiziers mit sich selbst, woraus er eine aufregende Geschichte über Wagemut und Opferbereitschaft strickte. Sela hörte ihm gebannt zu und sog seine Worte wie eine Verdurstende auf.

Er machte sie damit glücklich.

Und das war für ihn ein sehr ungewöhnlicher Umstand.

»Erzählen Sie mir mehr«, sagte sie, als er zum Ende der fiktiven Anekdote gekommen war.

Aber Riker hatte gleichzeitig seine Mahlzeit beendet und fand, dass jetzt der günstigste Zeitpunkt war, um einen Vorstoß zu wagen… während Sela gedankenverloren und am verletzlichsten schien.

»Nein.«

Sie hob eine Augenbraue und reagierte recht überrascht auf den plötzlichen Wechsel seines Tonfalls. Als sie antwortete, klang ihre Stimme weich wie Samt, aber es war ein gefährlicher Unterton darin. »Nein?«

»Warum bin ich hier? Was wird hier gespielt? Haben Sie vor, mich zu den Cardassianern zurückzubringen… um ein Lösegeld zu verlangen… oder was? Ich könnte natürlich den ganzen Abend damit verbringen, alte Zeiten aufzuwärmen und nostalgische Erinnerungen an Ihre Mutter zu wecken… aber wenn es Ihnen nichts ausmacht, würde ich gerne so tun, als wären wir zwei Profis, die in der Lage sind, frei über das zu reden, was uns auf dem Herzen liegt.«

Sehr langsam führte Sela die Hände zusammen und applaudierte ihm dann auf geradezu sarkastische Weise. »Eine beeindruckende Vorstellung, Riker. Wirklich beeindruckend. Ich zittere vor Angst.« Dann verschränkte sie die Hände auf dem Tisch und beugte sich vor. Riker erkannte, dass er sie endlich zu einer Reaktion provoziert hatte. Bedauerlicherweise war er sich nicht völlig sicher, in welcher Weise sie reagierte, weil sie den Eindruck machte, als hätte sie sich eine Maske über das Gesicht gezogen, der er keine Regung mehr entnehmen konnte. Für eine Romulanerin besaß sie ein bemerkenswertes Geschick, ihre Miene zu einem vulkanischen Pokergesicht erstarren zu lassen.

»Ich könnte versuchen, es vorsichtig zu umschreiben, Riker, um mir eine geringfügige Peinlichkeit zu ersparen. Aber ich glaube, es wäre besser, wenn wir offen und direkt miteinander umgehen.«

»Das ist im Allgemeinen die vorteilhaftere Vorgehensweise.«

»Ich lebe in ›schweren Zeiten‹, wie Sie es ausdrücken würden. Ich arbeite nun schon seit einigen Jahren als Agentin für die romulanische Regierung und kann eine Reihe von Erfolgen aufweisen. Meine Misserfolge fallen leider ebenfalls ins Gewicht.« Mit jedem Beispiel, das sie nannte, klopfte sie einmal mit dem Finger auf den Tisch, als wollte sie die Punkte abzählen. »Mein Versuch, Mr. LaForge umzuprogrammieren, damit er ein Attentat auf den klingonischen Gouverneur Vagh verübt, schlug fehl. Desgleichen meine Versuche, das Gowron-Regime zu destabilisieren, indem ich die Familie Duras unterstützte. Doch mein bedeutendster Misserfolg war der gescheiterte Plan, Vulkan von Romulanischen Truppen besetzen zu lassen. Und der Grund für jeden dieser Misserfolge war letztlich immer auf der *Enterprise* zu suchen. Bei Ihren Leuten, Riker, und bei Ihnen. Sie haben immer wieder meine Pläne durchkreuzt, Sie haben meine Bemühungen vereitelt, dem Romulanischen Imperium eine angemessene Machtposition innerhalb der Galaxis zu verschaffen, und Sie haben mich immer aufs Neue daran gehindert, mein volles Potenzial zu entwickeln und eine höhere Machtposition in der romulanischen Gesellschaft zu erreichen.« Sie breitete die Hände aus und lehnte sich zurück. »Doch bin ich verbittert? Bin ich zornig? Hege ich einen Groll, der wie ein schmerzhafter Dolch in meinem Herzen steckt? Nun? Was meinen Sie?«

»Ähm... wenn ich raten sollte, würde ich sagen... ja?«

»Darauf können Sie wetten!« bestätigte Sela. »Die gescheiterte Invasion Vulkans war das Schlimmste. Das war einzig und allein mein Plan gewesen, vom Anfang bis zum Ende. Diese Dummheit und die daraus resultierenden Verluste an romulanischen Leben veranlassten meine Vorgesetzten dazu, mir mitzuteilen, dass meine Dienste nicht mehr erwünscht waren. Höchstwahrscheinlich war ich sogar schon zur Exekution auserkoren, da ich offensichtlich – wie es so schön heißt – ausgedient hatte. Aber ich habe meine Anhänger. Leute, die unter mir und für mich arbeiten oder ihre Loyalität zu meinem Vater auf meine Person ausdehnten. Durch ihre Mitarbeit konnte ich die Dinge beschaffen, die ich zum Überleben benötigte. Ich floh von Romulus, mit dem Raumschiff, auf dem Sie sich zur Zeit befinden, zuzüglich mehrerer kleinerer Schiffe, die im Hangar standen. Sie haben doch den Einmannjäger während der Rettungsaktion gesehen, nicht wahr?«

»Ja. Ein beeindruckendes Flugmanöver.«

»Danke«, sagte sie und nickte dankbar für seine Anerkennung... zumindest hatte es den Anschein, da sie in dieser Hinsicht schwierig einzuschätzen war.

Sie erhob sich von ihrem Stuhl und kam sehr langsam um den Tisch herum. Riker bemerkte, dass ihr Hüftschwung etwas ausgeprägter als zuvor auszufallen schien. Bildete er es sich nur ein oder hatten ihre Bewegungen tatsächlich etwas Aufreizendes?

Und war es im Raum plötzlich wärmer geworden?

»Am besten erinnere ich mich daran, wie meine Mutter mir Geschichten von den alten Zeiten erzählte...

vor allem über die kriegerischen Gesellschaften auf der Erde. Sie fand den japanischen Ehrenkodex besonders faszinierend und konnte diese Faszination auf mich übertragen. Zum gegenwärtigen Zeitpunkt meines Lebens bin ich vielleicht das, was man als Ronin bezeichnet … als Samurai ohne Meister. In mir brennt sehr viel Zorn, Riker … Zorn auf die *Enterprise*, weil Sie meine Mutter den Wirren des Zeitstroms überlassen haben … Zorn auf die Rückschläge meines Lebens, die mich an der Erreichung meiner gesetzten Ziele gehindert haben. Während meines ganzen Lebens habe ich versucht, diesen Zorn zu kanalisieren, um die Energie auf Ziele zu lenken, die meiner Karriere und dem Romulanischen Sternenreich dienlich sind. Nachdem ich in dieser Hinsicht gescheitert bin, suche ich nach ausgleichender Gerechtigkeit.«

»Und ich soll Ihnen dabei helfen, diese ausgleichende Gerechtigkeit herzustellen.«

Sie nickte langsam. Dann beugte sie sich vor und sprach mit leiser und kehliger Stimme. Erst jetzt bemerkte Riker, dass ihre Gegenwart etwas geradezu Berauschendes hatte. »Ich spüre, dass wir aus dem gleichen Holz geschnitzt sind, Riker. Sie wurden von der *Enterprise* im Stich gelassen, genauso wie meine Mutter. Sie haben alles, was Sie hatten, Ihrer Regierung gegeben … nur um von der Regierung die Antwort zu erhalten: ›Das ist nicht genug. Es tut uns leid, aber Sie haben einfach nicht genug getan.‹ Sie haben erfahren, dass Ihr Bestes unzureichend war und überhaupt nicht gewürdigt wurde.«

»Das«, sagte er nachdenklich, »ist leider nur zu wahr.«

Sie strich mit einem Finger am Rand seines Bartes entlang. »Es mag sein, dass ich zu Anfang große Bedenken gegen Sie hatte, Riker, das gebe ich offen zu. Aber der entscheidende Faktor ist, dass Saket von

Ihnen überzeugt war. Ich glaube, er hat Sie sogar gemocht. Und wenn Sie gut genug für Saket sind, dann sind Sie mehr als gut genug für mich. Ich glaube, dass Sie mir helfen können, Regierungen zu stürzen, die ich entmachten möchte.«

»Sie wollen, dass ich Ihnen dabei helfe, Regierungen zu entmachten.«

»Das ist richtig.«

Er versuchte, nicht zu lachen… aber noch mehr bemühte er sich, das alles nicht zu ernst zu nehmen. Denn von ihren Worten ging etwas aus, das in ihm beinahe den Eindruck erweckte, dass sie sinnvoll und verlockend klangen. Natürlich war das Unsinn. Ihre Worte übten keinen Einfluss auf ihn aus…

…außer…

…außer dass die Föderation und Starfleet ihn wirklich auf dem Trockenen hatten sitzen lassen. So war es doch! Ob Maquis oder nicht Maquis – in erster Linie war er Starfleet-Offizier. Man hätte schließlich etwas in die Wege leiten können, um ihn aus dieser Hölle herauszuholen, nicht wahr? Wie lange hatte man ihn auf Lazon verfaulen lassen wollen? Für immer? Wahrscheinlich. Ja… wahrscheinlich.

Riker musste sich anstrengen, um nicht zu sehr abzuschweifen. Er musste das Ziel im Auge behalten, das er sich gesetzt hatte: Herausfinden, was Sela vorhatte, und nach einer Möglichkeit suchen, ihre Pläne zu vereiteln. Um damit…

…was zu erreichen?

Um damit Starfleet zu beeindrucken? Als ob sich dort noch irgendwer um ihn scherte! Aber auch das war ein Punkt, in dem er und Sela sich ähnlich waren. Durch Entschlossenheit und Beharrlichkeit wollten sie beide ihrer Regierung gefallen, die ihnen den Rücken zugekehrt hatte, fast so wie Kinder, die alles taten, damit Mami und Papi sie wieder liebten.

Aber er war kein Kind. Er war William Riker…

Nein! Er war Tom Riker…

Doch gleichzeitig verabscheute er diesen Gedanken. Er war Will Riker, verdammt nochmal! Er war genauso real und lebendig und verdienstvoll wie der originale – nein, wie der andere – Will Riker.

Acht lange Jahre hatte er allein auf Nervala IV verbracht. Acht lange Jahre.

Eine der großen Schwierigkeiten, mit denen sich Normalsterbliche nur schwer abfinden konnten, war die Tatsache, dass das Leben problemlos ohne sie weiterging. Viel schlimmer war es für Tom Riker gewesen, als er hatte erfahren müssen, dass nicht nur das Leben aller anderen ohne ihn weitergegangen war, sondern auch sein eigenes! Und sein anderes Leben war so viel besser verlaufen, dass er nun dazu verdammt war, es nie wieder aufholen zu können.

Es wäre besser gewesen, wenn er allein und vergessen auf Nervala IV gestorben wäre. Dann wäre ihm die Schmach erspart geblieben, vergeblich an der Türschwelle der *Enterprise* kratzen zu müssen.

»Sie könnten sich selbst einen großen Gefallen tun, Riker.« Sela schnurrte beinahe. Sie hatte sich in seiner Nähe auf die Tischkante gesetzt, wo er ihrem berauschenden Duft ausgesetzt war. Riker hatte keine Ahnung, ob es ein natürlicher oder künstlich aufgetragener Geruch war. Auf gar keinen Fall wollte er sie danach fragen. »Und nicht nur sich selbst, sondern auch der Föderation.«

»Aha?« Er rutschte unbehaglich auf seinem Stuhl hin und her.

»Genau. Sie haben den Eindruck, dass die Föderation Sie im Stich gelassen hat. Ich weiß, dass das Romulanische Reich mich abgeschrieben hat. Aber wir könnten die Anerkennung beider Regierungen zurückgewinnen, wenn wir ihren gemeinsamen Feind vernichten…«

»Die Cardassianer?«

»Nun, gegenwärtig sind die Cardassianer offiziell die Verbündeten der Romulaner. Natürlich dürfte mein kleiner Überfall nicht gerade zur Steigerung der Beliebtheit der Romulaner unter den Cardassianern beigetragen haben, aber die Vertreter meines Volkes werden überzeugend argumentieren, dass es eine Aktion von Einzelgängern war, die nicht in ihrem Auftrag handelten. Nein, wenn ich von einem gemeinsamen Feind spreche«, sagte sie im Tonfall tiefster Verachtung, »dann meine ich die Klingonen und das Klingonische Imperium.«

»Die Klingonen.« Riker lachte schallend. »Sela, ich weiß, dass Sie vielleicht nicht ganz auf dem Laufenden sind, aber nach meinen letzten Informationen waren die Klingonen und die Föderation Verbündete.«

»Wer hier nicht auf dem Laufenden ist, ist die Föderation.« Sie schnaufte verächtlich und rümpfte angewidert die Nase. Sie war entlang der Tischkante ein Stück näher an ihn herangerückt und ließ ein Bein auf eine Weise baumeln, die am besten mit ›mädchenhaft‹ beschrieben werden konnte. Es war ein überraschend entzückender Effekt.

Acht Jahre.

Acht Jahre… ganz allein. Ohne Gesellschaft, ohne geliebte Menschen, ohne…

…ohne Frauen.

Es war eine sehr lange Zeit gewesen, diese acht Jahre. Riker hatte niemals damit gerechnet, eines Tages im Zölibat leben zu müssen. Gut, es war zu einem furchtbar kurzen Wiedersehen mit Deanna gekommen, aber die Umstände hatten die Dauer ihres Beisammenseins erheblich eingeschränkt, und danach hatten sie sich nie wiedergesehen.

Riker hatte niemals Schwierigkeiten gehabt, bei Bedarf Frauen fürs Bett zu finden. Eine hatte ihm einmal empfohlen, er sollte sich das Funkeln in seinen Augen für eine Million Krediteinheiten versichern lassen. Er hatte ernsthaft überlegt, ob er es wirklich tun sollte, nur damit er sie als Begünstigte angeben konnte – und um eine Pointe zu haben, wenn er diese Anekdote zum Besten gab.

Acht Jahre… statt des Überflusses plötzlich die totale Entbehrung…

Er räusperte sich geräuschvoll, vielleicht etwas zu geräuschvoll, aber er konnte es nicht verhindern, da seine Kehle wie zugeschnürt war.

Sela hatte sich in der Zwischenzeit weiter über die Klingonen ausgelassen.

»Sie benutzen jeden«, sagte sie kategorisch. »Sie haben die Romulaner benutzt, bis sie ihren Nutzen für sie verloren hatten. Dann verbündeten sie sich mit der Föderation, als ihre Ressourcen erschöpft waren. Nun, inzwischen haben andere mächtige Völker die Bühne betreten, nicht wahr? Mächtige Feinde wie das Dominion und die Jem'Hadar. Und die Klingonen werden sich zwangsläufig mit ihnen verbünden. Das ist ihre Natur. Sie werden sich mit dem Dominion verbünden und der Föderation den Rücken zukehren. Nein, viel schlimmer… sie werden gegen die Föderation antreten. Das ist der Eintrittspreis für den galaxisweiten Club des Dominion.«

»Das ist keineswegs gewiss…«

»War es nicht ein Terraner… ich glaube, sein Name war Santa Claus… der sagte, dass jene, die nicht aus der Geschichte lernen, dazu verdammt sind, sie zu wiederholen?«

Riker legte eine Hand auf seinen Mund, um sein Lachen zu ersticken. Aber es gelang ihm nicht hundertprozentig. »Ich… ich glaube, Sie meinen Santayana.«

»Oh.« Sela wirkte vorübergehend irritiert, doch dann schien sie die Angelegenheit mit einem mentalen Schulterzucken abzutun. »Die Namen sind sich sehr ähnlich. Aber ich war nahe dran.«

»Ja, ohne Zweifel. Die beiden werden ständig verwechselt.«

»Es geht darum«, sagte sie mit Nachdruck, »dass Sie entscheidend zur Beendigung eines Bündnisses beitragen können, das niemals hätte geschlossen werden dürfen. Außerdem«, fügte sie lächelnd hinzu, »schließen meine Pläne einen ganz bestimmten Klingonen ein. Einen Klingonen, dessen Aktivitäten Ihnen nur zu gut bekannt sein dürften.«

Im ersten Moment hatte Riker keine Ahnung, wovon sie sprach. Die Hitze, die von ihrer Gegenwart auszugehen schien, ließ ein wenig nach, als er sie verständnislos anstarrte. »Auf wen spielen Sie an?«

»Worf«, sagte sie nur und erwiderte seinen verdutzten Blick. »Wollen Sie damit sagen, dass Sie nichts davon wissen? Dass Sie gar nichts von ihrer Beziehung wissen?«

Worf. Worf von der *Enterprise*. Insoweit hatte Tom sie verstanden, aber was meinte sie mit ›Beziehung‹? Riker machte sich plötzlich Sorgen, dass er die Grenzen seiner Fähigkeiten erreicht hatte, was die Aufrechterhaltung seiner Maskerade betraf. Um Zeit zu schinden, sagte er: »Ich fürchte, ich kann Ihnen nicht mehr ganz folgen.«

»Ach, Sie Ärmster! Ich glaube, ich verstehe allmählich.« Sie griff nach hinten, zog ihren Stuhl an der Lehne heran und setzte sich. Nun befand sie sich mit Riker auf gleicher Augenhöhe, während sich ihre Knie fast berührten. Sie nahm seine Hände in ihre und ihr Gesicht zeigte einen aufrichtig mitleidigen Ausdruck. »Diese Grausamkeit... diese herzlose Grausamkeit... ein Paradebeispiel für die bösartige Mentalität der Klingonen...«

»Wovon reden Sie, verdammt noch mal!«

»Worf und Ihre geliebte Deanna Troi, zu der Sie im Schlaf sprechen – sie haben sich miteinander verlobt.«

»Ver... verlobt?« Ihm wurde schwindlig. Als er all die Jahre lang allein auf jenem gottverlassenen Planeten im eigenen Saft geschmort hatte, war Deanna tief in seinem Kopf eingeschlossen gewesen, wie in Bernstein erstarrt, und er hatte seine Beziehung zu ihr als etwas Kostbares gepflegt. Als er ihr dann an Bord der *Enterprise* wiederbegegnet war, hatte sich allem Anschein nach die perfekte Gelegenheit ergeben, alles wieder gutzumachen, was er beim ersten Mal verpatzt hatte. Er konnte es einfach nicht glauben, dass nicht längst ein anderer sie ihm weggeschnappt hatte, insbesondere... nun... er selbst, der andere Riker.

Was hatte er nicht alles versucht, jedoch letztlich ohne Erfolg!

Während seiner Zeit im Arbeitslager hatte er über alles nachgedacht, was er seit seiner Rettung unternommen hatte, doch seltsamerweise bereute er nichts – nicht einmal die Taten, die ihn die Freiheit gekostet hatten. Nichts... außer dass er erneut die Beziehung zu seiner Imzadi, zu Deanna, verpfuscht hatte. Er hatte geschworen, falls er jemals diesen cardassianischen Felsbrocken lebend verlassen sollte, würde er irgendwie versuchen, diese Beziehung zu retten.

Während all dieser Grübeleien war ihm niemals der Gedanke gekommen, dass sie etwas mit einem anderen anfangen könnte. Wenn das Schicksal dafür gesorgt hatte, dass sie all die Zeit solo geblieben war, dann mussten sie einfach füreinander bestimmt sein.

Doch nun sollte sie einen anderen haben?... Worf? Einen klingonischen Krieger? Diese Vorstellung war völlig absurd! Er war brutal, wo sie zärtlich war, er war rauh, wo sie glatt war, er war grob, wo sie sanft war...

Eine Absurdität...

Er bemerkte, dass Sela weitergesprochen hatte, und

es gelang ihm schließlich, sich wieder auf ihre Worte zu konzentrieren.

»... hielten es geheim, während Sie gemeinsam Ihren Dienst verrichteten«, mutmaßte Sela soeben und schüttelte ungläubig den Kopf. »Und als Sie in Gefangenschaft gerieten, fiel jeder Grund für Heimlichkeiten weg, so dass sie ihre Affäre in aller Öffentlichkeit zur Schau stellten.«

»Das... muss ein Irrtum sein...«

»Nein. Ich habe meine... wie soll ich sagen?... Informanten...«

»Wovon reden Sie da? Wo haben Sie Informanten?«

Sie zögerte einen Moment. »Also gut«, sagte sie dann. »Es kann nicht schaden, wenn ich ehrlich zu Ihnen bin. Unser Geheimdienst hat ermittelt, dass in einem totalen Krieg gegen das Dominion mit hoher Wahrscheinlichkeit Betazed eins der ersten Eroberungsziele für die Jem'Hadar darstellt. Sowohl die Romulaner als auch die Cardassianer behalten den Planeten genauestens im Auge, durch ein Netzwerk aus Agenten, Informanten und so weiter.«

»Und?«

»Auch wenn ich zur Zeit vielleicht ein Samurai ohne Meister bin, so verfüge ich doch über gut positionierte Quellen im romulanischen Informationsnetzwerk. Ich höre von vielen Dingen. Sobald ich von Ihrem Interesse an Deanna Troi erfahren habe, ließ ich völlig selbstverständlich überprüfen, welchen Aktivitäten sie in letzter Zeit nachgegangen ist. Und es stellte sich heraus, dass sie erst vor kurzem nach Betazed zurückgekehrt ist... in Begleitung ihres Verlobten Mr. Worf. Deannas Mutter, Lwaxana Troi, veranstaltete daraufhin eine recht große Gesellschaft. Eine Art Willkommensparty.«

Riker sah aus, als hätte man ihm mit einem Ziegelstein ins Gesicht geschlagen. »Deanna... und Worf.

Nein, er... er ist einfach nicht der Richtige für sie... Wie konnte er es zulassen...?«

»Wie konnte er es zulassen?«

Riker hielt plötzlich den Atem an. Er hatte sich verplappert, da er natürlich Will Riker, seinen Doppelgänger, gemeint hatte.

Doch Sela sprach unbeirrt weiter. »Er ist ein Klingone, Riker. Darauf will ich hinaus. Er hat es zugelassen, weil er es genauso geplant hatte. Begriffe wie Loyalität oder Anstand sind ihm fremd. Und wie alle seine Artgenossen will er das haben, was er bekommen kann, weil er der Stärkere ist. Er betrachtet Deanna als Eroberung, mehr nicht.«

Dann nahm Tom Riker ein Dröhnen in seinem Kopf wahr, einen Wirbel der Emotionen, die in ihm tobten. Wut auf Will Riker, Zorn auf Worf, Sehnsucht nach Deanna in Verbindung mit dem Gefühl, betrogen worden zu sein, und einem Verlangen...

...einem Verlangen, das sich regte, als würde es ein eigenes Leben führen. Das Verlangen, zu lieben und geliebt zu werden, das Verlangen, eine Frau in den Armen zu halten und von ihr begehrt zu werden. Das Verlangen, sich in einen Abgrund der Leidenschaft und der Empfindungen zu stürzen, um die Gefühle freizulassen, die in ihm tobten...

Es war, als würde Sela dieses Verlangen spüren. Sie hatte ihre Hand an seinen Hals gelegt, als wollte sie seinen Pulsschlag ertasten. Ihm war, als wäre sie überall – in seinem Geist, in seiner Seele –, und als sie wieder sprach, spürte er ihren warmen Atem an seinem Ohr.

»Sie können Sie zurückgewinnen«, flüsterte Sela. »Sie können sie dem Kerl entreißen... und ich kann Ihnen dabei helfen... ich kann Ihnen helfen, alles zu erreichen, was Sie sich wünschen, weil wir von einer Art sind... wir beide sind die Außenseiter, die Vergessenen... wir können uns gegenseitig helfen, Riker...

wir sind ein gutes Team… und es gibt etwas, wonach Sie sich sehnen… nicht wahr…?«

Obwohl sich diese starke Sehnsucht in seinem Geist und seinem Körper aufgebaut hatte, wusste er nicht, dass er seine Lippen auf ihre drücken würde, bis er es wirklich tat. Er hatte nicht geahnt, dass er sie mit einer Wildheit packen würde, die selbst ihn erstaunte, um ihren Körper an seinen zu pressen, um die festen Formen unter ihrer Kleidung zu spüren, die Straffheit ihres flachen Bauches und ihrer schlanken Muskeln. Er spürte, wie sie in seinen Mund keuchte, bis sie die Wildheit seines Kusses mit ebenbürtiger Intensität erwiderte…

9

Worf war sich nicht völlig sicher gewesen, was er bei seiner Ankunft in Lwaxana Trois Haus erwarten sollte, aber es war bestimmt nicht der Anblick Lwaxanas in Kampfmontur gewesen.

Es war ein recht warmer Morgen, wie er typisch für Betazed war. Das Gras war noch taufeucht und Worf fühlte sich unerklärlicherweise erfrischt und belebt. Er wusste nicht, warum, aber er war voller Zuversicht, dass alle Schwierigkeiten nun in Ordnung kommen würden. Diese Zuversicht hielt bis zu jenem Zeitpunkt an, als Lwaxana die Tür öffnete und er entschied, dass nun nichts mehr gewiss war.

Allein die Tatsache, dass sie persönlich die Tür öffnete, statt Mr. Homn damit zu beauftragen, war überraschend genug. Doch Worf hätte niemals erwartet, sie je in einer solchen Kluft zu erleben. Sie war ohne Make-up und hatte das lange Haar mit einem Tuch zusammengebunden. Sie trug einen eng anliegenden, einteiligen blauen Anzug mit dicken Polsterungen an den Schultern, über dem Brustkorb und den Oberarmen sowie um die Hüften. In beiden Händen hielt sie jeweils einen langen Stab. An den Enden der Stäbe schienen sich kleine Lichter zu befinden, die zur Zeit jedoch nicht brannten.

Als weiterer ungewöhnlicher Faktor kam hinzu, dass sie lächelte. Worf konnte sich nicht entscheiden, welcher dieser Faktoren der beunruhigendste war.

Er beschloss, lediglich den weniger augenfälligen der

zwei Aspekte zu kommentieren, die er an Lwaxana Troi wahrnahm. »Guten Morgen, Mrs. Troi. Sie scheinen heute bei guter Laune zu sein.«

»Bitte sagen Sie doch ›Lwaxana‹. Wir wollen nicht so förmlich sein. Und was Ihre Frage betrifft: Ja, meine Stimmung ist ausgezeichnet. Kommen Sie doch herein!« Sie winkte ihm, ihr zu folgen. Er tat es und nahm sich einen kurzen Moment Zeit, um zu entscheiden, ob es sich tatsächlich um Lwaxana Troi oder eine nahezu perfekte Nachbildung handelte.

»Der Grund für meine ausgezeichnete Stimmung ist der, dass ich von Odo gehört habe.«

»Odo?« Er runzelte die Stirn. »Sicherheitschef Odo?«

»Oh, ich hätte wissen müssen, dass Sie ihn kennen. Schließlich arbeitet er auf demselben Gebiet wie Sie. Er sorgt auf *Deep Space Nine* für Recht und Ordnung. Waren Sie schon einmal dort?«

»Ja, aber ich halte nicht allzu viel von Raumstationen.«

»Wirklich?« Sie warf ihm einen Blick über die Schulter zu. »Warum nicht?«

»Es gefällt mir nicht, wenn ich auf einer bewegungslosen Zielscheibe sitze.«

»Worf, Worf, Worf«, seufzte sie, »müssen Sie denn alles nach militärischen Kriterien beurteilen?«

»Ja.«

»Nun, zumindest sind Sie ehrlich. Was Odo und mich betrifft, wir haben eine… besondere Beziehung. Ich habe heute früh ein Vid von ihm erhalten. Würden Sie es gerne sehen?«

»Nein…«

»Dann werde ich Ihnen davon erzählen. – ›Mrs. Troi‹«, zitierte Lwaxana in singendem Tonfall aus dem Gedächtnis, »›ich möchte den Eingang Ihrer letzten Nachricht bestätigen. Während ich davon überzeugt bin, dass Ihre Bemerkungen schmeichelhaft gemeint waren, muss ich Ihnen leider sagen, dass die Wünsche, denen Sie Ausdruck verliehen haben, völlig abwegig sind und dass sich unsere fortgesetzte Korrespondenz als äußerst unangenehm für beide Seiten erweist... insbesondere für mich, wie es scheint.‹ – Wir haben eine ganz besondere Art von Beziehung, Odo und ich«, setzte sie mit normaler Stimme hinzu.

»›Auch wenn Sie der gegenteiligen Ansicht sind, geht unsere Beziehung nicht über eine reine Freundschaft hinaus‹«, fuhr Lwaxana fort. »›Und an diesem Punkt muss ich sagen – auch auf die Gefahr hin, damit Ihre Gefühle zu verletzen –, dass unsere Liaison immer flüchtiger wird. Ich bitte Sie... wenn Sie diese Korrespondenz unbedingt fortsetzen möchten, dann sollten Sie es auf förmlichere und streng platonische Weise tun... und vorzugsweise mit Nachrichten, die weniger Zeit beanspruchen als...‹« Lwaxana dachte kurz nach. »›...dreiundneunzig Minuten und achtzehn Sekunden.‹«

Schließlich wandte sie sich wieder Worf zu und strahlte ihn mit glücklicher Miene an. »Sie können es vielleicht nicht beurteilen, aber das waren geradezu zärtliche Worte verglichen mit unserer bisherigen Kommunikation. Es besteht kein Zweifel, dass er sich für mich erwärmt. Ist er nicht ein wunderbarer Mann?«

»Seine Offenheit ist bewundernswert... wenn auch wirkungslos«, stellte Worf fest. »Von welcher Spezies ist er?«

»Ich bin mir nicht ganz sicher. Ich weiß nicht einmal, ob er es weiß. Auf jeden Fall ist er ein Gestaltwandler. Und ein brillanter Gesetzeshüter. Wenn Sie jemals in eine schwierige Situation geraten, sollten Sie sich unbedingt an ihn wenden... Er ist der beste Mann... oder was auch immer...« Dann schien sie ihn urplötzlich aus ihren Gedanken verdrängt zu haben und sagte: »Hier entlang, Worf.«

Sie führte ihn in einen Garten mit hohen Bäumen, die viel Schatten spendeten. Eine große Terrasse war mit farbenfrohen Mosaiken dekoriert. Worfs Aufmerksamkeit wurde von diesen Mosaiken gefesselt, ohne dass er den Grund dafür erkannte. Sie hatten etwas, das das Auge fesselte. Es gab jedoch einen Bereich, der sich deutlich abhob. Es war eine rechteckige Fläche mit einer Länge von etwa sieben und einer Breite von drei Metern und im Gegensatz zur sonstigen Terrasse schien der Boden hier mit einem weichen, gummiartigen Material ausgelegt zu sein. Lwaxana trat an das gegenüberliegende Ende und gab Worf mit dem Wink eines Stabes zu verstehen, dass er sich auf der anderen Seite aufstellen sollte. Er tat es, während er das unangenehme Gefühl hatte, bereits zu wissen, worauf die Sache hinauslaufen sollte.

»Warum sind Sie hier, Worf?« fragte Lwaxana. Sie stand mehrere Meter von ihm entfernt und hielt die Stäbe locker übereinander gekreuzt.

»Ich habe versprochen, hier zu sein.«

»Sind Sie glücklich darüber?«

»Das ist irrelevant.«

»Glück ist niemals irrelevant, Worf.«

»Natürlich ist es das. Zumindest sehr häufig. Das Wichtigste im Leben ist die Pflicht. Glück spielt darin keine Rolle.«

»Aber wenn Sie kein Glück daraus gewinnen, welchen Sinn hat das Ganze dann?« Sie schien aufrichtig verblüfft zu sein.

»›Glück‹, wenn Sie unbedingt diesen Begriff benutzen wollen, entsteht aus dem Wissen, dass man seine Pflicht erfüllt hat.«

»Aber es nur zu wissen, ist nicht genug. Zum Beispiel ist es die Pflicht einer Tochter des Fünften Hauses, einer Tochter das Leben zu schenken, damit sie die Traditionen des Hauses fortführt. Wenn es mich nicht glücklich machen würde, Deanna zu haben… wenn ich meine Rolle als Mutter lediglich als erfüllte Pflicht betrachten würde, was für eine Mutter wäre ich dann?«

»Eine klingonische Mutter.«

Sie seufzte und schüttelte den Kopf. »Worf… seien Sie aufrichtig zu mir…«

»Bleibt mir eine andere Wahl?«

»Nein«, sagte sie sachlich. »Sie glauben, es gäbe nichts, das Sie von mir lernen könnten, nicht wahr?«

Er antwortete nicht.

»Sie glauben«, sprach sie weiter, »dass Betazoiden nur den Frieden lieben… und die Kontemplation… und dass wir deshalb schwach sind.«

»Ich würde Deanna nicht heiraten wollen, wenn ich glaubte, dass Betazoiden schwach sind.«

»Vielleicht. Oder Sie betrachten sie einfach nur als Ausnahme von der Regel. Oder sie ist in Ihren Augen schwach… und minderwertig… und damit leicht zu beherrschen und keine Bedrohung Ihrer Überlegenheit.«

»Das ist nicht wahr!« erwiderte er gereizt.

»Na gut«, sagte sie gelassen. »Aber jetzt wollen wir mal sehen… ob ich Ihnen noch ein paar Dinge beibringen kann. Einige Dinge, die unsere Philosophie und unsere Lebensweise betreffen. Und vielleicht, nur vielleicht, sind ein paar Dinge dabei, die Sie auch für Ihr Leben gebrauchen können, nicht nur als Ehemann einer Betazoidin, sondern auch als Klingone.« Sie warf ihm einen der beiden Stäbe zu, den er mühelos auffing. Dann hob sie ihren Stab waagerecht hoch und hielt ihn locker zwischen Daumen und Zeigefinger beider Hände.

Worf starrte sie mit unverhohlenem Erstaunen an. »Wollen Sie etwa mit mir kämpfen?«

»Sie glauben, dass die betazoidische Philosophie uns schwach macht. Reif für die Eroberung. Ich möchte

Ihnen das Gegenteil beweisen. Wir waren nicht immer die nachdenklichen und empfindsamen Philosophen, als die Sie uns kennen gelernt haben. Auch wir haben Kriege geführt und Gewalt ausgeübt. Wir haben gelernt, wie wichtig es ist, diese Dinge zu überwinden. Auch Sie werden es lernen.« Sie zeigte auf die Stäbe. »Dieses kleine Spiel nennt sich *B'thoon*. Die Lichter am Ende der Stäbe leuchten auf, wenn sie mit dem Gegner in Kontakt kommen. Die Schläge können gegen jeden Körperteil geführt werden, aber nur Treffer zwischen Hals und Taille zählen als Punkt.«

»Ich möchte Ihnen nicht wehtun.«

»Keine Sorge. Das werden Sie auch nicht.«

Sie sprach mit überraschendem Selbstvertrauen. Mit einem leichten Schulterzucken bezog Worf Stellung und hob ebenfalls den Stab. Er bemühte sich, den Eindruck zu erwecken, dass er sich herausgefordert fühlte, was angesichts einer Betazoidin mittleren Alters als Gegnerin nicht so einfach war.

Lwaxana stieß einen Kampfschrei aus, ließ den Stab rasend schnell rotieren und kam auf ihn zu.

Worfs Stab traf sie direkt in den Bauch und leuchtete auf. Lwaxana kippte wie ein Sack Kartoffeln um und lag eine Weile keuchend am Boden.

»Sind Sie verletzt?« fragte Worf und streckte ihr seine Hand hin, um ihr aufzuhelfen.

Lwaxana verschmähte die Hand voller Stolz und verletzter Würde. Sie rammt den Stab in die Erde und stemmte sich daran hoch. Sie schnappte nach Luft und sagte schließlich: »Sie sind schnell, Worf. Das muss ich Ihnen lassen. Und ich bin leider ein wenig eingerostet.« Dann sammelte sie ihren ganzen Stolz. »Aber ich war die *B'thoon*-Meisterin meiner Abschlussklasse. So leichtes Spiel werden Sie nicht noch einmal mit mir haben.«

Erneut ging sie in Position, näherte sich ihm diesmal jedoch etwas vorsichtiger. Worf rührte sich überhaupt nicht von der Stelle. Er blieb einfach wie angewurzelt stehen und reagierte lediglich mit einer leichten Drehung des Oberkörpers. Dann griff sie an und führte mehrere schnelle Schläge gegen seinen Brustkorb und seine Arme. Doch Worf blockte sie ohne allzu große Anstrengung ab, duckte sich unter einem ausholenden Hieb weg und nutzte die Gelegenheit, seinen Stab zwischen ihre Füße zu platzieren, um sie zu Fall zu bringen. Lwaxana stolperte und stürzte schwer zu Boden. Obwohl das weiche Material den Aufprall abfederte, war Lwaxana sichtlich angeschlagen.

Das ist absurd, dachte er.

Lwaxana kam bereits etwas langsamer auf die Beine, aber ihre Entschlossenheit schien nicht nachgelassen zu haben. Ihr Haar war leicht zerrauft und hing ihr in Strähnen ins Gesicht. Sie schob sie beiseite und wappnete sich. »Noch einmal.«

»Lwaxana…«

»Jetzt!«

Es folgte ein schneller Schlagabtausch und diesmal traf er sie knapp unterhalb der Rippen. Sie wurde nicht umgeworfen, aber sein Stab leuchtete auf.

»Noch einmal«, sagte sie, während sich ihre Wut steigerte.

Wieder schlugen die Stäbe gegeneinander. Worf drehte sich weg und wich damit einer heftigen Attacke aus, worauf er einen Treffer knapp unter ihrem dritten Rückenwirbel landete. Sie fuhr herum und in ihrem Gesicht stand eiskalter Zorn. »Ich kann es schaffen«, verkündete sie.

»Lwaxana…«

»Ich kann es schaffen!«

Wieder ging sie auf ihn los.

Und wieder.

Und wieder.

Jedesmal wehrte er ihre Schläge ab oder wich ihnen

aus. Einige Male hätte sie beinahe einen Treffer erzielt, aber größere Erfolge gelangen ihr nicht. Immer wieder brachte er sie nach einem kurzen Schlagabtausch in Bedrängnis, ohne seine Kräfte allzu sehr zu erschöpfen.

Er wartete darauf, dass Lwaxana aufgab.

Aber sie wollte nicht.

Ihr Gesicht und ihre Kleidung waren bald schweißgetränkt. Ihr Atem ging immer schwerer. Ihre Bewegungen wurden langsamer und bei jedem neuen Angriff musste sie sich mehr anstrengen. Ihr Anblick schmerzte Worf. Nachdem sie etwa dreißigmal zu Boden gegangen war, machte Worf sich allmählich ernsthafte Sorgen. Es würde keinen guten Eindruck auf Deanna machen, wenn ihr Verlobter für den Tod seiner künftigen Schwiegermutter verantwortlich war. Er bemühte sich, nicht zu viel Kraft in die Schläge zu legen, mit denen er ihre Angriffe abwehrte, aber Worf war es nicht gewohnt, zurückhaltend zu kämpfen. Für die meisten Klingonen war es undenkbar, einen Gegner im Kampf zu schonen.

Lwaxana lief der Schweiß in Strömen über das Gesicht und sie musste hektisch blinzeln, weil er ihr ständig in die Augen geriet. Ihr Haar hing in verfilzten Strähnen herab. Sie brachte sich wankend für die nächste Runde in Stellung und es dauerte einen Moment, bis sie ihr Gleichgewicht wiedergefunden hatte. Worf wartete ab.

»Lwaxana… Sie können jederzeit aufhören«, sagte er.

Ein tiefes Krächzen kam aus ihrer Kehle, als hätte ihr Körper sämtliche Feuchtigkeit nach außen abgegeben. »Sie… zuerst…«, sagte sie.

Dieser eine Satz, diese trotzige Erwiderung ließ Worf verstehen, was für sie auf dem Spiel stand. Sie kämpfte nicht nur gegen ihn. Sie kämpfte gleichzeitig mit der Erinnerung an ihre Jugend, mit dem, was sie früher einmal gewesen war. Lwaxana Troi war eine Frau, für die Selbstachtung genauso überlebenswichtig war wie Sauerstoff und Licht für andere.

Sie zuerst, hatte sie gesagt.

Worf musste nur aufgeben, wenn er dem bösen Spiel ein Ende bereiten wollte. Mehr war nicht nötig. Er musste nur sagen, dass er genug hatte. Er musste der Erste sein, der kapitulierte.

Er öffnete den Mund, um es zu sagen…

…doch die Worte blieben ihm in der Kehle stecken.

Kapitulieren? Das kam überhaupt nicht in Frage! Lwaxana kämpfte gegen die Dämonen ihrer verlorenen Jugend. Zum Teufel damit! Worf musste sich jeden Tag mit dem gleichen Problem auseinandersetzen und diesen Kampf konnte man nicht einfach aufgeben.

Langsam schüttelte er den Kopf und hob erneut seinen Stab. Lwaxana nahm seine Bereitschaft zur Fortsetzung des Kampfes mit einem Grunzen zur Kenntnis. Sie leckte sich über die aufgesprungenen Lippen, ohne dass sie dadurch wesentlich feuchter wurden, und wappnete sich für die nächste Attacke.

Mit überraschender Wendigkeit schlug sie nach seinen Beinen. Er stolperte, ging nieder, rollte sich am Boden ab, konterte ihren nächsten Hieb und traf sie erneut in den Bauch… leichter als beim ersten Mal, aber keineswegs schmerzlos. Sie beugte sich vornüber, wich schwankend vor ihm zurück und versuchte sich wieder zu fangen. Und er hörte, wie sie etwas murmelte, so leise, dass ihr offenbar nicht bewusst war, dass er sie verstehen konnte.

»Nur einmal«, flüsterte sie keuchend, »nur einmal…«

Nur einmal.

Mehr war allem Anschein nach wirklich nicht nötig. Die Frau hatte ihren Stolz, aber sie musste inzwischen bemerkt haben, dass sie ihren Meister gefunden hatte.

Lwaxana Troi konnte eine Nervensäge sein, aber sie war keineswegs verrückt. Zu diesem Zeitpunkt kämpfte sie nicht mehr in der Hoffnung, ihn doch noch irgendwie zu besiegen oder ihm zu beweisen, wie zäh Betazoiden sein konnten. In diesem Kampf ging es nur noch um ihre Eitelkeit. Sie konnte die Arena nicht verlassen, ohne Worf wenigstens einen Treffer zugefügt zu haben. Er konnte sogar schon hören, wie sie auf ihre unverwechselbare Weise anderen von diesem Kampf erzählen würde: »Wir standen uns also gegenüber, der Klingonenkrieger und ich. Wir lieferten uns einen Schlagabtausch mit den *B'thoon*-Stäben und dann plötzlich: Zack! Ich traf ihn mitten in die Brust!« Natürlich würde sie die ersten drei Dutzend Attacken unerwähnt lassen, die sie nicht für sich hatte entscheiden können.

Und es ging auch nicht nur darum, die Geschichte erzählen zu können. Wenn er ihr gestattete, einen einzigen Treffer zu landen – natürlich ohne dass sie seinen Betrug bemerkte –, dann würde ihr Selbstwertgefühl wieder einen beträchtlichen Schub erhalten.

Nur einen Treffer. Nur einen einzigen.

Er musste nur einen Schlagabtausch verpfuschen. Sich einen Tick langsamer bewegen, eine Sekunde langsamer reagieren, dann würde ihr Stab seinen Arm oder etwas anderes berühren. Dann hätte sie ihren Punkt gemacht und einen moralischen Sieg errungen, der es ihr ermöglichte, zurückzutreten und zu verkünden: »Jetzt sind wir fertig.«

Er sah, wie sie sich auf einen weiteren Angriff vorbereitete. Sie machte zwei schnelle Schritte – zumindest waren sie unter diesen Umständen verhältnismäßig schnell – und fingierte dann einen Hieb gegen seinen Kopf. Allerdings war es eine recht erbärmliche Finte. Ihr Plan war so durchsichtig, dass Worf sofort erkannte, was sie beabsichtigte. Sie wollte den Stab umdrehen und dann den eigentlichen Angriff gegen seinen Brustkorb führen, möglicherweise gegen seinen Solarplexus. Aber es genügte völlig, wenn er sich durch die Finte ›täuschen‹ ließ. Wenn er den Stab hob und den Schlag abwehrte, war sein Bauch ungedeckt.

All dies ging ihm innerhalb einer Sekunde durch den Kopf.

Lwaxanas Stab sauste auf seinen Kopf zu und Worf tat so, als wollte er ihn blockieren. Dann drehte sie den Stab und versuchte ihn damit in den Bauch zu treffen.

Der Hieb verfehlte das Ziel um mehrere Zentimeter... weil Worfs Hand plötzlich vorgeschnellt war und den Stab ein Stück unterhalb des Endes gepackt hatte, außer Reichweite des Sensors, damit die Berührung nicht als Treffer registriert wurde. Lwaxana konnte den Stab nicht mehr gegen die überlegene Kraft des Klingonen bewegen, bis Worf den Stab in ihre Richtung schob. Doch er hatte seine eigene Kraft und die Widerstandskraft, die Lwaxana noch geblieben war, falsch eingeschätzt. Die Waffe rutschte ihr einfach durch die schweißnassen Hände und berührte sie an der Stirn.

»Lwaxana!«

Sie stand einen Moment lang schwankend da, während sich ihre Augen trübten und allmählich wieder klärten.

»Lwaxana, ist alles in Ordnung? Möchten Sie sich setzen?«

»Eine ausgezeichnete Idee, Pierre«, erklärte Lwaxana. »Die Maiskuchen sehen heute zum Anbeißen aus.« Und damit stürzte sie wie ein gefällter Baum um. Wenn Worf sie nicht aufgefangen hätte, wäre sie mit dem Gesicht auf dem Boden aufgeschlagen.

»Und wie laufen deine Unterrichtsstunden?« fragte Deanna mit strahlend lächelnder Miene über Vidcom.

»Nun... den Erwartungen entsprechend«, erwiderte Worf, der im Foyer des Anwesens der Troi stand.

»Hast du den Eindruck, schon etwas gelernt zu haben?« Ihre Frage klang beinahe neckisch. Worf fragte sich, wie neckisch Deanna reagieren würden, wenn sie wüsste, dass er beinahe die Hüterin der Heiligen Ringe von Betazed enthauptet hätte.

»Oh... ja, sicher.«

»Und was?«

Worf suchte verzweifelt nach einer Antwort oder einem Ausweg, bis er auf die vermutlich älteste Ausrede der Zivilisationsgeschichte verfiel. »Ich... muss jetzt gehen... Ich habe gehört, wie deine Mutter mich gerufen hat.«

»Ich nicht«, sagte Deanna verblüfft.

Worf tippte sich gegen die Schläfe. »Hier drinnen.«

»Oh. Natürlich, wie dumm von mir. Es freut mich, dass ihr beiden so gut miteinder zurechtkommt. Wir sehen uns später. Ich liebe dich.« Damit trennte sie die Verbindung.

Kopfschüttelnd ging Worf zu Lwaxanas Schlafzimmer, wo die Frau auf dem Bett lag. Mr. Homn hatte ihr soeben eine Art Kompresse mit grüner Flüssigkeit auf die Stirn gelegt. Sie hatte sich ein schlichtes weißes Hemd übergezogen und Worf sah Schürfwunden an ihren Oberarmen. Er zuckte innerlich zusammen, sagte aber nichts, sondern fragte sich nur, wie wütend sie sein mochte.

Ohne den Kopf zu drehen, richtete sie ihren Blick auf ihn und zu seiner Überraschung besänftigte sich ihre Miene zu... nun, es war nicht gerade Zuneigung, aber auch nicht offene Feindseligkeit. Sie wirkte eher ein wenig... traurig. »Setzen Sie sich, Worf.«

Er blickte sich suchend nach einem Stuhl um und stellte leicht verdutzt fest, dass Mr. Homn ihm einen gebracht hatte. Er hatte nicht einmal bemerkt, dass der riesige Diener von Lwaxanas Seite gewichen war, so lautlos hatte er sich bewegt. Worf fragte sich unwillkürlich, wie viel es noch geben mochte, was er über Homn nicht wusste.

Worf setzte sich mit kerzengeradem Rücken hin. Er hatte nicht die geringste Ahnung, was ihn erwartete.

»Sagen Sie mir... was Sie gedacht haben. Gegen Ende unseres Kampfes, meine ich.«

»Warum wollen Sie das wissen?«

»Weil es mich interessiert«, sagte sie sachlich.

»Nein, ich meine... warum sagen Sie mir nicht einfach, was ich gedacht habe?«

Sie stieß ein kurzes, ungeduldiges Schnauben aus, als würde sie sich ärgern, dass er danach fragen musste. »Worf... ob Sie es glauben oder nicht, ich bin in der Lage, meine Fähigkeiten ein- und auszuschalten. Hier geht es um Sie. Wenn ich Ihnen sage, was Sie gedacht haben, würde es nur um mich gehen.«

»Also gut. Aber ich könnte Ihre Gefühle verletzen...«

»Verletzen Sie mich ruhig«, sagte sie trocken.

»Ich... habe Sie bedauert. Ich hielt Sie für ein bemitleidenswertes Geschöpf.«

»Gut.«

Er blinzelte verwirrt. »Gut?«

»Ja. Genau das wollte ich erreichen. Sie haben doch nicht gedacht, ich hätte wirklich geglaubt, dass ich es in körperlicher Hinsicht mit Ihnen aufnehmen könnte?«

»Nun...« Die Frage stand ihm deutlich ins Gesicht geschrieben: *Und was sollte das Ganze?*

»Welche Möglichkeiten haben Sie in Erwägung gezogen, Worf? Angesichts dieser bemitleidenswerten, verzweifelten alten Frau, die fest entschlossen schien, sich irgendetwas beweisen zu müssen... Was ging Ihnen durch den Kopf?«

»Ich… habe überlegt, ob ich aufgebe.«

»Aber Sie haben es nicht getan.«

»Nein. Dann wollte ich Ihnen gestatten, einen Treffer anzubringen.«

»Aber auch das haben Sie nicht in die Tat umgesetzt.«

»Nein.«

»Warum?«

»Weil… ich dachte, ich würde damit Ihre Ehre verletzen. Sie hatten es verdient, dass ich mir alle Mühe gebe.«

»Ach, Tribblescheiße!« erwiderte Lwaxana.

Wäre Worf ein delianischer Optipode gewesen, wären ihm jetzt die Augen aus dem Kopf gesprungen. *»Wie bitte?«*

»Sie haben mich völlig richtig verstanden. Ihre Entscheidungen, ihre Kampfstrategie, all das hatte nichts mit meiner ›Ehre‹ zu tun. Sie konnten sich einfach nicht dazu überwinden, irgendetwas zu tun, das möglicherweise als Schwäche interpretiert werden könnte. Aufzugeben oder mir einen Treffer zu ermöglichen, hätte Ihren klingonischen Stolz gefährdet.«

»Das ist nicht wahr.«

»Aber sicher ist es wahr! Sie hatten es mit einem hilflosen Gegner zu tun. Sie hätten sich jederzeit vom Kampf zurückziehen können. Aber Sie weigerten sich, obwohl Sie mir überhaupt nichts beweisen mussten. Und gegen Ende habe ich ›Nur einmal‹ gesagt, gerade laut genug, dass Sie es verstehen konnten. Sie hätten sich etwas überlegen können, um mir einen Punkt zu gönnen, um meinen ›Stolz‹ zu retten. Aber Ihr eigener Stolz ließ es nicht zu. Sie selbst und Ihr Pflichtbewusstsein waren für Sie das Wichtigste… in diesem Fall war es Ihr Pflichtbewusstsein gegenüber dem klingonischen Ehrenkodex, sei er nun wirklich oder eingebildet. Sie konnten einer hilflosen Frau nicht einmal den winzigsten Triumph gönnen, weil es Ihre Ehre bedroht hätte. Sie mussten kämpfen, Sie konnten nicht mehr zurück, Sie konnten es nicht anders rechtfertigen, ganz gleich, wie sehr Sie sich bemühten. Ihr Problem, Worf, besteht darin, dass Sie sich selbst viel zu wichtig nehmen.«

Worf starrte sie fassungslos an. »Bei allem gebührenden Respekt, Lwaxana, aber wenn es um das Thema Selbstwertgefühl geht, fühle ich mich einfach nicht in der Lage, mich auch nur ansatzweise Ihrer Haltung anzunähern. Wie oft mussten wir uns schon die stolze Auflistung Ihrer diversen Titel anhören?«

Sie richtete sich auf, jedoch etwas zu hastig, denn aus Ihrer Perspektive schien sich der Raum plötzlich auf gefährliche Weise zu neigen. Seufzend lehnte sie sich wieder zurück und drückte sich die Kompresse an den Kopf. »Ein berechtigter Einwand, Worf. Allerdings bin ich durchaus in der Lage, meine eigenen Interessen zurückzustellen. Glauben Sie, ich hätte mich sonst freiwillig auf unser kleines Sparring einlassen können? Ich gebe zu, dass es mir nicht leicht fällt, und je älter ich werde, desto fester werden die Bahnen, in denen ich mich bewege. Aber ich bin durchaus fähig, mich zu besinnen… und mich selbst nicht so wichtig zu nehmen.«

»Das verstehe ich nicht.«

Diesmal setzte sie sich etwas behutsamer auf. Neben dem Bett stand eine Vase mit Schnittblumen und mit äußerster Vorsicht nahm sie eine heraus. Es war eine große, duftende Blume mit unterschiedlich gefärbten Blütenblättern. Sie brach den Stiel ab und legte die Blütenknospe in ihre offene Hand. »Das Wesen der Betazoiden… ist wie das Wesen dieser Blume, Worf. Schauen Sie sie an. Sehen Sie ihre Schönheit? Riechen Sie Ihren Duft? Sehen Sie die vielen Blütenblätter, die die Knospe umgeben?«

Er nickte.

Dann pflückte Lwaxana ein Blütenblatt nach dem anderen ab. Sie tat es sehr vorsichtig und unter jedem Blatt kam eins in anderer Farbe zum Vorschein. Als sie sprach, tat sie es so leise, dass er sich anstrengen musste, um sie zu verstehen.

»Die Blüte setzt sich aus der Gesamtheit verschiedener Schichten zusammen«, sagte sie zu ihm. »Auch wir bestehen aus verschiedenen Schichten von unterschiedlicher Textur. Unsere Erfahrungen, unsere Lebensgeschichte, unsere Vorlieben und Abneigungen, alles gehört zusammen. Aber Sie dürfen sich nicht durch den Anschein täuschen lassen. Es sind nicht mehr als Einzelaspekte, die von außen sichtbar sind. Doch wenn man das alles wegnimmt, was bleibt dann übrig?«

Sie hob die Hand. Sie war leer. Die Blütenblätter waren über die Bettdecke verstreut.

»Nichts… nichts bleibt übrig«, sagte Worf.

Doch sie schüttelte den Kopf. »Falsch«, erwiderte sie lächelnd. »Die Blüte ist immer noch da. Ich spüre sie auf meiner Hand… ich spüre ihre Textur, ihr leichtes Gewicht. Ich habe immer noch ihren Duft in der Nase. Das Wesen, die Essenz ist übrig geblieben, auch wenn nichts mehr zu sehen ist. Sie glauben nur an das, was Sie sehen und anfassen können, Worf. Sie glauben an sich selbst. Sie müssen die Fähigkeit erlernen, sich selbst beiseite zu schieben, sich unwichtig zu machen. Erst wenn Sie nichts geworden sind… können Sie zu etwas werden.«

»Das ist Unsinn«, knurrte er. »Die Ehre eines Klingonen lässt sich weder sehen noch anfassen. Daran glaube ich.«

»Sie glauben daran, weil sich diese Vorstellung an Resultaten orientiert. Sie gibt Ihnen etwas Konkretes. Wenn Sie sich an diesen ethischen Kodex halten, erwerben Sie Titel, Besitz oder einen höheren Stand. Oder es macht Sie für das andere Geschlecht begehrenswerter. Oder es verringert zumindest die Möglichkeiten, von anderen Klingonen getötet zu werden, da viele dieser Möglichkeiten als unehrenhaft ausscheiden.«

»Es gefällt mir nicht, wie Sie mit einem kalten Lächeln meine Lebensweise diskreditieren.«

»Ich diskreditiere sie nicht, Worf. Ich denke lediglich darüber nach, anstatt sie blind zu akzeptieren. Haben Sie das noch nie getan?«

Sein Unterkiefer zuckte leicht, als er die Gesichtsmuskeln verärgert anspannte.

»Warum haben Sie Duras getötet? Was haben Sie damit bezweckt?«

Die Frage traf ihn völlig unvorbereitet. »Woher wissen Sie davon?«

»Es steht in Ihrer Dienstakte. Ich habe sie mir gestern abend durchgelesen. Jean-Luc hat Ihnen einen offiziellen Verweis erteilt. Ich möchte gerne den wahren Grund wissen.«

»Er hat K'Ehleyr getötet, Alexanders Mutter.«

»Das war der Auslöser für Ihre Tat, aber nicht der Zweck.«

»Ich nahm das Recht der Vergeltung in Anspruch.«

»Das war die Rechtfertigung.« Sie schwang herum, so dass ihre Beine über die Bettkante hingen. »Noch einmal: Was war der Zweck?«

»Die Vergeltung für den Tod von K'Ehleyr«, sagte er mit wachsender Ungeduld. Er reagierte mit zunehmendem Unbehagen, sogar mit Verärgerung darauf, in welche Richtung diese Diskussion sich bewegte.

Lwaxana schüttelte den Kopf. »K'Ehleyr war tot, Worf. Duras konnte ihr nichts mehr antun und Sie konnten nichts mehr für Sie tun.«

»Er diffamierte meinen Vater als Verräter... und er raubte mir die Ehre...«

»Und nachdem seine Schandtaten offenbar wurden, wäre der Name Ihres Vaters reingewaschen und Ihre kostbare Ehre wiederhergestellt gewesen. Also frage ich Sie noch einmal. Was war der Zweck…?«

Worf sprang plötzlich auf, die Hände zu Fäusten geballt, und brüllte in einer Lautstärke, die das Haus erzittern ließ: *»Weil ich seinen Tod wollte!«*

Eine Hand schlug auf seine Schulter und drückte ihn mit überraschender Kraft auf den Stuhl zurück. Worf reckte den Hals und sah, dass Mr. Homn hinter ihm stand. Der Klingone konnte es nicht fassen; Mr. Homns Eingreifen war ohne erkennbare Anstrengung erfolgt. Sehr langsam bewegte Mr. Homn in leichtem Tadel den Kopf von einer Seite zur anderen.

»Sie wollten seinen Tod«, sagte Lwaxana völlig ruhig, als wäre nichts geschehen, »weil sein Mord an K'Ehleyr Ihre männliche Ehre kompromittierte… Ihr Ego, Ihren Stolz. Er hatte Ihnen etwas weggenommen…«

»Und Alexander«, warf Worf ein. Homn zog seine Hand von Worfs Schulter zurück, nachdem er anscheinend davon überzeugt war, dass sich der Klingone wieder unter Kontrolle hatte.

»Wenn Alexander niemals geboren wäre, hätten Sie Duras dann trotzdem getötet?«

»Ja«, gestand Worf.

»Also mussten Sie ihm wegen seiner Vergehen das Leben nehmen. Doch dadurch wurde keins der Probleme gelöst. Seine Schwestern setzten den Teufelskreis der Rache fort… der schließlich mit der Vernichtung der *Enterprise* endete, die durch die Duras-Schwester verursacht wurde. Unschuldige Menschen starben bei dieser Bruchlandung, Worf. Nicht viele, dem Himmel sei Dank, aber einige. Unschuldige, die K'Ehleyr niemals gekannt haben oder denen der klingonische Ehrenkodex völlig gleichgültig war. Menschen, die einfach nur ihre Aufgabe erfüllten und dann starben… aufgrund eines Rachefeldzuges.«

»Das ist eine extreme Verzerrung der Tatsachen.«

»Ist es das?«

Er stand auf, diesmal jedoch langsamer und ohne Drohgebärden. »Ich möchte nicht mehr über dieses Thema sprechen. Und ich möchte nicht, dass Sie den Namen K'Ehleyr noch einmal erwähnen.«

Lwaxana musterte ihn für längere Zeit mit ihren dunklen Augen, bis sie den Blick senkte. »Also gut«, sagte sie. »Es tut mir leid, wenn ich zu weit gegangen bin. Wir sehen uns morgen, Worf.«

Er nickte zur Bestätigung und wandte sich zum Gehen. »Worf...«, rief sie ihm nach. Er drehte sich noch einmal um.

Sie hielt ihm die leere Handfläche entgegen. »Möchten Sie die Blume?« fragte sie.

Worf seufzte, schüttelte den Kopf und ging. Lwaxana hob die Hand zum Gesicht, atmete tief ein, sah im Geist die Blume und lächelte zufrieden.

»Und? Wie lief es?« fragte Deanna, als Worf in die Pension zurückkam.

Er dachte daran, wie er gegen Lwaxana gekämpft hatte, wie er sie geschlagen hatte, wie sein gesamter Ehrenkodex in Frage gestellt worden war, wie Mr. Homn ihn mit erschreckender Mühelosigkeit unsanft zurechtgewiesen hatte und wie ihm eine Handvoll Nichts als Abschiedsgeschenk angeboten worden war.

»Im Grunde«, sagte er nachdenklich, »verlief es in etwa so, wie ich erwartet hatte.«

10

Als William Riker an diesem Morgen als Erstes in den Spiegel blickte, konnte er nicht ahnen, dass dies sein Leben verändern würde. Aber genau das geschah.

Die Untersuchung des Absturzes der *Enterprise* 1701-D war verhältnismäßig gut verlaufen. Admiral Jellico war so charmant wie immer, während er die Inquisition durchführte und die eindringlichsten und aggressivsten Fragen stellte. Doch Picard, der die meiste Zeit geredet hatte, war mit großer Gelassenheit auf jeden Punkt eingegangen. Nach einem Tag der Beratungen waren sowohl Picard als auch Riker von jedem Vorwurf, den Untergang des Schiffs fahrlässig herbeigeführt zu haben, freigesprochen worden.

Anschließend hatten sie die wirklich gute Neuigkeit erfahren. Es würde eine neue *Enterprise* geben, die *Enterprise*-E. Es war zu einigen Diskussionen gekommen, ob man einfach eine neue Registrierungsnummer nehmen sollte, aber dieser Schiffsname hatte schon eine viel zu lange Geschichte. Es war Picard gewesen, der sich am nachhaltigsten gegen eine Umbenennung ausgesprochen hatte. »Wir sind es den Kommandanten der früheren Schiffe dieses Namens schuldig… einschließlich und in erster Linie James T. Kirk«, hatte er gesagt. Er hatte diesen Punkt mit solchem Nachdruck verteidigt, als ginge es um die Ehrenrettung eines engen Freundes. Infolgedessen sollte das Schiff die Kennung ›E‹ erhalten.

Bedauerlicherweise würde es noch ein Jahr dauern, bis es einsatzbereit war.

Man hatte Picard bereits garantiert, dass er wieder der Captain sein würde, so viel stand fest. Doch dann musste Picard seinen härtesten Kampf ausfechten: um sein Offiziersteam beisammen zu halten. Es waren jede Menge Posten auf anderen Schiffen zu vergeben und die Offiziere der *Enterprise* wurden durchweg als hochqualifiziert gehandelt. Wenn das führende Personal Picards für neue Aufträge gesperrt wurde, damit es später für die neue *Enterprise* zur Verfügung stand, war das nach Ansicht einflussreicher Mitarbeiter von Starfleet – einschließlich und in erster Linie der Jellicos – eine beträchtliche Ressourcenvergeudung.

Picard hatte sich dadurch nicht entmutigen lassen und sämtliche Fäden gezogen, die er ziehen konnte. Vor allem hatte er mindestens ein halbes Dutzend Gefälligkeiten in die Waagschale geworfen, die sich im Laufe der Jahre angesammelt hatten. Schließlich hatte man vereinbart, dass Picards Kernmannschaft in nächster Zeit nur für kurzfristige Aufträge verpflichtet wurde, hauptsächlich in unmittelbarer Nähe oder direkt auf der Erde.

Das einzige Problem war Riker gewesen.

Vieles sprach dafür, ihn zu befördern. Es wurde allmählich Zeit, lautete die allgemeine Ansicht. Er hatte seine Fähigkeiten als führender Offizier hinlänglich unter Beweis gestellt und sich den Posten als Captain eines eigenen Schiffs verdient. Doch Riker hatte sich aus denselben Gründen, die er auch schon bei früheren Gelegenheiten vorgebracht hatte, dagegen gewehrt. Die *Enterprise* war etwas Besonderes. Ein anderes Schiff würde für ihn einem Rückschritt gleichkommen. Er war völlig damit zufrieden, unter Picard zu dienen. »Solange es eine *Enterprise* gibt und Jean-Luc Picard im Sessel des Captains sitzt«, hatte Riker zu Picard gesagt,

»werde ich es als außergewöhnliche Ehre betrachten, den Posten des Ersten Offiziers übernehmen zu dürfen.« Auf dieser Grundlage hatte Picard sich dafür eingesetzt – und zwar mit Erfolg –, dass Riker seine Nummer Eins blieb. Für ihn gab es keinen Grund, an Rikers Worten zu zweifeln, denn er hatte sich seit Jahren in diesem Sinn geäußert.

Doch als Riker an diesem Morgen aufstand, sich streckte, sich ins Badezimmer schleppte und in den Spiegel blickte, kam er – zum ersten Mal – ins Grübeln.

Der Anlass für die Grübeleien war sein Bart.

Zum ersten Mal bemerkte er darin unzweifelhaft graue Haare.

Er runzelte die Stirn und drehte den Kopf, um sich aus verschiedenen Blickwinkeln zu betrachten. Ja. Eindeutig. Graue Haare. Seltsam, dass er sie noch nie zuvor bemerkt hatte. Er griff nach einem Haar, riss es aus und zuckte zusammen. Aber da waren noch viel mehr, wahllos verstreut.

Er strich sein Haar an den Schläfen zurück und fand auch dort einige verräterische graue Strähnen. Da er nur seine Pyjamahose trug, untersuchte er auch das Haar auf seiner Brust. Zum Glück war dort noch alles in Ordnung. Er war also kein hoffnungsloser Fall, zumindest noch nicht.

Komisch. Er hatte sich selbst bislang nie als ausgesprochen eitel betrachtet. Doch die allmähliche Ausbreitung der grauen Gefahr beunruhigte ihn mehr, als ihm verständlich war. Natürlich wäre es kein Problem, es zu kaschieren. Allerdings widersprach es den modischen Gepflogenheiten, es zu verstecken. Außerdem wurde das Problem damit lediglich unsichtbar gemacht und nicht gelöst. Es ließ sich dadurch nicht aufhalten.

Warum war er durch die paar grauen Haare so beunruhigt?

Er dachte darüber nach, während er sich das Frühstück zubereitete und die verschiedenen Unterlagen durchblätterte, die er an den vergangenen Abenden studiert hatte. Man hatte ihm einen Dozentenjob an der Starfleet-Akademie zugewiesen, wo er Taktik und Strategie unterrichten sollte. Im Grunde war es ein erstklassiger Posten. Er würde die Gelegenheit erhalten, junge Menschen zu formen und vielleicht sogar Leben zu retten. Denn das, was er ihnen heute beibrachte, konnten sie später benutzen, um Katastrophen zu vermeiden.

Doch er kehrte immer wieder zum Spiegel zurück.

Er dachte auch über seine Abneigung nach, ein eigenes Kommando zu übernehmen, über seinen Wunsch, an Bord der *Enterprise* zu bleiben. Es zehrte an ihm, es verunsicherte ihn zutiefst.

Er überlegte, mit wem er sich unterhalten konnte, um Klarheit in seine Gedanken zu bringen. Seine Besatzungskollegen, seine einzige wahre Familie, waren in alle Winde zerstreut und kümmerten sich um ihre eigenen Probleme. Außerdem behagte Riker die Vorstellung nicht besonders, mit irgendwem über seine Gefühle und Zweifel zu reden… nicht einmal mit Picard – obwohl sie sich schon so lange kannten – und schon gar nicht über das Thema Beförderung. Denn Picard pflegte darauf mit einer im Wesentlichen gleichlautenden Formel zu antworten: »Ich werde Ihre Wünsche respektieren, Will, aber Sie sollten endlich ein eigenes Kommando übernehmen.«

Es gab nur eine einzige Person, mit der er sich offen über solche Dinge unterhalten konnte, und das war Deanna.

Deanna, die sich mit einem anderen Mann verlobt hatte.

Deanna, die mit ihrem Verlobten nach Betazed gereist war.

Ihrem Verlobten…

»Ihr Verlobter«, sagte er laut, obwohl ihn niemand hören konnte, und plötzlich wurde ihm bewusst, dass er seine Unterrichtsvorbereitungen unterbrochen und seit mehreren Minuten ins Leere gestarrt hatte.

Er stellte sich die beiden vor, Hand in Hand. Er fragte sich, ob sie ihm all die Orte zeigen würde, an denen sie sich mit Riker aufgehalten hatte. Orte, die Will und Deanna gehört hatten und nun Worf und Deanna gehörten.

Liebten sich Deanna und ihr Verlobter im Jalara-Dschungel, während Riker in einem geschmackvoll eingerichteten Apartment auf der Erde saß? Reagierte sie genauso auf seine Berührungen, wie sie auf Riker reagiert hatte? Oder war es viel besser für sie? Fragte sie sich jetzt, warum sie so viel Zeit damit vergeudet hatte, auf Will Riker zu warten? Wurden alle Erinnerungen an ihre gemeinsame Zeit auf Betazed durch neue Erlebnisse ersetzt oder ausgelöscht? Durch Erlebnisse mit… ihm? Mit…

Riker konnte sich nicht einmal dazu überwinden, den Namen des Klingonen im Geiste zu formulieren.

»Es ist verrückt!« sagte Will. Er stand so schnell auf, dass er sich das Knie an der Unterseite des Tisches stieß und vor Schmerz aufstöhnte. »Wir sind Freunde! Einfach nur gute Freunde! Ich will, dass sie glücklich ist, und sie ist glücklich mit ihm. Basta! Alles ist in bester Ordnung! Zwischen uns ist nichts mehr!«

Er sprach so laut, dass die Bewohner der benachbarten Apartments sich fragten, mit wem er sich wohl streiten mochte.

»Warum sind Sie immer noch hier, Will?«

Riker hielt sich im Bereitschaftsraum des Captains auf. Picard, der ihm gegenüber saß, trank ein Glas Pflaumensaft und blickte Riker mit offener Verachtung an, wie es schien. »Sie haben eine Beförderung abgelehnt. Warum?«

»Es ist nicht die *Enterprise*«, erwiderte Riker.

»Na und? Was soll das heißen? Was sind das für Sentimentalitäten, die ich mir von Will Riker anhören muss, einem der ambitioniertesten Offiziere von ganz Starfleet? Das ist Unsinn, Will. Völliger Schwachsinn!«

Picard stand von seinem Schreibtisch auf und kam zu Riker… um ihm eine Kopfnuss zu verpassen.

»He!« rief Riker.

»Ich bemühe mich nur, Ihre Aufmerksamkeit zu erlangen, Will. Verstehen Sie denn nicht, was los ist? Es geht gar nicht um die *Enterprise*!«

»Doch, darum geht es.«

»Nein, darum geht es nicht.«

»Doch.«

»Nein.«

»Aber sicher.«

»Auf gar keinen Fall.«

»Captain, so kommen wir nicht weiter.«

»Doch.«

»Nein, wir…« Riker hielt inne und rieb sich über den Nasenrücken, während er sich fragte, was eigentlich vor sich ging.

Picard schlug ihm erneut mit einem Fingerknöchel auf den Kopf.

»Würden Sie endlich damit aufhören!« rief Riker.

»Pflicht und Freizeitvergnügen. Diese Dinge passen nicht zusammen. Sie haben noch nie zusammengepasst. Und sie werden auch nie zusammenpassen, Will.«

»Captain…«

Picard kehrte hinter seinen Schreibtisch zurück und hatte plötzlich einen Apfel in der Hand, den er mit Wucht in Rikers Richtung warf. Riker wollte sich ducken, aber der Apfel traf ihn trotzdem an der Schläfe. »Warum haben Sie das gemacht?« verlangte er zu wissen.

»Isaac Newton. Er hatte seine große Erkenntnis, als ihm ein Apfel auf den Kopf fiel. Ich dachte, ich könnte bei Ihnen etwas Ähnliches auslösen.«

»Newton?«

»Ja«, sagte Data. Riker wusste nicht, wann Data den Raum betreten hatte, was er hier machte und warum er einen Doktorhut trug. »Der Begründer der Gravitationstheorie, der neuzeitlichen Physik und außerdem ein begnadeter Feigenkeks-Bäcker.«

Riker hatte das unangenehme Gefühl, dass sich heftige Kopfschmerzen ankündigten.

»Newton stellte fest«, fuhr Data fort, während Picard mit einem Jojo spielte, »dass bewegte Objekte in Bewegung bleiben, solange keine äußere Kraft auf sie einwirkt.«

»Worauf wollen Sie hinaus, Data?«

»Ihre Karriere befand sich in Bewegung. Dann kam es zu einer Krafteinwirkung von außen.«

»Tatsächlich? Und worin soll diese Einwirkung bestanden haben?«

Deanna trat ein. Sie war nackt. Nur am Rande bemerkte Riker, dass er ebenfalls nackt war.

Sein Blick wechselte angsterfüllt von Deanna zu Data zu Picard und wieder zu Deanna. »Was… mache ich hier?«

Picard zeigte voller Zuversicht mit dem Finger auf Deanna und sagte: »Verlobenswert.«

»Ver… lobenswert?« Er blickte auf seine Hände und sah, dass er einen glitzernden Diamantring hielt. Sein Feuer funkelte so hell wie ein Warptriebwerk.

»Erfüllen Sie Ihre Pflicht!« sagte Picard mit Entschiedenheit.

Riker wandte sich Deanna zu. Worf, der in voller klingonischer Rüstung war, trug sie auf den Armen. Riker war erstarrt und brachte kein Wort mehr heraus. Seine Stimme, seine Gefühle – er hatte alles verloren.

Worf drehte sich um und ging zur Tür hinaus, während die nackte Deanna zum Abschied fröhlich winkte.

»Gut gemacht.«

Picard und Data waren fort. Hinter Picards Schreibtisch saß nun Admiral Riker... Rikers ältere Version aus der Zukunft. Hinter ihm zählte eine altertümliche Standuhr die Jahre.

»Gut gemacht, mein Junge«, sagte der Admiral.

»Ich...«

Dann begann der Admiral plötzlich zu toben. Er riss die Tür der Standuhr auf, nahm ein klingonisches *Bat'leth* heraus und holte aus, zielte mit der scharfen Klinge genau auf Rikers Hals. *»Verdammt gut gemacht!«* brüllte er und sein Zorn schien aus den Tiefen seiner Seele emporzusprudeln. Es war ein Zorn auf alles, was er je bereut hatte, auf jeden Fehler, den er je begangen hatte.

Dann fiel Riker aus dem Bett.

Es war stockfinster und Riker brauchte eine Weile, um sich zu orientieren. Er hatte sich im Laken verheddert und schnappte nach Luft, während sein Herz raste. Er hatte das Gefühl, als würde ihm der Schweiß literweise aus den Poren strömen. Ihm war heiß, obwohl es in seinem Apartment eher kühl war.

Wenn Riker früher geträumt hatte, war es normalerweise so, dass er nach dem Erwachen spürte, wie die Bilder zurück in die Tiefen seines Unterbewusstseins rieselten. Er konnte sich nie an seine Träume erinnern. Aber diesmal war ihm fast alles im Gedächtnis geblieben. Einige Teile waren bereits etwas verschwommen, aber der Gesamteindruck war noch sehr lebendig und nachhaltig.

Und er verstand den Traum. Vielleicht zum ersten Mal in seinem Leben... hatte er verstanden.

Es war nicht unbedingt eine plötzliche Erkenntnis, die ihm über Nacht gekommen war, sondern eher die

Kristallisation jahrelangen Nachdenkens, Zögerns und Zauderns. Denn im Grunde hatte er seit Jahren genau gewusst, was er wollte und wo er sein wollte… Und all das hatte er in dem Augenblick aus dem Fenster geworfen, als er Deanna Troi auf der Brücke der *Enterprise* gegenüberstand, als die Worte *Erinnerst du dich, was ich dich gelehrt habe, Imzadi?* in seinem Kopf nachhallten – Worte, die jene Frau in seinen Geist geschickt hatte, von der er absolut überzeugt gewesen war, dass er nichts mehr von ihr wollte.

O ja, er hatte die ganze Zeit den Hamlet gespielt, hatte sich jahrelang in Grübeleien und Ausflüchten ergangen, hatte versucht, zu einer Entscheidung zu gelangen, war sich aber nicht sicher gewesen, welche Richtung er einschlagen sollte. Die Vernichtung der *Enterprise* war nötig gewesen, um ihn aus seiner Lethargie zu reißen. Denn Objekte in Bewegung tendierten dazu, in Bewegung zu bleiben, und ruhende Objekte neigten dazu, im Ruhezustand zu verharren.

Das sich bewegende Objekt war seine Karriere gewesen. Und dann hatte die Bewegung aufgehört. Sicher, all seine Begründungen und Rechtfertigungen, welche Ehre es für ihn sei, an Bord der *Enterprise* dienen zu dürfen und so weiter, waren in gewisser Hinsicht völlig richtig gewesen. Aber es gab einen weiteren Aspekt, mit dem er sich nie auseinandergesetzt hatte, ein ruhendes Objekt, bei dem es sich um seine Beziehung zu Deanna handelte. Nun erkannte er, dass beide Dinge auf eine Weise miteinander verwoben waren, die er niemals richtig begriffen hatte.

Er liebte Deanna. Nicht als Freundin oder als frühere Intimpartnerin. Sie waren Imzadi. Ihre Seelen hatten sich berührt und durchdrungen und sie hatte seine Seele niemals verlassen. Und nun wusste er, er wollte gar nicht, dass sie aus seiner Seele verschwand.

Es war nicht nur die *Enterprise*, die ihn fest im Griff

hatte. Es war vor allem Deanna, wenn auch unabsichtlich. Hätte er das Kommando über ein anderes Schiff übernommen, hätte er sie zurücklassen müssen. Entweder das, oder er hätte sie zwingen müssen, sich zu entscheiden, ob sie mit ihm gehen oder auf der *Enterprise* bleiben wollte. Er liebte sie viel zu sehr, um sie bitten zu können, sich von ihrer *Enterprise*-Familie loszureißen, und er war sich seiner eigenen Gefühle viel zu unsicher, um sich derartig festzulegen. Und genau wegen dieser unsicheren Gefühle befand sie sich in diesem Augenblick auf Betazed und in den Armen Worfs.

Ihm war übel, seine Eingeweide verkrampften sich zu einem harten Knoten. Er wusste nicht, was er tun sollte.

Nein… Riker wusste es ganz genau. Er musste es nur tun. Es gab noch keine konkreten Planungen für die Hochzeit, also blieb ihm noch ein wenig Zeit. Keine Ewigkeit, aber ein wenig.

Er setzte sich an sein Vidcom und begann mit den Vorbereitungen für eine Nachricht an Betazed… doch dann brach er den Vorgang ab. Betazed war viel zu weit weg für eine direkte Kommunikation, was bedeutete, dass er eine einseitige Nachricht schicken müsste. Was wollte er ihr darin mitteilen – »Deanna, ich liebe dich, gib Worf einen Korb und komm zu mir…«? Und selbst wenn ein direktes Gespräch möglich wäre – wie hätte er es anstellen sollen? Er musste von Angesicht zu Angesicht mit ihr reden, ihren Geist berühren und sehen, wie sie reagierte, was sie fühlte. Schließlich ging es nicht nur um ihn. Ihre Gefühle spielten eine erhebliche Rolle, denn sie war diejenige, die sich verlobt hatte. Sie war diejenige, die sich weiterbewegt hatte, und nur Riker war auf der Stelle getreten. Es war durchaus möglich, dass sie ihn wirklich nicht mehr liebte, dass sie die Gefühle gar nicht erwiderte, die ihm nun nach langer Zeit wieder bewusst geworden waren. Und er musste sich gegen Worf behaupten. Wenn er unter vier Augen mit Deanna sprach, geschah es hinter Worfs Rücken. Er war es dem Klingonen schuldig, offen und ehrlich mit ihm zu sein, die Angelegenheit in seiner Gegenwart anzusprechen. Insgesamt war es keine Vorstellung, die Riker sehr behagte. »Hallo, Worf, wie geht's? Was dagegen, wenn ich dir deine Verlobte ausspanne?« Kein Problem!

Aber ihm blieb keine andere Wahl. Es gab einfach keine andere Möglichkeit.

»Sie scheinen mir keine Wahl lassen zu wollen, Commander«, sagte Admiral Jellico.

Es war der Morgen nach Rikers Traum. Riker hatte versucht, wieder einzuschlafen, war aber nicht sehr erfolgreich gewesen. Als die Strahlen der Morgenssonne auf seinem Gesicht spielten, gab Riker es endlich auf und rief Jellico in der Starfleet-Zentrale an. Jellico war als Admiral – unter anderem – für Personalangelegenheiten zuständig. Riker hätte sich lieber an sonstwen gewandt, selbst an den Teufel höchstpersönlich. Doch wenn Riker sein Anliegen vorbringen wollte, war Jellico der Mann, mit dem er reden musste.

»Es tut mir leid, Sir, aber es ist sehr wichtig«, sagte Riker.

»Sie wollen Ihren Lehrauftrag an der Akademie ruhen lassen, damit Sie sich um private Angelegenheiten kümmern können? Ist das richtig?«

»Ja, völlig richtig«, bestätigte Riker zum x-ten Mal.

»Aber Sie wollen mir nicht sagen, worum es sich handelt.«

»So ist es, Sir.«

»Weil es privat ist.«

Riker unterdrückte eine bissige Erwiderung. Jetzt war nicht der geeignete Moment, um es sich mit einem vorgesetzten Offizier zu verderben. »Ja, Sir.«

»Es ist nicht irgendein beliebiger Lehrauftrag, für den Sie ausgewählt wurden. Der Schwerpunkt soll auf Taktik und Strategie im Umgang mit den Borg liegen. Dazu sind Sie ausgezeichnet qualifiziert. Nur Shelby und Picard besitzen mehr Erfahrung, aber erstere steht nicht zur Verfügung und für zweiteren wäre es zu grausam, sich noch einmal mit seinen unangenehmen Erlebnissen auseinandersetzen zu müssen. Wir rechnen damit, dass die Borg in einem, höchstens zwei Jahren einen Angriff gegen die Erde einleiten werden. Dann müssen wir bereit sein und *Sie* werden Ihren Beitrag dazu leisten.« Jellico verschränkte die Hände auf dem Tisch. »Commander… wie Sie wissen, war ich strikt dagegen, Picards Leute in Wartestellung zu halten, bis das neue Schiff vom Stapel läuft. Normalerweise entscheide ich über solche Dinge. Doch in diesem Fall wurde ich von höheren Stellen überstimmt.«

»Ja, Sir, ich weiß.«

»Ich mag keine Ausnahmeregelungen. Ausnahmen tauchen in dem Reglement von Starfleet nicht auf. Hier geht es um Disziplin und Effizienz. Alle ziehen an einem Strang. Es ist nicht üblich, dass bestimmte Captains und ihre Besatzungen bevorzugt behandelt werden und sich jederzeit vom Dienst befreien lassen können. Haben Sie mich verstanden?«

Ich bin doch nicht taub, Sie Brüllaffe! »Ja, Sir.«

»Das ist mein erster Einwand. Der zweite hängt damit zusammen, Riker, dass ich Ihnen kein besonderes Vertrauen entgegenbringe.«

»Sie haben… kein Vertrauen in mich, Sir?« Jetzt wurde Riker allmählich wütend. »Sir, bei allem gebührenden Respekt…«

»Schon wieder diese Phrase«, murmelte Jellico.

»Ich glaube nicht, dass meine Bitte um Aussetzung meines Lehrauftrags Ihnen das Recht oder die Autorität gibt, meine Loyalität zu Starfleet in Frage zu stellen.«

»Mein Rang gibt mir die nötige Autorität, Commander. Und Ihre Verschwiegenheit hinsichtlich Ihrer ›privaten Gründe‹ gibt mir das Recht dazu. Außerdem mache ich mir nach wie vor große Sorgen wegen Ihres ›Zwillingsbruders‹.«

»Wie bitte?« Riker starrte ihn fassungslos an. »Admiral, was soll das hei… Moment, reden Sie etwa von Tom? Das letzte, was ich von ihm hörte, war seine Versetzung auf die *Gandhi.*«

»Ah.« Die einzelne Silbe schien eine Weile im Raum zu hängen, als wäre Jellico die Sache plötzlich sehr unangenehm. »Nun… das alles ist noch nicht lange her und in Anbetracht der jüngsten Ereignisse hatten wir noch keine Gelegenheit gefunden, Sie zu informieren…«

»Worüber?«

»Ihr Doppelgänger hat seinen Dienst niemals angetreten. Er schloss sich dem Maquis an, kaperte ein Raumschiff und plante einen Angriff gegen die Cardassianer. Nach meinen letzten Informationen schmort er in einem cardassianischen Straflager. Viel mehr als das weiß ich auch nicht, Commander. Schließlich sind die Cardassianer nicht gerade für ihre ausgeprägte Bereitschaft bekannt, uns umfassend zu informieren, vor allem im Zusammenhang mit Fragen ihrer inneren Sicherheit.«

Riker war wie vor den Kopf geschlagen. »Warum habe ich nicht sofort davon erfahren? Warum…«

»Sie glauben es vielleicht nicht, Commander, aber wenn es um abtrünnige Offiziere geht, verhält sich Starfleet nur ein klein wenig freundlicher als die Cardassianer. Es war einfach nicht notwendig, dass Sie davon erfahren.«

Dann fiel bei Riker der Groschen. »Einen Augenblick, Admiral... wollen Sie damit andeuten, dass meine Integrität nach all den Jahren plötzlich fragwürdig geworden ist, weil Tom Riker sich dem Maquis angeschlossen hat?«

Für einen kurzen Moment schien es, als wollte Jellico einen Rückzieher machen. »Niemand stellt irgendetwas in Frage, Commander. Allerdings...«

»Allerdings was?«

»Nun, an Ihrem Talent zur Hinterlist besteht kein Zweifel«, sagte Jellico, dessen Stimme nun wieder strenger wurde. »Niemand will Ihnen daraus einen Strick drehen, verstehen Sie mich nicht falsch. Es ist keineswegs so, dass Tom Rikers Verrat als Vermerk in Ihrer Dienstakte auftaucht. Aber im Zusammenhang mit Ihrer geheimnisvollen Bitte um...«

Jetzt hatte Riker genug. »Ich muss mit einer Frau reden und will sie fragen, ob sie mich heiraten will«, platzte es aus ihm heraus. »Sind Sie jetzt zufrieden, Admiral?«

Jellico blinzelte überrascht. »Oh. Eine bestimmte Frau?«

»Nein, Admiral, ich wollte mir einfach die erstbeste Kandidatin schnappen, die mir über den Weg läuft.«

»Ersparen Sie sich den Sarkasmus, Commander.« Nach einer kurzen Pause sagte er in versöhnlicherem Tonfall: »Ich weiß Ihre Offenheit zu schätzen.«

»Vielen Dank, Sir«, entgegnete Riker und atmete erleichtert auf.

»Ihr Antrag ist abgelehnt.«

Riker stockte der Atem. »Was?« brachte er mühsam hervor.

»Wir alle müssen zu Opfern bereit sein, wenn es um unser Privatleben geht, Commander. Jedem Starfleet-Mitarbeiter ist diese simple Tatsache bekannt. Wenn Sie mir nicht glauben, sollten Sie mit den Familien der Besatzung der *Voyager* sprechen, die mit der Ungewissheit über das Schicksal ihrer Angehörigen leben müssen. Sie wollen mit einer Frau reden? Dafür gibt es die Subraumkommunikation. Aber ich bin nicht bereit, den Stundenplan sämtlicher Schüler und Lehrer an der Akademie umzuschmeißen, nur damit Sie freie Bahn für ein wollüstiges Abenteuer haben.«

»Ich betrachte es nicht als wollüstig, Admiral.«

»Es scheint so. Aber ich. Und ich möchte Ihnen nicht raten zu versuchen, sich über mich hinwegzusetzen, Commander, oder sich bei Ihrem Ersatzvater Picard auszuweinen. Die Besatzung der *Enterprise* hat unsere Geduld und Gutmütigkeit bereits über ein verträgliches Maß hinaus strapaziert. Es würde kein gutes Licht auf Sie oder Picard werfen, wenn Sie weitere persönliche Begünstigungen anstreben.«

»Also gut, Admiral. Dann lassen Sie mir keine andere Wahl. Ich habe nicht die Absicht, mich meinen Pflichten zu entziehen, aber wenn ich um eine Beurlaubung bitten muss…«

»Kein Problem. Ihren Antrag auf Beurlaubung würde ich sofort unterschreiben.«

Damit hatte Riker nicht gerechnet. Dass Jellico plötzlich kompromissbereit war, nachdem er ihm solche Schwierigkeiten gemacht hatte… Riker begann sich jedenfalls zu überlegen, ob er ihn nicht völlig falsch eingeschätzt hatte. »Oh!… Vielen Dank, Sir…«

»Natürlich wird Ihr Name mit Beginn Ihrer Beurlaubung auf dem Dienstplan ganz nach unten rutschen und so lange dort bleiben, bis Sie zurückkehren… und zu diesem Zeitpunkt werden Sie in der Schlange aller Starfleet-Mitarbeiter ganz am Ende stehen, hinter all denen, die nicht wegen der Suche nach wahrer Liebe ihren Dienst vernachlässigt haben.«

»Und das bedeutet«, sagte Riker tonlos, »dass ich damit meinen Anspruch auf einen Posten in der neuen *Enterprise* verlieren werde.«

»Sagen wir lieber, dass Ihr Anspruch äußerst gefährdet wäre. Haben wir uns verstanden, Commander?«

»Natürlich, Admiral. Es sind keine Fragen offen geblieben.«

»Gut. Soll ich also die Akademie informieren, dass der gegenwärtige Unterrichtsplan geändert werden muss?«

»Nein, Sir«, stieß Riker zwischen zusammengebissenen Zähnen hervor.

»Eine vorbildliche Entscheidung. Jellico Ende.«

Riker starrte noch lange auf den Bildschirm, nachdem Jellicos Gesicht bereits verblasst war. Nun sah er sein Spiegelbild, das seinen starrenden Blick erwiderte... und der graue Hintergrund des Monitors ließ ihn noch älter erscheinen.

»Dann wird es Zeit für Plan B«, sagte er.

Roger Tang, ein ehemaliger Starfleet-Sergeant und ergrauter Veteran zahlloser Kampfeinsätze – er konnte sich kaum noch an alle erinnern – war damit beschäftigt, hinter seiner Theke Gläser zu putzen, als er ein vertrautes Spiegelbild in der verglasten Wand hinter der Bar entdeckte. Der breite und grobschlächtige Mann blinzelte, durchforstete sein Gedächtnis und erinnerte sich schließlich. Er drehte sich auf seinem Bein – dem einzigen, das noch aus Fleisch und Blut bestand – herum und rief: »Lieutenant! Ohne Uniform hätte ich Sie beinahe nicht wiedererkannt!«

Will Riker grinste und durchquerte die belebte Kneipe. »Selbst Offiziere sind gelegentlich außer Dienst, Tang.«

Er streckte eine Hand aus, die Tang mit festem Griff schüttelte. »Seit Betazed muss... mindestens ein Jahrzehnt vergangen sein, oder?« fragte Tang.

»Mindestens.« Riker grinste. »Und aus dem Lieutenant ist inzwischen ein Commander geworden.«

»Commander! Ich bin beeindruckt. Wissen Sie auch, was das bedeutet?«

»Nein. Was?«

»Dass ich Ihnen jetzt das Doppelte für einen Drink berechne. Sie können es sich leisten.«

Riker setzte sich an die Theke. »Und wie geht es Ihnen, Sarge?«

»Ich kann mich eigentlich nicht beklagen. Über elftausend gute Leute haben bei Wolf 359 das Leben verloren. Bei mir waren es nur ein Bein und ein Teil meiner Wirbelsäule. Und es gab einmal eine Zeit, in der eine solche Verletzung bedeutet hätte, den Rest des Lebens im Bett und mit Schläuchen in der Nase zu verbringen. Schauen Sie mich an: Ich bin vielleicht etwas langsamer als früher und laufe mit genügend Elektronik herum, um als Ersatzteillager für eine Schweizer Uhrenfabrik arbeiten zu können. Aber alles in allem habe ich kein schlechtes Leben, möchte ich behaupten.«

»Sie hätten Starfleet nicht verlassen müssen, wissen Sie. Ich erinnere mich daran, wie Sie mir, als ich noch Lieutenant auf Betazed war, gesagt haben, dass sich die Kulturen der Galaxis in zwei Typen unterteilen lassen: Starfleet und alles andere.«

»Ja, ich weiß«, seufzte Tang. »Ich habe die Flotte geliebt. Aber wissen Sie was, Commander? Ich bin ein Fußsoldat. Ein Befehlsempfänger. Damit war ich glücklich. Die Schläge, die ich einstecken musste, erlauben mir nicht mehr, das zu tun, was ich gerne tue. Wenn ich in Uniform wäre und etwas anderes machen würde, hinter einem Schreibtisch oder so… ich hätte das Gefühl, ein Kostüm zu tragen, wissen Sie?«

»Ich verstehe.«

»Aber es ist nicht so, dass ich unvorbereitet war. Ich besaß schon immer einen Anteil an diesem Laden. Aber eben nur als stiller Teilhaber. Jetzt bin ich also ein… lauter Teilhaber. Alle sind glücklich. Also…« Er kniff leicht die Augen zusammen. »Was kann ich für

Sie tun? Gehe ich recht in der Annahme, dass Sie nicht zufällig hier vorbeigeschneit sind?«

»Sie gehen in der Tat recht.« Riker beugte sich vor und setzte eine verschwörerische Miene auf. »Mir ist zu Ohren gekommen, dass es hier im hinteren Bereich einige Holo-Kammern gibt.«

»Klar. Wieso? Wollen Sie sich ein kleines Abenteuer gönnen?« fragte Tang grinsend.

»Nicht direkt. Ich stehe vor einem etwas delikaten Problem und hatte gehofft, dass Sie mir dabei helfen könnten.«

»Ist es legal?«

»Ja und nein. Es beinhaltet die Missachtung einer Starfleet-Vorschrift.«

»Ich verstehe.« Tang dachte einen Moment darüber nach, dann sagte er: »Lassen Sie mich raten: Es geht um eine Frau, richtig?«

»Wie sind Sie darauf gekommen?«

»Lebenserfahrung, Sir. Handelt es sich zufällig um die kleine Brünette von Betazed?«

Riker war verblüfft. »Tang, Sie lassen Sherlock Holmes vor Neid erblassen.«

»Das war keine außergewöhnliche Leistung, Sir. Schließlich habe ich miterlebt, wie Sie sich damals in die Wolle gekriegt haben. Aber ich wusste genau, dass Sie füreinander bestimmt waren. Und ich dachte mir schon damals, dass Sie noch mindestens zehn Jahre brauchen würden, um es zu erkennen. Wie ich die Sache sehe, liegen Sie durchaus noch im Zeitplan. Gut, reden wir also darüber, wie Sie eine Holo-Kammer zur Verwirklichung der wahren Liebe einsetzen wollen. Nebenbei gefragt… haben Sie schon einen Flug nach Betazed gebucht?«

»Äh… nein. Ich wollte eins nach dem anderen erledigen.«

»Gut. Wenn ich also noch ein wenig spekulieren darf,

kann man wohl davon ausgehen, dass Starfleet auf Ihren geplanten Abstecher nicht gerade begeistert reagieren wird. Also dürften Sie die Absicht hegen, diesen Flug ohne großes Aufsehen zu veranstalten. Ich habe immer noch ein paar Kontakte, die es so arrangieren können, dass Sie von hier nach dort und zurück gelangen, ohne dass jemand davon erfährt. Private Reiseunternehmer und Spediteure. Diskret und zuverlässig. Ich kann mich darum kümmern, wenn Sie möchten. Ohne Zusatzkosten und Provisionen.«

»Sie sind ein Prachtkerl, Tang.«

Tang grinste sein typisch schiefes Grinsen. »Gehört alles zum Service, Sir.«

11

Niemand konnte Führer des klingonischen Hohen Rates werden, der nicht gelernt hatte, seine Augen vorn und hinten zu haben. Gowron, der diesen Posten gegenwärtig innehatte, erkundete zur Zeit eine Möglichkeit, diese Redewendung mit neuem Sinn zu füllen.

Gowron stand mitten in der Großen Halle und wandte den Kopf nach rechts und dann nach links. Er bewegte ihn so schnell, dass ihm beinahe schwindlig wurde, weil er immer noch nicht fassen konnte, was er sah. In seiner Nähe stand mit selbstgefällig verschränkten Armen ein eher kleiner und harmlos wirkender Klingone namens Duntis. Duntis war aufgrund seiner geringen Körpergröße während seiner Jugendzeit mit vielen höhnischen Bemerkungen und Morddrohungen konfrontiert worden. Doch er hatte sich schließlich mit großem Erfolg dagegen behaupten können, da er zu einem Spezialisten für einzigartige Waffen und Spionagewerkzeuge geworden war, die er für verschiedene Leiter des Hohen Rates entwickelt hatte. Duntis wurde in einflussreichen Kreisen respektiert, Duntis wurde gefürchtet und – was für Duntis das Wichtigste war – er war reich.

»Das ist einfach wunderbar!« sagte Gowron in seinem typischen knurrenden Tonfall, nur dass es sich in diesem Fall um ein Knurren der Zufriedenheit handelte.

Was Gowron sah, war der Bereich der Ratshalle unmittelbar hinter ihm. Auf seinem rechten Auge befand sich eine mikroskopisch dünne Schicht aus durchsichtigem Material, die direkt auf dem Augapfel lag, ähnlich wie eine Kontaktlinse von der Erde des zwanzigsten Jahrhunderts. Doch diese Linse war kybernetisch mit einem winzigen optischen Sensor verbunden, der wie ein unscheinbares Ornament auf dem Rücken von Gowrons Mantel angebracht war. Als Gowron drei Sekunden lang das rechte Auge schloss und dann wieder öffnete – das Signal zum Ein- und Ausschalten der Linse –, konnte er plötzlich sehen, was sich in seinem Rücken befand. Hinsichtlich eines Nachteils hatte Duntis Recht gehabt: Es würde einige Zeit dauern, sich an die Vorrichtung zu gewöhnen. Gowron musste sein Gehirn praktisch neu trainieren, um die Bilder zu verarbeiten, die die Linse ihm übermittelte. Außerdem waren sie verschwommen und verzerrt, so dass er Mühe hatte, überhaupt etwas zu erkennen. Doch das war eine eher geringfügige Unannehmlichkeit, mit der man leben konnte. Mit etwas Übung wurden die Dinge bereits jetzt klarer erkennbar.

»Sie haben sich selbst übertroffen, Duntis«, lobte Gowron den Mann. »Attentäter, die sich von hinten an mich anschleichen wollen, werden erleben, dass Gowron sich nicht mehr so leicht überraschen lässt!« Er verlieh seiner Befriedigung Ausdruck, indem er mit der Faust auf die Rückenlehne eines Stuhls schlug.

»Ich wusste, dass Sie begeistert sein würden, Großer Gowron«, schmeichelte sich Duntis ein. »Wenn Sie möchten, kann ich weitere Geräte für die übrigen Mitglieder des Rats anfertigen…«

Gowron bedachte ihn mit einem Blick, als hätte Duntis plötzlich den Verstand verloren. »Aber dann könnten sie *mich* sehen, wenn ich mich anschleiche!«

Duntis wand sich bestürzt. »Es tut mir furchtbar leid, Großer Gowron. Wo bin ich nur mit meinen Gedanken?«

Dann hörte Gowron, wie sich Schritte näherten. Er beschloss, diese Gelegenheit zu einem Experiment zu nutzen, und drehte sich nicht zum Geräusch um. Er strengte sich an, das Bild so klar und deutlich werden zu lassen, wie er konnte. Kurz darauf erschien im Haupteingang ein Klingone, der noch ausgeprägter als seine Artgenossen stolzierte. Doch sein Haar war kürzer geschnitten als bei den meisten Klingonen, und als er sprach, schien seine Stimme eher für geflüsterte Konspirationen im Dunkel der Nacht geeignet zu sein.

Ohne sich umzudrehen, sagte Gowron herzlich: »K'hanq. Willkommen in der Heimat. Es tut gut, Sie wiederzusehen.«

Falls K'hanq überrascht war, dass Gowron ihn identifiziert hatte, obwohl er ihn gar nicht anschaute, so war er viel zu beherrscht, um es sich anmerken zu lassen. »Und ich freue mich über Ihren Anblick, Kanzler Gowron. Sie haben offenbar meine Schritte wiedererkannt.«

Gowron und Duntis tauschten ein verstohlenes Lächeln aus, bevor Gowron sich zu K'hanq umdrehte. »Da sehen Sie«, prahlte Gowron, »wie gut meine Ohren sind. Obwohl ich natürlich längst nicht so viel wie Sie höre, K'hanq, und auch nicht an so vielen interessanten Orten. Kommen Sie! Setzen Sie sich und erzählen Sie mir, was es Neues gibt. Duntis ... Sie dürfen gehen.«

Duntis verbeugte sich leicht und verließ rasch den Raum. Gowron wusste, dass Duntis bereits im Kopf zusammenrechnete, wie sein Kontostand von seiner jüngsten Erfindung profitieren würde. Aber Gowron machte sich deshalb keine Sorgen. Solange Duntis für seine Dienste reichlich entlohnt wurde, musste Gowron nicht befürchten, dass der Mann nutzbringende technische Entwicklungen an irgendwelche Feinde von Gowron weitergab. Und Gowron hatte Feinde, daran bestand kein Zweifel. Die Feinde waren überall, sie lauerten in der Dunkelheit oder traten selbstbewusst in der Öffentlichkeit auf.

Und es gab niemanden, der besser als K'hanq geeignet war, Gowron in dieser Hinsicht auf dem Laufenden zu halten. Was das Geschick im Sammeln von Informationen betraf, war K'hanq die zuverlässigste Quelle, über die Gowron verfügte. Er hatte überall seine Informanten. Wenn Informationen die offizielle Währung im klingonischen Wirtschaftsraum wären, wäre K'hanq einer der reichsten Männer.

Gowron gab sich alle Mühe, ihn bei Laune zu halten. In diesem speziellen Fall jedoch war es K'hanq leider nicht möglich, auch Gowron bei guter Laune zu halten.

»Denken Sie bitte daran«, leitete K'hanq das vertrauliche Gespräch ein, »dass ich lediglich der Überbringer der Botschaft bin.«

»Aha. Damit wollen Sie mich offenbar darauf vorbereiten, dass ich nicht gerne hören werde, was Sie mir zu sagen haben.«

K'hanq nickte bedauernd. »Wie es scheint, hat sich Ihr Verdacht bestätigt. Die Romulaner stecken in der Tat mitten in den Vorbereitungen für eine Allianz mit der Föderation.«

»Verdammt!« knurrte Gowron, dessen gute Laune nun endgültig der Vergangenheit angehörte. Er schlug wütend mit der Faust auf die Armlehne, die diese Behandlung nicht völlig unbeschadet überstand. »Sind die verrückt geworden? Wissen die denn nicht, dass man den Romulanern nicht vertrauen kann? Unvergesslicher Kahless, sie haben den Plan geschmiedet, die Vulkanier auszulöschen! Das dürfte kaum für ihre guten Absichten sprechen!«

»Dennoch wird geraunt, dass eine Zusammenarbeit mit dem Romulanischen Sternenreich möglich ist. Botschafter Spock setzt seine Friedensinitiative fort…«

»Dieser Narr«, murmelte Gowron, doch selbst er

kannte die Bedeutung dieses Aspekts. Spock war eine legendäre Gestalt und Legenden waren für ihren Einfluss bekannt – und ein Ärgernis.

»Überdies ist Starfleet sehr davon angetan, dass die Romulaner für das Raumschiff *Defiant* leihweise eine Tarnvorrichtung zur Verfügung gestellt haben. Wissen Sie, die Romulaner machen sich genauso große Sorgen wegen des Dominion und der Jem'Hadar wie die Föderation. Gemeinsame Feinde fördern die Entstehung von Bündnissen.«

»Sind wir ihnen als Verbündete nicht genug?« fragte Gowron.

K'hanq bleckte zornig die Zähne. »Von manchen werden wir als instabiler Faktor betrachtet. Ein Kriegervolk, von Bürgerkriegen zerrissen, nicht in der Lage, aus eigener Kraft Ordnung zu schaffen oder Probleme zu lösen, ohne dass Starfleet-Offiziere wie Picard uns Hilfestellung leisten müssen.«

»Sie tun, als wären wir Kinder!« tobte Gowron.

»Nicht alle«, betonte K'hanq eilig. »Die Föderation spricht in dieser Angelegenheit nicht mit einer Stimme. Es gibt viele, die die langjährige Allianz respektieren… und gewiss nicht den Wunsch hegen, sich das Klingonische Imperium erneut zum Feind zu machen.«

»Das ist klug von ihnen.«

»Aber es gibt andere, die es nicht so sehen – die glauben, dass die Romulaner die Zukunft repräsentieren. Sie vertrauen uns nicht… und sie vertrauen auch den Romulanern nicht. Und da sie niemandem vertrauen… lassen sie sich auf jeden ein.«

»Verrückt.« Gowron schüttelte den Kopf. »Einfach verrückt. Sie müssen wieder zur Vernunft kommen. Sie müssen ihren Irrtum einsehen. Niemand kennt die Romulaner besser als wir. Waren wir nicht einst mit ihnen verbündet? Haben wir nicht am eigenen Leib ihren Verrat erlebt? Ihre hinterlistigen Intrigen? Wir Klingonen haben Khitomer noch nicht vergessen. Wir haben nicht vergessen, wie die Romulaner uns Treue versprachen und uns dann einfach fallen ließen.« Er stand auf und ging unruhig auf und ab. »Es hat etwas Ironisches, nicht wahr, K'hanq? Als wir uns erstmals der Föderation anzunähern begannen… geschah das zu einer Zeit, als unser Bündnis mit den Romulanern brüchig wurde. Es schien, als wären sie nur wegen unseres gemeinsamen Widersachers, der Föderation, mit uns verbündet. Dennoch möchten sie jetzt die Seite wechseln. Es ist, als brauchten die Romulaner unbedingt jemanden, den sie hassen können, bevor sie mit irgendwem zusammenarbeiten.«

»Und an ihrem Hass auf uns besteht kein Zweifel«, sagte K'hanq.

»Völlig richtig. Und welche Folgen hat das für uns?«

»Die Folgen dürften für uns recht unwägbar sein. Wenn sich die Föderation auf die Romulaner einlässt und die Romulaner Feindseligkeiten gegen uns eröffnen…«

»Was meinen Sie, wie die Föderation reagieren würde?«

»Nun«, sagte K'hanq nachdenklich, »wenn man ihre Verhaltensweisen in der Vergangenheit zugrunde legt… gibt es drei wahrscheinliche Möglichkeiten. Die erste besteht darin, dass sie versuchen, als Vermittler aufzutreten, um den Konflikt zu schlichten…«

»Eine Schlichtung!« schnaufte Gowron verächtlich. »Sie meinen eine Art von Kompromiss, der den Romulanern mehr Zeit verschafft, ihre Kräfte für den nächsten Kampf gegen uns zu sammeln!«

»Zweitens könnten sie sich einfach neutral verhalten…«

»Und tatenlos einem totalen Krieg zusehen.« Diese Möglichkeit schien Gowron überhaupt nicht zu behagen. »Ich denke nicht einen Moment lang daran, vor einem Kampf zurückzuschrecken. Ich würde jede Gelegenheit willkommen heißen, um diese arroganten, spitzohrigen Mistkerle in ihre Schranken zu weisen. Doch nach all den internen Schwierigkeiten, die das Imperium erschüttert haben, würde es einem Zweifrontenkrieg gleichkommen – gegen innere und gegen äußere Feinde. Keine erfreuliche Aussicht.« Er hielt kurz inne. »Und die dritte Möglichkeit?«

»Dass sich die Romulaner und die Föderation gegen uns verbünden.«

Es folgte ein längeres Schweigen, als sich die schrecklichen Konsequenzen dieser Option abzeichneten. K'hanq hatte keine Ahnung, was er von Gowron erwarten konnte, denn das Gesicht des klingonischen Kanzlers gab keinen Hinweis auf seine Emotionen. Doch dann funkelten seine Augen freudig und sein Mund verzog sich zu einem grausamen Grinsen. »Welch ein Kampf… das letzte, hoffnungslose Aufgebot des Klingonischen Imperiums gegen eine überwältigende und hoffnungslose Übermacht… bei den Götter, K'hanq… welch ein ruhmreicher Kampf!«

»Das wäre es, Gowron. Und gleichzeitig«, fügte er hinzu, »wäre es Selbstmord. Denn welchen Sinn hätte der Ruhm, wenn keiner von uns mehr am Leben ist, um davon zu berichten?«

»Richtig«, räumte Gowron ein. Er dachte nach und sagte schließlich: »K'hanq… ich möchte, dass Sie jemanden für mich ausfindig machen. Für einen Mann mit Ihren Fähigkeiten sollte es nicht allzu schwierig sein.«

»Wen, Großer Gowron?«

»Worf.«

»Worf, den Sohn des Mogh?«

»Genau den.«

»Aber warum?« fragte K'hanq. »Er arbeitet für Starfleet.«

»Exakt. Aber er steht auch mir gegenüber in der Pflicht, K'hanq. Ich habe die Ehre seiner Familie wiederhergestellt und den Namen seines Vaters reingewaschen. Wenn es jemanden gibt, der vertrauenswürdig genug ist, um mir zu berichten, welchen Standpunkt die Föderation in dieser Angelegenheit einnimmt... dann ist es Worf.«

»Wenn ich ihn lokalisiert habe, wünschen Sie dann, über Subraumverbindung mit ihm zu sprechen?«

Gowron schnaufte verächtlich über diesen Vorschlag. »Damit die Spione der Romulaner oder der Föderation die Gelegenheit erhalten, die Übertragung abzufangen und unser Gespräch mitzuhören? Nein, K'hanq, auf gar keinen Fall. Nein, bringen Sie ihn zu mir.«

»Und wenn er nicht kommen will?«

Ohne Vorwarnung verlor Gowron die Beherrschung. »Ich bin Gowron!« brüllte er. »Gowron, der Sohn des M'Rel! Der Kanzler des Hohen Rates! Wenn ich sage, dass Worf kommen soll... dann *wird er kommen*! Ist das klar?!«

»Ja, Gowron«, sagte K'hanq hastig.

»Und? Was stehen Sie noch hier herum? Gehen Sie!«

K'hanq eilte zur Tür. Und während er ging – und Gowron ihm den Rücken zukehrte – sagte der Kanzler: »Ach, K'hanq... ich werde Sie im Auge behalten.«

K'hanq deutete eine Verbeugung an und ging.

»Er wird kommen«, sagte Gowron voller Zuversicht zu sich selbst. »Er wird kommen.«

Doch aus irgendeinem unerfindlichen Grund... verspürte er einen kalten Hauch. Vielleicht ein Vorgeschmack auf den eiskalten Sturm des Krieges. Und zum ersten Mal seit langer Zeit... fühlte sich Gowron alt.

12

Lwaxana hatte inzwischen jedes Zeitgefühl verloren – genauso wie Worf. Aber eins stand für sie beide außer Frage:

Es wurde nicht einfacher.

»Es ist, als würde ich immer wieder mit dem Kopf gegen einen Felsen rennen!« hatte sich Lwaxana eines Tages im Gespräch mit Deanna beklagt. »Nur dass es weniger Genugtuung verschafft.«

»Mutter, vielleicht gehst du es auf die falsche Weise an…«

»Er muss es doch verstehen, Kleines! Er muss sich unserer Philosophie öffnen!«

»Das ist eine zweischneidige Sache, Mutter. Was wäre, wenn seine klingonischen Verwandten auf die Idee kämen, mich in eine Art Gladiatorenschule zu schicken?«

»Wärst du damit einverstanden?«

»Ja«, antwortete Deanna ohne Zögern.

»Und würdest du dir alle Mühe geben?«

»Ja.«

»Siehst du, genau darum geht es. Ich glaube nicht, dass Worf sich alle Mühe gibt. Ich glaube, dass er sich störrisch und dickköpfig verhält, und wenn er dich wirklich lieben würde…«

»Hör auf, Mutter!« sagte Deanna und hob warnend einen Finger. »Fang nicht schon wieder damit an! Worf hat sich mir zuliebe bereit erklärt, sich von dir unterrichten zu lassen. Wenn er Probleme hat, den Stoff zu verstehen, ist es dann die Schuld des Schülers oder des Lehrers?«

Lwaxana warf ihr einen finsteren Blick zu und schwieg. Für Lwaxana war es eine beachtliche Leistung, nichts zu sagen.

Worf betrachtete das Bild mit einiger Verwirrung.

Er hatte sich mit Lwaxana wie versprochen an einem recht angenehmen und hübschen Ort getroffen. Von hier aus hatte man einen großartigen Ausblick auf den seichten und tiefblauen Bacarba-See.

»Ein wunderbarer Tag, nicht wahr, Worf?« hatte Lwaxana gesagt, als er eingetroffen war. Sie stand vor einer Staffelei und trug einen Kittel. Sie war damit beschäftigt, dicke Farbschichten auf die Leinwand aufzutragen. »Nicht ein Wölkchen am Himmel.«

»Ja, ein günstiges Wetter.«

In seinem Tonfall war etwas, das ihre Aufmerksamkeit erregte. »In welcher Hinsicht halten Sie es für günstig?«

»Sich nähernde Schiffe sind leichter zu entdecken. Das reduziert die Gefahr eines Angriffs aus dem Hinterhalt – natürlich nur, wenn die Schiffe über keine Tarnvorrichtung verfügen, versteht sich.«

Sie seufzte und schüttelte den Kopf. »Worf, eines muss ich neidlos anerkennen: Sie sind konsequent.« Sie legte den Pinsel nieder und deutete auf das Gemälde. »Was halten Sie davon?«

Er starrte das Bild verständnislos an. Die große Leinwand war flächendeckend mit einem einzigen roten Farbton ausgefüllt. Die Pinselstriche waren völlig gleichmäßig, ohne jede Variation. Mehr gab es dazu nicht zu sagen... es war eine große rote Fläche.

»Sehr modern«, sagte er vorsichtig. »Sublim... und introspektiv.«

»Hmm. Finden Sie? Ich dachte, es wäre nicht mehr als eine mit roter Farbe bedeckte Leinwand.«

»Oh. Nun… ja. Das ist es.«

»Warum haben Sie dann etwas anderes gesagt?«

»Ich wollte nur höflich sein.«

»Worf!« sagte Lwaxana mit gespielter Verblüffung. »Es gelingt Ihnen tatsächlich, mich immer wieder zu überraschen.«

»Hat dieses… Werk irgendeinen spezifischen Sinn oder Zweck?«

»Ja, in der Tat. Es ist das Thema unseres heutigen Unterrichts. Setzen Sie sich.«

Nachdem Worf auf dem Boden Platz genommen hatte, fragte er: »Und was jetzt?«

»Jetzt«, sagte Lwaxana, die sich neben ihn setzte, »werden wir dieses Bild beobachten.«

»Es beobachten? Wobei werden wir es beobachten?«

»Wir werden beobachten, wie es trocknet.«

Er konnte nicht glauben, dass er sie richtig verstanden hatte. »Sie verlangen von mir, dass ich hier sitze… und beobachte, wie die Farbe trocknet?«

»Völlig richtig.«

Er musterte sie aufmerksam, um festzustellen, ob ihre Worte vielleicht ironisch gemeint waren, ob sie ihn vielleicht irgendwie auf den Arm nehmen wollte. Sie konnte es einfach nicht ernst meinen. »Und wie lange?«

»Bis es getrocknet ist. Ansonsten wäre es ziemlich sinnlos.«

»Es ist auch so ziemlich sinnlos.«

»Worf!« seufzte sie und veränderte ihre Position, um ihm in die Augen sehen zu können. »Wir beschäftigen uns schon die ganze Zeit mit Subtilitäten. Nur darum geht es.«

»Subtilitäten? Als wir gegeneinander kämpften? Als wir endlose Stunden im Wasser untergetaucht sind? Als Sie mich dazu brachten, Dutzende von Büchern zu lesen? Als ich Aufsätze schreiben musste? Als wir zehn

Kilometer barfuß wanderten? Als ich versuchten sollte, einen Baum nur mit Hilfe meiner Zähne zu fällen? Ich zupfe mir bis heute Holzsplitter aus dem Zahnfleisch!«

»Wir scheinen den Begriff der Subtilität unterschiedlich zu definieren.«

Worf hatte eher den Eindruck, als besäßen sie völlig unterschiedliche Definitionen von Wirklichkeit. »Welchen Nutzen sollte es haben, roter Farbe beim Trocknen zuzusehen?«

»Worf... schauen Sie.« Er blickte auf die Staffelei. »Sehen Sie, wie die Farbe jetzt ist? Feucht und glänzend? Im Verlauf der nächsten Stunden werden sich diese Eigenschaften verändern. Der Glanz wird verschwinden, die Farbe wird sich dauerhaft mit der Leinwand verbinden. Die Transformation vollzieht sich vor unseren Augen. Sie bauen Raumschiffe, durchstreifen damit den Weltraum und haben kein Problem damit, die Geburt oder den Tod eines Sterns zu beobachten. Sie sehen immer nur die großen Dinge, Worf, obwohl es auch so viele kleine Dinge gibt. Und es sind diese kleinen Dinge, aus denen die wahre Liebe erblüht. Anfangs mögen wir uns wegen großer Dinge von anderen Personen angezogen fühlen... vom körperlichen Gesamteindruck oder dem Blitz, der uns durchfährt, wenn wir ihnen zum ersten Mal in die Augen schauen. Zuerst ist die Liebe feucht, glänzend und frisch. Doch mit der Zeit trocknet die Liebe. Der Anblick beginnt einen zu langweilen – wenn man sich im falschen Geisteszustand befindet. Aber wenn man die Dinge angemessen betrachtet, können sie ein niemals versiegender Quell der Faszination und des Erstaunens sein.«

Er starrte sie mit leerem Blick an.

»Wir werden also Folgendes tun, Worf«, sagte sie, ohne sich durch seinen Mangel an Begeisterung beirren zu lassen. »Wir werden zusehen, wie die Farbe trocknet. Und während wir das tun, möchte ich, dass

Sie versuchen, zwei Aufgaben zu erfüllen. Zunächst sollen Sie sich den einfachen und erstaunlichen Vorgang bewusst machen, wie die Farbe von einem Zustand in einen anderen übergeht. Erkennen Sie das Wunder dieser Transformation, und wenn Sie nicht der Meinung sind, dass es sich um ein Wunder handelt, dann suchen Sie nach einem Weg, es zu einem Wunder zu machen. Und zweitens – da wir jede Menge Zeit haben – möchte ich, dass Sie versuchen, sich von sich selbst zu lösen. Denken Sie nicht an andere Dinge, die Sie stattdessen tun könnten. Denken Sie nicht an Ihre Unzufriedenheit, an unerledigte Dinge oder Zweifelsfragen oder irgendetwas anderes. Die trocknende Farbe soll für Sie viel mehr Bedeutung als Ihre eigene Person erlangen. Vergessen Sie sich selbst und verlieren Sie sich darin. Bringen Sie sich in einen meditativen Zustand. Erleben Sie, dass jeder Tupfen Farbe sich vom anderen unterscheidet. Entdecken Sie alle Möglichkeiten. Lassen Sie sich los, Worf. Mehr verlange ich nicht von Ihnen. Verlieren Sie sich...« Sie deutete auf die Staffelei. »...darin.«

»Ich werde... es versuchen«, brummte er.

Sie saßen reglos da und starrten auf die Farbe.

Fünf Minuten und siebzehn Sekunden später sagte Worf: »Das ist lächerlich.«

»Worf...«

»Der Unterricht ist vorbei.« Er stand auf und wandte sich ihr zu. »Ich weiß nicht, was für ein diffiziles Spiel Sie hier mit mir treiben, Lwaxana, aber es ist mir inzwischen gleichgültig geworden. Ich bin ein Klingone. Klingonen sitzen nicht herum und beobachten, wie Farbe trocknet! Darin liegt kein Sinn, außer noch mehr von meiner Zeit zu vergeuden.«

»Ist das Ihre Meinung über alles, was wir bisher veranstaltet haben?« fragte sie und erhob sich. Sie stemmte die Fäuste in die Hüften. »Dass Sie nur Ihre kostbare Zeit verschwenden? Kommen Sie nicht auf die Idee, jetzt einfach zu gehen!«

Doch genau das stand Worf im Begriff zu tun. »Ich mache diesen Unsinn nicht länger mit.«

»Sie lieben Deanna gar nicht, Worf. Nicht so wie Riker.«

Diese schroffe Entgegnung ließ ihn innehalten. »Was – haben – Sie – gesagt?«

»Sie hat nur den Besten verdient«, erklärte Lwaxana trotzig. Sie war nicht im Geringsten durch seinen aufkochenden Zorn eingeschüchtert. »Will und Deanna waren Imzadi. Sie haben eine Gemeinsamkeit, an der Sie niemals teilhaben können.«

»Was für eine Gemeinsamkeit? Was bedeutet dieses ›Imzadi‹? Ist das eine weitere Ihrer ›Lektionen‹?«

Sie starrte ihn an und er hatte den Eindruck, als würde sie ihn zum ersten Mal wirklich sehen. Und sie schien ein wenig in sich zusammenzusacken, als hätte sie plötzlich eine wichtige Stütze ihres Lebens verloren. »Nein, Mr. Worf. Die Lektionen sind vorbei. Wir sind fertig. Kommen Sie. Ich will es Ihnen auf eine Weise verdeutlichen, die Sie auf jeden Fall verstehen werden.«

Damit ging sie zur farbigen Leinwand, holte mit dem Arm aus und schlug mit der Faust hinein. Die Leinwand zerriss mühelos und die gesamte Staffelei kippte um. Lwaxana fing die Leinwand auf, bevor auch sie zu Boden fallen konnte, hielt sie fest, drehte sich in der Hüfte und schleuderte sie dann mit aller Kraft davon. Wie auf ein geheimes Kommando kam eine leichte Brise auf und trug die Leinwand davon und hinunter zum See. Schließlich landete sie auf der Wasseroberfläche, wo sie vom Holz des Rahmens getragen wurde.

Lwaxana blickte auf ihre Hände. Sie waren mit roter Farbe beschmiert und wirkten beinahe wie mit Blut besudelt. Sie warf Worf einen letzten enttäuschten Blick zu und ging dann kopfschüttelnd fort. Worf blieb zurück, stand auf dem Felsvorsprung und blickte auf das zerstörte Gemälde tief unten im Wasser hinab. Offenbar gab es eine Strömung im See, denn ganz langsam wurde es weiter hinausgetragen.

»Netter Wurf«, bemerkte er.

Deanna war gerade aus dem Kunstmuseum zurückgekehrt und plauderte fröhlich mit Chandra bei einem heißen Glas *Moog*, als Worf eintrat. Er sagte nichts; er stand nur da und kochte. Man musste kein Empath sein, um zu erkennen, dass er nicht sehr glücklich war.

»Chandra, vielleicht solltest du lieber...«, sagte Deanna.

»...gehen, ja. Genau das habe ich auch gerade gedacht«, fiel Chandra ihr ins Wort. Mit einem hastigen Abschiedsgruß verließ sie das Haus und ließ Worf und Deanna miteinander allein.

»Wo ist Alexander?«

Es war nicht das, was sie als Erstes von ihm zu hören erwartete, aber sie antwortete bereitwillig. »Er wollte meine Mutter besuchen. Sie haben sich sehr gern, weißt du.«

»Ja, ich weiß.«

»Also brachte ich ihn zum Haus. Mutter war nicht da, aber Mr. Homn kümmert sich um ihn. Ich hatte eine Verabredung mit Chandra und wollte sie nur ungern versetzen. Andernfalls wäre ich bei ihm geblieben. Ich habe nicht gedacht, dass es damit irgendein Problem geben könnte. Gibt es damit ein Problem?«

»Nein... Nein.«

»Worf, was ist geschehen? Ich meine, es ist doch etwas geschehen.«

Er ging eine Weile auf und ab, bis er sich genügend beruhigt hatte, um wieder etwas Ordnung in seine Gedanken zu bringen. »Ich weiß, warum sie mir das antut. Aber warum tust du es?«

»Was tue ich? Ich verstehe nicht...«

»Liebst du mich so, wie ich bin?«

»Uneingeschränkt. Und ich liebe dich auch für das, was du sein k...«

»Da!« rief er und stach mit dem Zeigefinger in ihre Richtung. »Da ist das Problem. Wir haben unterschiedliche Vorstellungen von dem, was ich sein kann oder könnte. Oder sollte. Ich bin ein Klingone, Deanna.« Er schlug sich mit der Faust auf den Brustkorb. »Das ist keine Frage des geistigen Zustandes. Es ist das, was ich bin. Wenn meine Adoptiveltern mich nicht zu einem Erdenmenschen erziehen konnten, wie kommst du dann auf die Idee, mich in einen Betazoiden verwandeln zu können?«

»Unsinn, ich will dich nicht in einen Betazoiden verwandeln, Worf. Das Gleiche gilt für meine Mutter! Wir wollten nur erreichen, dass du verstehst. Du sollst nichts anderes werden, nur verstehen...«

»Oh, ich verstehe nur zu gut. Was ist ›Imzadi‹?«

Sie schien wirklich ein wenig blass zu werden, als er das Wort aussprach. »Wie bitte?«

»Was bedeutet dieses Wort? Ich habe dir eine ganz einfache Frage gestellt. Was bedeutet ›Imzadi‹?«

»Es ist... eine Art Kosename. Es bedeutet so viel wie ›Liebling‹.«

Aber Worf schüttelte den Kopf. Offenbar war er nicht bereit, an diese Erklärung zu glauben. »Nein. Das ist nicht alles. Nicht so, wie sie es gesagt hat. Für sie hatte es eine viel tiefere Bedeutung als ein Kosename.«

»Worf, was soll das? Wir erreichen nichts, wenn wir...«

»Was bedeutet es?«

Sie schrak vor dem zurück, was sie in seinen Augen sah. Darin brannte kalte Wut. Sie hatte keine Angst vor ihm, sie glaubte nicht, dass er sie verletzen könnte. Seine Wut schien vielmehr nach innen gerichtet zu sein, als würde er sich maßlos über etwas ärgern, das ihm keine Ruhe ließ. Sie fasste sich, hob das Kinn und sagte: »Also gut. Es hat noch eine zweite… tiefere Bedeutung.«

»Und die wäre…?«

»Der oder die ›Erste‹.«

»Der Erste.« Es dauerte einen Moment, bis er verstanden hatte, doch dann riss er die Augen auf. »Willst du damit sagen, dass Commander Riker… dass er dein…«

Sie nickte. »Aber es ist mehr als nur das. Es ist nicht nur die erste Person, die man körperlich geliebt hat. Es ist die erste Person, dessen… nun ja… Seele man berührt hat.«

»Eine seelische Bindung.«

»So… würde ich es nicht ausdrücken.«

»Aber du würdest es auch nicht abstreiten.«

Für einen Moment schien es, als würde Deanna in Tränen ausbrechen wollen. Tränen der Verzweiflung und des Bedauerns über den Schmerz, den Worf litt… einen Schmerz, den er niemals eingestehen würde, weil er dies als Zeichen der Schwäche betrachten könnte. »Worf… was erwartest du von mir? Ich kann nicht zurückgehen und ungeschehen machen, dass ich mich in Will verliebt habe, damals, als er hier auf Betazed stationiert war. Ich kann den Verlauf unserer Beziehung nicht mehr nachträglich ändern. Ich kann nicht in der Zeit zurückreisen und die Geschichte nach meinen Vorstellungen umschreiben.«

Ihre Wort berührten etwas in Worf… auch wenn er nicht genau bestimmen konnte, warum. Stattdessen fragte er: »Und… welche Konsequenzen hat das für uns?«

»Für uns beide ändert sich dadurch überhaupt nichts,

Worf! Ich liebe dich. Und du liebst mich doch auch, oder?«

Er nickte langsam. »Aber«, sagte er, »es kann zwischen uns niemals so sein wie zwischen William Riker und dir.«

»Es kann niemals genauso sein«, sagte sie erschöpft. »Es wird anders sein. Man kann unterschiedliche Personen nicht auf genau dieselbe Weise lieben, Worf! Du stehst nicht im Wettstreit mit Will Riker.«

»Aber genau diesen Eindruck habe ich.«

»Ich habe keinen Einfluss auf deine Eindrücke, Worf. Du musst mir einfach glauben, dass ich dich niemals mit Will vergleiche.«

»Bin ich ein besserer Liebhaber als er?«

Nachdem Deanna bei der Erwähnung des Wortes ›Imzadi‹ erbleicht war, ging ihre Reaktion nun in die entgegengesetzte Richtung: Sie wurde rot. »Worf! Mein Gott, ich kann es nicht fassen, dass du mich so etwas fragst…! Habe ich dich jemals gefragt, ob ich eine bessere Liebhaberin als Alexanders Mutter bin?«

»Möchtest du es wissen?«

»*Nein!* Ich will es nicht wissen! Weil ich im Gegensatz zu manchen anderen Leuten nicht in Wettstreit mit Erinnerungen trete!«

»Es ist etwas anderes.«

»Wieso?«

»Weil sie tot ist… und er lebt.«

Sie sah den Schmerz in seinen Augen, das Aufreißen einer Wunde, die immer noch nicht ganz verheilt war. »Es tut mir leid«, flüsterte sie.

»Schon… gut. Ich denke… diese Frage ist jetzt irrelevant. Wenn ich mit dir schlafe… dann bin ich ganz anders als bei einer klingonischen Frau.«

»Du bist…?«

»Ja. Ich versuche Techniken anzuwenden, die Männer von der Erde anwenden würden.«

Deanna war zumute, als würde sie das gesamte Spektrum möglicher Empfindungen auf einmal erleben. Vor wenigen Minuten hätte sie am liebsten geweint; jetzt musste sie sich zusammenreißen, um nicht laut loszulachen. »Und woher kennst du diese…«

»Ich…« Er räusperte sich. »Ich habe mich sachkundig gemacht.«

»Sachkundig? Wie?«

»Darüber möchte ich lieber nicht sprechen.«

»Dann sag mir…« Deanna war froh über diese Gelegenheit, Worf von seinen Sorgen abzulenken, und kam langsam auf ihn zu, um ihm die Arme um den Hals zu legen. »…würdest du gerne so mit mir schlafen… wie mit einer klingonischen Frau?«

»Nein.«

»Oh.« Seine kategorische Ablehnung verdutzte sie, aber sie wollte sich dadurch nicht entmutigen lassen. »Warum nicht?« fragte sie.

»Weil ich dich höchstwahrscheinlich töten oder enthaupten würde.«

Deannas Arme fühlten sich für sie plötzlich wie zwei unbewegliche Eisenstangen an. »Oh«, sagte sie erneut.

»Riker hatte natürlich niemals dieses Problem«, musste Worf zwangsläufig anmerken.

Deanna verlor die Geduld und stieß verärgert den Atem zwischen den gerundeten Lippen aus. »Worf…«, sagte sie. »Wenn man einen Mann anders als einen anderen liebt, dann bedeutet das nicht, das man ihn weniger liebt. Es ist nur so, dass unsere Beziehung auf einer anderen Ebene stattfindet als bei Will und mir. Aber du solltest niemals vergessen, dass du gegenüber Will einen entscheidenden Vorteil hast.«

»Und der wäre…?«

»Du bist hier. Und er nicht.«

»Ich verstehe. Also warst du einverstanden, mich zu heiraten… weil die Umstände günstig waren.«

»Nein!« rief sie verzweifelt. »Darum geht es überhaupt nicht! Ich meine, heiratest du mich, weil es für dich am günstigsten ist? Weil du zum Beispiel weißt, dass ich mich um Alexander kümmern würde?«

»Nein. Das heißt…«

Sie wartete, dass er weitersprach, aber er tat es nicht. »Was?«

»Ich denke… es könnte schon… eine gewisse Rolle spielen«, räumte Worf ein. »Aber das ist nur ein Aspekt von vielen, die dich zu meiner idealen Partnerin machen. Ein Aspekt muss, für sich genommen, nicht unbedingt wichtiger als ein anderer sein, richtig?«

»Nun…« Sie zögerte und sagte schließlich: »Ich würde meinen… dass es die Liebe ist… findest du nicht auch? Das Wichtigere oder das Wichtigste, meine ich.«

»Ja. Natürlich.«

Sie starrten sich eine Weile verunsichert an, dann sagte Worf: »Ich… muss in Ruhe nachdenken, Deanna. Ich möchte nur ein paar Stunden allein sein.«

»Ja… ja, natürlich…«

»Ich werde mich im Haus deiner Mutter mit dir treffen, wenn es dir angenehm ist. Vielleicht können wir dann gemeinsam… über alles reden.«

»Das ist mir sehr angenehm. Dies ist der betazoidische Weg: ein Gespräch über Gefühle. Eine Zusammenkunft der Seelen, die sich mitteilen. Siehst du? Du hast doch etwas gelernt.«

»Wie du meinst«, erwiderte Worf, aber es klang nicht so, als wäre er von ihren Worten überzeugt.

Er lief stundenlang durch die Stadt, von einem Ende zum anderen. Worf beobachtete die Betazoiden bei der Arbeit, im Umgang miteinander, wie sie lachten und Spaß hatten. Aber alles war so ruhig, so verdammt ruhig. Worf war nie zuvor bewusst geworden, wie viel allgemeiner Lärm nur dadurch erzeugt wurde, dass sich die meisten Lebewesen ständig unterhielten.

Im Vergleich dazu der Lärmpegel in einer klingonischen Stadt! Es war unglaublich. Unablässiges Geschrei, lautes Lachen oder Wutgeheul, heftige Streitigkeiten, die häufig nur deswegen angezettelt wurden, um einen Grund zum Streiten zu haben, wie es schien. Dumpfes Krachen, wenn Köpfe im gnadenlosen Wettkampf gegeneinander schlugen. Es war, als wäre der Lärm lebenswichtig für Klingonen, als könnten sie sich nur dadurch vergewissern, dass sie noch am Leben waren. Wenn sie sich selbst hörten, existierten sie. Stille herrschte ausschließlich im Grab. Lärm bedeutete, dass man lebte.

Kein Wunder, dass die Betazoiden so viel Zeit hatten, um über alles Mögliche zu meditieren. Es gab kaum etwas, was sie von einer stillen Einkehr ablenkte. Vor diesem Hintergrund konnte Worf wahrscheinlich sogar *hören*, wie die Farbe auf einer Leinwand trocknete.

Warum war er nur so hart gegen sich selbst? Warum war er so besessen von Riker? Warum konnte er Deanna nicht einfach beim Wort nehmen und ihr glauben, dass es keinen Wettstreit gab?

»Du stehst kurz davor, alles zu ruinieren«, warnte er sich selbst. »Du wirst das Beste ruinieren, das dir jemals passiert ist – nur wegen deines Stolzes.«

Riker war keine Konkurrenz für ihn. Es war dumm von ihm, dass er in solchen Begriffen dachte. Es gab keinen Wettstreit, weil... weil sie ihn erwählt hatte, deshalb. Falls es irgendwann eine Konkurrenzsituation gegeben hatte, dann war sie damit vorbei. Er hatte gewonnen. Er, Worf, hatte gewonnen.

Trotzdem war da noch das Problem, dass die Damen Troi ihn zu etwas machen wollten, das er gar nicht war. Doch nach mehreren Stunden des ziellosen Spaziergangs durch die Stadt hatte er auch darauf die Antwort gefunden. Er würde Deanna wirklich nach Qo'noS bringen, zur klingonischen Heimatwelt, damit sie sich dort einer elementaren Ausbildung zur Kriegerin unterzog – damit auch sie ›verstand‹. Ja. Ja, das würde bestimmt eine amüsante Erfahrung werden. Deanna Troi, wie sie die Flammenklippen von Kutabi hochkletterte – mit verbundenen Augen und ohne Ausrüstung. Deanna Troi, wie sie Kampfstrategien lernte und sich im Ring gegen Frauen durchzusetzen versuchte, die anderthalb mal so groß wie sie waren – ganz zu schweigen von den Männern!

Er suchte nicht etwa nach Möglichkeiten, wie er sich an ihr rächen konnte, nein. Ganz und gar nicht. Wenn es darum ging, den anderen zu verstehen, dann sollte auch Deanna verstehen. Und vielleicht würde sie es dann aufgeben, ihn ändern zu wollen, wenn er ihr einige der Rituale ersparte, die der durchschnittliche Klingone im Alter von zehn Jahren bewältigte.

Als er sich dem Haus Troi näherte und einem hübschen, von exotischer Vegetation gesäumten Weg folgte, empfand er immer größere Zufriedenheit über die Art und Weise, in der sich die Dinge entwickelten. Wie es schien, war Lwaxana von ihm enttäuscht. Aber es war schließlich nicht Lwaxana, die er heiraten wollte. Er musste nur dafür sorgen, Deanna glücklich zu machen, und dazu waren alle Voraussetzungen gegeben.

Doch wenn er ehrlich war, hätte er gerne seine Bemerkung zurückgenommen, dass er sie töten könnte, wenn er sie auf klingonische Weise liebte. Er hatte gespürt, dass sie nicht sehr gut auf diesen Punkt reagiert hatte. Andererseits konnte er ihr deswegen wirklich keinen Vorwurf machen.

Als er sich der Vordertür näherte, berührte die Sonne soeben den Horizont. Lange Schatten fielen über das Haus und streichelten es mit dunklen Fingern. Er klopfte an die Tür und wartete, dass Mr. Homn sie wie immer kurz darauf öffnete.

Aber die Tür öffnete sich nicht.

Jeder andere hätte eine gewisse Zeit damit verbracht, sich zu fragen, was los war. Wo blieb Mr. Homn? Warum reagierte er nicht auf das Klopfen, obwohl er sonst so zuverlässig war? Waren die Trois anderweitig beschäftigt? Und so weiter.

Aber nicht Worf.

Sofort ging er in die Hocke, da er selbstverständlich davon ausging, dass die Möglichkeit einer Gefahr bestand. Er griff nach seinem Phaser...

...und erinnerte sich dann, dass er ihn gar nicht dabeihatte.

Starfleet-Angehörigen außer Dienst war es nicht gestattet, einen Phaser mit sich zu führen. Und Worf war in der Tat außer Dienst und in ziviler Kleidung; es gab also nicht den geringsten Grund, warum er bewaffnet sein sollte.

Andererseits war er ein Klingone und das war Grund genug, auf alle Eventualitäten vorbereitet zu sein. Infolgedessen griff Worf in die Schäfte seiner Stiefel und zog aus beiden jeweils eine schlanke Klinge mit schmalem Griff und gezackter Spitze. Bereits ein einzelnes Stück stellte eine wirksame Waffe dar und ließ sich gut zur Verteidigung einsetzen. Da ihm jedoch etwas Zeit blieb, bevor er sich in einen möglichen Kampf stürzte, nutzte er die Gelegenheit, um die zwei Klingen an den Griffen zusammenzustecken. Damit hielt er nun eine Waffe in der rechten Hand, von deren Griff nach beiden Seiten scharfe Klingen ausgingen. Er ärgerte sich, dass er nicht besser gerüstet war, aber es hätte vielleicht einen ungünstigen Eindruck auf Deanna gemacht, wenn er sich bis an die Zähne bewaffnet auf Betazed bewegt hätte. Außerdem war es schwierig, ein *Bat'leth* in einem Koffer von durchschnittlichen Ausmaßen zu transportieren.

Langsam kroch er um das Haus herum und achtete auf jedes Anzeichen für eine feindliche Infiltration. Eine Stimme in seinem Kopf sagte ihm, dass er den Verstand verloren hatte, dass er überreagierte… dass er in Wirklichkeit nur etwas beweisen wollte, dass überall Gefahren lauerten und nur er, Worf, angemessen darauf vorbereitet war.

Direkt vor ihm befand sich ein großes Aussichtsfenster und Worf kroch näher heran, um vorsichtig einen Blick hinein zu werfen.

Er konnte deutlich das Hauptfoyer erkennen. Hier schien alles in Ordnung zu sein.

Doch dann entdeckte er etwas: eine Blutlache auf der gegenüberliegenden Seite.

Seine Nasenflügel blähten sich und plötzlich schrien alle seine Kampfinstinkte, dass sich jemand in seiner unmittelbaren Nähe befand. Sein Kopf ruckte herum, aber er sah niemanden. Doch gleichzeitig beschrieb seine Messerklinge einen tödlichen Bogen.

Zu seiner Überraschung hörte er scheinbar aus dem Nichts einen Schmerzensschrei und dann war da plötzlich ein Romulaner. Er war nicht von einem Transporter abgesetzt worden, da es keine der üblichen Effekte gegeben hatte. Eben war da noch nichts gewesen und im nächsten Moment war er da. Er war groß, hatte eine hohe Stirn, bleiche Haut und dunkle Augen. Selbst wenn er nicht ohne Vorankündigung aus dem Nichts aufgetaucht wäre, hätte Worf bereits an seiner äußeren Erscheinung erkannt, dass es sich um keinen gewöhnlichen Romulaner handelte. Natürlich wäre bereits die Anwesenheit eines gewöhnlichen Romulaners auf Betazed ein Anlass zur Besorgnis gewesen.

Der große Romulaner hielt eine Hand auf einen Schnitt in seinem Oberarm gepresst. Dünnes grünes Blut tropfte vom aufgeschlitzten Stoff seiner Kleidung.

»Beim nächsten Mal werde ich Ihnen den Kopf abschneiden. Wer sind Sie?« verlangte Worf zu wissen.

Die Augen des Romulaners schienen sich noch tiefer in die Höhlen zurückzuziehen, bis sie sich genauso plötzlich weiteten, als wollten sie sich nun über das gesamte Gesicht ausdehnen. Dann sprach er mit angsteinflößender, rauher Stimme nur ein Wort:

»Furcht.«

Und plötzlich war Alexander tot und Deanna war tot und Worf war alt und schwach und zahnlos. In seiner Gebrechlichkeit musste er hilflos zusehen, wie sich die Meuchelmörder in der Nacht zu ihm schlichen. Er war gelähmt und zu keinem vernünftigen Gedanken in der Lage, er hatte keine brauchbare Taktik zur Hand. Er hatte keine Ahnung, wie er reagieren sollte, was er tun konnte, er war überwältigt, er...

»Nein!«

Die Lähmung hätte seinem Gegner genügend Zeit für einen erfolgreichen Angriff verschafft, aber Worf hatte Glück. Er löste sich rechtzeitig aus der Erstarrung, als seine Kampferfahrung und seine Reflexe ihn zur Tat trieben. Er wirbelte herum und sprang – direkt in das Fenster, das krachend zerbarst. Es regnete Glassplitter, als Worf den Aufprall mit der Schulter auffing und sich über den Boden abrollte.

Zwei Romulaner folgten ihm, von zwei verschiedenen Seiten. Sie trugen weder Disruptoren noch andere der üblichen Werkzeuge, mit denen sie sich vorzugsweise eines Gegners entledigten. Stattdessen setzten sie Schockstäbe ein, mit denen sie ihn anscheinend bewusstlos zu schlagen beabsichtigten. Dazu war lediglich ein kurzer Kontakt mit seinem Körper erforderlich.

Worf war fest entschlossen, ihnen keine Gelegenheit dazu zu verschaffen. Bedauerlicherweise meldete sich die Furcht mit verstärkter Intensität in seinem Geist zurück, was seine Leistungsfähigkeit beeinträchtigte.

Aber ihm blieb keine andere Wahl, als es trotzdem zu versuchen.

Einer der Romulaner rückte schneller als der andere vor. Er war übervorsichtig, als er mit dem Schockstab in der Hand angriff. Worf wehrte den Arm seines Gegners ab und drückte den Stab von sich fort, während er gleichzeitig mit der Klinge in der anderen Hand zustieß. Das Messer glitt am Brustpanzer des Romulaners ab, doch der Hieb war nicht völlig erfolglos, weil die Klinge von unten in den Oberarm des Romulaners fuhr. Der Mann schrie auf und gleichzeitig erkannte Worf aus dem Augenwinkel, dass der andere Romulaner angriff. Er riss seinen ersten Gegner herum und benutzte ihn als Abwehrschild, um ihn schließlich gegen den anderen Romulaner zu stoßen. Beide gingen zu Boden und der erste, den Worf mit der Klinge verletzt hatte, ließ den Stab fallen. Worf hob ihn sofort auf, und als er nun die Doppelklinge in der einen Hand und den Schockstab in der anderen hielt, machte er den Eindruck eines gefährlichen Kämpfers, mit dem sich niemand, der noch einigermaßen bei Verstand war, freiwillig anlegen würde.

»Vater!«

Worf hörte Alexanders Angstschrei von irgendwo innerhalb des Hauses. »Alexander!« rief er. »Wo bist...?«

Es folgte ein lautes Krachen aus dem großen Speisesaal neben dem Wohnzimmer. Das war höchstwahrscheinlich eine Falle, aber Worf blieb keine andere Wahl. Er rannte los und hielt seine Waffen kampfbereit...

Er kam um eine Ecke und sah Deanna an der gegenüberliegenden Wand, wo sie von einer Frau festgehalten wurde. Für einen winzigen Moment dachte Worf, es sei Tasha Yar, doch dann wurde ihm klar...

»Sela! Lassen Sie sie los! Sofort!«

Plötzlich wimmelte es im ganzen Haus von Romulanern. Die Decke explodierte und sie stürzten von oben herab, die Wände brachen auf und sie stürmten von allen Seiten herein. Es war eine Falle: Deanna war der Köder und Worf anscheinend die Beute.

Sie waren mit Schockstäben, Knüppeln und anderen stumpfen Gegenständen bewaffnet und sie stürzten sich auf ihn wie Hyänen auf einen Löwen. Worf, der in sämtlichen klingonischen Kampftechniken ausgebildet war, setzte keine davon ein. Stattdessen schlug er wild um sich, stieß mit der Klinge in eine Richtung und rammte den Stab in die andere. Die Überzahl seiner Gegner verschaffte ihm jede Menge Ziele. Sie versuchten ihn durch ihre bloße Übermacht zu überwältigen und unter anderen Umständen wäre es ihnen vielleicht sogar gelungen.

Aber Worf war völlig vom Kampfrausch ergriffen. Er brüllte und heulte trotzig und übertönte die Schreie der Romulaner, die gegen ihn anrannten. Denn es stand viel mehr auf dem Spiel als nur sein Leben – oder als das Leben von Deanna oder Alexander. Er kämpfte um seinen Stolz und seine Ehre. Er hatte viele Tage auf Betazed verbracht und während dieser Zeit den Eindruck erhalten – was im Grunde niemandes Schuld war –, dass er hier nutzlos und deplatziert war. Dass er sich als Krieger in einem Land des Friedens aufhielt, das für seine Fähigkeiten keine Verwendung hatte. Dass es nichts gab, das er für Deanna tun könnte, dass er nicht mehr als ein Monstrum war, das bemitleidet, verachtet oder gar gefürchtet wurde. Dass er es nicht verdient hatte, sich mit Deanna auf diesem Planeten aufzuhalten, solange es ihm nicht gelang, sein gesamtes Handeln, Denken und Fühlen zu ändern. Man hatte ihm Philosophien aufgezwungen, die er nicht gutheißen konnte, und Vorstellungen, die er nicht verstand.

Aber das hier... darauf verstand er sich nur zu gut. Der einfache, geradlinige Kampf. Er roch das Blut seiner Feinde und er hörte die Schreie jener, die er verwundet oder niedergestreckt hatte. Sein Haar, das er zurückgebunden hatte, war nun gelöst und umwehte ihn wie eine Mähne, was seine Ähnlichkeit mit einem großen Raubtier, das von kleineren Raubtieren belagert wurde, nur verstärkte.

Mehrmals durchbrachen einzelne Schockstäbe seine Deckung und streiften ihn an der Schulter, der Brust, den Beinen. Eigentlich hätten sie ihn betäuben sollen, doch sie entfachten seine Rage um so mehr. Irgendwo im Hinterkopf spürte er, wie sich etwas in seinen Geist zu drängen versuchte, das ihm Feigheit aufzwingen wollte, aber er wehrte es mühelos ab, so sehr hatte er sich in die Kampfwut hineingesteigert.

Eine Schockladung betäubte seinen rechten Arm und die Klinge fiel ihm aus der Hand. Doch es bekümmerte ihn kaum. Er schwang den vorübergehend tauben Arm wie eine riesige Keule aus Knochen und Sehnen herum und schleuderte mehrere Romulaner zu Boden. Er trat, er biss, er krallte, er brüllte klingonische Schimpfwörter und Flüche. Im Getümmel hörte er undeutlich, wie Sela irgendetwas von Kapitulation schrie. Doch er ließ es gar nicht an sich heran. Sich vor Deanna ehrlos zu ergeben, kam einfach nicht in Frage. In seiner Raserei kam ihm nicht einmal der Gedanke, dass seine Verweigerung der Kapitulation Deanna möglicherweise das Leben kosten konnte.

Dann sah Worf während des Kampfes, wie Sela, die Deanna mit einem Disruptor bedrohte, die Betazoidin durch eins der Löcher, das die Romulaner in die Wände gesprengt hatten, nach draußen zerrte. Er rief Deannas Namen, doch dann wurde ihm der Blick von nachrückenden Romulanern versperrt.

Mit einem Geheul, das einer Bestie aus prähistorischen Zeiten zur Ehre gereicht hätte, wich Worf plötzlich zurück, während die Romulaner ihn bestürmten.

Für einen kurzen Moment dachten sie, dass sie ihn nun in die Enge getrieben hatten. Doch sie täuschten sich. Worf sammelte seine Kräfte, stieß einen Kampfschrei aus, der Kahless mit Stolz erfüllt hätte, und startete einen um so heftigeren Gegenangriff. Dadurch gelang es ihm, sich freie Bahn zu verschaffen, dann rannte er auf das Loch in der Wand zu.

Noch nie zuvor hatte er sich so lebendig, so nahezu unbesiegbar gefühlt. Es war mehr als nur der Adrenalinschub oder die rasende Wut, die ihn ergriffen hatte. Es war die einfache, klare und unwiderlegbare Tatsache, dass er die ganze Zeit Recht gehabt hatte. Auf den Kampf vorbereitet zu sein, stets der Krieger zu sein, war die richtige und klügere Lebensweise, die klingonische Art zu leben. Frieden war ein Luxus, der nur mit Gewalt erkauft werden konnte. Das war die Wahrheit, das war die Wirklichkeit. Er war in vollem Umfang rehabilitiert.

Und er würde auf ewig verflucht sein, wenn er Deanna sterben ließ, nachdem sie jetzt erkannt hatte, dass er im Recht war. Und was Lwaxana betraf, über deren Schicksal er nichts wusste, nun... er würde es auch ihr unter die Nase reiben. Und diesem unerträglichen Gart Xerx ebenfalls.

Er konnte sich diese stillen Ressentiments erlauben, weil er nicht den geringsten Zweifel daran hatte, dass er diesen Kampf siegreich bestehen würde.

Kurz vor ihm hatte Sela angehalten. Worf grinste hämisch. Sie befanden sich ausgerechnet auf dem Aussichtspunkt über dem Bacarba-See: ein angemessener Schauplatz für das folgende Finale. Sela konnte nicht mehr weiter. Sie hielt Deanna fest am Ellbogen gepackt und zielte mit dem Disruptor auf ihren Kopf. Worf blieb in etwa drei Metern Entfernung stehen, leicht geduckt und sprungbereit.

»Sie geben wohl niemals auf, wie, Mr. Worf?« sagte Sela und klang durchaus ein wenig beeindruckt. »Nun... ich wette, wenn ich damit drohe, Ihrer Verlobten den hübschen kleinen Kopf wegzuschießen... würden Sie immer noch nicht aufgeben.«

»Sie werden nicht davonkommen«, versicherte Worf.

Sela schien sich darüber keine Sorgen zu machen. Sie wirkte sogar etwas gelangweilt. »Ich muss Sie korrigieren... ich werde davonkommen. Und Deanna ist mir nach wie vor nützlich. Sie scheinen gewillt, sich unkooperativ zu verhalten, was eine Schande ist. Aber ich habe mir eine neue Philosophie zugelegt, Worf: Ich bin stets bemüht, meine Pläne neuen Bedingungen anzupassen. Eine zu detaillierte Planung macht es meinen Gegnern zu leicht, mich zu durchschauen und mir zuvorzukommen. Also versuche ich zu improvisieren, wenn es sich anbietet. Ich hatte beabsichtigt, Sie zu benutzen, Mr. Worf. Ihr Starrsinn schließt diese Möglichkeit jedoch aus, wie es scheint, und ich möchte meine Zeit nicht länger mit Ihnen vergeuden. Also...«

Sie schwenkte den Disruptor und zielte damit auf Worf.

Er stürmte genau auf sie zu, mit eingezogenem Kopf und pumpenden Armen. Er war immer noch in seine Aura der Unbesiegbarkeit gehüllt und fest davon überzeugt, dass sie ihn nicht treffen konnte, wenn er in Bewegung blieb.

Plötzlich näherte sich von links mit hoher Geschwindigkeit ein Körper und rammte seine Hüfte. Worf erhaschte einen kurzen Blick auf das Gesicht seines Angreifers, worauf er so verdutzt war, dass sich vorübergehend seine Konzentration verflüchtigte.

Es war Riker, dessen Bewegungsimpuls groß genug war, um dem Klingonen tatsächlich die Beine unter dem Körper wegzureißen. Sie stürzten zu Boden und Worf brüllte in enttäuschter Wut auf, während er einen

Schlag gegen Rikers Kopf führte – so heftig, dass er ihm beinahe den Schädel zertrümmert hätte.

»Will!« rief Sela.

Riker strauchelte benommen und ließ Worf los.

Worf blieben ziemlich genau zwei Sekunden, um seinen Triumph zu feiern, bis er unvermittelt erkannte, dass er keinen Boden mehr unter den Füßen hatte. Als Riker gestürzt war, hatte er Worf über den Rand des Felsvorsprungs gestoßen.

Verzweifelt suchte Worf mit seiner noch funktionstüchtigen Hand nach einem Halt, aber er verfehlte den Rand der Klippe um einen halben Meter. Dann befand er sich im freien Fall. Er überschlug sich in der Luft und ein Schrei wollte aus seiner Kehle dringen, aber er ließ es nicht zu. Er wollte weder den Romulanern noch Riker – Riker!? – die Genugtuung verschaffen, ihn schreien zu hören.

Er fiel immer tiefer und schneller und während des Falls machten sich erstmals die vielen Verletzungen bemerkbar, die er sich während des Kampfes zugezogen hatte. Seine Gelenke erschlafften, er konnte kaum noch atmen und der Blutverlust schwächte ihn. Als er auf die Wasseroberfläche traf, konnte er sich kaum noch bewegen. Dann stürzte er unter Wasser auf den Seeboden zu und das Letzte, was er bewusst wahrnahm und mit hämischer Belustigung quittierte, war der Rahmen der zerfetzten Leinwand, die in seiner unmittelbaren Nähe auf den Boden gesunken war. Nach wenigen Augenblicken war die Oberfläche des Sees wieder still.

13

Deanna Troi verließ das Zimmer in der Pension, machte sich auf den Weg zum Haus ihrer Mutter und fragte sich, zu welchen Schlussfolgerungen Worf gelangt sein mochte, während er allein unterwegs war.

Allmählich hatte sie das Gefühl, dass sie Worf einen sehr schlechten Dienst erwiesen hatten. Sie und ihre Mutter hatten nur die besten Absichten verfolgt. (Zumindest glaubte sie, dass Lwaxana nur gute Absichten hegte; ihre Bemerkung über Riker und die Erwähnung des Begriffs ›Imzadi‹ gaben Deanna jedoch Anlass zu gewissen Zweifeln.) Worf hingegen schien ihre Aktionen nicht als Versuch zu verstehen, seine Weltanschauung zu erweitern, sondern eher als etwas, das ihn schwächen sollte. Als wollten sie ihm etwas wegnehmen, statt ihm etwas zu geben. Wie konnte er nur zu einer derartigen Schlussfolgerung gelangen? Wenn er wusste, dass sie ihn liebte, wenn er an ihre Beziehung glaubte, dann musste ihm doch klar sein, dass sie niemals etwas tun könnte, das ihn verletzte.

Vielleicht lag das Problem in einer unterschiedlichen Definition dessen, was schädlich oder hilfreich war. Vielleicht.

»Imzadi.«

Sie blieb unvermittelt stehen und wollte nicht glauben, was sie gerade gehört hatte, obwohl die Stimme unverkennbar war. Langsam drehte sie sich zu ihm um.

Dort stand Riker, in Zivilkleidung – blaues Hemd und schwarze Hose. Sein breites Lächeln erweckte den Eindruck, als gäbe es niemanden im ganzen Universum, dem er in diesem Augenblick lieber begegnet wäre.

»Will!« Sie gab sich keine Mühe, ihre Freude über das Wiedersehen zu verbergen. Sie lief zu ihm und umarmte ihn, drückte ihn fest an sich. »Will, was machst du hier? Ich habe gehört, das der Ausschuss dich und den Captain von allen Vorwürfen freigesprochen hat! Ich habe keinen Augenblick daran gezweifelt! Bist du deshalb gekommen? Um zu feiern? Es ist wunderbar! Worf wird sich freuen…«

Dann hielt sie inne, als ihr bewusst wurde, dass Worf möglicherweise alles andere als erfreut reagierte. »Wie bist du nach Betazed gelangt?« fragte sie, um schnell das Thema zu wechseln.

»Mit einem Transportschiff, das… mir durch Bekannte vermittelt wurde.«

»Also bist du gezielt hierher gekommen; es ist keine zufällige Zwischenstation…«

»Ich… muss unbedingt mit dir reden, Deanna«, sagte er. Er hatte ihr eine Hand auf die Schulter gelegt und strich ihr behutsam mit der anderen eine schwarze Locke aus dem Gesicht. »Ich habe in letzter Zeit sehr viel nachgedacht… insbesondere über uns beide.«

»Ich… habe auch oft an dich gedacht, Will.« Sie deutete in die Richtung, in die sie unterwegs war. »Ich war auf dem Weg zum Haus meiner Mutter. Begleitest du mich?«

»Jederzeit, überallhin«, sagte er fröhlich.

Sie hakte sich bei ihm unter, als sie losgingen. »Wie geht es Worf?« fragte Riker.

»Ihm geht es… gut. Wir hatten einige… Meinungsverschiedenheiten. Aber es ist nichts, das wir nicht bewältigen könnten.«

»So?«

Sie schaute mit irritiertem Blick zu ihm auf. »Wie meinst du das, Will?«

»Ich meine, dass du frisch verlobt bist, Deanna. Es sollte die glücklichste Zeit deines Lebens sein. Stattdessen – korrigiere mich, falls ich es missverstehe – klingt es, als hätten Worf und du Probleme.«

»Es sind Probleme, die dir durchaus vertraut sein dürften, Will. Wer wüsste besser als du, dass das Leben auf Betazed jeden dazu zwingt, seinen Horizont zu erweitern? Ich erinnere mich noch gut an einen jungen Lieutenant, der hier während seines Aufenthalts ebenfalls einige Dinge gelernt hat.«

»Ich glaube, ich kenne ihn auch«, sagte Riker grinsend. Doch dann verschwand sein Grinsen und nun nahm Deanna ein zunehmendes Unbehagen in ihm wahr. »Deanna…«

»Will… du scheinst etwas auf dem Herzen zu haben. Vielleicht wäre es das Beste, wenn du es einfach aussprichst. Schließlich bist du nur deswegen den weiten Weg gekommen.«

»Ich weiß, ich weiß. Und während der ganzen Reise habe ich immer wieder überlegt, wie ich es sagen könnte. Aber nachdem ich jetzt hier bin, nachdem ich jetzt vor dir stehe…« Er atmete tief durch. »Deanna… ich habe gründlich über unsere Beziehung nachgedacht. Darüber, was wir uns bedeuten und wie ich dich im Stich gelassen habe…«

»Es geht nicht nur um das, was du getan hast, Will. Nimm nicht sämtliche Schuld auf dich. Es gab Dinge, die ich hätte sagen oder tun können… aber wir haben Entscheidungen getroffen und eine Freundschaft entwickelt, mit der wir beide zufrieden sein können…«

»Zufrieden!« Riker schüttelte matt den Kopf. »Ein Wort, an dem ich früher einmal erstickt wäre. Nichts war mir jemals genug. Meine Karriere, mein Liebesleben, all das war mir niemals genug. Zufriedenheit…« Er erschauderte. »Ich wusste gar nicht, was das bedeutet. Also sag du mir… warum sollte ausgerechnet ich mit einer simplen Freundschaft zu dir zufrieden sein?«

»Das haben wir doch längst hinter uns, Will. Jeder von uns hatte seine Karriere und wir kamen niemals richtig zusammen, weil wir zu einem bestimmten Zeitpunkt immer unterschiedliche Dinge wollten…«

»Und das wollen wir immer noch…« Nach einer bedeutungsschwangeren Pause fügte er hinzu: »Oder?«

»Wie meinst du das?«

Der Weg führte zwischen hübschen Pflanzen ganz leicht bergauf, während sie sich dem Anwesen der Troi näherten. Riker war jedoch immer langsamer gelaufen, und als Deanna ihm diese Frage stellte, blieb er ganz stehen. Trotzdem blickte er weiter starr geradeaus, als wollte er in die Zukunft schauen. »Hast du dich entschieden, Worf zu heiraten… weil er so ist, wie du dir deinen Ehemann wünschst? Oder war es nur, um mir eine Reaktion zu entlocken? Damit ich endlich erkenne, wie viel du mir bedeutest.«

Darüber musste Deanna einfach lachen. Aber sie machte sich nicht über ihn lustig, sondern amüsierte sich aus Zuneigung zu ihm. »Weißt du, Will, ich würde liebend gerne eine von dir gezeichnete Karte der Galaxis sehen. Darauf wären all die Sterne und Planetensysteme und im Mittelpunkt der Milchstraße wärst du, um den sich alles dreht. Und du hättest ein breites Grinsen auf dem Gesicht. Manchmal glaube ich, dass du das Universum genau auf diese Weise wahrnimmst. Will, ich bin tatsächlich in der Lage, Entscheidungen zu treffen und zu handeln, ohne dass diese Dinge in irgendeiner Beziehung zu dir stehen.«

»Das weiß ich, Deanna. Aber ich habe das Gefühl,

dass es in diesem Fall wirklich eine solche Beziehung gibt. Und wenn ich Recht habe... wenn es wirklich der eigentliche Grund für deine Entscheidung war... dann möchte ich dir sagen, dass es funktioniert hat.«

»Dass es... Will, was willst du mir damit sagen...?«

Bevor sie reagieren oder irgendetwas anderes tun konnte, hatte Riker sie in die Arme genommen und ihre Lippen mit seinen berührt. Einerseits hatte sie etwas in dieser Art überhaupt nicht erwartet... doch andererseits schien es ihr das Natürlichste der Welt zu sein, was einfach zu erwarten war. Die Jahre wurden plötzlich bedeutungslos und sie schmolz praktisch unter seinen Händen dahin, als die pure Leidenschaft, die er für sie empfand, von ihm ausströmte und sie zu ertränken drohte. Alle Gedanken an Worf, ihr gemeinsames Leben, das Versprechen, das sie ihm gegeben hatte, und alles, was sie zueinander gesagt hatten, all das wurde in diesem Moment fortgespült und durch etwas ersetzt, das rein und klar... und richtig war.

Aber nur für einen Moment.

Deanna riss sich von ihm los und keuchte leise, während in ihrem Kopf ein einziges Chaos tobte. Sie hatte das Gefühl, dass sie nie wieder festen Boden unter den Füßen spüren würde. Nachdem Worf so frustriert reagiert und sich in Konkurrenz zu Riker gesehen hatte, hatte Will ausgerechnet diesen Zeitpunkt gewählt, sich zu erklären... Es war verrückt. Warum konnte sie nicht eine nette, normale Verlobungszeit verbringen? Für einen Moment war sie in Versuchung, sich von beiden loszusagen, um sich einen Mann von Betazed zu suchen, sich niederzulassen, ein halbes Dutzend Kinder zur Welt zu bringen und zu hoffen, dass sie nie wieder etwas von William Riker, Worf, dem Klingonischen Imperium oder Starfleet hörte.

»Will... das... kommt alles viel zu schnell...«

»Zu schnell?« Er starrte sie fassungslos an. »Zu schnell? Gütiger Himmel, Deanna, ich habe jahrelang geschwiegen, die ganze Zeit kein einziges Wort gesagt. Während du ständig in meiner Nähe warst, ohne dass ich etwas getan habe. Zu schnell? Das Verrückte daran ist, dass es so lange gedauert hat!«

»Aber ich habe Worf ein Versprechen gegeben… Ich… wir haben viel in unsere Beziehung investiert, Will, ich kann sie jetzt nicht einfach so aufgeben…«

»Wie kannst du diese Beziehung mit unserer vergleichen, Deanna?« Da war etwas in seinen Augen, das sie noch nie zuvor darin gesehen hatte. Ein inniges Flehen, eine elementare Leidenschaft. Es war, als würde sie ihn plötzlich von einer ganz anderen Seite kennen lernen. »Es ist etwas ganz anderes als das, was wir erlebt haben.«

Lwaxanas Haus war von hier aus bereits sichtbar. Für Deanna war es beinahe so etwas wie eine sichere Zuflucht, ein stiller Winkel, in den sie sich zurückziehen konnte, um sich zu sammeln und über alles nachzudenken. Deanna war alles andere als ein kleines Mädchen, das auf seine Mutter angewiesen war, auch wenn ihre Mutter sie ständig ›Kleines‹ nannte. Doch in diesem Augenblick empfand sie die Tatsache, dass Lwaxana sich in unmittelbarer Nähe befand, als den größten Trost und zuverlässigsten Faktor, den es in ihrem Leben gab.

»Warum hasst du mich, Lwaxana?«

Lwaxana hatte mit Alexander an einem komplizierten dreidimensionalen Puzzle gebastelt, das nach der Fertigstellung ein beeindruckendes Abbild von – nun ja – Lwaxana ergeben würde. »Ein Mittel zur Selbsterkenntnis«, hatte sie es genannt, obwohl Deanna nur ergeben geseufzt hatte, als sie vor kurzem den Fortschritt des Werkes begutachtet und einige Gedanken zum

Thema exzessiver Ichbezogenheit geäußert hatte… in voller Absicht, wie Lwaxana vermutete.

Doch von Alexanders Frage wurde Lwaxana so sehr überrascht, das sie beinahe das halb fertig gestellte Puzzle umgeworfen hätte. »Was? Wie kommst du darauf, so etwas zu fragen, Alexander?«

Er blickte sie unbeirrt an. »Wegen einiger Dinge, die mein Vater und Deanna gesagt haben.«

»Du hast gehört, dass ich dich hasse?«

»Mein Vater glaubt, dass du alles Klingonische hasst. Ich bin ein Klingone. Das ist das, woran ich glaube… alles, was mich zu dem macht, der ich bin.«

Lwaxana war erschüttert. In Alexanders Stimme lag so viel Schmerz. »Alexander, ich hasse nicht alles Klingonische. Wirklich nicht.«

»Du glaubst, dass mein Vater und Deanna nicht zusammenpassen.«

Sie zögerte. Der Junge hatte natürlich Recht, aber sie wollte es nicht rundheraus zugeben. Außerdem war die Sache wesentlich komplizierter. »Alexander… es ist nicht so, dass ich glaube, sie würden nicht zusammenpassen. Es ist nur so… dass sie so unterschiedlich sind… und ich habe lediglich versucht, deinen Vater dazu zu bringen, ein gewisses Verständnis für Deannas Lebenshintergrund zu entwickeln. Damit er einen Einblick in unsere Philosophie erhält.«

»Niemand kann meinen Vater zu etwas ›bringen‹, was er nicht will«, erwiderte Alexander.

Nun, genau das war das Problem, erkannte Lwaxana. Der Junge hatte es auf den Punkt gebracht. »Ich habe nicht beabsichtigt… ihm irgendetwas aufzuzwingen, Alexander. Ich wollte nur… Schau mal, Alexander.« Sie strengte sich an, die Diskussion in eine andere Richtung zu lenken. »Ganz gleich, welche Meinungsverschiedenheiten dein Vater und ich haben mögen… oder wie auch immer sich diese Beziehung entwickelt… eins darfst du niemals bezweifeln: All das hat überhaupt nichts mit dir zu tun. Meine Zuneigung zu dir wird dadurch nicht im Geringsten beeinflusst. Ich halte dich für einen wunderbaren Jungen… Nein. Das nehme ich zurück. Ich halte dich für einen wunderbaren jungen Mann.«

»Hättest du gerne einen Sohn wie mich?«

Lwaxana hustete, um einen Vorwand zu haben, ihr Lächeln hinter einer Hand zu verstecken.

»Ist etwas nicht in Ordnung?«

»Nein, Alexander. Alles ist in bester Ordnung. Und um deine Frage zu beantworten: Ja… ja, ich wäre stolz, wenn ich einen Sohn wie dich hätte. Obwohl… wenn du mein Sohn wärst, müsste ich dich dazu ermutigen, etwas mehr zu lächeln. Aber das wäre wirklich alles.«

»Du könntest mich so lieben, wie ich bin?«

»Natürlich, Alexander.«

»Nun… wenn mein Vater dein Schwiegersohn werden soll… könntest du ihn dann nicht genauso lieben?«

Es folgte einer der seltenen Augenblicke in Lwaxanas Leben, in denen sie nicht wusste, was sie sagen sollte.

Deanna stellte fest, dass sie nahezu wörtlich das wiederholte, was sie vor nicht allzu langer Zeit zu Worf gesagt hatte. »Es gibt keinen Wettstreit zwischen unseren Beziehungen, Will. Es ist… anders. Mehr nicht. Einfach nur anders.«

»Anders, aber nicht besser.«

»Ich halte nichts davon, in diesen Dingen Gegenüberstellungen und Vergleiche…«

»Verdammt noch mal, Deanna!« Zum ersten Mal verlor er die Beherrschung. »In vielerlei Hinsicht bist du überhaupt nicht anders als vor Jahren! Du intellektualisierst alles, statt aus dem Bauch zu handeln! Es erstaunt mich immer wieder, dass eine angebliche Empathin so wenig über ihre eigenen Gefühle weiß!«

»Du musst nicht beleidigend werden, Will…«

Es kostete ihn Mühe, sich zu beruhigen. »Ich… will dich nicht beleidigen, Deanna. Ich hatte nur eine bestimmte Vorstellung, wie sich die Dinge entwickeln würden, und jetzt ist es… nun ja…«

»Will, wenn es etwas gibt, das ich gelernt habe, dann die Tatsache, dass sich die Dinge nicht immer so entwickeln, wie man erwartet.«

»Wohl wahr. Denn wenn es so wäre, hättest du dich niemals mit Worf verlobt.«

»Will… was genau hast du dir vorgestellt?«

Er nahm ihre Hände in seine. »Ich habe mir vorgestellt, dass du erkennst – genauso wie ich es erkannt habe –, dass es für uns noch nicht zu spät ist. Dass wir füreinander bestimmt sind. Dass wir immer noch eine Chance haben. Ich weiß, der gegenwärtige Zeitpunkt ist äußerst ungünstig. Aber ich konnte nicht länger schweigen. Ich musste neue Prioritäten für mein Leben setzen und ich möchte, dass du Anteil daran hast, genauso wie ich Anteil an deinem Leben haben will. Und ich will dir sagen… ganz gleich, was auch geschieht, ich liebe dich mehr, als dich irgendjemand anderer jemals lieben kann oder wird. Weder Worf noch sonstwer.«

In Deanna rangen mindestens ein Dutzend Gefühle um die Vorherrschaft. Ihr Herz kämpfte gegen ihr Gehirn, während ihre Seele sich um Ordnung bemühte. »Komm mit«, sagte sie plötzlich und zerrte an seinen Händen.

»Wohin?«

»Ins Haus. Mutter wird dich sehen wollen.«

»Ich… ich glaube nicht, dass das eine gute Idee ist.«

»Warum nicht? Du weißt, wie sehr sie dich mag.«

»Sie hatte noch nie eine gute Meinung von mir«, sagte er kopfschüttelnd. »Ich halte es nicht für besonders klug...«

»Keine gute Meinung? Will, um Himmels willen, wenn Mutter bei Verstand war, hat sie zumindest über die Möglichkeit nachgedacht, dass du mein Lebensgefährte werden könntest. Offensichtlich hegt sie keine grundsätzliche Abneigung gegen dich.« Sie legte neugierig den Kopf schief. »Du wirkst so überrascht...«

»Ich bin nur... es verblüfft mich, dass du dieses Thema ansprichst. Das ist alles. Und ich denke, das ist einer der Gründe, warum ich sie im Augenblick nur ungern sehen würde. Ich bin zu dir gekommen, um über uns zu sprechen. Wenn ich bedenke, was in der Vergangenheit zwischen deiner Mutter und mir vorgefallen ist... du weißt ja...«

»Ich denke... ja«, sagte Deanna unsicher.

»Ich brauche noch etwas mehr Zeit mit dir... nur wir zwei, um über alles zu reden... Kannst du mir zumindest diesen Wunsch erfüllen...?«

»Ich...« Sie holte tief Luft und hatte das seltsame Gefühl, dass sie vor einer Entscheidung stand, die sich auf ihr gesamtes Leben auswirken würde. »Also gut, Will. Ich... ich denke, ich bin es dir schuldig... und mir... und unserer Vergangenheit...«

»Unserer Gegenwart.«

»...unserer gemeinsamen Vergangenheit«, sagte sie unbeirrt. »Aber ich werde Worf nicht anlügen. Das kann ich nicht. Du und ich, wir werden uns treffen und miteinander reden... und dann werden wir weitersehen, mehr nicht... aber ich werde Worf sagen, dass ich das tun werde.«

»Er ist bestimmt nicht begeistert.«

»Er wird es verstehen, davon bin ich überzeugt. Er wird bestimmt wollen, dass wir erst heiraten, wenn wir beide ein reines Gewissen haben.«

»Na gut«, fügte sich Riker widerstrebend. »Einverstanden... Ich glaube, dass du einen großen Fehler begehst, aber ich bin einverstanden.«

»Wo sollen wir uns treffen? In der Stadt gibt es einige nette Ecken...«

»Eigentlich... weiß ich genau, wo ich dich gerne wiedersehen würde. Es gibt im Grunde nur einen angemessenen Ort.« Er lächelte und wirkte plötzlich um viele Jahre jünger. »Die Janaran-Wasserfälle.«

»Ach, Will... ich weiß nicht...«

»Die Janaran-Fälle, Deanna. Verstehst du es nicht, wir müssen an diesen Ort zurückkehren! Alles, was mit unserer Beziehung schief gegangen ist, alles, was ich verpatzt habe – und ich gebe es ehrlich zu, Imzadi, dass es meine Schuld war –, all das geschah nach den Wasserfällen. Dort waren wir glücklich. Es war das letzte Mal, dass wir uns sahen, und es war unsere schönste Zeit.«

Ihre Hände klammerten sich um seine.

»Deanna... stimmt etwas nicht...?«

»Das letzte Mal... dass wir uns sahen?«

»Richtig...«, sagte er irritiert. »Deanna... was ist los? Irgendetwas stimmt nicht. Habe ich etwas Falsches gesagt? Es tut mir leid, aber ich... habe nur die besten Erinnerungen an diese Zeit...«

»Das letzte Mal?«

»Richtig. Warum wiederholst du es ständig?«

Ihr Gesicht versteinerte und ihre Augen wurden eiskalt. Dann drehte sie sich ohne ein weiteres Wort um und ging zu Lwaxanas Haus.

»Deanna? Was ist denn los? Ich habe das Recht, es zu erfahren!«

Sie blieb wenige Meter von ihm entfernt stehen. Von ihrem erhöhten Standpunkt blickte sie mit beinahe herrischer Miene auf ihn herab. »Oh, ich glaube, du weißt es längst.«

»Nein, ich weiß es nicht.«

Sie war so wütend, dass sie es nicht fertig brachte, sich verbal zu artikulieren. Stattdessen projizierte sie einen Gedanken, und zwar mit solcher Vehemenz, dass Riker taumelte, als ihre Stimme in seinem Kopf ertönte.

Du weißt es… Tom.

Er wollte etwas sagen, brachte aber kein Wort heraus.

»Ich werde mich nicht mit dir an den Janaran-Wasserfällen treffen«, sagte Deanna laut. »Ich weiß nicht, welches Spiel du betreibst oder was du zu erreichen gehofft hast. Aber du hast versucht, mich zu täuschen, mich zu benutzen…«

»Das siehst du falsch, Deanna…«

»Ich sehe es völlig richtig. Ich weiß nicht, was du hier verloren hast, aber es war eindeutig ein Fehler, dass du gekommen bist. Ich schlage vor, du korrigierst ihn unverzüglich, indem du sofort gehst.«

»Deanna…«

»Sofort!« Mit steifen Schritten entfernte sie sich von ihm.

Doch Riker wollte sie nicht so einfach davonkommen lassen. Er lief ihr nach, hielt sie am Arm fest. »Nein, Deanna, ich will nicht, dass es so endet.«

»Es ist bereits vorbei. Es war dumm von mir, dass ich dir überhaupt zugehört habe. Geh endlich.«

»Du machst es dir zu einfach. Sag nur, dass wir uns wiedersehen…«

»Geh endlich! Ich will dich niemals wiedersehen!«

Dann nahm Deanna zu ihrer Rechten eine leichte Turbulenz in der Luft wahr. Sie drehte sich um, aber es war nichts zu sehen… Dennoch spürte sie etwas… dass sich dort irgendetwas befand…

Im nächsten Augenblick tauchte scheinbar aus dem Nichts ein Romulaner auf. Er sprach in einen Kommunikator, den er am Handgelenk trug. »Sie kooperiert nicht. Angriff!«

Deanna wich verwirrt und benommen einen Schritt zurück. »Was...«

Rikers Gesicht drückte totale Verzweiflung aus. Seine Stimme war kaum mehr als ein Flüstern, als er sagte: »Es tut mir so leid...«

Dann materialisierte genau über ihnen am wolkenlosen Himmel ein romulanischer Warbird.

»O mein Gott!« keuchte Deanna und rannte los, zum Haus ihrer Mutter. Ihr Verstand sagte ihr, dass es sinnlos war, dass es keine sichere Zuflucht gab. Aber sie tat es trotzdem, um zumindest ihre Mutter und Alexander vor der Gefahr zu warnen, die so unvermittelt in ihrem Vorgarten Gestalt angenommen hatte. Riker unternahm keinen Versuch, sie aufzuhalten. Es wäre auch völlig überflüssig gewesen, denn plötzlich materialisierte genau vor Deanna eine Schwadron romulanischer Soldaten, die ihr den Weg versperrten. Und in vorderster Reihe der Schwadron stand Sela.

»Hallo, Counselor«, sagte sie mit einem süffisanten Lächeln. »Ich hätte Sie fast nicht wiedererkannt, nachdem Sie Ihre Maskierung als Romulanerin abgelegt haben.« Dann verschwand jegliche Spur von Humor aus ihrer Miene, als sie den anderen schroff befahl: »Stürmen Sie das Haus.«

Der romulanische Warbird tarnte sich wieder, als die Soldaten das Haus von Lwaxana Troi angriffen. Sela trat währenddessen an Rikers Seite und strich ihm mit einem Finger über den Unterkiefer. »Na, Will... hattest du ein nettes Wiedersehen?«

Deanna hörte ihre Worte und warf Riker einen verwirrten Blick zu. Und diesmal war er es, der ihr einen Gedanken übermittelte. Er dachte: *Wenn du auch nur einen Ton sagst... sind wir beide tot.*

Sie beschloss, keinen Ton zu sagen.

Kressn, der romulanische Telepath, führte den Vorstoß in das Haus der Troi an. Als die Romulaner durch die Tür brachen, wurden sie bereits von Mr. Homn erwartet.

Er machte keine Anstalten, sich zu verteidigen, und schien nicht einmal besonders beunruhigt, dass romulanische Soldaten das Haus stürmten. Sie gingen davon aus, dass er keine Gefahr darstellte, und drängten sich einfach an ihm vorbei. Doch plötzlich griff sich Mr. Homn einen der Soldaten, als wäre sein Körpergewicht nicht der Rede wert, und warf ihn gegen die nächste Wand. Der Romulaner prallte mit solcher Wucht dagegen, dass der Putz zu Boden rieselte und ein Loch in den ungefähren Umrissen des Unglücklichen zurückblieb.

»Packen Sie ihn!« rief Kressn.

Die Romulaner richteten ihre Disruptoren auf Mr. Homn. Im Gegensatz zu Phasern gab es bei romulanischen Waffen keine unterschiedlichen Einstellungen. Die einzige Möglichkeit, tödliche Wunden zu umgehen, bestand darin, auf Arme oder Beine des Gegners zu zielen, und selbst dann konnte das Opfer am Schock sterben. Ein Treffer am Kopf oder Rumpf war zwangsläufig tödlich.

Die Romulaner zielten auf den Kopf und den Oberkörper, wo sich in der Regel die lebenswichtigen Organe konzentrierten. Wenn man Mr. Homns Körpergröße bedachte, war es praktisch unmöglich, dass sie ihn verfehlten.

Doch Mr. Homn sprang wie ein Blitz zwischen den tödlichen Strahlen der Eröffnungssalve hindurch und landete schließlich vor einem in der Nähe aufgehängten Wandteppich. Er riss ihn herunter, drehte sich um und warf ihn auf die Romulaner. Das Gewicht des Stücks war beträchtlich, so dass es mühelos sämtliche Soldaten zu Boden riss.

»Mr. Homn, was in aller Welt geht hier vor?!« Es war die schrille Stille von Lwaxana Troi, die mit Alexander im Schlepptau das Foyer betrat.

In diesem Moment strömten weitere Romulaner durch die Tür und einer gab einen Schuss ab, der Mr. Homn mitten in die Brust traf. Lwaxana stieß einen Schrei des Entsetzens aus, als sich der Strahl durch Homns Körper brannte und ihn rückwärts zu Boden warf. Kein Laut drang über seine Lippen, als er stürzte und reglos liegen blieb, den leeren Blick starr auf die Decke gerichtet. Unter ihm bildete sich eine Blutlache.

»Homn!« heulte Lwaxana, und als sie sich zu den Eindringlingen umdrehte, stand etwas Schreckliches in ihren Augen. Alexander wollte sich begierig in den Kampf stürzen, doch Lwaxana hielt ihn mit einer Hand zurück. »Ihr gemeinen Hunde!« schrie sie. »Wie könnt ihr es wagen! *Wie könnt ihr es wagen!*«

»Packen Sie sie!« rief Kressn.

Als sich die Romulaner ihr näherten, schrie Lwaxana sie an.

Telepathisch.

Wenn eine gewöhnliche Person ihre Stimme gegen eine andere erhob, war das Ergebnis lediglich eine gewisse Irritation. Doch wenn es auf rein geistigem Wege geschah – insbesondere im Fall einer so starken und streitbaren Telepathin wie Lwaxana Troi –, war es etwas völlig anderes, insbesondere wenn eine Mischung aus Furcht und äußerster moralischer Entrüstung im Spiel war.

Wie könnt ihr es wagen?!?

Lwaxanas Stimme dröhnte in ihren Köpfen wie eine laute Sirene, die den Weltuntergang verkündete. Es war ein geistiges Getöse, das jeden anderen möglichen Gedanken vertrieb, das sie vielleicht sogar alles vergessen ließ, was sie jemals gewusst hatten. Sie taumelten, hielten instinktiv die Hände auf die Ohren, was ihnen jedoch keinerlei Erleichterung verschaffte. Denn der Angriff kam nicht von außen, sondern aus dem Innern ihrer Köpfe.

Wie könnt ihr es wagen! Ich bin Lwaxana Troi, die Tochter des Fünften Hauses...

Sie wanden sich in Todesqualen am Boden, während die Waffen den kraftlosen Händen entfielen.

...die Hüterin des Heiligen Kelchs von Rixx und die Erbin der Heiligen Ringe von Betazed! Dies ist mein Haus... ihr gehört nicht hierher... und ihr seid hier nicht willkommen! Geht! Sofort!!

Die Romulaner wollten rufen, dass sie aufhören sollte, dass jemand sie zum Schweigen bringen sollte, aber sie konnten keinen zusammenhängenden Gedanken mehr fassen. Doch zum Glück war es gar nicht nötig.

Kressn sammelte seine ganze Kraft, all seine telepathische Energie, all seine Fähigkeit, andere zu beeinflussen, und konzentrierte sie in seinem Geist zu einem riesigen Ball, den er Lwaxana direkt ins Gehirn schleuderte.

Lwaxana war alles andere als eine ausgebildete Psi-Kämpferin. Sie hatte sich noch nie ein echtes geistiges Duell geliefert, abgesehen von einer Gelegenheit, als sie eine heftige Auseinandersetzung mit Q erlebt hatte... und selbst das war eine andere Geschichte gewesen, weil ihre Fähigkeiten durch die Macht der Q erweitert worden waren. Im gegenwärtigen Fall war sie mit Zorn geladen, verfügte über ein ausgeprägtes Selbstbewusstsein und wusste, dass ihr normalerweise jeder aus dem Weg ging, wenn sie in Rage war. Aber sie hatte keine Erfahrung mit einem zweiseitigen telepathischen Kampf. Sie war nur auf Angriff eingestellt, angetrieben von ihrer Wut, und hatte daher keinerlei Verteidigungsmaßnahmen ergriffen.

Demzufolge triumphierte Kressn.

Sie taumelte unter dem Schock des geistigen Vergeltungsschlags. Alexander schrie ihren Namen, aber sie hörte ihn nicht. Stattdessen wurde sie so steif wie ein Brett, riss die Augen weit auf, jedoch mit leerem Blick, und taumelte rückwärts. Alexander, der sie stürzen sah, fing sie auf. »Lwaxana!« rief er wieder und dann rissen ihn romulanische Hände von ihr fort. Lwaxana stürzte zu Boden und blieb reglos neben Homn liegen.

Die Romulaner erholten sich langsam von der telepathischen Attacke. Kressn war in die Knie gegangen und wirkte etwas erschöpft, doch sonst schien ihm nichts zu fehlen.

»Mutter!«

Deanna blickte entsetzt auf die Szene, die sie erwartete, als Sela sie durch die Vordertür des Hauses drängte. Ihre Mutter rührte sich nicht, Mr. Homn lag blutüberströmt am Boden und Alexander wurde von einem Soldaten festgehalten. Ohne Vorwarnung schlug Alexander seine Zähne in die Hand des Mannes, worauf der Romulaner ihn loslassen musste. Alexander befreite sich und startete einen Verzweiflungsangriff gegen Sela. Doch er legte keine zwei Meter zurück, als ihm ein anderer Romulaner in den Weg trat und einen Schlag mit dem Griff seines Disruptors verpasste. Alexander war lange genug benommen, dass die Romulaner ihn wieder in ihre Gewalt bringen konnten.

Der Trupp der Angreifer schien nur mit Mühe wieder auf die Beine zu kommen und der Mann, der neben ihr aus dem Nichts aufgetaucht war, wirkte recht mitgenommen. Doch all das spielte für Deanna gar keine Rolle.

Sela hingegen schien verärgert. »Was war hier drinnen los?« fragte sie ungeduldig. »Ich habe Sie alle persönlich ausgebildet. Es wirft kein gutes Licht auf mich, wenn Sie so große Schwierigkeiten haben, mit einer alten Frau, einem Riesen und einem klingonischen Jungen fertig zu werden.«

Deanna lief zu ihrer Mutter, kniete sich neben sie und blickte tief in Lwaxanas Augen. Was immer die Romulaner ihr angetan hatten, entfaltete nach wie vor seine Wirkung und grub sich wie ein Pilzgeflecht immer tiefer in Lwaxanas Geist. *Mutter*... dachte sie.

Etwas schien aus dem Geist ihrer Mutter zu wachsen... eine telepathische Verbindung, die Deanna warm und liebevoll einhüllte, als wollte Lwaxana ihr damit sagen, dass alles in Ordnung war... nichts, das sich in Worte fassen ließ, aber eine Verbindung, wie Deanna sie nie zuvor erlebt hatte, geboren aus Verzweiflung und Furcht...

Als Deanna plötzlich fortgerissen wurde, zerbrach der Kontakt so unvermittelt wie ein Schwall eiskalten Wassers. Sela stand neben ihr und drückte den Lauf ihres Disruptors unter Deannas Kinn. »So... Sie werden uns hoffentlich keine solchen Schwierigkeiten wie Ihre Mutter bereiten.«

»Das könnte sie gar nicht«, sagte Kressn. »Sie ist zur Hälfte Mensch. Sie verfügt nicht annähernd über die telepathischen Fähigkeiten ihrer Mutter. Apropos... was sollen wir mit der Frau machen? Und mit dem anderen?«

»Nun, der Riese ist tot...«

»Nein, ist er nicht.«

Es bestand kein Zweifel, dass Mr. Homn in der Tat noch unter den Lebenden weilte. Auch wenn er keinen Laut von sich gab. Denn unfassbarerweise war er näher an Lwaxana herangerückt... und als würde er gar nicht bewusst, sondern nur instinktiv handeln, hatte er schützend einen Arm über sie gelegt und blickte die Eindringlinge trotzig an. Er hatte immer noch ein großes Loch in der Brust, aber die Blutung hatte aufgehört.

»Wenn das nicht beeindruckend ist...«, sagte Sela. »Aber wir können nichts mit einem geistigen Krüppel und einem Halbtoten anfangen. Wir begnügen uns mit der Tochter und dem Jungen. Töten Sie die anderen beiden.«

»Nein!« schrie Deanna.

Die Romulaner traten vor und machten sich bereit, den Befehl auszuführen. Sie hoben die Disruptoren und zielten damit auf Lwaxana und Mr. Homn.

In diesem Augenblick ertönte eine laute und deutliche Stimme: »Die Waffen runter! Sela... nein!«

Es war nicht zu überhören, dass der Sprecher es gewohnt war, Befehle zu erteilen, und die Romulaner hielten tatsächlich inne. Sela drehte sich nicht einmal zum Sprecher um, als sie sagte: »Das geht dich nichts an, Will.«

»O doch«, erwiderte Riker, der rasch den Raum durchquerte und vor Sela stehen blieb. »Du hast mich gefragt, wie weit ich gehen würde und was ich zu tun bereit wäre. Wovor ich zurückschrecken würde. Nun, dieser Punkt ist erreicht, Sela. Ich werde nicht tatenlos zusehen, wie zwei hilflose, unschuldige Personen kaltblütig ermordet werden.«

»Tatsächlich?« Sie schnaufte verächtlich. »Du bist ein Mitglied des Maquis. Das ist eine terroristische Organisation. Glaubst du wirklich, dass im Verlauf deiner Aktivitäten niemals Unschuldige zu Schaden gekommen sind? Du hast die *Defiant* gestohlen und cardassianische Einrichtungen angegriffen. Militärische Ziele, aber es ist gut möglich, dass sich dort auch Zivilisten aufhielten – Besucher, Freunde, Verwandte, einfache Arbeiter, die nur ihren Lebensunterhalt verdienen wollten. Wie viele von ihnen hast du auf dem Gewissen, hm? Du willst doch nicht ernsthaft behaupten, dass du davor zurückschrecken würdest. Du willst nur dann keine Mitverantwortung tragen, wenn deine Opfer Gesichter tragen, die dir bekannt sind.«

»Es ist mir egal, wie du es siehst, Sela… wenn du ihnen etwas antust, bin ich draußen.«

»Du bist ›draußen‹?« Sela hob eine gewölbte Augenbraue. »Gibst du dich etwa der Illusion hin, du könntest jederzeit einfach so aussteigen?«

»Gibst du dich der Illusion hin, du könntest mich aufhalten?« erwiderte er gepresst. Seine Stimme war scharf wie ein Messer. »Und glaubst du etwa, dass wir beide irgendetwas erreichen, wenn wir versuchen, es herauszufinden?«

Sie überlegte kurz und schien zu einer neuen Einschätzung der Situation zu gelangen. »Schafft sie mir aus den Augen«, sagte sie. »Bringt sie nach oben.«

»Sollen wir das Blut aufwischen?« fragte ein Romulaner.

»Nein. Lassen Sie alles, wie es ist. Das Blut wird seinen Zorn anstacheln, ihn aggressiv und unüberlegt handeln lassen.«

Im ersten Moment verstand Deanna gar nichts, doch dann dämmerte es ihr. »Worf. Sie wollen Worf eine Falle stellen.«

»Richtig.«

»Aber… ich verstehe nicht… warum… warum mussten Sie dazu das Haus überfallen? Warum haben Sie meine Mutter und Homn hineingezogen? Warum…?«

»Weil wir unseren Spaß haben wollten«, sagte Sela mit einem lässigen Schulterzucken.

Deanna konnte nicht glauben, was sie gerade gehört hatte. »Spaß? *Spaß?* Sie bezeichnen dieses Chaos… als Spaß?«

»Jeder von uns strebt auf seine Weise nach Ablenkung, Deanna«, sagte Sela. Sie war einen Schritt zurückgetreten und stand nun neben Riker. Plötzlich legte sie ihren Arm um seinen Hinterkopf, zog ihn an sich heran und küsste ihn mit einer Mischung aus Vergnügen und Wildheit. Als sich ihre Gesichter voneinander lösten, hielt sie seine Unterlippe noch einen Moment lang mit den Zähnen fest. Dann warf sie Deanna einen verächtlichen Blick zu. »Ich gehe davon aus, dass wir uns verstanden haben.«

»Nur zu gut«, sagte Deanna mit funkelnden Augen, als sie Riker ansah. »Nur zu gut.«

14

Das Gemälde war genauso, wie Will Riker sich daran erinnerte.

Es hing an einer Wand im Kunstmuseum von Betazed, eine Leinwand voller konzentrischer Spritzer in Rot, Blau, Grün, Weiß, Schwarz und anderen Farben, deren genaue Bezeichnung Riker gar nicht kannte. Vor vielen Jahren hatte er mit Deanna an dieser Stelle gestanden und sie hatte versucht, ihn dazu zu bringen, etwas darin zu sehen, zu erkennen, was das Bild ihm vermittelte. Damals hatte er lediglich wilde Farbkleckse gesehen. Riker hatte noch nie viel für abstrakte Kunst übrig gehabt. Er fand, dass ein Bild etwas Wiedererkennbares darstellen sollte. Insgeheim vermutete er, dass sich die meisten Künstler über ihr Publikum lustig machten, indem sie völlig wahllos irgendwelche Farben zusammenrührten und es anschließend als Kunst bezeichneten.

Doch Riker hatte in den seither verstrichenen Jahren viel gelernt, und als er jetzt das Bild betrachtete, entspannte er seinen Geist und ließ seine Gedanken ziellos abschweifen. Immer wenn Riker bereit war, das zu tun, wenn er seinen Gedanken keine klare Richtung vorgab, beschäftigten sie sich früher oder später geradezu zwangsläufig mit Deanna. Man hätte meinen sollen, allein dieser Umstand hätte ihm schon vor langem verdeutlichen müssen, wie tief seine Gefühle für sie waren, aber er hatte niemals diese Schlussfolgerung gezogen.

Diesmal war es nicht anders als sonst. Die Farben des Gemäldes begannen sich in seinem Geist zu bewegen und liefen ineinander. Allmählich bildete sich daraus ein Gesicht, das ihn liebevoll lächelnd ansah und ihn mit tiefer Zufriedenheit erfüllte. Als das geschah, fühlte Riker sich nicht nur mit der Vergangenheit, sondern auch mit der Zukunft verbunden, als stünde er an einem Kreuzweg seines Lebens und könnte nun alle möglichen Konsequenzen seines Handelns überblicken.

Das Gesicht schien zu ihm zu sprechen, es war ihr Gesicht, es war ihre Seele, die mit seiner verwoben war, und es war, als wären sie schon seit jeher dazu bestimmt gewesen, für immer zusammen zu sein. Er hörte sie sagen: *Willkommen daheim... Imzadi...*

»Schön, wieder hier zu sein«, murmelte er.

Er schloss die Augen, behielt das Bild noch eine Weile im Geist und ließ es dann los. Als es sich auflöste, hatte er das Gefühl, dass es in seine gesamte Persönlichkeit einsickerte, dass es seine Seele stärkte, für das, was ihm bevorstand. Es würde nicht einfach werden, so viel stand fest. Er würde mit Deanna reden müssen... und mit Worf... um sich zu erklären, um sein Anliegen vorzubringen...

Eine entmutigende Aussicht.

Er war bereits seit ein oder zwei Tagen auf Betazed. Er war nicht auf dem offiziellen Raumhafen eingetroffen, wo jeder normale Reisende registriert wurde. Wenn er auf dem üblichen Wege eingereist und als Will Riker identifiziert worden wäre, hätte es höchstwahrscheinlich Alarm in Jellicos Büro gegeben. Doch der Pilot des Schiffes, ein Freund des ehemaligen Sergeants Tang, war bereit gewesen, auf die Vorschriften zu pfeifen und ihn in einiger Entfernung von der Stadt abzusetzen. Leider hatte die Entfernung mehrere Kilometer betragen, weil sie jedes Risiko einer

Entdeckung ausschließen wollten. Aber letztlich war es Riker nur recht gewesen, denn so hatte er die benötigte Zeit gehabt, seinen Geist und vor allem seinen Mut für die bevorstehende Aufgabe zu sammeln. Er wusste, dass ihm noch ausreichend Zeit blieb, denn kurz vor seiner Abreise hatte Deanna ihm ein Vid geschickt, in dem sie neben vielen anderen Dingen erwähnt hatte, dass sie beabsichtigten, ihren Aufenthalt auf Betazed zu verlängern. »Mutter und Worf sind dabei, sich besser kennen zu lernen«, hatte sie fröhlich gesagt – oder zumindest hatte es so ausgesehen, als bemühte sie sich, einen fröhlichen Eindruck zu machen. Riker wusste nicht, ob das ein gutes oder ein schlechtes Zeichen für ihn war.

Er hatte das unangenehme Gefühl, dass er von ihr nicht mehr als ein mitleidiges Lächeln erwarten konnte, wenn sie ihm erklärte, dass es zwischen ihnen aus war. Und Worf… würde ihn mit einem Blick voller Geringschätzung bedenken. Der Klingone würde Riker auf ewig wegen seiner Schwäche und Unschlüssigkeit verachten, weil er so lange gewartet hatte. Doch dann reckte Will die Schultern und sammelte sein Selbstvertrauen. Ganz gleich, wie es ausging – er musste es tun und würde mit den Konsequenzen seiner Handlungen leben.

Wenn es ganz schlimm kam, konnte er jederzeit Starfleet verlassen und sich einem Wanderzirkus anschließen.

Unmittelbar nach seiner Ankunft hatte es ihn getrieben, ohne Umwege das Haus der Troi aufzusuchen, aber er hatte sich zurückhalten können. Denn er brauchte Zeit, um sich auf die Begegnung vorzubereiten, und zu diesem Zweck war er ins Museum gegangen. Es war schließlich der Ort gewesen, an dem er Deanna zum letzten Mal gesehen hatte, bevor eine Karriere begonnen hatte, die ihn zunächst weit von ihr fort und dann zu ihr zurück geführt hatte. Es war nur angemessen, dass er noch einmal diesen Ort aufsuchte.

»Will!«

Die Stimme klang vertraut, aber er konnte sie zunächst nicht zuordnen. Doch als er sich umdrehte, erkannte er sofort, wer ihn angesprochen hatte. »Wendy! Wendy Roper! Ich fasse es nicht!«

Die Frau, die sich ihm näherte, war klein und schlank und hatte ihr langes schwarzes Haar zu einem kunstvollen Geflecht hochgesteckt. »Will Riker, du alter Schlingel!« sagte sie verblüfft. »Seit wann läufst du so schlampig herum?«

»Seit etwa acht Jahren.«

»Es macht dich steinalt.«

»So fühle ich mich auch.« Er hielt inne, als er daran dachte, unter welchen Umständen er Wendy Roper das letzte Mal gesehen hatte. Sie hatten sich in seinem Quartier aufgehalten und nach einem durch leichten (wirklich nur leichten) Alkoholgenuss angeregten Schäferstündchen nackt, wie sie waren, ein Nickerchen gemacht. Dann war Deanna, von der er geglaubt hatte, dass sie wenige Stunden zuvor endgültig mit ihm Schluss gemacht hatte, hereingeplatzt und hatte die beiden ertappt. Der Rest war Geschichte.

Er schüttelte den Kopf. »Ich kann es nicht glauben, dass du immer noch hier bist. Ich meine, du bist doch bestimmt nicht wegen deines Vaters auf Betazed geblieben.«

»Daddy hat seinen Job in der Föderationsbotschaft vor etwa drei Jahren aufgegeben. Und ich heiße jetzt übrigens Wendy Berq.«

Er blickte sie erstaunt an. »Verheiratet?«

»Das kommt gelegentlich vor.«

»Seit wann?«

»Ich habe, etwa zwei Jahre nachdem du den Planeten

verlassen hast, geheiratet. Mein Göttergatte ist Betazoide… ein Lehrer. Deshalb bin ich geblieben.«

»Mein Gott…«

»Mensch, Will!« sagte sie eindringlich, als ihre Stimmung unvermittelt umschlug. »Ich habe von Deanna gehört…«

»Tatsächlich?« Er seufzte.

»Bist du deswegen hier?«

»In gewisser Weise… ja. Ich meine… du weißt schon… in gewisser Weise wollte ich, dass es so kommt…«

Er bemerkte gar nicht, dass Wendy ihn mit dem Ausdrück völliger Verblüffung anstarrte. »Was?«

»Es ist nur so, dass… nach all den Jahren hat sie es einfach verdient… im Grunde ist es das Beste, was ihr passieren konnte…«

»Will, hast du völlig den Verstand verloren?«

Ihre heftige Erwiderung überraschte ihn. »Was…? Wendy, was willst du damit…?«

»Wie kannst du so etwas sagen? Niemand hat es verdient, dass so etwas passiert!«

»Wendy, was ist los mit dir?« Er packte sie an den Schultern, während er bemerkte, dass einige Museumsbesucher auf sie aufmerksam geworden waren. »Reiß dich zusammen.«

»Was mit *mir* los ist? Will, ich weiß, dass die Beziehung zwischen Deanna und dir ein böses Ende genommen hat, aber das ist viele Jahre her! Du kannst ihr doch nicht ernsthaft wünschen, dass man ihr Haus zerstört, dass ihre Mutter einen schweren mentalen Schock erleidet, dass…«

Will Riker wurde kreidebleich.

»Wovon…«, sagte er langsam, »…in aller Welt… redest du?«

Will stürmte so schnell durch die Gänge der Klinik, dass er beinahe ein halbes Dutzend Passanten umgerannt hätte. Doch zum Glück waren die Betazoiden ein sehr sensitives Volk, so dass sie seine Annäherung früh genug wahrnahmen und ihm rechtzeitig aus dem Weg gehen konnten, bevor sie sich am Boden, mit Rikers Stiefelabdrücken auf dem Rücken, wiedergefunden hätten. Wendy rannte ihm hinterher.

Was Wendy ihm mitgeteilt hatte, war einfach nicht zu fassen. Gart Xerx, den Riker recht gut kannte, hatte sich aufgrund einer spontanen Eingebung entschlossen, den Trois einen Besuch abzustatten, und war auf ein Trümmerfeld gestoßen. Überall gab es Verwüstungen; Lwaxana und Homn waren bewusstlos in einem Zimmer im Obergeschoss gelegen, Lwaxana in einer Art mentalem Koma und Homn kaum noch am Leben, nachdem er tonnenweise Blut verloren hatte. Keine Spur von Deanna, Worf oder Alexander. Kein Hinweis, was sich hier zugetragen hatte. Es war, als wäre plötzlich die Galaxis verrückt geworden.

»Entschuldigen Sie bitte«, sagte eine zierliche, grauhaarige Betazoidin, die Riker in den Weg trat, »aber Sie sollten hier nicht eine solche Unruhe verbreiten…«

»Lwaxana… wo ist sie…?« stieß er keuchend hervor. Er war zehn Blocks weit gerannt und dann mehrere Treppen hinaufgestürmt, so dass er nun etwas außer Atem war.

»Lwaxana? Sie meinen Lwaxana Troi… die Tochter des Fünften Hauses?«

»Richtig.«

Die Frau reagierte erstaunt. »Ich kann Sie zu ihr bringen. Ich bin die behandelnde Ärztin. Kommen Sie.«

Sie kehrte um und marschierte los. Will und Wendy folgten ihr. Als sie in einen Korridor abbogen, wusste Will sofort, wo sich Lwaxanas Zimmer befand. Nämlich hinter der Tür, vor der mehrere Personen standen, die groß und kräftig gebaut waren und hellblaue Uniformen trugen. Riker erkannte sie sofort als Mitglieder

der Betazoidischen Friedenstruppe. Im Grunde war diese Organisation völlig überflüssig, da Verbrechen auf Betazed so gut wie unbekannt waren. Da alle Betazoiden Gedanken lesen konnten, wäre jeder Verbrecher nach kürzester Zeit entlarvt worden. Deshalb versuchten Angehörige anderer Völker nur äußerst selten, auf Betazed gegen die Gesetze zu verstoßen, und die Betazoiden selbst standen ohnehin weit über solchen Dingen. Die Hauptaufgabe der Friedenstruppe bestand also darin, den Touristen ein Gefühl der Sicherheit zu geben und während der jährlichen Einigkeitsparade einen guten Eindruck zu machen. Es war auch ein Sicherheitsoffizier von Starfleet anwesend, der offenbar von der Botschaft abgestellt worden war.

Als sie Riker erkannten, starrten sie ihn mit etwas übertriebener Verblüffung an, wie er fand. »Sie!« rief einer von ihnen und ein anderer: »Er ist hier!«

»Sie kennen dich?« fragte Wendy.

»Ich war immer wieder zu kurzen Abstechern auf Betazed, aber ich kenne niemanden von diesen Leuten persönlich«, sagte Riker leise, dann schaltete er auf seine ›Befehlsstimme‹ um. »Wie geht es ihr? Und Mr. Homn? Ich werde Starfleet unverzüglich über die Lage informieren. Konnte festgestellt werden, wo sich Deanna Troi aufhält? Oder Mr. Worf und sein Sohn? Und gibt es irgendwelche Hinweise auf die Identität der Urheber dieses…«

Ein stumpfer Gegenstand traf Riker in den Nacken und ließ ihn in die Knie gehen. Wendy stieß einen Schrei aus, während Will sich von seinem Angreifer zu entfernen und wieder aufzustehen versuchte. Als er sich umdrehte, entdeckte er zu seiner maßlosen Verblüffung einen Cardassianer. Er war groß und hatte die düstersten und gnadenlosesten Augen, die Riker jemals im Gesicht eines vernunftbegabten Lebewesens gesehen hatte. In der Hand hielt er einen Schockstab –

mit dem er Riker gerade unverhofft von hinten angegriffen hatte. Freundlicherweise hatte er die Waffe nicht aktiviert, denn sonst wäre Riker nun vom Hals abwärts gelähmt gewesen.

»Wer zum Teufel sind Sie?« verlangte Will zu wissen.

»Wollen Sie etwa behaupten, dass Sie sich nicht an mich erinnern, Riker?« fragte der Cardassianer. »An Ihren alten Freund Mudak?«

»Wie soll ich mich an Sie erinnern? Ich bin Ihnen noch nie begegnet! Kann mir jemand erklären, was hier gespielt wird?« Er rieb sich die schmerzende Stelle am Nacken.

»Sie hätten Homn erledigen sollen, als Sie noch die Gelegenheit dazu hatten, Riker. Er kam vorübergehend wieder zu Bewusstsein… lange genug, um uns verraten zu können, wer hinter diesem Angriff steckte. Romulaner… und Sie.«

»Und… *ich?* Sind Sie von Sinnen? Er ist völlig verrückt!« sagte er zu Wendy.

Wendy wandte sich an die Mitglieder der Friedenstruppe und sagte: »Hier muss ein Missverständnis vorliegen… Will Riker würde niemals etwas Deartiges…«

»Will Riker?« Mudak lachte verächtlich. »Das ist nicht Will Riker.«

»Wie bitte?« fragte Wendy. »Was soll das heißen? Natürlich ist das…«

»Das ist Thomas Riker – oder zumindest nennt er sich so«, erklärte Mudak. »Ein Terrorist. Ein Mitglied des Maquis. Er konnte aus einem cardassianischen Straflager entfliehen. Er ist eine Laune der Natur… ein wandelnder Unfall, ein Duplikat, das durch die Fehlfunktion eines Transporters erzeugt wurde.«

»Nein… ich bin Will Riker«, sagte Riker, während er versuchte, seine zunehmende Panik niederzukämpfen. »Ich wusste nicht, das Tom geflüchtet ist… bis vor kurzem wusste ich nicht einmal, dass er niemals seinen Dienst auf der *Gandhi* angetreten hat…«

Wendy starrte ihn fassungslos an. »Soll das heißen, es stimmt? Dass es einen… ein zweites Exemplar von dir gibt?«

»Ja«, sagte Will, »aber ich bin es nicht. Bitte«, sagte er zu den Betazoiden. »Schauen Sie in meinen Geist… dann werden Sie erkennen, dass ich Will Riker bin…«

Ein Mitglied der Friedenstruppe, anscheinend ihr Anführer, trat einen Schritt vor und konzentrierte sich mit gerunzelter Stirn. »Er ist Will Riker…«

»Natürlich ist er es!« sagte Mudak. »Ich habe es Ihnen allen erklärt, als ich hier eintraf! Die Zeit hat gegen Sie gearbeitet, Riker. Seit Ihrer Flucht habe ich Ihre Spur verfolgt. Ich habe mich um nichts anderes mehr gekümmert. Ich habe unseren wichtigsten Informanten auf verschiedenen Planeten mitgeteilt, dass man Ausschau nach Ihnen halten soll, und als ich von Ihrer Beteiligung an diesem Anschlag hörte, habe ich mich sofort auf den Weg gemacht. Allerdings hatte ich nicht geglaubt, dass Sie so dumm sein würden, ausgerechnet hierher zurückzukehren. Ich habe darauf gewartet, das Lwaxana Troi sich erholt, damit ich genauere Informationen von ihr erhalte, falls sie die Gelegenheit hatte, Ihren Geist zu scannen und in Erfahrung zu bringen, was Sie als Nächstes zu tun beabsichtigten. Aber jetzt sind Sie da. Was hatten Sie vor, Riker? Haben Sie sich entschlossen, sie endgültig zum Schweigen zu bringen?«

»Ich bin nicht… Tom Riker… sondern Will Riker. Was muss ich tun, um es Ihnen zu beweisen? Lwaxana!« rief er plötzlich mit lauterer Stimme. »Lwaxana, ich muss mit Ihnen reden!«

Die Ärztin war immer noch da und stellte sich nun zwischen Riker und die Tür zu Lwaxanas Zimmer. »Das geht nicht. Sie steht unter einem schweren mentalen Schock. Sie war einer Art Psi-Angriff ausgesetzt. Teile ihres Gedächtnisses könnten verloren gegangen sein... Sie ist immer noch bewusstlos und muss erst wieder zu Kräften kommen...«

»Aber sie wird mich erkennen. Sie kennt mich besser als irgendwer sonst, mit Ausnahme von Deanna. Sie wird sofort erkennen, dass ich es bin... und vielleicht kann sie uns auch sagen, wohin Deanna gebracht wurde...«

Die Friedenstruppe bezog zu beiden Seiten der Ärztin Stellung und versperrte Riker den Weg. »Tut mir leid«, sagte die Betazoidin unerbittlich.

»Es reicht, Riker!« sagte Mudak und ließ klickend einen Schalter einrasten, der seinen Schockstab aktivierte. »Ich bitte Sie inständig... machen Sie keine Schwierigkeiten...«

»Aber er könnte wissen, wo die Vermissten sind«, sagte ein Mitglied der Friedenstruppe.

»Die Vermissten interessieren mich nicht«, entgegnete Mudak ungeduldig, »aber wenn Sie ihn diesbezüglich überprüfen wollen, dann tun Sie es. Und zwar sofort. Ich will nicht noch mehr Zeit verlieren.«

Wieder drang der Anführer der Friedenstruppe in Rikers Gedanken ein. »Er weiß nichts über ihren Aufenthaltsort. Er weiß überhaupt nichts von den jüngsten Ereignissen. In seinen Erinnerungen gibt es nicht den geringsten Hinweis.«

»Sehen Sie?« sagte Riker.

Aber Mudak schüttelte nur den Kopf. »Das beweist gar nichts. Sie selbst haben gesagt, dass jemand etwas mit dem Geist dieser Frau gemacht hat. Vielleicht hat man ihn auf die gleiche Weise manipuliert, um die Spuren zu verwischen.« Er richtete den Stab auf Will Riker. »Ich habe mich bei Starfleet erkundigt, nachdem meine Kontaktperson sich gemeldet hat. Will Riker befindet sich auf der Erde. Diese Auskunft stammt direkt von dem Admiral, der Will Riker seinen letzten Auftrag zugewiesen hat. Das hier ist Tom Riker. Er ist mein Gefangener und wird mich jetzt begleiten!« Und während die Friedenstruppe kollektiv aufstöhnte, weil die Leute noch nie zuvor mit Gewaltanwendung konfrontiert worden waren, stürzte sich Mudak mit dem Schockstab auf Riker.

Der Stab verfehlte Rikers Brustkorb um mehr als einen halben Meter… weil Wendy auf Mudaks Rücken gesprungen war und sich mit den Fingernägeln in seinem Gesicht festkrallte. »Lassen Sie ihn in Ruhe!« schrie sie.

Riker nutzte die Gelegenheit, die sich ihm plötzlich eröffnet hatte, drehte sich um und rannte mitten in die Friedenstruppe. Er prallte gegen die Männer und stieß sie zur Seite, als wären sie federleicht. Es war nicht besonders schwierig, weil sie vorübergehend wie betäubt waren, als ihnen die Wildheit seiner Gedanken entgegenschlug.

Riker stürzte in das Krankenzimmer, und als sich die Tür zischend hinter ihm schloss, riss er hastig die Bedienungskonsole der Tür aus der Wand, damit der Durchgang versperrt war. Dann sah er sich zu Lwaxana um, die reglos im einem Bett lag. Sie starrte mit leerem Blick zur Decke. »Lwaxana, ich bin's! Will Riker! Sie müssen unbedingt aufwachen!«

Er lief zu ihr und packte sie an den Schultern. »Lwaxana!« rief er erneut und versuchte sie durch pure Entschlossenheit aus ihrer Regungslosigkeit zu reißen. »Lwaxana, ich muss Deanna helfen! Ich muss sie finden! Sie sind vielleicht die einzige, die weiß, wo sie ist! Wachen Sie auf, Lwaxana! Geben Sie mir einen Hinweis! Irgendeinen Ansatz!«

Ihre dunklen Augen standen offen, aber darin schimmerte kein Verständnis.

»Lwaxana!«

Im Korridor hob Mudak wütend seinen Schockstab und berührte damit Wendys Arm. Wendy schrie auf, als ihr Arm völlig taub wurde, worauf Mudak sie mühelos wegstoßen konnte. Dann versuchte er, in den Raum einzudringen, doch die Friedenstruppe hinderte ihn durch ihre Überzahl, als er die Tür mit bloßen Händen aufdrücken wollte.

Drinnen redete Riker immer eindringlicher auf Lwaxana ein. »Lwaxana! Ich bin es, Will! Sie wissen doch, dass ich Ihnen niemals etwas antun könnte! Und Sie wissen auch, dass ich nichts mit dem Überfall zu tun habe! Ich muss Deanna finden! Ich bin vielleicht der Einzige, der es kann! Wenn Worf bei ihr ist, hat sie vielleicht eine Chance. Aber wenn er tot ist, kann sie nichts ausrichten! Ich muss sie finden!« Er hörte Lärm von draußen, dumpfe Schläge und das Summen von Werkzeugen, mit denen die Leute die Tür aufzubrechen versuchten. »Lwaxana! Ich bin nur gekommen, um sie zurückzugewinnen! Ich will nur sie! Aber ich werde in einem cardassianischen Straflager enden, wenn Sie nicht aufwachen und mir helfen!« Seine Wut und Verzweiflung wurden immer größer, während in ihren Augen immer noch keine Spur eines wachen Verstandes war. »Ich will nicht auf diese Weise enden, Lwaxana! Ich könnte es nicht ertragen! Nicht nach allem, was wir durchgemacht haben! Sie müssen ihr helfen, Lwaxana! Sie sind es Deanna und mir und sich selbst schuldig! Lwaxana, ich habe endlich begriffen! Ich muss ihr helfen! Ich muss es tun! Nicht zu wissen, wo sie ist, wäre schlimmer, als im Gefängnis zu landen. Zu wissen, dass sie mich braucht, zu wissen, dass ich nichts für sie tun kann! Ich muss etwas unternehmen, um ihr zu helfen! Ich kann nicht anders! Es wird immer so sein! Immer! *Verdammt nochmal, Lwaxana! Wir sind Imzadi und ich liebe sie! Hilf mir, verdammt nochmal! Hilf mir!*«

Und plötzlich richteten sich Lwaxanas Augen auf Riker. In ihrem Blick war etwas, das er noch nie zuvor gesehen hatte, eine Intensität, eine Entschlossenheit…

…und dann war Lwaxana in seinem Kopf…

…und Riker schnappte keuchend nach Luft, als er von einer Bilderflut überschwemmt wurde. Nicht nur Bilder… auch Empfindungen, Gefühle, die mit der Gewalt einer Flutwelle in ihn strömten…

…und da war auch Deanna, sie war überall, er konnte sie sehen, sie riechen und den Klang ihrer Stimme hören…

…und all das war tausendfach verstärkt und dann spürte er, wie sich ihre Lippen erstmals berührt hatten…

…und das erste Mal, als sich ihre Seelen berührt hatten…

…und die Qualen ihrer Trennung waren so heftig, dass sie ihn in Stücke zu reißen drohten…

…und die Freude ihres Wiedersehens war so unglaublich, dass er zu schluchzen begann…

…und mit einem lauten Reißen wurde sein Universum zerfetzt, um im nächsten Moment neu geschaffen zu werden, diesmal mit Deanna im Zentrum, und er verstand auf einmal nicht mehr, wie er sich jemals hatte fragen können, wo sie war, denn sie war überall, in jeder Pore, in jedem Quadratzentimeter seiner Haut, in jedem Winkel seiner Seele…

Plötzlich brach die Tür zu Lwaxanas Krankenzimmer auf und Mudak war der Erste, der hindurchstürmte. Riker sah ihn überhaupt nicht, als der Schockstab gegen seine Schläfe schlug. Der Schock war so heftig, dass Riker und Lwaxana gleichzeitig aufschrien. Lwaxana fiel auf ihr Kissen zurück, die Augen schlossen sich und der Kopf kippte haltlos zur Seite.

Will lag auf dem Boden und versuchte sich zu orientieren, denn überall war Deanna. Er konnte also gar nicht in Gefahr sein, denn sie war bei ihm, sie beherrschte seine Sinne, so dass er sich keine Mühe gab, Mudaks Stiefel abzuwehren, der ihm in die Eingeweide trat. Riker stürzte der Länge nach hin und lag dann stöhnend auf dem Rücken. Trotzdem lächelte er und flüsterte: »Deanna...« Danach versetzte Mudak ihm einen Fußtritt gegen den Kopf, worauf Riker in eine bodenlose Bewusstlosigkeit stürzte.

»Ist der Tochter des Fünften Hauses etwas zugestoßen?« fragte ein Mitglied der Friedenstruppe.

Die Ärztin nahm eine oberflächliche Untersuchung vor und schüttelte bestürzt den Kopf. »Anscheinend ist sie kurz zu sich gekommen, aber jetzt ist sie wieder ohnmächtig. Sie hat sich überanstrengt, als sie ihn abzuwehren versuchte.«

»Die Frau ist Ihr Problem, nicht meins«, sagte Mudak, als er den reglosen Riker vom Boden aufhob. »Ich habe, was ich wollte. Ich gehe jetzt.«

»Den Teufel werden Sie tun!«

Es war Wendy Berq, die gesprochen hatte, und sie versperrte ihm den Weg. Sie war zwei Köpfe kleiner als Mudak, aber das schien sie nicht im Geringsten zu stören. »Es ist mir gleichgültig, was Sie sagen. Das ist Will Riker.«

»Sie haben in dieser Angelegenheit überhaupt nichts zu sagen, Frau. Seien Sie froh, dass ich Sie nicht verhafte, weil Sie die rechtmäßige Ergreifung eines Kriminellen behindert haben.«

»Ersparen Sie sich die Drohungen, Knochengesicht«, gab Wendy zurück. »Ich habe Freunde in der Botschaft der Föderation. Ich habe bereits Kontakt mit ihnen aufgenommen, während Sie sich damit abgemüht haben, die Tür aufzubrechen. Sie haben den Raumhafen angewiesen, ihr Schiff nicht eher starten zu lassen, bis wir persönlich aus erster Hand die Bestätigung von Starfleet erhalten haben, dass sich Will Riker auf der Erde befindet. Und wenn er nicht auf der Erde ist, dann möge Gott Ihnen helfen, Sie runzliger Schwachkopf, denn dann haben Sie soeben einen Starfleet-Offizier angegriffen. Und in diesem Fall werde ich es zu meiner Lebensaufgabe machen, dafür zu sorgen, dass Sie in einem Straflager landen, bis Sie dankbar für jeden Tag sind, an dem Sie Ihre Mahlzeit ohne allzu große Schmerzen hinunterwürgen können! Haben wir uns verstanden?«

Mudak starrte sie gelassen an, bis er sagte: »Eine Ex-Geliebte, wie mir scheint.«

»Geh zum Teufel!«

Er lächelte humorlos. »Ich schätze, das war ein Ja.«

15

Admiral Jellico wollte es zuerst nicht glauben, dass er schon wieder eine Anfrage bezüglich des Aufenthaltsorts von Commander William Riker erhalten hatte. Es war noch gar nicht so lange her, als er vom Föderationsattaché für cardassianische Angelegenheiten kontaktiert worden war. Jellico hatte ihm auseinandergesetzt, dass es nicht in seinen Aufgabenbereich fiel, mit diplomatischen Vertretern der Cardassianer über den Verbleib von Starfleet-Offizieren zu diskutieren, doch als man ihm mitteilte, dass Tom Riker von Lazon II entflohen war, revidierte er seine Ansichten.

Auf dieser Grundlage empfand Jellico es als gerechtfertigt, dem Attaché zu bestätigen, dass Riker sich auf der Erde befand. Natürlich hatte er diese Tatsache überprüfen lassen, da er zumindest intern kein Geheimnis aus seinem Misstrauen gegenüber Will Riker machte.

Doch nun war eine Anfrage von der Föderationsbotschaft auf Betazed eingetroffen. Anscheinend war Tom Riker auf Betazed aufgetaucht, doch nun behauptete er, in Wirklichkeit William Riker zu sein, und es gab mindestens eine Person auf Betazed, die ihm glaubte.

»Murphy«, rief Jellico seinem Adjutanten im Vorzimmer zu, »wären Sie so freundlich, mich mit Commander Rikers Apartment zu verbinden?«

»Ja, Sir«, hörte er Murphys Antwort von draußen.

Als Gart Xerx auf Betazed sein Büro betrat, musste er verdutzt feststellen, dass Mudak hinter seinem Schreibtisch Platz genommen und die Beine hochgelegt hatte. »Was machen Sie hier?« zischte Gart.

»Ich dachte, wir sollten ein wenig miteinander plaudern, Gart«, sagte Mudak. In seinen dunklen Augen blitzte etwas... Belustigung? Wut?

»Es gibt nichts, worüber wir plaudern könnten.« Gart versuchte, Mudak von seinem Platz zu vertreiben. »Wenn jemand Sie hier sieht...!« Diese Vorstellung ließ ihn erschaudern. »Gehen Sie. Schnell. Gehen Sie einfach...«

Mudak hatte sich vom Sessel erhoben, doch nun streckte er einen kräftigen Arm vor und packte Gart an der Kehle. Er riss ihn herum und drückte ihn an die Wand, während sein Gesicht völlig ausdruckslos blieb. Gart griff nach Mudaks Hand und wollte sich aus der Umklammerung befreien, aber Mudak ließ nicht locker. Stattdessen schob er Gart langsam die Wand hinauf, Zentimeter um Zentimeter, bis Garts Füße keinen Bodenkontakt mehr hatten und keine Luft mehr in seine Lungen gelangte.

»Sie haben sich als Informationshändler für Cardassia sehr nützlich gemacht, Gart. Mein Volk und ich wissen Ihren Einsatz zu schätzen.« Er neigte den Kopf, als würde er ein winziges Insekt beobachten. »Allerdings... sind wir davon ausgegangen, dass Sie exklusiv für uns arbeiten. Es war nicht abgemacht, dass Sie auch mit den Klingonen Geschäfte machen... oder den Romulanern... oder den Jem'Hadar... sondern nur mit uns. Ein Informationshändler, der Gedanken lesen kann und keine Skrupel besitzt, diese Informationen weiterzugeben, ist ein großer Gewinn. Aber nur dann, wenn die Exklusivität gewahrt bleibt. Wenn Sie von Angelegenheiten erfahren, die andere Völker betreffen, und diese an uns weiterleiten, sind Sie uns nützlich.

Wenn Sie jedoch Dinge über uns erfahren... und diese an andere Kunden verkaufen... dann ist das schlecht... sehr schlecht. Haben wir uns verstanden?«

»Ah... ah«, war alles, was Gart hervorbrachte.

»Soll das ein Ja sein, Gart?«

Gart war nicht in der Lage, eine verständliche Antwort zu geben. Er war viel zu sehr damit beschäftigt, mit den Zähnen zu knirschen, während sein Unterkiefer immer fester gegen den oberen Teil seines Schädels gepresst wurde.

Mudak ließ ihn unvermittelt los, worauf Gart haltlos an der Wand herabrutschte. Er lag eine Weile am Boden und schnappte nach Luft.

»Ich glaube«, sagte Mudak im Plauderton, »ich weiß, was Ihnen jetzt durch den Kopf geht, Gart. Sie wägen Ihre Chancen ab, um sich auf die Zukunft vorzubereiten. Sie haben sich in der Galaxis umgesehen, die Kräfte beobachtet, die sich dort draußen sammeln... und sind trotz aller hochtrabenden gegenteiligen Beteuerungen zur Schlussfolgerung gelangt, dass Betazed ein Angriffsziel darstellt. Und wenn dieser Fall eintreten sollte, wenn Betazed erobert wird, nun... dann glauben Sie, dass Sie eine günstige Stellung erreichen können, nachdem Sie sich zuvor kooperativ verhalten haben. Und aus diesem Grund hielten Sie es für sinnvoll, sich auch auf einen Handel mit anderen Parteien einzulassen.«

»Sie... verdächtigen mich... obwohl Sie überhaupt keinen Beweis haben?« stieß Gart mühsam hervor, während er sich die schmerzende Kehle rieb.

»Sie sind mir verdächtig, weil Sie anmaßend und von sich selbst überzeugt sind, Gart, und weil Sie sich für sehr schlau halten. Und vielleicht sind Sie gar nicht so dumm. Es könnte durchaus in Ihrem Interesse liegen, mit zahlreichen ›exklusiven‹ Kunden Geschäfte zu machen, um auf allen Seiten Freunde zu gewinnen.

Aber ich möchte Sie warnen, Gart.« Mudak ging neben Gart, der immer noch auf dem Boden kauerte, in die Hocke und klopfte ihm mit einem Finger an die Kehle. »Wenn diese Welt erobert wird, spielt es gar keine Rolle, wer der Eroberer ist. Es spielt keine Rolle, was mit Cardassia geschieht oder ob das Cardassianische Reich untergeht. Eine Sache bleibt davon unbenommen: Wenn Sie ein Doppelspiel treiben oder irgendetwas verraten, das Sie von mir oder sonstwem erfahren haben, der Informationen besitzt, die nützlich und/oder schädlich für Cardassia sind, dann werde ich zurückkommen, Gart, das schwöre ich Ihnen. Ich werde einen Weg finden, selbst wenn ich der letzte noch lebende Cardassianer sein sollte. Ich werde zurückkommen und Sie finden… und dann werde ich Sie töten. Haben wir uns verstanden, Gart?«

Gart nickte langsam.

Mudak erhob sich und lächelte dünn. »Es freut mich, dass wir doch ein wenig plaudern konnten. Ich habe den Transfer der Krediteinheiten auf Ihr Privatkonto veranlasst, um Sie zu entschädigen, weil Sie uns über Rikers Aufenthaltsort informiert haben. Ich weiß, dass wir uns auch weiterhin auf Ihre Diskretion verlassen können… So ist es doch, oder?«

Gart nickte erneut.

»Es ist mir wie immer eine große Freude, mit Ihnen Geschäfte machen zu dürfen«, sagte Mudak und ging hinaus. Er machte sich auf den Weg zur Botschaft, um in Erfahrung zu bringen, ob Starfleet über neue Erkenntnisse hinsichtlich der Identität seines Gefangenen verfügte.

Jellico setzte seine Routinearbeit an verschiedenen Dienstplänen fort, bis Murphy ihm mitteilte: »Sir… ich habe Commander Riker erreicht.«

Jellico drehte sich zum Bildschirm an der Wand um

und erwiderte: »Stellen Sie ihn durch.« Er lehnte sich in seinem Sessel zurück, verschränkte die Finger und wartete. Kurz darauf erschien Rikers Bild. Er sah aus, als wäre er soeben aus tiefstem Schlaf gerissen worden. Als er sich die Augen rieb, erinnerte sich Jellico an den Zeitunterschied. An Rikers Aufenthaltsort war es etwa ein Uhr früh. »Commander«, sagte Jellico knapp.

»Admiral. Haben wir nicht erst vor kurzem miteinander gesprochen?«

»Ich fürchte, ja, Commander. Aber ich brauche eine Bestätigung Ihres gegenwärtigen Aufenthaltsortes.«

»Bei allem Respekt, Admiral, aber ich wüsste gerne, warum Sie sich so sehr dafür interessieren, wo ich gerade bin. Befürchten Sie, ich könnte Ihnen bei der erstbesten Gelegenheit davonlaufen?«

»Nein, Commander. Die Sache hat mit Tom zu tun.«

»Ich verstehe.«

»Es wird Sie vermutlich erleichtern, wenn Sie hören, dass er auf Betazed gefasst wurde.«

»Ich verstehe«, sagte Riker erneut.

»Oder… vielleicht sind Sie auch nicht erleichtert«, redete Jellico weiter. »Möglicherweise finden Sie es bedauerlich. Schließlich ist er praktisch mit Ihnen identisch. Oder finden Sie, dass er verdient hat, was er bekommt?«

Riker hob die Hände und schüttelte den Kopf. »Es wäre mir lieber, wenn wir dieses Thema nicht weiter vertiefen würden, Admiral. Welche Meinung auch immer Sie dazu vertreten, ich habe keine Einwände.«

»Gut. Es freut mich, dass Sie endlich beschlossen haben, einen vorgesetzten Offizier mit dem gebührenden Respekt zu behandeln, Commander. Ich wünsche Ihnen viel Erfolg, wenn Sie Ihren Lehrauftrag an der Akademie erfüllen. Jellico Ende.«

Als Riker vom Bildschirm verschwand, sagte Jellico

mit wachsender Zuversicht: »Ich wusste, dass er nicht die Nerven hat, um sich gegen meine Befehle aus dem Staub zu machen. Schlussendlich weiß Riker, wann er den Kopf einziehen muss. Murphy!« rief er.

»Ja, Sir.«

»Schicken Sie eine Nachricht nach Betazed. Bestätigen Sie, dass Riker hier ist, ohne seinen genauen Aufenthaltsort mitzuteilen. Dass wir uns persönlich davon überzeugt haben, dass er sich auf gar keinen Fall auf Betazed befinden kann.« Er nickte zur Bekräftigung. »So. Damit dürfte dieses Problem ein für alle Mal geklärt sein.«

Roger Tang war gerade dabei, seine Kneipe zu schließen und sich auf den Heimweg vorzubereiten, als die kleine Computerkonsole unter der Theke meldete: »Eingehender Ruf auf Privatkanal Riker Alpha.«

»Ursprung?«

»Erde, Starfleet-Zentrale, Büro Admiral Jellico.«

»Gutes Timing«, murmelte Tang. »Zehn Minuten später und ich wäre nicht mehr hier gewesen. Computer... Holo-Kammer B aktivieren, Programm Riker Eins Schmeichler starten und Anruf durchstellen.«

»Bestätigt«, sagte der Computer mit seiner emotionslosen Stimme.

Da Tang sich ein kleines Vergnügen gönnen wollte, ging er anschließend zur Holo-Kammer hinüber und blieb im Eingang stehen. Das Innere des Raumes war eine perfekte Nachbildung von Rikers Apartment und am Schreibtisch saß ›Riker‹ mit verschlafenen Augen. Denn Tang hatte daran gedacht, das Programm in Echtzeit ablaufen zu lassen.

Eigentlich war es recht einfach gewesen, das Programm zu gestalten. Eine holographische Nachbildung von Riker, die persönliche Anrufe beantworten sollte... insbesondere solche von Starfleet. Und Rikers besonderes Augenmerk hatte diesem Jellico gegolten. Also hatten Tang und Will neben dem Standardprogramm, das Rikers Anwesenheit vortäuschen sollte, eine zusätzliche Komponente eingebaut, der Tang den Codenamen ›Schmeichler‹ verpasst hatte. Das Problem war, dass Riker nicht genügend Zeit gehabt hatte, ein Holo-Programm zusammenzustellen, das hinreichend komplex war, um mit jeder Situation fertig zu werden. Deshalb hatte Tang den Holo-Riker mit einfachen und narrensicheren Antworten gefüttert. Wenn der Holo-Riker mit einer Information konfrontiert wurde, die ihm bislang unbekannt war, antwortete er lediglich mit ›Ich verstehe‹, ›In Ordnung‹ und anderen nichtssagenden Redewendungen. Wenn der Admiral ihm Fragen stellen sollte, die die Fähigkeit des Holo-Rikers überstiegen, sinnvolle Erwiderungen zu formulieren, dann verfügte die Simulation über ein halbes Dutzend Sätze, die genau dem entsprachen, was Jellico hören wollte. Es waren bestätigende und besänftigende Wendungen wie ›Es wäre mir lieber, wenn wir dieses Thema nicht weiter vertiefen würden, Admiral‹, ›Welche Meinung auch immer Sie vertreten, ich habe keine Einwände‹ oder ›Ich kann Ihnen nicht widersprechen‹.

Natürlich würde der Schwindel keiner gründlichen Überprüfung standhalten. Falls Jellico oder sonstwer eine Aufzeichnung des Gesprächs an die Abteilung Kommunikationsanalyse weiterleitete, würde man dort innerhalb weniger Minuten feststellen, dass es sich um ein Hologramm handelte. Für eine perfekte Illusion besaß Tang nicht die nötigen technischen Mittel. Aber er hatte den leisen Verdacht, dass Jellicos Ego ihre beste Versicherung war. Wahrscheinlich würde der Admiral einfach nicht glauben, dass Riker sich unerlaubt entfernte, und sich daher mit einer oberflächlichen Bestätigung zufrieden geben.

Als die Verbindung getrennt wurde und Jellicos Gesicht vom Bildschirm verschwand, rief Tang: »Computer, Programm beenden.« Der falsche Riker und die Einrichtung des Raumes lösten sich scheinbar in Luft auf und Tang nickte zufrieden. »Tja, jetzt habe ich schon wieder Ihren Hintern gerettet, Commander. Ihr Geheimnis ist gewahrt, aber ich sage Ihnen, wenn Sie zur Erde zurückkehren... kommen Sie nicht mit einer einfachen Lokalrunde davon.«

16

Worf sah immer noch, wie die Wasseroberfläche sich über ihm schloss. Überall war Dunkelheit und Wasser drang in seine Lungen. Er strampelte verzweifelt, ohne zu wissen, in welche Richtung er sich bewegen sollte, denn überall war nur Finsternis und Kälte.

Dann erkannte er, dass er sich gar nicht mehr unter Wasser befand. Er trieb im Vakuum des Weltraums, doch er war genauso hilflos und verwirrt. Er konnte sich nicht erinnern, wie er hierher gelangt war, und suchte verzweifelt nach einer Möglichkeit, wie er sich aus seiner Zwangslage befreien konnte. Die Kälte drang ihm durch Mark und Bein. Er spürte, dass sein ganzer Körper gelähmt war, und verlor jede Hoffnung.

Dann nahm er erstmals das Piepen wahr. Irgendwie wurde ihm bewusst, dass er es schon seit einiger Zeit gehört hatte, aber er war nicht in der Lage, den Zeitraum näher einzugrenzen. Nach einer Weile erkannte er das Geräusch: Es war das Piepen medizinischer Apparate.

Er hatte nicht einmal gewusst, dass seine Augen geschlossen waren, doch nun öffnete er sie.

Ein Klingone blickte auf ihn herab. Er kannte den Mann nicht und fragte sich, wie ausgerechnet ein ihm völlig fremder Klingone ihn in den Weiten des Alls gefunden hatte. Dieser Klingone hatte ein glatt rasiertes Gesicht, was ein weiterer ungewöhnlicher Aspekt war. Er hatte das Haar auf einer Seite zusammengebunden und seine dichten Augenbrauen waren mit Grau durchsetzt.

Dann gelang es Worf, seine Umgebung Stück für Stück wahrzunehmen und zu einem Gesamtbild zusammenzusetzen. Er befand sich nicht mehr unter Wasser, so viel stand fest. Und er trieb auch nicht im Weltraum. Damit blieb allerdings immer noch eine ganze Reihe von Möglichkeiten übrig.

»Worf«, sagte der Klingone. »Die Instrumente zeigen an, dass Sie bei Bewusstsein sind. Sind Sie es?«

»Ja«, sagte Worf mühsam. Seine Stimme klang fremd in seinen Ohren, als hätte er seit einer Ewigkeit nicht mehr gesprochen. Außerdem spürte er ein Ziehen in den Stimmbändern. »Ja… ich bin… bei Bewusstsein…«

»Gut. Um die Frage zu beantworten, die Ihnen jetzt höchstwahrscheinlich durch den Kopf geht: Ich bin Dr. Kwon und Sie befinden sich in der privaten Krankenstation des Kanzlers des Hohen Rats.«

»Gowron?!« Worf wollte sich aufrichten, doch dabei musste er feststellen, dass sein Körper von medizinischen Instrumenten umgeben war, die seine Bewegungsfreiheit erheblich einschränkten.

»Ja, gegenwärtig handelt es sich um Gowron«, sagte Kwon. »Aber diese Dinge haben die Tendenz, sich so schnell zu ändern, dass man niemals Gewissheit haben kann.«

»Dann bin ich auf unserer Heimatwelt. Wie bin ich…«

»Hierher gekommen? Gowron wünschte Sie zu sehen, um eine wichtige Angelegenheit mit Ihnen zu besprechen. Wir brachten in Erfahrung, dass Sie sich auf Betazed aufhielten, wo wir Sie aufspüren konnten… offenbar genau zu einem Zeitpunkt, als Sie dabei waren, im Verlauf einer Auseinandersetzung mit Romulanern ins Hintertreffen zu geraten.«

»Romulaner…«

Bei diesem Stichwort fügten sich Worfs Erinnerungsbruchstücke schlagartig zusammen. In seinem Kopf waren seit einiger Zeit verschiedene Bilder herumgeschwirrt, doch nun ergaben sie für ihn wieder ein sinnvolles Ganzes. »Ja, die Romulaner! Es gab einen Kampf und…«

»Und Sie wurden sehr schwer verletzt«, sagte Kwon. »Ich glaube, Sie waren sich zu jenem Zeitpunkt gar nicht über das Ausmaß im Klaren. Als das von Gowron losgeschickte Schiff eintraf, waren Sie gerade in einen See gestürzt und gingen unter. Wir haben Sie aus dem Wasser gebeamt und waren mehr als gewillt, uns mit den Romulanern auseinanderzusetzen. Doch als sie unser Eintreffen bemerkten, ergriffen die Romulaner unverzüglich die Flucht. Sie tarnten sich und wurden unsichtbar. Typisch. Die Romulaner lieben Überraschungsangriffe, bei denen die Chancen eindeutig auf ihrer Seite stehen. Die Vorstellung von einem fairen Kampf gegen einen vorbereiteten Feind ist ihnen zuwider.«

»Also sind sie entkommen?«

»Das klingonische Schiff versuchte sie zu verfolgen, wie ich hörte, aber die Romulaner… nun, Sie kennen sicher Ihre Neigung zur Verstohlenheit. Ja, ich fürchte, sie konnten entkommen. Außerdem war Ihre Verfassung so bedenklich, dass man es für sinnvoller hielt, Sie einem Stasisfeld anzuvertrauen und so schnell wie möglich hierher zu bringen.«

»Verflucht! Was ist mit Alexander? Und Deanna? Und…«

Kwon hob die Hände, um Worf zu beruhigen. »Ich weiß nichts von den Angelegenheiten, die Sie ansprechen.«

»Ich muss sofort mit Gowron reden.«

»Sie werden hier bleiben«, sagte Kwon entschlossen, »bis ich der Ansicht bin, dass Sie sich ausreichend erholt haben, um gehen zu können.«

Worf setzte sich auf.

Die Tatsache, dass mehrere Instrumente im Weg waren, die ihm eine solche Bewegung eigentlich unmöglich machen sollten, behinderte sein Vorhaben in keiner Weise. Die Geräte wurden aus ihren Verankerungen gerissen und verteilten sich in Einzelteilen über den Boden.

»Ich werde Gowron mitteilen«, sagte Kwon verdutzt, »dass Sie bereit sind, mit ihm zu sprechen.«

»Folgendes macht mir Sorgen, Worf.«

Gowron, der ständig unter Verfolgungswahn litt, hatte sich einen recht abgeschiedenen Ort für sein Treffen mit Worf ausgesucht. Sie befanden sich mitten in einer Wüste.

Harter Boden erstreckte sich in jede Richtung, so weit das Auge reichte. Worf, der in voller klingonischer Lederrüstung war, lief langsam neben Gowron her, die Hände hinter dem Rücken verschränkt und das lose Haar in der leichten Brise flatternd, die über die Wüstenoberfläche strich. Gowron hatte ihn soeben über den Stand der Dinge informiert, was die Pläne einer Allianz zwischen der Föderation und den Romulanern betraf, und ihm auch über seine weiteren Sorgen berichtet.

Doch zuvor hatte er Worf in allen Details mitgeteilt, was mit den Romulanern auf Betazed geschehen war. Diese Informationen stammten von K'hanq und waren gründlich recherchiert worden. Als Gowron Worf vom Verschwinden Deanna Trois und Alexanders sowie der Gefangennahme Tom Rikers erzählte, beobachtete er aufmerksam Worfs Gesicht, um zu sehen, wie er die Neuigkeiten aufnahm. Doch dieser zeigte keinerlei Regung. »Gut, Worf, gut«, hatte er festgestellt. »Ein wahrer Krieger lässt sich niemals anmerken, wie sehr ihm ein Verlust zu schaffen macht, ganz gleich, worum es geht.« Worf hatte dieses Kompliment lediglich mit einem Nicken zur Kenntnis genommen und geduldig zugehört, als Gowron dann auf seine Sorgen um die Zukunft des Klingonischen Imperiums zu sprechen kam.

Nachdem Gowron geendet hatte, sagte Worf: »Wenn das in der Tat Ihre Sorgen sind, Gowron… dass die Föderation das Imperium verraten könnte… dann sind Ihre Sorgen unbegründet.«

»So«, erwiderte Gowron, aber nicht in fragendem Tonfall. Offensichtlich war er nach wie vor misstrauisch.

»Die Föderation pflegt ihre Verbündeten nicht zu verraten.«

»Wenn sie es nicht zu tun ›pflegt‹, Worf, bedeutet das nur, dass es nicht sehr häufig geschieht.«

»Es ist noch nie geschehen«, sagte Worf kategorisch.

»Und wenn es noch nie geschehen ist, heißt das keineswegs, dass es unmöglich ist. Oder sehen Sie das anders?«

»Theoretisch muss ich Ihnen Recht geben. Aber ich behaupte trotzdem, dass es niemals geschehen wird.«

»Ich würde Ihnen wirklich sehr gerne glauben, Worf«, sagte Gowron seufzend. »Wenn ich es nur könnte.«

Der ausgetrocknete Boden knirschte unter Worfs schweren Schritten. Dann fiel ihm auf, dass Gowrons Worte einen versteckten Zweifel an seiner Glaubwürdigkeit enthielten. Er blieb unvermittelt stehen und fragte: »Was wollen Sie damit andeuten?«

»Nichts.«

»Nein, Ihre Worte haben eine versteckte Bedeutung. Erklären Sie, was Sie meinen.«

»Worf, ich sagte doch, dass ich keine…«

»Erklären Sie es!«

Gowron war weitergegangen, als Worf stehen geblieben war, so dass er nun, als er sich zu ihm umdrehte, einige Meter von ihm entfernt war. Doch der funkelnde

Blick, den er ihm zuwarf, schien die Entfernung mühelos zu überwinden. »Sie vergessen sich, Worf«, sagte er drohend. »Verwechseln Sie nicht unsere Vertrautheit mit dem Recht, sich Freiheiten herausnehmen zu dürfen. Ich bin immer noch der Vorsitzende des Hohen Rats. Ich bin immer noch Gowron. Und Sie, Worf, sollten lieber Ihre unverschämte Zunge hüten, wenn Sie beabsichtigen, Sie weiterhin zu benutzen.«

Worf ließ sich jedoch nicht einschüchtern. »Wollten Sie mit Ihren Worten andeuten, dass ich nicht vertrauenswürdig bin, Gowron?« Auch in seiner Stimme lag eine gewisse Drohung. Wenn Gowron den strittigen Punkt nicht erklärte oder sich möglicherweise entschuldigte, dann musste er sich darauf gefasst machen, dass es zu Handgreiflichkeiten kam, ob er nun der Kanzler des Hohen Rats war oder nicht.

»Worf«, sagte er langsam, »nichts deutet darauf hin, dass ich Ihre Verbindungen zu Starfleet und zur Föderation als Grund betrachte, Ihre Loyalität zum Klingonischen Imperium und dem, woran wir Klingonen glauben, in Frage zu stellen. Sie haben im Verlauf der Jahre stets bewiesen, dass Sie beide Seiten miteinander vereinbaren können… und wenn es tatsächlich zu einem Konflikt kommt, sind Sie in der Lage, sich für den klingonischen Weg zu entscheiden.« Damit spielte er offensichtlich darauf an, dass Worf nicht gezögert hatte, Duras zu töten. »Doch eine Ehe«, fuhr Gowron fort, »ist etwas anderes.«

»Eine Ehe? Glauben Sie, eine Ehe mit Deanna könnte meine Integrität gefährden?«

»Ich glaube, sie würde Ihr ureigenes Wesen gefährden, Worf. Sie beteuern Ihre Loyalität zu den klingonischen Idealen… doch Ihre künftige Frau, die die Rolle der Mutter für Ihr Kind übernehmen würde, hängt einer Philosophie an, die kaum weiter von unseren Vorstellungen entfernt sein könnte.«

»Die erste und wichtigste Philosophie der Föderation – nach der ich mein ganzes bisheriges Leben gehandelt habe – ist die Toleranz und Akzeptanz aller Völker dieses Universums«, sagte Worf. Und nicht ohne eine gewisse Ironie benutzte er die Worte, die jemand vor nicht allzu langer Zeit zu ihm gesagt hatte. »Es geht nicht um einen Wettstreit. Wer anders ist, ist einfach nur anders, ohne dass irgendwer grundsätzlich besser als der andere ist.«

»Das ist eine sehr lobenswerte Ansicht, Worf. Ich glaube nicht daran, aber ich halte es für eine sehr lobenswerte Ansicht. Sie und eine Betazoidin…«

Gowrons Reaktion machte Worf nur noch wütender. »Vielleicht gibt es einige Dinge«, sagte er, »die wir uns gegenseitig beibringen können.«

»Eine glänzende Idee, Worf. Wir können Deanna Troi beibringen, wie man kämpft, und sie kann uns beibringen, wie man sich gefangen nehmen lässt.«

Um die Distanz zu Gowron zu überwinden, schien Worf kaum mehr als einen Schritt zu benötigen. Als er sprach, war sein Gesicht nur wenige Zentimeter von Gowrons entfernt und seine Augen funkelten wild. »Wer sich respektlos über meine Verlobte äußert… bringt damit auch mir Respektlosigkeit entgegen.«

Gowron reagierte nicht einmal ansatzweise mit Verärgerung oder Ungeduld. Er starrte Worf nur eine Weile an und erwiderte schließlich in ruhigem Tonfall. »Ich hatte keine Respektlosigkeit beabsichtigt.«

Worf trat einen Schritt zurück und akzeptierte es mit einem Nicken.

»Trotz allem bleibt die Tatsache«, fuhr Gowron fort, »dass Sie Ihren Status – und Ihre wiederhergestellte Ehre – mir verdanken, Worf. Mir allein. Und wenn ich Ihnen sage, dass ich die Verbindung zwischen einem Klingonen und einer Betazoidin für einen Irrweg halte, erwarte ich zumindest von Ihnen, dass Sie über meine

Worte nachdenken. Denn andernfalls würden Sie mich ohne Respekt behandeln. Und das, Worf... könnte sich als äußerst unklug erweisen.«

»Ich habe verstanden, Gowron.«

Nachdem der kritische Augenblick offenbar überwunden war, legte Gowron eine Hand auf Worfs Schulter. Sie schlug klatschend auf das Leder. »Bleiben Sie eine Zeitlang bei mir, Worf. Bleiben Sie hier auf Qo'noS. Es gibt für Sie keinen Grund, warum Sie es nicht tun sollten. Ihr Schiff, die *Enterprise*, ist ohnehin zerstört. Also sind Sie nicht verpflichtet, zurück zu Picard zu eilen. Ich denke, dass Sie sich wieder Ihrer klingonischen Wurzeln vergewissern sollten. Sie müssen sich daran erinnern, wer Sie sind.«

»Zuerst muss ich meinen Sohn und meine Verlobte wiederfinden«, erwiderte Worf. »Mir bleibt keine andere Wahl.«

»Starfleet ist wegen der Entführung alarmiert worden. Dort wird man sich zweifellos darum kümmern.«

»Sie wurden mir entrissen. Meine Verlobte und mein Sohn. Sie gehören zu mir. Meine Ehre verlangt es, dass ich persönlich ihre Entführer verfolge.«

Gowron war anscheinend gewillt, die Diskussion fortzusetzen, doch dann erkannte er in Worfs Augen, dass ein derartiges Unterfangen völlig sinnlos wäre. »Also gut«, seufzte Gowron. »Dann tun Sie es um Ihres Sohnes willen... im Gegensatz zur beabsichtigten Verbindung, die ich nicht gutheißen kann.«

»Es ist nicht nötig, dass Sie sie gutheißen.«

»Ich vermute, dass auch das Oberhaupt Ihres Hauses sie nicht gutheißen wird«, entgegnete Gowron. »Und ohne ihr Einverständnis wird es keine Hochzeit geben, wie Ihnen bekannt sein dürfte.«

Worf sträubte sich gegen diese Vorstellung. »Sie wird es nicht wagen, mir das Einverständnis zu verweigern.«

»*Ihnen* würde sie es problemlos verweigern. *Mir* auf keinen Fall.« Als Gowron das sagte, grinste er verschmitzt und strich sich mit einem Finger über den Schnurrbart.

»Was sagen Sie da, Gowron?«

»Ich sage... dass ich für Sie wesentlich nützlicher sein kann, wenn ich nicht ihr Feind, sondern Ihr Verbündeter bin. Und ich wäre Ihr zuverlässiger Verbündeter, wenn ich mir keine Sorgen machen müsste, dass Sie in der Gefahr stehen, Ihre Herkunft zu vergessen, wenn Sie sich mit dieser Frau einlassen.«

»Ich habe seit frühester Jugend unter Menschen gelebt, Gowron«, sagte Worf gereizt. »Wenn das Imperium mich brauchte, habe ich Starfleet verlassen, um meine Pflicht zu erfüllen. Ich erziehe meinen Sohn als Klingonen. Bin ich für Sie immer noch nicht ›klingonisch‹ genug? Was verlangen Sie noch von mir?«

»Sie hatten es nicht leicht im Leben, Worf«, räumte Gowron ein. »Was Sie erreicht haben, ist äußerst lobenswert. Aber ich mache mir trotzdem Sorgen um Ihre Zukunft. Vielleicht sind meine Sorgen unbegründet, vielleicht aber auch nicht.« Er hielt kurz inne. »Sagen Sie mir, Worf... wie stehen die Chancen, dass Starfleet Ihnen ein Schiff zur Verfügung stellt, mit dem Sie sich auf die Suche nach Ihrem Sohn und Ihrer Verlobten machen können?«

»Ich... weiß es nicht«, gestand er.

»Und wenn Sie mich um genau diesen Gefallen bitten...?«

Worf warf ihm einen zornigen Blick zu. »Sie wollen mir helfen... weil Sie glauben, dass Sie damit Ihren eigenen Zwecken dienen können.«

»Sie kennen mich sehr gut, Worf. Vielleicht viel zu gut. Ich werde Ihnen ein Erkundungsschiff mit großer Reichweite und Phaser-Bewaffnung zur Verfügung stellen, um Ihre Suche zu unterstützen. Allerdings...«

»Allerdings?«

»Nachdem Sie Ihre Mission erfüllt haben, wie auch immer sie ausgehen mag, werden Sie mit Ihrem Sohn – und Ihrer Verlobten, wenn Sie darauf bestehen – hierher zurückkehren und bleiben, bis ich mich persönlich davon überzeugt habe, dass diese Verbindung keine Gefährdung für Sie oder die Zukunft Ihres Sohnes als Mitglied des Klingonischen Imperiums darstellt. Abgemacht?«

Worf wollte spontan widersprechen, doch dann wurde ihm bewusst, dass er nur seine kostbare Zeit vergeudete, wenn er sich auf weitere Diskussionen einließ. Er musste Deanna und Alexander suchen. Er musste sie retten, ganz gleich, was dazu erforderlich war.

»Einverstanden«, sagte er. »Aber ich würde gerne eine weitere Abmachung mit Ihnen treffen.«

»Und die wäre?«

»Informieren Sie Captain Picard von Ihren Sorgen.« Als Gowron protestieren wollte, sprach Worf einfach weiter. »Sie wissen, dass Sie Picard vertrauen können. Er wird sich Ihnen gegenüber ehrlich und aufrichtig verhalten, wie er es bisher immer getan hat. Teilen Sie ihm mit, was Ihnen Unbehagen bereitet. Ich denke, er ist vielleicht in der Lage, Ihre Sorgen zu beschwichtigen.«

»Na gut«, sagte Gowron widerstrebend. »Ich werde Ihren Vorschlag befolgen. Obwohl ich nicht glaube, dass Picard mir auf irgendeine Weise helfen kann. Ganz gleich, was er zu mir sagt… es bleibt die Tatsache, dass die Föderation sich um eine Annäherung an die Romulaner bemüht. Aber niemand soll behaupten, Gowron wäre nicht in der Lage zuzuhören.« Dann brachte er die Sprache wieder auf Worfs bevorstehende Mission. »Wohin werden Sie zuerst fliegen? Ins Territorium der Romulaner? Wenn Sie glauben, Sie könnten einfach so Kurs auf die Neutrale Zone setzen, ohne bemerkt zu werden, täuschen Sie sich. Das Erkundungsschiff ist nicht mit einer Tarnvorrichtung ausgerüstet. Dazu ist es zu klein und hat nicht annähernd genügend Energie …«

»Falls es nötig ist, werde ich schon einen Weg finden. Als Erstes werde ich jedoch Tom Riker befragen. Sie sagten, die Cardassianer hätten ihn in ein Straflager gebracht?«

»Ja, auf Lazon II, wenn unsere Informationen stimmen. Anscheinend war er schon einmal dort und konnte entfliehen. Ich vermute, sie haben ihn befragt und festgestellt, dass er nicht sehr kooperativ ist.«

»Ich werde persönlich mit ihm sprechen«, sagte Worf erbittert, während er den Kopf schüttelte. »Es fällt mir schwer zu glauben, dass sich Tom Riker an einer solchen Aktion beteiligen würde. Oder dass er sich dem Maquis angeschlossen hat. Er ist ein Duplikat, das bis ins kleinste Detail William Riker entspricht … und ich habe nur wenige Männer mit der moralischen Integrität eines Commander Riker kennen gelernt.«

»Anscheinend ist dieser Tom Riker nicht mit William Riker identisch.«

»Anscheinend«, pflichtete Worf ihm bei. »Und ich werde herausfinden, was mit Deanna und Alexander geschehen ist … und wenn ich Tom Riker dazu jeden einzelnen Knochen brechen muss.«

17

Der Raum war völlig ohne Mobiliar. Es gab nur eine einzige Lichtquelle, die sich an der Decke befand, und es war keine besonders starke. Der größte Teil des Raumes blieb in Finsternis gehüllt.

Deanna saß im Lichtkreis und kam sich wie ein primitives Geschöpf vor, das sich vor den glühenden Augen draußen in der Dunkelheit fürchtete. In diesem Fall jedoch gab es nur ein Augenpaar, das sie aus der Dunkelheit beobachtete, und sie wusste genau, zu wem es gehörte.

Ihr ganzer Körper schmerzte, aber sie hatte keine Ahnung, warum das so war. Denn ihre Entführer hatten sie nicht mehr angerührt, seit man sie an diesen Ort gebracht hatte. Immer wenn sie aufwachte, hatte sie das Gefühl, kein Auge zugetan zu haben, obwohl sie wusste, dass sie mehrere Stunden geschlafen hatte. Und sie fühlte sich... gefoltert. Physisch und psychisch, als hätte man ihr pausenlos zugesetzt.

Und Will... sie dachte ständig an Will...

Aber er kam nicht. Er konnte nicht kommen... denn er hatte keine Ahnung, wo sie war...

Sie zwang sich dazu, an etwas anderes zu denken. »Alexander«, sagte sie leise, das Kinn auf die angewinkelten Knie gestützt, »wie lange willst du noch dort sitzen?«

Es dauerte eine Weile, bis eine Erwiderung kam. »Wie lange sind wir schon hier?«

»Ich weiß es nicht. Ich habe jedes Zeitgefühl verloren. Ich bin kein Vulkanier... Vulkanier wissen genau, wie viel Zeit vergangen ist. Es ist bemerkenswert. Sie verfügen über eine innere Uhr, die erstaunlich genau...«

»Du musst nicht mit mir plaudern, um mich von meinen Sorgen abzulenken«, entgegnete Alexander.

»Oh.« Nach einer kurzen Pause fragte sie: »Machst du dir Sorgen?«

»Nein. Ich bin wütend, weil ich nicht mehr für uns tun konnte. Ich habe zugelassen, dass unsere Entführer uns hierher brachten... wo immer das sein mag.«

»Allein hättest du nicht viel ausrichten können. Außerdem bist du ein noch recht junger Klingone.«

»Als Kahless halb so alt wie ich war, legte er einen ganzen Kontinent in Schutt und Asche und bezwang im Kampf Mann gegen Mann über dreitausend Feinde.«

»Wirklich?« Sie lachte leise. »Alexander, bei allem Respekt gegenüber Kahless... aber du solltest nicht alles glauben, was du liest.«

Seine Augen schwebten durch die Dunkelheit, dann trat er ins Licht. Zu ihrer Überraschung zeigte sein Gesicht Zorn. »Willst du damit sagen, dass die klingonische Geschichte aus Lügen besteht?«

»Alexander, ich sage nur, dass die Geschichte von den Siegern geschrieben wird. Ich bezweifle nicht, dass Kahless große und überwältigende Siege errungen hat. Doch manchmal werden derartige Leistungen übertrieben, wenn sie immer wieder erzählt werden. Jeder möchte die Geschichte ausschmücken, das ist völlig natürlich. Außerdem dient dies gelegentlichen bestimmten Zwecken, wenn jemand seine eigenen Ansprüche untermauern will. Solche Dinge sind immer wieder vorgekommen...«

»Ich glaube, du beleidigst Kahless, den Unvergesslichen«, erwiderte Alexander. »Ob mit Absicht oder nicht, aber ich denke, genau das tust du gerade.«

»Alexander, so habe ich es wirklich nicht gemeint. Aber sag mir eins: Wer war der Erste, der Kahless als den ›Unvergesslichen‹ bezeichnete?«

Alexanders Zorn schien ein wenig zu verrauchen. »Nun…«

»Nun?« hakte sie behutsam nach.

»Ich… glaube mich zu erinnern, dass es… äh… Kahless war. Vor der großen Versammlung seiner Truppen am Berg der Verzweiflung sagte er: ›Ich bin Kahless, der Unvergessliche. Erinnert euch an meinen Namen und erzittert vor Furcht.‹«

»Aha.«

»Aber das beweist gar nichts.«

»Gut.«

Sie schwiegen einige Zeit. Alexander hatte sich gesetzt und unbewusst die gleiche Haltung wie Deanna eingenommen.

»Mein Vater ist nicht tot.«

»Das weiß ich«, sagte Deanna voller Überzeugung. »Es wäre viel mehr als dieser Sturz nötig, um deinen Vater aufzuhalten.«

»Und Riker! Wie konnte er sich nur mit den Romulanern verbünden? Ich dachte, ich kenne ihn! Ich dachte, er wäre nett! Es ist, weil du und mein Vater verlobt sind, nicht wahr?«

»Alexander…«

»Das ist es. Er wurde verrückt vor Eifersucht, mehr nicht. Das muss es sein.«

»Es ist schwierig zu erkennen, aus welchem Grund ein menschliches Herz so oder so handelt«, sagte sie zu ihm. »Wir können nur… versuchen zu verstehen…«

»Nein. Wir müssen ihn töten. Wir müssen sie alle töten. Wenn ich hier herauskomme… wenn ich eine

Waffe in die Hand bekomme... Wer schnell ist, kann in einer Nacht tausend Kehlen aufschlitzen.«

»Das mag sein, Alexander. Aber im Dunkel der Nacht... lässt sich manchmal nicht leicht erkennen, ob Freunde dabei sind.«

Er starrte sie verständnislos an. »Ich weiß nicht, was du damit sagen willst.«

»Ich auch nicht«, gab sie zu.

»Meinst du, wir werden irgendwann aus diesem Gefängnis freikommen?«

»Ja. Er wird uns finden.«

»Mein Vater, meinst du?«

Deanna antwortete nicht sofort. Denn erst, als sie es ausgesprochen hatte, war ihr klar geworden, wen sie gemeint hatte.

Irgendwo da draußen war Will Riker und nun flogen ihre Gedanken ihm erneut entgegen. Sie wusste nicht, warum, aber sie konnte ihn nun deutlicher spüren als jemals zuvor. Er hatte sich nicht mehr weit aus ihrem Geist entfernt, seit sie von Betazed entführt worden waren. Sie glaubte mit unerschütterlicher Zuversicht daran, dass er kommen und sie befreien würde. Sie schlief ein und wachte wieder auf, aber ihr Traum blieb immer derselbe. Sie war immer genau dort, wo sie sich auch in diesem Augenblick aufhielt, hier in der Zelle im Lichtkreis. Irgendwann glitt die Tür auf und von den Wachen war nichts zu sehen. Licht strömte vom Korridor herein und zeichnete den Umriss einer großen, kräftigen und wilden Gestalt nach, die im Eingang stand – einer Gestalt, die mit einem eigenen inneren Licht der Zuversicht zu leuchten schien. Dann näherte sich der Mann und trat in Deannas Lichtkreis und es war, als würden die zwei Lichtquellen miteinander verschmelzen. Sie blickte zu Wills Gesicht auf und es war eindeutig Will. Ohne ein Wort würde er sich herabbeugen, sie aufheben und sie auf den Armen tragen. Deanna, die moderne, intellektuelle Frau, die ausgebildete Counselor, träumte davon, buchstäblich von den kräftigen Armen ihres Imzadi fortgetragen zu werden.

Tief in ihrem Geist spürte sie eine Anziehungskraft. Es war, als könnte sie die Hand ausstrecken und ihn über den Abgrund von Lichtjahren berühren, als wäre er bei ihr… bei ihr…

Die Tür glitt auf und er stand im Eingang.

Ihr Mut sank. Sie fühlte sich, als wäre ein tiefer Schatten über sie gefallen. Sie fragte sich, wie sie sich von ihm hatte täuschen lassen können, auch wenn es nur für einen Moment gewesen war. Sicher, im Nachhinein war man immer klüger, aber trotzdem… jetzt fühlte er sich für sie einfach falsch an. Vielleicht war es, weil sie sich tief drinnen gewünscht hatte, seine Gefühle wären echt…

Aber wenn das so war, was bedeutete es dann für sie?

Die Tatsache, dass ihre Gedanken immer noch in Aufruhr waren, stachelte ihre wütende Verzweiflung um so mehr an, da er es gewesen war, der den Anstoß dazu gegeben hatte.

Links und rechts von Tom Riker waren die romulanischen Wachen sichtbar, als er bewegungslos an der Tür stand. »Ich würde gerne mit dir sprechen, Deanna, wenn es dir nichts ausmacht.«

»Und wenn es mir etwas ausmacht?«

»Dann möchte ich trotzdem mit dir sprechen.«

»Und wenn ich es nicht wünsche?«

Seine Stimme ertönte leise in ihrem Kopf. *Deanna… du musst mir zuhören…*

»Hör damit auf!« sagte sie laut. »Ich habe dich absichtlich ausgeblendet. Dieses Privileg des geistigen Kontakts hast du verloren.«

Er ließ sich nicht anmerken, ob er verärgert oder bestürzt war. Wenn es eins gab, das er mit Will Riker gemeinsam hatte, dann war es sein außergewöhnliches Talent zum Pokerspiel. Man konnte nicht erraten, was er in der Hand hatte, solange man ihm einfach nur ins Gesicht schaute.

Doch es bestand kein Zweifel, dass er nicht gehen würde, ohne mit ihr gesprochen zu haben. Mit einem unwilligen Seufzer kam sie auf die Beine. Alexander war sofort neben ihr und sagte leise: »Du musst nicht mit ihm gehen. Ich werde mich auf ihn stürzen.«

»Nein, Alexander… es ist schon in Ordnung. Bleib hier. Ich werde bald zurück sein… nicht wahr… Will?«

Rikers Gesicht blieb ausdruckslos, aber er bestätigte: »Du hast mein Wort.«

»Das uns sehr viel bedeutet«, bemerkte Alexander sarkastisch.

»Alexander!« ermahnte Deanna ihn, weil sie die Situation nicht verschärfen wollte. Alexander schien nicht locker lassen zu wollen, doch dann fügte er sich Deannas Wunsch und schwieg. Deanna ging nach draußen und hielt sich neben Tom Riker, während die Tür geschlossen wurde.

Sie gingen schweigend den Korridor entlang. Deanna blickte ihn nicht einmal an. Dennoch hatte sie das Gefühl, dass er seine Augen nicht einen Moment von ihr ließ.

Die gesamte Umgebung machte einen behelfsmäßigen Eindruck. Sie befanden sich auf einem Planeten, so viel stand für Deanna fest. Obwohl sich theoretisch nicht unterscheiden ließ, ob man sich in einem Gebäude auf einer Planetenoberfläche oder an Bord eines Raumschiffs befand, konnte sie es trotzdem irgendwie spüren. In der Luft lag etwas Muffiges, das sich auch durch die Luftaufbereitung nicht herausfiltern ließ. Deanna hatte das Gefühl, dass sie sich in einer unterirdischen Einrichtung aufhielten, die mit Handphasern aus dem Gestein gebrannt und mit beschränkten Konstruktionskapazitäten ausgebaut worden war.

»Hier«, sagte Riker und deutete auf ein Zimmer. Die Türen glitten auf und Deanna trat ohne das geringste Zögern ein. Sie wollte keinen Hinweis geben, dass sie sich auch nur andeutungsweise vor dem Gedanken ängstigte, mit ihm allein zu sein. Stattdessen schien sie bemüht, ihm so viel Verachtung wie nur irgend möglich entgegenzubringen. Er folgte ihr, wandte sich den Wachen zu und sagte: »Danke, wir kommen jetzt zurecht.« Darauf schlossen sich die Türhälften hinter ihnen.

Der Raum war sehr einfach und funktional ausgestattet – ›eingerichtet‹ wäre das falsche Wort gewesen. Ein Bett, ein kleiner Schrank, mehr nicht. Dennoch wirkte es im Vergleich zur ›Unterkunft‹ von Deanna und Alexander wie ein Palast. Deanna stand nur da, hatte die Arme verschränkt und sagte nichts.

»Wir müssen reden«, sagte Tom. »Ich hatte gehofft, wir könnten es… nun… geistig machen…«

»Ich werde… dir nie wieder… Einlass gewähren. Haben wir uns verstanden?«

»Natürlich.« Er atmete tief durch und sprach dann mit so leiser Stimme, dass sie ihn kaum verstehen konnte. »Als Erstes… möchte ich dir danken, dass du mich… nicht verraten hast.«

»Ich dachte, es sei bereits genügend Verrat für einen Tag, findest du nicht auch?«

»Schon gut. Mit einer solchen Antwort musste ich rechnen.«

Sie schwieg eine Weile, doch dann gewann ihre Neugier die Oberhand, als er keine Anstalten machte, von sich aus weitere Informationen preiszugeben. »Also… wie sah der ursprüngliche Plan aus?«

»Ich sollte…« Er räusperte sich. »Ich sollte zu dir gehen… mir dir reden… wir sollten mit Worf und

Alexander zusammenkommen… und dann sollte Sela mit ihren Leuten auftauchen und uns vier schnappen. Sie wollten dich und Alexander als Geiseln benutzen, um Worf zu zwingen, etwas für sie zu tun.«

»Ich verstehe. Aber nicht dich.«

»Wir… ich sollte irgendwann einen Rettungsversuch inszenieren. Dabei sollte ich ›ausgeschaltet‹ und aus dem Spiel genommen werden. Damit hätte nur noch Worf unter Druck gestanden. Er hätte eher kooperiert, als dich und Alexander sterben zu lassen. Schließlich… liebt er dich.«

»Ja. Ja, so ist es.«

»Und du liebst ihn.«

»Ja«, sagte sie trotzig. »Und ich würde alles für ihn tun. Und ich würde ihn niemals verraten. *Niemals.* Hast du jemals verstanden, was mit dem Begriff ›Treue‹ gemeint ist? Ich glaube nicht. Denn der Mann, den ich einmal gekannt habe, von dem ich glaubte, er wäre… er hat es verstanden.«

Er sah es in ihren Augen, den Zorn und die Verachtung, und die Ungerechtigkeit ihrer Reaktion machte ihn wütend. »Möchtest du wissen, was ich verstehe?«

»Nein…«

»Ich verstehe«, erklärte er trotz ihres Desinteresses, »dass das Universum ungerechter ist, als man für möglich halten sollte. Ich verstehe, wie es ist, ein Leben zu führen, in dem Entscheidungen, die man trifft, überhaupt keine Rolle spielen. Ich verstehe, wie es ist, nicht einzigartig zu sein. Ich verstehe, wie es ist, wenn man weiß, dass man niemals der Mann sein kann… der ich bereits bin. Und davon kannst du nichts wissen. O ja, du könntest es verstehen, wenn du nur wolltest. Schließlich bist du eine verdammte Empathin. Du könntest alles verstehen, wenn du es dir nur vornimmst. Aber ich bin nicht einmal deiner Aufmerksamkeit würdig. Ich habe von dir nicht das kleinste bisschen Verständnis verdient – von der perfekten Miss Deanna Troi.«

»Hör damit auf, dir selbst leid zu tun. Das ist unter deiner Würde.«

»Ich liebe dich… kannst du das nicht verstehen?«

»Tatsächlich? Und was ist Sela? Ein Ausrutscher? Ein dummer Zufall?«

»Sie ist eine verwandte Seele. Genau das ist sie. Sie wird von einem Gespenst heimgesucht… dem Gespenst ihrer Mutter und dem, was sie für die Föderation bedeutet hat… genauso wie ich mein persönliches Gespenst habe – ihn. Dank äußerer Umstände, die außerhalb unseres Einflusses liegen, ist keiner von uns beiden in der Lage, den Erwartungen zu entsprechen, die uns von anderen entgegengebracht werden. Also entschieden wir uns, ein eigenes Leben zu führen und die Erwartungen und Forderungen der anderen zum Teufel zu schicken.«

Zu ihrer Überraschung spürte Deanna tatsächlich das Brennen von Tränen des Mitgefühls in den Augen. Doch sie zwang sie zurück. »Und ist dies das Leben, das du dir gewünscht hast? Ein Leben als Schurke? Der sich irgendwo in einem leblosen Felsbrocken versteckt? Der sich mit Romulanern verbündet, um… zu tun, was immer du planst? Wie sieht der Plan überhaupt aus?«

»Ich… ich weiß es nicht.«

»Du weißt es nicht? Oder willst du es nur nicht sagen?«

»Ich weiß es nicht. Sela sagte, es sei nicht nötig, es mir zu verraten. Und ich empfand nicht das Bedürfnis, in sie zu dringen.«

»Unfassbar. Ich erkenne dich nicht wieder. Der Mann, der du einmal warst… der William Riker, den ich kannte, hätte sich niemals auf so etwas eingelassen. Er hätte versucht, das Unheil aufzuhalten, er hätte sich nicht damit zufrieden gegeben, nichts zu wissen, er…«

Dann klickte es plötzlich in ihrem Kopf und sie blickte zu ihm auf. »Moment mal… ich verstehe nicht.«

»Was verstehst du nicht?«

»Die…«

»Schon gut«, schnitt er ihr energisch das Wort ab. »Es spielt keine Rolle. Als ich mit dir auf Betazed war, hast du mir deutlich zu verstehen gegeben, dass du nichts mehr von mir willst. Sie haben mitgehört… Kressn war dabei… und als sie merkten, dass du nicht mitspielen würdest, nahmen sie die Angelegenheit einfach selbst in die Hand. Wenn dir also an einer gerechten Verteilung der Schuld liegt, brauchst du nur in den Spiegel zu schauen. Wenn du mir eine Chance gegeben hättest, wäre alles anders gekommen. Aber es sollte nicht sein. Nein, ich passe nicht in dein perfektes Universum. Und weißt du was, Deanna? Das ist dein Untergang. Das ist dein verdammter Untergang.«

Er ging zur Tür, die sich automatisch öffnete. Ohne darauf zu warten, dass sie ihm folgte, sagte er zu den beiden Romulanern, die draußen Wache hielten: »Bringen Sie sie in die Zelle zurück.« Ohne ein weiteres Wort ging er fort.

Tom lag in Selas Bett. Die Romulanerin hatte sich an seine Brust gekuschelt. Er starrte gegen die Decke. »Du bist heute Abend recht still«, sagte sie.

»Gibt nicht viel zu sagen.«

»Das war sonst auch kein Hinderungsgrund für dich.«

»Oh, eine Spitze.« Er verzog das Gesicht zu einer beleidigten Miene. »Du weißt genau, wo du mich am tiefsten triffst, Sela.«

»Ja. Aber ich hoffe, es wird nie notwendig sein.« Sie

rollte sich zur Seite, stützte das Kinn auf eine Hand und kraulte mit der anderen sein Brusthaar. »Ich muss immer wieder darüber nachdenken, was auf Betazed schief gelaufen ist.«

»Es war meine Schuld. Das habe ich dir doch schon gesagt. Ich habe sie völlig falsch eingeschätzt… obwohl da trotzdem immer noch etwas war…«

»Das habe ich eigentlich gar nicht gemeint«, sagte Sela. Sie schien ihn genau zu mustern, als würde sie ihn mit Blicken sezieren. »Ich habe an das gedacht, was auf der Klippe geschah.«

»Ich habe es dir doch gesagt… ich dachte, er wollte sich auf dich stürzen. Ich habe versucht, ihn von dir fernzuhalten.«

»Ich war bewaffnet. Ich hatte ihn genau im Schussfeld.«

»Vielleicht. Aber ich habe ihn häufiger als du in Aktion erlebt, Sela«, gab er zu bedenken. »Angesichts seines geistigen Zustandes und der Schnelligkeit, mit der er sich bewegte, angesichts all der tausend Faktoren, die in diesem einen Augenblick zusammenkamen… gab es, offen gesagt, keine Garantie, dass du ihn mit einem Disruptorschuss hättest aufhalten können. Du hast seine Verlobte bedroht. Wenn er nah genug an dich herangekommen wäre, hätte er dir mit einem Handgriff das Genick gebrochen. Ich habe rein instinktiv gehandelt. Es tut mir leid, wenn mein Wunsch, Schaden von dir abzuwehren, so überwältigend war, dass dadurch unsere Mission behindert wurde.«

»Jetzt spiel nicht den Gekränkten!« tadelte Sela ihn. »Aber ich habe daran gedacht, wie sich die Dinge auf kurze Sicht entwickelt haben. Hättest du darauf vertraut, dass ich ihn aufhalten kann, wäre er jetzt hier, so dass wir unseren Plan wie vorgesehen weiterführen könnten.«

»Der Plan, über den du mir immer noch nichts verraten hast«, warf er ein.

Sela sprach weiter, ohne darauf einzugehen. »Aber du hast ihn von der Klippe gestoßen, so dass er ins Wasser fiel. Damit war er für uns verloren, zumal plötzlich die Klingonen erschienen. Wenn du versucht hättest, gezielt unseren Plan zu durchkreuzen… hättest du so und nicht anders handeln müssen.«

»Willst du damit sagen, dass ich auch noch mit den Klingonen unter einer Decke stecke? Dass ich genau gewusst habe, wann sie auftauchen würden?«

»Nein. Das wäre zu viel des Guten. Trotzdem hätte alles ein günstiger Zufall sein können. Du könntest einfach nur versucht haben, auf Zeit zu spielen, in der Hoffnung, dass sich eine andere Möglichkeit eröffnet.«

»Du willst mir also sagen, dass du mir nicht vertraust.« Er setzte sich auf und schüttelte fassungslos den Kopf. »Mein Gott, du hast mich aufgefordert, dein Bett mit dir zu teilen! Und trotzdem vertraust du mir immer noch nicht?«

Sela schien seine Verärgerung ziemlich kalt zu lassen. Im Gegenteil, sie wirkte sogar recht gut gelaunt. Sie strich mit den Fingern über seinen nackten Oberschenkel, worauf er wohlig erschauderte. »Liebe benötigt Vertrauen, Riker«, sagte sie. »Was wir hier machen, ist Sex. Oder strebst du inzwischen nach mehr?«

Sie berührte seine Lippen mit ihren, während ihre Hand höher wanderte. Er atmete keuchend in ihren Mund aus. »Es ist…«, stieß er hervor, als sie sich für einen Moment trennten, »mehr als befriedigend, wie es ist…«

»Das freut mich zu hören«, sagte sie, als sie sich fester an ihn drückte.

Und für eine Weile konnte Tom Riker seine Sorgen

über die Ungerechtigkeit des Universums vergessen und sich in den Armen einer Frau fallen lassen, die er wirklich für eine verwandte Seele hielt. Und als ihre Leidenschaft erschöpft war und Tom spürte, dass eine entspannte Müdigkeit ihn überwältigen wollte, fragte er sich – wie leider viel zu häufig –, was Will Riker wohl in diesem Augenblick tat.

Wie ich ihn kenne, dachte Tom, *und wenn ich bedenke, dass ich gerade neben einer nackten Frau liege… dann liegt er wahrscheinlich gerade mit dreien im Bett…*

18

Will Riker lag auf seinem Bett, in Gesellschaft mehrerer Männer. Es war wieder eine jener Nächte, in denen er keinen Schlaf fand.

Natürlich lagen die anderen Männer nicht in seinem Bett. Jeder hatte ein eigenes Bett, obwohl das eine viel zu freundliche Beschreibung der Situation war. Denn es handelte sich um die harten Matratzen, die auf Lazon II als Bett herhalten mussten.

Will konnte sich nicht mehr erinnern, wann er zum letzten Mal tief und fest oder überhaupt geschlafen hatte. Doch irgendwann musste er geschlafen haben, denn niemand konnte tagelang wach bleiben. Es war einfach nicht möglich. Wahrscheinlich war er ab und zu doch eingenickt. Aber zu diesem Zeitpunkt war er der Wirklichkeit bereits so sehr entrückt, dass die Zeit für ihn keine Bedeutung mehr besaß.

Mudak kontrollierte die Überwachungskameras von seinem Büro aus und zoomte Riker heran, der wach auf seiner Matratze lag. Er hätte eine gewisse Genugtuung verspüren müssen, dass der Gefangene wieder gefasst worden war. Als er Riker aus dem Schiff geholt und ihn über die Hauptstraße der Strafkolonie geschleift hatte, war er sich tatsächlich wie ein erfolgreicher Jäger vorgekommen. Seine Vorgesetzten hatten, ohne eine Miene zu verziehen, angemerkt, wie mitgenommen Riker nach der Reise aussah. »Er ist einige Male gestürzt«, lautete die Erklärung, die Mudak seinen Vorgesetzten gegeben hatte. Sie hatten verschmitzt gegrinst und Mudak ermahnt, in Zukunft etwas besser auf Riker Acht zu geben. Mudak hatte ihnen daraufhin versichert, dass er Riker sein ganz besonderes Augenmerk widmen würde.

Und Mudak hatte mehr als nur das getan. Nachdem Riker nun als Ausbrecher gebrandmarkt war und Saket nicht mehr stören konnte, musste Mudak keinerlei Rücksicht mehr nehmen. Von verbalen Misshandlungen bis zum Schockstab und sogar Schlägen hatte Mudak alles auf Riker losgelassen, was ihm in den Sinn gekommen war.

Doch Riker schien all das gar nicht zu registrieren.

Das war, um es vorsichtig auszudrücken, ein großes Ärgernis für Mudak. Wenn er Riker zuvor geschunden hatte, hatte er zumindest mit einem wütenden Blick, einer bissigen Erwiderung oder irgendeiner Trotzreaktion rechnen können. Doch das war jetzt vorbei. Mudak hätte sich gerne eingebildet, dass er Rikers Willen endgültig gebrochen hatte, dass nichts mehr vom ehemals aufsässigen Gefangenen übrig geblieben war, dass sein Kampfgeist vollends zerstört war. Doch das schien keine angemessene Erklärung zu sein. Riker hatte durchaus noch einen Willen, nur dass er nun in eine andere Richtung zielte. Er schien sich gar nicht bewusst zu sein, dass er sich in einem Straflager befand. Oder es war ihm gleichgültig. Ganz gleich, was Mudak ihm antat, außer einem gelegentlichen Murren konnte er ihm keine Reaktion entlocken.

Die Anlagen zur Erzverarbeitung auf Lazon II standen gegenwärtig still. Die Gefangenen waren immer noch damit beschäftigt, die Schäden zu beheben, die während des romulanischen Angriffs entstanden waren. Und die Gefangenen selbst brachten Riker genauso wenig Sympathie wie alle anderen entgegen. Schließlich hatte er sich offenbar mit den Leuten verbündet, die den Schaden angerichtet hatten. Wenn sich also während des Arbeitstages die Möglichkeit ergab, ihm das Leben zur Hölle zu machen – ihn anzurempeln oder ihn zu Fall zu bringen –, dann machten sie ausgiebig davon Gebrauch.

Auch das schien Riker gar nicht zu registrieren.

Mudak stand vor einem Rätsel. Es war, als wäre Rikers Geist viele Lichtjahre von hier entfernt.

Deanna…

Es war, als wäre sie zum Greifen nah. Während eine schlaflose Stunde auf die nächste folgte, während sein Körper immer stärker unter der Beanspruchung litt, war es, als könnte er sie berühren, als wäre sie genau vor ihm. Er hatte das Gefühl, als wäre er sein ganzes Leben lang blind gewesen und als hätten sich nun seine Augen geöffnet. Wie hatte er nur all die Jahre denken können, er hätte eine echte Beziehung zu ihr gehabt, nachdem er erst jetzt erfahren hatte, worin diese Beziehung wirklich bestand?

Wenn er ging, spürte er sie an seiner Seite. Wenn er aß, stärkte sie seinen Körper, wenn er atmete, berauschte er sich an ihrem Duft. Sie war generell überall und speziell irgendwo und er wusste…

Jemand trat gegen sein Bett.

Er nahm es nur am Rande wahr, wie er überhaupt kaum noch etwas wahrnahm, da sein Geist gar nicht auf Lazon II weilte. Langsam drehte er den Kopf und sah, dass Mudak über ihm stand.

»Stehen Sie auf, Riker«, knurrte Mudak. »Sie haben Besuch.«

»Deanna?« flüsterte er. Andererseits wusste er, dass es nicht Deanna war, sie konnte es nicht sein, denn sie war so weit weg… und dennoch konnte er sie spüren…

»Nein, nicht Deanna«, sagte Mudak voller Abscheu.

Dann riss er Will hoch. »In der Welt gibt es noch andere Dinge außer Ihrer kostbaren Deanna, wissen Sie…«

»Nein, das ist nicht wahr«, erwiderte Will, aber Mudak achtete nicht weiter darauf, als er ihn aus dem Schlafsaal zerrte und dann zur kleinen, gedrungenen Baracke brachte, in der sich sein Büro befand.

Worf wollte nicht glauben, was er sah, als Riker von Mudak ins Gebäude gebracht und brüsk in einen Stuhl geschubst wurde. Irgendwie konnte er sich immer noch nicht an die Tatsache gewöhnen, das Tom mit Will identisch war. Er hatte eher das Gefühl, seinen langjährigen Vorgesetzten in ziemlich derangiertem Zustand zu sehen als einen bekannten Verräter und Schurken. »Ich weiß nicht, was Sie sich hiervon erwarten, Mr. Worf«, sagte Mudak, als er hinter seinen Schreibtisch ging und dort Platz nahm. »Die Betazoiden haben seinen Geist bereits gescannt und behauptet, er hätte keine Erinnerung an die Ereignisse auf dem Planeten. Ich weiß nicht, wie Sie auf die Idee kommen, Sie könnten mehr Erfolg haben.«

»Aber Sie gestatten mir, dass ich ihn befrage?«

»Nun…« Mudak lächelte und in seinen gnadenlosen Augen schien ein schwarzes Licht zu glühen. »Wenn ich berücksichtige, was man über die klingonischen Methoden zur Informationensbeschaffung weiß, gehe ich davon aus, dass Sie ihm wehtun werden. Aber wie könnte ich Sie daran hindern?«

»Ich hoffe, dass es nicht so weit kommt.«

Mudak musterte ihn neugierig. »Tatsächlich? Hmm. Sind Sie sicher, dass Sie wirklich ein Klingone sind?«

»Wenn diese Frage humorvoll gemeint war, kann ich nicht darüber lachen«, sagte Worf steif. Er ging um Riker herum und begutachtete ihn. »Tom.«

Riker reagierte nicht.

»Tom«, wiederholte er.

Langsam, sehr langsam blickte Riker zu ihm auf. Sein Gesicht war voller blauer Flecke, über dem Auge befand sich ein verschorfter Schnitt und seine Unterlippe war geschwollen. »Worf? Sind Sie das?«

»Ja, Tom.«

»Will...« Er hustete gequält, als versuchte er, kiloweise Dreck aus seinen Lungen zu befördern. »Ich bin... ich bin Will Riker...«

»Sie wurden eindeutig als Tom Riker identifiziert«, erwiderte Worf. »Starfleet hat bestätigt, dass sich Will Riker auf der Erde befindet...«

»Sie ist da draußen... hier vergeuden wir nur unsere Zeit...« Seine Stimme wurde abwechselnd stärker und schwächer. »Wir können... sie retten... kann Sie zu ihr bringen...«

Diese Worte überraschten Worf. »Es ist nur ein Trick!« sagte Mudak, aber Worf achtete nicht auf ihn. Stattdessen ging er neben Riker in die Hocke und sagte: »Sie wissen, wo sie ist...?«

»Wo... nein... weiß es nicht... aber... ich spüre sie... ich bringe Sie...«

»Er redet Unsinn«, sagte Mudak. »Sie haben es selbst gesagt, Worf. Starfleet bestätigt, dass er auf der Erde ist...«

Riker schüttelte den Kopf, was ihm eine große Anstrengung abzuverlangen schien. »Nein... ich... Holo-Kammer... habe Nachricht... hinterlassen... mich selbst reingelegt...« Seine Schulter erbebten, als würde er lachen, dann musste er wieder husten. »Ich bin es, Worf... holen Sie... holen Sie mich hier raus...«

»Wenn Sie Will Riker sind«, sagte Worf, »dann sagen Sie mir, was mit uns geschah, als wir auf...«

»O nein, so läuft das nicht!« rief Mudak hastig. »Nein, Sie werden ihm keine *Enterprise*-Quizfragen stellen, zu denen er die Antworten problemlos in den Logbüchern und hundert anderen öffentlichen Quellen gefunden haben kann. Oder Anekdoten, die Will Riker seinem anderen Ich erzählt haben könnte, als sich Tom an Bord der *Enterprise* befand.«

»Wenn dieser Mann Will Riker ist, muss ich Gewissheit haben.«

»Dieser Mann ist mein Gefangener und ich werde mich auf gar keinen Fall von Ihnen zum Gespött machen lassen. Er ist entflohen. Mir ist noch niemand entflohen!« Mudaks Stimme steigerte sich allmählich zu einem lauteren und nicht mehr so beherrschten Tonfall. »Er wird hier bleiben, bis er verfault ist.«

»Selbst wenn er gar nicht Tom Riker ist?«

»Er ist Tom Riker! Ein Irrtum liegt nicht vor. Ich mache keine Fehler, also hat auch in diesem Fall alles seine Richtigkeit!«

»Das ist ja lächerlich!«

»So?« Mudak trat einen Schritt näher an Worf heran. »Dann sagen Sie mir doch, Klingone… wenn ich untätig zusehen würde, wie Sie ihm Fragen stellen, um sich davon zu ›überzeugen‹, dass er Ihr Mann ist, und ihn dann einfach mitzunehmen… für wie dumm halten Sie mich eigentlich? Schließlich gibt es eine historische Allianz zwischen Klingonen und Romulanern. Vielleicht ist Ihre Anwesenheit auf Lazon II ein deutlicher Hinweis, dass sie wiederbelebt werden soll.«

»Was sagen Sie da?« fragte Worf mit gefährlichem Unterton.

»Ich sage… wenn ich die Romulaner wäre, die Riker und Saket befreit haben… und wenn die Klingonen meine Verbündeten wären… dann würde ich einfach einen recht bekannten und allgemein respektierten Klingonen bitten, sich nach Lazon II zu begeben, um zu erklären, dass ein Irrtum vorliegt, damit er den Gefangenen der Cardassianer mitnehmen kann.«

Die Atmosphäre im Büro schien elektrisch geladen zu sein, bis Riker das angespannte Schweigen brach.

»Worf... erinnern Sie sich... als Sie Ihre Verlobung bekanntgaben...?«

Worf blickte sich zu ihm um. »Ja...«

»Im Aufenthaltsraum... Sie haben Geordi und mich angesehen... Sie haben mir in die Augen gesehen... worauf ich mein Glas hob, um auf Sie anzustoßen...« Er hielt inne, dann fügte er mit einer Wildheit hinzu, die Worf nicht für möglich gehalten hätte: »In Wirklichkeit hätte ich am liebsten... meine Faust in Ihr Gesicht gerammt...«

Dann wurde er ohnmächtig.

Ohne Zögern sagte Worf zu Mudak: »Das ist Will Riker. Ich verlange, dass er unverzüglich freigelassen wird.«

»Das ist mein Gefangener«, erwiderte Mudak, »und Sie werden ihn nur über meine Leiche bekommen.«

Für einen Moment näherte sich Worfs Hand dem Phaser, den er am Gürtel trug...

Doch im nächsten Moment hatte Mudak seine Waffe in der Hand. Worf hatte in der Zwischenzeit nicht einmal geblinzelt, so dass er kaum glauben konnte, was er soeben gesehen hatte. Er hatte noch nie jemanden erlebt, der so schnell wie Mudak zog. »Und wenn Sie an mir vorbeikommen sollten«, sprach Mudak weiter, als hätte es überhaupt keine Anstrengung gekostet, die Waffe zu ziehen, »dann möchte ich Sie daran erinnern, dass draußen vor der Tür ein halbes Dutzend Wachleute steht – und zwischen der Tür und dem Schiff, mit dem Sie gelandet sind, noch etliche weitere. Würden Sie es unter diesen Bedingungen gerne versuchen? Mit einem Bewusstlosen über der Schulter?«

Langsam ließ Worf die Hand sinken. »Ich werde mich mit Starfleet in Verbindung setzen«, teilte er dem Cardassianer mit. »Die Sache ist noch nicht erledigt.«

»Ich freue mich bereits darauf, bald wieder von Ihnen zu hören. Einen guten Abend noch, Mr. Worf.«

Sein Bewusstsein schwand und kehrte zurück und er konnte hören, wie Deanna nach ihm rief... und seltsamerweise hörte er nun auch Lwaxana... er hörte Echos aus einer Zukunft, in der Lwaxana ihn anschrie: *»Sie hätten Sie retten müssen! Sie hat Sie darum gebeten! Sie hat Sie angefleht!«*

Deanna

Gehen Sie zu ihr... Sie schaffen es...

Deanna

Sie können sie finden... Ich habe Ihnen gegeben, was Sie dazu benötigen... gehen Sie

Deanna... Imzadi... hilf mir...

Der schmerzhafte Schlag ins Gesicht machte ihn sofort hellwach. Er starrte mit müden Augen zu Mudak hinauf. »Ach. Hallo.«

»Ihr Mr. Worf schien sehr davon überzeugt zu sein, dass Sie in Wirklichkeit Will Riker sind.« Mudak ging langsam um ihn herum, die Hände hinter dem Rücken verschränkt. »Aber ich weiß, dass Sie es nicht sind. Ich weiß es. Aber ich weiß auch, was als Nächstes geschehen wird. Er wird sich an Starfleet wenden... und Starfleet wird sich an die cardassianische Regierung wenden... und man wird Erkundigungen einziehen, man wird Sie sehen wollen und Sie gründlich untersuchen. Und früher oder später mag man in der Tat zu der Schlussfolgerung gelangen, dass Sie William Riker sein müssen. Doch das ist eine schwierige Situation... denn wenn Sie wirklich William Riker sind – und ich versichere Ihnen, dass Sie es nicht sind –, dann bedeutet das, dass die Berichte über William Rikers Anwesenheit auf der Erde falsch sind... und dass Tom Riker, der unzweifelhaft am Angriff auf Betazed beteiligt war, immer noch frei herumläuft. Wenn man Sie also abholt, dann hätte das zur Folge, dass ich keinen Gefangenen mehr hätte... und einen recht unangenehmen Vermerk in meiner

Personalakte... und Starfleet hätte William Riker zurückbekommen.«

Er hielt nachdenklich inne, bevor er fortfuhr. »Wenn Ihnen jedoch etwas zustoßen sollte... dann gäbe es keinen Tom Riker mehr, um den man sich streiten könnte... und das wäre eine ganz andere Situation. Wenn es gar keinen William Riker auf der Erde gäbe, dann wäre das einzig und allein das Problem von Starfleet. Wer weiß, wo er steckt? Vielleicht ist er abgehauen und hat sich dem Maquis angeschlossen, genauso wie sein Doppelgänger. Und Tom Riker wäre nur noch einer von vielen toten Gefangenen. Fall abgeschlossen. Ich bezweifle, dass meine Regierung die Angelegenheit nach der ersten Anfrage von Starfleet viel weiter verfolgen wird. ›Tom Riker?‹ wird man erstaunt fragen. ›Ach ja, Tom Riker... hier ist seine Akte. Ach du meine Güte! Wir müssen Ihnen leider mitteilen, dass Tom Riker tot ist. Wurde erschossen, als er versuchte, einen unserer Top-Sicherheitsleute anzugreifen. Eine Schande, eine Tragödie. Weiter zum nächsten Fall.‹«

Mudak nickte zufrieden über das Szenario, das er gerade entworfen hatte. »Ja. Ja, so gefällt es mir ausgesprochen gut. Verstehen Sie, worauf das alles hinausläuft, Tom?«

Riker war schon wieder abwesend.

»Na gut. Wie ich sehe, werden wir die Sache ganz einfach und sauber zu Ende bringen müssen.« Er zog seinen Strahler und zielte damit auf Will Rikers Kopf. »Auf Nimmerwiedersehen, Tom.«

In diesem Augenblick hörte er, wie draußen geschossen wurde. Mudak drehte sich herum, weil er wissen wollte, worin das Problem bestand...

Dann stürzte die gesamte vordere Wand von Mudaks Büro ein. Der Bug eines klingonischen Erkundungsschiffs brach mit explosiver Gewalt hindurch und wirbelte eine Wolke aus Staub und Trümmern auf.

Mudak wollte seinen Phaser heben, doch es war bereits zu spät. Der Bug des Schiffes rammte ihn und zerquetschte ihm den rechten Arm, worauf ihm der Phaser aus der unbrauchbaren Hand fiel. Er ging schreiend zu Boden, als sich das Schiff über ihn schob, während er vergeblich mit der linken Faust auf die Hülle einschlug.

An der Seite des Schiffs öffnete sich ein Schott und Worf sprang heraus. Riker lag am Boden und schien ohne Besinnung. Worf ging zu ihm und warf ihn sich über die Schulter. Als er zurück zum Schiff eilte, hielt er nur kurz an, um einen Blick auf Mudak zu werfen.

»Sie werden ein paar neue Wachmänner einstellen müssen«, teilte er ihm mit.

Dann sprang er in sein Schiff und das Schott schloss sich hinter ihm. Kurz darauf erhob sich das klingonische Schiff mit lautem Röhren und zerriß die Decke des Bürogebäudes wie ein Papiertaschentuch. Wenige Augenblicke später war es verschwunden.

Deanna fuhr so unvermittelt hoch, dass Alexanders Kopf von ihrer Bauchdecke rutschte. Er schlug mit dem Schädel auf dem Boden auf, doch im nächsten Moment war er hellwach. Er starrte sie verwirrt an. »Was ist geschehen? Stimmt etwas nicht?«

Sie blickte durch ihn hindurch... und ihr liefen Tränen der Freude über das Gesicht, als sie flüsterte: »Ich spüre ihn... er ist da... o Alexander... ich kann ihn so deutlich spüren, als wäre er hier... ich hätte es nicht für möglich gehalten...«

Damit legte sie sich wieder hin und schlief ein. Nur ein völlig perplexer junger Klingone starrte sie an und fragte sich, warum Deanna Troi zum ersten Mal seit ihrer Entführung ein zufriedenes Lächeln auf dem Gesicht hatte.

19

Worf lenkte das Erkundungsschiff mit hoher Geschwindigkeit durch den Warpraum, während Will Riker die Duschkabine im hinteren Bereich des Schiffes benutzte. Es war eng und spartanisch eingerichtet, was mehr oder weniger für alle klingonischen Schiffe galt, aber Riker beklagte sich nicht. Nach einigen Minuten kam er wieder zum Vorschein und machte nun den Eindruck, als hätte er eine gewisse Vorstellung, wo er sich befand. Die Kleidung, die er im Straflager getragen hatte, war zerrissen und verdreckt, so dass er sich eine schlichte Kombination aus Hemd und Hose aus den Lagerbeständen des Schiffes angezogen hatte. Für Klingonen stellte das lediglich die unterste Kleidungsschicht dar, über der sie ihre Lederrüstungen und diversen sonstigen Accessoires trugen. Für Wills Zwecke waren die Sachen völlig ausreichend, wenn auch etwas zu weit. Die Stiefel dagegen waren etliche Nummern zu groß für ihn, so dass er ganz darauf verzichtete.

»Alles in Ordnung, Commander?« fragte Worf, nachdem Riker es sich neben ihm in einem Sitz bequem gemacht hatte.

Will nickte. »Es ging mir schon besser«, räumte er ein. »Nachdem Sie jetzt hier sind, Mr. Worf... und nachdem ich diesen Ort verlassen habe... fällt es mir schon leichter, meine Gedanken zu konzentrieren.«

»Ja, auf Lazon II wirkten Sie etwas abwesend.«

»Das ist eine sehr vorsichtige Umschreibung, Mr.

Worf.« Er lehnte sich im Sitz zurück und schloss die Augen. »Und? Wie sind Sie mit Lwaxana zurechtgekommen?«

»Commander, bei allem Respekt, aber für dieses Thema ist jetzt nicht der rechte Zeitpunkt. Haben Sie eine Idee, wie wir Deanna finden können?«

»Lwaxana ist eine beeindruckende Frau, nicht wahr?«

»Ja, das ist sie«, sagte Worf ungeduldig. »Aber das halte ich im Augenblick nicht für relevant...«

»Sie geht einem einfach nicht mehr aus dem Kopf.«

»Richtig. Aber...«

»Ich habe sie in meinem Kopf.«

»*Commander!*« Allmählich verlor Worf die Beherrschung. »Wir müssen uns auf die Suche nach...«

»Deanna, ja. Und wir werden es schaffen, weil mir Lwaxana nicht aus dem Kopf geht.«

Seine Worte ließen Worf innehalten. »Ich... verstehe nicht ganz.«

»Worf... Deanna und ich, nun... wir haben eine Verbindung, die etabliert wurde, als wir zum ersten Mal zusammenkamen.« Plötzlich schien es Riker unbehaglich zu sein, weiter über diesen Punkt zu reden, aber er riss sich zusammen und fuhr fort. »Eine geistige Bindung. Deanna hat mich in verschiedenen mentalen Disziplinen unterrichtet... sie hat mir sozusagen geholfen, mein Bewusstsein zu erweitern. Und wir können... kommunizieren, ohne zu sprechen. Es tut mir leid, diese Sache ist sehr persönlich... ich habe eigentlich noch nie mit jemandem darüber gesprochen und es fällt mir auch jetzt schwer, darüber zu reden. Aber was soll's? Sie gehören ja sozusagen zur Familie.«

Es war ein schwacher Versuch, die schwierige Situation aufzulockern. Worf reagierte lediglich mit einem stummen Blick.

»Gut. Wie dem auch sei«, setzte Riker seine Erklärung fort. »Lwaxana... hat ebenfalls eine Bindung zu

Deanna. Weil sie Mutter und Tochter sind... und sie hat die Bindung intensiviert, kurz bevor Deanna fortgeschafft wurde. Als ich Lwaxana im Krankenhaus besuchte... hat sie diese Bindung in meinen Geist verlagert. Sie nahm das, was bereits vorhanden war, verstärkte es um ein Vielfaches und überspielte es auf mich. Sie hat eine ständige mentale Verbindung zwischen Deanna und mir geschaltet – besser kann ich es nicht beschreiben.«

»Wollen Sie damit sagen, dass Sie ihre Gedanken lesen? Von hier aus?«

»Nein. Das wäre zu einfach. Aber ich...« Wieder schloss er die Augen und stieß seufzend den Atem aus. »Ich kann sie spüren. Und ich kann uns zu ihr führen...«

Dann sah Worf ungläubig zu, wie Riker die Hände auf die Kontrollen legte. Er schien auf etwas zu horchen, das weit weg, weit außerhalb des Schiffes war.

Während seiner Zeit als junger Klingone auf der Erde hatte Worf ein Mädchen aus der Nachbarschaft kennen gelernt, das ein uraltes Spiel mit der Bezeichnung ›Ouija-Brett‹ besaß. Angeblich diente es zur Kommunikation mit Verstorbenen. Das Mädchen konnte stundenlang davor sitzen, die Finger an eine Art Zeiger gelegt, während es sinnlose Fragen stellte und die Hände von Geistern aus dem Jenseits ›geführt‹ wurden. Die Antworten bestanden daraus, dass der Zeiger von einem Buchstaben zum nächsten wanderte. Worf war die Angelegenheit völlig absurd vorgekommen. Wenn die Verstorbenen den Wunsch verspürten, sich den Lebenden mitzuteilen, dann konnten sie doch einfach irgendeinen Körper übernehmen und sich auf die übliche Weise verständlich machen!

Doch wenn Worf beschreiben sollte, was er soeben erlebte, fiel ihm kein besserer Vergleich ein. Es war, als würde Riker eine geistige Verbindung zu Deanna herstellen, die ihn nun vollständig erfüllte, die nach ihm rief, wie die eine Hälfte einer Seele, die danach strebte, sich wieder mit der anderen zu vereinigen. Und während es geschah, glitten Wills Finger über die Kontrollen des Erkundungsschiffes und gaben Kurskoordinaten ein. Als er die Augen öffnete, schien er überrascht, dass er tatsächlich sinnvolle Schaltungen vorgenommen hatte.

»Ist das unser neuer Kurs, Sir?« fragte Worf.

»Es scheint so«, antwortete Riker und seufzte. »Nicht gerade eine wissenschaftliche Suchmethode, würde ich sagen.«

»›Du folgst deinem Herzen... durch den Raum... und wenn es deiner Brust entrissen wird, folgst du der Spur aus Blut...‹«

Will drehte sich verdutzt zu Worf um. »Mr. Worf... das grenzt ja beinahe an Poesie!«

»Es ist in der Tat Poesie. Aus dem *Klingonischen Buch der 300 Liebesgedichte*.«

»Irgendwie konnte ich mir Klingonen niemals als Dichter vorstellen.«

»Wenn klingonische Männer während des Vorspiels Gedichte vortragen, werfen die Frauen mit großen Gegenständen nach ihnen.«

»Das wäre auch meine Reaktion auf dieses Gedicht. Aber damit will ich Sie keineswegs beleidigen«, fügte er hastig hinzu.

»Ich werde versuchen, nicht beleidigt zu sein. Kurs liegt an, Sir.«

Riker schnippte mit den Fingern und sagte: »Energie!«

Das klingonische Erkundungsschiff schwenkte sofort auf den neuen Kurs ein. Worf beobachtete die Systeme und fragte schließlich: »Woran werden wir erkennen, wann wir am Ziel sind?«

»Wir werden es erkennen«, sagte Riker zuversichtlich.

»Sie meinen, *Sie* werden es erkennen.«

Riker nickte und bemühte sich, den herausfordernden Tonfall in Worfs Stimme zu ignorieren. Doch es gelang ihm nicht mehr, als Worf nachhakte und fragte: »Sind Sie deshalb nach Betazed gekommen? Um mir die Faust ins Gesicht zu rammen?«

Riker starrte ihn verständnislos an. »Was?«

»Auf Lazon II sagten Sie… als Deanna und ich unsere Verlobung bekannt gaben… hätten Sie mir am liebsten die Faust ins Gesicht gerammt.«

»Worf, mein Gehirn funktionierte nicht richtig. Nach allem, was man mir dort angetan hat, und nach Lwaxanas Manipulation… konnte ich kaum noch einen klaren Gedanken fassen. Sie dürfen nicht alles glauben, was ich in dieser Verfassung zu Ihnen gesagt habe…«

»Wenn ich nicht daran geglaubt hätte, wären Sie jetzt immer noch auf Lazon II.«

Will starrte ihn eine Weile an, bis er den Blick abwandte. »Ich habe es nicht so gemeint«, sagte er leise.

»Aber es klang sehr überzeugend.«

»Und jetzt sage ich, dass es nicht so gemeint war.«

»Warum waren Sie dann auf Betazed? Was wollten Sie dort?«

Riker starrte auf die vorbeitreibenden Sterne. »Ich wollte… Sie besuchen«, sagte er schließlich. »Um Ihnen und Deanna alles Gute zu wünschen.«

»Lügen Sie mich nicht an.«

Wütend drehte sich Will zu Worf herum und erwiderte: »Sie sprechen mit einem vorgesetzten Offizier, Mr. Worf. Passen Sie auf, was Sie sagen!«

»Ich spreche mit einem vorgesetzten Offizier, den ich von einem cardassianischen Strafplaneten gerettet habe, weil er sich heimlich aus dem Staub gemacht hat und Starfleet deshalb nicht mehr für ihn bürgen konnte.«

»Okay«, sagte Riker nach einer Weile und schien sich

ein wenig beruhigt zu haben. »Aber trotzdem gefällt mir Ihr Tonfall nicht.«

»Wir haben größere Probleme als meinen Tonfall, Commander. *Warum waren Sie auf Betazed?*«

»Weil… ich mich davon überzeugen wollte, ob Sie Deanna wirklich lieben. Das ist der Grund. Ich habe mir angemaßt, mir ihretwegen Sorgen zu machen. Aber ich hätte mich niemals einmischen dürfen. Vielleicht sollte die Gültigkeit der Ersten Direktive auch auf den privaten Bereich erweitert werden.«

»Ist das die Wahrheit, Commander?«

»Ja, Mr. Worf«, seufzte er, »das ist die Wahrheit. Sind Sie jetzt zufrieden?«

Nein, dachte Worf.

»Ja«, sagte Worf.

Eine Zeitlang schwiegen sie, dann sagte Riker: »Das gefällt mir nicht. Wir haben keine Ahnung, wohin wir unterwegs sind… aber wenn wir Starfleet über unseren Aufenthaltsort informieren, könnte man mich für den entflohenen Tom Riker halten. Niemand weiß, was mit Deanna und Alexander geschehen ist, bis wir alles geklärt haben…«

»Wenn sie nicht längst tot sind«, sagte Worf tonlos.

»Das sind sie nicht«, erwiderte Riker ohne die Spur eines Zweifels. »Zumindest Deanna ist noch am Leben. Ich weiß es. Und wenn es ihr relativ gut geht, dann gilt das höchstwahrscheinlich auch für Alexander. Die Sache ist nur, dass wir uns keine Verzögerungen erlauben können. Niemandem ist geholfen, wenn wir von einem Föderationsraumschiff aufgehalten werden. Man wird mich entweder für meinen frevelhaften Doppelgänger halten oder mir vorwerfen, mich unerlaubt vom Dienst entfernt zu haben, ganz zu schweigen davon, dass Sie mich ohne Einverständnis der Cardassianer aus dem Lager auf Lazon II befreit haben. Also ist jetzt nicht der beste Zeitpunkt, um sich auf den guten Willen anderer zu verlassen. Andererseits stürzen wir uns ohne Rückendeckung in dieses Abenteuer, niemand weiß, wohin wir fliegen… nicht einmal wir kennen die Koordinaten.«

»Wir könnten versuchen, mit dem Captain zu reden.«

Riker schüttelte den Kopf. »Wir sind zu weit von der Erde entfernt und das Kommunikationssystem dieses Schiffs ist zu schwach. Wenn wir senden, kann jedes Starfleet-Schiff in der Nähe mithören, womit wir überhaupt nichts gewonnen hätten. Trotzdem ist der Captain unsere beste Chance…«

Worf kniff die Augen zusammen. »Warten Sie. Ich werde unsere Position überprüfen.« Er nahm ein paar Schaltungen vor und nickte dann. »Ja. Ich kenne jemanden, der ehrenhaft genug ist, um eine vertrauliche Botschaft an den Captain weiterzuleiten.«

»Wirklich? Hier draußen? Und Sie sind sicher, dass man ihm vertrauen kann?«

»Das wurde mir von höchster Stelle bestätigt«, teilte Worf ihm mit.

20

Jean-Luc Picard machte sich große Sorgen. Bei seinem Eintreffen auf der klingonischen Heimatwelt war er sich nicht ganz sicher gewesen, wie man ihn hier empfangen würde. Die Bitte um ein Gespräch mit ihm war direkt von Gowron gekommen, aber Picard war sich über den Grund völlig im Unklaren. Gowron hatte sich ungewöhnlich vage ausgedrückt und Starfleet hatte Picard keine weiteren Details mitteilen können, außer der Vermutung, dass sich Gowron offenbar wegen irgendeiner Sache Sorgen machte und die Angelegenheit direkt mit Picard regeln wollte.

Was Picard in diesem bestimmten Moment Sorgen machte, waren die Kampfgeräusche. Die Klingonen, die ihn zur Großen Halle führten, schienen sie nicht zu beunruhigen, doch Picard fragte sich unwillkürlich, ob er vielleicht mitten in einen neuen Bürgerkrieg hineingeraten war.

Als er hörte, wie Gowron laut aufschrie, hielt er es nicht länger aus. Er eilte die letzten Stufen hinauf, stieß die Türflügel zum Saal auf…

…und sah, wie Gowron gerade ein *Bat'leth* mit solcher Schnelligkeit herumschwingen ließ, dass das bloße Auge der Bewegung kaum noch folgen konnte. Und der Hieb wurde von Kahless, dem Unvergesslichen, mit dessen *Bat'leth* pariert.

»Was zum Teufel…?« rief Picard.

»Jetzt nicht, Picard!« rief Gowron zurück, als er sich

Kahless näherte, der immer weiter vor der schnell herumwirbelnden Klinge Gowrons zurückwich. Der Kanzler des Hohen Rats stieß ein triumphierendes Lachen aus, als Kahless, Imperator und Oberhaupt der religiösen Gemeinschaft der Klingonen, kurz vor der Niederlage zu stehen schien. Gowron ließ die Klinge noch einmal herunterfahren – wie er hoffte, mit genügend Wucht, um Kahless die Waffe aus den Händen zu schlagen.

Doch plötzlich ließ Kahless freiwillig sein *Bat'leth* fallen, hob die Hände und schlug sie unmittelbar vor der niedersausenden Klinge zusammen. Er hatte genau den richtigen Zeitpunkt abgepasst, denn im nächsten Moment hielt er das *Bat'leth* zwischen den Händen. Gowrons Gesicht nahm einen verblüfften Ausdruck an, dann entriss Kahless ihm die Waffe. Bevor Gowron reagieren konnte, hatte Kahless die gekrümmte Klinge gedreht und zielte nun mit der Spitze genau auf Gowrons Kehle.

Einen Moment lang herrschte Totenstille in der Großen Halle... und dann stieß Gowron ein rauhes Gelächter aus. »Beinahe hätte ich Sie erwischt! Geben Sie es zu!«

»Ich ließ Sie in dem Glauben, dass Sie mich beinahe erwischt hätten«, erwiderte Kahless und ließ das *Bat'leth* sinken. »Sie werden sich an Ihr Versprechen halten.«

»Natürlich halte ich mich an mein Versprechen!« Er drehte sich zu Picard um. »Sie haben soeben miterlebt, wie der Imperator erfolgreich ein Grundstücksgeschäft für das Boreth-Kloster ausgehandelt hat. Es ist wie immer eine Freude und Herausforderung, Geschäfte mit Ihnen zu machen, Imperator.«

»Und mit Ihnen, Gowron.« Er senkte die Stimme und sagte: »Um ehrlich zu sein, Sie haben mich wirklich beinahe besiegt... aber wenn Sie es noch einmal behaupten, werde ich es mit Entschiedenheit abstreiten.«

»Natürlich. Genauso wie ich jederzeit leugnen werde, dass ich mir seit frühester Kindheit in meiner Phantasie ausgemalt habe, wie es wohl wäre, sich einmal mit Kahless zu messen.«

»Es freut mich, dass Sie beide einen Weg der erfolgreichen Kooperation gefunden haben«, sagte Picard. »Wie ich mich erinnere, gab es anfangs einige Spannungen...«

»Jeder von uns muss dazulernen und sich anpassen, Picard. Sie, Kahless... und sogar ich, wenn kein Weg daran vorbeigeht. Kahless... ich habe etwas mit Picard zu besprechen. Ich wäre sehr an Ihren Ansichten zu diesem Thema interessiert.«

Kahless neigte aus Respekt vor Gowron den Kopf, als der Kanzler ihnen winkte, ihm in ein Besprechungszimmer direkt neben der Versammlungshalle des Hohen Rats zu folgen.

Picard war wirklich erleichtert über die verhältnismäßig reibungslose Zusammenarbeit zwischen Kahless und Gowron. Als der legendäre und vor langer Zeit verstorbene klingonische Held zurückgekehrt war, hatte Gowron ihn als unmittelbare Bedrohung seiner Herrschaft betrachtet. Schließlich hatte sich herausgestellt, dass Kahless in Wirklichkeit von den klingonischen Geistlichen auf Boreth geklont worden war, doch nachdem der Betrug offen gelegt wurde, hatte Gowron sich einverstanden erklärt, Kahless als Imperator und religiösen Führer einzusetzen.

»Sie stellen fest, dass wir kooperieren, Picard... Kahless und ich«, sagte Gowron, nachdem sie im Besprechungszimmer Platz genommen hatten.

»So ist es. Und wie ich schon sagte, freut es mich sehr.«

»Man könnte sagen, dass es dazu einen... Anreiz gab.«

»Einen Anreiz?« Picard blickte verständnislos vom einen zum anderen. »Und worin bestand dieser Anreiz?«

»Wir haben eine gemeinsame Sorge, die außerhalb des Imperiums liegt«, sagte Kahless.

»Und die wäre?«

»Sie.«

Picard blinzelte verwirrt. »Ich?«

»Nicht Sie im Besonderen, Picard«, räumte Gowron ein. »Das Klingonische Imperium hat keinen zuverlässigeren Verbündeten als Sie. Wenn Sie nicht gewesen wären, dürfte meine... Beförderung zum Kanzler wesentlich schwieriger verlaufen sein.«

Picard ging nicht darauf ein, aber beide wussten, was er dachte: Wenn Picard und die *Enterprise* während des klingonischen Bürgerkrieges und Gowrons Konflikt mit dem Haus Duras nicht in entscheidenden Momenten eingegriffen hätten, wäre Gowron mit hoher Wahrscheinlichkeit niemals zu größerem politischen Einfluss gelangt. Stattdessen bat Picard nur um eine genauere Erklärung: »Wenn Sie nicht mich gemeint haben – auf wen spielen Sie an?«

»Ich spiele auf den gegenwärtigen Flirt der Föderation mit den Romulanern an.«

Die Erwähnung dieses Themas traf Picard nicht völlig unvorbereitet. Während des Fluges nach Qo'noS hatte er mehr als genügend Zeit gehabt, im Geiste alle Möglichkeiten durchzugehen, die für Gowrons Sorgen verantwortlich sein könnten. Die jüngsten Kontakte zwischen der Föderation und den Romulanern und die Überlassung einer Tarnvorrichtung gehörten zweifellos zu den wichtigsten Kandidaten. »Aha«, sagte Picard. »Wenn das alles ist, was Ihnen Sorgen macht, Kanzler, dann kann ich Ihnen versichern... dass unsere Allianz mit dem Klingonischen Imperium das wichtigste Fundament unserer gegenwärtigen friedlichen Koexistenz ist und bleibt.«

»Unserer gegenwärtigen friedlichen Koexistenz?« Gowron schnaufte. »Picard, leben Sie in derselben Galaxis wie ich? Heutzutage gibt es mehr Unruhe und Zwist als jemals zuvor. In Zeiten wie diesen ist jede Allianz in Gefahr.«

»Das gilt nicht für Allianzen, die mit der Föderation geschlossen wurden«, sagte Picard entschieden.

»Und Sie sprechen für die ganze Föderation?« fragte Kahless.

»Ich bin nur ein Starfleet-Captain. Wenn Sie mit einem offiziellen Vertreter der Föderation reden wollten, hätten Sie nur darum bitten müssen. Andererseits sehe ich keinen Anlass, der einer offiziellen Konferenz bedürfte. Sie tragen mir lediglich Ihre Sorgen vor, was Ihr gutes Recht ist. Da Sie ausdrücklich um ein Gespräch mit mir ersucht haben, gehe ich davon aus, dass Ihnen mehr an der ehrlichen Meinung eines Freundes als an offiziellen Verlautbarungen gelegen ist. Entspricht das den Tatsachen?«

»Absolut«, bestätigte Gowron. »Wir wünschen ein Gespräch unter Freunden, um Ihnen eine freundschaftliche Bitte vorzutragen.«

Picard beugte sich vor, stützte sich mit den Ellbogen auf dem Tisch ab und betrachtete die Klingonen mit geduldiger Freundlichkeit. »Und wie lautet diese Bitte? Unter Freunden?«

»Wir wünschen, dass die Föderation auf der Stelle die Gespräche mit den Romulanern abbricht«, teilte Gowron ihm mit. »Dass Sie die Tarnvorrichtung zurückgeben, die Ihnen vom Romulanischen Reich zur Verfügung gestellt wurde. Und dass Sie den Romulanern deutlich machen, dass es keine weiteren Kontakte geben wird.«

»Die Romulaner sind nicht vertrauenswürdig und wir als Verbündete der Föderation fühlen uns durch derartige Kontakte bedroht«, fügte Kahless hinzu. »Außerdem betrachten wir die Vorgänge nicht nur als Beleidigung unserer Ehre, sondern als Bedrohung unserer inneren Sicherheit.«

»Wir haben nicht vergessen, dass die Romulaner der Familie Duras bei deren Versuch halfen, mich zu stürzen. Das sollten auch Sie nicht vergessen.«

»Gowron... aus Feinden können irgendwann Verbündete werden«, erklärte Picard geduldig. »Muss ich Sie ausdrücklich auf diesen Umstand hinweisen? Wenn es nicht so wäre, würden wir heute nicht an einem Tisch sitzen.«

»Ich stimme Ihnen zu«, sagte Gowron. »Aber aus Verbündeten können auch Feinde werden. Genau das ist mit dem Klingonischen Imperium und dem Romulanischen Sternenreich geschehen. Und unserer Meinung nach versuchen die Romulaner die Föderation zu manipulieren, um ihren Rachefeldzug gegen uns fortsetzen zu können... und gegen die Vulkanier... und letztlich gegen die Föderation selbst.«

»Gegen eine Föderation, die anscheinend zu dumm ist, um zu merken, dass sie zum Narren gehalten wird.«

»Ich muss den Vorwurf der Dummheit entschieden zurückweisen, Kahless. Und Sie, Gowron, konnten Ihrer Besorgnis Ausdruck geben. Dafür haben Sie mein volles Verständnis. Aber ich kann Ihnen auf gar keinen Fall garantieren, dass die Föderation ihre gegenwärtigen Kontakte zu den Romulanern abbrechen wird. Ich gebe zu, wir leben in einer gefährlichen Galaxis. Die Föderation befindet sich im Friedenszustand, aber Sie haben Recht: Es mag sein, dass es nicht dabei bleibt. Wäre es vor diesem Hintergrund nicht das Beste für uns, so viele Verbündete wie möglich zu haben?«

»Die Föderation hat ihre Sorgen und wir haben unsere Sorgen«, sagte Gowron. »Und im Augenblick sind unsere Sorgen die Föderation und die Romulaner. Wir missbilligen die Richtung, in die sich die Beziehungen zu entwickeln scheinen. Wir möchten nicht, dass sich diese Entwicklung fortsetzt.«

»Ich kann also davon ausgehen«, sagte Picard langsam, »dass Sie lediglich Ihre Sorgen darlegen.«

Es folgte eine längere Pause, dann hatte Kahless plötzlich ein Messer in der Hand. Er holte damit aus und rammte es mit der Spitze in die Tischplatte. Der Knall war ohrenbetäubend. Es vibrierte noch, nachdem Kahless längst die Hand zurückgezogen hatte.

»Kahless«, stellte Gowron fest, »hat eine Neigung zu dramatischen Auftritten. Er zieht es vor, sich mit anschaulichen Beispielen verständlich zu machen.«

Die Symbolik des Messers in der Tischplatte war Picard durchaus verständlich. »Sie sagen also, dass Sie Ihre Beziehungen zur Föderation abbrechen, wenn wir weiter an der Verbesserung unserer Beziehungen zu den Romulanern arbeiten.«

»Wir würden keine Vergeltungsmaßnahme ausschließen«, erwiderte Kahless, »einschließlich einer Kriegserklärung.«

Picard konnte es nicht fassen. »Sind Sie verrückt geworden?«

»Keineswegs. Ich bin der Imperator und der geistige Führer meines Volkes. Es wäre eine Beleidigung unserer tiefsten Überzeugungen, die Romulaner – die Intriganten, die Meuchelmörder, die Verräter – für Verbündete zu halten. Denn das ist es, worüber wir reden, Picard. Wenn die Föderation unser Verbündeter ist und die Romulaner die Verbündeten der Föderation werden, dann wären wir zwangsläufig auch die Verbündeten der Romulaner. Und das wäre unerträglich.«

»Und wenn die Romulaner uns angreifen sollten, stünde die Föderation vor einem Loyalitätskonflikt. Wir könnten nicht mit Ihrer Unterstützung rechnen. Stattdessen müssten wir Sie vielleicht als Feind betrachten. Also wäre es besser«, sagte Gowron, »jetzt den Krieg zu erklären, um gleich zur Sache zu kommen.«

»Gowron... Kahless... Sie haben gemeinsam ein kunstvolles Geflecht aus Möglichkeiten gestrickt und reagieren darauf, bevor irgendeine dieser Möglichkeiten Realität geworden ist.«

»Das ist der einzige Weg, Picard, um einem überraschenden Angriff aus dem Hinterhalt zuvorzukommen. Nur ein Klingone, der darauf Rücksicht nimmt, bleibt am Leben.«

»Dessen bin ich mir bewusst, Gowron. Aber ich muss Ihnen etwas sagen, dessen Sie sich bewusst sein sollten. Es läuft darauf hinaus, dass Sie der Föderation ein Ultimatum stellen. Und die Föderation reagiert generell nicht sehr entgegenkommend auf ein Ultimatum.«

»›Ultimatum‹«, wiederholte Gowron. »Das ist ein so kaltes und leidenschaftsloses Wort.«

»Wir ziehen den Begriff ›Drohung‹ vor«, sagte Kahless.

Worauf die beiden Klingonen lächelten.

Was eindeutig kein besonders angenehmer Anblick war.

Gowron hatte Picard für die Zeit seines Aufenthalts auf Qo'noS ein recht großzügiges Quartier zur Verfügung gestellt. Zumindest in einer Hinsicht musste Picard sich keine Sorgen machen: Falls er plötzlich das Bedürfnis verspürte, sich mit einer scharfen Klinge zu bewaffnen, musste er nur an die nächste Wand treten. Überall waren Messer, Dolche, Schwerter und weitere Hieb- und Stichwaffen in jeder denkbaren Größe und Form aufgehängt.

Er hatte Starfleet einen Lagebericht übermittelt und eine Antwort erhalten, die genau dem entsprach, was er erwartet hatte: Er sollte versuchen, die Situation zu entspannen. Die Kräfte der Föderation waren ohnehin weit verstreut; das Letzte, was sie jetzt gebrauchen konnten, waren aufgebrachte Klingonen. Als Picard anfragte, ob die Möglichkeit bestünde, einen professionellen Diplomaten einzuschalten, erhielt er zur Antwort, dass man sich keinen Diplomaten vorstellen konnte, der besser geeignet wäre, mit dieser Situation fertig zu werden, als ein gewisser Jean-Luc Picard – der sich, wie es der Zufall wollte, bereits am Schauplatz des Geschehens befand.

Im Grunde war Picard nicht sehr überrascht. Wenn eine offizielle diplomatische Gesandtschaft nach Qo'noS geschickt wurde, um die Angelegenheit zu diskutieren, verlangten es die Statuten der Föderation, dass dieser Gruppe Mitglieder verschiedener Völker angehörten. Und das bedeutete, dass ein Teil der Föderationsmitglieder Kenntnis von den Sorgen der Klingonen erhielt, worauf das, was zur Zeit lediglich eine ›Beunruhigung‹ seitens der Klingonen darstellte, in den Status eines ›Problems‹ erhoben wurde. Und ein ›Problem‹ konnte sich mit überraschender Geschwindigkeit in eine ›Krise‹ verwandeln. Und eine ›Krise‹ führte zwangsläufig zu ›Zwischenfällen‹, die einen ›Konflikt‹ nach sich zogen, und dann war es nicht mehr weit bis…

Es war wesentlich besser, es gar nicht erst so weit kommen zu lassen.

Einige Zeit später klopfte es an Picards Tür.

Picard legte das Buch weg, in dem er gelesen hatte, blickte auf die Tür und sagte: »Herein!«

Als die Tür aufglitt, blinzelte Picard überrascht.

»Will!« begrüßte er stürmisch seinen Besucher. »Ich hatte nicht damit gerechnet, Ihnen hier zu begegnen!«

Und Riker, der im Eingang stand, erwiderte: »Sie nehmen mir das Wort aus dem Mund, Captain.«

21

Während Worf an den Kontrollen des Erkundungsschiffes saß, beobachtete er Riker mit immer größerer Besorgnis. Nach ihrer längeren Diskussion hatte sich Riker zunächst aufs Schweigen verlegt und schien dann sogar in einen Zustand des Halbschlafs gefallen zu sein. Das war recht frustrierend für Worf, da er sich nicht des Eindrucks erwehren konnte, dass Riker hinsichtlich der Motivation für seinen Besuch auf Betazed nicht ganz die Wahrheit gesagt hatte. Aber es mochte sein, dass jetzt einfach nicht der geeignete Zeitpunkt war, dieses Thema zu vertiefen.

Riker hatte sich jetzt seit Stunden nicht mehr gerührt. Worf fragte sich mit einem Anflug von Belustigung, wie lange er das Schiff noch auf Kurs halten würde, während er darauf wartete, dass Riker einen neuen Hinweis auf Deannas Aufenthaltsort gab. Denn bei ihrer gegenwärtigen Geschwindigkeit hätten sie den Rand der Galaxis in etwa vierzehn Jahren erreicht. Er hoffte, dass Riker sich noch vor Ablauf dieser Zeitspanne dazu herabließ, sich zu äußern.

Worf fühlte sich nicht sehr wohl in seiner Haut. Seine ursprüngliche Absicht hatte darin bestanden, eine gründliche Suche durchzuführen... sich an mögliche Helfer Selas zu wenden... die Umgebung auf Warpsignaturen zu überprüfen, die sich verfolgen ließen, entweder mit Lazon oder Betazed als Ausgangspunkt. Dass er sich nun auf eine geistige Verbindung verlassen musste, die er nicht einmal ansatzweise verstand, war für ihn alles andere als eine angenehme Vorstellung.

Und nicht nur das; er musste sich eingestehen, dass er eine gewisse Eifersucht empfand. Genügte es noch nicht, dass Riker und Troi in der Vergangenheit eine Beziehung gehabt hatten? Musste jetzt noch eine intensive mentale Verbindung hinzukommen, die von Lwaxana verstärkt worden war? Nachdem Deanna ihm gesagt hatte, er sollte Riker nicht als Konkurrenten sehen, musste er sich jetzt mit der Vorstellung abfinden, dass Riker enger mit Deanna verbunden war als jemals zuvor. Und Will hatte überhaupt nichts dazu beigetragen! Lwaxana hatte es ihm… einfach in den Kopf gesetzt! Das kam ihm nicht sehr fair vor.

Eine Stimme in Worfs Gewissen sagte ihm, dass er sich keine Sorgen wegen solcher Dinge machen sollte. Er sollte einfach nur dankbar sein, dass sie jetzt über ein Mittel verfügten, Deanna und Alexander auf schnelle und unkomplizierte Weise aufzuspüren.

Trotzdem, er konnte einfach nicht anders. Und er spürte, wie seine Wut auf Riker immer größer wurde.

Dann setzte Riker sich unvermittelt auf und öffnete die Augen. »Direkt vor uns«, sagte er. »Gehen Sie unter Warpgeschwindigkeit, Mr. Worf.«

»Verstanden«, sagte Worf und fuhr die Leistung der Triebwerke zurück.

»Wo sind wir?«

Worf warf ihm einen überraschten Blick zu. »Sie sind es, der uns den Weg zeigt, Commander. Ich hätte gedacht, Sie wüssten, wo wir uns befinden.«

»Ich stehe in Kontakt mit *ihr*, Worf, nicht mit dem Kurscomputer. Sagen Sie mir jetzt, wo wir sind?«

»Wir befinden uns«, entgegnete er, während er seine Instrumente konsultierte, »kurz vor dem Lintar-System. Vier Planeten, keiner davon bewohnbar… obwohl… Lintar Vier einen Mond besitzt, von dem minimale…«

»Das ist es. Ich kann es spüren. Das ist unser Ziel.«

Er konnte es spüren!

Er konnte es spüren!

Worf empfand das plötzliche, irrationale Bedürfnis, Rikers Kopf gegen die Konsole zu stoßen und zu schreien: »Können Sie auch das spüren?« Er wusste, das eine solche Reaktion unter seiner Würde war. Aber trotzdem… er erlebte einen Eifersuchtsanfall, wie er ihn niemals für möglich gehalten hätte. In gewisser Weise beeindruckte es ihn. Denn es bewies, dass er Deanna wirklich liebte.

Entweder das… oder er fühlte sich bedroht und war wütend, weil ihm etwas genommen wurde, das ihm gehörte.

Das Erkundungsschiff näherte sich dem Mond von Lintar IV mit Impulsgeschwindigkeit. Will Riker hockte auf dem vorderen Rand seines Sitzes und stützte sich auf die Kontrollkonsole, als wollte er durch den Bug des Schiffes nach draußen springen. Worf richtete die Sensoren auf den Mond. »Bis jetzt kann ich keine Lebenszeichen feststellen.«

»Sie könnten sich abgeschirmt haben. Dann würde es etwas länger dauern, sie zu lokalisieren.«

»Richtig. Und Sie sind überzeugt, dass sie sich auf diesem Mond befinden?«

»Absolut.«

Worf schürzte nachdenklich die Lippen. »Ich habe einen Plan, wie wir sie lokalisieren könnten.«

»Raus mit der Sprache.«

»Sie landen das Schiff auf der Oberfläche des Mondes. Hinten im Lagerraum befinden sich zwei Schutzanzüge. Wir legen sie an, nehmen zur Unterstützung Tricorder mit und untersuchen die Umgebung. Wenn wir den Eingang des Verstecks ausfindig gemacht haben, schleichen wir uns hinein, suchen Sela und schnappen sie uns. Dann benutzen wir sie als Geisel, damit Alexander und Deanna freigelassen werden, kehren zum Schiff zurück und fliegen ab, nachdem wir Starfleet einen Lagebericht übermittelt haben.«

Plötzlich leuchteten die Sensoranzeigen auf. Der Weltraum schien zu flimmern, dann materialisierte direkt vor ihnen ein romulanischer Warbird, in dem sich schätzungsweise die zwanzigfache Feuerkraft des Erkundungsschiffes konzentrierte.

»Oder wir könnten uns ergeben«, schlug Will vor.

»Das«, räumte Worf ein, »könnte ebenfalls eine gute Idee sein.«

Als Tom Riker aufwachte, schob er eine Hand auf die andere Seite des Bettes, weil er damit rechnete, dort die schlafende Sela vorzufinden. Aber da war nichts, nur ein kaltes Bettlaken. Sie war schon seit einer ganzen Weile verschwunden. Ihre Abwesenheit ließ Tom nun gänzlich wach werden. Er setzte sich auf und rieb sich in der Dunkelheit die Augen. Dann glitt die Tür auf und er sah Sela im Eingang stehen. Sie war angezogen. Sie hatte die Arme verschränkt und betrachtete ihn mit unverhohlenem Interesse. »Will«, sagte sie. »Es ist zu einer interessanten Entwicklung gekommen.«

»So?« erwiderte Tom, der immer noch im Bett hockte. »Wurde endlich eine Entscheidung getroffen, was mit Deanna und Alexander geschehen soll?«

»Ja, so ist es. Zumindest könnte man es so ausdrücken. Zieh dich an und komm ins Befragungszimmer auf Ebene drei.«

»Gut.« In ihrem Tonfall war etwas, das ihm ganz und gar nicht gefiel, aber er war sich nicht sicher, was es war.

Er zog sich schnell an und machte sich auf den Weg zum Treffpunkt, an den Sela ihn bestellt hatte. Dabei kam er an verschiedenen Romulanern vorbei und ihm fiel auf, dass sie ihm merkwürdige Blicke zuwarfen, wie es schien. Er fragte sich, ob es ein Problem gab.

Schließlich erreichte er das Befragungszimmer, das in zwei Bereiche unterteilt war. Der Bereich, den Tom betreten hatte, wurde für einfache Befragungen von Angesicht zu Angesicht benutzt und nebenan befand sich ein zweiter Bereich, der durch eine Plexiglasscheibe abgetrennt war. Dort fanden die intensiveren Verhöre statt, die gelegentlich den Einsatz von medizinischen Instrumenten erforderlich machten.

Dort hielten sich mehrere Romulaner auf, darunter auch Kressn, gegen den Tom eine heftige Abneigung entwickelt hatte. Vor allen Dingen, weil Tom nicht die geringste Ahnung hatte, wie Kressn das Kunststück, sich unsichtbar zu machen, bewerkstelligte. Auch Sela hatte ihn nicht darüber aufgeklärt. Vielleicht besaß Kressn eine Art individueller Tarnvorrichtung, aber wenn das der Fall war, warum hatten dann nicht alle solch ein Gerät? Tom war überzeugt, dass dieser Punkt äußerst wichtig war, und es gefiel ihm nicht, dass er nicht im Besitz dieser entscheidenden Information war.

Sela war auch anwesend. Sowie…

Tom blieb stehen, als er plötzlich von Angesicht zu Angesicht Will Riker gegenüberstand. Neben Will saß Worf, der seine Ankunft mit einem grimmigen Nicken quittierte.

»Ist es nicht reizend?« fragte Sela. »Und im höchsten Maße faszinierend?« Sie ging langsam einmal im Kreis um die Anwesenden herum. »Wir haben eine DNS-Analyse bei unserem Neuankömmling hier durchgeführt und die Werte mit deinen verglichen, Will. Er ist völlig identisch mit dir. Dein Doppelgänger. Hast du dafür zufällig eine Erklärung?«

»Ich hätte gedacht, er wäre nur zu gerne bereit, eine Erklärung abzugeben«, sagte Tom.

»Oh, davon bin ich überzeugt. Aber wir haben ihm noch keine Fragen gestellt und er als guter Starfleet-Offizier hat sich bislang noch nicht geäußert. Also frage ich dich, Will: Wer ist das?«

Tom zögerte nicht mit einer Antwort.

»Sein Name ist Tom Riker«, sagte Tom. »Zumindest hat er sich für diesen Namen entschieden.« Während er sprach, beobachtete er Wills Gesicht, doch der verzog keine Miene. Da Will die Situation noch nicht einschätzen konnte, gab er sich offensichtlich damit zufrieden, Tom die Initiative zu überlassen – zumindest vorläufig. Und Worf als guter Offizier der unteren Führungsebene verließ sich darauf, dass Will die Dinge in die Hand nahm.

Dann skizzierte Tom in groben Zügen die bizarren Ereignisse, die zur Erschaffung eines zweiten Riker geführt hatten. Er hielt sich im Großen und Ganzen an die Wahrheit, bis auf zwei kleine Ausnahmen: Er behauptete, dass der andere Tom war, während es sich in Wirklichkeit um Will handelte. Und er behauptete, dass Tom Riker im Rang eines Lieutenants zur *Gandhi* versetzt worden war – was wiederum der Wahrheit entsprach. Natürlich erwähnte er nicht, dass Tom, also er selbst, sich stattdessen dem Maquis angeschlossen hatte. Sela überzeugen zu wollen, dass beide Rikers auf Abwege geraten waren, mochte etwas zu viel verlangt sein.

Auf Abwege…

Seltsam… er selbst hatte seine Karriere noch nie auf diese Weise betrachtet. Er war immer in der Lage gewesen, seine Entscheidungen und Handlungen mit einsichtigen Argumenten zu rechtfertigen. Doch als er nun den unerbittlichen Blick voller unverblümter Verachtung sah, mit dem Will Riker ihn bedachte, fühlte er sich auf einmal…

…verloren.

»Unglaublich«, sagte Sela schließlich. Sie warf Kressn einen Blick zu und Tom entging nicht, dass dieser ihr mit einem kaum wahrnehmbaren Nicken antwortete. »Also ist er Tom… und du bist Will. Richtig?«

»Wenn man es genau nimmt… sind wir in Wirklichkeit beide Will Riker. Nur dass der eine sich aus praktischen Erwägungen anders nennt.«

Und wieder nickte Kressn… verdammt! Es war eine äußerst unaufdringliche Reaktion, aber Sela konnte sie mühelos aus dem Augenwinkel wahrnehmen. Irgendwie schien Kressn ihr Hinweise zu geben, ob die getroffenen Aussagen der Wahrheit entsprachen. Vielleicht war er eine Art Gedankenleser oder Telepath. Das könnte auch erklären, wie er sein Kunststück fertig brachte – indem die Leute in seiner Umgebung davon überzeugte, dass er gar nicht da war.

Und das bedeutete, dass Toms Lage äußerst riskant geworden war. Falls Sela beschloss, den Dingen auf den Grund zu gehen, konnte Tom sich nicht mehr hinter unwahren Behauptungen verstecken.

Doch stattdessen wandte Sela sich nun an Will und sagte: »Entspricht seine Schilderung der Ereignisse auf Nervala Vier den Tatsachen?«

»Im Großen und Ganzen ja.«

»Tja, wir scheinen in einem seltsamen Universum zu leben.« Zu Toms grenzenloser Erleichterung nickte Sela lediglich und schien sich mit diesen Antworten zufrieden zu geben. »Gut. Eine sehr faszinierende Geschichte. Anfangs standen wir praktisch ohne Optionen da… und jetzt haben wir gleich mehrere zur Verfügung. Eine sehr nützliche Entwicklung. Meine Herren…« Sie blieb abrupt genau vor Worf und Will stehen. »Ich möchte Ihnen einen Handel anbieten.«

»Klingonen handeln nicht«, teilte Worf ihr mit.

»Das Gleiche gilt für Starfleet-Offiziere«, fügte Riker hinzu.

»Ich verstehe. In diesem Fall wüsste ich gerne von Ihnen, wie Sie gehofft hatten, von hier zu entkommen? Wollten Sie sich den Weg nach draußen freischießen? Oder wollten Sie uns einfach bitten, die Betazoidin und den Klingonenjungen freizugeben, voller Vertrauen auf unsere Herzensgüte?«

»Wir haben für Rückendeckung gesorgt. Wir rechnen jeden Augenblick mit ihrem Eintreffen«, sagte Will. »Sie kennen Ihre Warpsignatur und werden Ihre Spur problemlos verfolgen können. Sie erreichen nichts, wenn Sie uns hier festhalten. Wenn Sie klug sind, packen Sie schnellstmöglich Ihre Sachen zusammen und verschwinden von hier, bevor Starfleet eintrifft.«

Für einen Bluff war es nicht schlecht. Aber Tom verlor jede Hoffnung, als Sela sich erneut zu Kressn umblickte. Kressn schüttelte ganz leicht den Kopf, worauf Sela sich voller Zuversicht wieder Will zuwandte. »Ich denke, wir werden hier gemeinsam abwarten. Um Ihnen die Wahrheit zu sagen… ich gehe davon aus, dass Sie mir soeben eine Lüge aufgetischt haben. Dass Sie ganz allein sind… auch wenn Sie offenbar große Anstrengungen auf sich genommen haben, hierher zu gelangen. Wurden Sie überfallen, geprügelt und Ihrer Uniform beraubt, Tom?«

Will zuckte die Schultern und sagte nichts. Tom beglückwünschte seinen Doppelgänger insgeheim, dass er in entscheidenden Momenten den Mund hielt.

»Ist auch egal«, sagte Sela schließlich. »Worf… Tom… ich sage Ihnen jetzt, was geschehen wird. Wir möchten, dass einer von Ihnen einen kleinen Auftrag für uns ausführt. Es ist eine riskante Sache und möglicherweise eine Selbstmordmission. Trotzdem führt kein Weg daran vorbei. Wir möchten, dass Sie versuchen, Gowron zu ermorden.«

Worf und Will blickten sich an. »Etwas Ähnliches haben Sie schon einmal versucht… als Sie Geordis

Geist manipulierten, damit er einen Anschlag auf den damaligen Gouverneur Vagh verübt«, sagte Worf.

»Offenbar haben Sie mir nicht genau zugehört«, stellte Sela fest. »Ich habe nicht gesagt, dass Sie den Mordanschlag erfolgreich ausführen sollen. Wenn es Ihnen gelingt, um so besser, aber es ist nicht unbedingt erforderlich. Sie sollen versuchen, ihn zu vergiften. Sie werden ihm eine Flasche mit romulanischem Ale schenken, von der Sie behaupten, Sie hätten sie aus einem beschlagnahmten Schiff der Romulaner. Die Ironie dieser Situation wird Gowron gefallen, dem selbstgefälligen Mistkerl. Er wird Ihnen natürlich vertrauen... entweder Worf, auf den er große Stücke hält, oder Tom Riker, der sich problemlos als Will Riker ausgeben kann, den über jeden Verdacht erhabenen Ersten Offizier des großen Picard. Auf jeden Fall sollen Sie dafür sorgen, dass Gowron davon trinkt. Schon der erste Schluck wird ihm nach kürzester Zeit schwere Bauchschmerzen bereiten. Zwei Schlucke könnten sich bereits als tödlich erweisen. Wenn man ihn nicht retten kann und er stirbt, wäre das die beste Wendung... für uns. Wenn er überlebt, wird man trotzdem von einem versuchten Mordanschlag ausgehen. Und eine so offensichtliche Sachlage müssen die Klingonen der Föderation anlasten. Sie werden zutiefst über diese Geringschätzung beleidigt sein. Kein heimlicher Mordanschlag, sondern eine offene und plumpe Aktion. Als würde man den Klingonen nicht zutrauen, einen so simplen Verrat zu durchschauen.«

»Ich verstehe. Und da es sich höchstwahrscheinlich um eine Selbstmordaktion handelt«, sagte Will, ohne Tom aus den Augen zu lassen, »wäre der echte Riker bestimmt nicht bereit, seinen Kopf zu riskieren. Obwohl es mich überrascht, Sela«, fügte er hinzu und blickte sich zu ihr um, »dass Sie nicht versucht haben, seinen Geist umzuprogrammieren, wie Sie es mit

Geordi getan haben. Dann wäre ihm gar keine andere Wahl geblieben.«

»Um die Wahrheit zu sagen«, entgegnete Sela mit einem Lächeln in Toms Richtung, obwohl sie immer noch Will ansprach, »das war genau das, was ich ursprünglich geplant hatte. Aber er war so… nett… und hatte großen Unterhaltungswert für mich. Und ich war nicht in Eile. Früher oder später hätte ich das Interesse an ihm verloren und dann hätte ich immer noch auf diesen Plan zurückgreifen können. Aber das ist jetzt nicht mehr notwendig. Auf diese Weise gewinnt jeder.«

»Ach!« sagte Worf voller Verachtung.

»Nun… jeder, der zählt, gewinnt«, schränkte Sela ein. »Falls es Sie beruhigt, meine Herren… Sie würden lediglich eine Situation beschleunigen, die sich bereits zugespitzt hat. Gowron hegt längst Misstrauen gegen die Föderation, weil sie Gespräche mit der romulanischen Regierung führt. Stellen Sie sich die Aktion als… eine Art Zusatzversicherung vor.«

»Wenn Sie glauben«, sagte Worf, »dass irgendeiner von uns freiwillig Gowron vergiften würde… um die Allianz zwischen der Föderation und dem Klingonischen Imperium zu zerstören… dann haben Sie sich schwer getäuscht.«

»Mr. Worf spricht für uns beide«, sagte Riker.

»So, tut er das? Nun, Will«, sagte sie zu Tom, »wie es scheint, ist dein Doppelgänger der Föderation treuer ergeben als du.«

»Er kann sich diesen Luxus leisten«, sagte Tom verbittert. »Schließlich hat er nicht durchgemacht, was ich durchgemacht habe.«

»Hast du noch weitere Ausreden für dein Verhalten auf Lager oder war es das?« sagte Will voller Geringschätzung. Tom erwiderte seinen Blick, obwohl er aus irgendeinem Grund den Drang verspürte, den Blick von ihm abzuwenden.

Sela ging langsam auf Worf und Will zu. »Sie verstehen sicher, dass Sie im Fall einer Weigerung mit Folterungen rechnen müssen. Doch wenn Sie sich einverstanden erklären, dann... nun, ich sagte schon, dass es eine Selbstmordaktion ist, wer auch immer diese Aufgabe übernimmt. Aber dann werden wir Deanna, Alexander und den, der zurückbleibt, freilassen. Es gibt keinen Grund, Sie länger hier festzuhalten. Ach ja, wir werden Ihre Erinnungen an uns auslöschen, doch davon abgesehen werden Sie unversehrt sein.«

»Ganz gleich, was Sie uns antun, Sie können unsere Meinung nicht ändern.«

»Mr. Riker... niemand hat gesagt, dass *Sie* gefoltert werden sollen.«

In diesem Moment sahen sie, wie Deanna und Alexander in den Raum auf der anderen Seite der Glasscheibe gebracht wurden.

Die Rikers und Worf zeigten fast die gleiche Schockreaktion. Die Wachen, die Deanna und Alexander mit sich zerrten, wurden von einem weiteren, recht korpulenten Romulaner begleitet, der soeben eine Injektion vorzubereiten schien.

Als Deanna und Alexander Worf und Riker sahen, trat vorübergehend Hoffnung in ihre Gesichter. Doch dann erkannten sie, dass ihre Retter genauso gefangen waren wie sie. Tom beobachtete, wie Will und Worf in hilflosem Zorn zusehen mussten, als die Menschen, die sie liebten, auf der anderen Seite des Raumes auf Liegen festgezurrt wurden.

»Lassen Sie sie frei!« rief Will energisch.

»Ja, ja, ich weiß. Die Flotte. Die Rückendeckung. Die Rettung in letzter Minute. Aber wir müssen uns ja irgendwie die Zeit vertreiben, während wir darauf warten. Tok... fangen Sie an!«

Der korpulente Romulaner, den sie als Tok angesprochen hatte, nickte, nahm den Injektor, den er vorbereitet hatte, und verabreichte Deanna den Inhalt. Dann injizierte er auch Alexander eine Dosis.

»Was tun Sie da? Was tun Sie ihnen an?« knurrte Worf.

»Will«, sagte Sela zu Tom, »ich muss zugeben, dass ich sehr fasziniert bin. Es interessiert mich, ob dein Doppelgänger stärkere Gefühle für Deanna Troi hat als du. Wissen Sie, meine Herren… und Sie, Worf… der Frau und dem Jungen wurde soeben ein Gift injiziert. Es wirkt sehr langsam. Sie werden in der Lage sein, ihnen in aller Ruhe beim Sterben zuzusehen, im Verlauf der nächsten Minuten. Das Gegenmittel ist jederzeit greifbar und kann unverzüglich verabreicht werden… wenn Sie unserer Bitte zustimmen. Übrigens dürfte Ihnen aufgefallen sein, dass dieser Bereich schalldicht ist. Sie können die beiden nicht hören, da das Kommunikationssystem bislang nur in einer Richtung arbeitet. Aber machen Sie sich keine Sorgen – ich werde mich darum kümmern. Tok… seien Sie doch so freundlich und aktivieren Sie den zweiten Kanal.«

Tok nickte und trat an eine Konsole. Kurz darauf war ein Klicken zu hören…

…und dann begannen die längsten Minuten in Tom Rikers Leben.

Denn das Gift, das man Deanna Troi und Alexander injiziert hatte, war kein simples, schmerzloses Toxikum, das sie einfach nur langsam tötete. Nein, es tobte sich wie flüssiges Feuer in ihren Venen aus. Deanna schrie zuerst; Alexander hielt etwas länger durch, doch bald stöhnte auch er.

Und im weiteren Verlauf wurden ihre Schreie keineswegs leiser.

Deanna hatte die Augen geschlossen und Tom wusste sofort, warum sie es tat. Sie wollte sie nicht ansehen… Will und Worf. Sie wusste, dass sie ihnen nicht helfen konnten, dass man sie vermutlich aufgefordert hatte, etwas Schreckliches zu tun, und dass sie und Alexander als Druckmittel eingesetzt wurden. Wenn sie die Männer ansah, wenn sie zuließ, dass sie das Flehen in ihren Augen sahen, könnte es ihre Entschlossenheit schwächen, und das wollte sie ihnen auf keinen Fall antun. Sie würde offensichtlich lieber sterben, als sie irgendwie unter Druck zu setzen. Entweder das... oder sie konnte sich nicht entscheiden, wen von den beiden sie hilfesuchend anschauen sollte, so dass sie es vorzog, gar keinen anzuschauen.

Alexander jedoch... er ließ seinen Vater nicht einen Moment aus den Augen. Er gab sich alle erdenkliche Mühe, seine qualvollen Schreie zu unterdrücken. Trotz seiner Anstrengungen entlud sich sein Schmerz immer wieder in einem Schrei, aber auf jeden, den er nicht mehr zurückhalten konnte, kamen mindestens zehn, die er erfolgreich unterdrückte. Und Tom sah, wie er unablässig seinen Vater anstarrte. Flehte er ihn um Hilfe an? Suchte er nach seiner Anerkennung? Tom wusste es nicht.

»Sela, ist es wirklich nötig...?« begann Tom.

»Ja, Will, es ist nötig... es sei denn, du meldest dich als Freiwilliger für die Mission«, erwiderte Sela. »Möchtest du gehen?«

Tom konnte nicht mehr denken, konnte sich keinen Zentimeter von der Stelle bewegen. Sein Geist war erstarrt, wie eingefroren. Eigentlich hatte er doch gar nichts zu verlieren. Er könnte die Föderation in Misskredit bringen... warum nicht? Warum nicht?

Aber... er hatte sich dem Maquis verpflichtet. Seine Aufgaben waren noch nicht erfüllt. Wofür sollte er sich opfern? Für Deanna? Er erinnerte sich daran, wie sie zu ihm gesprochen hatte, an die eiskalte Verachtung, mit der sie ihn gestraft hatte. Sie hatte ihn sofort als Verräter abgestempelt, obwohl er sich bemüht hatte, ihr mit aller gebotenen Subtilität verständlich zu machen, dass er in

Wirklichkeit Selas Pläne vereiteln wollte, dass er Worf aus der Sache heraushalten wollte, damit Deanna und er am Ende irgendwie zusammenkommen konnten…

Nein, sie hatte sich sehr deutlich ausdrückt. Sie fühlte sich zu gut für jemanden wie ihn.

Sie sollte zum Teufel gehen!

Sie stirbt… schau sie an… sie stirbt…

Er verdrängte diese Gedanken und zwang sich dazu, die Szene einfach nur zu beobachten.

Die Schreie der Gefolterten nahmen an Lautstärke zu. Deannas Kreischen war am lautesten, doch selbst Alexander konnte seine Qualen jetzt nicht mehr so gut beherrschen wie zuvor.

»Die Uhr läuft, meine Herren. Jedes Zögern ist der Gesundheit der beiden abträglich.«

Deannas Haut war aschgrau geworden und Alexander sah auch nicht viel besser aus. Ihre Augen trübten sich, ihre Körper zuckten immer heftiger.

»Nun?« drängte Sela.

Will Riker sah aus, als würde ihm soeben das Herz aus der Brust gerissen werden.

Worfs Ruhe schien unerschütterlich. Er drehte Sela den Kopf zu und sagte kategorisch: »Sterben ist besser, als die Ehre zu verlieren. Deanna ist Starfleet-Offizier. Mein Sohn ist Klingone. Sie… werden es verstehen. Wenn die Situation umgekehrt wäre… wenn ich an ihrer Stelle wäre… würden sie wissen, dass ich lieber sterben würde, als ihre Erniedrigung mitzuerleben, wenn Sie sich dem Willen von Terroristen wie Ihnen beugen. Das…« Er nickte grimmig. »…ist der klingonische Weg. Ein klingonischer Junge… und eine Frau, die entschlossen ist, an der Seite eines Klingonen zu leben… verstehen diese Tatsachen.«

»Ich verstehe«, sagte Sela ruhig. »Nun… dann liegt jetzt alles bei dir, Tom. Du bist der letzte Richter ihres Schicksals. Bist du bereit zu kooperieren? Oder nicht?«

Alexander und Deanna lagen in den letzten Zügen. In nur wenigen Augenblicken würde es auch für das Gegenmittel zu spät sein. Deanna bäumte sich auf, von Zuckungen geschüttelt, und stieß einen Schrei aus, der das Schrecklichste war, was beide Rikers jemals gehört hatten.

Dann schrie etwas aus den Tiefen der Seele Will Rikers: *»Okay! Ich werde es tun. Ich tue alles, was Sie verlangen!«*

»Tok!« rief Sela ohne Zögern. Tok benötigte keine weiteren Erklärungen, sondern injizierte sofort das vorbereitete Gegenmittel, zuerst Troi und dann Alexander. Eine Weile – die längste Weile im Leben von Tom sowie Will Riker – schien es überhaupt keine Wirkung zu zeigen. Doch dann ließ das Beben ihrer Körper allmählich nach. Und bald nahm ihre Haut wieder die gewohnte Färbung an.

»Herzschlag… Atmung… gehen auf Normalwerte zurück«, gab Tok seelenruhig bekannt, während er seine Instrumente konsultierte. »Das Gegenmittel hat gewirkt… gerade noch rechtzeitig«, fügte er mit leisem Tadel hinzu. »Beim nächsten Mal sollten Sie mit einer etwas größeren Sicherheitsspanne arbeiten, Sela.«

»Beklagen Sie sich nicht bei mir«, erwiderte Sela. »Alles lag bei ihnen. Oder eher… bei Tom Riker.« Sie deutete mit einem Nicken auf Will. »Sie verstehen hoffentlich… wenn Sie die Zusammenarbeit verweigern sollten… oder wenn Sie irgendwelche Tricks versuchen… werden sie trotzdem sterben.«

»Ich… verstehe«, sagte Will.

Tom Riker wusste überhaupt nicht, was er in diesem Moment empfand. Erleichterung? Verachtung für Will… oder Dankbarkeit? Er konnte sich nicht entscheiden.

Will konnte Worf nicht in die Augen schauen. Und als die beiden hinausgeführt wurden, hatte Tom das

Gefühl, dass zwischen den beiden keineswegs alles in Ordnung war. Denn Worf schien nicht unter einem inneren Konflikt zu leiden.

Er war eindeutig wütend.

Tom fragte sich unwillkürlich nach dem Grund. Will hatte soeben nicht nur Worfs Verlobter, sondern auch seinem Sohn das Leben gerettet. Dank Wills Opfer würden sie und Worf davonkommen. Tom würde sich dafür einsetzen, falls Sela beabsichtigen sollte, sich nicht an ihr Wort zu halten. Insgesamt hatten sich die Dinge sehr schlecht für Will, aber großartig für Worf entwickelt.

Wo lag also das Problem?

22

»Sie bezeichnen sich immer noch als Starfleet-Offizier?« brüllte Worf.

Man hatte Will und Worf zusammen in einen Raum gesperrt, wo sie anscheinend warten sollten, bis die Romulaner irgendwie eine Starfleet-Uniform für Riker organisiert hatten. Im Raum gab es nichts, was sich zu betrachten gelohnt hätte. Will hatte in einer Wand eine Tür entdeckt, doch als er sie geöffnet hatte, war dahinter lediglich ein Schrank mit Uniformen zum Vorschein gekommen. Riker überlegte, ob sie die Uniformen anlegen und versuchen sollten, sich hinauszuschleichen. Aber er glaubte nicht, dass er als Romulaner durchging, und er war felsenfest davon überzeugt, dass Worf in dieser Hinsicht nicht die allergeringste Chance hatte.

Also lehnte sich Riker gegen eine Wand und versuchte, Ordnung in seine Gedanken zu bringen, während er Worf nicht eines einzigen Blickes würdigte. »Jetzt nicht, Worf.«

»Wie konnten Sie nur den Forderungen zustimmen?«

»Ich sagte, jetzt nicht, Lieutenant Commander!« wiederholte Will in wesentlich schärferem Tonfall.

»Berufen Sie sich nicht schon wieder auf Ihren Dienstrang!« entgegnete Worf erregt. »Sprechen Sie mit mir von Mann zu Mann – wenn Sie den Mut dazu aufbringen.«

Wills Gesicht rötete sich, als er sich zu Worf umdrehte. »Also gut«, sagte er langsam und betont. »Kein

Dienstrang. Von Mann zu Mann. Was haben Sie mir zu sagen?«

»Es war falsch, was Sie getan haben. Geben Sie es zu.«

»Ich hatte keine andere Wahl.«

»Ich verstehe. Sie werden jetzt vermutlich sagen, dass diese... empathische Verbindung zu Deanna Sie dazu gezwungen hat.«

Doch Will schüttelte den Kopf. »Diese Verbindung, Worf... war nur eine Art... Peilstrahl, der mich zu Deanna geführt hat. Es gab keine emotionale Beeinflussung... und mein Urteilsvermögen wurde nicht getrübt. Das dürfen Sie mir glauben.«

»Aber warum haben Sie dann...«

»Ich sagte es schon. Weil ich keine andere Wahl hatte.«

»Was bedeutet, dass ich eine andere Wahl gehabt hätte. Und dass Sie der Meinung sind, ich hätte mich falsch entschieden.«

»Sie taten, was Sie für richtig hielten. Ich musste das tun, was für mich das Richtige war.«

»Was Sie hätten tun sollen«, knurrte Worf, »wäre das gewesen, was richtig für Starfleet ist! Denn der Eid, den Sie als Offizier leisteten...«

»Halten Sie mir keine Vorträge, Worf!« regte sich Will auf. »Ich muss mich nicht vor Ihnen rechtfertigen! Ich muss Ihnen nichts beweisen!«

»Nein. Aber Sie mussten *ihr* etwas beweisen.«

»Ich habe nicht versucht, irgendetwas zu beweisen, Worf, ich habe nur versucht, ihr das Leben zu retten. Und falls es Ihrer Aufmerksamkeit entgangen sein sollte – ich habe auch Ihrem Sohn das Leben gerettet.«

»Erwarten Sie dafür jetzt meine Dankbarkeit?« erwiderte Worf. »Nur ein ehrenvoller Tod ist...«

»...eines Klingonen würdig, ja, ich weiß, glauben Sie

mir, ich weiß es. Aber ist Ihnen vielleicht einmal in den Sinn gekommen, dass er möglicherweise noch gar nicht zum Sterben bereit war – nur weil Sie entschieden hatten, es sei für ihn an der Zeit?«

»Glauben Sie, ich wäre nicht bereit gewesen, meinen Sohn zu retten?«

»Ich weiß es nicht, Worf. Ich kenne Sie schon seit vielen Jahren, aber Sie sind mir immer noch ein genauso großes Rätsel wie bei unserer ersten Begegnung. Ich weiß nicht, was Sie wollen! Ich habe keine Ahnung, was Ihnen durch den Kopf geht!«

»Ich wollte sie retten«, sagte Worf gepresst. »Doch viel wichtiger als das Leben ist die Art und Weise, in der ein Leben geführt wird.«

»Und ich wollte nur, dass sie weiterleben – ganz gleich wie. Wenn Sie anderer Ansicht sind, gut. Ich habe Ihnen die Entscheidung aus der Hand genommen, okay?« Er breitete die Arme aus, um anzudeuten, dass er genug von dieser Diskussion hatte. »Wenn damit irgendein Ehrverlust verbunden ist, geht es auf meine Kappe. Das Wichtigste ist, dass wir jetzt etwas Zeit gewonnen haben. Es ist klar, dass ich niemals vorhatte, Gowron zu vergiften… aber wir brauchen mehr Zeit zum Nachdenken, zum…«

»Sie haben ihnen gezeigt, dass sich Starfleet-Offiziere erpressen lassen und gegen ihren Eid verstoßen. Dass man uns erfolgreich unter Druck setzen kann. Glauben Sie, dass die Sache damit erledigt ist? Selbst wenn man uns freilässt, was ich sehr bezweifle, wissen sie jetzt, dass sie andere mit ähnlichen Forderungen konfrontieren können, dass sie anderen Offizieren ganz einfach ihren Willen aufzwingen können. Und vielleicht werden diese anderen Offiziere nicht kapitulieren, wie Sie es getan haben. In diesem Fall sind Sie persönlich für den Tod der Geiseln verantwortlich.«

»Ich habe nicht… kapituliert…«, sagte Will mit erzwungener Ruhe. »Ich habe eine vernünftige Entscheidung getroffen, die…«

»Sie haben kapituliert!«

»Hätte ich zusehen sollen, wie sie sterben? Hätten Sie es getan?«

»Ich war darauf vorbereitet.«

»Aber vielleicht waren die beiden nicht darauf vorbereitet, Worf! Auch wenn Sie Alexander als Klingonen erzogen haben, war er vielleicht trotzdem noch nicht bereit, sein Leben wegzuwerfen, um den Vorstellungen seines Vaters von Ehre zu entsprechen. Haben Sie darüber schon einmal nachgedacht?«

Worf trat ganz nahe an ihn heran. »Ich weiß, warum Sie es getan haben.«

»Dann erklären Sie es mir.«

»Sie taten es, damit Sie immer zwischen uns stehen werden. Zwischen Deanna und mir.«

»Das ist lächerlich…«

»Sie haben niemals aufgehört, sie zu lieben. Geben Sie es zu!«

»Worf, jetzt ist nicht der geeignete Zeitp…«

»Es wird keinen weiteren Zeitpunkt dafür geben! Wir werden jetzt darüber sprechen! Keine Ausflüchte mehr! Keine Rücksichtnahmen auf Dienstgrade! Keine Unklarheiten mehr von Ihrer Seite! Ich wusste, was ich mit Deanna wollte, ich habe es bekommen und das macht Sie krank. So ist es doch! Und als wir unsere Verlobung bekannt gaben, waren Sie wütend! Wütend auf sich selbst, weil Sie jahrelang gezaudert haben! Wütend auf mich, weil ich gehandelt habe, während Sie nichts taten!«

»Ich tat das, was damals für Deanna und mich das Beste war, Worf! Ich konnte keine Gefühle herbeizaubern, die gar nicht vorhanden waren, und mir wünschen, dass sie im passenden Moment da waren.«

»Sie waren immer vorhanden und genau das war

das Problem«, gab Worf zurück. »Sie konnten sich nicht dazu aufraffen, sich Deanna zu nehmen, als Sie die Gelegenheit hatten, aber Sie konnten es auch nicht ertragen, dass sie mit mir zusammen ist.«

»Wenn ich es nicht ertragen könnte, warum habe ich dann nichts gesagt, als Sie zusammenkamen?«

»Weil Sie ihr gegenüber damit eine Verpflichtung eingegangen wären. Und Sie sind viel zu egoistisch und auf sich selbst bezogen, um sich zu etwas zu verpflichten, bei dem es nicht ausschließlich um Sie geht. Für mich gilt das nicht. Ich bin dem klingonischen Ehrenkodex, Deanna und unserem gemeinsamen Leben verpflichtet.«

»Es ist interessant, in welche Rangordnung Sie diese Dinge bringen«, bemerkte Riker. Er hatte sich in Bewegung gesetzt und verfolgte unbewusst einen Kurs, als wäre er ein Matador, der einen Stier in Schach zu halten versuchte. Er und Worf umkreisten sich, ihre Körpersprache spiegelte die zornige Angespanntheit ihrer Worte. »Wenn Sie wüssten, was Liebe ist, wüssten Sie auch, dass sie stets an erster Stelle kommt. Stets.«

»Und wenn Sie wüssten, was Ehre ist, wüssten Sie auch, dass es wichtigere Dinge als Liebe gibt. Aber das wussten Sie ja längst. Nur dass für Sie Ihre Karriere und Ihre eigenen Interessen wichtiger als die Liebe sind.«

»Wenn das der Fall wäre, warum habe ich dann mein Leben riskiert, um sie zu retten?«

»Ich habe es Ihnen bereits gesagt: um mich in ein schlechtes Licht zu rücken. Um dafür zu sorgen, das Sie in ihren Gedanken an erster Stelle stehen. Geben Sie zu, dass Sie nur das erreichen wollten!«

»Sie haben keine Ahnung, was ich will.«

»Ich kenne Sie besser…«

»*Sie haben keine Ahnung!*« Dann brach plötzlich alles aus ihm hervor, ein Sturzbach der Emotionen. »Sie haben keine Ahnung, wie es war, Worf. Sie beide zu sehen, Deanna in Ihren Armen! Zu sehen, wie eine wahre Liebe in den Augen dieser Frau aufleuchtete, genauso wie sie einst für mich leuchteten, nur dass sie diesmal Sie ansah! Jedesmal, jedes verdammte Mal, wenn ich Sie beide zusammen sah, war es wie ein Messerstich in mein Herz. Ich habe niemals aufgehört, sie zu lieben! Ist es das, was Sie hören wollten? Ich war nach Betazed gekommen, um ihr genau das zu sagen. Wenn es die Trennung von Ihnen bedeutet hätte, wäre ich darauf vorbereitet gewesen, vorausgesetzt, sie hätte noch etwas für mich empfunden. Wenn nicht, hätte ich ihr keinen Vorwurf gemacht. Ich hätte nach einem neuen Aufgabenbereich gesucht, der unsere Wege auf Jahre hinaus getrennt hätte. Es lag nur an mir, Worf, nur an mir. Auch sie hat niemals aufgehört, mich zu lieben. Aber ich, ich war der stellvertretende Kommandant der *Enterprise*! Ich hatte keine Zeit für Ablenkungen, für irgendeine dauerhafte Beziehung! Ich durfte mich den Gefühlen nicht hingeben, die sie in mir weckte! Und was wäre gewesen, wenn wir uns darauf eingelassen hätten und wenn es aus irgendeinem Grund nicht funktioniert hätte? Schließlich hatten wir uns im Laufe all der Jahre weiterentwickelt. Also zwang ich mich zu glauben, dass diese Gefühle gar nicht vorhanden waren. Und es gelang mir so gut, dass ich nicht nur mich selbst überzeugte, sondern auch die Frau, die mich besser als sonstwer kennt. Die Frau, die im wahrsten Sinne des Wortes meine bessere Hälfte ist. Ich habe es ihretwegen getan, zum Wohl von uns beiden. Und nachdem ich diese Entscheidung getroffen hatte, wie konnte ich mich da zwischen Sie beide stellen? Wie hätte ich ihr verbieten können, mit Ihnen glücklich zu werden? Es wäre ein großer Fehler gewesen. Sie tat, wozu sie sich entschieden hatte, also hätte ich niemals…«

»Und ich soll jetzt Verständnis und Mitgefühl für Sie aufbringen?« Worfs Fäuste zitterten in kaum unterdrücktem Zorn.

»Wir sind *Imzadi*, Worf. Das bedeutet…«

»Ich weiß, was das Wort bedeutet. Lwaxana hat es mir erklärt.«

»Es intellektuell zu wissen, genügt nicht. Ich erwarte gar nicht von Ihnen, dass Sie es verstehen.«

»Weil Sie mich für dumm halten?«

»Nein!«, brüllte Riker, der allmählich genug von Worfs Misstrauen hatte. »Weil Sie niemals in Ihrem Leben solche Gefühle für jemanden erlebt haben wie ich für Deanna! Dann hätten Sie niemals zulassen können, dass sie stirbt! Ganz gleich, wie sehr ich mir einzureden versucht habe, dass es vorbei ist, weil ich es so wollte, die Tatsache bleibt bestehen, dass wir jetzt und für immer *Imzadi* sind.«

»Wie können Sie es wagen«, fauchte Worf, »mir zu sagen, was ich fühle oder nicht fühle!« Er kam Riker noch näher und war jetzt nur noch Zentimeter von ihm entfernt. »Glauben Sie, ich wüsste nicht, was Sie beide einander bedeutet haben? Glauben Sie, ich konnte nicht Ihren Geist spüren, der ständig zwischen uns schwebte, wenn wir zusammen waren? Glauben Sie, dass ich nicht das Gefühl hatte, ständig mit Ihnen verglichen zu werden? Dass nichts, was ich tat, jemals gut genug war? Wenn wir miteinander sprachen, konnte ich immer spüren, dass sie meine Gefühle für sie mit Ihrer Beziehung verglich. Wenn wir uns liebten, gab es für mich niemals einen Zweifel, dass Deanna nur an Sie dachte! Es war, als sollte ich die Beziehung verwirklichen, die sie mit Ihnen niemals haben konnte. Weil Sie zu feige waren…«

»Ich war nicht feige!«

»Natürlich! Zu feige, um Ihr Leben mit jemandem zu teilen! Zu feige, um Ihre kostbare Karriere aufs Spiel zu setzen! Zu feige, jemanden mehr zu lieben, als Sie sich selbst lieben! Glauben Sie, ich hätte keine Angst gehabt, als ich mich ihr näherte und um sie warb? Die Gefahr der Zurückweisung, der Erniedrigung... war einfach überwältigend! Aber ich überwand meine Furcht, weil ich davon überzeugt war, dass sich das Risiko lohnt! Dennoch blieb sie verbunden mit Ihnen, der Sie nicht bereit waren, ihretwegen irgendein Risiko einzugehen.« Worf hatte immer lauter gebrüllt, bis seine Stimme beinahe ohrenbetäubend war. »Es ist so einfach für Sie, jetzt Ihr Leben aufs Spiel zu setzen! Sie sichern sich Deannas ewige Liebe und brechen dann auf, um als Held zu sterben. Und ich bleibe zurück, gebrandmarkt als derjenige, der nicht bereit war, sich für sie zu opfern! Tatsache ist jedoch, dass Sie zu feige waren, um für Deanna da zu sein, als sie Sie brauchte, und Sie waren zu feige, Ihre Pflicht zu erfüllen, als die Föderation Sie brauchte!«

Riker schlug zu.

Aber es war keineswegs die klügste Reaktion, zu der sich Riker jemals hatte hinreißen lassen.

Knochen prallte auf Knochen, was ohnehin kein günstiger Anfang für einen Schlagabtausch war. Seine Faust traf genau auf Worfs Kinn, wodurch Riker sich einen Fingerknöchel brach. Der Schlag war heftig genug, um Worf zu Boden zu werfen, und die Verbindung aus Kraft und Überraschung hinter diesem Angriff führte dazu, dass Worf immerhin ganze drei Sekunden am Boden liegen blieb.

Und dann sprang der Klingone wieder auf die Beine.

Will wich hastig vor dem Gegenangriff zurück, als Worfs ausholende Schwinger – hinter denen mehr Wut als Technik stand – ihn verfehlten. Riker nutzte Worfs zweiten, ebenfalls ins Leere gehenden Hieb aus, um ihm sein Knie in die Magengegend zu rammen. Dadurch knickte der Klingone ein, so dass Riker die Gelegenheit erhielt, beide Hände zu verschränken und mit einem Schlag in Worfs kräftige Nackenmuskulatur nachzusetzen. Diese Taktik hatte Riker schon häufiger angewendet, als er im Zuge eines Austauschprogramms an Bord eines klingonischen Raumschiffs Dienst getan hatte. Damals hatte sie recht gut gegen einen bestimmten Gegner funktioniert.

Doch in diesem Fall verlief es anders. Worf ließ sich durch den Schlag keineswegs beeindrucken, sondern kam sofort wieder hoch.

Plötzlich flog Will Riker durch die Luft. Worf hatte sein Bein mit der einen Hand und einen Arm mit der anderen gepackt. Als er sich aufrichtete, hing Riker kopfüber da und konnte nichts mehr ausrichten. Einen schrecklichen Augenblick lang dachte Riker, Worf könnte ihn wie ein Brathähnchen in zwei Stücke reißen. Doch stattdessen drehte sich Worf und schleuderte Riker davon. Riker segelte quer durch den Raum und schlug mit dem dumpfen Krachen eines Sacks Kartoffeln gegen die Wand. Als er zu Boden glitt, war er vorübergehend benommen und dann sah er, wie Worf in seine Richtung gestürmt kam. Er bemühte sich, alle ihm noch verbliebenen Kräfte zu sammeln, um dem Klingonen auszuweichen, doch es gelang ihm lediglich, ein Stück zur Seite zu kriechen. Im nächsten Moment riss Worf ihn wieder um, hatte Riker im Schwitzkasten und knurrte ihm wütend ins Ohr.

Riker krallte seine Fingernägel in Worfs Hand. Es war die einzige Stelle, die er erreichen konnte, und die einzige Taktik, die ihm einfiel.

Außer einem Grunzen gab Worf keinen Laut von sich. Er versuchte, seine Hand zurückzuziehen, doch Riker hielt sich daran fest, als hinge sein Leben davon ab – was möglicherweise sogar der Fall war. Die ersten Tropfen Blut traten aus und schließlich stieß Worf seinen Gegner wütend von sich fort. Riker taumelte, blieb aber auf den Beinen.

Worf setzte ihm nach, dann folgte eine Serie unglaublich schneller Schläge. Riker wich nicht zurück, als Worf auf ihn einhämmerte. Er verließ sich ausschließlich auf seinen Instinkt und parierte schneller als je zuvor in seinem Leben. Worf knurrte verärgert, dann kam sein wutverzerrtes Gesicht für einen kurzen Augenblick ganz nahe heran.

Riker versuchte, ihm einen Kopfstoß zu verpassen, und schlug seinen Schädel gegen Worfs.

Doch das war noch dümmer als Rikers erster Hieb, mit dem der Kampf begonnen hatte.

Der Aufprall war noch drei Zimmer weiter hörbar. Worf gab kein Stück nach, aber Will stand eine Weile benommen da, während sich alles um ihn drehte. Und dann, ohne dass Worf noch irgendetwas dazu tun musste, fiel Riker rückwärts zu Boden.

Immerhin stand Riker sofort wieder auf, auch wenn er jetzt recht blass wirkte. Worf beobachtete ihn nur und schüttelte den Kopf.

Plötzlich trat Riker ihm zwischen die Beine.

Worf war überzeugt gewesen, dass Riker jetzt genug hatte. Die Schnelligkeit und Wildheit seines erneuten Angriffs traf Worf völlig unvorbereitet. Der Schlag ging ins Ziel und Worf in die Knie. Er musste sich Mühe geben, um nicht gequält aufzustöhnen.

Will stand eine Weile taumelnd da und wollte seinen Vorteil ausnutzen. Doch leider erhielt er dazu keine Gelegenheit, denn plötzlich verlor er die Fähigkeit, sich auf den Beinen zu halten, als ihn ein heftiger Schwindelanfall übermannte – eine verspätete Nachwirkung seines Kopfstoßes. Riker ging in unmittelbarer Nähe Worfs nieder, stützte sich mit einer Hand ab und musste sich zusammenreißen, um sich nicht zu erbrechen.

»War… genug«, brachte er mühsam hervor.

»War das eine Frage an mich… oder eine… Beschreibung Ihres Zustandes?«, sagte Worf, während er nach Luft schnappte.

In diesem Augenblick traf ein Trupp Romulaner ein. Sie musterten die Schäden, die die beiden sich gegenseitig zugefügt hatten, und Dr. Tok – der eine Arzttasche dabeihatte, wie es schien – schüttelte verärgert den Kopf. »Nehmen Sie den hier«, sagte er und zeigte auf Worf, »und bringen Sie ihn zu seinem Sohn und seiner Verlobten.«

Die Romulaner führten den Befehl aus, während Tok neben Riker in die Knie ging. Er nahm verschiedene Instrumente aus seiner Tasche und bearbeitete damit Rikers Gesicht. »Halten Sie bitte still«, sagte er, als die Instrumente das Wachstum seiner Hautzellen anregten.

»Was tun Sie da?«

»Ich flicke Sie wieder zusammen. Falls Sie es vergessen haben, Sie sind bereits in recht mitgenommener Verfassung hier eingetroffen. Und Ihre kleine Rauferei mit dem Klingonen hat nicht unbedingt dazu beigetragen, Ihren allgemeinen Gesundheitszustand zu verbessern. Sela fand, dass es Ihnen schwerer fallen könnte, sich als Will Riker auszugeben, wenn Sie aussehen, als hätten Sie nur mit Mühe eine Reihe schwerer Kämpfe überlebt.«

»Glauben Sie mir«, sagte Will, »das wäre die letzte Person, die ich im Augenblick sein möchte.«

Worf wusste nicht genau, welche Reaktion er erwarten sollte, als er den Raum betrat, in dem sich Deanna und Alexander befanden. Also war er zutiefst erleichtert, als Deanna zu ihm aufblickte, »Ach, Worf… Gott sei Dank…«, seufzte und aufsprang, um ihn zu umarmen. Ihre Wärme, die Kraft ihrer Arme an seinem Körper… all das trug dazu bei, die schweren Sorgen zu lindern, die ihn bedrückt hatten. Schließlich ging es hier in erster Linie um Deanna. Obwohl sie zu Starfleet gehörte, war sie doch als Betazoidin aufgewachsen. Sie mochte Schwierigkeiten mit der Vorstellung haben, dass Worf bereit gewesen war, sie zu opfern, statt die Gebote der Ehre und die Pflicht zur Unerschütterlichkeit zu vergessen. »Ich… ich wusste, dass du am Leben bist, selbst nachdem ich deinen Sturz miterlebt habe… ich wusste es… und jetzt bist du hier…«

»Alles wird gut werden«, beruhigte Worf sie.

»Ja, das wird es«, meldete sich Alexander zu Wort. Dann fügte er hinzu: »Dank Riker.«

Einen Moment lang herrschte absolute Stille im Raum.

Zuerst wollte Worf seinen Sohn anschreien. Ihn in seine Schranken weisen, ihn für seine Frechheit verbal zurechtstutzen. Aber die Situation war schon kompliziert genug. Geduld und Verständnis waren das Gebot der Stunde, jene Dinge, die Deanna ihm in langer, mühseliger Arbeit beizubringen versucht hatte. Ihm und Alexander.

Bevor Worf etwas sagen konnte, hatte sich Deanna an den Jungen gewandt. »Alexander«, sagte sie. »Was dein Vater getan hat… war für ihn genau das Richtige…«

»Also hat Riker falsch gehandelt? Willst du sagen, es sei falsch, dass wir noch leben?«

»Nein… er… tat ebenfalls das, was für ihn richtig war…«

Innerlich erschauderte Worf, als sie fast wörtlich wiederholte, was vor kurzer Zeit Riker zu ihm gesagt hatte. Gab es noch irgendetwas, in dem die beiden nicht ein Herz und eine Seele waren? Gab es in ihrer Gleichung überhaupt noch Platz für Worf?

»Alexander, ich hatte erwartet, dass du es verstehst«, sagte Worf. »Hast du alles vergessen, was ich dich gelehrt habe?«

»Oh, ich weiß noch genau, was du mich gelehrt hast, Vater«, erwiderte Alexander mit trotziger Selbstsicherheit. »Du hast mich gelehrt, wie wichtig dir mein Leben und das Deannas ist. Und du warst ein so guter Lehrer, dass es mir völlig egal ist, ob ich dich jemals wiedersehe.«

»Alexander!«, rief Deanna schockiert.

Unter normalen Umständen wäre Worf mit hoher Wahrscheinlichkeit an diesem Punkt der Kragen geplatzt. Doch er fühlte sich immer noch durch die Auseinandersetzung mit Riker emotional ausgelaugt. Also fiel es ihm nicht allzu schwer, Geduld zu üben. »Du musst verstehen, Alexander… als du im Sterben lagst, starb auch ein Teil von mir. Aber alles, was mich zu dem macht, der ich bin, alles, was ich für wichtig halte, sagte mir, dass ich keine Wahl hatte. Meine Verpflichtung gegenüber Starfleet, der Föderation und meinem Volk verlangte von mir…«

Alexander kam langsam auf ihn zu, die Hände zu Fäusten geballt, und schrie ihn praktisch an: »Es ging überhaupt nicht um Starfleet! Oder die Föderation! Oder das klingonische Volk! Es ging nur um deinen kompromisslosen Stolz!«

»Das ist nicht wahr!« gab Worf zurück. »Ich habe nur an meine Pflicht gedacht.«

»Offenbar bedeutet dir deine Pflicht mehr als Deanna… oder als ich… oder irgendetwas anderes.«

»Du verstehst es nicht.«

»O doch… ich verstehe dich sehr gut. Du hast dich klar und deutlich ausgedrückt«, sagte Alexander zu ihm. Dann drehte er sich um und entfernte sich von ihm, um seinem Vater fortan demonstrativ den Rücken zuzukehren.

Will schaute in den Spiegel, den man ihm gegeben hatte, und stellte zu seiner Zufriedenheit fest, dass die

Heilung seines Gesichts Fortschritte machte. Und er trug eine Starfleet-Uniform, die ihm aus irgendeinem Grund das Gefühl gab, fast wieder ein Mensch zu sein.

Die Frage war nur, ob er diese Uniform verraten hatte, indem er sich den Forderungen der Romulaner gebeugt hatte.

Der Gedanke widerte ihn an, aber er hatte zu Worf die Wahrheit gesagt: Er hatte einfach das Gefühl gehabt, dass ihm keine andere Wahl blieb. Die Frage war nicht, wie er sie hätte retten können. Die Frage war, warum Worf es nicht getan hatte. Aber er hatte auch die Wahrheit gesprochen, als er gesagt hatte, dass Worf ihm in vielerlei Hinsicht ein Rätsel war. Er verstand den Mann einfach nicht.

Doch wenn Riker bedachte, wie häufig er sich selbst nicht verstand, war das vermutlich gar nicht so ungewöhnlich.

Dann hörte er seine eigene Stimme draußen vor der Tür.

»Ich will für ein paar Minuten allein mit dem Gefangenen sprechen«, sagte Tom Riker. »Kein Grund zur Beunruhigung, es ist alles in Ordnung. Was könnte er schon ausrichten?« Die Wachen erklärten sich offenbar mit Toms Anliegen einverstanden, weil kurz darauf Tom Riker in den Raum trat.

»Bist du gekommen, um dich zu ergötzen?« fragte Will.

»Nein«, erwiderte Tom ruhig. Er hielt inne, während er seine Gedanken sammelte. »Will… ich weiß, dass du nicht sehr viel von mir hältst…«

»Muss ich mir jetzt einen weiteren Vortrag anhören, wie schwer alles für dich gewesen ist? Über die Chancen, die du nie erhalten hast? Willst du versuchen, die Tatsache wegzuerklären, dass du ein Verräter bist?«

»Wen oder was soll ich verraten haben, Will?« Tom grinste schief. »Ich erfülle nur meine Pflicht, genauso wie du. Nur dass ich andere Verpflichtungen habe. Deshalb wurde ich ein Mitglied des Maquis, während du bei Starfleet geblieben bist. Na und? Einer musste doch die Rolle des bösen Doppelgängers übernehmen.«

Darüber musste Will unfreiwillig lachen. »Ich halte dich nicht für böse. Vielleicht für dumm... und verräterisch... aber nicht für böse.«

»Danke, das ist verdammt anständig von dir. Wir unterscheiden uns überhaupt nicht voneinander, Will. Ich habe erlebt, wie du ohne weiteres deinen Starfleet-Eid gebrochen hast – und die Gefahr eines interstellaren Krieges in Kauf genommen hast –, nur um einer Frau das Leben zu retten. Auch du bist zum Verräter geworden.«

»Das ist etwas ganz anderes!«

»Die Gründe mögen andere sein, aber das Ergebnis ist exakt das Gleiche. Das weißt du genauso gut wie ich.« Er ging neben Will in die Hocke und senkte die Stimme. »Du kannst vielleicht Sela zum Narren halten – aber nicht mich. Erspar dir die Mühe, mich anlügen zu wollen. Ich weiß genau, was du tun wirst. Du willst versuchen, ein falsches Spiel zu treiben, um die Situation in letzter Minute durch einen Trick zu retten. Du spielst auf Zeit und im Gegensatz zu Worf stört es dich nicht, wenn du lügen musst oder das Gesicht verlierst oder klein beigibst. Du konntest einfach nicht zulassen, dass sie stirbt.«

»So? Dann sag mir eins: Wenn wir uns so ähnlich sind... warum warst du bereit, sie sterben zu lassen?«

Tom blickte auf den Boden. Er war tatsächlich beschämt. »Weißt du... als ich dir zum ersten Mal begegnete... und ich sah, dass du Deanna verschmäht hast, dass sie ein Teil deines Lebens geblieben war, aber in all den Jahren niemals dazugehörte... da habe ich dich zutiefst verachtet. Vielleicht spielt das für mich bis heute eine Rolle. Aber ich glaube… in gewisser Weise… bist du viel stärker, als ich es jemals sein konnte. Weil du dem Verlangen widerstehen konntest, sie zu bedrängen, die Beziehung wieder aufleben zu lassen, obwohl es immer dein größter Wunsch gewesen sein muss… und das alles nur, weil du meintest, so wäre es am besten für sie.«

»Mr. Worf scheint der Ansicht zu sein, es wäre ein Zeichen von Feigheit gewesen«, sagte Will.

»Das sieht Mr. Worf ähnlich – soweit ich ihn beurteilen kann. Es gibt eine Sache, die Worf immer noch nicht gelernt hat: Wenn man etwas tun kann, bedeutet das nicht zwangsläufig, dass man es auch tun sollte. Er gibt zu häufig seinen Impulsen nach.«

»Worfs Hauptimpuls war, Deanna und Alexander zu retten. Er hielt ihm stand, weil er einer größeren Sache verpflichtet ist. Ich konnte das nicht. Ist das etwas anderes als Feigheit oder Schwäche?«

»Es ist Vorsicht«, sagte Tom. »Denn ich weiß, wie ich schon sagte, dass du niemals einfach so nachgeben würdest. Du musst etwas in der Hinterhand haben.«

Will wollte etwas darauf sagen, doch dann hielt er sich zurück. Sein Gesicht nahm einen misstrauischen Ausdruck an. »Du scheinst mich wohl für sehr dumm zu halten.«

»Nein. Nicht einmal ansatzweise. Wie kommst du darauf?«

»Wenn ich etwas planen würde… wenn ich hoffen würde, ein geschicktes Doppelspiel zu treiben… glaubst du ernsthaft, ich würde es dir erzählen?«

»Ach ja, natürlich. Ich bin der Verräter.«

»Ja, der bist du. Du kannst dir nicht vorstellen, wie es für mich ist, Tom… dass ich mich meiner selbst schämen muss… und dass ich nichts dagegen tun kann, weil ich es gar nicht selbst bin… aber so ist es.«

»Es scheint so. Schließlich gibt es absolut nichts, dessen ich mich schämen müsste, wenn es um dich geht, nicht wahr? Will Riker, der Große, Will Riker, der Kluge. Und wenn es tatsächlich einmal geschehen sollte, dass Will Riker seine Ideale verrät, dann tut er es natürlich niemals aus niederen politischen Gründen. Nein. Er tut es...« Er legte theatralisch eine Hand auf sein Herz. »...aus Liebe!« Nach einer kurzen Pause fuhr er fort: »Weißt du, Will... viele Leute fragen sich, ob sie sich anders entschieden hätten, wenn sie eine zweite Gelegenheit erhalten hätten. Was deine Beziehung zu Deanna betrifft, so dürfte es in dieser Galaxis kaum jemanden geben, der größeres Glück hatte als du. Denn meine Existenz verschaffte dir die Möglichkeit, es herauszufinden. Und die Antwort lautete: Nein, du hättest dich nicht anders entschieden. Wie erfreulich!«

»Worauf willst du hinaus?«

»Ich will auf die Frage hinaus... wie ich es herausfinden könnte. Wenn ich eine zweite Chance bekäme, würde ich dann anders handeln? Ich habe leider nicht die Mittel, durch einen Transporterunfall eine weitere Version von mir herzustellen. Wenn ich also wissen möchte, ob ich anders handeln würde... dann gibt es nur eine Möglichkeit, um es herauszufinden: Ich muss es selbst tun.«

Und bevor Will in vollem Umfang die Bedeutung von Toms Worten begriffen hatte, spürte er plötzlich einen Stich im rechten Arm. Als er nachsah, entdeckte er zwei kleine pfeilähnliche Objekte, die in seinem Bizeps steckten. Dann wanderte sein Blick zu Toms Hand, in der sich eine kleine Waffe befand.

»Gute Nacht, Will«, sagte er.

Die Welt drehte sich um Will Riker. Er versuchte sich zusammenzureißen, aber es gelang ihm nicht. Kurz darauf kippte er um.

»Schließlich ist es gar nicht mehr so schwierig«, sagte

Tom zu Wills bewusstloser Gestalt, »jemanden zu verraten, wenn man es schon einmal getan hat.«

Als sich endlich die Romulaner wieder blicken ließen, sahen sie nur einen Riker, der sich im Raum aufhielt... der in der Starfleet-Uniform.

»Wo ist Will Riker?«, fragten sie.

»Ich weiß nicht, wo er ist. Soll ich der Hüter meines Bruders sein?«, sagte Tom. »Er sagte, er hätte anderweitig zu tun. Mehr weiß ich nicht. Wenn Sie etwas von ihm wollen, müssen Sie schon selbst nach ihm suchen.«

Trotz der ernsten Situation war Tom doch ein wenig amüsiert. Es kam ihm wie eine halbe Ewigkeit vor, seit er die Rolle Will Rikers übernommen und gehofft hatte, dass man ihn nicht durchschaute. Er hatte diesen Part so überzeugend gespielt, dass die Romulaner nun in der Tat felsenfest davon überzeugt waren, dass er Will Riker war. Doch nun musste er die Rolle des Tom Riker spielen... was eigentlich kein Problem sein sollte, da er in Wirklichkeit Tom Riker war. Doch es war ein Problem, weil er sich nun angewöhnen musste, nicht mehr auf den Namen Will, sondern Tom zu reagieren, wenn er angesprochen wurde... auch wenn Will gar nicht sein Name war... was jedoch auch nur mit Einschränkungen galt.

Er bekam Kopfschmerzen.

»Dann kommen Sie mit«, sagte einer der Wachleute, worauf sie Tom Riker durch den Korridor eskortierten und seinen Zwillingsbruder Will zurückließen, der bewusstlos in einem Schrank eingesperrt war.

Wenige Augenblicke darauf stand Tom Sela gegenüber. Er suchte in ihren Augen nach irgendeinem Anzeichen von Misstrauen, aber da schien nichts zu sein. »Also, Tom... wir haben uns verstanden?«

»Vollkommen.«

Sie zeigte ihm die Flasche mit romulanischem Ale.

»Du darfst sie nicht öffnen, bevor du sie Gowron überreichst. Wenn er sieht, dass daran manipuliert wurde – selbst durch jemanden wie dich, an dessen Vertrauenswürdigkeit er nicht grundsätzlich zweifeln würde –, wagt er es vielleicht nicht, daraus zu trinken.«

»Und das wollen wir vermeiden.«

»Richtig«, unterstrich sie. »Das wollen wir.«

»Wie komme ich nach Qo'noS?«

»Wir verfügen über ein Runabout der Föderation, das uns vor einiger Zeit in die Hände fiel. Es reicht für deine Zwecke völlig aus. Wenn du eintriffst, vereinbarst du einen Termin mit Gowron und tust, was getan werden muss. Glaub mir, ich werde es erfahren, wenn du es nicht tust. Und ich werde es erfahren, wenn du Hilfe rufst oder versuchst, uns zu hintergehen. Wir haben unsere Augen und Ohren überall.«

»Was ist, wenn etwas dazwischenkommt, worauf ich keinen Einfluss habe? Deanna, Worf und Alexander sollten nicht darunter leiden, wenn unvorhergesehene Situationen eintreten.«

»Stimmt, das wäre ungerecht.« Ihre Stimme wurde härter. »Also schlage ich vor, dass derartige Situationen nicht eintreten.«

23

»Will«, rief Picard erstaunt. »Ich hatte nicht damit gerechnet, Ihnen hier zu begegnen!«

Und Riker, der im Eingang stand, erwiderte: »Sie nehmen mir das Wort aus dem Mund, Captain.«

Langsam trat Tom Riker in Picards Gastquartier und tat so, als würde er sich völlig beiläufig umschauen. Doch in Wirklichkeit arbeitete sein Geist schnell und hektisch.

Er hatte es geschafft. Er war bis zu Jean-Luc Picard höchstpersönlich vorgedrungen, der Tom Rikers Rettung sein sollte.

Als Tom unangemeldet auf dem klingonischen Heimatplaneten eingetroffen war, hatten ihn die offiziellen Vertreter recht überrascht begrüßt. Er hatte sich eine Geschichte ausgedacht, nach der er aus eigenem Antrieb nach Qo'noS gereist war, als freundschaftliche Geste, um Gowron wissen zu lassen, dass nicht jeder Starfleet-Offizier mit der jüngsten Annäherung an die Romulaner einverstanden war. Vermutlich würde Gowron sich dadurch in seiner Eitelkeit geschmeichelt fühlen und ihn auf dieser Grundlage zweifellos willkommen heißen.

Tom erhielt jedoch nicht einmal die Gelegenheit, den Mund aufzumachen. Denn die ersten Worte, mit denen er bei seiner Ankunft begrüßt wurde, lauteten: »Wir vermuten, dass Sie gekommen sind, weil Sie mit Picard reden wollen.«

Tom hatte sich nach Kräften bemüht, seine Überraschung zu verbergen. »Ja. Ja, das ist richtig.« Und als Nächstes wurde er nicht zu Gowron, sondern zu Picard geführt. Dadurch kam Tom ein wenig ins Schlingern. Es gab nun keine offizielle Möglichkeit mehr, wie er Gowron um eine Audienz bitten konnte, denn man würde sofort zurückfragen, warum er ihn unbedingt unter vier Augen sprechen wollte. Andererseits war die Angelegenheit nun etwas unkomplizierter geworden. Man hatte ihm versichert, dass er bald mit Gowron zusammentreffen würde, da demnächst offensichtlich ein Termin mit Picard anstand.

Doch viel besser war, dass er Picard einfach nur die Wahrheit sagen musste. Er musste ihm nur anvertrauen, wo die Geiseln festgehalten wurden, und schon würde Picard alles Weitere in die Wege leiten. Er konnte sich mit Starfleet in Verbindung setzen, worauf eine Rettungsmission gestartet wurde und die Sache erledigt wäre. Es war perfekt.

Zu perfekt.

Vor allen Dingen wusste er nicht, ob er sich auf Picard verlassen konnte.

Er kannte den Captain eigentlich gar nicht. Will Riker war natürlich bestens mit ihm vertraut, aber Tom Riker war in dieser Hinsicht der lebende Beweis, dass man nicht immer vom oberflächlichen Anschein ausgehen durfte. Sela hatte lang und breit erklärt, das die Klingonen Picard vertrauten. Drückte sie damit ihre Abneigung gegen einen Widersacher aus… oder hatten die Romulaner ihn umgedreht? Oder war dies vielleicht gar nicht der richtige Picard, sondern eine Art Gestaltwandler, während man den echten Picard aus dem Verkehr gezogen hatte? Rühmte sie sich der Tatsache, dass er für die Klingonen eine Person des Vertrauens war, weil dies ihr zum Vorteil gereichte? Sela hatte wiederholt angedeutet, dass sie ihre Leute auf Qo'noS hatte, die alles beobachteten. War das die Wahrheit... oder hatte sie es nur gesagt, damit Riker – welcher Riker auch immer – das tat, was ihm aufgetragen worden war?

Aber wenn Picard für die Romulaner arbeitete, warum benötigten sie dann jemand anderen, der versuchen sollte, Gowron zu vergiften? Nun, zumindest dieser Punkt war offensichtlich. Wenn die Romulaner jemanden wie Picard auf ihrer Seite hatten, verschaffte ihnen das nicht nur hinsichtlich der Klingonen, sondern auch innerhalb von Starfleet einen immensen Vorteil. Wenn Tom sein Attentat auf Gowron verübte, konnte Picard problemlos behaupten, nichts davon gewusst zu haben, dass Riker auf eigene Faust gehandelt hatte. Picards Hände würden in jedem Fall sauber bleiben.

Tom hatte nicht die geringste Ahnung, was er tun sollte. Die Ironie bestand darin, dass er die gesamte Welt aus der Perspektive seiner eigenen verkorksten Moral betrachtete.

Andererseits wusste er nun, wie er Gowrons Leben retten konnte.

Hinzu kam, dass die Geiseln in der Lage sein müssten, sich aus eigener Kraft in Sicherheit zu bringen. Denn es war ja William Riker, den er im romulanischen Außenposten zurückgelassen hatte. Aber es war nicht der William Riker, den Sela für einen Verräter hielt. Stattdessen handelte es sich um William Riker, den Starfleet-Offizier, der – wie zuvor Tom – in die seltsame Situation geraten war, nun sich selbst spielen zu müssen. Sela vertraute Will Riker – zumindest dem Will Riker, den sie näher kennen gelernt hatte. Und dieses Vertrauen konnte Will dazu benutzen, um nach einer Fluchtmöglichkeit zu suchen. Vielleicht hatte er sich und die Geiseln längst befreit.

Also musste Tom sich Picard gar nicht anvertrauen.

Nur dass er sich nicht hundertprozentig sicher sein konnte, dass es Will Riker gelang, Deanna, Worf und Alexander zur Flucht vom Lintar-IV-Mond zu verhelfen. Er brauchte einen Ausweichplan, der auf die Möglichkeit Rücksicht nahm, dass Picard ein Verräter war und Sela später alles erfuhr, damit sie glaubte, Tom hätte nur in bester Absicht gehandelt und nicht etwa versucht, die Mission zu sabotieren.

Es war äußerst kompliziert. Aber Toms Zuversicht wuchs, dass er jetzt wusste, wie er mit allem fertig werden konnte. Der einzige Nachteil lag darin…

…dass er nicht mit dem Leben davonkommen würde.

Doch mittlerweile betrachtete er diesen Aspekt als geringfügigen Preis, den er für alles zahlen musste.

»Setzen Sie sich, Will, setzen Sie sich«, sagte Picard und winkte ihn zu sich. Tom schlenderte zu einem Stuhl, drehte ihn um und nahm rittlings darauf Platz. »Ich muss zugeben, dass ich leicht verwirrt bin. Ich dachte, Starfleet hätte Sie für die Interimsphase an die Akademie beordert.«

»In letzter Minute kam es zu einer Änderung der Stundenpläne, wegen eines anderen Lehrers«, sagte Tom schulterzuckend. »Es stellte sich heraus, dass er jetzt, aber nicht mehr später zur Verfügung steht. Also hat man uns ausgetauscht. Ich werde meinen Lehrauftrag erst in sechs Monaten antreten.«

»Gütiger Himmel! Dann haben Sie ja jede Menge freier Zeit.«

»Das ist mir gar nicht recht, um ehrlich zu sein, Captain.«

»Und was führt Sie ausgerechnet hierher?«

»Um völlig aufrichtig zu sein, Captain… mit dieser Menge an Freizeit wusste ich zunächst überhaupt nichts anzufangen. Starfleet teilte mir mit, dass Sie hier seien. Also dachte ich mir, dass ich Ihnen beistehe. Damit wir einmal etwas Zeit miteinander verbringen können, ohne dass wir von den alltäglichen Problemen an Bord der *Enterprise* abgelenkt werden.«

»Das ist eine großartige Idee, Will, aber ich muss zugeben, dass ich sehr überrascht bin. Starfleet deutete mir gegenüber an, dass man meinen gegenwärtigen Aufenthaltsort geheim halten wollte.«

»Ich kann sehr beharrlich sein, Captain.«

»Das ist mir natürlich bekannt, Nummer Eins.«

Dann plauderten sie eine Weile über die verschiedensten Dinge. Und die ganze Zeit wünschte sich Tom verzweifelt, er könnte einen Blick in den Kopf des Mannes werfen, um festzustellen, ob er es mit einem ausgeklügelten Schwindel zu tun hatte oder ob er Picard uneingeschränkt vertrauen konnte. Für Tom war es äußerst verwirrend und beunruhigend, dass er durch seine Aktionen die Fähigkeit und die Bereitschaft verloren hatte, sich auf andere verlassen zu können. Während ihres Gesprächs bemerkte Tom, dass auf Picards Nachttisch etwas lag, das nach einem Buch aussah. »Ein Papierbuch, Captain? So etwas sieht man heutzutage nicht mehr häufig.«

»Ich hatte schon immer ein Faible für derartige Antiquitäten. Das ist Ihnen doch hinreichend bekannt, Nummer Eins.«

»Ja, natürlich, Captain. Hätten Sie etwas dagegen …?« Er nahm es vom Tisch und machte keinen Hehl aus seiner Verblüffung. »*Eine Weihnachtsgeschichte?*«

»Was soll ich sagen? Ich bin ein hoffnungsloser Dickens-Verehrer.«

»Ich ebenfalls. Seltsam. Genau über dieses Buch habe ich vor nicht allzu langer Zeit mit jemandem diskutiert.«

»So? Kenne ich diese Person?«

Tom dachte an Saket und fragte sich, wie sich die Dinge wohl entwickelt hätten, wenn der Romulaner nicht gestorben wäre. »Nein«, sagte Tom schließlich.

»Nein… ich glaube nicht.« Er bemühte sich, seinen Tonfall zu wechseln. »Wieso ausgerechnet *Eine Weihnachtsgeschichte?*«

»Darin findet sich eine Reihe sehr reizvoller Themen. Schuld und Vergebung. Die Idee, dass es für jede Seele Hoffnung gibt, ganz gleich, was geschehen ist, dass jeder seinem Leben eine neue Richtung geben kann. Es spielt letztlich keine Rolle, was man in der Vergangenheit getan hat. Oder in der Zukunft tun wird.«

»Natürlich spielt die Vergangenheit eine Rolle, Captain. Sonst wären Strafen völlig sinnlos. Sonst könnte man jeden neuen Tag mit einer sauberen Weste beginnen.« Er legte das Buch zurück.

»Vielleicht hat sich die Menschheit eines Tages bis zu einem Punkt weiterentwickelt, Nummer Eins… wo bereits der Sachverhalt einer Missetat eine hinreichende Strafe darstellt, so dass wir in der Tat jeden Tag mit einer weißen Weste beginnen können. Welches ist Ihr Lieblingswerk von Dickens?«

»*Eine Geschichte aus zwei Städten*. Ein Mensch… der mit einem zweiten identisch ist… opfert sich, damit jene Menschen, die ihm am meisten bedeuten, eine zweite Chance erhalten, ein glückliches Leben zu führen.«

Er dachte daran, was er bis zu diesem Zeitpunkt getan hatte…

…und was er am morgigen Tag zu tun beabsichtigte…

…und er sagte leise: »›Was ich tue, ist viel, viel besser als alles, was ich jemals getan habe; die Ruhe, die mir bevorsteht, ist viel, viel besser als alles, was ich jemals erlebt habe.‹«

»Ist alles in Ordnung mit Ihnen, Nummer Eins?«

»Alles bestens, Captain.«

»Gut. Wenn es Ihnen nichts ausmacht, Will… würde ich mich heute gerne etwas früher zurückziehen. Meine bisherigen Gespräche mit Gowron und Kahless waren nicht sehr ergiebig. Ich hoffe, dass es morgen besser läuft. Wer weiß? Wenn Sie mich unterstützen, sind wir vielleicht doppelt so überzeugend.«

»Genau das«, sagte Riker lächelnd, »war auch meine Überlegung.«

Der Termin für das Gespräch mit Gowron und Kahless am nächsten Tag war auf fünfzehn Uhr festgesetzt worden, da Gowron offenbar noch andere Dinge zu erledigen hatte, bevor er sich mit ihnen treffen konnte.

Riker befand sich in seinem Gastquartier. Ganz in der Nähe stand die Flasche mit romulanischem Ale bereit. Er saß vor einem Computerterminal und sagte: »Computer...«

»Bereit«, antwortete eine rauhe, kehlige Stimme. Wahrscheinlich durfte er keine freundlichere Begrüßung erwarten, wenn er berücksichtigte, wo er sich aufhielt.

»Computer... ich möchte eine Nachricht aufzeichnen lassen. Sie...«

Riker verstummte. Er glaubte, etwas gehört zu haben, ein seltsames, flüssiges Geräusch, als gäbe es irgendwo ein Leck. Er drehte sich mit dem Sessel herum und suchte nach einem möglichen Ursprung des Geräusches. Aber da war nichts. Waffen und andere Dinge hingen an der Wand, genauso wie in Picards Quartier. Unbequemes Mobiliar. Nichts Ungewöhnliches.

Er wandte sich wieder dem Computerbildschirm zu. »Diese Nachricht soll morgen um Punkt sechzehn Uhr Jean-Luc Picard zugestellt werden. Er soll über seinen Kommunikator verständigt werden, dass eine Nachricht auf ihn wartet. Verstanden?«

»Verstanden.«

»Die Nachricht lautet wie folgt.« Er hielt einen Moment inne und sagte dann: »Captain… ich bin nicht William Riker. Ich bin Thomas Riker. Ich habe den Auftrag, morgen Kanzler Gowron zu vergiften. Dafür… gibt es bestimmte Gründe. Jedenfalls bin ich gewillt, diesen Auftrag auszuführen. Aber ich möchte Sie darüber informieren, dass der… echte…« Das Wort kam ihm nur schwer über die Lippen. »…William Riker… zusammen mit Deanna Troi, Worf und Worfs Sohn Alexander auf dem Mond von Lintar Vier gefangen gehalten werden. Bitte schicken Sie ein Schiff, das die Gefangenen so schnell wie möglich abholt. Tom Riker… Ende.«

Er lehnte sich zurück, rieb sich die Augen und fühlte sich erschöpft. Es gab noch so vieles, was er sagen wollte, was er gerne erklärt hätte. Aber er wollte das Risiko nicht eingehen, falls Picard doch ein Verräter war. Auf diese Weise würde Sela, wenn sie die Nachricht sah, nicht einen Augenblick lang glauben, Tom hätte sich nicht genügend eingesetzt – damit sie keinen Grund hätte, sich seinetwegen an den anderen zu rächen.

Das Universum stand kurz davor, wieder eine Zustandsform anzunehmen, in der es nur einen William Thomas Riker gab. Und so war es vermutlich am besten.

Mit diesem Gedanken und in dem Bewusstsein, dass ihm der letzte Tag seines sehr seltsamen Lebens bevorstand, ging Tom Riker zu Bett. Und zu seiner Überraschung schlief er tief und fest.

Als Will Riker im Schrank zu sich kam und feststellte, dass er die Kleidung trug, die vor nicht allzu langer Zeit Tom Riker getragen hatte, glaubte er zunächst, er hätte den Verstand verloren. Aber Will war kein Dummkopf, so dass er nach wenigen Augenblicken darauf gekommen war, was geschehen sein musste. Er konnte es nicht fassen, aber im Grunde gab es für ihn keine Zweifel – genau wie Tom erwartet hatte.

Als Will aus dem Zimmer trat, fand er vor der Tür keine romulanischen Wachen vor. Es hätte kaum besser kommen können. Er zog sein Hemd glatt und blickte sich um, während er sich überlegte, wie er am besten vorging. Am wichtigsten war natürlich, Deanna, Worf und Alexander zu finden und sie so schnell wie möglich von hier fortzubringen. Er wusste noch nicht genau, wie er dieses Vorhaben bewerkstelligen sollte, aber er war prinzipiell davon überzeugt, dass er einen Weg finden würde.

Er ging den Korridor entlang und bewegte sich mit selbstverständlicher Gelassenheit, als ihm Sela in Begleitung mehrerer romulanischer Wachen entgegenkam. »Will, wo hast du dich versteckt?« fragte sie und legte ihm die Hände an die Hüften.

»Ich… habe mich etwas erschöpft gefühlt«, sagte er.

»Will!« sagte sie grinsend und tätschelte zärtlich sein Kinn. »Willst du damit etwa andeuten, ich sei dafür verantwortlich?«

»Davon kann keine Rede sein«, erwiderte er und grinste ebenfalls.

»Gut.« Dann drehte sie sich zu den Wachen um und befahl: »Packen Sie ihn.«

Bevor Riker sich auch nur einen Zentimeter von der Stelle bewegen konnte, hatten ihn die Wachen von allen Seiten umzingelt. »Was soll das?« rief er, als sie ihn durch den Korridor zerrten. Sela folgte ihnen und beobachtete amüsiert Rikers Verblüffung.

Kurz darauf hatten sie ihn in die Zelle gebracht, in der Worf, Deanna und Alexander festgehalten wurden. Ohne das geringste Zögern stieß man ihn hinein, zu den anderen. Er landete unsanft auf dem Boden.

»Es ist Ihrer«, sagte Sela. »Ich weiß, dass er wie meiner gekleidet ist… aber er gehört zu Ihnen.«

»Was?« sagte Deanna verständnislos.

Sela erklärte es ihr geduldig, als würde sie zu einem kleinen Kind sprechen. »Das ist Will Riker. Aber er ist nicht mein Will Riker. Sondern Ihrer. Derjenige, der sich vor kurzem mit Ihrem klingonischen Liebhaber geprügelt hat.«

»Was?« wiederholte Deanna, da sie nicht mehr als zuvor verstand.

Sela stieß einen ungeduldigen Seufzer aus, während Riker wieder auf die Beine kam. »Der Mann, der sich zuvor bei uns aufgehalten hat, der als Will Riker auftrat, den wir aus einer cardassianischen Strafkolonie befreiten, war in Wirklichkeit Tom Riker. Dieser Mann, der offensichtlich bereit war, das Spiel mitzumachen, als er und Sie hier eintrafen, ist Will Riker.«

»Sie wussten es die ganze Zeit«, sagte Deanna erstaunt.

»Nicht von Anfang an. Nicht unmittelbar nach seiner Befreiung. Aber ich bin keineswegs dumm. Ich habe Nachforschungen angestellt und herausgefunden, dass ein gewisser Lieutenant Tom Riker nach Lazon II verbannt worden war. Und weitere Nachforschungen brachten die Einzelheiten seiner Herkunft ans Tageslicht. Die Sammlung geheimer Informationen ist zufällig eine meiner Spezialitäten, Deanna.«

»Aber warum haben Sie der Maskerade kein Ende gesetzt?«

»Weil ich dachte, dass er mir nützlich sein würde. Eine gewisse Zeitlang fand ich ihn… sehr unterhaltsam. Bei unserem ersten Rendezvous jedoch war Kressn so freundlich, ihm einen leichten ›Schubs‹ in meine Richtung zu geben. Seltsamerweise benötigte er anschließend keinen weiteren Anstoß. Langfristig verfolgte ich die Absicht, ihn sowieso für meinen Qo'noS-Plan einzusetzen. Als Sie den Schauplatz betraten, habe ich den Plan nur ein wenig modifiziert, um die Tatsache Ihres Hierseins einzubeziehen. Ich habe niemals wirklich damit gerechnet, dass Worf kooperiert. Glauben Sie mir, ich kenne mich sehr gut mit der klingonischen Mentalität aus. Ob es der eine oder der andere Riker ist – letztlich macht es für mich keinen Unterschied.«

Dann schien Deanna sich an etwas zu erinnern, das Sela kurz zuvor gesagt hatte, und sie wandte sich Worf zu. »Du hast dich mit Will geprügelt?«

»Wir hatten eine Meinungsverschiedenheit«, erklärte Worf mit steinerner Miene.

Riker schnaufte und drehte sich zu Sela um. »Also haben Sie einfach zugelassen, dass Ihr Liebhaber meinen Platz einnimmt – was ihn höchstwahrscheinlich das Leben kosten wird –, damit er Gowron vergiftet. Und alles Weitere ist Ihnen völlig gleichgültig.«

Zu seiner Überraschung lachte Sela.

»Gowron vergiften? Ist das alles, was Ihr Verstand erfassen kann? Hier ging es niemals einfach nur darum, Gowron zu vergiften.«

Riker blickte sie verwirrt an, genauso wie die anderen. »Aber was…?«

»Tom Riker glaubt, dass er eine Flasche mit vergiftetem Ale mit sich führt. Aber so ist es nicht. Es handelt sich vielmehr um ein genetisch manipuliertes Virus, das sich durch die Luft verbreitet. Es wurde mit großer Sorgfalt von einem wenig bekannten Volk entwickelt, den Erlösern, die hauptsächlich im thallonianischen Raumsektor leben. Die Beschaffung übernahm mein alter Freund und Mentor Saket. Wenn Tom in Gowrons Gegenwart die Flasche öffnet, wird das Virus freigesetzt. Der kleine Flaschengeist wird mir all meine Wünsche erfüllen.« Sie lächelte über diese Anspielung. »Er wird Gowron und jeden anderen töten, der sich in der Großen Halle aufhält. Dann wird er sich in der Umgebung verbreiten und nach meiner Schätzung innerhalb von sechsunddreißig Stunden jeden dahingerafft haben, der sich auf der klingonischen Heimatwelt aufhält.«

Worf schnappte hörbar nach Luft. Selbst der unerschütterliche Klingone schien entsetzt über das Ausmaß der Schrecken, die Sela völlig gelassen beschrieb.

»Natürlich weiß ich, dass das Klingonische Imperium wesentlich größer ist. Nicht alle Klingonen werden sterben. Aber ich versichere Ihnen, dass sie genau wissen werden, wo sie die Verantwortlichen suchen müssen. Dafür werde ich persönlich Sorge tragen. Und nachdem Tom sich für Sie geopfert hat, werde ich Sie freilassen, in eine Galaxis, in der das, was noch vom Klingonischen Imperium übrig ist, einzig und allein damit beschäftigt sein wird, jeden auszulöschen, der irgendetwas mit Starfleet zu tun hatte, einschließlich aller Counselors und Klingonen in Uniform… und mein innigster Wunsch geht in Erfüllung. Jeder gewinnt.«

Als Tom Riker und Jean-Luc Picard in die Große Halle geführt wurden, schrak Tom innerlich zusammen, denn er sah, dass sich neben Gowron und Kahless der gesamte Hohe Rat versammelt hatte.

Einfach großartig!

»Riker!« knurrte Gowron. »Das ist ein unerwartetes… Vergnügen. Was machen Sie hier?«

Riker trat vor, die Flasche mit romulanischem Ale in der Hand. »Ich bin gekommen, um meine Ansichten denen hinzuzufügen, die von Captain Picard geäußert wurden… und um Ihnen als Zeichen der Hochachtung ein Geschenk zu überreichen, an dem Sie bestimmt große Freude haben werden.«

Er hielt die Flasche hoch, damit Gowron sie sehen konnte. Gowron stieß ein knappes Lachen aus. »Romulanisches Ale!« Diese Feststellung entlockte auch den übrigen Klingonen des Rats Gelächter. »Woher haben Sie die?«

»Von einem beschlagnahmten romulanischen Schiff. Ich vermute, es handelte sich um den Privatvorrat des Kommandanten.«

Wieder reagierten die Klingonen mit Gelächter und mehrere schlugen anerkennend mit den Fäusten auf die Armlehnen ihrer Sessel.

Gowron kam ihm entgegen, um die Flasche entgegenzunehmen und sie eingehend zu betrachten...

...dann fragte Riker laut: »Was sagten Sie, Kanzler?«

Gowron warf ihm einen leicht irritierten Blick zu.

Bevor er etwas erwidern konnte, sprach Riker weiter. »Ich fühle mich gekränkt, Kanzler Gowron!«, sagte er mit deutlicher Wut in der Stimme. »Ich mache Ihnen ein Geschenk... und dann sprechen Sie solche Verdächtigungen aus!«

»Was haben Sie gesagt, Gowron?«, erkundigte sich Kahless.

Gowron drehte sich zu Kahless um und war immer noch sichtlich verwirrt. »Ich sagte...«

Bevor er das Wort ›nichts‹ aussprechen konnte, unterbrach Riker ihn erneut. »Es sagte: ›Wahrscheinlich ist es Gift!‹«

Sofort schrien sämtliche Klingonen entrüstet auf. Riker nahm aus dem Augenwinkel Picards überraschte Miene wahr.

Gowron war völlig perplex.

»Was wollen Sie damit andeuten, Gowron?«, fragte Riker. »Wie kann ich Sie beruhigen? Bestehen Sie darauf, dass ich zuerst davon trinke?«

Und für einen kurzen Moment – nur einen winzigen Moment – blickte er Gowron direkt in die Augen und legte so viel Verzweiflung in diesen Blick, wie er aufzubringen imstande war. Er hätte versuchen können, sein

Spiel weiterhin allein durchzuziehen, aber er hoffte, dass Gowron ihn verstand und sich darauf einließ.

Gowron kniff die Augen zusammen.

»Ja!«, sagte er plötzlich. »Ja, ich bestehe darauf! Wenn Sie mir ein so großzügiges Geschenk machen, dann sollten es Ihnen keine Probleme bereiten, als Erster davon zu trinken!«

»Gowron!«, mischte sich Kahless tadelnd ein.

Gowron drehte sich zu Kahless um und gab zurück: »Wir leben in gefährlichen Zeiten, Kahless! Man kann gar nicht vorsichtig genug sein! Das sollten Sie am besten wissen!« Dann sah er wieder Tom Riker an und sagte: »Sie zuerst, Riker.« Damit gab er ihm die Flasche zurück. »Hier. Öffnen Sie sie. Vielleicht explodiert sie ja, wenn Sie sie entkorken.«

Und Tom Riker, der davon überzeugt war, eine schwere galaktische Krise verhindert zu haben, dachte: *Ade, du schnödes Universum! Nun ist alles vorbei – mein Leben, meine zweite Chance, alles, was ich jemals erreichen wollte. Ade, Deanna. Ade, Will… und lass dir ja nicht einfallen, dein Leben zu verpfuschen…*

…dann zog er am Korken.

24

Sela hielt sich im Kommunikationsraum auf und wartete auf eine Nachricht von ihren Informanten auf der klingonischen Zentralwelt.

Sie konnte sich nicht erinnern, in ihrem Leben jemals glücklicher gewesen zu sein. Sie wusste, dass es aufgrund der großen Entfernung einige Zeit dauern würde, bis eine Neuigkeit bei ihr eingetroffen war.

Sie stellte sich vor, wie der Planet mit den Leichen der Klingonen übersät war. Sterbende und tote Klingonen, alte und junge, ein Chaos aus verwesendem Fleisch. Das würde die Referenz auf ihrer Visitenkarte sein, die ihr die Tür zur Anerkennung durch ihr Volk öffnen würde. Ihre Zeit als Ronin wäre endlich vorbei. Sie würde wieder zu einem vollwertigen Mitglied der romulanischen Gesellschaft werden. Niemand würde sie mehr als Versagerin oder – was am wichtigsten war – als Schandfleck auf dem Vermächtnis ihres Vaters betrachten.

Was ihre Mutter betraf, so konnte sie ihretwegen in der Hölle schmoren. Sie war eine schwache Frau gewesen, mehr nicht. Wenn sie auch nur über ein Minimum an Kraft verfügt hätte, wäre sie am Leben geblieben.

»Sela…«

Eine Romulanerin namens Beji, die sich um die Fernbereichsensoren kümmerte, drehte sich plötzlich zu ihr herum. Ihre Hautfarbe war um etliche Abstufungen blasser geworden.

»Wir haben ein Problem«, sagte sie.

Die Flasche ging nicht auf.

Er zog noch einmal am Korken und wieder gelang es ihm nicht, ihn herauszubekommen. Er blickte zu Gowron auf, der offensichtlich nicht den leisesten Schimmer hatte, was Riker mit dieser Aktion bezwecken wollte.

Und plötzlich begann sich die Flasche in seinen Händen aus eigener Kraft zu bewegen. Völlig verdutzt ließ Riker die Flasche fallen und starrte verständnislos darauf.

Die Flasche streckte sich… und wuchs nach oben. Sie dehnte sich aus, verwandelte sich und transformierte sich in etwas, das schließlich genauso groß wie Tom Riker war. Dann bildete sie eine humanoide Gestalt aus und wurde zu…

»Guten Tag, Lieutenant Riker«, sagte Odo.

Auf dem Mond von Lintar IV war das totale Chaos ausgebrochen.

»Es ist ein Raumschiff der Föderation!«, teilte Beji ihr mir. »Und es hält direkten Kurs auf uns!«

»Sind Sie sicher?«, wollte Sela wissen.

»Absolut!«

Selas Gedanken rasten. Sie waren viel zu weit von den Hauptverkehrswegen entfernt, als dass es sich um einen Zufall handeln konnte. Es war praktisch unmöglich, dass dieses Raumschiff einfach nur überprüfen sollte, ob sich die Planeten dieses Systems zur Kolonisierung eigneten. Denn die Romulaner hatten sich dieses System gerade deshalb ausgesucht, weil die Planeten nicht kolonisierbar waren.

Es war unmöglich. Das Schiff konnte auch nicht durch die Gefangenen gerufen worden sein. Sela hatte Riker und Worf kurz nach ihrer Ankunft befragt, wie sie den Weg zu diesem Versteck gefunden hatten, weil sie wissen wollte, ob ihre Sicherheit gefährdet und vielleicht ein Umzug angeraten war. Will Riker – der echte – hatte ihr eine phantastische und unglaubliche Geschichte von einer psychischen Verbindung zu Deanna Troi erzählt, die Sela ohne weiteres ins Reich der Fabel verwiesen hätte, wenn Kressn nicht bestätigt hätte, dass Riker die reine Wahrheit gesagt hatte. Es schien sich um einen jener Fälle zu handeln, in denen die Wahrheit weitaus unglaublicher als jede Fiktion war.

Aber wenn dem so war, wie konnte es dann sein…

Das war jetzt zweitrangig.

Der romulanische Warbird befand sich im Schutz seiner Tarnvorrichtung im Orbit um den Mond. Wenn sie sich per Transporter in das Schiff zurückziehen wollten, musste es sich enttarnen… und im gleichen Augenblick würde es in der Zielerfassung des Föderationsschiffs auftauchen. Um den Zeitraum, in dem der Warbird ungeschützt war, auf ein Minimum zu reduzieren, musste sich das gesamte Personal an einer Stelle versammeln und in einem Schub hochgebeamt werden.

»Die Gefangenen«, sagte sie mit mühsam unterdrückter Wut. »Irgendwie müssen sie Kontakt nach außen aufgenommen haben! Wir verschwinden! Holen Sie die Gefangenen und bringen Sie sie ins Transporterzentrum! Alle sollen sich im Transporterzentrum versammeln! Wir müssen so schnell wie möglich von hier verschwinden!«

Unverzüglich begab sich ein halbes Dutzend Romulaner in den unteren Bereich, um Worf, Deanna, Riker und Alexander herzuschaffen. Mit vorgehaltenen Disruptoren und Kressn als Aufpasser wurden sie aus dem Raum geholt, in dem sie gefangen gehalten wurden, und durch einen Korridor gescheucht. Doch die Nervosität und Hektik, die die Romulaner bei dieser Aktion verbreiteten, kam ihnen teuer zu stehen.

Denn plötzlich streckte Alexander ein Bein aus und brachte einen der Romulaner zum Stolpern. Der Mann verlor das Gleichgewicht, stieß gegen einen zweiten und zog so die Aufmerksamkeit eines dritten auf sich…

…und das war der Anlass, auf den die Starfleet-Offiziere nur gewartet hatten.

Riker fuhr unvermittelt herum und rammte seine Faust mitten ins Gesicht des nächsten Romulaners. Während der Mann unkontrolliert taumelte, schnappte sich Riker seinen Disruptor, drehte sich und schoss auf einen weiteren Romulaner. Worf und Alexander stürzten sich gleichzeitig auf zwei andere Wachleute. Worf packte einen am Arm und riss ihn herum, so dass er mit einem zweiten zusammenstieß, während Alexander einem dritten auf den Rücken sprang und versuchte, ihm das Genick zu brechen. Dazu fehlte ihm jedoch die nötige Muskelkraft, obwohl es ihm gelang, dem Romulaner die Nackenwirbel zu verrenken, so dass er von unerträglichen Schmerzen gepeinigt zu Boden ging.

Kressn wich vor dem Getümmel zurück und schleuderte den Gefangenen eine Ladung telepathischen Entsetzens entgegen. Dadurch wurden sie für einen Moment aufgehalten, als sie in grausigem Schrecken zusammenzuckten und vor Furcht erstarrten. Aber Kressn war es nicht gewohnt, sich gleichzeitig mit mehreren Personen auseinanderzusetzen. Vier Gegner auf einmal überstiegen seine Fähigkeiten… und das war der Anlass, auf den Deanna nur gewartet hatte. Deanna war in erster Linie Empathin, aber nachdem Kressn einen geistigen Kontakt zu ihr hergestellt hatte, fiel es ihr nicht allzu schwer, den Spieß umzudrehen. Deannas Empörung und Entrüstung verliehen ihr zusätzliche Kräfte, als sie einen wütenden Gedanken direkt in Kressns Geist schickte, mit solcher Heftigkeit, als hätte sie ihm einen Keulenhieb verpasst.

DU HAST MEINER MUTTER WEHGETAN, DU MISTKERL!!

Auch Worf, Alexander und Riker bekamen etwas von diesem mentalen Schlag ab, doch der Hauptleidtragende ihres Zorns war Kressn, der benommen taumelte und sich eine Weile nicht mehr rühren konnte.

Worf und Riker stürzten sich gleichzeitig auf ihn – Worf attackierte seinen Kopf, Riker versetzte ihm einen Hieb in die Eingeweide. Der doppelte Angriff hätte Kressn beinahe in zwei Stücke zerrissen, dann ging er zu Boden und war bereits bewusstlos, bevor sein Sturz endete. Riker und Worf blickten sich für einen kurzen Moment an...

...dann wandten sie gleichzeitig den Blick ab.

Worf riss einen Romulaner hoch, der noch halbwegs bei Bewusstsein war, und knurrte: »Was ist los?«

»Ein Föderationsschiff! Wir... evakuieren den Außenposten!«

»Viel Erfolg«, sagte Worf und schlug den Romulaner mit einem schnellen Kinnhaken bewusstlos.

»Wir müssen dafür sorgen, dass so wenige wie möglich entkommen!« rief Riker. Dann sammelten sie rasch die Disruptoren ein, die den Romulanern aus der Hand gefallen waren. Sie rannten los, Riker und Worf voran, Alexander in der Mitte und Deanna als Nachhut.

Es war wie in einer Schießbude.

Immer wieder stießen sie auf Gruppen von Romulanern, die zum Transporterzentrum eilten. Obwohl das Starfleet-Team ihnen zahlenmäßig unterlegen war, hatte es stets das Überraschungselement auf seiner Seite, da keiner der Romulaner damit rechnete, dass innerhalb ihres eigenen Verstecks irgendwer das Feuer auf sie eröffnen könnte. Überall stürzten Romulaner, rissen sich gegenseitig zu Boden und erhielten keine Gelegenheit, den Disruptorsalven etwas entgegenzusetzen. Riker und Worf zielten mit größtmöglicher Sorgfalt, so dass es zu einem Minimum an Todesopfern kam. Was Alexander an Zielgenauigkeit fehlte, machte er durch seinen Enthusiasmus wett, obwohl er bei einer Gelegenheit beinahe seinem Vater den Kopf weggeschossen hätte.

Der Umgang mit Angriffswaffen war nicht Deannas Stärke, da sie zu sehr von den Schmerzen ihrer Gegner beeinträchtigt wurde. Nur einmal – als es einem Trupp Romulaner, der offenbar auf ihr Tun aufmerksam geworden war, gelang, sich ihnen von hinten zu nähern – ging Deanna zum Gegenangriff über und streckte sie gnadenlos und mit einer einzigen Salve nieder. Worf und Riker blickten sich fassungslos zu ihr um, worauf Deanna gelassen den nicht vorhandenen Rauch von der Mündung des Disruptors blies.

Dann hörten sie von vorn das Geräusch eines aktivierten Transporters.

Sie stürmten weiter, kamen um eine Ecke und sahen noch, wie Sela und der Rest ihrer Leute flimmernd entmaterialisierten. Worf eröffnete das Feuer, aber es war bereits zu spät. Der Strahl drang einfach durch ihre Gestalt hindurch, ohne Schaden anzurichten. Sela wiederum sah in diesen letzten Momenten, dass sie sich befreit hatten, und öffnete den Mund, anscheinend zu einem Fluch, obwohl ihre Worte im Summen der Transporterstrahlen nicht mehr zu verstehen waren. Im nächsten Augenblick waren sie verschwunden.

»Verdammt!« schimpfte Riker.

»Nächstes Mal, Will«, sagte Deanna in einem Tonfall, der offenbar tröstend gemeint war. Doch Rikers Zorn ließ sich nicht mit einem Schulterzucken beschwichtigen.

Dann hörten sie das Geräusch neuer Transporteraktivitäten. Dort, wo vor wenigen Sekunden die Romulaner entmaterialisiert waren, erschienen die Umrisse mehrerer Gestalten.

»Offenbar kommt das nächste Mal schneller, als wir erwartet haben«, sagte Riker. »Feuerbereitschaft!« Sie brachten sich in Stellung, um die zurückgekehrten Romulaner auszuschalten.

Doch dann senkten die Starfleet-Leute ihre Waffen, als die Neuankömmlinge vollständig materialisiert waren. Es war ein Trupp vom Föderationsschiff, mit schussbereiten Phasern und auf Schwierigkeiten vorbereitet. Als sie sahen, wem sie gegenüberstanden, ließen auch sie die Waffen sinken. Die Frau, die offenbar das Team anführte, trat vor. Sie hatte kurzes blondes Haar und einen amüsierten Gesichtsausdruck.

»Sieh mal einer an! Ich hätte es mir eigentlich denken können, Riker, dass ich inmitten dieses Tumults auf Sie stoßen würde. Deanna… Worf…« Sie nickte beiden Angesprochenen zu.

»Wer ist das?« fragte Alexander verwirrt.

Sie grinste. »Commander Elizabeth Shelby, mein Junge. Erster Offizier des Raumschiffs *Excalibur* unter dem Kommando von Captain Korsmo. Sie dürfen sich nun als offiziell gerettet betrachten.«

25

»K'hanq! Ausgezeichnet. Vielen Dank, dass Sie meinem Ruf unverzüglich folgen konnten.«

K'hanq betrat Gowrons privates Arbeitszimmer und verbeugte sich leicht. »Wenn Gowron mich ruft, kann es für mich keine wichtigere Aufgabe geben.«

Gowron bedeutete ihm mit einer Geste, dass er sich setzen sollte. »Ich muss zugeben, dass Sie mich zutiefst verblüfft haben. Nach dem Attentatsversuch vor mehreren Tagen hatten Sie nichts Eiligeres zu tun, als den Planeten zu verlassen.«

»Natürlich, Kanzler. Als eine Ihrer zuverlässigsten Quellen für geheime Informationen betrachtete ich es als meine Pflicht, sofort zu untersuchen, wie so etwas geschehen konnte.«

»Zufällig habe ich ebenfalls einige Nachforschungen angestellt«, sagte Gowron. »Soweit ich die Sache einschätzen kann, handelt es sich um eine recht faszinierende Geschichte. Wollen wir unsere Aufzeichnungen vergleichen?«

»Wenn Sie es wünschen, Kanz…«

»Ich werde anfangen. Die Geschichte ist kaum zu glauben. Hören Sie zu: Deanna Troi und Alexander, der Sohn von Worf, wurden von Romulanern gekidnappt, angeführt von einer Frau namens Sela. Worf war entschlossen, ihre Spur zu verfolgen. So viel wusste ich bereits vorher. Was ich nicht wusste, war, dass William Riker – der echte – auf einem cardassianischen Strafplaneten gefangen gehalten wurde, aufgrund einer Identitätsverwechslung. Worf befreite ihn aus dem Straflager, worauf sie sich gemeinsam auf den Weg machten, zum Versteck der Romulaner, wie sie glaubten. Sie waren jedoch besorgt, dass sie möglicherweise in Schwierigkeiten geraten würden, die sie nicht mehr allein bewältigen konnten. Also wollten sie Picard über ihre Aktivitäten und das ganze Ausmaß der Situation informieren, aber aus verschiedenen Gründen waren sie der Ansicht, dass sie keinen direkten Kontakt zu Starfleet aufnehmen sollten.«

»In der Tat«, sagte K'hanq ruhig.

»Worf jedoch erinnerte sich an jemanden, den seine künftige Schwiegermutter Lwaxana Troi als absolut vertrauenswürdig und diskret beschrieben hatte. Einen Gestaltwandler namens Odo, der für die Sicherheit einer Raumstation verantwortlich ist, die von den Cardassianern als *Terok Nor* und von Starfleet als *Deep Space Nine* bezeichnet wird. Sie teilten Odo alles mit, was ihnen zu diesem Zeitpunkt bekannt war. Odo wiederum machte sich auf die Suche nach Picard und kam nach Qo'noS, um ihm die Neuigkeiten persönlich zu überbringen. Er schien ein wenig besorgt zu sein, dass nach Qo'noS geschickte Nachrichten von den klingonischen Behörden überprüft werden könnten. Eine sehr misstrauische Person, dieser Odo.«

»Vielleicht sollten wir ihm einen Posten anbieten«, schlug K'hanq vor.

»Eine gute Idee. Nun stellen Sie sich die Überraschung Picards und Odos vor, als man ihnen mitteilte, dass ein Mann eingetroffen sei, der behauptete, William Riker zu sein. Picard wusste sofort, dass es sich dabei um niemand anderen als Thomas Riker handeln konnte. Da er sich für den Grund seines Hierseins interessierte, verwickelte er ihn in ein Gespräch, während der Gestaltwandler sich auf Picards Bitte hin getarnt im Raum aufhielt – in Gestalt eines alten Buches von der Erde mit dem Titel *Eine Weihnachtsgeschichte*. Picard hatte den Eindruck, dass dieser Riker ein Mensch mit großen Problemen sei. Picard erklärte mir, er hatte gehofft, er könnte den Mann auf den Pfad der Tugend zurückführen. Eine amüsante Vorstellung, nicht wahr?«

»In der Tat«, bestätigte K'hanq.

»Als Thomas Riker in sein Quartier zurückkehrte, folgte Odo ihm. Er glitt in flüssiger Form unter der Tür hindurch. Einen Moment lang glaubte er, Riker hätte ihn gehört, doch als er sich umdrehte, hatte sich Odo bereits als Schwert an der Wand getarnt. Odo belauschte Riker, wie er die Aufzeichnung einer Nachricht anfertigte, die Picard später zugestellt werden sollte – nachdem er ein Attentat auf mich verübt hatte, wie Odo überzeugt war. Da Riker keine Waffen mit sich führte und ständig auf die Flasche mit romulanischem Ale starrte, ging Odo davon aus, dass dies das Werkzeug des beabsichtigten Mordes sein sollte. Als Riker sich zur Ruhe begeben hatte, kehrte Odo zu Picard zurück und konnte ihm den Aufenthalt der vermissten Offiziere verraten. Starfleet wurde informiert, damit ein Rettungsschiff auf den Weg geschickt werden konnte. Odo ruhte sich darauf eine Zeitlang aus... und nahm dann die Stelle der Flasche ein. Sie waren neugierig, was Riker damit vorhatte... doch gleichzeitig wollten sie sicherstellen, dass mir kein Schaden zugefügt wird. Sehr rücksichtsvoll von ihnen, würde ich sagen.«

»So ist es.«

»Es stellte sich heraus, dass Tom Riker die Stelle von Will Riker eingenommen hatte, den die Romulaner zu zwingen versuchten, ein Attentat auf mich zu verüben... oder zumindest glaubte er das. Als die Flasche später gescannt wurde, zeigte sich, dass darin... nun, darauf wollen wir nicht weiter eingehen. Auf jeden Fall wusste Riker nichts davon und war bereit, das Gift selbst zu trinken, indem er es so arrangierte, als würde ich darauf bestehen. Auf diese Weise hoffte er, mir das Leben zu retten und zu vermeiden, dass ich die Föderation des Verrats bezichtigte. Wenn er selbst davon trank, hätte kaum jemand bestreiten können, dass er gar nicht gewusst habe, was sich darin befand. Dass es sich nur um eine Art schrecklichen Irrtum handelte. All diese Argumente wären letztlich natürlich hinfällig gewesen... aber es war trotzdem ein erstaunlich mutiger Plan, den er verfolgte. Meinen Sie nicht auch?«

»Fraglos. Was geschah mit dem Raumschiff der Föderation und den Romulanern?«

»Mehrere Romulaner konnten gefangen genommen werden, obwohl Sela und einem Teil ihrer Mitarbeiter die Flucht gelang.«

»Und Thomas Riker? Die Cardassianer wollen ihn doch bestimmt zurückhaben.«

»In der Tat. Aber dann ist etwas Seltsames passiert. Kurz bevor die Cardassianer eintrafen... konnte Thomas Riker entfliehen.«

K'hanq richtete sich verdutzt auf. »Entfliehen? Wie?«

»Offenbar handhabten die Männer, die ihn bewachen sollten, die Ausübung ihrer Pflicht ausgesprochen nachlässig. Ich habe ihnen selbstredend einen schweren Verweis erteilt. Riker wurde zuletzt in seinem Runabout gesehen, wie er vor den Cardassianern floh. Es ist möglich, dass sie ihn fassen konnten... andererseits besteht eine gewisse Chance, dass ihm die Flucht glückte. Seltsamerweise schien sich kaum jemand sehr darüber zu beunruhigen... außer den Cardassianern, versteht sich. Aber ich denke, wir werden ihren Zorn überleben.«

»Ja, natürlich.«

»Es ist hochinteressant, nicht wahr, K'hanq? Selbst Starfleet-Offiziere, die in Ungnade gefallen sind... scheinen noch über genügend Charakterstärke zu verfügen, um politische Allianzen zu respektieren. Damit sind kaum all meine Sorgen aus der Welt geschafft… aber es ist dennoch eine Sache, über die es sich nachzudenken lohnt, nicht wahr?«

»Ganz gewiss, Kanzler.«

»Dann sagen Sie mir«, forderte Gowron ihn auf und beugte sich vor, »ob Ihre Informationen mit meinen übereinstimmen?«

»Die Ihren sind in der Tat wesentlich detaillierter als meine, Kanzler. Ich fühle mich beschämt. Vielleicht sollten Sie die Aufgabe des Sammelns von geheimen Informationen übernehmen.«

»Vielleicht«, sagte Gowron lächelnd. »Vielleicht.« Dann schlug er sich auf die Schenkel und stand auf. K'hanq tat es ihm nach. »Gehen Sie, K'hanq. Halten Sie weiterhin die Ohren offen. Und lassen Sie es uns wissen, wenn Sie etwas Neues erfahren.«

»Das werde ich tun, Gowron.«

Als K'hanq gehen wollte, drehte sich Gowron um und starrte aus dem Fenster seines Allerheiligsten, während er nahezu beiläufig erwähnte: »Ach, übrigens, K'hanq… ich habe mich auch recht ausführlich mit Worf unterhalten. Er hat mir etwas sehr Seltsames erzählt: dass diese Sela ziemlich gut über die Sorgen informiert war, die ich hinsichtlich der Föderation geäußert habe.«

»Hmm«, machte K'hanq. Seine Hand bewegte sich bereits zu seinem Gürtel, unter dem ein kleiner Disruptor steckte. »Nun… das war alles andere als ein Geheimnis, Kanzler. Ich würde mir deshalb keine Sorgen…«

»Es war ein Geheimnis… zumindest zu dem Zeitpunkt, als Sela über diese Informationen sprach. Die einzigen Personen, die davon wussten, waren ich… und Sie.« Gowron hatte K'hanq immer noch den Rücken zugekehrt. »Die Konsequenzen sind recht deutlich… und bedauerlich…«

»Ja. Jetzt sehe ich die Zusammenhänge.« K'hanq zielte mit seiner Waffe auf Gowron.

Gowron jedoch hatte seine eigene Waffe bereits in der Hand und feuerte sie auf Hüfthöhe nach hinten ab. Der Disruptorstrahl traf K'hanq mitten in den Körper, riss ihn von den Beinen und schleuderte ihn gegen die Wand. Dort blieb er einen Moment hängen, als wollte er der Schwerkraft trotzen, bis er schließlich in sich zusammensackte.

Gowron drehte leicht den Kopf, damit die Linse in seinem Kragen genau auf K'hanqs reglosen Körper gerichtet war.

»Sie sehen also die Zusammenhänge, K'hanq«, sagte Gowron, als wäre der Mann noch am Leben. »Aber manche von uns… sehen einfach etwas mehr als andere.«

26

Als Lwaxana die Augen öffnete, wartete Deanna bereits auf sie.

»Ohhhh, Kleines!« sagte sie. Ihre Stimme war kaum mehr als ein Flüstern. »Träume ich?«

»Nein.«

»Würdest du es mir sagen, wenn ich träume?«

»Ja«, versicherte Deanna ihr lachend.

»Er hat dich gefunden? Er hat dich gerettet?«

»Ja. Ja, das hat er getan. Er sagte, dass du ihm dabei geholfen hast. Vielen Dank.«

Lwaxana zuckte die Schultern und machte es sich in ihrem Klinikbett etwas bequemer. »Ich habe nur auf dem aufgebaut, was du ihm bereits beigebracht hattest… und was ihr gemeinsam aufgebaut hattet. Alles weitere war einzig und allein eure Leistung.« Dann fiel ihr etwas ein und ihre Augen füllten sich mit Tränen. »Mr. Homn… ist er…«

»Ihm geht es gut, Mutter. Das heißt, er ist auf dem Wege der Besserung. Es ist unglaublich… manche Berge sind schwächer gebaut als er. Die Ärzte sagen, dass er schon bald wieder herumschleichen und schweigen wird.«

»Das freut mich zu hören. Und ich…?«

»Auch du hast dich sehr gut erholt. Man dürfte dich etwa gleichzeitig mit Mr. Homn entlassen.«

»Gott sei Dank! Ich dachte schon, ich müsste mich um die Mahlzeiten kümmern!«

»Das werde ich übernehmen, Mutter. Ich werde für

euch beide sorgen. Der Captain hat veranlasst, dass ich eine Weile hier bleiben kann.«

»Ach, Jean-Luc. Ich wusste, dass auf ihn Verlass ist.« Dann sagte sie: »Mr. Worf hat wie ein Berserker gekämpft, um dich zu schützen, nicht wahr?«

»Ja, das hat er.«

Sie seufzte. »Ich... könnte mich möglicherweise geirrt haben, was mein Urteil über ihn betrifft. Vielleicht... nun... eigentlich ist es ganz wunderbar. Du hast zwei Männer, die dich lieben. Ich könnte richtig eifersüchtig werden, wenn ich es genauer bedenke. Für wen wirst du dich entscheiden, Kleines? Das ist doch kein Dauerzustand...«

»Mutter...« Sie tätschelte Lwaxanas Hand. »Mach dir deswegen keine Sorgen. Das größte Problem, das die meisten Menschen haben, ist, dass sie das Leben ersticken wollen und es nicht einfach geschehen lassen. Alles wird sich von selbst klären, wenn wir es nur zulassen.«

»Das hast du von mir, nicht wahr? Ich habe es dir vor vielen Jahren gesagt.«

»Ja, Mutter.«

Lwaxana schloss die Augen und stieß einen zufriedenen Seufzer aus. »Ich bin eine sehr weise Frau.«

»Ja, Mutter.«

Als Deanna in die Pension kam, wartete Worf bereits auf sie.

Sie schaute sich um. All seine Sachen waren gepackt. Ihre nicht. Worf saß still mitten im Zimmer. Zuerst schien er sie gar nicht zu bemerken, als sie eintrat. Sie sah ihn verwundert an und sagte dann: »Worf?«

»Ich habe daran gedacht... wie Admiral Riker aus der Zukunft kam... um dich zu retten.«

»Warum hast du daran gedacht?«

Zum ersten Mal schien tatsächlich ein Anflug von

Schicksalsergebenheit in Worfs Stimme mitzuschwingen. »Er hat das Universum für dich wieder in Ordnung gebracht. So sehr hat er dich geliebt. Aber ich… konnte mich nicht dazu aufraffen, dich vor Sela zu retten…«

»Wegen deiner Ehre. Du hast getan, was für dich das Richtige war.«

»Alexander hat… darum gebeten, mich einige Zeit nicht zu sehen. Er möchte seine Großeltern besuchen. Ich habe… ihm die Erlaubnis dazu gegeben. Er ist bereits abgereist. Ich hätte gedacht, dass er mich verstehen würde, dass ich ihn gut unterrichtet habe. Aber das scheint nicht der Fall zu sein. Ist es die Schuld des Schülers… oder des Lehrers?«

Zuerst wollte Deanna es nicht glauben. Natürlich gab es für Worf keinen Grund, warum er sie anlügen sollte, aber es war für sie trotzdem schwer zu verstehen. Und es war offensichtlich, dass Alexanders Sachen fort waren. Es war ihr vorher nur noch nicht aufgefallen.

»Ich… habe mir Sorgen gemacht, dass du mich nicht so liebst, wie du… Will Riker liebst«, sagte Worf langsam. »Jetzt habe ich erkannt, dass ich… von falschen Voraussetzungen ausgegangen bin. Ich hätte mir Sorgen machen müssen… weil ich dich nicht so liebe, wie er dich liebt. Du hast eine Liebe wie seine verdient, Deanna. Ich dagegen…«

»Was? Was willst du sagen, Worf? Dass du gar nichts verdient hast? Ist es das, was du mir sagen willst?« Sie nahm seine grobschlächtige Hand. »Du richtest dich mit diesen Selbstvorwürfen zugrunde. Das ist nicht richtig.«

»Nein… es ist falsch. Aber ich weiß nicht, wie ich in meiner gegenwärtigen Verfassung Frieden finden soll. Denn… trotz allem, was geschehen ist… glaube ich immer noch, dass ich das Richtige und Riker das Falsche getan hat. Dennoch weiß ich, dass er richtig gehandelt hat… aber ich verstehe nicht, warum. Ich muss noch viel lernen, Deanna. Ich kann nicht wie er sein und ich sollte auch nicht wie er werden… aber in gewisser Weise will ich es doch… aber es steht im Gegensatz zu allem, was ich gelernt habe.«

»Und… was wirst du jetzt tun?«

»Lernen.«

»Du kannst mit mir lernen, Worf. Wir können gemeinsam lernen.«

Er warf ihr einen trostlosen Blick zu. »Ich tue dies… für dich, Deanna. Es würde niemals mit uns funktionieren. Niemals. Deanna… sieh mich an. Ich habe nichts mit dir gemeinsam. Sieh nur… deine Augen zerfließen in Tränen. Meine sind trocken. Sie sind immer trocken. Ich werde dich niemals wirklich glücklich machen können – oder du mich. Du und Riker, ihr gehört zusammen. Die Vorstellung, dass du und ich niemals diese Liebe erreichen können… dass ich einfach nicht in der Lage bin, sie dir zu geben… macht mich wütend. Ich muss mit dieser Wut fertig werden… mit dem, was mir fehlt… mit all meinen Mängeln. Ich werde in Kürze nach Qo'noS zurückkehren, um Gowron zu dienen, ganz gleich, welche Aufgabe er meiner würdig findet. Aber ich werde ihn darum bitten, mich für die Geistlichen von Boreth freizustellen. Ich vermute, dass er sich darauf einlassen wird, weil damit in vielerlei Hinsicht uns beiden gedient ist. Dort werde ich studieren… und lernen… und sehr wahrscheinlich bleiben.«

»Bleiben.« Sie fühlte sich unendlich traurig. »Und so willst du deine Schwierigkeiten mit der Liebe meistern, Worf? Indem du vor ihr davonläufst?«

Worf starrte sie auf eine Weise an, wie sie es noch nie zuvor an ihm erlebt hatte. Der klingonische Krieger, der in zahlreichen Kämpfen gesiegt hatte… der eine

Vielfalt körperlicher Qualen überstanden hatte… der damit prahlte, wie viel Schmerz er ertragen konnte… sagte nun vier Worte, die sie niemals von ihm zu hören erwartet hatte:

»Es… tut zu weh.«

Es war, als hätte er seine letzten noch vorhandenen Energiereserven verbraucht, um diesen Satz herauszubringen. Und nachdem alles, was gesagt werden konnte, gesagt war, nahm er seine Sachen und verließ das Zimmer. Deanna blieb allein zurück, starrte in die Leere, die plötzlich hier herrschte, und fühlte sich, als wäre mit ihm jede Energie aus diesem Raum verschwunden.

Als Deanna das Haus der Troi betrat, wartete Will Riker bereits auf sie.

Eine Reinigungskolonne hatte den größten Teil des Hauses bereits wieder in Ordnung gebracht. Die Wände waren repariert und neu verputzt worden. Mit der Aufstellung der Kunstobjekte wollte man jedoch warten, bis Lwaxana sich persönlich darum kümmern konnte. Der einzige Gegenstand, der das Chaos wie durch ein Wunder unbeschadet überstanden hatte, war eine Vase. Riker fand sie in einer Ecke und war gerade dabei, sie auf einem kleinen Tisch zu arrangieren, als Deanna hereinkam. Er lächelte sie an.

»Will! Was machst du denn hier?« Dann hielt sie inne und verschränkte die Arme. »Vier Seelen«, sagte sie.

»Und zwei Gedanken«, erwiderte Riker ohne Zögern.

Sie entspannte sich ein wenig. Es war ihr neues Erkennungszeichen, das sie für den möglichen Fall vereinbart hatten, dass Thomas Riker unerwartet wieder auftauchte. »Also… was machst du hier?«

»Nun, ich hatte bei meinem ersten Besuch in diesem Haus ein paar Sachen mitgebracht. Ich bin gekommen, um sie abzuholen… was ich getan habe.« Er deutete auf eine Tasche, die in seiner Nähe stand. »Und ich… wollte nachsehen, wie es Lwaxana geht. Und Mr. Homn.«

»Ihnen geht es gut. Beide werden bald wieder auf den Beinen sein. Was ist mit Starfleet? Macht man dir Schwierigkeiten, weil du…?«

»Nun ja, ich dürfte kaum den Sprung in Jellicos Top-Ten-Liste geschafft haben, aber die Tatsache, dass wir geholfen haben, eine Gruppe bekannter romulanischer Terroristen unschädlich zu machen und eine Verschwörung zu vereiteln, die den Genozid des klingonischen Volkes zum Ziel hatte, sprach eindeutig zu unseren Gunsten, so dass Starfleet bereit ist, den geringfügigen Tatbestand meiner unerlaubten Entfernung vom Dienst unter den Tisch fallen zu lassen.«

»Das erleichtert mich sehr.«

Er atmete tief durch und sagte: »Deanna… ich habe sehr viel… über uns nachgedacht.«

»Wirklich? Ich ebenfalls.«

»Und ich…«

»Und ich…«

Sie lachten, als sie gleichzeitig zum Sprechen ansetzen wollten. »Darf ich zuerst?« fragte Will.

»Natürlich.«

»Deanna… ich hätte niemals versuchen dürfen, mich zwischen dich und Worf zu drängen.«

Ihre Miene wurde plötzlich ernst. »Was?«

»Es war… einfach falsch, so etwas zu tun. Vielleicht das Falscheste, was ich jemals getan habe. Ich hatte kein Recht dazu. Ich habe meine Chance gehabt, wie Worf völlig richtig sagte. Ich war wütend auf ihn, weil er dich einfach genommen hat, aber ich hatte keinen Grund dazu, weil ich dich einfach hatte gehen lassen. Du und Worf, ihr gehört zusammen und… ich weiß, dass ein ›Tut mir leid‹ meinen Fehler niemals wieder gutmachen kann. Aber... es tut mir leid, wirklich. Und das ist der Grund, warum ich gekommen bin, um das zu sagen.«

»Worf ist abgereist. Er will sich in ein Kloster zurückziehen.«

Er starrte sie fassungslos an. »Was?«

»Er hat unsere Verlobung gelöst. Wir werden nicht heiraten. Er sagt« – wieder verschränkte sie die Arme –, »dass er mich niemals so intensiv lieben kann, wie du es tust.«

»Das hat er gesagt?«

Sie nickte.

»Ich... verstehe.«

»Du ›verstehst‹, Will?« Deanna hätte beinahe laut aufgelacht. »Du bist durch die Hölle gegangen, um mich zu suchen... und sogar mein Ex-Verlobter sagt, dass wir beide füreinander bestimmt sind... und das Einzige, wozu du dich aufraffen kannst, ist ein ›Ich verstehe‹?«

»Ich meine, ich weiß nicht, wie ich darauf reagieren soll.«

»Nun... du könntest mich in die Arme nehmen. Du könntest mich festhalten, mich küssen, mir sagen, wie sehr du mich liebst. All das wären angemessene Reaktionen. Deshalb bist du doch ursprünglich nach Betazed gekommen, nicht wahr?«

»Ja, aber...« Er ging im Raum auf und ab, während sein Unbehagen immer stärker wurde. »Aber es... es wäre irgendwie nicht richtig.«

Sie sah ihn an, als wäre ihm plötzlich ein drittes Auge gewachsen. »Es wäre nicht ›richtig‹?«

»Deanna... nehmen wir einmal an, ich würde all das zu dir sagen. Und du würdest mir sagen, dass auch du mich liebst. Dass du dir wünschst, dass wir beide für immer zusammenbleiben.«

»Ich weiß nicht, ob ich das sagen würde, aber wäre es so furchtbar, wenn ich es täte?«

»Nun… ja…«

»*Ja?*« Deanna kam sich vor, als hätte soeben jemand ihre Welt mit einem Stoß um fünfundvierzig Grad zur Seite gekippt.

»Betrachte es aus meiner Perspektive…«

»Das versuche ich die ganze Zeit!«

»Wenn ich all die Dinge sagen und tun würde, die ich mir vorgenommen hatte… und du mir dann erwidern würdest, dass du mich liebst und so weiter… wie kann ich dann wissen, ob es ehrlich ist? Es ist noch gar nicht so lange her, dass Worf dich fallen ließ.«

»Ich würde es nicht als ›fallen lassen‹ bezeichnen…«

»Okay, er hat eure Verlobung gelöst. Er hat dich verlassen. Das… muss ein schwerer Schock für dich sein. Du bist bestimmt immer noch damit beschäftigt, es zu verarbeiten.«

»Ich komme ganz gut damit zurecht, Will. Du bist der Anlass für meine gegenwärtige Besorgnis.«

»Aber wenn ich jetzt versuchen würde, mit dir eine Partnerschaft einzugehen, kann ich nicht wissen, ob es das ist, was du wirklich willst… oder ob du nach der Zurückweisung durch Worf irgendeinen sicheren Hafen suchst. Es wäre nicht sehr respektvoll gegenüber der Beziehung, die du bis vor kurzem mit Worf hattest. Deine Nerven liegen völlig blank…«

»Bei mir liegt nichts blank!«, sagte Deanna. »Ich bin einfach nur eine Frau, deren Verlobter soeben auf sie verzichtet hat, aus Rücksicht auf einen Mann, der mir jetzt sagt, dass er mich nicht will, aus Rücksicht auf den Mann, der seinetwegen auf mich verzichtet hat! Allmählich komme ich mir wie eine Aussätzige vor!«

»So ist es nicht, Deanna«, sagte er und nahm sie in die Arme. Er hielt sie fest und wiegte sie sanft. Sie bewegte sich mit ihm und spürte, wie sie in seiner Wärme zerschmolz. »Ich… liebe dich wirklich. Das weißt du.«

»Und ich liebe dich, Will.«

»Ich denke nur, wir sollten uns noch etwas Zeit lassen.«

Sie löste sich von ihm und trat einen Schritt zurück, um zu ihm aufzublicken. »Zeit«, sagte sie mit tonloser Stimme.

»Ja, Zeit. Mehr nicht. Und während dieser Zeit werden wir daran arbeiten…«

»Zeit!?«

»Ja. Bis wir das Gefühl haben, dass die richtige Zeit gekommen…«

Als sie einen Schritt auf ihn zukam, wich Riker besorgt zurück. »Deanna…«

»Ich will dir etwas sagen. Die richtige Zeit für uns beide scheint nur dann zu sein… wenn du mich nicht haben kannst! Aber wenn ich da bin, läufst du plötzlich vor mir davon!«

»Das ist nicht wahr«, protestierte Riker und lief vor ihr davon. Er schnappte sich seine Tasche und sagte: »Ich glaube, wir sollten diese Diskussion verschieben, wenn du nicht mehr so aufgewühlt bist, wenn du dir über deine Gefühle im Klaren geworden bist. Ich meine es nur gut mit dir…«

»Ich habe genug von Leuten, die es nur gut mit mir meinen! Und ich kann dir versichern, dass du mich bislang noch nicht einmal ansatzweise in aufgewühlter Stimmung erlebt hast.«

»Warte… ich weiß.« Er hob beschwichtigend einen Finger und setzte sein charmantestes Lächeln auf. »Ich weiß… was du jetzt gerne hören würdest.« Er räusperte sich, reckte die Schultern und begann im romantischsten Tonfall, den er bewerkstelligen konnte, zu zitieren…

»Ich halte dich eng umschlungen,
Spüre deinen Atem, deine wundervolle
Anwesenheit.
Ich erinnere mich an eine Zeit
Ohne dich,
Erinnere mich so daran wie
An einen unangenehmen freudlosen *Aaahh!!!*«

Dieser plötzliche Ausruf war darauf zurückzuführen, dass Riker sah, wie Deanna nach der Vase griff, die er so sorgsam auf dem Tisch arrangiert hatte. Sie schwang sie einmal nach hinten und nach vorn und ließ sie dann los. Riker musste sich ducken, damit die Vase ihn verfehlte und stattdessen hinter ihm an der Wand zerschellte.

»Ich zitiere Poesie und dir fällt nichts Besseres ein, als mit zerbrechlichen Gegenständen nach mir zu werfen?« fragte er verdutzt. »Wie konntest du nur...«

»Ich hatte das Gefühl, dass jetzt die richtige Zeit dazu ist!« brüllte Deanna.

»Ich... dann sehen wir uns an Bord der *Enterprise*... okay...?«

»Nicht wenn ich dich zuerst sehe!«

Deanna warf sich auf das Sofa, während sie auf Rikers Schritte lauschte, die sich hastig entfernten. Sie schüttelte den Kopf und seufzte.

»Entweder werde ich ihn heiraten... oder ihn umbringen«, sagte sie nach einer Weile. Dann wurde ihr klar, dass sich beide Möglichkeiten keineswegs gegenseitig ausschlossen.

Danach fühlte sie sich schon ein wenig besser.

JETZT

Worf schreckte aus dem Schlaf hoch… und suchte nach Jadzia.

Sie war nicht da. Ihr Duft hing immer noch im Raum, aber sie war nicht da. Es dauerte eine Weile, bis ihm diese Tatsache bewusst geworden war, und danach fühlte er sich leerer als jemals zuvor.

Alles war vergebens.

Er stöberte wieder in ihrem…

…seinem

…Quartier… bis er ein Bild fand. Eine Aufnahme, die sie beide an ihrem Hochzeitstag zeigte. Worf und Jadzia, die in die Kamera lächelten. Sie waren so glücklich gewesen…

Alles vergebens.

Es machte überhaupt keinen Unterschied.

Er strich mit den Fingern über ihr Bild…

Und das Bild war feucht.

Er wusste zuerst gar nicht, woher die Feuchtigkeit kam… doch dann wurde es ihm klar. Es war eine Flüssigkeit, die von seinen Augen abgesondert wurde und auf das Bild tropfte.

Dann waren seine Gedanken plötzlich wieder auf dem Planeten Soukara. Wo sie sich mit dem cardassianischen Informanten Lasaran treffen wollten… und wo Jadzia verletzt worden war. Hätte er sie allein gelassen und die Mission erfüllt… wäre sie dort auf Soukara gestorben. Doch er war zu ihr zurückgekehrt, hatte die Mission im Stich gelassen und alles vergessen, was er jemals über Pflicht gelernt hatte…

…ihretwegen.

… für Jadzia.

Für das, was er für sie empfunden hatte. Gefühle, die weit über das hinausgingen, was er jemals für Deanna empfunden hatte, wie ihm bewusst wurde.

Als weitere Tränen kamen, bewegte er das Bild ein Stück fort, damit es nicht noch feuchter wurde.

Er war immer noch ein Klingone. Die Ehre hatte für ihn dieselbe überragende Bedeutung wie immer. Daran hatte sich nie etwas geändert… und doch…

…und doch…

…war er an erster Stelle ihr verpflichtet gewesen. Seiner Frau, die er über alles liebte.

Dann wusste er ohne jeden Zweifel – vielleicht mit größerer Klarheit, als er jemals irgendetwas gewusst hatte – dass er alles für sie getan hätte. Es war ihre Bestimmung gewesen, für immer zusammen zu sein. Nichts hätte sie auseinander bringen können. Aber dann war sie von ihm gegangen. Damit hatte er nicht gerechnet. Zuerst hatte er sich von allem absondern wollen, sich wieder völlig zurückziehen wollen, um auf ihr gemeinsames Leben zurückzublicken und sagen zu können, dass es keinen Unterschied machte. Nicht den geringsten Unterschied…

…aber so war es nicht.

Es hatte einen Unterschied gemacht. Denn er spürte etwas, tiefe Leidenschaft und die Fähigkeit, nach einer liebevollen Partnerschaft zu streben, mit einer Intensität, die er früher für unmöglich gehalten hätte. Und das hatte mit ihrem Tod nicht aufgehört. Nachdem diese Gefühle einmal freigesetzt waren, konnte er sie nicht mehr verleugnen. Natürlich könnte er es versuchen. Er könnte versuchen, sie zu verdrängen…

…aber das wäre falsch. Es wäre eine Schande für das

Vermächtnis, das sie ihm hinterlassen hatte, und für den Mann, der er immer hatte sein wollen und der er nun – dank ihr – geworden war.

Er drückte das Bild fest an sich und ließ zu, dass ihm die Tränen über die Wangen strömten. Doch kein Schluchzer war zu hören, denn das wäre zu viel gewesen. Stattdessen flossen die Tränen in unheimlicher Stille, aber das spielte keine Rolle.

Es schmerzte… aber es spielte keine Rolle für ihn. Es war ein guter Schmerz, die Art Schmerz, durch den man lernen und wachsen konnte, wenn man es zuließ.

Wenn er noch einmal jemanden lieben sollte, konnte es nie wieder so sein wie mit ihr. Niemals.

Denn sie war seine erste Liebe gewesen.

Die erste Frau, die sein Herz und seine Seele berührt hatte. Das hatte er nun erkannt. Die erste Frau, für die er alles geopfert hätte. Er wäre bereitwillig für sie gestorben. Und jetzt musste er für sie leben.

Und eine neue Liebe… würde anders sein, nicht unbedingt besser oder schlechter. Obwohl er es schon einmal zu Alexander gesagt hatte, konnte er es erst jetzt richtig verstehen. Es war einfach nur anders und sollte in diesem Sinne geehrt werden. Es würde niemals das verringern, was sie miteinander erlebt hatten. Er würde sie in seinem Herzen behalten, wie ein Geheimnis, und wenn er seinen Lebensweg fortsetzte, würde seine erste Liebe immer bei ihm bleiben. Nichts konnte diese Liebe beenden… nicht einmal das Ende der geliebten Person.

Denn in seinem Herz würde für immer ihre erste Begegnung eingeschlossen bleiben… als sie sich zum ersten Mal an den Händen gehalten hatten, als sie sich erstmals geküsst hatten, als sich erstmals ihre Körper aneinander gepresst hatten, Haut an Haut, und ihre erste vollkommene Vereinigung, die weder Zeit noch Raum und nicht einmal der Tod ungeschehen machen konnten.

Er konnte ohne sie weiterleben, aber in gewisser Weise würde sie immer bei ihm bleiben. Eine duftende Blume, die er immer noch spürte, obwohl sie nicht mehr da war.

Und nichts von allem würde vergebens gewesen sein, solange er sich daran erinnerte.

Zärtlich küsste er das Bild und sie lächelte ihn an. Dann kam ihm ein Wort in den Sinn… ein Wort, das weder zu seinem noch zu ihrem Volk gehörte… und dennoch gehörte das Wort zum Herzen und zur Seele aller Völker des Universums.

Wieder drückte er das Bild an seine Brust und mit volltönender Stimme, in der die Hoffnung für die Zukunft mitschwang, sagte er…

»Gute Reise… Imzadi…«

STAR TREK™

in der Reihe
HEYNE SCIENCE FICTION & FANTASY

STAR TREK: CLASSIC SERIE
Vonda N. McIntyre, Star Trek II: Der Zorn des Khan · 06/3971
Vonda N. McIntyre, Der Entropie-Effekt · 06/3988
Robert E. Vardeman, Das Klingonen-Gambit · 06/4035
Lee Correy, Hort des Lebens · 06/4083
Vonda N. McIntyre, Star Trek III: Auf der Suche nach Mr. Spock · 06/4181
S. M. Murdock, Das Netz der Romulaner · 06/4209
Sonni Cooper, Schwarzes Feuer · 06/4270
Robert E. Vardeman, Meuterei auf der Enterprise · 06/4285
Howard Weinstein, Die Macht der Krone · 06/4342
Sondra Marshak & Myrna Culbreath, Das Prometheus-Projekt · 06/4379
Sondra Marshak & Myrna Culbreath, Tödliches Dreieck · 06/4411
A. C. Crispin, Sohn der Vergangenheit · 06/4431
Diane Duane, Der verwundete Himmel · 06/4458
David Dvorkin, Die Trellisane-Konfrontation · 06/4474
Vonda N. McIntyre, Star Trek IV: Zurück in die Gegenwart · 06/4486
Greg Bear, Corona · 06/4499
John M. Ford, Der letzte Schachzug · 06/4528
Diane Duane, Der Feind – mein Verbündeter · 06/4535
Melinda Snodgrass, Die Tränen der Sänger · 06/4551
Jean Lorrah, Mord an der Vulkan Akademie · 06/4568
Janet Kagan, Uhuras Lied · 06/4605
Laurence Yep, Herr der Schatten · 06/4627
Barbara Hambly, Ishmael · 06/4662
J. M. Dillard, Star Trek V: Am Rande des Universums · 06/4682
Della van Hise, Zeit zu töten · 06/4698
Margaret Wander Bonanno, Geiseln für den Frieden · 06/4724
Majliss Larson, Das Faustpfand der Klingonen · 06/4741
J. M. Dillard, Bewußtseinsschatten · 06/4762
Brad Ferguson, Krise auf Centaurus · 06/4776
Diane Carey, Das Schlachtschiff · 06/4804
J. M. Dillard, Dämonen · 06/4819
Diane Duane, Spocks Welt · 06/4830
Diane Carey, Der Verräter · 06/4848
Gene DeWeese, Zwischen den Fronten · 06/4862
J. M. Dillard, Die verlorenen Jahre · 06/4869
Howard Weinstein, Akkalla · 06/4879
Carmen Carter, McCoys Träume · 06/4898
Diane Duane & Peter Norwood, Die Romulaner · 06/4907
John M. Ford, Was kostet dieser Planet? · 06/4922
J. M. Dillard, Blutdurst · 06/4929
Gene Roddenberry, Star Trek I: Der Film · 06/4942
J. M. Dillard, Star Trek VI: Das unentdeckte Land · 06/4943
Jean Lorrah, Die UMUK-Seuche · 06/4949
A. C. Crispin, Zeit für gestern · 06/4969
David Dvorkin, Die Zeitfalle · 06/4996
Barbara Paul, Das Drei-Minuten-Universum · 06/5005
Judith & Garfield Reeves-Stevens, Das Zentralgehirn · 06/5015
Gene DeWeese, Nexus · 06/5019
D. C. Fontana, Vulkans Ruhm · 06/5043
Judith & Garfield Reeves-Stevens, Die erste Direktive · 06/5051

STAR TREK™

Michael Jan Friedman, Das Doppelgänger-Komplott · 06/5067
Judy Klass, Der Boaco-Zwischenfall · 06/5086
Julia Ecklar, Kobayashi Maru · 06/5103
Peter Norwood, Angriff auf Dekkanar · 06/5147
Carolyn Clowes, Das Pandora-Prinzip · 06/5167
Michael Jan Friedman, Schatten auf der Sonne · 06/5179
Diana Duane, Die Befehle des Doktors · 06/5247
V. E. Mitchell, Der unsichtbare Gegner ·06/5248
Dana Kramer-Rolls, Der Prüfstein ihrer Vergangenheit · 06/5273
Barbara Hambly, Der Kampf ums nackte Überleben · 06/5334
Brad Ferguson, Eine Flagge voller Sterne · 06/5349
J. M. Dillard, Star Trek VII: Generationen · 06/5360
Gene DeWeese, Die Kolonie der Abtrünnigen · 06/5375
Michael Jan Friedman, Späte Rache · 06/5412
Peter David, Der Riß im Kontinuum · 06/5464
Michael Jan Friedman, Gesichter aus Feuer · 06/5465
Peter David/Michael Jan Friedman/Robert Greenberger, Die Enterbten · 06/5466
L. A. Graf, Die Eisfalle · 06/5467
John Vornholt, Zuflucht · 06/5468
L. A. Graf, Der Saboteur · 06/5469
Melissa Crandall, Die Geisterstation · 06/5470
Mel Gilden, Die Raumschiff-Falle · 06/5471
V. E. Mitchell, Tore auf einer toten Welt · 06/5472
Victor Milan, Aus Okeanos Tiefen · 06/5473
Diane Carey, Das große Raumschiff-Rennen · 06/5474
Margaret Wander Bonanno, Die Sonde · 06/5475
Diane Carey, Kirks Bestimmung · 06/5476
L. A. Graf, Feuersturm · 06/5477
A. C. Crispin, Sarek · 06/5478
Simon Hawke, Die Terroristen von Patria · 06/5479
Barbara Hambly, Kreuzwege · 06/5681
L. A. Graf, Ein Sumpf von Intrigen · 06/5682
Howard Weinstein, McCoys Tochter · 06/5683
J. M. Dillard, Sabotage · 06/5685
Denny Martin Flinn, Der Coup der Promethaner · 06/5686
Diane Carey/Dr. James I. Kirkland, Keine Spur von Menschen · 06/5687
William Shatner, Die Asche von Eden · 06/5688
William Shatner, Die Rückkehr · 06/5689
William Shatner, Der Rächer · 06/5690
Peter David, Die Tochter des Captain · 06/5691
Dean Wesley Smith/Kristine Kathryn Rusch, Die Ringe von Tautee · 06/5693
Diane Carey, Invasion – 1: Der Erstschlag · 06/5694
Dean Wesley Smith/Kristine Kathryn Rusch, Tag der Ehre – 4: Das Gesetz des Verrats · 06/5702

STAR TREK: THE NEXT GENERATION
David Gerrold, Mission Farpoint · 06/4589
Gene DeWeese, Die Friedenswächter · 06/4646
Carmen Carter, Die Kinder von Hamlin · 06/4685
Jean Lorrah, Überlebende · 06/4705
Peter David, Planet der Waffen · 06/4733
Diane Carey, Gespensterschiff · 06/4757
Howard Weinstein, Macht Hunger · 06/4771
John Vornholt, Masken · 06/4787

STAR TREK™

David & Daniel Dvorkin, Die Ehre des Captain · 06/4793
Michael Jan Friedman, Ein Ruf in die Dunkelheit · 06/4814
Peter David, Eine Hölle namens Paradies · 06/4837
Jean Lorrah, Metamorphose · 06/4856
Keith Sharee, Gullivers Flüchtlinge · 06/4889
Carmen Carter u. a., Planet des Untergangs · 06/4899
A. C. Crispin, Die Augen der Betrachter · 06/4914
Howard Weinstein, Im Exil · 06/4937
Michael Jan Friedman, Das verschwundene Juwel · 06/4958
John Vornholt, Kontamination · 06/4986
Mel Gilden, Baldwins Entdeckungen · 06/5024
Peter David, Vendetta · 06/5057
Peter David, Eine Lektion in Liebe · 06/5077
Howard Weinstein, Die Macht der Former · 06/5096
Michael Jan Friedman, Wieder vereint · 06/5142
T. L. Mancour, Spartacus · 06/5158
Bill McCay/Eloise Flood, Ketten der Gewalt · 06/5242
V. E. Mitchell, Die Jarada · 06/5279
John Vornholt, Kriegstrommeln · 06/5312
David Bischoff, Die Epidemie · 06/5356
Peter David, Imzadi · 06/5357
Laurell K. Hamilton, Nacht über Oriana · 06/5342
Simon Hawke, Die Beute der Romulaner · 06/5413
Rebecca Neason, Der Kronprinz · 06/5414
John Peel, Drachenjäger · 06/5415
Diane Carey, Abstieg · 06/5416
Diane Duane, Dunkler Spiegel · 06/5417
Jeri Taylor, Die Zusammenkunft · 06/5418
Michael Jan Friedman, Relikte · 06/5419
Susan Wright, Der Mörder des Sli · 06/5438
W. R. Thomson, Planet der Schuldner · 06/5439
Carmen Carter, Das Herz des Teufels · 06/5440
Michael Jan Friedman & Kevin Ryan, Requiem · 06/5442
Dafydd ab Hugh, Gleichgewicht der Kräfte · 06/5443
Michael Jan Friedman, Die Verurteilung · 06/5444
Peter David, Q^2 · 06/5445
Simon Hawke, Die Rückkehr der Despoten · 06/5446
Robert Greenberger, Die Strategie der Romulaner · 06/5447
Gene DeWeese, Im Staubnebel verschwunden · 06/5448
Brad Ferguson, Das letzte Aufgebot · 06/5449
Kij Johnson/Greg Cox, Die Ehre des Drachen · 06/5751
J. M. Dillard/Kathleen O'Malley, Wahnsinn · 06/5753
Dean Wesley Smith/Kristine Kathryn Rusch, Invasion – 2: Soldaten des Schreckens · 06/5754
Pamela Sargent & George Zebrowski, Verhöhnter Zorn · 06/5756
J. M. Dillard, Star Trek VIII: Der erste Kontakt · 06/5757
Diane Carey, Tag der Ehre – 1: Altes Blut · 06/5763
John Vornholt, Der Dominion-Krieg – 1: Hinter feindlichen Linien · 06/5765
John Vornholt, Der Dominion-Krieg – 3: Sternentunnel · 06/5766
Peter David, Imzadi II · 06/5767
J. M. Dillard, Star Trek IX: Der Aufstand · 06/5770

STAR TREK: DIE ANFÄNGE
Vonda N. McIntyre, Die erste Mission · 06/4619

STAR TREK™

Margaret Wander Bonanno, Fremde vom Himmel · 06/4669
Diane Carey, Die letzte Grenze · 06/4714

STAR TREK: DEEP SPACE NINE
J. M. Dillard, Botschafter · 06/5115
Peter David, Die Belagerung · 06/5129
K. W. Jeter, Die Station der Cardassianer · 06/5130
Sandy Schofield, Das große Spiel · 06/5187
Dafydd ab Hugh, Gefallene Helden · 06/5322
Lois Tilton, Verrat · 06/5323
Esther Friesner, Kriegskind · 06/5430
John Vornholt, Antimaterie · 06/5431
Diane Carey, Die Suche · 06/5432
Melissa Scott, Der Pirat · 06/5434
Nathan Archer, Walhalla · 06/5512
Greg Cox/John Gregory Betancourt, Der Teufel im Himmel · 06/5513
Robert Sheckley, Das Spiel der Laertianer · 06/5514
Diane Carey, Der Weg des Kriegers · 06/5515
Diane Carey, Die Katakombe · 06/5516
Dean Wesley Smith/Kristine Kathryn Rusch, Die lange Nacht · 06/5517
John Peel, Der Schwarm · 06/5518
L. A. Graf, Invasion – 3: Der Feind der Zeit · 06/5519
Michael Jan Friedman, Saratoga · 06/5721
Diane Carey, Neuer Ärger mit den Tribbles · 06/5723
L. A. Graf, Tag der Ehre – 2: Der Himmel von Armageddon · 06/5725
Diane Carey, Der Dominion-Krieg – 2: Verlorener Friede · 06/5727
Diane Carey, Der Dominion-Krieg – 4: Beendet den Krieg! · 06/5728

STAR TREK: STARFLEET KADETTEN
John Vornholt, Generationen · 06/6501
Peter David, Worfs erstes Abenteuer · 06/6502
Peter David, Mission auf Dantar · 06/6503
Peter David, Überleben · 06/6504
Brad Strickland, Das Sternengespenst · 06/6505
Brad Strickland, In den Wüsten von Bajor · 06/6506
John Peel, Freiheitskämpfer · 06/6507
Mel Gilden & Ted Pedersen, Das Schoßtierchen · 06/6508
John Vornholt, Erobert die Flagge! · 06/6509
V. E. Mitchell, Die Atlantis Station · 06/6510
Michael Jan Friedman, Die verschwundene Besatzung · 06/6511
Michael Jan Friedman, Das Echsenvolk · 06/6512
Diane G. Gallagher, Arcade · 06/6513
John Peel, Ein Trip durch das Wurmloch · 06/6514
Brad & Barbara Strickland, Kadett Jean-Luc Picard · 06/6515
Brad & Barbara Strickland, Picards erstes Kommando · 06/6516
Ted Pedersen, Zigeunerwelt · 06/6517
Patricia Barnes-Svarney, Loyalitäten · 06/6518
Diana G. Gallagher, Tag der Ehre – 5: Ehrensache · 06/6530

STAR TREK: VOYAGER
L. A. Graf, Der Beschützer · 06/5401
Dean Wesley Smith/Kristine Kathryn Rusch, Die Flucht · 06/5402
Nathan Archer, Ragnarök · 06/5403
Susan Wright, Verletzungen · 06/5404

STAR TREK™

John Betancourt, Der Arbuk-Zwischenfall · 06/5405
Christie Golden, Die ermordete Sonne · 06/5406
Mark A. Garland/Charles G. McGraw, Geisterhafte Visionen · 06/5407
S. N. Lewitt, Cybersong · 06/5408
Dafydd ab Hugh, Invasion – 4: Die Raserei des Endes · 06/5409
Karen Haber, Segnet die Tiere · 06/5410
Jeri Taylor, Mosaik · 06/5811
Melissa Scott, Der Garten · 06/5812
David Niall Wilson, Puppen · 06/5813
Greg Cox, Das schwarze Ufer · 06/5814
Michael Jan Friedman, Tag der Ehre – 3: Ihre klingonische Seele · 06/5815
Christie Golden, Gestrandet · 06/5816
Dean Wesley Smith/Kristine Kathryn Rusch/Nina Kiriki Hoffman, Echos · 06/5817

DAS STAR TREK-UNIVERSUM, 2 Bde.,
von *Ralph Sander* · 06/5150
DAS STAR TREK-UNIVERSUM, 1. Ergänzungsband
von *Ralph Sander* · 06/5151
DAS STAR TREK-UNIVERSUM, 2. Ergänzungsband
von *Ralph Sander* · 06/5270

Ralph Sander, Star Trek Timer 1996 · 06/1996
Ralph Sander, Star Trek Timer 1997 · 06/1997
Ralph Sander, Star Trek Timer 1998 · 06/1998
Ralph Sander, Star Trek Timer 1999 · 06/1999

William Shatner/Chris Kreski, Star Trek Erinnerungen · 06/5188
William Shatner/Chris Kreski, Star Trek Erinnerungen: Die Filme · 06/5450

Phil Farrand, Cap'n Beckmessers Führer durch
STAR TREK – DIE CLASSIC SERIE · 06/5451
Phil Farrand, Cap'n Beckmessers Führer durch
STAR TREK – DIE NÄCHSTE GENERATION · 06/5199
Phil Farrand, Cap'n Beckmessers Führer durch
STAR TREK – DIE NÄCHSTE GENERATION – Teil 2 · 06/6457
Phil Farrand, Cap'n Beckmessers Führer durch
STAR TREK – DEEP SPACE NINE · 06/6458

David Alexander, Gene Roddenberry – Die autorisierte Biographie · 06/5544
Judith & Garfield Reeves-Stevens, Star Trek Design · 06/5545
Nichelle Nichols, Nicht nur Uhura · 06/5547
Leonard Nimoy, Ich bin Spock · 06/5548
Lawrence M. Krauss, Die Physik von Star Trek · 06/5549
Judith & Garfield Reeves-Stevens, Star Trek – Deep Space Nine: Die Realisierung einer Idee · 06/5550
Herbert F. Solow & Yvonne Fern Solow, Star Trek: Das Skizzenbuch – Die Classic-Serie · 06/6469
Judith & Garfield Reeves-Stevens, Star Trek – Phase II: Die verlorene Generation · 06/6470
Herbert F. Solow/Robert H. Justman, Star Trek – Die wahre Geschichte · 06/6499
J. M. Dillard, Star Trek: Wo bisher noch niemand gewesen ist · 06/6500

Diese Liste ist eine Bibliographie erschienener Titel,
KEIN VERZEICHNIS LIEFERBARER BÜCHER!